U0889270

孽龙九子

邵国栋　邵频宇　著

中国美术学院出版社

前言

龙吟方泽有余声

严陵清虚之地，自古文脉绵长，因而是历朝历代的文人雅士汇聚之地。古城本土的各式人物亦是层出不穷，梅城耆宿邵国栋先生，就是其中的奇人一个。

严州邵氏一脉，为古城之世家，邵国栋先生是地地道道的严州老伯。他自幼酷爱文学，年轻时在专业文艺团体任编导，编写、出版大型戏剧《醉断》《梨园梦》《借粮》《独天一隅》《齐王斩后》《风流皇帝》《山高水长》《山乡怒火》《红岩》等。此后师从上海戏剧学院教授薛沐研究舞台表演和戏剧导演，成为名满江浙的建德越剧团的灵魂人物。

20 世纪 90 年代以后，邵国栋对文学创作感兴趣，先后发表长篇小说《梦里寻她》《乱世桃源》《梦回春归》。根据《梦里寻她》编写的电视连续剧《九姓渔民》，年近八旬的他还在剧中扮演了一个角色，品味了一回当演员的滋味。

如今，邵国栋已经八十多岁了，依然每天坚持跑步锻炼，学习英语，笔耕不辍，新近完成了五十多万字的长篇巨著——神话小说《孽龙九子》。他这种“老夫聊发少年狂”的精神，着实让我感觉汗颜，自愧弗如！

《孽龙九子》是一部古代神话题材的长篇小说。故事奇特、惊险、生动、波澜壮阔，引人入胜。

说是在遥远的古代，新安江上的炁岚庙潭里，两个少年在嬉水。虎子（大名姜聂隆）获得潭中一色彩斑斓、金光闪烁的巨蛋。水娃（此后成孽龙）惊异，谋而吞之，旋即化作腾龙而去。刘宇携妻女假舟楫赴建德县就任县令。孽龙见刘宇妻、女美貌，施法致刘宇落水，吞入腹中，旋成“刘宇”。

姜聂隆从被孽龙驱逐的鼋仙处获悉：刘夫人已怀下孽龙九子；孽龙正谋划将新安江、兰江和富春江三江六郡滚成大海，欲登三江龙王宝座，届时将有无数百姓葬身水底。又告知：西域巴奄山藏有屠龙剑，获此剑，孽龙可除。

姜聂隆拜鼋仙为师，苦练武功日久，与好友姜鑫踏上西域取剑路，决意为民除害。途中历经艰难：误入牢狱，被判死罪；遇沙暴，入魔窟，生命垂危；姜鑫在沙暴中不知去向。奄奄一息的姜聂隆来到巴奄山下，大雪封山，绝望于冰封峭壁之下。

“刘宇”踌躇满志，克日荣登龙王宝座，逼迫蕙兰认作皇后，参与庆典。蕙兰被逼无奈，突然拔“刘宇”佩剑自刎。风雷乍起，一腔碧血飞向巴奄山，顿时冰消雪化。姜聂隆夺路而上，取得屠龙剑。

九龙降生，“刘宇”挈九子大战姜聂隆。“刘宇”不敌，被斩于剑下。姜聂隆追杀九龙，九龙疲于奔命，走投无路，为逃脱追杀，九龙商议入世做人，从此人面不知。但人该怎么做？谁也不知道。

姜聂隆斩杀孽龙后急于到炁岚庙潭寻找恩师，但师傅已不知去向，发誓斩尽九龙。

大龙降落田畴，喜耕作，随秦阿婆耕耘。姜聂隆追至，无从辨认。二龙身无分文，饥渴难忍，在小镇上学做包子，与姜聂隆交臂而过。六龙流落山村，尚儒学，开馆讲学。七龙在奔逃中一声长啸，自空坠落深山，从此杆头烟雨，物我相忘。姜聂隆追到，相对无语。最小的小九龙为雌性，生来孱弱，战战兢兢于途中，姜聂隆紧追不舍。小九龙无处逃遁，适遇蕙兰墓，逸入。姜聂隆见蕙兰墓，俯伏大恸，捶胸顿足，细述衷肠。小九龙为姜聂隆之真情所感动，又畏其屠龙剑，化作青烟绕墓，继而形蕙兰遁去。姜聂隆大惊！误以为蕙兰升天，望空拜伏。

三龙藏身荒蛮寺庙，矢志习武，为父报仇。四龙在逃逸途中饥渴无奈，充作建德县令轿夫。黄饶有一水怪，人畜皆受其害，百姓苦不堪言。五龙择水路潜逃，遇水怪，好一番恶斗，斩杀水怪。百姓尊其为神，深受拥戴。

刘夫人惟恐九龙作乱，上路寻龙。二龙不安于做包子营生，爱钱财，求富贵，摄取库银，建起富丽堂皇的隆裕山庄，深感做人的滋味真好，做富人更好。大龙勤于耕作，保一方水旱无虞，与人为善，助人为乐，与村民共享田园之乐。

姜聂隆四下奔波，一无所获。一摸骨看相的瞽者，能断人前世今生，在建德县衙门口为轿夫四龙看相，断定四龙：“你不是人……”四龙大骇，正欲行凶，恰逢姜聂隆挺身相救。瞽者将姜聂隆带至荒江僻野的乌石寺，方始告知自己的真实身份乃鼋仙也。之所以避而不见，他要观察自己一手调教的弟子，能否“生、死、穷、达，不易其操？”可喜，可贺，秉性未易，善哉！姜聂隆喜出望外，陈说孽龙已除，但九龙难觅。鼋仙教诲：盲目追杀九龙，必一无所获。九龙已入世为人，难识庐山真面了！也不只九龙，世人待人待势都有几重脸面，所谓“知人知面不知心”。但人都有自己的“本心”，没有预设的追逐，没有刻意的摒弃，做到以本心待人，便是“人品做到极处时”。姜聂隆大悟，决心从此以本心待九龙，唤九龙之本心。鼋仙大喜，授以“摸骨看相”之法。

县令刘宇被杀，库银失盗，乃惊天大案。皇上派指监察御史（系八龙）即日莅临查案。建德继任县令上官廷钰是个清官，不愿诬陷好人，又一时难以破案，更无力抗拒多重压力，无奈黉夜投水自尽。四龙巧遇天赐良机，取而代之，遂成“好大威风”的县令大老爷。得悉一夜暴富的裕隆山庄，设法拘押庄主。二龙被逼招供，所窃银两大部落入“上官廷钰”囊中。

姜聂隆终于先后找到了大龙，二龙，三龙，六龙，七龙，无不在惊骇中相遇，各自在痛苦与醒悟中找回本心。九龙暗中追随，受知于姜聂隆的品性、人格和善念，深深地爱上了他。

五龙仗着有恩于民，无端索取，以至巧取豪夺，遂成一霸。“上官廷钰”面对监察御史的到来，凭盗银现场留下的一件衣衫（此衣属姜聂隆），与严州郡台共谋，判定姜聂隆是杀害刘宇、盗劫库银的罪犯，并将其缉拿归案。

监察御史为谋一己私利而渎职，难能自拔。“上官廷钰”种种图谋最终败露，四处奔逃。饥渴难忍，草草吃了一碗摊儿上的面条，岂料口中被拖出铁链。九龙齐聚大堂。八龙自认戴罪在身，不便审问。刘夫人登堂行家法，问大龙：“何以为人？”大龙应道：“对他人，对自己一个样。”大龙淡淡一言，道出亘古不破的箴言。诸龙无不惭愧，各叙与人与己之休咎。刘夫人赏罚分明，唯四龙罪逆深重，镇于乌龙庙之神龛下。最后刘夫人亲许小九龙与姜聂隆完婚，百姓舞龙灯欢庆。中国民间遇节日必舞龙灯，抑或滥觞于此。

一般的神话小说都是表现正义最后战胜邪恶。但《孽龙九子》有其特色：情节新奇、悬念迭起，作者独运匠心，将我国传统文化的要旨浓缩于世间人际你、我、他三者关系中。世人千千万万，其实也只三个面，即你、我、他，放大了就是你们、我们、他们。如何处理三者之间的利益关系？书中的九龙老大——秦耕说得好：对别人要像对自己一个样。看似一句很平淡的话，但是他践行了如何做人，道出了儒家核心思想“仁”“爱人”；道家以道“修之于身，其德乃真”；禅宗“无我”“我心即佛，佛心即我”——我国传统文化的精髓。书中所有人物几乎各自都有反思，告诉人们做人的规矩是什么，该怎样做人。是一部既生动、可读性强，又具有深刻思想意境的好书。

邵国栋先生出生在严州古城，这里山川毓秀，人杰地灵，与龙有关的遗迹特别多。城北有方圆百里巍峨挺拔的乌龙山，山下有著名的乌龙神庙；城南衢、歙两江汇流，旧时在城外严东馆有两港龙王庙；严州古城内有龙津桥、伏龙桥等建筑遗存。更为奇缘应景是：宋代有三位皇帝在登基之前曾被封或任职严州，因此，严州又有龙兴之州、潜龙之地、龙水之镇的称谓。严州古城还流传许多有关龙的传说，十分精彩。相传东晋大道士许逊，东游吴越，来到严陵乌龙山顶荷花坪炼丹修行。严陵水路要道七里泷中有一条孽龙作怪，害死了前来上任的知府老爷，冒充知府上任。这条孽龙神通广大，连知府老爷的夫人也被它瞒过了，致使夫人怀了身孕。许逊在乌龙山上，看出府衙中藏有一股妖气，查出这个知府乃孽龙所变，遂将真相告知夫人。夫人不信。许逊让她回忆上任前后的夫君可有什么异相？夫人这才想起如今夫君每天都要洗澡，而且要门窗紧闭，不让旁人窥探，即使她也不例外。一日午后，夫人偷偷来到窗前，戳破窗户纸往里瞧，不由大吃一惊！原来房里摆开九只大缸，只见一条巨龙在九只缸中翻腾游动。夫人深信许逊之言不假。许逊遂与孽龙斗法，一时狂风大作、地动山摇。许逊祭起飞刀，斩杀孽龙。此时，知府夫人已经临盆，接连产下九子——九条小龙，皆被许逊一一斩之，唯有最后一子因回头看了母亲一眼，许逊略一迟疑，只斩下一尾，小龙忍痛逃生。因念其有孝母之心，许逊没有追杀，放其逃往东海。后来，每年的清明节前后，那条断尾巴龙都要前来祭母，龙行之时乌天黑地、风雨大作，许多房屋被毁。此时，严州百姓家家户户都紧闭门窗，在门外挂上一杆秤，屋内点起蜡烛，让那条断尾巴龙知道下界有百姓居住，不可造次。

这些就在身边的人文景观，对生于斯、长于斯的邵国栋来说，无疑是构成其创作《孽龙九子》的动机和信手取来的重要素材。

正是因为严州古城有深厚的龙文化基因，所以，厚植于这一方文化土壤中成长的邵国栋先生，在写作《孽龙九子》的时候，不仅在题材选择上游刃有余，在情节故事构思上也驾轻就熟、得心应手了。

邵国栋长期从事戏剧创作，在他的《孽龙九子》长篇小说创作中，留下了许多戏曲构思的特点和痕迹，把戏曲的特色融入小说创作中，因之小说悬念频频，高潮迭起。戏曲创作上的起、承、转、合的运用，在《孽龙九子》中，也得到很好的发挥，读书犹如观剧，舞台的帷幕一旦拉开，精彩的剧情就让人目不暇接，人物演绎也更为生动形象，这是《孽龙九子》一书的独特之处。

更为精彩的是《孽龙九子》小说的结尾，那些已经拟人化的九条龙齐聚大堂，各有各的命运与归宿，恶有恶报，善有善报，即使是龙的家族也是一样，终究逃不出历史的藩篱，是中国传统文化思想的生动体现。最后一章，犹如戏剧中常见的三堂会审，让人看了大呼过瘾。《孽龙九子》小说的最后高潮也在这里戛然而止，让人回味无穷。

邵国栋先生在《孽龙九子》这部长篇神话小说中还蕴蓄精彩的武侠小说韵味，让人自然联想起金庸大侠的武侠小说，展示复杂的文学、文化、社会、历史内涵。故事情节千变万化，许多场合人物的突变，既出乎意料之外，又在情理之中，因而读来引人入胜。

在创作手法上，《孽龙九子》把九条龙，幻化成一个个鲜活的“人”，并赋予每个人个性、命运和遭遇，他们中，有的在人间冷暖的感召下，成为守成本分之人，终于有了好的结局。有的贪图富贵，坑害百姓，无恶不作，最后害人害己，成了万劫不复的妖孽。有的心地善良，扶危仗义，与恶势力进行殊死搏斗，最终成为真正的赢家，不仅功成名就，还收获了人间真爱。对书中人物，邵国栋爱憎分明，对恶势力进行了无情的鞭挞；对人性的真善美不惜笔墨加以褒扬。他借龙之名，实则是在写人间百态，如同蒲松龄的《聊斋志异》，假说狐仙之名，鞭笞的是人间的不平。这是《孽龙九子》创作的根本出发点，充分展现了严州的人文精神和高尚品格。

更需要指出的是，《孽龙九子》也是一部有时代批判指向的小说，在当今物欲横流的社会里，有着警醒世人的积极意义。《孽龙九子》发出的龙吟虎啸，是中国传统文化在新时代的历史回响；是对当今世界建立人类命运共同体的大声呐喊。我要为她的问世而点赞。

日月行天山川秀，龙吟方泽有余声。

我与邵国栋先生交往不多，关于他的传奇经历和人生故事，恰是耳闻不少。在我做报社总编辑时，他把自己的书稿、电视剧本拿给我看，我当时就对这位长辈肃然起敬。这次，他登门造访，要我给他的小说《孽龙九子》写跋，我是一推再推，因为我不擅长小说创作，怕写出来贻笑大方，那样的话，感觉会对不起这位忘年之交和梅城老乡。只是在他的一再坚持之下，我只能应承下来，也算是对这位文学前辈尽一份崇敬之心吧。

陈利群

庚子年孟夏于新安江畔

序

邵国栋老师新作《孽龙九子》又请我作序，作为晚生的我实在抱愧。只是作为建德人，论建德题材，倒有一份义务。《孽龙九子》以严州府城乌龙山为意象，演绎孽龙九子由为父报仇到得道归善的故事。小说从龙宫而至天庭，又及西域大漠，以龙的归化喻善恶道理，驰骋想象，勾引阅读趣味，但内里包裹着严州和新安江的风土故实。

浙江过去有“上八府下三府”。上八府为宁波、绍兴、台州、温州、处州、金华、严州、衢州，下三府为杭州、湖州府、嘉兴府。严州是现今唯一未保留的州（市）级政区建置。其地域秦时为会稽、鄣二郡辖境，西汉时先后属楚王国、吴王国。三国吴黄武四年（225）设建德县，治今梅城镇。隋仁寿三年（603）始置严州的前身睦州。唐武德四年（621）析睦州桐庐、分水、建德3县置严州，治桐庐县，后移新安县（雉山县）。武周万岁通天二年（697）治所由新安县移建德县。唐天宝元年（742）改睦州为新定郡，乾元元年（758）复改新定郡为睦州。北宋宣和三年（1121）方腊之变后再改名严州。宋代有3位皇帝在未登基前领过严州的地方官职务（北宋太宗赵光义曾以光禄大夫、检校太保持节睦州诸军事、行睦州刺史充本州岛防御使兼御史大夫，南宋高宗赵构曾任检校太保和遂安、庆源等军节度使，并进封康王，度宗赵禥曾任镇南遂安军节度使），被认作龙潜之地，故南宋咸淳元年（1265）升严州为建德府。元至元十四年（1277）改建德府为建德路，至正二十二年（1362）再改为严州府。元、明、清3代严州府（建德府、建德路）治建德县，辖建德、寿昌、桐庐、分水、淳安、遂安6县。清宣统三年（1911）十月废府设严州军政分府，属浙江军政府。民国三年（1914）以金、衢、严3府置金华道，民国十六年（1927）废道，民国二十一年（1932）后浙江省设县政督察区、行政督察区。民国三十二年（1943）浙江省设11个行政督察区，其中第十一区专员公署始驻淳安县，后驻建德县。民国三十六年（1947）减为6个行政督察区，第四区专员公署驻淳安县。1949年5月浙江省解放之际设建德专区，专员公署驻建德县。1950年3月撤销建德专区。1955年3月复置建德专区。1959年2月撤销建德专区。1960年8月建德县治由梅城镇迁白沙镇。严州府城最后一次重建在元末明初。《民国建德县志》卷六《建筑志·城》载："韩宋龙凤七年（元至正二十一年，1361年）辛丑五月丁亥朔守将李文忠筑。西北移入正东三百五十步，正北移入八十五步，正南移出一百六十步，周八里二十三步六分，高二丈四尺，阔二丈五尺。为门五：东曰兴仁门，南曰澄清门，西曰和义门、曰武定门，北曰拱宸门。各有城楼，护以月城（唯拱宸门附山不设月城）。水门四：一在拱宸门西，久塞；一在建安、秀山之间，名水斗门；一在兴仁门左，旧有闸，以司启闭；一在和义门南，通西湖。东西北为濠，各一千一百有五步，明因之。"朱元璋的外甥李文忠重筑的严州府城除沿用东侧近碧涧的一段城墙外，西北、正北都向内作了收缩，向南则移近新安江。东凭碧涧为护城河，南以江水作城濠，遥临三江盛景，北有乌龙山，西有建昌、屯军诸山为天然屏障，尽显城防、景观等优势。此后一直未有大的改变，但近几十年古城毁坏严重。严州府城又有梅花城之称，县志此卷又云："建德城即严州城，俗称梅花城，以临江一段雉堞半作梅花形故也。"又卷一五《拾遗志·轶闻》云："建德城即旧严州城，一名罗城。沿江城堞皆作梅花形，故又名梅花城。俗传天下两条半梅花城，谓宋时藩王镇此屡承大统。升州为府，县治为潜龙所在地，其制故与南京、北京同。但今之南、北两京并无作梅花堞者。讵两京为后王所废欤？或又谓城为岐阳武靖王李文忠改筑。王为明祖（妹丈）[外甥]，因袭此制。然皆无所证。"当地籍学者戴不凡《梅城漫话》一文云：跑过不少国内古代名城，留心观察过，雉堞成梅花形的除南京、北京外，亲眼见的的确只有建德这半座，缺的是正北及东北角。戴不凡还根据民间传说，认为梅花形雉堞是为明代皇帝的一个宠妃而建的。这个宠妃是严州人，她向皇帝要求建造梅花城。后来不幸短命去世，所以只造了一半。还有一种说法称为纪念汉代高士梅福而名为梅花城。梅城正式作为建德县县治的名称是民国二十七年（1938）。北宋钱勰《浮桥记》称严州"形势据浙江上游，当瓯歙数道之冲"，梅城则北枕乌龙，南襟丁水，峰峦环拱，如屏如幛，尽显江南之秀丽壮美，又是钱塘江中游交通枢纽，坐拥新安江、兰江、富春江三江交汇之地利，是浙西、皖南、赣东北过往商贾必经之商埠，曾有徽州会馆、南京会馆等12座会馆，为浙西政商中心。当年徽商大多由以此为基地或跳板，由杭州通过大运河走向世界。《孽龙九子》所涉指的乌龙山、三江口、南峰塔、北峰塔等是梅城的地标。

老话说梅城人不见乌龙山会哭。乌龙山位于府城北门外，东西绵延五六十里，其中海拔 800 米以上山峰相连约 7 里。因山石乌黑、山体巍峨且逶迤如龙而得名。海拔 916.6 米的主峰兀立孤高，有小泰山之称，严州府志称之为一郡之镇山。历史上乌龙山曾建有 100 多座寺观。最著名者是南麓石佛坳的玉泉寺，唐贞元十年（794 年）由净土宗五祖少康大师创建，影响深远。乌龙山西部的乌龙岭地势险要，是严州的门户，历来为兵家必争之地。明初李文忠在此大败元将杨完者。《水浒传》有《卢俊义兵分歙州道　宋公明大战乌龙岭》《睦州城箭射邓元觉　乌龙岭神助宋公明》两回描述发生在这里的的两场大战。《儒林外史》《官场现形记》《金瓶梅》《聊斋志异》《三国演义》等文学名著有许多发生在严州府城的故事。杜牧、范仲淹、陆游、刘长卿等曾在此为官，谢灵运、李白、孟浩然等多有吟咏。这里的政治文化、宗教文化、书院文化、刻本文化、商业文化、民俗文化兼受徽州文化和吴文化、越文化影响，独特而隽永。《孽龙九子》以此地为主要场景，不仅借助其地理要素，而且包涵了其中的文化底蕴，从中可以看到许多古典小说的影子。

目前梅城古镇保护和文化旅游开发项目开始启动，重点致力于保护和再现千年古城风貌、创建文化和旅游品牌、打造旅游风情小镇样板、整理挖掘严州文化等。《孽龙九子》是对严州文化的另一种演绎，别具地域风味。

周膺

目录

第一章　吞下个龙蛋

一

端午过后，大地已披上绿色的盛装，天开始热起来了。虎子和水娃挑着柴担从南峰山上下来。这个季节的柴喝足了春来雨季的水分，猛长枝叶，因而特别沉重。天空中絮白色的云层挡住了阳光，从云朵里喷射出来的目不能及的灼热，像无数枚针刺扎在人身上，正如俗话说的“云里的日头，满娘的拳头”，让人热得喘不过气来。没有一丝儿风，树叶子也闷热得瘫软了，畏瘪瘪、病恹恹的，一动也不动。

两个同是来自姜家村，肩上担着沉重柴担的少年，正穿行在茂密的灌木林中。丛林间氤氲着瘴气，令人窒闷眩晕。

好不容易穿出密林，豁然开朗，浩瀚的新安江就在山脚下，那浩荡的碧波宛如绿绸铺展。虎子走在前头，大喊一声：“下水啊！”两人一鼓作气，很快就下到山脚。虎子找了一处崖岸，将柴担卸下来斜靠岩壁放下，这样，到时候凑上肩膀就可以走。水娃可顾不了这许多，一耸肩，把柴担撂倒在卵石滩上，一个猛子扎进了江里。

火烧火燎着的虎子，三步两脚地蹿到了江边，如同已经扣上火的枪管里的铁沙，“嘭”的一声飞出枪管，跃进了大江，激起了巨大的浪花。真所谓如鱼得水，他一会儿侧游，一会儿仰游，后来竟然手脚不动，仰面朝天，任凭江水推涌，向下游缓缓地漂流而去。忽然，他的一只脚像被什么东西缠住了，一直把他往水下拖去……

民间有这样的传说：水鬼为了讨替身，早日超生，都是对落水人的脚先下手。人在水里，一旦脚被缠住，再好的水性，求生也无望！

虎子身材高大，膂力为常人所不及，脸面棱角分明，更有一双机灵的眼睛。他突然警觉：不好！遇上水鬼了！强烈的求生欲望，让他使出平生之力，双腿猛蹬，感觉有什么东西被踹开了，立刻回过身来看，水面很平静。过了一会儿，离他不远处，

炁岚庙

浪涌翻开，冒出一个人头来！

“原来是你啊！”虎子觉得很意外。

水娃个头较矮，偏胖，圆脸，笑起来眼睛很小，就像在西瓜上划了两条线。

这时他正疼得眼睛鼻子拧成一个疙瘩：“你也踢得太狠了！”

“我……当是碰上水鬼了！”虎子朝着水娃做了个鬼脸。

“你要是真碰上了水鬼，还挨得着你在这里轻骨头？早去见阎王了！”

“那也不一定。”虎子翻过身来踩水，摇晃着上身，显得很自信。

“你别逞能，敢不敢赌一把？”水娃略带挑衅地说。

“你说怎么赌？”虎子慨然应战。

水娃转身指着不远处，说：“那是炁岚庙下的深潭，敢不敢下？”

“这有什么不敢下的，你说，怎么个赌法？”虎子侧身，双腿一夹，像条鳗鱼，一溜儿就来到水娃身边。

水娃指着墨绿色、阴森森让人望而生畏的潭水，说：“从这里开始，潜过炁岚庙潭。”

“炁岚庙潭在江中，它没有个定界，就我们俩说不清楚输赢。依我说，俩人手拉手，潜入潭里，谁松手，谁输！”虎子提出应战条件。

“好啊！那就比吧！”水娃一把抓住虎子的手，俩人立马从水面上消失了。

炁岚庙在严州府西首，雄踞石矶，俯视着从群山峡谷中奔涌而来的新安江。滔滔江水，常年累月，在矶下冲刷出一个深潭，有人曾经放下一板纤绳也没能触到底（纤绳不用时都卷在牵板上，一板纤绳有二十几米）。矶崖上丛林茂密，挡住了阳光，潭水黑森森的，令人毛骨悚然。经常有行船在此遇风暴沉没，还有寻短见的人到这里轻生。更为稀奇的是，在潭的下游溺亡的人，尸体最后都会漂浮到潭里来！当地人都说炁岚庙潭里有冤魂，因而上下行船途经这里都焚香祭拜，将这儿视为禁区，决不允许孩子们到这里来嬉水。有好心人在突入江中的崖壁上刻了八个大字："切莫轻生，回头是岸。"此刻，虎子、水娃犯了禁忌，冒险了！

二

水娃今年十七岁，比虎子小一岁，家道贫寒。三年前，父亲得了伤寒症，不幸过世了。母亲靠给人做鞋子，编草鞋卖，勉强糊口，与当年的刘备一样。水娃长大了，而老母亲却因为长年劳累，多病缠身每况愈下了！水娃生性好强，好勇斗狠，还有个恶习：只想占别人的便宜，什么事都不肯吃亏。近年来，开始恋上女人，因为家里穷，老母亲哪里还有能力为他说亲，就记恨老娘，找借口，寻岔子，骂她，甚至动手打她。

虎子家与水娃家一墙之隔，家境略好一些，虎子爹健在；虎子已长大成人，一年到头，一家人苦苦巴巴，图得个温饱。去年过年，虎子家杀了一头猪，虎子妈割了一刀肉、两块猪血送到水娃家。水娃正要出门砍柴，心里乐了：今天有好吃的了！因为心情好，手脚特别利索，午时边，一担柴就挑回了家。

他娘听见儿子回来了，心里一阵慌乱，就像盐散落进火炉，"噼噼啪啪"直蹦跳。她知道水娃爱吃猪血，偏偏放在水缸盖上的两块猪血，在她到房檐下抱柴火准备做饭时，不知道是哪里窜来的野狗，给偷吃了，一只大蓝边碗也打碎在地上。直吓得她一屁股坐倒在灶下，柴火散落了一地。她知道儿子的脾气，如果今天他吃不上猪血，又要轮到她吃"生活"（殴打）了！

水娃他娘抹了一把眼泪，颤抖着双手，赶紧切肉、炖肉，一步都不敢走开，想把肉烧透、炖香，弥补过失。突然听到院门被撞开的声音，接着是"哗啦"一声——那是水娃从肩上扔下柴担的响动，她的心也一下子蹿到了嗓子眼儿：平时水娃都要到午后，有时傍晚才到家，今天怎么回来得这么早啊！

水娃娘赶紧把热气腾腾的砂锅炖肉端上桌子；转身就躲进房里，闩上房门，人就像筛糠一样，不停地抖着。

水娃跨步进门就闻到了肉香，但桌子上只有肉，不见猪血。他迫不及待地掀开锅盖，只有饭，猪血怎么没了？回头找他娘，咦！人呢？再看房门，紧闭着。他几步跳到门前，大声嚷嚷："猪血呢？"

"娃！不知道是哪家……哪家来的野狗，把，把放在水缸盖上的猪血都，都吃……了，那，那打破的碗还在那里……"水娃他娘战战兢兢地诉说。

"是你偷吃了吧，啊？"水娃怒不可遏，一脚踢向房门。多年失修的老草房，就像那打过霜后的南瓜架子，哪里还经得住猛踢一脚？"哐啷"一声，房门倒下了！水娃他娘正好坐在床前的竹椅子上，倒下的房门不偏不倚地砸在她的头上。

水娃没再搭理他娘，顾自坐下来吃肉、吃饭。

三

当地的风俗，过年要裹粽子，尤其是杀了年猪的人家。虎子他妈提着一只小竹篮，里面放着一些粽子，还特意盖上一张红纸，纸上压着几片柏枝，象征吉祥。来到了水娃家，刚一步跨进门，便听到水娃他娘在痛苦地呻吟，立刻放下篮子，推开那扇压着水娃娘的门板，只见她满头都是血！

"娃！娃！"虎子他妈大声喊。

"不要喊他了！"水娃他娘心有余悸地央求道，"他吃好饭出去了。"

"你这是怎么了？"虎子他妈问。

"唉！"水娃他娘一脸的泪水，摇了摇头，"不小心，自己碰的！"

"是他又动手打你了吧？这个畜生！"虎子他妈快步来到院子里，朝自家里喊："虎！虎！"

虎子正在院子里劈柴，准备明天做豆腐。忽然听到娘的喊声，立刻扔掉手里的斧子，快步赶过来。

"你赶快到门背后去摸几个喜子（蜘蛛的一种，在阴暗处结乳白色的网，民间用来止血、消炎，很有效）来。"

找喜子是砍柴、做农活人的看家本领，不一会儿，虎子就抓了一大把来。虎子他妈不知道从哪里找出一块破布，赶紧给水娃娘包上。

"是门倒下来砸头上了？"虎子边问边把门竖起来。

"你不要问。"虎子妈沉下脸说。

虎子不敢再问，提起门扇来想重新装上，发现门臼裂开了，终于明白是怎么回事。马上想起，刚才自己从村头小铁铺里取回斧头、板锄等几件重新锻过的铁器时，看见水娃一跳一颠地又去了应寡妇家。应寡妇因为丈夫死得早，抛下了一个吃奶的女儿，从此孤苦伶仃。生活艰难，加上耐不住寂寞，正好又住在僻静的村头上，她时常与外村来的一些不三不四的人厮混在一起。不知什么时候，水娃钻进了她的小屋。

水娃虐待老母亲，现在又沾上应寡妇，村里人无不摇头叹息。一些老辈人说："水娃这孩子不是一块好料！苦了他娘啊！"

这些刺耳的话，水娃当然知道。从此他一见这些老头老太就远远地躲开，等他们走远了，狠狠地朝他们啐一口，然后骂道："老不死的东西！"

"我怎么会生出这么个儿子来！造孽啊！"水娃他娘双手捂住脸，放声痛哭起来。

虎子把门修好了。他真想立刻去抓住水娃的领口问："你怎么好这样对你娘？"甚至想揍他一顿。

四

虎子、水娃渐渐地潜入深潭，感觉水越来越凉，胸口、脑袋憋闷得像要炸开来。水娃原先紧紧抓住虎子不放的手，不得不松开了。他急蹬双腿，赶紧上浮。

虎子也感到难受极了，正想要上浮，忽然看见水下有耀眼的闪光，起先以为是幻觉，定睛再看，那闪光更强烈。好奇心让虎子不顾一切地向着闪光而去。奇怪的是，他无法接近那闪光，他追得快，闪光也移动得快，好像有意躲着他。虎子竭尽全力猛追，终于发现，是一个会滚动的像球一样的东西在发光，五彩缤纷，好看极了！虎子很想得到那个球，猛扑了过去，终于扑到了。就在这一瞬间，虎子感觉人变得轻松了，不再憋闷、困乏，像一片树叶一样在飞升、飘荡……

水娃浮出水面后，已经浑身乏力，人就像散了架。离岸还有好一段距离，他咬紧牙关，依靠仰泳的漂浮力，缓缓地向江岸靠近。最后还是支撑不住了，身体开始下沉，耳朵里响起了"叮咚、叮咚"的声音，这是水压把水压进了他的体内。水娃意识到："要死了！"

"不，我怎么能就这样死了？"他一个激灵，从水里冒了出来，使出最后一点力气，向岸边游去。突然脚触到了沙石，人可以站立起来了！啊！有救了！他摇摇晃晃地向江岸走去……走着，走着，一头栽倒在沙滩上。

风起来了，浪花一次又一次地冲刷着水娃的双腿，感觉一阵阵的凉意，他睁开眼睛，身下软绵绵的，抓一把，全是沙。咦！刚才好像做了一个梦：在漫无边际的水域里，他毫不费力地劈波斩浪，轻松自如地随意游动。正在他从心所欲时，遇上了两个模样可怕，头是鱼、身子像人的怪物，说他们的大王有请，就糊里糊涂地跟着走了，走进了一座好大的宫殿，墙壁、地面闪闪发光，好像都是金子做的。七拐八拐地又进了一座更高大的宫殿，殿堂的最高处端坐着一位峨冠博带却是龙首人身，号称"大王"的人。堂下两旁都是很可怕的怪物，这时正跪伏在地朝拜那个大王。

大王问："那人带来了吗？"

立刻有人应道："带到了。"

水娃立马被带到大王跟前跪下。他不敢抬头张望，只隐隐约约地听见大王对身边的臣下说："他的旧性未改，灵魂已经落在三江水域，注定他还有一段经历。先责打五十大板，教他切记，不可残害苍生。”

水娃抬起头来想要问话，忽然巍峨的宫殿不见了，眼前是炁岚庙下的沙滩，自己躺在沙滩上，下半身还泡在水里。

奇怪！做了一个稀里糊涂的梦。他伸伸胳膊和腿，还好，没事，就是屁股火辣辣的生疼。总算死里逃生，体力好像也恢复了。忽然想起了虎子，他人呢？四下里张望，人影儿都没有。他回家了？没有，他的那担柴依旧一动不动地靠在岩壁上！

不会出事吧？水娃心里立刻像过年放百子炮（鞭炮），噼噼啪啪地乱跳起来！如果虎子真死了，怎么对他爹妈说？那……水娃歪起头来想，有了！就说："是虎子自己逞能下潭，拦不住他！"反正这里没有第二个人，他一张嘴巴说了算。在村里那帮年轻人中，他最惹不起的是虎子，样样都比他强。在大人们的眼里，虎子是最懂事、最孝顺的好孩子。好，现在好了，从此以后村里的年轻人该看他的脸色了！这么一想，反倒心安理得起来。

倘若虎子没死呢？那今天的比试岂不又输在他手里？这真叫倒霉！不过水娃还是相信虎子没有死，这家伙有一股牛劲，死不认输，做什么事都有办法出彩。水娃爬上江岸的一处高坡，要再仔细搜寻一番。心想：都说死在潭下的人会漂浮到潭里来，何况在潭里出了事，会不见踪影？

忽然，远处江面上闪出刺眼的亮光，水娃好一会儿睁不开眼。再看，有个人漂浮在水面上，那闪光就是从他身上发出来的。水娃飞奔而下，待他奔到水边，那人也漂流到沙滩旁，好不惊讶，正是虎子啊！

活的还是死的？水娃大声喊他，没有反应。赶快把他拖到沙滩上，伸手摸鼻孔，没气了！真是死了！？

人就那么怪，甫才想，虎子要是死了，反倒心安理得。现在真的看见虎子死了，心里又不安起来，毕竟相邻相伴那么多年；早上出门还是好好的，怎么就死了？他爹妈知道了会伤心成什么样？

怎么办？赶快回家报信。水娃正要转身离开，突然那闪光又亮了，亮了好一阵，而且更强烈，刺得他双眼没法睁开！朦胧中，看见虎子整个身体都在闪光；胸口好像喘气了！没死？水娃将信将疑地伸手去摸，正当他触摸到虎子胸口时，虎子突然翻身坐了起来。

水娃大惊，跳到一旁。

五

"啊哟！我都睡着了！"虎子揉着眼睛说。

"你，你，我当你……"水娃瞪着一双惊魂不定的眼睛，没把下面的话说出来。

虎子站立起来，走向水娃："怎么？当我死了？我爹妈还在，我死了，谁来侍候他们？"说罢看了看天色："嗄——时候不早了，回去吧！"说着走向靠在崖壁上的那担柴。

随着虎子的走动，他身上的闪光也有节奏地闪耀起来。水娃快步来到虎子跟前："喂，你把天上的星星吞进肚皮里了？"

"我，我怎么了？"虎子不明白水娃说什么。

"你浑身都在发亮光，你知道吗？"

"我？"虎子低头看自己，继而双手抚摸身体，突然触摸到口袋里的一样东西，"哦，想起来了！"当即摸了出来。

非同小可！虎子宛如捧着个小太阳！水娃急忙用手挡住刺眼的光芒："哟！你这是什么东西？哪里弄来的？"

"刚刚水里捞的！"

"让我看看。"水娃低下头，避开强光，侧着身子从虎子手里接过那稀奇古怪的东西。想不到那东西一到手里，就变得不那么刺眼，光线也柔和、明亮了，只是色彩依然绚丽。说它像个球，但不圆；像个蛋，哪里见过这么大的蛋？

"哎，你说，这是个什么东西？"水娃十分好奇地问。

"这是水里的东西，在很深很深的水底下。你说，会是什么东西？"显然虎子早已心里明白。

"难道是龙下的蛋？"水娃马上想起甫才做的那个梦——自己走进了地上铺着金子的龙宫，见到了龙王，龙宫里太神奇了！这会是龙下的蛋吗？他拿起来横看竖看，还对着阳光照，却看不出什么究竟来。但可以肯定：龙蛋会孵出小龙。人吃下龙蛋会变成龙吗？梦里的龙宫、龙王太令人难忘了！如果他能够变成龙……

虎子见水娃朝着"龙蛋"发呆，觉得好笑。"喂，你发什么呆！告诉你，这是龙生的蛋，世上少有的。"说着把蛋取回，"我要让村里人都见识见识。"

虎子挑起柴担往回走，水娃紧随其后。又见虎子通体发亮，像过年时纸糊的菩萨灯，里面透亮；人好像也长高些了！

"虎子要变成龙了！"水娃惊觉！如果到了村里头，消息一传开，他再也别想见到这龙蛋了；说不定官府也知道了，那他不就成了"空鲞（想）黄鱼头"！想到这里，突然他大叫一声，撂下柴担，倒地翻滚。

"咦！你怎么了？"虎子好不惊讶！

水娃咬牙切齿，五官已变了形，双手捂住肚子。

"你肚子疼？"虎子关切地问。

水娃痛苦地点了点头。

虎子赶紧歇下担子，跪倒在水娃身旁，抚摸他的腹部。但还是不见效，怎么办？

看着水娃疼得缩成一团，双腿不停地抽缩着，突然一个转身，像只虾公一样蜷缩了起来。

虎子一时急得没了主意。忽然想起身上的宝物——龙蛋，用它来按摩会有用吗？果然，龙蛋一落到水娃身上，身体便舒展开来，痛苦缓解了。

“虎子，谢谢你救了我。你这东西果真是宝贝，让我再看一看，好吗？”

水娃翻身坐起，从虎子手里接过龙蛋，紧紧地捂在胸口；眼睛偷偷地盯着虎子，趁虎子稍不留神，突然拿起来就往嘴里塞。这龙蛋可大了，鸡蛋没法比，鹅蛋也比不上，足足有碗口那么大，这么大的一只蛋，怎么吞得下？说来也真怪，那蛋可有灵性了，到了嘴边，它就变小了，水娃急忙张口，蛋就进了他肚子里。

六

“啊！你怎么把龙蛋吞了！”虎子发急了。

水娃这时可是真的肚子疼了，不是刚才那样假惺惺地满地打滚，而是一声声凄厉的惨叫！那人就像一个球，一会儿蹦起老高，一会儿落地，一会蹿进水里，一会儿冲回岸上。身上的衣服不见了，变成赤条条的一个，几个来回以后，身上长出青黑色像鱼鳞一样的斑纹，四肢成了爪子，最后“呼啦”一声蹿进水里，就不见动静了。

虎子心惊肉跳地看着这一切，见水娃不再上岸，认定他已成龙而去了。他后悔自己没有守护住龙蛋，更担忧水娃一旦成龙，就他那样的秉性，能是一条好龙吗？从此这一方百姓会遭难吗？他真想跳进水里去抓住他，把他拖回岸上来。

突然间雷鸣电闪，暴风骤起，天渐渐地昏暗起来，不知道从哪里刮来的茅屋草帘、船上的箬篷，还有柴草、树叶和一些无法辨别的东西飞舞在天空。紧接着大雨倾盆，一个击地雷落到沙滩上，潭水卷起滔天巨浪，浪涛里隐现一条飞舞的巨龙。

虎子看准时机，跃身潭中。巨龙不见了，浪涛却更为凶猛，眼看兀立江岸的崖壁，在一次次巨浪的冲击下即将粉碎！

遽然，潭中涌起直上苍穹的水柱，巨龙腾飞而出，龙背上有一个人，他跨骑着龙身，双手攀住龙角，那正是虎子。巨龙几次要把虎子从身上摔下来，虎子依然牢牢地驾着巨龙。暴风雨里，巨龙忽而腾空盘旋，忽而潜入深潭，突然跃出水面，猛力摇摆身躯，把虎子摔落在沙滩上，而后呵呵大笑！

虎子翻身起立，大声喝道：“水娃，你小子成龙了，我成全你。你可别忘了家乡，更不可伤害百姓，要不，我饶不了你！”

第二章　咽了一个县令

一

水娃真的成龙了。听老辈人说，龙能呼风唤雨、腾云驾雾，上天入地；龙是神圣的、不可侵犯的。如今的水娃就是这样一条真正的神龙！他呼来风雨可以巡游江海，驾起长风直上云霄，三界神灵一概奈何不了他。哈哈！这是何等的威风！现在他首先要去的地方就是姜家村，那里的人都这样说他——“不是一块好料！”现在要让他们看看：“我水娃是一块什么样的料！”

说走就走，仅一阵风便来到乌龙山上，裹挟起雷霆风暴，呼啸直下，霎时间，山体崩塌，洪流滚滚，姜家村旁有一条小溪直通大江，便借道小溪呼啸而下。

水娃的心里可真乐透了！好像一年一次才能吃到的姜家祠堂大门外大柿树树梢上那又大又红的大柿子，一直甜到了心底。管祠堂的是个老头，那几个大柿子是要拿来祭祖宗的。但上树的本领村里数他水娃最好，一直以来都是他的口福。现在他要让村里那些作贱他的人知道：他水娃已经不是让人瞧不起的“料”，而是要风得风、要雨得雨的神龙。

虎子回到家时已临黄昏，走进村口就像到了一个完全陌生的地界，这是哪里啊？他一耸肩，撂下柴担，四下里看去，原来的村舍不见了；村头两棵双人合抱的大树也不见了；满地都是泥沙，大小不等的巨石到处可见，大的竟然有房子那么高，远远看去就像张牙舞爪的怪兽。静悄悄的，听不到一点声息，冷风凄凄，让人心惊胆颤，好像走进了一个无人的世界。

忽然有两束火光忽明忽暗，由远而近，待走近了，才看清是两个举着火把的人，两人一前一后，好像在寻找什么。

虎子朝他们喊了一声。两人听到了喊声，立刻加快脚步，虎子也大步迎上，这才看清楚原来是同村的好友姜泰浒、姜泰鑫两兄弟（堂兄弟）。两人一见虎子，立马扔掉手里的火把，猛扑上来，三人紧紧地抱在一起，兄弟俩忍不住呜呜咽咽地哭了起来。

“虎哥，我们姜家村毁了呀！”泰浒边哭边说。

“虎哥，我们没家了！”泰鑫大把大把地抹着泪水。

“怎么一下子会变成这样的？”虎子大惑不解。

“午后，点心边（这里人午后有吃点心的习惯），忽然刮起了大风，从来没见过这么大的风，村头那棵两人合抱的大樟树，被连根拔起；接着是大雨，大白天变成了黑夜；村后岭上，像有多少面大鼓一起猛敲猛打，真是地动山摇啊！岭上的半座山都倒下来了……”泰浒说。

“你爹……”泰鑫说。

“我爹他怎么了？”虎子的脸“刷拉”一下，立刻挂上一层霜。

“你爹为了救水娃他娘，背着她刚迈出门，就连人带房，被埋在泥石下了！”说着转身指着一处乱石堆，“大概就在那里。”

“爹！”虎子大喊一声，扑向乱石堆，用双手奋力挖掘，不停地呼喊：“爹！爹！”

虎子听不见站在一旁的泰浒、泰鑫的劝阻，好像爹就在屋里，他在敲门，爹就会开门出来。

“虎哥，你娘她……”泰浒、泰鑫重新拿起火把。

虎子猛然惊醒——娘！“我娘在哪里？”看着遍地的乱石堆，心跳得就要从喉咙里蹦出来，“难道我娘她，她也……？”

“你娘好好的。她放心不下你，是她老人家让我们俩来寻你的。”

“我娘在，在哪里？”虎子满脸满身都是泥水，就像个泥人。

“一百三十五户的姜家村，如今只留下二十八户。暂时都住在岭后的葛家村。你娘在哭你爹，又怕你也遭难了！”泰鑫说。

“快！快！”虎子慌不择路地拔腿就走。泰浒、泰鑫举着火把紧随而去。

泰浒突然回过身来，面对已被彻底埋没的家园，仰天长叹：“老天爷，我们都是善良的小民，为什么让我们遭这样的灾祸啊！”

虎子突然站住，问：“你们说是午后突然刮起了大风？”

“是啊！”走在后面的泰鑫说。

“大风过后便下大雨？”虎子紧接着说，“不是老天爷让我们遭难，是人，是人啊！”

“是人？！”泰浒、泰鑫大为惊异，面面相觑。

虎子仰天长啸：“水娃，你这条孽龙！我饶不了你！”

天空忽然雷声滚滚，打出一道道闪电。

二

水娃驾驭着风雨雷电，低头往下看，哈哈！眼下的新安江只不过是飘落在乱山中的一条腰带；曾经浩瀚的三江口，现在他一口可以把它喝干；富春江也很窄，只有钱塘江的出海口毗连着大海，那才有气势，走，去看看大海吧。

突然想起了家，还有娘。他钻出云层，俯瞰家乡，奇怪！家找不到了，乌龙山下的姜家村怎么没有了？！只见到一片乱石滩！他压住风云，降低高度，这才看见村里的许多人在呼天抢地地哭号；在乱石堆里翻扒，寻找失去的亲人。哦！是自己先前夹着风雷，借道下山弄的！那，我娘她行动不便，她也，也……

唉！已经如此，也只好罢了。娘！您助儿成龙，儿谢过娘了！忽然听到一个熟悉的声音——哦！是虎子在叫骂！哈哈！现在他还能怎么样？嘎！还“饶不了我”！给他点颜色看看——水娃激起一阵风雷、闪电。

孽龙从严东关的三江口直下七里泷，进入富春江。途中遇上一些修炼多年，已成气候的龟、鳖、鱼、虾中的精怪，一见到他，个个摇尾乞怜，满怀敬畏。孽龙心里自然快活，感觉就像人间的皇帝一样，谁敢不尊！

经由富春江来到钱塘江，哇！如此开阔的江面，从未见过，这就是大海吗？江上有不少航船，听说都是从海上返航的，那这里还不是海啊！孽龙于是紧跟着出海的船，来到了真正的大海，哇！海就像天，天才是海，波涛汹涌，大浪滔天。孽龙尽得宽余，好不惬意！于是上下翻腾，酣畅嬉戏。当他深潜到水下时，看到了金碧辉煌的宫殿，这就是传说的龙宫吗？咦！好像在哪里见过？对了，在梦里见到过。何不再进去见见那个大王，看他再说什么？

忽然，好像来自天庭的吆喝：“哪里来的野牲，在此撒野！”

一队持刀执盾、身披铠甲的虾官鳖将，威风凛凛地飞驰而来。

孽龙惊住了，嗫嚅着说：“我，我来自严州城下的炁岚庙潭，我……”

“哈哈！什么乡下来的泥鳅，也敢到我浩瀚的东海里来闹腾？滚！快滚！”一个为首的将领喝道。

“我，我……”

“再不走，就刮你的鳞，抽你的筋！”将领立刻指挥队伍将孽龙团团围住。

“我，我走，就走，这就走。”孽龙活像干旱地里的茄子，萎蔫了。但还是忍不住回头看了两眼，不甘心就这样被赶出他深深迷恋的大海，走一阵就回过身来看看。他想，既然这里是东海，那不是还有南海、北海、西海吗？难道都像这里一样，不让玩的吗？他不打算立马就往回走。令他意外的是，那个凶神恶煞般的将领已带着他的队伍走了。

人走了，这不就没事了么！好极了！孽龙又得意忘形地戏耍起来。然而好景不长，

烝岚庙潭

不知道什么时候，那将领带着更多的人马，已将他团团围住。

孽龙见势不妙，赶紧急窜，潜水而逃。

真是乘兴而去，败兴而返。然而让孽龙想不到的是——在原路返回途中，富春江、新安江和兰江沿途都有水族首领亲率他们的属下恭候接驾，并纷纷表示愿臣服于麾下，众口一辞地说："三江之内唯有我主，单身独闯东海，大长我三江水族的威风。"一致公推孽龙为盟主，从今以后，唯孽龙号令是从。

这是孽龙做梦也想不到的，像是"走路得窖（宝藏）"，真是运气来，不怕呆。一路迎来送往，盘桓日久，一直到仲秋时节，方回到老家——烝岚庙潭。

三

大灾过去之后，姜家村的人慢慢地恢复元气，在几个老人的主持下，决定搭建草房，不能老是借住人家的祠堂和庙宇过日子。岭后葛家村的人很讲义气，他们让出一块山坳地给姜家人；又资助岭后山上的一片竹林。姜家村人有了地基、毛竹，开始搭建草房；又在原先的乱石堆上，慢慢地整理出一些可耕地。虎子、泰浒和泰鑫三个人已成为主要劳力，凡是重活、累活就缺不了他们三个人。新生的姜家村，尽管全是草房，但已炊烟缭绕、鸡犬相闻了。

虎子虽然终日劳累，但对于孽龙所造成的灾害，生灵涂炭，如同玉米秸里的虫子，一直钻在心里。更让他担心的是，孽龙日后会不会再造孽？

有一天，不知是出于警惕心还是下意识，虎子一个人来到了炁岚庙潭。风平浪静，暖融融的阳光照在身上，感觉就像躺在被窝里听老人讲故事那样惬意。只是在壁立危崖下，那里照不到阳光，水是墨绿色的，是炁岚庙潭最深的地方。崖上的参天大树倒映在水里，黑森森的，让人胆寒！

虎子在陡岸上徘徊，后来在一块巨石上坐下。小时候听老人说，炁岚庙潭是出精怪的地方，有一年大旱，连续两个月滴雨未下，田里的禾苗，只要打出一点火苗，就全烧着了；所有的水塘、水井也都干涸裂隙。有一天一大早，有几个人结伴到潭边来取水，因为早，月亮、星星都挂在天空。当地人历来对炁岚庙潭都深怀畏惧，几个人不敢说话，悄悄地来到潭边，正要提桶挽水时，有个人眼尖，看见有个团蒲（竹制的，直径一米二左右，有边，用于翻晒食物）漂浮在水面上。心想，谁家怎么把团蒲忘在这里？仔细一看，那不是团蒲，会游动，这是什么东西？于是那人开始害怕了！忽然那“团蒲”伸出个头来，两只眼睛就像油灯一样明亮。那人一声惊叫便往后倒下。大家本来就提心吊胆的，被他这一声惊叫，也发现了那怪物，哪里还敢担水，抱头乱窜而逃。

严州郡城梅城背靠一座大山——有名的乌龙山，海拔九百米，方圆八十里，山上有一百零八座寺庙。香火最旺的是澄溪道院，有位得道长老——通元大师得悉这个惊人消息后，认定“团蒲”不是什么怪物，乃修炼千年的鼋仙，是驻我一方的神灵，他出现意味着祈雨有望。在通元道长的主持下，架起神坛，众多善男信女跪伏坛下祈求。果不出所料，三天后午时三刻，西北方出现乌云团，继而大风骤起，大雨倾盆。旱魃被赶走了，当年的秋熟，收成颇丰。

虎子呆呆地看着潭水，盼望那驻我一方的神灵——鼋仙何时再现，降服孽龙。他心里这么想着，眼前果然出现一只像团蒲那么大、眼睛有油灯那么亮的神鼋。他不敢相信自己的眼睛，蒙一会儿，再看，它还在那儿！这是真的吗？正当他惊疑不定时，听见身后有人问道：“壮士，别来无恙。”

虎子立刻回过身来，见是一位须发皆白、身着青灰大氅的老人站在面前。虎子好不惊讶！再看潭里，那“团蒲”已经不见了！

“你不用惊奇，我就是那‘团蒲’。”老人接着说。

虎子猛地站立起来，一双满怀惊疑的眼睛看着老人。

“你还不信吗？”老人手指那方大石，“来，我们坐下来说话。”

那方大石，两个人坐着就显得逼仄，虎子坐下时，不小心碰到老人的手，哇！怎么这么冷，简直就是冰块！因而对老人愈觉惊诧。

老人捋了捋自己的长须，看着虎子道："那天你在水下取龙蛋，潭水深啊！你想想，最后是怎么上岸的？"

虎子想起那天的奇遇：深潜在水下的时候是那样难受，胸口就像要炸开了！后来竟不知不觉地轻松自如起来，难道是他在助我……

"让我来告诉你吧，那只龙蛋是东海龙王携龙母西巡到此，见城北的乌龙山逶迤连绵，气势雄伟，矫若游龙，是一条难得的龙脉，因而就在乌龙山下的深渊——炁岚庙潭里投下一蛋，照应乌龙山的龙脉，待日后有缘者幸遇成龙，保这一方水土平安。"

"哦！原来是这样！"虎子见老人意犹未尽，接着听他往下说。

"我本是严州城下三江水域的首领，已经在此修炼了近千年。为了守护这颗神蛋，赶走了多少图谋不轨的觊觎者，维护着严郡古城这一方水土的安宁。说不上年年风调雨顺，但生生不息，百姓安居乐业。我知道你是姜家村人，是积善人家的子孙，你来取龙蛋，是大好事。但现在出了孽龙，这……也是天缘。"

虎子深深自责："唉！都怪我，没能护住龙蛋。"

"这也怪不得你！"

"老神仙，我想求你！"

"哦，什么事？你说。"

"想求仙人降服孽龙，日后百姓不再遭难。"虎子起身，拱手恳求。

老人微微地摇了摇头："你求我？今天是我来求你啊！"

虎子大惑不解地看着老人。

"我几次在这里守候着想见到你，今天总算如愿了。"

虎子还是不明白老人的意思："你早就在这里等我？"

老人喟然长叹："你还不知道，在天、地、人三界中，趋炎附势是通例。孽龙原本是东海龙王手下的一员偏将，因为戏弄王宫嫔妃，犯了天条，多年囚禁海底。有了悔改之心后，落入六道轮回，成了你们姜家村人。这回他闯荡了东海，三江水域的大小头领公推他为盟主，正在商议建造豪华的龙宫，四处收罗神器、宝藏。排场下来，炁岚庙潭的水域太小、太浅，如何容得下？与他大盟主的身份也不般配，怎么办？正打算把严郡六县滚成大海呀！"

"啊！"虎子急得跳了起来，"那，我们都要葬身大海了！"

"我极力反对，还有几个小首领也不赞成。但我们势单力薄，怎么挡得住他们！"老人满脸戚容地说。

"他们啥时候动手？"虎子焦急万分。

老人让虎子坐下："先别急，还没有那么快。但这场灾难迟早会来，所以我急着要见你。"

“见我？我能做什么？”虎子深感意外。

“除孽龙，必须要用屠龙剑。有了屠龙剑，孽龙方可除。”

“屠龙剑在哪里？”

“西域巴奄山。”

“有多远？”

“八千多里。”

“怎样才能得到这把剑？”

“要历尽千难万险。”

“我……”

“我急于见你，就是为了助你取得此剑。”

“原来是这样啊！”虎子想，“水娃，你这条孽龙，果然还要作孽！我一定要斩除你这条祸根。”但是他担心，能找到八千里外的巴奄山吗？能取得那把神奇的屠龙剑吗？吃苦倒不怕，只怕宝剑没有得到，孽龙的祸害已经酿成，这如何是好！？

“我知道你在担心，怕得不到那柄宝剑。但是我相信你的坚毅、你的胆识。我曾经西行取剑，但现在我已经被他们监视起来，远行绝不可能了。”

“我不会武功，取了剑也不会使呀！”

“我教你武功。每月十五，月上东山时，他们要聚宴、行乐，会放松警惕，此时此刻你一定要到此守候。”

“怎样能见到你？”

“就在这块大石上，用左手掌击石三下，就能见到我。”

“好，我记住了。”虎子挺起胸脯，双目灼灼有神。他从小就喜欢习武，想闯荡天下，干一番事业，可惜没有师傅教。今天实在是太意外了，显得格外兴奋。

“只能你一个人来，”老人说罢站了起来，“这里很容易被他们发觉，我们不能在这里练功。”

“去哪里？”

鼋仙拉住虎子的手，说：“闭紧双眼。”接着喊一声：“起！”虎子只觉得两耳有“呼呼”风声掠过，人已腾空而去。不一会儿，鼋仙说：“到了。”

虎子睁眼一看，来到了一个完全陌生的地方：四周是高山峻岭，黑压压的漫山遍野的松林，那些树简直像塔一样粗壮，直刺苍穹。突然听到迎面的丛林中有“哗哗”的流水声，因为天色将晚，看不清水流，感觉像是一条山溪从山上奔流而下。他们的脚下是一片草地；不远处还有一方平展的大石，周围几块小一些的石头，像是围着一张桌子的几方坐凳；“扑棱棱”，从对面林中飞出一只大鸟，那鸟有家里养的鹅那么大，如一阵狂风从头上掠过；仅仅过了一会儿，周围的林子里亮起了一盏盏灯。虎子感到奇怪，这样的山野里怎么会有人点灯？

“你看见什么了？”鼋仙问。

“那林子里怎么亮起了好多盏灯？”虎子说。

“那不是灯。”

“那是什么？”

“虎豹的眼睛。”

“啊！”虎子大吃一惊。

“你是生人，他们没有见过你，以后就习惯了。”

从此，虎子就在这样的环境里跟着鼋仙苦练功夫。

四

孽龙手下有一位虾仙，原本是富春江龙门峡的长老，修炼了已近八百年，功力非同一般。虾仙足智多谋，把孽龙抬上宝座，是出于他的谋划。他早就有称霸一方的野心，只是时运不济，没有这样的机遇。孽龙出世，他感到机会终于来了：让孽龙称雄，扶他上宝座，自己离二当家的位置还会远吗？他仔细查考过孽龙的来历，发现他并无根基，加之一味沉湎于享受，无所远谋，这就更易于驾驭。果然，孽龙处处离不开他，事事言听计从。当下唯一不可放松警惕的是炁岚庙潭原先的当家——鼋仙，表面上未见他有什么图谋，暗地里不知道会不会捣鬼，不得不防。

孽龙对身边那些奉承、谄媚、伺候他的水族女儿已经玩腻，经常想起人间的那些当年让他垂涎的美女。虾仙很快就洞察了孽龙的心意，密切关注着。

这样的女子终于出现了。

新任严州郡建德县令刘宇，字安澜，徽州人。带着夫人和豆蔻年华的女儿，由钱塘乘舟到建德赴任。刘夫人尽管已是半老徐娘，依然是个绝色的美人，更兼品行端庄，言谈举止温文尔雅。女儿蕙兰，三岁学诗，八岁开始读经，由于天资聪慧，加上父亲的言传身教，待到十五岁，已长成天生丽质、通晓琴艺书画的才女。古云“尤物足以移人”，凭什么？神态。态之为物，赋予人身，犹火之有焰、灯之有光、珠贝金银之有宝色，蕙兰就是这么个美人胚。

刘宇二十二岁中进士，曾经官居藩司，为官清正，一身信奉墨子的箴言：“非无安居也，我无安心也。非无足财也，我无足心也。”然而贪墨乃官场潜规则，自古以来概莫不如是。虽然有饿死不食周粟的伯夷、叔齐，“归去来兮”的陶渊明，为人所称道，但这样的官员从古至今凤毛麟角，屈指可数。官场的贪墨如俗话所说的“门背后拉屎”，在暗中行事，当着人面却个个嗤之以鼻。为何要“官官相护”，护的就是这一层窗户纸，你知我知罢了。

然而刘宇是个例外，他的狷介脾性，常人难以想象。硬是要戳破那层窗户纸，这如何得了？非得让他懂规矩不可。一天，他的一位下属给他送来一条鱼。刘宇在饮食上的最大嗜好便是鱼。今天这条鱼可非同一般，乃鲥鱼也！此鱼生在东海，每年端午前后溯流进入淡水河产卵，不多久即重回大海，仅半个多月的捕捞期。此鱼全身银白色，闪闪发光，肉质细腻，蒸煮以后，每一片鳞下都会冒出油来，且不说鱼肉之鲜美，即便是拿吃剩的鱼骨、鱼鳞（此鱼烹饪时不除鳞）作羹，也齿留余香。但话得说回来，不管怎么说，不就是条鱼么，又不是纯金打的，也不是和田玉雕的，如此一条鱼，会惹什么麻烦？刘宇毕竟是刘宇，他将此鱼悬挂在门厅的最显眼处，绕着鱼儿走了一圈，吟道："不捕不渔，胡瞻尔庭有悬鲥兮？彼君子兮，不素食兮！"

"爹！"蕙兰兴冲冲地拿着一幅刚作的画，要他爹题词。见爹饶有兴趣地在观赏一条鲜鱼，便止住脚步，反复拿她画中的鱼与挂着的鱼作比较。刘宇这才发现女儿来了，问道："画好了？"

"好了。"

刘宇接过蕙兰手里的画，只见：群山环抱中，桃林掩映下的溪流，碧波不兴，鳜鱼嬉水。显然取意于唐张志和的诗《渔歌子》："西塞山前白鹭飞，桃花流水鳜鱼肥。""好！好画！诗中有画，画中有诗。唉，你说，这画中的鱼好，还是挂着的鱼好啊？"

"不知道爹所指的是什么？"蕙兰紧凝双眉。

"哦！我说的是，画中的鱼可品味，也可餐，这挂着的鱼么……只能挂着。"

蕙兰看了一眼挂在门厅上的鱼，说道："爹，你不是最喜欢吃鱼的么？天这么热，鱼挂着会坏的！"

"坏了才好，不坏不好。"

蕙兰紧锁的秀眉忽然展开，狡黠地抿嘴一笑："哦！我明白了！"

"你明白了什么？"

蕙兰目光注视着门外："这鱼一定是有人送来的。"

刘宇微微颔首。

"此鱼本是饵，吃了它便上钩，以后便会接二连三，一发而不可收拾，最后食鱼人成了投饵者的美餐。"

刘宇故作不解："嘎！愿闻其详。"

"现在把鱼儿高挂在门厅，让它变坏、发臭，那难闻的味儿，让那位送鱼人避之犹恐不及，还敢继续投饵吗？"

"说得好！"刘宇抚掌道，"不求誉，不避嫌，正身直行，众邪自息。知父者，我儿也！"说罢，展开蕙兰的画，问："你说，要爹题什么？"

蕙兰扭了扭身子，说："这还要问我吗？"

"好，拿笔来。"

蕙兰递上早已准备好的笔。

刘宇挥笔题上四字："莫吻香饵。"

刘宇就是这么个秉性，官场中的另类，如同沙海中的红柳，孤零零的，酷暑、严寒、风暴都落到他的头上，官儿越当越小，从三品大员，降到七品县令。如今带着妻儿到建德上任，沿钱塘江乘舟一路南下，经过一天的航程，来到了富春江上风景如画的七里泷。

五

通常，行舟绝不可能有如此神速，孽龙早早地就守候在这里，略施小计，让刘宇的行舟顺风顺水，鼓起两面风帆，大有千里江陵一日还之势。孽龙为何要守候在七里泷呢？因为这里水急滩险，便于施法行事，这是他事先与虾仙谋划好的。

碧水蓝天，清风送爽，一江春水，两岸青山；清波拍岸，如长歌有韵，偶闻猿啼，如曲终人欢；红杜鹃如火如荼，隐约于万绿丛中，如梦如幻。山环水绕，白云深处竟见白墙黛瓦，三五成群，隐没于绿树丛中；也见白帆轻舟逶迤行来，犹如蓝天白云在水中映显。

孽龙潜身江底，迎着刘宇的行舟，水波不兴，缓缓而来。

刘宇被这里的江天景色所陶醉，往日只是从传闻与词章中略知富春江的优美景色，今日身历其境，大有"忽逢桃花林"的奇异感觉，一时想起前人为之歌咏的诗篇，脱口吟道：

一径入双崖，初疑有几家。
行穷人不见，坐久日空斜。
石上生灵笋，泉中落异花。
终须结茅屋，到此学餐霞。

刘宇为何吟出如此低调并具离世情怀的诗句？真所谓触景生情，几十年的宦海浮沉，历尽艰辛，备尝艰难；满怀报国安民之志，只落得一枕黄粱，故有三闾大夫"长太息以掩涕兮，哀民生之多艰"那样的哀婉与伤感。

孽龙已来到刘宇的船头，他哪里会顾及刘宇的心情，只想早一刻见到刘宇的妻女，酷似一匹饿极了的狼，正期待着他追逐中的美食，满嘴垂涎。他慢慢地抬起头来，只让眼睛露出水面，遗憾的是只见那半老的刘宇独坐船头，不见他美丽的妻女。忽然听到船舱里有人在说话，那纤细、婉丽的语音，让孽龙心驰神往，如何按耐得住？真想掀起巨浪，让船倾覆，立刻就可以左拥右抱，把两个大美人拢进怀里。但虾仙的忠告让他不得不三思而行："积思勉之功，旧习自除。"

怎样才能神不知鬼不觉地得到她母女俩？他刮起了冷风，一阵紧似一阵，刘夫人赶快拿出衣衫，快步来到前舱。孽龙喜出望外，刘夫人果然是个大美人。那女儿肯定比母亲更加出色。就在这时，蕙兰兴冲冲地来到前舱，缠住她爹，要老爹介绍诸多文人墨客在富春江上留下的词章、典故。孽龙终于见到了蕙兰，哇！胜似天仙啊！

孽龙一时难以下手，焦急地等待时机。

好一会儿，母女二人才回到舱内，前舱仅留下刘宇一人。孽龙大喜，机会终于来了。他向刘宇吹拂阵阵凉风，突然刘宇手里的书卷被风吹落坠江。刘宇赶紧侧身捞书，不慎坠落江里。孽龙张口吞下，化作刘宇，复端坐前舱。

第三章　假县令作威作福

一

“刘宇”带着妻儿来到建德县就任，交割停当后，已是黄昏，“刘宇”显得很疲惫。“哦！累了，早点歇着吧！”说罢，立刻就上床。

刘宇有一个习惯，临睡前一定要洗脚。刘夫人让下人端来一盆热气腾腾的洗脚水，让他洗脚。龙是生活在水里的，最怕接触热水，孽龙为了假戏真做，无奈只好翻身坐起，把双脚伸进了热水里。这一下非同小可，“刘宇”一声惊叫，脚盆里隐隐可见两只龙爪！

一旁伺候着夫君的刘夫人大惊失色！“刘宇”已恢复正常，脚盆里分明是一双脚。刘夫人赶快揉眼睛，心想，是不是今天累了，眼睛看花了？

过后，夫妻双双上床。“刘宇”迫不及待地将夫人压到身下。夫人惊呼：“冻死我了！”

孽龙立马警觉，不好，又露馅了！即刻让身体回暖。

夫人十分惊讶：“夫君，你怎么了，身体怎么这般冷？简直像冰块一样。你病了吗？”

“刚才……是有点……夫人放心，现在没事了。”

“哦！吓死我了！”

“夫人，别怕，别怕！”说着，“刘宇”不停地抚摸夫人的身体，夫人也意识到夫君想要，轻声说：“身体要紧，今晚别那个吧。”

谁知“刘宇”将夫人紧紧地抱在怀里。夫人只好顺着他，做起那桩事来。老夫老妻，她深知夫君的能力，想不到今晚勇猛非凡，夫人渐渐地感到力不能支，拧了他一把：“好了吧！”真想不到，他毫不懈怠，且越战越勇。再怎么办？受不了啦！只好用力把他推开，侧身而卧。

“刘宇”虽然意犹未尽，但也备感惬意。

刘夫人这晚翻来覆去地睡不着：是不是自己老了？配不上夫君了？如果真是这样，往后的日子怎么过？更让她备感惊讶的是，夫君好像换了个人似的，往日他哪有这般强健？随后又想到甫才他身体冷如冰雪，担心他得病了！怎么一会儿又有如此体魄？忽然鼾声骤起，看着夫君脸带微笑的沉睡模样，想起几十年来相濡以沫、百般恩爱的夫妻生活，怜爱之心油然而生，她缓缓地转过身来，挤进夫君的怀里，不久也入了梦乡。

“刘宇”如何知晓官场事？升堂问案，他简直一无所知；尤其是新官上任，属下胥吏简直是每事必问，其中藏着不为外人知的秘密：原任知县是个见钱眼开、设局牟利的操盘手，办事老到，有了好处，也不忘给属下沾点光，其实是封口钱，你好我好大家好。刘宇官声在外，未到任，胥吏、班头、衙役早有耳闻，担心往后清水衙门的日子怎么过？果不其然，“刘宇”油盐不进，无所作为。但俗话说“衙门八字开，有理无钱莫进来”，衙门就像个永远都不会干涸的泉眼（钱眼），自有涓涓入来。

那泉流来了，挡不挡啊？自然有人要来禀告大人，该如何处置？说是禀告，其实是摸一摸这位新任县令的底细。两只滴溜溜的眼睛就像两面镜子，他们完全照得出大人的心思。名不虚传，这个“刘宇”果然清清拓拓，不理那一套，讲话也不照套路来。但是，最后却放出这么一句话来：“你们原来是怎么弄的？”

问话人一时不知该怎么说好，张口结舌起来：“原来，原来……”

“刘宇”已显得不耐烦了，竟然说：“照老规矩办吧！”

问话的人真不敢相信自己的耳朵，可话已经说得再明白不过，就像一声雷，一直还在耳边响着呢！

“怎么？还不明白？”“刘宇”放下脸来说。

“明白！明白了！”问话人喜出望外地走了。

按说，一个县令，官职不大，但主政一方，大小事务可真不少。“刘宇”他怎么处理？他自然知道自己的底细，统统照老规矩办。建德这个地方民风淳朴，民事纠纷很少，偶有一些偷盗之事，交由胥吏就办妥了。所有例行公事，他依样画葫芦，就这么凑合着，也无什么大碍。

夫人信佛，这天带着蕙兰到城西开元寺进香。开元寺是建德县城里香火很旺的大庙，不可错过。返回时已是丑时初刻，正好遇上一帮人抬着一只大箩筐，里面放着许多包裹，最上面压着一只红漆木盒子，特别引人瞩目。

夫人一看这情景，心里已明白了八九分，她想不到地处山乡的建德县，民风淳朴，县衙里却是如此污秽！断不可坏了我夫君的一世清白。

“你们这是干什么？”夫人沉下脸来问道。

为首的立刻上前禀报：“夫人，这是……小的遵照大人的吩咐……”

“不！我家老爷绝不会让你们办这些事。拿走！”夫人毫不含糊地说。

“这，这真是老爷交代的。”来人继续争辩。

“不要再说了，拿走！”夫人脸有愠色地说。

“好，好！”为首的转身对抬着箩筐的两个衙役说：“先抬走，抬走再说。”

二

就在这时，“刘宇”来了，后面还跟着个人。

他去哪里了？大半天都在炁岚庙潭汇集三江水族首领会议，大家一致认为成大业的时机送上门来了，盟主竟然当上了建德县令，有大权在握，行事就更方便，一时间群情激昂。

虾仙示意大家安静，盟主还有更大的喜讯要告诉大家。

听说有“更大的喜讯”，立时鸦雀无声，恭候盟主说话。

孽龙果真有什么惊人之事？连日来夫人身体不适，茶饭不思，略有进食便呕吐。夫人开始以为是吃了什么不配胃口或者不干净的东西，过几天就会好的。蕙兰天天陪伴着娘，想出各种办法来引起娘的食欲，谁知道不但没有好转，反而还加重了些。蕙兰要禀告爹，赶快请郎中。夫人不允，她怀疑是不是怀上了？但又不相信。那么多年了没有身孕，如今蕙兰都十七岁了，还会再有吗？但想起老爷现在的身体与往日大不一样，越来越健壮，几乎天天晚上都要，照这样看来，说不定真有了啊！在蕙兰的一再请求下，终于答应请郎中。

“刘宇”请来了县城里最有名的郎中。这位老先生果然名不虚传，一号上脉，立刻缓缓捋须，继而满脸喜色地禀告：“夫人有喜了！”

“刘宇”大喜过望，赠给郎中先生一锭银子。今天晚上他安宁了，没再惊扰夫人。现在他急于想知道夫人所怀的是龙身还是人身？他希望是龙身。一旦有了龙子，父子联手，何愁大事不成？要想办法看个究竟才是。他悄悄地下床，来到院子里。夏日的夜空，繁星密布，月白风清，静悄悄的黑夜里偶尔有几声蛩鸣。经一番仔细查看，确定绝无闲杂人等，于是来到院中，仰天吐出三口气，提右手捶打后背三次，晃了晃身体，立刻现出了原形。为了不惊动夫人，潜行窗下，正好，窗户对着一株桂树，借助桂树繁茂枝叶的掩蔽，探头向里张望：夫人的玉体清晰可见，再看她腹腔，经反复观察，哇！孽龙险些惊叫起来！果然是龙子啊！还不仅仅是一子，因胎儿太小，很难分辨，估计有七八个之多。真想仰天大喊一声：天助我也！也许是太高兴之故，动作有些大了，桂树枝承载不了他巨大的龙身，“咔嚓”一声，树枝断了。

“谁呀！”夫人惊醒了。

"哦，是我。""刘宇"赶紧应道，随即将龙身隐去，走进卧室。

夫人侧着身，睡眼惺忪地看着"刘宇"问："深更半夜的去哪里了？"

"哦！天太热了，到院子里凉快凉快。""刘宇"说着便躺下身来。

"夜里出去，当心着凉。"夫人拿薄被盖在"刘宇"的胸口。

"刘宇"渐渐地进入梦乡……飞身云空，一大帮龙儿前呼后拥，紧随其后的是三江的水族们，好不威风！他一声令下，行云播雨，雷鸣电闪，昏惨惨，大雨倾盆。汹涌的浪涛卷过长堤，新安江、富春江、兰江开阔了！不断地开阔了！低矮的钟楼山峰，只露出一个顶，活像一顶帽子漂浮在水面上；南高峰的宝塔只看见塔顶上的几棵树。小时候跟着大人游玩南高峰，塔顶上的树，看上去简直就在云端里，高不可攀。这些树是大有来历的，传说是天上的神仙吃水果时落下的种子长成的，年年看见有红红的水果挂在树上，可望不可及。都说，有谁能采得那水果，吃了会长生不老。好了，如今那塔顶在水面上忽隐忽现，树成了飞累了的鸟儿的落脚点。神仙留下的果树，毫无当年的神秘感觉。海，我们这里终于也成海了！多么辽阔啊！虽然比不上东海那样的气势，但也是一方疆域；不可能像东海龙王那样在巍峨的宫殿里号令四方，但他也即将成为一方霸主。

想到这里，他突然打了一个寒噤！让三江滚成海洋，那些百姓、房屋、牲口怎么办？成龙时已毁掉了姜家村，连自己的娘也丧身了；这回是成海，将会死去多少人啊！忽然他想起了那个稀奇的梦，梦里那位威严龙王的交代，还清楚记得，这可是犯了大戒呀？！收手吗？想想，要好好想想……

如今当了县太爷，有美貌的夫人，还有个如花似玉、貌如天仙的女儿，几次想下手，实在碍于父亲的身份，强忍作罢，反正是囊中物，逃不出自己的手掌；县太爷身边有一帮卖乖、讨好的下属，水里有一呼百应的子民，日子过得算称心了！不必再闹大动静了……但是，如果就此作罢，好像吃豆沙包，刚刚咬到豆沙边，好味道还没尝到就不让吃了，真有点心不甘，也不是个味儿！

唉！不对呀！他突然想起来：东海龙王他那么大的海域，难道没有伤到老百姓？大海底下埋葬了多少人的尸骨？他怎么就没事？！

"刘宇"终于找到了理由：梦能当真吗？都说梦是反的，不成反倒是成。

突然虎子站立在跟前，怒目相向，手里拿着一把锋利的砍柴刀，指着他的鼻子骂："你这个畜生，害死了姜家村多少人，连自己的娘也不放过。我要取你的命，给死去的乡亲报仇！"说罢挥刀便砍。"刘宇"大喊一声，把夫人惊醒了。

"老爷！老爷！你怎么了？"夫人推摇着"刘宇"。

"哦！做了个梦。""刘宇"喃喃梦呓道。身上已惊出了一滩汗水，睡意全消，心跳得很厉害！走到今天这一步，算得上称心如意，正如俗话说的"鸡毛飞上了天"。但有一个人像影子一样时时刻刻都在他身边，刚才在梦里又见到了他：一脸杀气，怒目圆睁，要为死去的姜家村人报仇。现在梦醒了，感觉人还在刚才的梦境中，走不出来；这个人依然站在面前，就像一团烈焰，周身都有被烧灼的感觉。他深知虎子的脾性，只要他认准要做的事，绝不放弃，哪怕要下油锅，他也不眨眼。龙蛋是从他手里抢来的；他爹的性命、那么多姜家村人的性命，都了在自己手里，这个仇他是一定要报的。这件事原来一直都搁在心上，近来日子过得舒心，有点把它放开了。不可，千万不可！

孽龙最后横下心来：照这样说，我一定要把这件事做成、做大，大到吓破他虎子的胆！他还敢拿砍柴刀来寻仇吗？

三

众多水族首领静候着盟主通报喜讯。

孽龙清了清嗓子，说：“这真是个大喜讯！告诉你们，我夫人怀上龙子了！”

全场一阵欢呼！

虾仙接着说：“还不止一胎哦！”

“多少？”齐声问。

虾仙看着“刘宇”问：“八胎？九胎？”

一阵更大的欢呼、跳跃！

虾仙手指上苍：“盟主夫人怀下龙胎，是上天对我们的垂顾，是天意！”

“说得好，天意！”齐声应道。

“那我们就该按天意行事，待小龙王子们腾飞之日，便是我等共举大事之时！”虾仙紧接着说。

“好！”齐声响应。

“今天，我们的三江盟主，应该登上大王宝座！”虾仙提议。

“大王！大王！”呼喊声此起彼落。

虾仙见机行事，当即率众行朝拜大礼。

孽龙被推上了龙王宝座，从未有过的感觉——浩荡的王者之气势；臣民俯首帖耳；势不可挡的权威，只要他一声令下，即可掀起滔天巨浪，荡平一切。他想，既然成了大王，就要有大王的气派，东海龙王住的是金子打的龙宫，我这个三江龙王，虽然比不上他，但大小也是个王，总不能再住在这么简陋狭窄的地方，龙宫得有龙宫的样子才是啊！

“大王，在下有事禀告。”虾仙伏地启禀。

“什么事？”孽龙问。

“大王乃我三江之主，名声远播，应兴建龙宫才是，怎能再待在这么狭小的地方。”

孽龙心里乐了。虾仙的话正合他的心意。立刻吩咐下去，由虾仙负责筹建龙宫。

虾仙领命。既而请命："大王今非昔比，身边需要扈从。在下愿随大王鞍前马后，赴汤蹈火，在所不辞。"

孽龙看着虾仙好一阵没说话，他在想：身边倒是真要个贴心人。衙门里那么多烦人的事，脑子里还是一桶糨糊。这个虾仙处处能为他着想，脑子也好使，是个用得着的人。让他去做什么好呢？

"去衙门做我的师爷，怎么样？"孽龙问道。

"谢大王栽培！"虾仙连连叩谢。

四

"刘宇"回到县衙，正巧遇上送礼不成、满脸沮丧的胥吏和衙役；还清清楚楚地听见夫人与他们的对话，严词拒绝送礼。

"刘宇"看了看衙役抬走的箩筐，里面放着恁多礼物；转过脸来看着"师爷"，意思是："怎么办？"

夫人见老爷回来了，如释重负；又见老爷身边站着个陌生人，四十多岁模样，脑袋尖尖的，留着八字胡，看上去有点阴阳怪气。老爷怎么带来这么一个人？

"哦！夫人，这位是我刚请来的'师爷'，他姓'夏'。"

"哦！原来是师爷！"夫人立刻行万福。

"夏师爷"赶快回礼："拜见夫人！"

夫人严词拒收礼物，"夏师爷" 也听得明白，他想这一定是刘宇定的规矩；又见夫人秉性善良、高洁，断不是贪图小利之人，如果"刘宇"同意收下礼物，必定会引起夫人的怀疑，岂不坏了大事？

"老爷，我看这些东西让他们抬回去吧！""夏师爷"尽管低着头说话，但眼睛左顾右盼，突然眼睛朝着"刘宇"左转右转，分明是提示。

"哦！""刘宇"口里虽然应着，但眼睛却死死地盯着那些东西，他已经嗅到里面有"鸡"的香味。说起这鸡，好像是小时候爹还在，过年的时候吃到过，以后只闻到过虎子家过大年时候飘过来的香味。眼前这鸡的味道更香、更浓，如何舍得？

"这样，把那鸡留下，其余通通拿走！""刘宇"吩咐道。

胥吏立刻取出那只红漆木盒子，端在手上，看着面前的三个人，不知道交给谁好。

夫人一脸惊讶地看着"刘宇"。

"夏师爷"还想说什么，眼睛在老爷和夫人之间来回逡巡。

"你拿着吧。""刘宇"看着站在身边的"夏师爷"说。

当晚，"刘宇"因为白天身登王位的喜悦，加上美味的叫花鸡，喝了好多酒，一上床就搂着夫人要干那事。夫人不仅因为已有身孕，更令她不可思议的是，相濡以沫几十年的夫君，怎么突然变了个人似的，心里很不是滋味，几次把“刘宇”推开。

“刘宇”的自尊心受到了伤害，今非昔比，今天的“刘宇”乃三江水域的大王，怎么能忍受一个女人对自己的无理？于是大怒！

夫人暗自垂泪，无奈只得任其大施淫威，事毕即闻鼾声如吼。这是她有生以来最痛苦的一个晚上，几十年的夫妻了，身边的夫君不应该是这样的呀！一件件存在心底的疑惑、苦恼，宛若向池塘里丢进些许鱼饵，大大小小的金鱼浮游上来。她清楚地记得，第一天到建德的那个晚上，就像在一个冰雪人的怀里，冻得她简直要窒息。担心他是不是得了什么急病？奇怪的是，平安无事。这样的事以后也有过几次，但没有第一次那么强烈，一旦她警觉奇冷，他就会很快缓过来，像正常人一样，这实在令人费解。夫君已经是年近半百了，男女间的那种事应日渐淡薄，上了床如同两姐妹一样，说说话就渐入梦境。怎么的？他现在竟像年轻时一样，迫不及待地天天都要，而且时间更长，力量大得惊人，每次都要弄得她忍无可忍时才肯罢休。真有返老还童的事吗？就说年轻时也不是这样的呀！今天的事更加离谱，夫君为官几十年，两袖清风，一尘不染，宁可得罪上司、同僚，也绝不苟且，怎么突然会贪恋起“叫花鸡”来，看他那吃相，活像饕餮。看着熟睡中的夫君，她真想把他摇醒来，问：你还是刘宇吗？你怎么变得我都不认识了！

这一夜，夫人睁着一双眼睛，直到天亮。

晚上和夫人发脾气，早上醒来见她睁着一双大眼睛看天花板，知道她一夜未眠。“刘宇”心里萌生了几分歉意，无意间又发现夫人鬓角上有几丝白发，耳垂下隐约可见几条细纹，马上又闭上眼睛装睡。

现在“刘宇”最期待的是，夫人顺利产下他的龙子，他早日当上三江龙王。那将会是何等风光！龙宫是金殿，美女成群，哪会像现在这样守着一个半老的婆子，还要跟自己怄气。嘿！蕙兰立刻出现在眼前，这姑娘无论从哪方面说都是绝顶美人，处处让他动心，哪怕她生气了，也显得可爱。几次遇上机会，不是有事就是夫人出现，或者是讨厌的胥吏找上门来，只好作罢。更想不到自己带来的“夏师爷”，时不时地在耳边唠叨：要稳住局面，要沉住气，千万不可大意……啰里啰嗦的。他开口闭口地叫“大王”，要玩个女人却再三阻拦，简直被困住了手脚。“刘宇”后悔当初把他弄到身边来，想着想着，真的又睡过去了，这天起得特别晚。

第四章　蕙兰姑娘历险

一

每年的七月初七，是中国人的传统节日“七夕”。到了这天的午饭后，全城的人，除了腿脚有毛病，或者身体不舒服的，都要去江对岸登南峰塔，而且一定要登上七级顶层，夫妻可以求得百年和好；少男少女可望红头绳系上心仪的人。南峰塔位于南峰乡巽峰顶，濒临新安江南岸，离城约三里，必须乘渡船抵岸，方能登塔。

夫人、蕙兰也打算去登塔，祈求好运。“夏师爷”安排好坐轿，还特意雇了一条小划子(小船)，单独送她母女俩过江。谁知夫人不愿坐轿，说路程不远，决意步行，顺便到市井走走，解解恹气。

“夏师爷”已感觉到大王对他有成见了，也十分清楚大王对蕙兰相思日深，已到忍无可忍的地步。何不趁她俩过江时，让蕙兰落水，送入龙宫？大王必定心花怒放，自然消除对自己的嫌隙。“虾师爷”越想越觉得可行，真是个难得的好机会，料定，这是他当上师爷后立下的首功。

“夏师爷”兴冲冲地赶来禀告大王。想不到大王今天起得特别晚，怎敢打扰？转念一想，真是多此一举，这明摆着是大王的赏心乐事，给他一个惊喜，岂不更好！

乘小船，很容易让蕙兰落水。现在改乘渡船，怎么下手？“夏师爷”还是有办法：小船、渡船都要过江，同样有法子让蕙兰落水，只不过落水的就不止蕙兰和夫人了。无所谓，这些人迟早都要落水的，早几天而已。

“夏师爷”把夫人和小姐送到江边。夫人命他返回，以应老爷的召唤。

“夏师爷”心中暗喜，告辞夫人、小姐后，立刻来到姜家村注入新安江的小溪出口，那里是荒凉寂静的山谷，人迹罕至，倏忽潜入水中，来到正在兴建的龙宫。

“夏师爷”突然到来，在场的水族都围了上来，大家七嘴八舌，问长问短。“夏

南峰塔

师爷”因时间紧迫，说明来意后，言简意赅地布置任务，特别强调：一定要安排好夫人、小姐的卧室，备好舒适的寝具，不许有任何差池。任务交代清楚后，旋即返回。

二

虎子一直如约、准时到焘岚庙潭，跟从鼋仙到那个神秘的深山习武。鼋仙的悉心教导，加上他的悟性和苦练，功夫大有长进。

师徒相处日久，情同父子。一天晚上练好功，鼋仙招呼虎子来到跟前，帮虎子擦去满头汗水。月光如水银泻地，晚风乍起，山谷里的林涛，犹如狮吼虎啸。待风势过后，山上的松林宛若漫山遍野的武士，排列成锐不可当的阵势，只待一声令下，即可席卷大地，让强暴灰飞烟灭。

鼋仙看着虎子，好半天没有说话。虎子感到有些怪异，今天师傅怎么了？好像有什么话要说。

“虎子，我想对你说件事。此事本该早就对你说，但为师担心，深怕说了后，你控制不住自己的情绪，反而于事无补。”

什么事情这么严重？虎子一脸惊讶地看着师傅。

“我把事情说了，你必须听从为师的安排，绝不可由着性子来。”鼋仙沉下脸来说。

“好，听师傅的。”

“你知道孽龙在哪里？”

“在炁岚庙潭底。”虎子不假思索地回答。

鼋仙摇头。

“去大江大海了？”

“他现在端坐在建德县的衙堂上，当上县太爷了！”

“他怎么能当县太爷？我们建德不是有新的县令上任了吗？”虎子很不以为然。

“是的。新县令姓刘，名宇，在他上任途中，船行至富春江上时，被孽龙吞进了肚子！”

“啊！”虎子大惊失色。

“刘县令的夫人、女儿，至今把假刘宇当作真刘宇。如花似玉的蕙兰小姐，眼看也难逃孽龙的魔爪！”鼋仙痛心疾首。

虎子由惊讶到愤怒，由愤怒到牙咬得“嘎嘎”响。

鼋仙长叹一声：“险哉危也！如今刘夫人已怀下龙子，他们已经计定：刘夫人产下龙子之日，便是号令三江水族滚翻严郡六县之时。如果真让他们的图谋得逞，那将是一场天大的灾难啊……”

虎子腾身而起。

“站住，哪里去？”鼋仙喝道。

“我现在就去斩了这个畜生！”虎子怒不可抑。

鼋仙一把抓住虎子的手臂：“凭你现在的功力，再搭上我，也不是他的对手！”

虎子奋力挣脱：“那就眼睁睁地看着他胡作非为！？”

鼋仙喝道：“你胡说！甫才我是怎么对你说的？就怕你会由着性子来。现在我再说一遍，你不能动，在没有得到屠龙剑之前，绝对不能动。”

虎子终于冷静下来。

鼋仙也放缓语气：“今天告诉你这些，不是让你去鲁莽行事，而是让你知道，时间紧迫！你得抓紧苦练才是。”

虎子噗通一声跪倒在师傅跟前：“师傅，我知道了。”

鼋仙交代虎子：“等到你西行的时候，我会施法护住你，让孽龙无法觉察到你的行踪。但我的功力有限，不可能护住你的全部行程，有很长一段路只能靠你自己了。”

虎子斩钉截铁、毫不犹豫地说：“为了除此大害，就是刀山火海，我也敢闯！”

三

又是一年的端午节，严州城里有端午登南峰塔的习俗，而且一定要等上塔顶，

姜家村的小溪

这样可带来好运。是日阳光明媚，午后还有一阵阵爽心的凉风。严州城里的男男女女，有三五成群的，有扶老携幼的；最激动的是孩子们，都换上了新衣服，穿上虎头鞋，据说能辟邪。追求平安，历来都是人们由衷的期盼。

严州城坐北朝南，新安江在南门外。大街小巷的男女老少，纷纷涌向南门码头。渡头有两条渡船，满载可乘几十个人。平时过江的人少，两条船一来一往，载上一二十个人，很阔绰。可今天不同，码头上黑压压地站着数百人，都急着要上船，后面还有大批的人陆续赶到，那嘈杂、混乱、拥挤的场面可想而知。

虎子也来了，同来的还有好友泰浒、泰鑫。虎子原本不打算来凑这个热闹，娘身体不太好，因虎子爹遇害，她伤心过度，眼睛已经近乎失明。虎子放心不下老娘；另外，跟随鼋仙练功的事是秘密进行的，对这两个好友也瞒着，最近感到身体在起变化，好像有一团热气，看得见是白乎乎的，在体内涌动，人很想打坐，一旦入座，那团热气就会平静下来，随之人变得很轻松，轻到像一片飞絮、一羽鸿毛。有一次他曾经试着让身体升飞，意念一出，人即刻离座而起，差一点顶破茅屋时赶快降身。奇怪的是，随即打坐，可再也飞不起来了！今天他很想弄个明白。突然两个好朋友来了，死缠着要一起去登南高峰。虎子没办法，只好依着他们。

到了南门码头一看，人山人海，怎么办？只好等着上船。无意间，看见离他不远处的两个人，看上去好像是母女二人，母亲四十多岁，端庄、素雅；女儿正是豆蔻年华，美貌无比。母亲时不时地观看上下渡船的人群，不急不躁，很有耐性地等着。女儿有点躁动不安，不过，她一直依偎着母亲，目不斜视。

泰浒、泰鑫有点急，指指点点地说渡船太慢。

虎子脱口而出："不如游过江去。"

突然，那姑娘看了虎子一眼。

这一眼非同小可，虎子看见了像星星、月亮般秀美巧丽的眉目；摄人魂魄的青春魅力，让他久久沉浸在遐想中，直到泰浒推他上船，才清醒过来。

一条船上挤着近百人，就像箍紧的柴捆，没有一点空隙，有人曲起双腿，居然可以悬空。驾船的人不敢开船，人实在太多了，太危险了！他要求下去一些人。

让谁下？谁也不肯下。岸上的人越来越多，大声吼叫着："为什么不开船？！"船上的人也挤得喘不过气来，齐声嚷嚷："快点开呀！要憋死人了！"

没办法，驾船人只好拔起竹篙，顶住江岸的岩石，推动渡船启航。想不到，他一再加力、使劲，最后，脸涨得像猪肝一样，长长地喊了一声："啊——哈——咦——！"船依然纹丝不动。

虎子站立的位置正好在船头，离驾船人最近，眼看他已拼尽全力，船还是动弹不得，便说："我来试试。"

"你会撑船？"驾船人喘着粗气问。

虎子点点头。

虎子怎么会撑船？姜家村在乌龙山下，盛产木材。村里有一条小溪，直通新安江，头年伐下的木材都堆集在小溪边，只待来年春天，春水涨起，便将木材组成木筏，直放新安江，当地人称之为"放排"。撑船与放排相比，那简直是小巫见大巫：小溪九曲十八拐，春水来势凶猛，波涛翻滚；木排载重量大，一般都有二十几米长，两米宽，一根原木吃饱了水，分量都在百斤以上，一次放排量不下百根；在翻腾起伏的激流中的木排，就像桀骜不驯的蛟龙、野马，随时都会冲撞山崖，排毁人亡。可想而知，驾驭山溪木排是何等艰难！尤其是站在排首的掌排人，必须胆大心细，动作敏捷，身体矫健，体力过人。

虎子就是姜家村的掌排人。他接过驾船人的竹篙，来到船头，将篙头往渡头的岩石上一点，突然发力，船像个原先站着不动的大胖子，慢慢地转过身来，开始朝南岸进发了！

驾船人千谢万谢，从虎子手里接过竹篙，他不好意思再让虎子出力了。

众人好一阵欢呼！

虎子忽然感觉眼前闪过一道目光，寻踪望去，惊鸿一瞥的原是那美貌姑娘，此刻正与她娘端坐在船尾。

怎么她们也上了这条船？比起岸上出于好奇而看他的第一眼，现在的第二眼，似乎包含着赞美，还有点那个……虎子的心跳加快了，宛若过年耍狮子灯，击鼓的鼓槌，每一点都落在自己的心坎上；也好像站在火堆的下风口，脸上火辣辣起来。

世上什么事最让人兴奋、激动？古往今来一个样，当然是自己心里爱着的人，对自己有所表示，哪怕是隐隐约约的流露。虎子急于要证实刚才幸遇的模糊感觉的真实性，立刻投以探寻的目光。遗憾的是，姑娘已转过身去，留给他的是一个侧面身影，好像在躲闪着什么，眼睛注视着江水。

蕙兰姑娘她真的在看江水吗？看似若无其事，其实不然，俗话说的假正经，是女人，尤其是姑娘的看家本领。都道是看不透女人的心，让人捉摸不透：先前蕙兰是看了虎子一眼，刚才是第二眼。虎子猜得没错，第一眼她的确是出于好奇："你能游过江去？"眼光里载负着好奇，以迅雷不及掩耳、旁人难以觉察的速度，瞟了虎子一眼。这第二眼可就不一样了，她想不到曾经让她觉得好奇的小后生，竟然有如此担待和行健气概，她敬佩这样的人，眼神里流露的是赞扬和敬意。

又说姑娘的心是芳心，"芳"者，香也！有句话叫"女为悦己者容"。此处的"容"乃涵芬吐芳之意也！可见姑娘的芳心，是有选择和针对性的。

蕙兰的第二眼，除了对虎子的赞赏，也可以说展示了些许"芳心"，至于达到几成？实在很难说清楚。

因为人贴人地站着，泰浒只好用膝盖顶了顶虎子："哎，你怎么老半天不吭声？傻呆呆的，有心事？"

泰鑫与虎子并排站着。漂亮姑娘像大旱天夏夜天空的闪电，人人都关注，尤其是小后生们。开始，泰鑫也注视着后舱的这位美女，因为他与虎子靠得近，误以为那姑娘在看自己，后来才发现，目标不在他，而是虎子。立马转过脸来看，哟！虎子脸上红一阵、青一阵的，两只眼睛直愣愣，像河边的青蛙看草里的蚱蜢。正好，这时泰浒说话了，泰鑫终于有了解嘲的机会：

"你没看见？榫头对上卯眼了。"

泰浒精神为之一振，勉强歪过半个身来，脸对着虎子："啊！你的榫头对上卯眼了？"说罢，眼光朝前逡巡起来。奈何面对的是像森林一样的人体后背，哪里有卯眼啊！

"你听他胡说八道！"虎子不动声色地说了一句。

四

这时渡船已接近江心，上百人七嘴八舌地说着他们感兴趣的事。虎子忽然听见有人在议论那母女俩，其中一个花白胡须的老人说："你们都猜错了，不是什么富贵人家的太太、小姐，"说着拿一只手掩住半边嘴，压低说话的音量，"那年长的是县太爷的夫人！"

"那姑娘一定是县太爷的千金？"一个年轻公子模样的人接着问。

“正是。”老人点头。

年轻公子忍不住贪婪地望了姑娘两眼，轻声叹道：“真是个仙女啊！”

一个头戴方巾、身穿竹布衫，看似开馆的教书先生说：“如果真如这位老丈人所说，那我们可有福分了！”

年轻公子从神游中回过神来：“何以见得？”

“不配轿马，不随扈从，与民同乐，乃清廉、圣贤之举，岂非我等乡闾之福！”

“对，对，先生说得对！”几个人异口同声。

这时船正好来到江心，忽然天空乌云翻滚、雷声隆隆，眼看要下雨了！

先生抬头看天，大为惊疑：“甫才晴空万里，怎么转眼要下雨了？”

“天有不测风云嘛！”年轻公子应道。

先生摇头：“莫来由！莫来由！”

一阵狂风袭来，随即泛起巨浪，船身开始剧烈摇晃，上百人随着船体的摇晃也紧跟着左右摆动起来，哭喊声骤起，尤其是女人们的尖厉惊叫，令人心惊胆颤。

众人的摆动，形成了有节奏的重力推移，势必加大船体的倾斜幅度，将导致船体倾覆，这是十分危险的。

在这紧急关头，富有放排经验的虎子跳上船头，大喊一声：“大家不要乱！蹲下来，赶快蹲下来！手拉住手，千万不要向两边移动。”

大家依着虎子所说，都蹲了下来。虎子的几句话，让惊恐万状的人们开始镇静下来，船体的摇晃果然减轻了。惊吓得浑身哆嗦的蕙兰紧紧地抱住她娘。刘夫人也一脸恐惧，面无人色地搂住蕙兰。

蕙兰躲在娘的怀里，眼皮往上抬了抬，说：“娘，我怕！”随即把目光投向宛如一座塔矗立船头、无所畏惧的虎子。这是第三眼，没有像先前那样躲闪，而是直接、明确地表示：我害怕极了！你能帮我吗？

虎子回以坚定的目光：你别怕，有我！

短暂的平静以后，暴雨骤降，第二轮风波又起了，这次的风浪更大，巨浪猛击船体，击碎的波涛，夹着暴雨向人们倾泻，憋得人喘不过气来，令人窒息。舱内很快泛起积水，没过脚腕。狂风一阵紧似一阵，船体发出“嘎嘎”的响声，眼看就要被风浪击碎。突然，一个巨浪袭来，船身大幅倾斜，风暴声夹杂着哭喊声，场面惨不忍睹。

虎子眼看船即将倾覆，尽管泰浒、泰鑫就近在身边，由于风浪紧逼，说话十分困难，虎子只能连说带比划，要他俩准备好救人。泰浒、泰鑫都是在溪边长大的，有一身好水性，见此情景也早有思想准备。

“呱啦”一声巨响，渡船断裂，所有的人全部落水。水面上宛若一群鸬鹚（鱼鹰），黑压压的，在波涛中起伏。没多久，鸬鹚不见了，它会潜水捕鱼。人呢？只能与鱼相伴了！

虎子、泰浒、泰鑫与一些有水性的人，奋力救起落水人。与此同时，停泊在码头上的一些驳船、杂货船、小划子也相继赶来救助。

刘夫人与蕙兰落水后，两人紧紧相拥在一起，很快就身体下沉。这时虎子正在水下寻找溺水人，忽然发现有两个纠缠在一起的人，在快速朝上游移动。这是十分罕见的！分明是两个落水女人，怎能在水下如此快速潜行？他迅速追赶上去，哪里知道，他追得快，那两人更快，这更激起虎子的虎性——非追上不可！

虎子拼尽全力，终于追上了。仔细一看，正是坐在船尾的夫人与小姐。不容分说，他立刻设法将人推出水面。但是，不管他如何使力，两人的身体沉重无比。他想把纠缠在一起的两人分开，分别将她们推出水面。但几次努力都失败了！两个人就像铜浇铁铸一样熔合在一起，根本无法将她们分开。他再一次下潜，再一次把两人往上推。简直是泰山压顶！奇怪了！两个女人在水下，怎么会有这么沉？正当他用尽全力又无可奈何时，突然感觉浑身暴胀，双臂强劲，他一跃而起，迅速将两人推出水面。虎子见离他不远处有一只小划子，赶快挥手呼喊。小划子迅速赶到，将刘夫人和蕙兰救起。

虎子哪来的突发神力，破解了炁岚庙潭下众多水族的魔力？单凭虎子一人是绝不可能的，这全仗着鼋仙。

五

鼋仙获悉虾仙的阴谋，大为震惊！刘宇已遭孽龙所害，留下可怜的母女二人，怎能眼睁睁地看着她们再入虎口？一定要想办法救下他母女。但时间紧迫，仅凭他孤身之力，如何对付得了众水族的合力？弄不好近千年的修炼将毁于一旦。

按说炁岚庙潭是鼋仙的家底，但如今形势变了，孽龙成了三江水域的盟主，趋炎附势的可真不少。不惧孽龙淫威、依然忠于旧主的只有少数，其中鼋仙旧部的鳗、鳖二将，都有五百多年的道行，是鼋仙的铁杆兄弟。但迫于现在的形势，如同俗话说的“酒坛里点蜡烛——里面亮”，大家心照不宣。

当众多魔力兴风作浪时，鼋仙也在现场，但未发功，而是保存实力。待到破船落水，要将母女二人引入潭底时，鼋仙发功了，忽然感觉有虎子的功力在，这真是不谋而合。鼋仙窃喜，他没有看错自己的弟子。但时间一久，势单力薄的一方就显出颓势来，鼋仙渐渐地感到浑身的经脉被一种强大的力量所牵引。这是个十分危险的信号：他的功力即将耗尽，不仅救不了他母女俩，师徒二人也将因此毙命。

鳗、鳖二将迫于无奈，也夹杂在众水族中施法，不过未尽全力。忽然接到鼋仙的求助暗号，二将这才发现鼋仙行将衰竭，终于明白甫才遇到的反制力为何如此强大。二将毫不犹豫，立刻来到鼋仙身旁，一前一后，相助鼋仙。这真是旱地遇甘霖，绝处逢生，鼋仙集二将，外加虎子，四重功力于一身，这才换来虎子突然能量爆发，救出刘夫人和蕙兰。

鼋仙此举，并非孤注一掷，实在是形势所迫，他已预感到，留给他的时间不多了，刘夫人临盆的日子已越来越临近；虎子虽然苦练功夫，但时不我待，按部就班已无法打破危局。借此机会，他把自己连同二将的一部分功力，都加到虎子的身上。他没有后悔，这将耗去他数百年道行。

六

真是一场浩劫！码头上有抚尸痛哭的、抢救落水的、呼天号地的；加上人多杂乱，闹哄哄地乱作一团，场景惨不忍睹。

虎子、泰浒与泰鑫把刘夫人和蕙兰背到一株大柳树下，那里有一片浓荫。刘夫人因年龄大，已没有呼吸；蕙兰尚有微弱的脉息，但也命若游丝。虎子他们用传统的方法，将落水人扛在肩上，头朝下，用肩膀顶住落水人的腹部，这样可以挤压出落水人腹内的大量积水。经过这一番操弄，蕙兰体内的水倒是吐出来了。虎子正要把夫人扛上肩，泰浒惊叫：“使不得！”

虎子不明其意，双眼圆睁地看着泰浒。

“你没看见，夫人有身孕，她受得了扛啊？”

怎么办？三个人把刘夫人倒着抬起来，这才吐出大量的积水。

两人吸入体内的水排出来了，但呼吸没有了，蕙兰原先的那一丝儿脉象也消失了。

三个人急得团团转，不知如何是好？

虎子看着躺在地上，头发散乱、双目紧闭、脸色灰白的刘夫人，已不见一点生气。丈夫被孽龙吞食了，竟一无所知，至今还陪伴着这个恶魔，太惨了呀！蕙兰身穿白色的衣裙，外加一件湖色的坎肩，打散的长发推向一侧，先前不敢正眼看她，现在看清楚了，真是个天仙！这么漂亮的美人，怎么能眼睁睁地看着她离开人世？虎子突然感觉自己的丹田处在发热，渐渐地扩展开来，沿着督脉直往上走，似乎就要冲出口腔。他想起师傅曾经对他说过，功夫练到很高的程度，体内的真气会聚集成巨大的能量，可以从心所欲，有起死回生的功效。“难道自己达到这种程度了？”转念一想，“为了救人命，何不一试？”

虎子来到蕙兰跟前，低下身来，扒开她的嘴，向她吐了一口气。这一口气直入她体内，贯通五脏六腑，犹如跋涉在沙漠中行将渴死的人，突然吮吸到甘泉；蕙兰的胸部微微向上抬了抬，接着一声咳嗽。

“看！她活过来了！”泰鑫大呼。

泰浒惊喜地看着虎子，连声说：“活了！活了！”

虎子当然也在惊喜之中，但他还是不明白，他真有这样的功力？赶紧来到刘夫人身边，同样向她吐了一口气。刘夫人的身体好像微微动了一下。

泰鑫眼尖，说："她在动！"

泰浒好像没有看出来，双眼还是死死地盯着刘夫人。

虎子一声不吭，他在等待着接下来的奇迹出现。

"唉……唉……"刘夫人发出了微弱的呻吟。

虎子、泰浒、泰鑫齐声惊呼！

接着，刘夫人睁开了眼睛，左看右看，似乎在问："这是在哪里？"

第五章　仇人相见

一

“夏师爷”守在县衙等待好消息，只待大事一成，他立刻去后衙通报，给大王一个惊喜！

“刘宇”还在床上，不过他已经醒了，就是不想起来。刚才他做了一个梦，一个美美的梦，梦中的景物还清晰可辨，他舍不得离开，他要再回到梦中去……

——县衙有一座后院，花木扶苏，绿树成荫，其间有一条小径，用砖石铺成。沿着小径两旁间隔栽着修篁、月季、茶花、一丈红和海棠。小径通往一座八角亭台，木结构，虽然已年深月久，但风骨犹存，宛如阅尽沧桑的出世高人。此亭名为“醉月亭”，正门有楹联：“高人自与月相识；香气时从风载来”。紧挨着小亭的是一口池塘，约有三亩方圆，围着池塘的是层层叠叠的绿树：最里层是芦苇，而后是如同堆烟的垂柳和木芙蓉，池塘宛若隐藏在绿树丛中的一颗明珠。“醉月亭”的一半探入水中，犹如镶嵌在明珠上的一颗宝石。池塘常年蓄水丰盈，倘临春汛，泛溢湖面的水会沿着一条沟渠注入从姜家村奔流而来的小溪。若是遇上洪水泛滥，新安江水暴涨，沿着小溪倒灌而来的洪水，会让池塘水面出现“半是黄澄半是泉”的奇观。蕙兰的闺房濒临池塘，她曾为此奇观书写一联：“黄花绿菊辉相映；徐来清风到玉案。”

溽热难忍，“刘宇”潜入大江，好不痛快。而后顺小溪，入池塘回衙。忽然远远地看见了蕙兰，孤身一人在小径上缓行。“刘宇”快步迎上。蕙兰总是低着头，不说话。“刘宇”将她揽入怀里，抚摸她香艳的肌肤。抱起蕙兰进了卧房，突然蕙兰不见了。他四下里寻找，遇到的尽是一些乱七八糟的人，醒来原来是一梦。

“刘宇”备感失落，如花似玉的天仙，天天在眼前转悠，就是得不到她；压抑了那么多天，实在难以忍受啊！他反问自己：“这样的梦还要做下去吗？”

守卫南门的营官差人急急来报："渡船失事，夫人、小姐落水，已被人救起。"

"夏师爷"脑袋"嗡"的一声响，险些跌倒。怎么突然冒出个"被人救起"？！他大声追问："夫人、小姐在哪里？"

"在码头上。"

"夏师爷"连打几个寒噤，好一阵才缓过神来：怎么会弄成这样？难道有谁从中作梗？马上想到：幸好没有事先告知大王，要不更讨没趣。

不过，"夏师爷"还真是个爷，灵机一动：赶快去码头，接夫人和小姐，把救命恩人也一同带回来，大王会由惊而喜的。

"夏师爷"赶往码头。"刘宇"也已起身。下人立刻禀告刚才的惊人消息。"刘宇"大惊失色！一屁股坐倒在卧室的门槛上，好久回不过神来，喋喋不休地念叨："这太吓人了！太吓人了！"夫人腹中的龙子，是他建成霸业的最大依赖；蕙兰可是他做梦都忘不掉的心上人，如果这两样一起都没了，成龙还有啥意思？随即想道：这救命恩人是谁？一定要酬谢，要重重酬谢。立刻吩咐下去，准备上等宴席。

二

蕙兰睁开眼睛第一眼所见，正是她想象中的，一定会来救她的，那个令她敬佩的英俊少年。这时正蹲在她跟前，用荷叶为她扇风。当地人认为，荷叶是长在水里的，溺水的人浸泡在水里，以湿驱湿，方能消除身体里的水气。虎子拿两片大荷叶相叠，做了一把大荷扇。泰浒、泰鑫见夫人和小姐已无大碍，就去协助相救其他落水的人了。

蕙兰不敢再看虎子，又闭上了眼睛。但马上想到，一个姑娘怎么能在男人的面前躺倒在地上？立刻伸手挡开虎子摇动着的荷叶扇，挣扎着坐起来。刘夫人也醒过来了，同是女人的天性——决不能当着男人躺着，也强摁着地面，侧身而起。

虎子不好意思起来，赶快丢掉手里的荷叶扇，涨红着脸，显得有些手足无措。

就在这时，"夏师爷"到了。随同而来的是两顶轿子和夫人的丫鬟燕燕。码头上挤满了人，"夏师爷"带着燕燕东张西望，终于发现坐在大柳树下的夫人和小姐。赶快拨开人群，抢到夫人、小姐跟前躬身行礼、作揖，口里不停地念叨："夫人、小姐有神灵护佑，遇难呈祥，后福无穷！后福无穷！"

"来了几顶轿？"夫人问。

虾爷伸出两个指头："两顶。"

"你赶快再去雇三顶上好的轿子来。"夫人说。

"还要三顶？""夏师爷"有些意外。

"我要重重敬谢三位救命恩人。"夫人说。

"是，是，我这就去。""夏师爷"拔脚就走。

燕燕赶忙搀扶夫人、小姐坐进轿里。

虎子见夫人、小姐已上轿，正要转身离开，夫人掀开轿帘，说：“请等一等，您是我母女的救命恩人，请问尊姓大名？”

虎子站住了。平时说话倒还流利，不知怎么的，这时有些口吃起来。蕙兰的轿帘拉开了一条缝，正目不转睛地看着他，把虎子给唬住了，不仅红着脸，脖子也涨红了，怪不好意思地回禀道：“夫人过奖了，我们……我们……没做什么事，小事，一桩小事。”

说话间，泰浒、泰鑫也来了。

“嚄！你们三个人都来了！好，好，我想请问你们三个人尊姓大名。”夫人满脸敬意地问道。

泰浒看了看虎子，又看泰鑫。虎子对他眨眼睛，示意不要说。他不想让那个假刘宇知道是他们救了夫人和小姐，更不想见到他。

泰鑫没有注意到虎子的表情，一股脑儿地把三个人的姓名、地址都一一说了。说到虎子时，还特意说了虎子的大名——姜聂隆，虎子是小名，因为属虎。

夫人一听说属虎，脸上立刻掠过一丝喜色，暗暗对自己说：“好啊！比兰兰大一岁。”，知儿莫若母，她早就看出女儿的心思，落水前就发现兰兰很在意这位具有非凡气度的英俊小伙子。如今又冒险救起了她母女二人，更从心底里感谢这位可敬、可爱的少年英雄。她很想知道虎子婚配没有，但这样的话怎能启齿？

坐在轿里的蕙兰小姐，对于泰鑫的话，她句句都记在心上，特别说到虎子属虎，她属兔，长她一岁，马上感觉周身发热，脸上火辣辣起来。

“你们不仅救了我母女俩的命，还救了一船人的命。你们是救苦救难的活菩萨，要请命旌表才是。”夫人接着说。

“夏师爷”带着三顶轿子赶到了，还备了彩带和宫花，不由分说地要虎子等三人披戴起来。虎子一直躲闪着，更不想上轿。由于虎子的态度，泰浒和泰鑫也拒绝了。

现场围观的人越来越多，都说这三个人是傻子。

突然，蕙兰小姐轿帘的那条缝隙扩展开了，传出一句话来：“要什么人来才请得动你们？”

这句话是有言外之意的——“我也请不动你们吗？”说者有意，听者有心，好像伐木人的最后一斧，大树轰然倒下了。

三个小伙子终于都坐进了轿子，虎子落在最后。

虾爷请来的吹鼓手很卖力，一路吹吹打打，加上围观的人群熙熙攘攘，很是热闹。

虎子从来也没坐过轿子，晃晃悠悠的，人倒是蛮舒服，但心里却沉重起来：最最厌恶、可恨，唯手刃而后快的孽龙，马上就要见到了。怎么同他见面？怎么与他说话？从南门到县衙的路并不甚远，没多久，就来到离县衙不远的衙前大街。

三

“刘宇”匆匆梳洗一番，就端坐在大堂上等候。转念一想，不对，不能在这里等，大堂是审案的地方，怎么能在这里等客人？赶快起身到后堂，刚坐下一会儿，就传来喇叭鼓乐声，他腾身而起，三步两步地往外跳。

一行五顶轿子序列排开，在一帮吹鼓手的簇拥下，逶迤而来。赶来看热闹的百姓蜂拥而至，把衙门口围得水泄不通。

“刘宇”昂首探望，不住地点头，赞赏师爷事情办得好。他急于要看见幸蒙大难而归的夫人和蕙兰；同时也念念不忘，到底是什么人救起了他的夫人和蕙兰？

刘夫人和蕙兰的坐轿过来了，到了衙门口，掀开轿帘，与等候着的“刘宇”打了个招呼，便径直去了后衙。

“夏师爷”快步来到“刘宇”跟前，分别介绍三位救命恩人。第一个下轿的是姜泰浒。

“刘宇”心里“咯噔”一下，怎么会是他？小时候拖着鼻涕的发小啊！接着下轿的是姜泰鑫。

“刘宇”把眼睛瞪得老大，啊！这些人都凑到一起来了！

第三个下轿的是虎子。

“刘宇”一见，连连后退，赶紧拿手揉眼，所见的还是虎子，正一步、一步地向他走来。“刘宇”倒吸了一口冷气，这不是“钉头碰铁头”吗？怎么会有这么巧，又是他！

“夏师爷”慌忙上前介绍：“老爷，就是这位少年英雄奋力救了夫人和小姐。”

突然间，“刘宇”浑身像针扎一样刺痛，火辣辣的，如同被推到火堆旁一样全身灼热。这是哪里来的强力？很快发现，是来自虎子那双虎视眈眈的眼睛。“刘宇”陡然打了个寒噤！想不到虎子这个凡人，怎么练成了如此强大，原本属于仙、神才具有的功力？他是从哪里得到的？难道他已知道自己的底细，寻机报仇雪恨来了？！

虎子为什么如此草率地显示自己的功力？这正用得上一句俗话：“仇人相见，分外眼红。”他一见站在衙门口的“刘宇”，孽龙的种种罪业、恶行立时呈现在眼前，仇恨的怒火就像熔岩一样在心头涌动，化成了炽热的烈焰，从眼睛里喷射出来！他已经把师傅的教诲抛开了。这是虎子嫉恶如仇的本性使然，终于带来了灾难后果，这是后话。

“刘宇”正在思谋如何对付虎子，虎子举步来到跟前，略略向前欠身，但并非行礼，他决不会在这个恶魔跟前低下头来。

“哦！免了，免了。”“刘宇”连忙上前相扶，两人在肢体接触中，“刘宇”又感到虎子毫无不良意图，这又让他纳闷起来。

后衙已摆下一桌丰盛的酒宴。“刘宇”热情地邀请虎子等三位少年英雄入座。那是一张大圆桌，平时只取其一半，置于厅堂的长几之下，凡遇庆典或贵客，方抬出另一半合成。“刘宇”南面而坐。请虎子在他的上首落座；姜泰浒、姜泰鑫坐在他的下首。

三个来自乡间的小民，从未见过这样的大场面，泰浒、泰鑫显得有些局促不安。虎子不知道为什么，只管偷偷地看“刘宇”，想从他身上找出水娃的影子和孽龙的爪子来。但“刘宇”的面貌恰是和善，没有一点让人害怕的官架子。怎么就让这孽龙一口吞下了一个爱民如子的好官！披上他的一身皮囊，包藏着祸害百姓的歹毒之心，太可怕了！老百姓哪里会知道，这位爱民如子的青天大老爷，正在谋划将严郡六县滚成大海，让成千上万的百姓，葬身水底啊！

刘夫人偕蕙兰来到宴席上。两人都梳洗了一番，夫人虽说是半老徐娘，但贤淑、秀慧的风韵依然，只是腹部隆起已很明显，更显得雍容华贵。蕙兰宛若从花丛中飞出来的粉蝶儿，带着花蕊的清香；她那含羞的眼神，宛如藏在海棠叶底的蝶儿，在风中不停地扇翅、躲藏。

刘夫人和蕙兰坐在“刘宇”的对面，蕙兰的座位靠近虎子的一侧。

“刘宇”万万想不到夫人和蕙兰的救命恩人竟然是虎子等人，天下怎么会有这么巧的事！他默默地对虎子说：“虎子啊，虎子，我时时防着你，想不到你又为我做了件大好事。这样吧：过去的事都让它算了，我们从今天开始，你我不再记仇，也算是兄弟一场吧！”想到这里，“刘宇”便大大地赞扬虎子等三人，表示要给姜家村赠送匾额，在姜家祠堂立旗杆。

虎子连连推辞：“我们姜家村有这样一句老古话：‘家对家，村对村，就像山上的竹子林，土上各归各，土下盘盘根。’我们家家户户，根根相连，因此，帮助别人是做人的本分。”

这话“刘宇”当然知道，用在这里也恰如其分。因而萌生起负疚的心理：我……帮助过别人吗?

蕙兰一直低头不说话，她的那双秀慧、美丽的眼睛宛若璞中的蓝宝石，深藏不露。等到虎子讲话了，她忽然抬起头来，蓝宝石几次朝着他闪烁。

刘夫人当然明白女儿的心思，她寄望于“刘宇”能把话题引向儿女婚事，诸如，虎子家里有些什么人，可曾进过学，婚配否，等等。但当着这么多人的面又无法提醒，因而显得有些局促。

“刘宇”忽然发现了蕙兰的异样眼神。立刻注目虎子的反应，看上去虎子虽然不动声色，但一个是救命恩人，一个是如花似玉的美女，难保……他熟知虎子脾性：乐于帮人，而且一帮到底，人又生得俊俏，这是最能讨得女人欢心的。刚才心头的那一丝儿歉疚早已飞到爪哇国去了，代之以如同矢镞穿心，他难受极了！

泰浒突然插话："虎子说得对。今年的端午过后，我们村的水娃成龙了。那是一条孽龙，狂风暴雨，光我们姜家村就死了一百多人，剩下的人在风雨中无家可归。岭后的葛家人救了我们姜家村，还让出一片山地，帮我们搭房子安家。"

蕙兰很吃惊，脱口问道："什么时辰？"

"端午节后第三天，丑时三刻。"姜泰鑫很准确地说出时间。

蕙兰立刻回忆：她记得很清楚，就是那一天，午休醒来，想起醉月亭下的白栀子快要开花了，想去看看。刚走进醉月亭，突然狂风大作，暴雨倾盆，幸好抱住亭柱，不然，她会被刮进池塘里。现在想起来，还让她害怕。

泰鑫也插话了，问虎子："是水娃抢了你的龙蛋才成龙的，是吗？"

夫人听得入了神。

虎子难以回话，感觉头皮在一阵阵发麻，心头的熊熊烈焰，就像一脚踩上地上的"水老鼠"，立马就要喷射出来！无可奈何，他双手紧紧捏住自己的座椅。

这时耳边响起了师傅的话："在没有得到屠龙剑之前，绝对不能动！"心头的烈焰，憋得他脸涨得像个判官。

"刘宇"则如坐针毡，脸上红一阵，青一阵。他在想：虎子他们哪来这么巧，与夫人、蕙兰同乘一船？更让他焦虑的是，虎子竟然有非凡功力，难道说另有什么高人在摆布，事先就谋划好，要毁我大业？

刘夫人见虎子满脸通红，猜想：这孩子一定有什么话窝在心里，不便说出来。反观"刘宇"毫无替女儿着想的意向，但又不甘心失去如此美好的良机，于是迂回侧击地问道："你们姜家村民风淳朴，堪称里仁之乡。甫才刘大人说了，要请命旌表你们，乃当之无愧。虎子兄弟，请问令尊令堂高寿？"

"家父在那场暴风雨里丧了命。"虎子不无含愤地说。

"啊！"夫人一声叹息，惋惜之情溢于言表，"令堂可好？"

"家父遇难，母亲悲伤过度，双目失明了！"虎子哀叹道。

蕙兰毫不避讳地看着虎子，不断跳动着的长睫毛，渐渐地挂上晶莹的泪花。

"刘宇"暗暗骂道：混账的"老太婆"想给女儿找婆家了？本来已经窝了一肚子的火，夫人的话简直是火上添油；尤其是蕙兰对虎子流露的怜悯和爱意，他再也无法忍受，原先挂在脸上的笑容已荡然无存。感觉身上的骨骼在"嘎嘎"作响，他知道这是显出原形的前兆。

蕙兰一声惊叫！她发现爹的脸色怎么变成绿色了！

夫人惊恐万状地看着"刘宇"。

虎子明显地感觉到，来自"刘宇"的强大引力要捆住他的手脚，看来孽龙要对他下手了。此时此刻已经顾不上师傅的教诲，只有拼死一搏了。

"刘宇"正待现形，要将虎子一口吞下。就在这千钧一发的当口，他那双也在冒着火焰的双眼，突然看见了夫人腹中的龙胎——这回看清楚了，有九条小龙，他们在游弋、盘桓，还有点躁动不安。

宛如一锅滚汤，突然倒进一瓢冷水，“刘宇”立即冷却下来，悄无声息了。他想到，如果这时候只顾解恨，就等于毁了自己的大事：夫人、蕙兰都会惊吓而死，九龙也会胎死腹中……

“刘宇”未敢莽撞，强咽满腔怒火。但再也无法找回先前那样的情绪和心情。

虎子感觉风雨已经过去，赶快起身告辞。泰浒、泰鑫也极力附和，急着要回家。

“刘宇”也不作挽留，让“夏师爷”取来银子，每人赏银五两。

虎子以不能坏了村里的规矩为由，拒不接受赏银，谨谢而去。

刘夫人满脸狐疑地看着“刘宇”，心里在问：“怎么？就这样走了？”

蕙兰听着三人走出大厅，脚步声渐渐地消失了……伤感、忧悒油然而生。

第六章　我爹在哪里

一

蕙兰回到自己的闺房。因为心里很乱，她推开濒临后园的窗户，看见园里的金桂飘香、梧桐落叶，口中突然冒出这样的佳句：“丹桂飘香，醉落梧桐，正人间天上愁浓。”她想再续下去，但是脑子好像闭塞了，怎么也提不起精神来。因为心里烦闷，她迎着夕阳，踏上后园的小径，一步一顿地往前走。当走近醉月亭时，猛抬头，见亭里坐着个人，不是别人，竟然是娘！

刘夫人怎么想到一个人进醉月亭？今天发生的事情，宛若一场不会醒的噩梦，好像现在还落在江底，四顾茫茫皆是水，她反复问自己：“果然是苦海无边吗？”

她很少到后院来，记得在兰兰的陪同下来过一次；与燕燕也进亭小憩过一回。她对醉月亭的感觉很好，隐于花木丛中，伴着一池湖水，时有清风徐来，让人舒心惬意。今天却是带着满腹忧愁，独自一人走进了醉月亭。

很有些日子了，总感觉老爷变了，不像从前的他，有些时候简直让她无法相信——这是她相伴几十年的夫君？是年岁长了，人变老之故？不像啊，他做起那事来，比年轻时还威猛，哪会有这样的老法？今天的宴席上，更出乎她的想象，根本不屑顾及她母女的感情和心意，这哪里是视兰兰为掌上明珠的爹！

席间她听说孽龙，惊出了一身冷汗！曾几何时，那冰雪一般冷彻肌肤的身体；洗脚时，曾经见到像爪子一样的怪象；为人处世恍若变成了另外一个人……一桩桩、一件件的不可思议，如同湖面上的浮萍，在风的推动下，纷至沓来。满腹的恐惧、忧愁只能藏在心底，不敢对兰兰说，深怕把胆小的兰兰给吓着。

突然一声“娘”，刘夫人吓得大声惊叫！“啊！是你呀！真把我吓死了！”

蕙兰不知道会把娘吓成这样，赶快抱住娘，抚摸她的心口。

“你怎么这时候想到来园里走走？”夫人理着蕙兰额头上有点散乱的刘海，问道。

蕙兰也是带着满腹愁情踏进园里来的，想不到在这里遇见了娘，所有的苦恼、忧悒和委屈一起涌上心头。一头钻进娘的怀里，泪水如同泉流。

夫人深知女儿心里的苦楚，把蕙兰搂紧在怀里；刚才的惊吓，到现在还觉得胸口空荡荡的，抱紧了兰兰，似乎感觉舒缓了许多。

蕙兰突然抓住她娘的手，问：“娘，我爹呢？”

“他不在吗？”夫人低下头来看着怀里的蕙兰。

蕙兰一挺身，从娘的怀里挣脱出来，说：“娘，我是说，那个爱我、疼我、善解人意，满腹文章、清廉儒雅的爹到哪里去了？”

这话正触及夫人的忧伤，她不知道该如何回答女儿的疑问。她迟疑了……

蕙兰双脚一跺，说：“爹最最疼女儿的那颗心没有了，一尘不染、两袖清风的一身正气抛弃了。家里堆了那么多不该收取的馈赠，这哪像是我的爹？！”

刘夫人侧过身，避开蕙兰的目光，任凭从池塘里吹过来的风吹乱她的头发。

“娘！刚才你看见了没有？爹的脸有多可怕！在虎子他们说到孽龙的时候，他脸上一阵阵发青，突然间，竟然发绿了！现在我想起来都害怕！”说罢，双脚并拢，两手捧住自己的脸，哆嗦得缩成一团。

刘夫人回过身来，长叹一声：“不管怎么说，他总是生你养你的爹呀！”

蕙兰拉住娘的手，想说什么，但又觉得不好意思说出来：“娘，我想，我想……”说着又放开了娘的手。

“在娘这里还有什么好吞吞吐吐的？”夫人把蕙兰的手抓在了手里。

蕙兰振作了一下，看着她娘，说：“我想知道虎子他们说的有关孽龙的事；还有什么……哦，龙蛋！”

蕙兰说的这两件事，夫人也很想弄明白。但她深知女儿还有另一层意思，于是试探着问：“你打算怎么去打听这几件事？”

蕙兰又把身子倒向娘，眼珠儿慢慢地转了一圈：“娘！我要你陪我去……”

“去哪里？”夫人明知故问。

“去，去……”蕙兰涨红着脸，把下面的话隐去了。

夫人轻轻地拍了拍蕙兰：“哦！还吞吞吐吐的。口说要我陪你，话又不说明白，叫我怎么陪你？”

蕙兰重新坐好，抬手理了理自己的云鬓，话说得很轻：“我们一起去姜家村。”

“去找虎子他们？”夫人定了定神，“这事我也想过。但是我们娘俩贸然去姜家村，合适吗？”

蕙兰“呼啦”一下坐直了身体，说：“有什么不合适的？拜访救命恩人，出于礼仪呀！”

“让我想想。让我想想。呃，这样吧，等县衙给姜家村送匾额、立旗杆的日子，我们找个机会去一趟，好吗？”

“好是好，但我有点担心，看爹今天的神态，到时候会不会有变？”蕙兰不无忧伤地说。

“身为县令、父母官，当着人家的面说的话，能不做到吗？这事我会催着他的。”夫人说。

“娘……”兰兰搂紧了娘，轻轻地在她娘的脸上吻了一口。

母女二人携手出了后园。蕙兰回到闺房，重拾刚才未就的那首词，此刻的心情大不一样，提笔疾书，一挥而就：

行香子

丹桂飘香，醉落梧桐，正人间天上愁浓。地老天荒，关锁千重。纵清风来，秋月去，不相逢。

星桥鹊驾，经年才见，想离情别恨难穷。牵牛织女，莫是离中。几多寒？几多雨？几多风？

二

虎子、泰浒与泰鑫出了县衙，赶紧回家。闹腾了大半天，南高峰也没登过；渡船倾覆的消息，近在咫尺的姜家村肯定已早有传闻；加上又耽搁了那么长时间，不知道家里已急成什么样了！三个人脚下生风，快步往回赶。

赶路归赶路，有话还是要讲。泰浒最耐不住寂寞，三个人他走在当中，前面是泰鑫，后面跟着的是虎子。“呃，你们说，这位县太爷怪不怪，开头活像个庙里的菩萨，就知道张开口笑。呃，后来怎么一下子，就像热天窗口的竹帘，‘唰拉’一下直挂下来，变成了城隍庙里的无常，那脸色真吓人啊！”

泰浒说罢，很想听听同伴的反应，结果两个人一点声音也没有，只有“沙沙沙”的脚步声。咦！怎么都不说话了？“呃，我还注意到，是我说起孽龙的事，他才变脸的，你们说，这是为什么？”泰浒继续说他心里的疑问。

泰鑫这才回过头来：“我发现了一个秘密。”

“什么秘密？”泰浒问。

“不知道你们留心看了没有？那个蕙兰小姐，老是偷眼瞄虎子，这才把县太爷给瞄急了，那脸才像放竹帘子一样挂了下来。”

“虎子，是这样吗？”泰浒回过身来问虎子。

虎子只管走路，闷声不响。

“虎子，你嘴上贴膏药了，开不了口了？”泰浒逼问。

虎子的心里就像滚水煮汤团，翻的翻，滚的滚，乱极了！真想不到今天会遇上这样的事：不想登南高峰，偏偏去了；上了渡船偏偏又遇上了蕙兰母女；风平浪静的江面，怎么突然间会翻江倒海起来？救起她母女俩，真是粟米掉进针眼里——冤家路窄，碰上了“刘宇”——孽龙；正在想怎么来面对眼前的恶魔，泰浒、泰鑫竟然把孽龙作恶、抢龙蛋的事，当着“刘宇”的面给捅了出来，真是尖屁股坐石臼——眼对眼。眼看孽龙就要撕破脸，不知道是什么缘故，他竟然又作罢。就现在的情势看来，躲过野牛碰上虎，会越来越凶险。得赶紧与师傅商量对策。

身边的泰浒、泰鑫是自己的发小，真正的知心朋友，对他俩捅开这层窗户纸如何？多一个人，多一分智慧，但又多一分担心：过早的揭底，会不会坏事？还是与师傅商量后再说。

“我想问，孽龙现在在哪里？”虎子终于开口说话。

这回轮到泰浒、泰鑫没话说了。

过了好一阵子，泰鑫冒出一句来：“它不是在江河里，就是在云头里。”

“我在担心，孽龙会不会再肇祸害？”泰浒说。

“有句俗话叫‘弄堂鬼迷熟人’，难保他不会。”泰鑫说。

泰浒急了：“那怎么成？刚刚安顿下来，他又来把家给毁了，还有法子活嘛！”

“要想法子收拾他才是。”泰鑫说。

“怎么收拾？它风里来，雨里去，癞蛤蟆不长毛——无法（发）治。”泰浒说。

“保一方平安的父母官不该出头来收拾它？”泰鑫说。

泰浒鼻孔里连打“哼哼”：“盼这位父母官啊！金漆的马桶，只外面好看。”

又是一阵“沙沙沙”的脚步声，没人说话了。

虎子感到该早日去西域取屠龙剑了。不知他的这两个好友是否愿意同行？数千里的行程，翻越崇山峻岭，穿越百里沙海……何等艰难？有好友作伴，总比孤单一人强多了。

“上次孽龙作恶，毁了我们姜家村，临近的乌龙庙也毁损了大半。庙里的老和尚不久就圆寂了，临死前，老和尚说了一句话：要除掉孽龙，一定要去西域巴奄山取来屠龙剑。”泰浒突然想了起来。

虎子好不意外！心想：怎么跟师傅说的一个样？立刻接过话茬：“如果能取得屠龙剑，为民除此大害，这辈子总算没白活了！”

“我们三人去西域走一趟？泰浒，你敢吗？”泰鑫停下来问。

三个人中，泰浒胆量最小，但人很聪明，泰鑫有意激将。

“有什么不敢？你敢去，我就敢去。”泰浒回敬道。

“我们先说到这里，一句话：不能等着上轿穿耳朵，要拿出法子来对付孽龙。”

虎子说。

“好！你说，怎么对付？”泰鑫、泰浒齐声问。

三

“刘宇”等虎子等人一走，立刻找来“夏师爷”，盘问今天事情发生的原委。

“夏师爷”不敢再自作聪明，把前因后果细说了一遍。

“刘宇”原本想拿“夏师爷”来出气，想不到他竟是一番苦心，气也就出不来了。但明摆着的问题是恁多水族同时发功，两个凡人竟能逃脱？

“刘宇”让“夏师爷”快去搬来虎子方才坐过的那把梨花木椅子。

“夏师爷”一提座椅，座板两侧已经断开，好不惊讶！赶快搬到“刘宇”跟前。

“刘宇”看着结实的梨花木椅子已经裂开！好一阵说不出话来。

“夏师爷”挪开散架的椅子，突然发现椅子坐板下的两侧分别有好几个很深的指印，入木三分。赶紧出示给“刘宇”看。

“刘宇”看得寒毛直竖、背脊透凉，眼前又出现了怒目圆睁的虎子，手里拿的不是砍柴刀，而是要挖他的心头肉！

“刘宇”断喝一声：“走！去龙宫。”

“夏师爷”也是窝着一肚子的火。他交代得清清楚楚，大家也表示努力照办，结果全砸了！这不仅仅是丢了他的颜面，更让大王扫兴。遵照大王的旨意，他一进龙宫，立即号令所有水族统统到大殿前集中，经逐一查点，发现少了鼋仙。

孽龙一听鼋仙未到，大怒！这鼋仙原本就是他心头的怨怼，炁岚庙潭原本是鼋仙的领地。现在表面上看起来已归顺于他，但听“夏师爷”说，鼋仙修炼近千年，功力非凡，日常总是喜欢独处，言语不多，就像个闷葫芦，不知道安的是什么心？

孽龙现在也算得上是一朝天子，最担心的是三江水域的臣民是否都臣服于他，这可是关系到他日后王位安危的大事。几次想拿鼋仙来做靶子，杀一儆百，苦于找不到这样的机会，好，今天机会终于来了，怎能不抖擞天威！

“鼋仙今天到了没有？”孽龙大声喝问。

全场鸦雀无声。

孽龙厉声喝令：“传鼋仙！”

“夏师爷”十分忌惮鼋仙，无论是资历还是地域关系，都高出他一头，是他精心谋划二大王宝座的最大障碍。好！这下子好了！一定要抓住这个天赐良机，把这个眼中钉、肉中刺彻底拔除，让他成为搁在滩石上的鲫鱼，晒成干。他声情并茂地陈述大王为了开创三江水域基业，呕心沥血，为的是造就三江千万水族生灵的福祉。蕙兰姑娘美貌贤淑、敦厚体贴，是伺候大王的最佳人选。说着，说着，情绪激动，既而振臂声讨：“对于这样的头等大事，居然有置之不理者，是何用心？该当何罪？”

“夏师爷”的话引起一阵骚动。众多看风使舵者，应着“夏师爷”的话，鼓噪呐喊起来，要求大王严惩不贷！但也有能辨是非的，私下为鼋仙喊冤，鸣不平。

孽龙见众望所归，暗自欢喜，尤其是“夏师爷”的这番话，正如俗话说的，甘蔗吃到根头，越嚼越甜。刚才还在埋怨他把好事给办砸了，现在想想他也确实是一番好心，忠心耿耿，日后得把他用起来。

据说“拍马屁”的典故出于蒙古族。这个民族被世人称为“马背上的民族”，他们的生存与发展离不开马，与马有着特殊的关系，因此，他们特别爱马。从王公贵族到普通百姓，凡是途中与人相遇，都要拍拍对方的马屁股，抚摸马膘，然后连夸：“好马！好马！”因而拍马屁就演变成无原则夸奖的象征。

侍卫匆匆禀报：“鼋仙到！”

就这一声禀报，全体肃立，大家凝神屏气，眼看着大王的雷霆之怒即将迸发，鼋仙大祸临头了！

再看鼋仙，他步履蹒跚，面容消瘦，疲惫不堪。但神情镇定，无所畏惧，缓缓行来。

孽龙一双怒火迸溅的巨眼，直逼鼋仙：“鼋仙，我问你，整个上半天，你身在哪里？”

鼋仙很淡定：“大王，我在哪里？这不用问我，问大家吧。”

在人多势众的汹汹气势下，也有讲真话的人，他们悄悄地说：“鼋仙不是与我们在一起嘛！”

“鼋仙与大家在一起？”“夏师爷”追问。

忍无可忍的鳗、鳖二将大声嚷嚷：“鼋仙发功最得力，已经病倒了，你们都看不出来吗？”

“夏师爷”见鼋仙确实病恹恹的，弄得一时无话可说，像鸭子吞小鱼，眼睛朝天翻。然而刁钻的“夏师爷”转念想到：鼋仙有非凡功力，就凭他一己之力也足以摄取那两个女人，何故要落得如此疲惫？难道是他在从中作梗，致使功败垂成？这仅仅是猜测，还没有拿到把柄，但可以断定，事情十之八九是毁在他的手里。现在当着大王，不敢妄加推断，得看大王的脸色行事才是。

孽龙原本想拿鼋仙来杀一儆百，想不到却拿不住他。如果说今天的事情与鼋仙无关，那么还有谁有如此胆量？这明摆着是在与他作对啊！难道说虎子的背后果真有高人，让他炼成了神功？这事可真要当心了！再看下面这一大帮臣民，都是跟班走的，有几个能帮他出主意、想法子的？只有“夏师爷”，那双等待着他下令的眼睛好像下了锅的鱼眼，死死地盯着他。也只有这个“夏师爷”，能为他尽力办事。看他有什么高见？一想不对，那东海龙王多威风，谁敢不听他的？身为大王，得有主见，不能啥事都问臣下，鼋仙的事先搁一边，拿定了主意：“今天的事待查明真相后再说。我要你们记牢一句话：凡是三江水域的臣民，必须听从本大王的旨意，如有暗中使绊的，我绝不轻饶他！”

孽龙的话音一落，“夏师爷”立刻率领众水族下跪、叩拜，誓言绝无二心，誓死效忠大王。

孽龙频频点头，当下宣布，封“夏师爷”为龙宫总管。

“夏师爷”连连跪拜、谢恩。尽管总管的位置不能令他满意，但从师爷到总管已进了一大步，离二大王已近在咫尺了。

四

鼋仙悄然回到自己的住处，潭底最深的一处洞穴，名为碧玄洞。那里的水最冷，洞壁上长着数尺长的绿色绒毛苔藓。近千年了，鼋仙就在这里栖居、修炼。

今天的事既是意料之中，也出乎意料之外，不过这只是暂时的，孽龙、“夏师爷”是不会放过他的。

真是师徒有缘，怎么也想不到虎子会在出事现场，第一次师徒联手，把大部分功力加在虎子身上，救了夫人和小姐，躲过一劫。值了！

把功力传给虎子是迟早的事，接下来，将会有更大的风险，单凭虎子对付得了吗？眼前最令他担心是，他的行动恐怕会受到更严密的监视；与虎子的联系、教习，会更加困难。鼋仙一时想不出稳妥的对策，加上身体疲惫，昏昏沉沉地睡过去了。

一个满月当空的夜晚，新安江经过一天的奔流，似乎有点累了，宛若一个无忧无虑的闲人，躺在绿色的草地上，仰望着天空看星星。炁岚庙潭宛如草地上的一面镜子，平静、明亮，与皓月的清辉相应，可以清晰地看见浑身洁白的月兔在跪地捣药，离天很近了。

“沙沙沙”的脚步声，身后拖着一个长长的黑影。见四顾无人，他来到那方巨石跟前，开始站着，而后坐了下来，他在等待，久久地等待。这个人是谁？——虎子，一连等了三天了！还没有见到师傅的踪影。虎子非常焦虑！以往，每次发了信号，师傅都会及时出现，如今是怎么了？遇上什么意外了？还是师傅的行踪被孽龙识破了？

虎子显得很忧虑，时间越来越紧迫，何时前往西域？他仰望星空，久久徘徊……

第七章　蕙兰情寄姜家村

一

蕙兰心里牵挂着姜家村，三天两头地缠着她娘。自从上次渡船出事以后，她母女俩的行踪已被管得死死的，尤其是那位令人讨厌的“夏师爷”，就像影子一样，时时在身边晃来晃去。蕙兰背地里骂他是“狗鼻子”。

机会终于来了。中秋即将临近，乌龙庙有个“拜月社”，到中秋那一天，众多善男信女到庙里吃斋念佛，晚上焚香拜月。路近的拜完月后各自回家，路远的或晚上行动不便的，庙里有知客寮，可以借宿。

乌龙庙距离姜家村不远，这当然是个好机会。但“刘宇”不答应，理由很多：夫人有身孕，不便外出；上次渡船出事，上上大吉，绝不可再弄出什么差错；蕙兰是千金玉体，怎么可以抛头露面在那些乱七八糟的人群里？

蕙兰非常生气，与她爹论理，把他说的那几条理由一一驳斥，尤其是关于千金小姐的说词，蕙兰更是回驳得振振有词：佛门是清净之地，到佛门还摆显阔，那是罪孽。

“刘宇”他哪里懂得佛经，被蕙兰说得哑口无言。经过夫妻、父女之间的几次较量，“刘宇”终于败下阵来，无奈只好同意。但规定了两条：一是必须轿去轿来；二是不可在知客寮住宿。

蕙兰兴高采烈。

刘夫人总觉得心里不踏实：老爷开始断然拒绝，现在又答应得这么痛快，内中可有什么缘故？蕙兰哪里顾得上她娘的那些担忧，精心准备起她梦寐以求的出行。

“刘宇”经与“夏师爷”密谋，借此机会，设下了圈套。

乌龙庙在乌龙山下。乌龙山山高八面，水各分流，雨时有白云从山坳出，横为玉带。

乌龙山

乌龙庙

四时风光不同：春夏山色嫩绿，多瀑布；秋冬气爽，红叶如醉。一年四季，缭绕山体的“玉带”总是缠绵依附，为挺拔的乌龙山增添了几分秀色。

乌龙庙隐于万松林中，寺庙四周，古木参天，幽篁滴翠。道场从天王殿至大雄宝殿共有四进，蔚为壮观。“拜月社”的成员大都是该庙的善男信女，以女性为多。刘夫人与蕙兰的坐轿停放在山门外，母女二人沿着石阶，拾级进庙。这时庙里已人头攒动，大家相互问候，等待着钟鼓声起，恭行佛事。

刘夫人与蕙兰新来乍到，也无熟识的同修，两人悄悄地来到大殿。殿堂里摆满了蒲团，她俩在左侧边沿选了两个位置，面佛盘腿入座。母女二人各有心事，虔诚地求佛慈悲，指点迷津。

正当夫人与蕙兰渐渐入定，钟鼓声起，众多同修进殿。主持大师率领众僧操持法器，先由大师带领诵读《华严经》，而后是大师讲经，整整持续一个上午。中午在庙里共享斋饭。

刘夫人经过打听，知晓姜家村就在离乌龙庙约五里路的地方。山村沿着一条小溪，那是从乌龙山上倾泻而下的泉流，常年不息。

母女二人长时间地守在县衙的方寸之地，今天宛如飞回山林的小鸟，得以饱览山水。夫人交代抬轿人，娘俩饭后走走看看，不用随轿。

山径两侧的山岚越来越高，天空变得狭小了；小溪因地势提升，落差加大，间或有泉流跌落溪潭，“叮咚”悦耳；溪沿的山楂小树，长得有半人高，枝头挂满了像红灯笼一样的果实，山风吹拂，红果摇曳，景色迷人。

转过一道山弯，母女二人突然被眼前的景象惊住了！遍地的鹅卵石，寸草不见，其间耸立着高矮不等的巨大岩石，活像杀气腾腾的武士，令人望而生畏。小溪也不见了，全被堆积成山的鹅卵石所掩埋，唯有淙淙泉流在卵石下沉吟。

还去吗？没有路可走了！母女二人看着眼前荒凉、可怖的景象，站着犹豫起来。

夫人想，如果今天不去，以后很难再有这样的机会了。她仔细辨认，卵石堆中依稀有一条人踩出来的便道，弯弯曲曲地向前延伸，不知道蕙兰敢不敢走？

蕙兰早已看清楚，卵石堆上有条路，被来往行人踩踏得亮光光的。娘有身孕在身，她能走吗？

母女二人相互打量，既而互递肯定的目光。兰兰紧紧地挽起了娘的手臂，两人又上路了。

走完长长的卵石路，重又见到了清澈的小溪。山道却是越来越陡了，远远的可以看见云烟缭绕的山坡上层层叠叠的茅庐，掩映在苍翠的绿树丛中。蕙兰面对眼前的景色，情不自禁地吟道：“远上寒山石径斜，白云生处有人家。”

正在母女二人忘情于这秀丽的山水风光，迎面来了三个村民，两男一女，其中一位男人是个老人，看上去约莫有六十上下。他们仔细打量母女二人，还悄悄地说着什么。当来到跟前时，夫人问道："请问老丈，这里是姜家村吗？"

老人笑着迎上，说："是的。"

蕙兰指着山上的那些茅庐："山上的那些房子就是姜家村？"

一男一女相互对视，然后说："就是。"

老人接着说："姜家村原先在下面的乱石滩上，发大水被冲毁了，才搬到这山上的。两位到姜家村找什么人啊？"

蕙兰急着想问虎子的家在哪里。夫人眼快，立刻抢在前面说："不找人，随便看看。"

"哦，哦。"老人频频点头，与一男一女继续往山下走。走了一段路，又几次回过头来看。

二

虎子挑着一担刚从地里挖来的番薯往家里走。回家是上山路，加上几百斤重的担子，一头汗水。

迎面遇上了三个人，恰好那段路很窄，小溪就在路下，濒临一个溪潭。也正该要出事，那一男一女与虎子交会时，顺利通过了；当遇上老人时，双方你让我，我让你，不知是怎么回事，老人摇摇晃晃地"啊呀"一声惊叫，跌落深潭。虎子大惊！撂下担子就往溪潭里跳。一担番薯滚落满地，有好几个人"扑通！扑通！"掉进了潭里。

路沿口长满山楂树、荆棘、刺蔓和杂草，挡住了溪潭的部分水面。老人一把拉住虎子，来到杂树丛下，悄声说："我是师傅。"

"师傅！"虎子好不惊讶。

鼋仙立刻手指上面，示警。然后向上扬声说："啊呀！老了，老了，不中用了，多谢这个年轻人帮我。哎，你俩啊，把，把倒在地上的番薯给捡起来，我对不起他了！"

上面那一男一女应道："好嘞！"

鼋仙赶紧拉住虎子的手，说："我已经被他们看起来了，不能再教你了。按我所教导的，抓紧苦练。我已经把我的功力大部分都给你了，现在就靠你自己了。这是前往西域巴奄山的路径图，千万放好。"

虎子从师父手里接过那张图，双眼湿润了，想不到自己骤然增强的功力原来是师傅给的！

"你要做好吃大苦、耐大劳，不避任何艰险的准备呀！"

虎子牙关紧咬，连连点头。

"还有，"鼋仙慎重叮嘱，"刘夫人和蕙兰小姐去你家了，你千万不能让她们知道'刘宇'的真相，那会坏了你取屠龙剑的大事啊！"

虎子大出意外，满脸错愕。

云雾中的姜家村

鼋仙对虎子使眼色——赶快上去。

老人扒开藤蔓草荆，先露出头，而后慢慢地往上爬……虎子在下面喊："慢一点，慢一点。"

那一男一女赶快过来相帮。

虎子紧随其后，爬了上来。

老人在路旁坐下，不停地摇头叹息："人老不中用了！"

倒了一地的那担番薯，都已捡回箩筐里。虎子再三对那一男一女表示谢意，又到老人跟前致歉。

老人连连摇头，挥挥手，让他走。

三

虎子重新挑起那担番薯上路了。他怎么也想不到刘夫人与蕙兰小姐会到他家里来。蕙兰小姐那端庄秀丽的身影立刻出现在眼前，想着想着，怎么就站住了，压在肩上几百斤重的担子好像没有感觉了！他在想，家里双目失明的老母亲，突然遇上两位贵客到来，不知道会把她急成什么样？想到这里立刻脚下生风，快步往回赶。

那位老人与那一男一女来到了乌龙庙，与装成香客的另外三人会合。他们是受虾仙的指派，专门来监视刘夫人和蕙兰行踪的。鼋仙这次受到查问，无任何把柄落入孽龙和虾仙之手，正好又遇上了要监视刘夫人与蕙兰的出行，鼋仙主动请缨，巧妙地与虎子接上了头，做得天衣无缝。

新建的姜家村在一面山坡上，这里原来是茂密的松林，几十户人家，各选房基，伐下的树木作为架屋的梁柱；山墙只能是泥墙了；盖瓦买不起，都是山上就地取材的干茅。

站在山下看，茂密的丛林中，隐现层层叠叠的金黄色的茅庐。每当云雾升起，云烟缭绕，茅庐时隐时现在绿色松林中，宛如童话世界。

虎子的家在一个小山坡上，一幢一字三间的茅房，南北向，西侧是灶间，正中是客堂，东侧是卧室。家门口有个竹篱围起来的小院子，沿着篱笆栽着紫罗兰、菊花和向日葵，丝瓜藤爬满了篱笆。紫罗兰的绿叶像草丛，枝头顶着紫色的花瓣，宛若停在绿草中的粉蝶；金黄色的菊花开了，活像孩子丰润的笑脸，欲待追寻草丛中的蝴蝶；一人多高的向日葵，沿着篱笆站立，这时阳光已略为偏西，宛如戴着一顶金灿灿的花边帽子、正转过脸去的亭亭玉立的姑娘。

寂静的山谷里，响起了低沉的器乐鸣奏，“嗡嗡嗡”……原来是房檐下搁着三只蜂桶，忙忙碌碌的蜜蜂飞出蜂巢，满载着篱笆上的花朵和向日葵花花蕊的芳香，返回了蜂巢。

哪里来的“哗哗”流水声？喔！小溪的源头是从乌龙山上下来的，经过虎子家门前，拐了一个弯，向山下奔流而去。

蜂鸣声、水流声合奏起农家小院特有的美妙乐章。

刘夫人与蕙兰好不容易爬上坡，来到了虎子家的小院外。两人在院门口站了一会儿，院门是开着的，两人走进了小院。发现屋里静悄悄的，夫人想叩问柴扉问讯。

蕙兰立刻制止，她被小院的景色吸引了，要好好地欣赏一番：小溪从屋前流过，清澈见底的潺潺流水；房前屋后皆是苍翠的松林，酷如王摩诘《山居秋暝》中的名句“明月松间照，清泉石上流”。再看小院的竹篱花墙，不正是陶渊明的诗“采菊东篱下，悠然见南山”活生生的印证吗？

“娘！这里太美了，真可爱！”蕙兰情不自禁地说。

“是啊，站在这里，心里特别舒坦。”刘夫人抬头四下环顾，突然发现院门外站着一个人，身上挑着一副重担，仔细一看，好不惊喜：“这不是虎子吗？”

虎子一路快步赶来，肩上的担子现在已感觉不到分量，心里却像铁扇公主的肚子里钻进了孙悟空，在活蹦乱跳：夫人和小姐到家里来……会有什么事？想起那天在酒宴上，她母女俩倒是很有诚意的，没有一点官家人的架子。印象最深的是小姐那双清澈妩媚的眼睛，宛若炁岚庙潭，让人看不到底，猜不透里面到底藏着什么。

少男少女最具灵敏的感觉——情爱。当虎子把小姐从滔滔江水里救出来，从鬼门关把她抢回到人间，两人第一眼相遇，虎子的心里立时有种异样的感觉——他从中看到了爱！这是多么奇妙、珍贵和幸福的发现！但激动的心情很快就平静下来，立时提醒自己，那是人家对救命恩人表示谢意，不要有了三分染料就想开染店。但转念又推翻了提醒，为什么接下来在衙门里的酒宴上，同是那样的眼神，而且不止一次，表现得更强烈、更坦白、更深沉，这是为什么？谢意是这样表示的吗？

“癞蛤蟆想吃天鹅肉？”很快从脑子里跳了出来，事实也真是这样，一个住茅房的穷苦人家的孩子，怎么配得上官府的小姐？真所谓天差地别！千万不可“剃头挑子一头热”，多难为情啊！连日来农活很忙，在脑子里一阵子热乎后，如同风送炊烟，没影子了。

取屠龙剑斩孽龙的事，时时挂在心上。师傅找不到，如同没了主心骨，心里就像夏天傍晚打谷场上的蜻蜓，没头没脑地乱飞。值得庆幸的是，今天终于同师傅接上头了。

虎子呆呆地站在院门外，像来到别人家门口，迈不开步。

夫人一声呼唤，虎子心头一颤，立刻进院子，歇下挑担，顾不上抹去满头满脸的汗水：“请夫人、小姐到屋里坐。”

蕙兰一见虎子进来，立刻退避，站到篱笆边的一株向日葵下。

虎子娘尽管双目失明，但耳朵特灵，她已来到堂屋门口：“虎子，你把什么客人带回家来了？请他们快进屋里，外头太阳毒啊！”

虎子把夫人、小姐迎进堂屋，请她们在堂上坐下。然后对娘说：“娘，是县太爷的夫人和小姐来我们家了。”

“啊！”虎子娘大惊，“你说什么？县太爷的夫人、小姐？”

虎子“嗯”了一声。

虎子娘立刻整理衣衫，趋步到夫人跟前跪拜：“小民拜见夫人、小姐！”

夫人急忙搀扶。蕙兰也上前相帮扶起虎子娘。

虎子从卧室里拿来三把用麦秸编的扇子，分别递给刘夫人和蕙兰。他坐到娘的身边，给娘打起手里的扇子。

“老太太，你这么大的年纪，行这么大的礼，我如何受得了！”

“不不不，这是定规的礼数，断不可少。”虎子娘转过身来对虎子说，“快去端凉茶来呀！”

“哎！”心还在怦怦乱跳的虎子，立刻应声而起，快步进灶间。暗暗地骂自己：怎么这点都想不到，真笨！

刘夫人感觉，虽然是间草房，但收拾得很干净，一些家具看起来厚实、粗笨，兴许是虎子自己动手制作的。最让她感动是，虎子一回来就给老娘打扇，俨然是日常行为的自然流露，这绝不是做给人看的，足以见得虎子是个孝子。古人说得好：“勤俭，治家之本；和顺，齐家之本；忠孝，传家之本。”如此家风，所以他能冒着生命危险去救助与他毫不相干的人，这真是个好孩子啊！兰儿好眼力。夫人转过脸来看蕙兰。

蕙兰正在仔细看手里的那把扇子。麦秸扇乃农家之物，是农民麦收了以后，精选好的麦秸，用淘米水漂洗、晾干后编结而成。扇子的圆心部位，直径约寸半，这可是扇子制作人——一般都是姑娘，借以表达自己的情趣、喜好和艺术想象力的方寸地，因而称之为扇面。扇面的材质，好的用绸缎，一般的都是白布，绣上各色花卉、图案，展示各自的匠心。虎子拿出来的扇子与众不同，三把扇子，扇面上分别写着文字，她手里的扇面写的是“心”字。又拿过她娘的那一把来看，写的是“母”字。她急于想知道拿在虎子手里的那一把，上面写的是什么字？如果是“父”字，那就有道理了——虎子在她的心目中不仅是救命恩人，而是一个值得她爱慕的人，可以将终身相许的人。遗憾的是，虎子进灶间，把扇子带走了。一会儿，虎子捧出两碗凉茶，分别敬献给来客；接着又进灶间取来扇子，继续在他母亲身后打扇，那摇动起来的扇子，看不清扇面上的文字。

溽热的初秋，又走了那么多路，夫人早已汗湿衣衫，口燥唇干，尽管是粗粝的瓷碗，那凉茶清冽、甘甜，还有股清香味，在唇齿、喉舌间久久不散。刘夫人连连夸道：“好茶！好茶！”

“这茶叶是山上采的，水就是门前的山溪水，进山里来的人都说这茶好！”虎子娘不无歉意地说。

“说得是啊！茶好、水好。我还要说，你们这里的人更好。老太太，您真有福气，生了这么好的一个儿子，他是我母女俩的救命恩人哪！”夫人动情地说。

虎子娘连连摇手：“官家人啊，不敢当，不敢当，我们村里的人都一样。有句话说：一家有难，大家帮，难变小了；一家有喜，大家贺，喜变大啰！”

“我真不知道该怎么来感谢你们。”夫人说着取出一锭银子递呈给虎子娘，“老人家，您年纪大了，买点补品来补补身子。我们是走路来的，没能带礼物，下回我还要再来。”

“官家人，使不得，千万使不得！我收银子，就坏了村里的规矩。再说，我们吃的、用的都是自己家里出的，日常都用不着银子。”虎子娘执意把银子交还给夫人。虎子也上前协助他娘，随手把手里的扇子放到了坐凳上。

蕙兰就等着这个时刻。但扇子的扇面朝下放着，她迅速把扇子翻过来。

虎子发现了蕙兰这一举动，寻思片刻，猜不透她出于何意。

果不其然，扇面上赫然写着一个“父”字。蕙兰的脸涨红了，自己都感觉到火辣辣的。这“父”“母”“心”三个字，正好印证了古人说的：“以父母之心为心，天下无不友之兄弟。以天地之心为心，天下无不爱之民物。”由此可以推断，虎子虽然身在山村，一定也读过不少诗书，因而深明大义。可见，他的确是个孝子，不忘以父母之心为心。有道是“纯孝格天”，尽孝者必定是个仁人、有担当的人、值得信赖的人。想来也真可笑，与虎子原本天各一方，是什么让他们相识、相知，难道说，冥冥中真有缘分这回事吗?

虎子娘坚决不肯收银子，夫人无奈之下问蕙兰：“怎么办？老人家一定不肯收。”

蕙兰想了想，说：“不可强人所难。既然老太太不肯收，就无须勉强。我们记下这份恩德，日后不忘图报就是了，有道是滴水之恩当涌泉相报。”

虎子先看夫人，接着又看了蕙兰一眼，不紧不慢地说：“夫人、小姐，我爹常说：‘路径窄处，留一步让别人走。好味道，减三分，让人家尝尝。’古人说的‘施恩不图报’也是这个道理，更何况还是举手之劳。”

夫人笑了：“说得好！虎子，想必你是进过学了？”

虎子娘接过话茬：“我们穷苦人家，哪里进得了学？前些年与几个好友去严州城里上过几天夜学，吃过晚饭去，到二更头才回家。”

“你读过些什么书？”夫人问。

“从《百家姓》开始，一直到《幼学琼林》。”

“现在还读吗？”

“有空就去。”

尽管蕙兰没有加入谈话，但虎子的每一句话她都感兴趣，并牢记在心里。

夫人终于问及今天到访最为关注的问题：“虎子，你能不能再说说那个龙蛋的故事？”

蕙兰立刻瞪起一双杏眼，急切地等待着虎子的回话。

虎子很想把真相和盘托出，让这一对善良的母女，早一刻离开恶魔，以免再遭蹂躏。但话到嘴边，想起师傅的交代，只好改口，先说水娃的脾性、品格，再说他的处世为人，最不该的是，他只管顾自己，从不关注他人，对父母也是这个样。最后才说自己如何发现龙蛋，水娃攫取成龙，酿成了一场巨大的灾害。

说到那场灾害，虎子他娘详细诉说了当时的恐怖情景，最最痛心的是：“几十户人家，上百条人命，就活活地埋在那一大片乱石滩下，虎子他爹、水娃他娘都……”

老人家泣不成声。

蕙兰听得毛骨悚然，后来竟钻进她娘的怀里去了。

虎子的话让刘夫人的心情立刻沉重起来：夫君——一个厚道、儒雅的君子，不仅关爱他的妻儿，也关爱他治下的百姓。怎么来到严州任上，好像换了个人，变得贪婪、自私、暴戾，她越想越害怕，以致声音都变得有些颤抖了：“那，那，孽龙现在呢？现在它在哪里呀？”

虎子见夫人受惊了，停顿了一会儿，说：“不知道。村里人都说，龙待在江河湖海，也会飞到天上的云朵里。”

“他还会再来兴风作浪吗？”夫人满脸惊骇地问。

“大家都在担心这件事啊！”虎子娘心有余悸地说。

“我相信，穷达有命，凶吉由人，孽龙的恶行会有报应的。”虎子说。

“好，虎子说得好！”夫人颔首称道。

蕙兰又看见了虎子勇立船头、力挽狂澜的英勇气概。

“老太太，您老多保重，下回我们再来看您。”刘夫人起身告辞。

“只清坐了一会儿就要走了？”虎子娘舍不得母女俩就这样走了。“虎子，我们家的茶叶，夫人喜欢，给带些去。哦，还有番薯，很甜的……”

虎子立刻应道：“好嘞！”快步进了灶间，只一会儿便提着一只小竹篮出来，一只褐色陶瓷罐里装满了茶叶；还有许多番薯。

夫人推辞道：“我们空手而来，怎么可以再受馈赠？”

虎子提着小竹篮来到夫人跟前：“夫人，这都是我亲手种的、做的，不妨尝尝。”

“哦！真是却之不恭，受之有愧了！”夫人满脸愧色地说。

“山路不好走，我送你们去。”

“好，当然好。就是……”

“就是什么？”虎子问。

夫人满怀歉意地说：“怕耽误了你的工夫，还要照顾老娘。”

“不碍事。我虎子脚快，进一趟城就像过了一阵风。”虎子娘话音刚落，虎子就走出了屋，站在小院里等了。

夫人牵着蕙兰的手，向虎子娘告别：“老人家，您多保重。下回我们再来看您。”

虎子娘一直都坐着，这时她站起来了，向前移动了几步。蕙兰怕她跌倒，赶忙上前搀扶。虎子娘拉住蕙兰的手，连连夸道：“摸着您的手，就知道您是个多俊的姑娘！下回呀早些来，在我这里吃饭，好东西没有，菜园里的蔬菜管新鲜的！”

“好。老人家您留步，下回我们一定来。”

四

出山的路是下坡，走起来就轻松多了，加上有虎子在，说了许多水娃的事和山里人的故事，不知不觉已到了乌龙庙。几个抬轿的人都守在轿旁等着。夫人让虎子就送到这里，并再三表示感谢。

虎子走了，走了一阵又回过头来挥手致意。母女二人一直目送他转过了山弯，不见人影。

“娘，你喜欢那农家小院子吗？”听起来似乎问得有些突然，其实这句话搁在蕙兰心里已好一阵了，没有机会说。

“你喜欢吗？”夫人反问道。

“那里山好、水好、景色好。”蕙兰沉浸在美好的记忆里。

“还有好的吗？”夫人明知故问。

“还有……”蕙兰把话咽下了。

两顶轿子起行了，蕙兰的轿在前，夫人在后。两顶轿里都载着“愁”：蕙兰的一颗芳心已经落在虎子的那座小院子里了，随着轿子的缓缓前行，离开姜家村越来越远，姑娘的失落、惆怅、哀怨，填膺、填腹，以致充塞了整顶轿子，岂一个“愁”字了得？

夫人同样，她也在愁：水娃成龙，是一条孽龙。眼前很快出现初到严州的那天晚上，在脚盆里看到的那个奇异的爪子，仅仅是一刹那就不见了，那到底是什么？面对的却是活生生的、音容笑貌丝毫未变的夫君，猜测、怀疑一次次被推翻。然而，每当“刘宇”自私、贪婪、乖戾的脾性出现时，所有的疑虑、恐惧又重上心头，宛如自己的影子，怎么也赶它不走。今天听虎子说出水娃的品行，他——他不就是这副模样嘛！

她想：“如果说他——是……”啊！夫人简直要惊叫出来！“那我的夫君呢？难道说夫君也被他害了？！”她双手在激烈颤抖，无意间触摸到腹部，突然吓得心头如一阵阵擂鼓：“我怀的是什么？会是孽龙之子吗？”

惶惑无主的刘夫人傍依在轿栏上，耳边响起了虎子说的话“穷达有命，凶吉由人”；是他在惊涛骇浪中救下她母女的性命，从虎子的身上，她看到了希望，宛若在无边的苦海里，遇见了降魔除妖的宝莲灯。

夫人深知蕙兰钟情于虎子，自当玉成其事。问题又回到“刘宇”的身上，他会答应吗？两家门第如此悬殊，必难成事。这样的结果，蕙兰定然无法接受，真是雪上加霜、愁上添愁。

第八章　虎子湮灭了

一

今天刘夫人与蕙兰的行踪，“刘宇”全知道。气得他暴跳如雷，其中的两件事，恨得他咬牙切齿：其一，两人竟然去了姜家村；其二，蕙兰与虎子见了面。这简直是把他全身的血液都变成了醋，五脏六腑全都泡酸了！

决不能轻易放过这件事，要追查，查出究竟来。

怎么查？他犯难了：这两个人都不好动啊！一个，肚子已隆起了一个大盆子，里面怀的是他的九条龙子，动了她的胎气，岂不坏了自己的大业！另一个是大美人，娇滴滴，早已等得心里痒痒的，现在她娘有孕了，每天夜里都在干烤，现成挂着的、熟透了的果子又摘不得，当起了大傻瓜、冤大头？

冤有主，债有头，找虎子去。正要传话叫“夏师爷”，一想，不对，自己的老底儿怎么能让下人知道？突然想起来，不是要给姜家村立旗杆、挂匾额吗？何不借这个机会到姜家村走一遭，会一会虎子这个冤家对头。

原定在秋熟后的某个农闲日子，为姜家村立旗杆、挂匾额，“刘宇”突然决定，明天就去姜家村。

二

今天夫人与蕙兰都觉得累了，蕙兰在娘的房里，娘俩和衣躺了一会儿。蕙兰想起来：“娘！虎子家的茶特别清香，喝了兴许能解乏。”

“好，还是你想得到。”夫人说着便起身，去拿窗下马鞍桌上的那个粗瓷罐。

蕙兰手脚快，接过茶罐，拿来杯子，放进茶叶，有一两片散落在桌子上也不肯弃落，捡起来放回罐里。不一会儿，就从厨下端来两杯冒着热气的香茗。

这茶果然神奇，刚才还觉得两腿酸胀、乏力，昏沉沉的，只想睡。这会儿好了，瞌睡虫赶走了，人也有精神了，母女俩赞不绝口。

“娘！还有样好东西，你等着吧！”蕙兰喜形于色地说。

“啥好东西？”

蕙兰继续卖关子：“等一会儿，你就知道了。”

“刘宇” 召来“夏师爷”及有关人等，把明天去姜家村的事安排妥当后，想到两个胆大、惹事的女人，一回家便窝在房里，她们在干啥？他快步入厢房，见两人有说有笑，尽管满肚子的怒火，依然假惺惺地问道：“你俩得到了什么宝贝？让你们乐成这样？”

刘夫人给蕙兰使了个眼色：“去给你爹也泡一杯。”

“哎！”蕙兰快步离去。旋即端着一杯刚泡好的茶，来到“刘宇”跟前：“爹，请用茶。”

“哦！”“刘宇”接过茶杯，朝蕙兰露出了笑脸，置茶杯在马鞍桌上。

“爹，你喝呀！这茶非同一般。”她一边学起男人踩方步，一边摇头晃脑地说，“此茶堪比当年殷纣王擎承露盘所获之甘露，抿一口，神清气爽；再抿一口，胸中气象如‘青藜照阁’（汉代大学者刘向夜遇神人授书的故事）！”

“哦！什么好茶？”“刘宇”听不懂蕙兰说的什么青梨、白梨，看了夫人一眼，拿过茶杯来抿了一口。这茶一进口，就像瞎子摸熟路，哪家门口有几步台阶，心里都清清楚楚，他从小就是喝这种茶长大的。立马想到，这一定是今天去了姜家村，从虎子那里得到的。什么青藜、甘露！只觉得咽干气躁，直往外冒火！他强忍着，轻轻地“哦”了一声，茶杯重重地放到桌子上，还往前推了一把，因为用力过大，茶水漾开了，“滴滴答答”，滴落到地上。

刘夫人、蕙兰相互看了一眼。

也真是不巧，合该要出事。蕙兰很喜欢虎子的番薯，一回到家就拿了几块去厨下。炉膛里正好退出许多炭火来，厨子告诉她，煨起来的番薯比蒸起来的更香。蕙兰信以为真，就让他煨烤。

厨子捧着那几块煨得香喷喷的番薯送来了，边走边说：“小姐，好香哦！快，趁热吃。”

蕙兰接过番薯，分别给爹娘送上一块，不停地说：“尝尝！”说着坐下来顾自品尝。因为番薯很烫，她吐哺吞咽。“哇！又甜又香！”说得有点含糊不清。

番薯的香甜味儿很快弥漫开来，刘夫人也品尝起来，边吃边说：“嗯！是真好吃！”

“刘宇”一闻到这番薯的味儿，那说不出来的愤恨、怨怼、酸楚纠集在一起，像钱江大潮推涌而来的愤懑，直往头顶上蹿。他抓起那块番薯要往窗外扔，又想狠狠地摔在地上，最后总算耐住性子，用力拍在桌子上。茶杯跳起老高，茶水和番薯的碎片一起飞溅起来，有几片飞射到夫人、蕙兰的身上，两人惊吓得面面相觑。

“刘宇”猛站起来，大声说：“你们吃！”拂袖而去。

蕙兰扑倒在娘的怀里，满含热泪地问道：“娘，这是我的爹吗？！”

刘夫人眼眶里滚动着泪水，紧紧地把蕙兰搂在怀里。泪水忍不住了，赶快从衣襟处抽出手绢，洇去脸上的泪水，抹掉蕙兰满脸的泪。

三

第二天，县衙出动全副仪仗，鸣锣喝道，浩浩荡荡前往姜家村。“刘宇”乘四抬大轿，前呼后拥，煞是威风。

“刘宇”今天的排场是特意安排的，是他就任建德县令以来第一次出巡，目的地则是他的衣胞之地。说是给姜家村立旗杆、挂匾额，无非是个由头，此行的真正目的，只有他自己知道。

“刘宇”让轿帘高高掀起，这条道他再熟悉不过，双脚不知道在这路面上踩出过多少脚印？担着百多斤的柴担进城去卖，柴担不许进大街，只能歇在小巷、小弄堂。幸运的日子，卖了柴，赶回家吃饭。但往往是倒霉的日子多，直到傍晚才换到几个钱，肚子已经饿到背脊上。另外还卖过茶叶、番薯、箬叶等山货，总的感觉是饿肚子的时候多；抱怨这条路太长，好像永远走不到头。

好了，苦日子终于熬过去。现在身为县令，很快又将是三江水域直通大海的一方龙王。再也不是被有钱人看不起、可以随意呵斥的穷小子。坐在轿里的感觉真好，迎面清风徐来，这真叫爽快。

忽然坐轿摇晃起来，怎么回事？眼前一片乱石，仔细一看，啊！这里不就是姜家村吗！他连呼“下轿”。

当年的姜家村不见了，他的家在哪里？娘在哪里？他放轻、放慢脚步，担心踩在娘的尸骨上。他放眼寻找自己的家、熟悉的左邻右舍、当年的那个村落。

奇怪！当他一踏上这片乱石滩，立刻有一种异样的感觉：脚下的卵石像流水一样在漂移，不多久，卵石不见了！从地下冒出一张张他熟悉的脸，一个个披头散发，七窍流血，怒目相向，凄厉嚎叫：“还我命来！”尤其是他的老娘，走起路来还是那个样子——像小船一样，一摇一摆；伸出那满是皱纹、瘦得像鹰爪一样的手指，抓住他的衣领不放，大声骂道：“你这个畜生，没有心肝的狼崽，你害死了这么多人，你该下地狱，牛头马面在等着你！”

他娘的话音一落，天空突然暗下来，昏惨惨，一阵阵阴风袭来；这些披头散发的冤魂一起扑上前来拉扯他：“还我命来！”那凄厉的叫声直让他毛骨悚然。
“刘宇”惊吓得连连后退。

四

姜家村的村民听说县太爷到他们村来了，都聚集到村口，等待着瞻仰平生难得一见的父母官大人。等久了，还没见到。有知情人说，县太爷站在乱石滩上不走。人们蜂拥而往，果然见刘大人独自一人站立在乱石滩上，人摇摇晃晃的，站立不稳，满脸戚容。

姜家村的村民感动了，都说没见过这么好的官，体恤百姓的苦难！

姜泰浒、姜泰鑫挤在人群当中。因为他俩见过这位刘大人，还一起吃过饭，大家想再听他俩说说这位刘大人。

姜泰浒与姜泰鑫互相推诿，结果谁也没说。

虎子呢？他也在人群中。他在思考，怎么对付孽龙今天摆开的场面？孽龙果真来给村里立旗杆、挂匾额，让他去捣鼓；还要再加点什么虚荣，也应着，总之，不能让孽龙再起疑心。

但是，最让他担心的是，孽龙已看出蕙兰的心思，这是孽龙断不可容忍的。他在担心，孽龙会不会借机再生出什么伤害村民的灾祸来？姜家村已经被害得够惨了，再也经受不了苦难啦！如真是那样，他想好了，走出村外，找个不会伤及无辜的地方，两人作最后的了结。但是老娘怎么办？一个双目失明、无依无靠的老人怎么过日子？

姜泰浒、姜泰鑫找到虎子，说了他们刚才的所见所闻。

虎子不说话，心想，难道真是“强盗发善心”？世上真有这样的事吗？俗话说：“钉定的秤，生定的性。”狗是改不了吃屎的呀。

“两位好兄弟，你们来得正好。县太爷今天来褒奖我们姜家村，是件好事。”

“这还用说，是我们姜家村的荣耀！”姜泰浒兴致勃勃地说。

“也算是对乱石滩下冤魂的一点安慰吧！”姜泰鑫说。

虎子的目光不停地在两位好兄弟的身上来回游弋，那力度之强，似乎要从他俩身上挖掘出什么来，两人被他看得心里发寒。

“哎，你，你这是怎么了？这样看着我们，看得人寒毛凛凛！”姜泰浒说。

“有啥事情，你就说！”姜泰鑫见虎子脸色阴沉沉的，好像遇上了什么大事，有点沉不住气了。

虎子实在难开口。“我心里有点不祥的感觉，万一今天……”

“有什么千一、万一的？”姜泰鑫看了看泰浒，转向虎子问。

“有一事相求……”虎子用恳求的眼光，看着两位好兄弟，“我没有别的拖累，只是老娘，她……”虎子的眼睛里已经饱含泪水。

“你怎么突然说这种话？”姜泰浒有点丈二和尚摸不着头脑，“我还不太明白你说的。但我可以明白地告诉你，你的老娘就是我的老娘。”

“当然。你的娘也是我的娘，这还用说！”姜泰鑫没明白原委，也立即表态。

“好，有你们这句话，我放心了。”虎子拱手致谢。

五

“刘宇”突然站定，双目如电，对着那些冤魂喝道：“冤有主，债有头，这都是虎子造成的。不是他那样没命地追我，我不会到这里来。不到这里，就没有事了。你们找他去，找他算账啊！不要把红萝卜算到蜡烛账上！”说完，气咻咻地快步走出乱石滩，重新坐回轿里。这时候的心情与来时大不一样了，回轿时，轿夫把轿帘掀得不够高，碰了他的头，他随手一挥，把轿帘扯了下来。吓得轿夫目瞪口呆，不知道怎么办。

“走吧！”“刘宇”呵斥道。

好在没多少路就来到新姜家村的山脚下。村里的里正早就领着村民恭迎在此。“刘宇”下轿，拱手向村民致意。众村民立刻跪地叩首。他一眼就看见了曾经相好过的那个寡妇，咦！怎么老得那么快，简直就像个老太婆！屁股那么大，同磨盘一样；两只翘起来一颤一颤的奶也不见了，胸口像块板，同男人一样，让人恶心。怎么会喜欢上这么个女人？见她朝自己跪拜恁是虔诚，又感到满足，当年的水娃——苦竹根头的笋现在出头了！

水娃立刻进入“刘宇”角色，说了几句褒奖姜家村的话，最后点名姜聂隆、姜泰浒、姜泰鑫三人，亲自为他们披授彩带，各奖白米三斗。霎时爆竹、锣鼓齐鸣，久久回响在山谷。

为了迎接县衙的表彰，村里临时就地取材，用竹木、松枝搭了一座牌坊。几个人一起动手，很快就把旗杆在牌坊前竖立起来，一面杏黄色的旗帜迎风招展，上书四个大字“蚌寓美玉”。“仁里桑梓”的金字匾额，“刘宇”亲自授予姜家村里正，在“夏师爷”的指挥下，悬挂在牌坊上。时当午时，旭日临空，匾额上的金字熠熠生辉，格外耀眼。一阵阵的爆竹声、锣鼓声，和着人们的欢呼声，整个山谷都沉浸在欢乐声中。

忽然，阳光黯淡下来，风声一阵紧似一阵，山谷里的松涛一齐发出吼叫，让人心惊肉跳。人们四下观望，几乎是同样的一个忧虑突然蹿上心头——是孽龙又来了吗？

果然，狂风骤起，飞沙走石，飓风裹着沙子，如同利箭，直向人们扑来；路旁小溪里的乱石，翻滚挤压，发出恐怖的轰鸣；老人、小孩站立不稳，纷纷倒地。这时天已经黑得伸手不见五指，“轰隆”一声，牌坊倒下，人们四散奔逃。

虎子分别抓住站在身旁的泰浒、泰鑫的手，捏了一把。就这短暂的握手后，虎子不见了。

虎子只觉得两耳生风，在空域中飞行，分辨不出身在何处。忽然，听到了惊涛拍岸的声音，怎么到大江上来了？料定孽龙今天要摊牌了。

涛声渐渐远去，巨大浪涌搅起的轰鸣声就在眼前。忽然感觉落地了，脚下好像是坚硬的岩石。放睛看去，怎么周围都是深绿色的？仔细一看才发现，那是水，他周围是水，头顶上也是水，望不到崖岸，见不到天空。突然，水围着他飞快地旋转起来，只觉得周身寒彻、头晕目眩。他知道，这是孽龙在向他示威。估计，这是一条大江的江底，是孽龙事先安排好的，要逼迫他屈服，如果不从，必是一场鱼死网破的恶斗。现在他身在绝境，已无路可退，得赶快静下心来，调息、吐纳，集中意念，调动自己的内功，准备迎战。

虎子所在的那块岩石下，正好是鼋仙碧玄洞的顶部。是功力的作用，让静坐洞中恢复功力的鼋仙明显地感觉到来自顶部的非凡内力。鼋仙自那次被孽龙查问以后，表面上还认他是龙宫的一仙，其实已被视作另类。这样正好，疏离了那群趋炎附势、图谋作乱的可恶之辈。由于自己功力大损，需要静心调理，他终日不出洞门，闭关练功。

鼋仙好不惊讶！洞顶的强大功力，竟然与自己同门？从未授过他人功法，唯有虎子一人啊！他怎么会到炁岚庙潭底来？难道是被孽龙所摄？危险了！但一时想不出援救之策；再说自己的功力眼下已大不如前，面临如此险恶的情景，再难有作为，鼋仙焦急万分。

虎子忽然感觉原先飞转的水渐渐地静止下来，最后竟凝固了，成为透亮的冰。一阵阵刺骨的寒气，如同无数把利刃在全身切割、戳刺，疼痛无比。他赶快调动内力抵挡，痛苦减轻了。但难以长时间坚持，不然，自己的内力会耗尽。

果然，内力稍息，痛苦立即袭来，更胜于前。

“哈哈！虎子，你想不到会有今天吧！告诉你，这里就是你的葬身之地。”孽龙这个畜生终于出现了。他在哪里？虎子只闻其声，不见其人。

一道蓝光闪过后，虎子透过厚厚的冰层，见远处峨冠博带、一身龙王装饰的孽龙，在侍卫的扈从下，正威风凛凛地向他走来。这身服饰是为登上三江龙王王位时准备的，今天他要在虎子面前先耍一耍威风。

“哈哈哈，本大王管辖三江，直通大海，顺我者昌，逆我者亡。你一个小小的凡夫俗子，今天落在我手里，我问你，想死还是想活？”

虎子大声喝问：“水娃，你的孽还作得不够吗？你还要害死多少人才肯罢休？”

孽龙抬手一挥：“这里是我的天下。我想让你活，你才能活；我要叫你死，你必须死。”

虎子忍受着越来越强烈的痛苦，反问道：“孽龙，魔障！我倒想听听，让我怎么个死法，又怎么个活法？”

“好，我来告诉你。很快我就会让你结成一块冰，融进我的冰窟里；也能把你化成水，汇入我的江水里。哈哈！从此以后，你虎子就无影无踪啦！这就是死！”

“那活呢？”

“你还想活？”孽龙停顿了一会儿，“想活也可以，看在我俩从小一起长大的交情上，给你指一条生路：你姜聂隆老老实实地滚一边去，不准管我的事；不准对蕙兰起念头，你做得到吗？”

“哈哈哈！”虎子也扬声大笑，“你还有脸来问我死活。你一共害死了多少人？姜家村一百零七条人命啊！生你养你的娘也是你害死的，你早就该下地狱了。”

孽龙被虎子的笑声震惊了！大大出乎他的意料，虎子在他的冰窟里能停留得这么久？别说是凡夫，就是仙家，也该现出原形毙命了。他哪来这样的功力？

虎子感觉，自己的功力已不能支持多久了，但绝不能让孽龙看出自己的衰竭，不然会加快自己的毁灭。

孽龙从甫才的张狂，变得谨慎起来：“好，那我再问你，俗话说‘怨有主，债有头’，那天不是你那么追我，我不会上乌龙山，姜家村的冤魂应该找你算账！”

“我追你，是想对你说一句话，不过，这句话到今天来说，那是买咸鱼放生，没有意思了。”

“什么话？说来听听。”

“还想听？”虎子摇头，“晚了。我可要问你一句话，刘宇刘大人在哪里？”

孽龙想不到虎子突然会问起这件事来！三界之中，无论欲界（俗人）、色界（常人），还是无色界（圣贤），都怕被击中要害，一旦要害被击中，必然就失势。“刘宇”是孽龙的面具、护身符，借以成就他的大业，现在还有很大的利用价值，怎能被人识破！一时无言以对。

“我问你，刘大人在哪里？我再说得明白一点，真正的刘大人在哪里？”

孽龙大惊失色！暗自道：这小子果然厉害，这样的事他也知道！总以为此事人不知鬼不觉，他也能知道？！这小子太危险了！满以为三江之内无敌手，偏偏对手就在自己的眼皮子底下。倘若真相暴露，九小龙还能出世吗？蕙兰自然就成了他虎子的人；做梦都想着的三江龙王，岂不成了鸭吃砻糠！

“你咽下了刘大人，取而代之，沐猴而冠；霸占了他的夫人，还让他怀上了你的孽种；你恶贯满盈、罪恶滔天，这难道也是我害你的吗？”

峨冠博带的孽龙突然不见了。凛冽的寒气紧逼而来。相反，虎子的能量越来越小，四周的冰层逐渐逼近，留给虎子的空间已所剩无几了。他知道，死亡正在向他逼近。尽管老母亲已有了交代，但临死前难以再见一面，不由悲从中来。日久沉积在心头的愤恨，眼睁睁地又见孽龙肆无忌惮，继续残害生灵，这次姜家村不知道又要被他糟蹋成什么样，心头涌起的一团烈火霎时传遍了全身，虎子成了一团烈火。

坐以待毙，就不是虎子。想起师傅授他功法时的话："不可有妄念，一念迷，一切迷；一念悟，一切悟。万法归一，一即是多，一归万法。"师傅的话让他沉下心来，抛开所有妄念，人感觉轻松起来，体内的能量，渐渐聚集到一起，宛如一个落到悬崖边沿摇晃不定的人，终于站稳了脚跟。

孽龙满以为可以轻松降服虎子，谁知道他竟有如此能耐，直到现在还挺着。担心他既然得到过龙蛋，会不会另外又获取了别的什么仙家宝物？如果让他活着出了冰窟，那就全完了！现在火已经上房，决不能让它再灭掉，于是显出原形，作最后的一搏。

一阵更猛烈的寒气突然迸发。冰窟外显出巨大的龙首，正张开巨喙，寒气就是从那嘴里喷发出来的。

很快，虎子感觉身体被寒冰挤压、裹紧，呼吸越来越困难了！

孽龙乘势发力。他看得很清楚：虎子的身体已渐渐融入寒冰，随即湮灭了，消失得无影无踪了！

孽龙心头的恐惧、忧虑、嫉恨，也一股脑儿地消失了，代之以取胜、满足和喜悦，从此可以高枕无忧了。他情不自禁地正要扬声大笑，突然一头栽倒，失去知觉。他已无力收回原形，在虾仙等一大帮下属的努力下，将他的龙身架回龙宫，一连几天昏迷不醒。

这一场恶斗，尽管最终孽龙获胜，但也耗去了他大部分功力，一时难以恢复。

第九章　踏上西天取剑路

一

乌云、风暴平息了，阳光重新露脸。大家众口一词：虎子与孽龙——水娃斗法，是龙虎斗。姜家村这次保住了，但虎子不知去向。

泰浒、泰鑫与众多村民满山满垄地寻找，到天黑了，他们举起火把继续寻找。

虎子他娘一直站在家门口，她不吃不喝，倾听门外石阶上的脚步声，只要虎子一踏上石阶，她就知道，她在等着虎子回家。左邻右舍的乡邻都来了。虎子娘劝他们都回去，她相信虎子就会回来的。

天黑了，夜临了，二更、三更……不能再等下去了。乡邻劝说虎子娘先回房歇着。老人家已经迈不开步子，大家把她抬到床上，这才“哇”的一声哭出来！

深夜，寂静的姜家村传来一个老人凄怆的哭泣，哭声是那样凄恻、苍凉，一丝丝、一缕缕，缠绕在每一个人的心上。每家每户都亮着灯，灯光无力而昏暗，宛若哭到心碎的人的眼睛。

二

孽龙被抬回龙宫，虾仙连续几天守护不离。到了第三天，孽龙才醒过来，睁眼便问：“凡夫虎子怎么样了？”

虾仙立刻跪下禀报：“回禀大王，虎子已经化作冰，而后融入水中。”

“哈哈哈！”孽龙终于笑出声来。

虾仙见大王高兴，立刻禀告龙宫大殿已经建成，尚有相配属的部分，不久也将完工。

真是喜上加喜，孽龙尽管身体还没有完全恢复，但兴致显得很高，一定要去看看向往日久的大殿。在虾仙的搀扶下，孽龙走进金碧辉煌的大殿。他环顾四周，几乎与他在梦中所见的东海龙宫一个样，乐不可支地连连称道：“好，好！”

大殿是在虾仙的主导下修建的，现在大王称赞不已，他的功劳自然是明白摆着了，于是趁兴进谏：“大王神威，翦除了劲敌，三江从此归于太平；恰逢王宫大殿落成，真是喜上加喜，在下谏言，可否择日喜庆？”

“说得好！正合我意。你去准备起来，日子么，再定。”

三

在虎子与孽龙斗法时，鼋仙焦急无奈，他知道虎子是斗不过孽龙的。他真想告诉虎子，先忍着吧，保住性命要紧。但他无法把自己的想法告诉虎子。令他敬佩的是，虎子这孩子真是条铁汉，硬是不低头，硬是拼到最后。

鼋仙他决不能眼睁睁地看着虎子就这样死去，一定要救活他，救活虎子也就是救活他自己。怎么救？正当他像船头上跑马——走投无路时，忽然想到，虎子就站在洞顶，洞顶有一道罅隙，能不能在最后时刻，把虎子摄入洞内？让孽龙感觉虎子已结成冰，融入水中。

这难度相当大：既要把握时机，又不能让孽龙有丝毫觉察，不然前功尽弃。他现在有这样的能量吗？

碧玄洞是他近千年练功的洞府，这里有他的气场。凡是练功者，都有自己的固定环境，绝不会像蜻蜓点水，到处驻足。气场能助长功力，功力又增强气场。鼋仙调动碧玄洞的气场和自己的尚有功力，宛如张弓之箭，等待着迸发的那一刻。就这一刻如何来判定？

只能凭感觉。在虎子与孽龙势均力敌时不能发功，在虎子现出颓势时也不能发功；在虎子的能量即将耗尽时才是发功的最佳时刻，那真是千钧一发、进退维谷时。

等待的时刻终于到了！他猛然发力，急切地等待着奇迹的出现，结果什么都没有！再等待，还是没有！还等吗？……事实告诉他——失败了！他浑身哆嗦，能量耗尽了！真想一头撞向岩壁，了此残生。忽然眼前出现一漂浮物，简直就是一片树叶，这是什么？细细一看，他难以相信，这就是虎子！一把脉息，谢天谢地，还有脉，赶紧让他躺下。

这真是天无绝人之路。正当孽龙精疲力竭之际，正是鼋仙使出最后一分功力之时，恰到好处，不留任何痕迹地摄取了虎子，做得天衣无缝。鼋仙惊喜万分！突然感觉眼前发黑，头晕眼花，既而什么都看不见了。是发功过猛所致？他顾不上这些了，先调理虎子要紧。

四

孽龙不能在龙宫逗留太久，身体基本恢复就回到了县衙。他并不是心系公务，而是放心不下夫人腹中的龙子和念念不忘的蕙兰姑娘。

刘夫人见“刘宇”满脸倦怠，消瘦了许多，问道：“这些日子去了哪里？”

“到姜家村送匾额后接着去四乡巡查。”“刘宇”说。

刘夫人无意再问他的行踪。

“刘宇”身体未曾复原，人还是觉得很累，想起方才所见的龙宫气派，几天不见的夫人，肚皮又鼓得更高了，心里乐得像三月里的油菜田，全开了花！他立刻传话，让厨下准备酒菜。厨下怎敢怠慢，不多久便大盘小盘地端上来了。至于酒，凡是送来孝敬县太爷的酒，他都让下人交给厨下保管。孽龙对酒不怎么挑剔，是酒他都喝。今天拿上来的酒是严州特产五加皮，这酒用几十种药材酿成，后劲十足。真所谓开怀了便畅饮，不久便有了醉意。

刘夫人扶他回房休息。一到床上，“刘宇”便抱着夫人不肯放。

刘夫人大腹便便的，怎肯依从？好在今天没怎么纠缠便撒手，呼呼入睡了。

刘夫人知道，蕙兰这几天很忙，说是在作一幅画。此时就寝尚早，打算去蕙兰那里看看。刚步出房门没几步，忽然听到房里鼾声如雷！她从来未见过这么响的鼾声，简直跟雷声没什么两样。夫人好生奇怪，便蹑手蹑脚地走回房里。

猛一看，她以为是眼睛发花了，怎么蚊帐外挂着一件绿色的、像爪子样的东西？揉了揉眼睛，还是那模样。天暗了，房里的光线不太好，她拿过马鞍桌上的烛台来照，不照则罢，这一照，分明是一只龙爪；那爪子还随着鼾声一上一下地牵动着，直吓得她灵魂儿出窍，一声惊叫，便往后倒下。

惊叫声把“刘宇”给惊醒了。他挺身而起，猛见自己还是龙身，真相今天终于败露了！都怪自己多喝了一点，加上人实在是太累！另外，今晚的酒里有股药味，有些不好受，管不住自己了！

用不着太担心，荷叶包铁钉——总归要出头，迟早的事。

“刘宇”想翻身下床，一时起不来，好一阵才下得床来，赶紧把夫人扶起来。

刘夫人一见“刘宇”，立刻又惊叫起来，浑身惊颤，寻觅躲藏之处。

“刘宇”不再去搀扶，很平静地问道：“夫人，你这是怎么了？”见夫人一直往床后躲去，便跟随过去。

“别过来！你别过来！”刘夫人的惊叫声已经嘶哑。

“我真弄不明白，你今天是怎么了？”“刘宇”边说边在床上坐下。

“你不用问我，问你自己。”

“问我？哦！很累了，只想睡觉。”“刘宇”说罢又倒在床上，带着睡意说，“别闹了，睡吧！”不久，鼾声又起来了。

刘夫人浑身像筛糠一样，蹑手蹑脚地从床前走过，几步跨出房门，也不提灯，摸黑逃往蕙兰的闺房。

蕙兰的闺房紧靠后院，要走过一条狭长的过道，刘夫人借着黄昏的月色，三步并作两步地快走，害怕“刘宇”随后赶来。

见身后没有动静。刘夫人喘吁吁地反问自己：怎么对兰兰说？往日的那些疑虑、迹象，现在都联系起来了；鬼魅的真实面貌已暴露无遗。这是个假“刘宇”，就是那条孽龙，夫君被他吞噬了……想到这里，不禁泪如雨下，真想返身回去，手刃孽龙。但自己身怀六甲，一个弱妇人，有此能耐吗？

接下来该怎么办？带着兰兰赶快逃离？逃到哪里去？老家在秭归，路途遥远，如何去得？孽龙会放过我母女吗？突然，一个可怕的疑问冒了出来——腹中的孩子是谁的？是夫君的遗腹子还是孽龙的孽种？回想起来，孽龙对肚里的孩子十分看重，难道怀的果真是孽种？如果真是这样，在产前这段时间必不会对我母女怎么样。产后呢？得尽快设法子啊！

现在最令人担心的是蕙兰，她终于明白，这个假“刘宇”为什么总是用迷离、狎昵的目光偷偷地看兰兰，对兰兰疼爱有加、百依百顺的。原来他早就存心不良，如果“父亲”这层窗户纸捅破了，兰兰可就危险了！如此说来，还得回房去才是？不，一想起那只龙爪，还敢与他同睡一床吗？她终于想出了一个办法。

蕙兰自从离开了姜家村，心却落在姜家村了，连做梦都在姜家村。于是她想到了作画，她要把自己印象中最美好，最值得留恋的景象、意趣，借助丹青表达出来。现在构图已有，自我感觉很好，认定是学画以来最得意之作。

忽然有敲门声。夜深了，怎么会有人来敲门？

继续敲门，而且越敲越响。

“谁呀？”蕙兰带着责怪的口气问。

“兰兰，是娘。”

“娘！这么晚了，你……”蕙兰赶快打开房门，一脸惊讶地看着娘。

“我们进去说吧。”

“哦！”蕙兰赶紧扶着娘进房，随手把门关好。

娘俩在窗前的书桌旁坐下。蕙兰一直睖睁着眼睛看她娘，见她头发凌乱，担心发生了什么意外：“娘，你……”

刘夫人抬手理了理有点散乱的云鬓，说：“前些日子就想对你说，你看娘现在的身孕，”说着提左手捂住腹部，“下一阵子，我们娘俩就住在一起吧。”

“哇！好，好！”蕙兰乐得像个孩子，抚掌大笑。

“你爹晚上喝了好多酒，一睡下去便雷打不止，我翻来覆去的，哪里睡得着啊！”

蕙兰立刻起身展开被褥，说：“娘，今天晚上我要娘搂着我睡。”说罢，像个孩子一样上前抱住她娘。

五

虎子在碧玄洞内经鼋仙的精心调理，加上他尚有的元气，身体逐渐恢复。然而鼋仙的双目失明了，再也无法恢复了。

孽龙正大肆张扬，准备登基庆典。为了像模像样地坐上三江龙王的宝座，特意邀请洞庭湖、鄱阳湖的两位龙君前来参加大典。

鼋仙借此忙碌、混乱之机，与鳗、鳖二将商量，让虎子化作宫中役使，混出宫去。临行前，鼋仙语重心长地交代虎子：“虎子啊！这里的情形你都知道了，不用我再说什么。我心里急啊！要不了多久，严州城就要遭遇灭顶之灾，千千万万生灵都将葬身水底……”

未等鼋仙把话说完，虎子立刻跪下，饱含着泪水说：“师傅，我的命是您给的。师傅对我的恩德，如同再生父母。徒儿一定不辱师命，取得屠龙剑，拯救大难临头的严州百姓。”

“不要忘记，一定要按照我指的路径走。”

“知道了。”

“途中的艰险，恐怕你是想不到的。”鼋仙不无忧虑地看着虎子。

“不管有多艰险，我唯一坚信的是——只进不退！”虎子说。

鼋仙颔首：“经过这次与孽龙对阵，你的功力失去了四成。孽龙失去了三成。关键是你的元炁强于他。也有好处，经过这一场拼搏，你的脉络已全部打开，完全畅通了，日后你的功力还会大增。”

虎子看着双目失明的师傅身处虎狼窝里，实在不忍心弃他于不顾：“师傅，你现在这般模样……”

“好了，别说了。现在他们还不会把我怎么样。我再说一遍：你要神不知鬼不觉地进村。抓紧时间，无声无息地上路，不能走漏一点风声。”

在一个星空月夜，虎子在鳗、鳖二将的掩护下，悄然出了炁岚庙潭，乘着月色，迅速赶回姜家村，途中未遇任何意外。

姜家村静悄悄的，几十幢依山而建的茅屋，顺着山势，高低错落，隐现在绿树四合的丛林中；月光下朦胧的天穹展开神秘的帷幕；小溪的潺潺流水，宛如沉睡山村的轻鼾。突然响起几声狗吠，但很快就平静下来，大概它们都认识虎子，知道自家人回来了。

虎子来到自家小院外的石阶上，他放慢了脚步，心跳却越来越快，失踪了那么多天，老母亲不知道急成什么样了，如果真有什么三长两短，该如何是好？忽然听到屋里有讲话的声音，虎子越发惊慌：如此深夜，怎么还有人在家里？不好，出事了！他几步跳进院子。

“咿呀”一声，大门打开了。泰鑫手里拿着灯，探头探脑地朝院里张望。

虎子快步迎了上去。

“虎子！”泰鑫惊叫。

虎子立刻示意禁声。

泰浒听到响动，也跳了出来。一见虎子，拉起他就往里走。

虎子急着要看娘。

泰浒拦住他，示意不许有响动。三人来到卧室外侧耳倾听，听见老娘微弱的鼾声，相互对视一笑，蹑手蹑足地来到堂前。

“我娘她……”虎子急着问。

“老姆（建德方言，伯母）吃不下饭，睡不着觉，一晚最多睡一两个时辰。”泰浒说。

“苦了我的两个好兄弟了！”虎子热泪难禁，紧紧地捏住两人的手。

“快说说，这几天你都在哪里？”泰鑫急不可耐地问。

虎子紧闭大门，示意泰浒、泰鑫靠近他，然后悄悄地诉说别后的全过程。听得两个人几度大惊失色，又兴奋异常。

“那，打算什么时候走？”泰鑫情绪高昂。

“今夜就走。”虎子说。

“是啊，只有这样才能神不知鬼不觉。”泰浒说。

“现在还有两件棘手的事。”

“什么事？”泰浒、泰鑫一齐问。

虎子朝房里看了一眼：“第一，老娘怎么办？”

“第二呢？”泰鑫问。

“刘夫人和他的女儿蕙兰，现在还蒙在鼓里。刘夫人怀的是九龙，这等于是她母女俩的护身符。一定要设法告诉她们，再苦再难也要挺住，等我回来除此大害。”

“虎子，我和你去西天取剑，剩下的两件事，交给泰浒。”泰鑫抢先表态。

“不，虎子，我陪你去，留下来的事归泰鑫。”泰浒争着要去。

泰浒、泰鑫一时相持不下。

“你们听我说。”虎子娘突然出现在房门口。

三人惊住了！

“娘！”虎子扑向娘，既而扶着娘来到堂前坐下。

虎子娘轻轻地咳了一声，虎子赶快端来一碗茶。虎子娘喝过茶后，一手撑着桌子，面对三个人："虎子走了这些天，有人说他被孽龙捉去了；有人说他命没了；还有人说他再也回不来了，说啥的都有。我就是不信。我儿子不做亏心事，一心向善，有菩萨护着他，一定会回来的，你们说是吗？"

泰浒、泰鑫齐声说："就是嘛！"

"这些日子，害苦了你们俩了！"虎子娘摇头叹息。

"老姆，我俩也是您的儿子啊！"泰浒说。

"说得好！说得好！"虎子娘笑了，"依我说啊，泰浒心细，做家里的事情好。鑫儿啊，你粗手粗脚的，一身好力气，随虎子去吧。"

"哇！"泰鑫高兴得跳了起来。

虎子娘示意泰鑫坐下："你们这一去啊，不是十天半月就能回来的。怎么对你爹妈说？怎么对村里人说？"

三人面面相觑，没人说话。

虎子娘听不到回应，接着说："我看啊，是不是这样，鑫儿，你徽州不是有个老姨吗？"

"有啊。"泰鑫说。

"他们家有做蒸笼的手艺。对村里人说，你去徽州学手艺了；你爹妈那头呢，泰浒啊，明天一早你来搀我，我过去对他们说。"

"好嘞！"泰浒说。

"剩下来的事，你们商量，我去给你们弄点路上吃的。"虎子娘摸摸索索地去了灶间。尽管她眼睛看不见，灶头上的事情还是能做的。

鸡鸣天亮的时候，虎子与泰鑫已出了严州城，按照鼋仙的路径图所示，踏上取剑的征程。

第十章　无常唤回虎子命

一

几天跋涉，虎子、泰鑫来到了屯溪。所带的干粮早已吃光，身上的那点盘缠，紧紧地捆扎在腰间，不到万不得已，绝不能动。他们通常都是在水井旁、小河边吃干粮，晚上借宿在庙宇或祠堂里。

屯溪市井繁华，大街小巷，熙熙攘攘。虎子与泰鑫是太阳快落山的时候到的。干粮袋里剩下的一点末子，都摸出来吃掉了，肚子里还是咕噜咕噜地叫个不停。怎么办?

两人来到了一个小巷口，臭豆腐的香味扑面而来。屯溪的臭豆腐别有风味，享誉江南，让饥肠辘辘的两个年轻人顿时口舌生涎，饥不可耐。

泰鑫摸出几个铜钱，示意虎子买臭干。

虎子看着泰鑫手心里的那几枚铜钱，老半天才说:“就几块臭干，能吃饱肚子啊?”

就在这时，隔壁豆腐店里的伙计，提着一篮刚从豆浆中滤出来，还冒着热气的豆腐渣，跨步出门 。虎子想，豆腐渣倒是能填饱肚子的。捅了一下泰鑫，两人迎了上去。

“小哥，你这豆腐渣卖不卖?”虎子问。

“你要买豆渣?”伙计一边问一边好奇地打量两个年轻人，看样子这两个人正饿着，“拿去吃啊?”

虎子有点不好意思，放下眼皮朝地下看了看。

“这，不用买，你们吃好了。”伙计放下篮子，返身回店里，拿来两只碗、两双筷子，盛了满满的两碗，分别递给虎子和泰鑫，然后提起篮子走进对面的小巷。他是拿这些豆渣去喂猪的，豆腐店都利用做豆腐的下脚料来养猪，这是他们盈利的可观部分。

泰鑫拿手里的那几个铜钱，买了十多块油炸臭豆腐，包在荷叶里。虎子与泰鑫就坐在那家豆腐店的台阶上，就着臭干下豆腐渣，真所谓饥不择食，吃得可香了！

忽然来了一个中年人，穿着也不坏，挤进虎子与泰鑫的中间，连说：“哟！这臭豆腐真香哦！”口里这么说，手便伸过来，一块臭干已进了他嘴里。如此接二连三，大有风卷残云之势。

荷叶包是泰鑫拿着的，他两只眼睛瞪得像两只铜铃，看着这位不速之客。

虎子也很纳闷，怎么突然来了这么个不讲道理的人？

中年人站了起来，嘴里还在咀嚼，口里连连说：“不错！不错！”说罢，扬长而去。

泰鑫随手把荷叶包塞给虎子，拔腿要去追那个人。

“算了！算了！人都走远了。”虎子拦下了泰鑫。

“怎么有这样的人？”泰鑫还生着气。

“饱了没有？”虎子问。

“饱——是饱了。”

“那该找住的地方了。”

“我早就留心了，来的路上有一座庙，离这里不远。”

“好啊！天已暗下来，就去那庙里借住一夜。”

没有走多远，就来到一座叫青云寺的古庙。寺里只有一个老和尚，耳聋，说话只能比划。虎子上前说明来意。老和尚连说：“善哉！善哉！”带着两人来到寮房。老和尚指了指房间里空着的两张床铺，作了个揖便转身走了。

房间里比较暗，加上夜幕降临，视线更差，坐下来才看清楚一共有四张床，有一张床上已躺着一个人。两个人的响动，把躺着睡觉的人惊醒了，他翻身坐起，笑眯眯地看着虎子和泰鑫。

“你，你……”虎子好奇怪，捅了泰鑫一下，让他留意看。

泰鑫看出来了，在虎子身后悄声说：“怎么又碰上他了！”

那中年人转身下床，连说：“好，好，你俩果然来了。”

虎子与泰鑫更觉得纳闷：这是个什么人？

“你们一定会觉得好奇怪，是吗？”

虎子与泰鑫愣着，没搭腔。

中年人翘起二郎腿，双手相叠，压在腿上，看上去是个老道的江湖人，看着他拿腔拿调地说：“有缘，有缘啊！我姓陈，安徽望江人，紧靠着浔阳江，做生意的。每年这个时候，我们那里都要祭江打醮，也不知道为啥，今年的动静特别大，据说是江龙作祟，逼迫百姓，往江里投三牲，送上童男童女，还要封江祭祀。这江一封，吃盐成问题了！水路通的时候，这盐哪里会短少？现在弄得盐比油贵，老百姓叫苦连天。没办法，只好走旱路挑盐，这就难了！”

虎子想，看来这事与孽龙正在操弄的什么“庆典”有关。想不到他作孽作到外州外府来了！

陈老板接着说：“走旱路，途中会遇上翦径的、卡要的。只好昼伏夜行，避开这些东西。但到哪里去雇请胆大、心细、忠厚又身强力壮的人呢？”陈老板的眼光在虎子、泰鑫这两个年轻人的身上来回逡巡。继而用十分虔诚的口吻说：“如果有这样的人，我愿意出一锭银子，路上的吃用开销，全归我。请问二位要去哪里？”

“我们，路远着呢，”虎子说，伸手指了指，“往北。”

“好啊！同路，我们同路啊！”陈老板乐得站了起来，“不瞒二位说，先前我就看出你俩的为人。”

“哦？”虎子将信将疑。

陈老板的床与虎子、泰鑫隔得较远，他快步来到虎子床边的一张空床上坐下，笑容可掬地看看两个年轻人：“拿出钱来买豆腐渣，这是从来没有的事，豆腐渣还要花钱买的吗？”说着朝两个年轻人竖起大拇指。

“不取于人谓之富，不屈于人谓之贵。”虎子说。

“说得好！”陈老板大声赞许。“操与霜雪明，量与江海宽。我没有看走眼，不枉在江湖上混迹这么些年，你俩就是我渴求的人才。”说着起身踱了两步，立刻又回过身来，“方才我吃了你们的臭豆腐，等于吃下了定心丸啊！”说罢哈哈大笑。

虎子与泰鑫相视而笑。

陈老板很自信地说：“我估计你们会到这里来的，因为附近只有这么一个地方可以供你们住宿。我打定主意在这里等候。”

“如果等不到呢？”虎子问。

“那只能怪自己没运气、晦气！怎么样，两位，我们合作一回吧？”

泰鑫用腿碰了碰虎子。虎子明白他的意思，自己想的也一样：无非花点力气，辛苦一点，但解决了很长一段路程的吃住问题，更难得的是，还有一锭银子，那可是雪中送炭啊！“好吧，陪你走一趟。你的东西在哪里？”

“好！请随我来。”陈老板拔腿就往外走。寮房挨着伙房，在一个角落里，放着四只麻袋，旁边还有箩筐、扁担。虎子提了提麻袋，约莫有五六十斤。

虎子拍了拍手：“晚上就走？”

陈老板满脸堆笑。“莫急，莫急，先吃点东西，再走不迟。”随手从厨房橱柜里拿三只碗在手上。

三个人重新回到寮房。陈老板从床头捧出一个荷叶包、一坛酒，还有蜡烛。借着烛光，打开包包，香喷喷的卤牛肉。牛肉下酒，再好不过，一个晚上都不会饿了。

吃饱喝足了。虎子与泰鑫担起一百多斤的担子，随着陈老板，昼伏夜行，直奔望江而去。

二

刘夫人坚持与蕙兰睡在一起。“刘宇”难受极了。好，既然这样，他也不在乎装扮日久的面具了，直接动起蕙兰的主意来。

一天午后，蕙兰把她最近作的那幅画挂在醉月亭的亭柱上，久久地凝眸欣赏，看得入神，走进了画里……

——她又来到了姜家村，走进了虎子的小院。突然，“吱”的一声，门开了，虎子笑盈盈地看着她，邀请她进屋里。她犹豫、迟疑……

突然，一阵风来，把画吹走了。她急起追赶。那画越飞越高，像风筝一样左右飘忽，在空中转了一大圈后，竟飞向了池塘。蕙兰急了，她想喊人。但这里除了树木花草，哪里有人啊！她连连跺脚，伤心落泪。

奇怪！怎么脖子后有股热气？她急忙回过头来，一声惊叫：“爹，怎么是你呀！”

“刘宇”眯起一双眼睛，故作好奇地说：“我在看你的画。”

蕙兰一脸娇嗔，噘着小嘴：“来了也不说一声，偷偷摸摸地躲在身后，吓了我一跳！”说着一屁股坐在醉月亭的围栏长椅上。

女人的美色表现在动态上最为诱人，所谓百媚千娇，不如临行回眸一笑；而假作嗔怪，更有摄人魂魄之魅。孽龙今天探知蕙兰独自一人去了后院，她娘还躺在女儿的房里歇息，这真是天赐良机！于是悄悄地来到后院。果然，蕙兰独自一人在亭子里，对着一张画发呆。

日久的相思，梦中多少次无果的幽会，今天终于如愿以偿，霎时间通体血脉偾张。他蹑手蹑脚地来到蕙兰身后，那天生丽质的幽香，让他的魂魄早已溢出，正当要伸手搂抱时，蕙兰突然回过身来，他不由自主地连退了两步。

蕙兰低垂的云鬓，浅浅地压在雪白、滑腻、粉嫩的脖颈上，孽龙充分发挥想象，从脖颈一直往下延伸，想到她的胸、腹……此时此刻，他的心已经化开了……真想几步抢上前去，立马行那云雨之事。但他还算有几分克制，问道：“你画的是什么呀？看得那样津津有味。”

蕙兰痛心地看着飘落在池塘里的那幅画，顿足道：“那是人间仙境啊！”孽龙本想嗤之以鼻，但他还是忍住了：“我看见了，是个破落的小山村，有什么好的？让它随风去吧！”

这可是蕙兰无法接受的，爹怎么变得毫无情趣了？他的满腹诗书、才气到哪里去了？因而带着责问的口气说：“你说它破落，破落在哪里？什么叫破落？那是美轮美奂。”

孽龙的醋意陡然升起，内心的忍耐、克制再也无法压抑正在疾速膨胀的魔欲，宛若点着了引线的炮仗，即刻就要爆炸。他快步来到蕙兰跟前，伸手按住蕙兰的肩膀，色欲毕露地说："我带你去一个地方，那里有金子打的宫殿，有无数的金银财宝，有众多的宫女来伺候你，你就是那里的王后。我，我是……"

蕙兰瞪着一双惊愕的眼睛，看着这个貌似他爹的人，越看越可怕。她用力挣脱，但她如何挣脱得了孽龙的魔爪？

孽龙一把就将蕙兰搂进怀里，摁倒在栏椅上。

蕙兰奋力挣扎，大声呼喊。

孽龙毫不放松。正当万分危急的时刻，有人大喊一声："你敢伤害我的蕙兰，我就撞死在这里！"

孽龙想不到夫人会突然出现，正一头撞向亭柱。

孽龙大惊，飞身抱住夫人："你怎么能这样！使不得，千万使不得！"

蕙兰见娘来了，哭倒在娘的怀里。

刘夫人怒斥："你这个畜生，滚！滚！"

"好，我走。"孽龙对夫人摇晃着双手，"我们可说好了，我这就走，这就走。你可不能再胡来，决不可胡来！"孽龙边说边往后退去。

刘夫人跺脚："滚！滚！滚！"

孽龙悻悻然而去。

母女俩抱头痛哭。

刘夫人一直怕蕙兰胆小，不敢告诉她真情，终于纸包不住火，她不再隐瞒，诉说"刘宇"的真相。

蕙兰大惊失色："那就是说，他杀害了爹，又充作爹，再来伤害我们母女俩？"

刘夫人哭泣不止。

蕙兰杏眼圆睁，怒指已经远去的孽龙："他是杀父的仇人啊！娘！杀父之仇不报，何以为人！"

刘夫人长叹："你我两个女流，如何报仇？"

"不！"蕙兰突然站起来，"我去找他。"

"你找谁去？"刘夫人吃惊地看着蕙兰。

"我想……"蕙兰边说边思考，"去一趟姜家村。"

"你一个姑娘家，贸然闯到别人家里去，合适吗？"

"为了报父仇，顾不上这么多了。"

夫人满脸愁云："虎子虽然很强壮，但他是一个凡人，怎么斗得过那恶魔？"

蕙兰的脑海里再次出现虎子挺立船头，无所畏惧，力挽狂澜的英武形象，想象唯有虎子能除掉这个恶魔。"娘，我想，虎子一定会有办法的。"

一个浑身水淋淋的人突然来到母女俩跟前。

刘夫人、蕙兰大惊！

刘夫人护住蕙兰，吃惊地看着这个人："你，你是什么人？！"

来人把披挂在脸上的头发理了理，抹去脸上的水渍，"夫人，我是姜家村的姜泰浒。"

蕙兰眼尖，很快就认出来，眼前站着的这个后生是虎子的同伴。立刻转笑脸："你是姜家村的，虎子的好友。"

泰浒连连点头。

刘夫人也想起来了："哦！我想起来了，你是我母女俩的救命恩人啊！你怎么……"

"我在附近转悠了好几天，大门没法进。想从后面找到进来的路，谢天谢地，今天总算找到了，原来我们村的小溪与这里后院的湖水相通，我是走水路进来的。"

"哟！看你这一身水淋淋的，"夫人立刻转向蕙兰，谁知道她已经飞快地跑出亭外，回过身来说，"我就来！"

刘夫人笑着说："这孩子，她想得比我周到。你请坐，请坐！"

"今天我是试探着，看看这条路能不能走通，更担心进来以后怎么找到夫人。好，今天终于见到你们了。"泰浒说着坐了下来。

蕙兰快步赶到，把一块洁白的面巾交给他娘。

刘夫人拿着面巾对泰浒说："来，擦擦，看你这一身水！"

"没事的，一会儿还要下水。"泰浒推让。

"擦擦呀！"蕙兰急着说。

"好，好，"泰浒接过面巾，擦了把脸，说"今天我是来给夫人和小姐报信的。"

"哦？"刘夫人睁大眼睛。

蕙兰感觉泰浒有什么喜讯要说，竖起耳朵来听。

泰浒先说虎子与孽龙斗法的经过，再说虎子的师父鼋仙让虎子赶赴西域巴奄山取屠龙剑，除掉这危害一方的孽龙。

刘夫人与蕙兰一度惊吓得面如土色，后来说到虎子功力恢复，已去西域取屠龙剑，两人才脸有喜色。

"他们去多少天了？"蕙兰问。

"有些日子了。"泰浒转过脸来向着刘夫人，"还有一事要向夫人禀报……"但话到嘴边又觉得难以开口。

"什么事？你尽管说，用不着忌讳的。"

泰浒涨红着脸，看了一眼刘夫人的腹部，马上就别过头去。

夫人明白了："你是说我的身孕？"

姜泰浒低着头说："是的。夫人怀的是九条龙。"

"啊！"刘夫人与蕙兰一起惊叫。

姜泰浒这才抬起头来继续说："孽龙正在尽全力准备登三江龙王宝座的大典。遥远的洞庭湖、鄱阳湖的龙君都应邀前来恭贺。"

刘夫人、蕙兰面面相觑。

"他还有一个更大的阴谋——等待……"

泰浒话未说完，刘夫人急不可待地问道："它在等待什么？"

"等夫人的九龙降生，乘十龙之势，一举将严州郡所属的六个县，统统滚成与东海相连的汪洋大海。"

"啊！"蕙兰惊吓得目瞪口呆。

"虎子哥临行前交代，让我来禀告夫人和小姐……"

"他有什么交代？"

"请夫人和小姐再难也忍着，等着他。"

刘夫人颔首，"嗯！"

蕙兰终于看到了阴云密布的天空露出了一线光明。

"他还说，夫人有一样对付孽龙最有效的法宝。"

夫人看了蕙兰一眼，说："我懂了。兰兰，以后你千万不要单独行动。"

"娘，我知道了。"蕙兰紧紧地傍依着她娘。

姜泰浒说完赶快起身。"我不能在这里久留，得赶快走。"说罢迅速走出亭子，回过身来作了一个揖，潜入池塘。

刘夫人与蕙兰眼看着泰浒悄然离去。

三

孽龙带着虾仙来到醉月亭。幸好姜泰浒早已离开，夫人与蕙兰也不在了。

孽龙指着仍然漂浮在水面上的那幅画，"就是那东西。"

虾仙扬手一挥，那画便来到他的手里，轻轻吹了一口气，画就干了。

孽龙在亭椅上坐下。

虾仙在大王面前展开画卷。

"这就是姜家村，这里是虎子的家。"孽龙在画上指指点点。

"大王的意思是：蕙兰小姐还在思念她的意中人——虎子？"

孽龙满脸怒容："要不她还画它做什么？"

"看来蕙兰小姐还不知道虎子已经死了。"

"这么大的动静，她们会不知道？"

"她母女俩没有出过县衙门啊！"

"这两个人不是省油的灯，主意多着呢！我总有那么点……喏……"

“大王怀疑虎子没死，还活着？”

“不是我怀疑。是我眼睁睁地看见蕙兰那副相思得出神的相貌，才这样想的。”

“哦！”虾仙沉思。

“我再问你，那天你真的看见虎子融入冰，化成水了？”

“回禀大王，这是我看得清清楚楚的。”

“那真有点怪了。”孽龙起身，面向池塘站立，突然指着池塘远处说，“这池塘与外面是相通的呀！”

“哦！”虾仙恍然大悟。

“你马上派人给我堵上。”

“那池塘不成死水了？”

“你管它死还是活。”

“是，是。”虾仙答应得好好的。他哪里知道，龙宫马上就要闹翻天了，捅开一个大窟窿，还顾得上这个小窟窿吗？

“还有，那个姜家村，你给我留心着，一有什么风声，立刻来报。”

“知道。知道。”

“大庆典的事，你多辛苦点。现在准备得怎么样了？”

“我们自己这头已经差不多了。邀请的各路龙君，陆续地送来礼单，猪、羊已收到不少，还有牛，童男童女一对。”

“哦！好，好，要搞得它热火朝天！”

“我们把招牌打出来，声势造起来，这借来的锣鼓，这个时候不打什么时候打？”

说到这里，孽龙脸上顿时收了喜气，蒙上了层阴影：“有一件难事，还不好办。”

“大王还有什么难事？”

“邀请来的大小龙君，他们必定都带着君夫人。我心目中的君夫人应该是蕙兰，那才亮得出去。但她死活不从，怎么办？”

“这个么……让我想想，想想……”吓仙忽然灵机一动，说：“有了！”

“哦？”

“一个字——借！”

“借？怎么借？”

“借她出席盛典，过后即还。”

“还要还？”

“只要进了龙宫，那就有借无还了。”

“有借无还，嘿！好！好！”孽龙大笑，笑得一把夺过虾仙手里的那幅画，把它撕碎，揉成一团，扔进池塘，看着那纸片儿漾开，随波漂散。孽龙突然想起来问：“倘若她借也不肯呢？”

“借也不肯？”虾仙思虑再三。“那只有来硬的了。”
“看来也只有来硬的这一招了。”

四

虎子与泰鑫经过近半月的艰难跋涉，终于来到了望江，一个很大的集镇，屋宇鳞次栉比，街市熙熙攘攘。陈老板带着虎子与泰鑫走过几条大街后，拐进了一条小巷，住进了一家挂着“安寓客栈”招牌的旅店。安顿好住处后，陈老板拿出事先说好的两锭银子，分别给虎子和泰鑫。

虎子、姜鑫从来没见过成锭的银子，再三对陈老板表示感谢。

陈老板说：“做生意讲的是‘诚信’二字，有信走遍天下。”

虎子、泰鑫喜滋滋的，频频点头称是。

“这样，你俩一路辛苦，先歇着。我出去办点事，过一会儿就回来。”

一路来餐风露宿，走的都是羊肠小道，虎子和泰鑫确实够累的。如今沉甸甸的银子已经到手，老板说让他俩歇着，不如睡上一觉。

不一会儿，两人便鼾声起来，沉睡入梦。房门“吱”的一声被轻轻推开，蹑手蹑脚地进来两个蒙面人。先看虎子与泰鑫是否真的睡死了，略等片刻后，蒙面人相互示意可以行动。立刻取出两副箩担里的东西，将遮盖恢复原样，迅速离去。

虎子与泰鑫这一觉睡得可沉了！不知道睡了几个时辰，等他们醒来，天已漆黑。赶忙翻身坐起，点上油灯。不见陈老板，箩担依然摆着。

虎子担心陈老板出什么事，怎么一去不回了？人地生疏的，连问讯的地方也没有。

泰鑫好像还有睡意，呆呆地看着虎子：“哎，不对！”

“怎么？”虎子问。

“你看，就我们两张床。陈老板原本就不打算和我们住在一起呀！”

虎子似有所悟，急忙拉过箩担来看，感觉不对，分量明显轻了许多；掀开遮盖，全是石头，四只箩筐都一样。虎子这才明白，上当了。

泰鑫睡意全消，摇头叹息道：“一直相信他说的是盐啊！”

虎子颓然坐倒：“我在担心，我们会不会遇上什么事？”

“我想起来了，临到这里前，我们在途中喝的凉茶，好像有点不对劲！”泰鑫警觉。

“是啊！喝了那凉茶以后，头有一点晕，脚也软绵绵的，是吗？”

“到了这里就睡，平常会睡得这么死吗？”

“就在我们睡死的时候，有人进来把盐取走了？”

“你还相信那真的是盐吗？”虎子说。

“那是什么？”泰鑫疑惑不解。

“我说不上来，但……一定是官府管着的什么东西吧！”虎子思考。

“那我们怎么办？会不会惹上麻烦？”泰鑫害怕起来。

“这……我们可没做亏心事呀！不去想它了，睡觉，明天一早起来赶路。”虎子说着钻进被窝里。

“我有点饿了，想出去找点吃的。哎，给你也带点来？”泰鑫准备出去。

虎子昂起头来关切地说：“不要走远，就附近看看，没有就回来。”

“嗯！”泰鑫飞快下楼，出了客栈。

虎子口说睡觉，眼睛却是睁得大大的。他在担心会不会走漏风声，让孽龙发现什么蛛丝马迹，设下圈套，跟踪而来了？又想到娘，担心她的身体，老人家一定牵肠挂肚的，长这么大还没有出过远门，何况，这一走就是几百里、几千里的……忽然，他来到一个陌生的地方，但又有点像自己的姜家村，有山有水的，环境很优美。他走进一家农家小院，门开了，走出一位姑娘，是蕙兰，热情地请他进屋。一步跨进，一个人挡在他的跟前，怒目圆睁，龇牙咧嘴，仔细一看，竟是孽龙。再看蕙兰，已不知去向，四下寻找，不见踪影。忽然闻到一股香味，好香，好香！嘴唇上被什么尖利的东西戳了一下，生疼！睁开眼睛，原来是泰鑫拿着一个煎饼，送到他的嘴边，热气腾腾的。

虎子翻身坐起，两人面对面地吃起煎饼来。

泰鑫说：“也好，管他陈老板干什么，我们无非出点力气，这十几天的吃用总赚来了；另外还有一个宝贝疙瘩藏在腰里，值了！”说罢往后一倒，躺着啃煎饼。

“这煎饼好香，在下面小巷里买的？”虎子问。

“就下面，有好几家摊子，馄饨、面条、饺子都有。买这个好拿。”

“哦！还是你想得周到。”虎子话音未落，门外响起了敲门声，而且越敲越响。

泰鑫迅速打开房门。

掌柜的手里提着长柄灯笼，后面站着两个佩刀的衙役。掌柜的提起灯笼朝虎子、泰鑫照了照，回过身说：“是的。”说罢立刻往后退去。

“跟我们走！”衙役厉声喝道。

“哎，这怎么回事？你们……”虎子大为吃惊！

衙役不容分说，先搜查房间，接着搜身，虎子、泰鑫时刻不离身，放着救命钱的小包和那一锭银子全被衙役夺走。一声断喝：“走！”迅速将两人押走。走到途中，一个衙役想起来，又回来把留在客栈里的四只箩筐担走。

怎么晴天霹雳的就惹上官司了？泰鑫到巷子里买吃食，一家一家地看了一遍。心里想吃饺子，但马上想到虎子，决定买煎饼。要付钱了，不得不坐下来，解开腰里的小包。真该要出事，一旁坐着吃馄饨的是当地衙门的捕快，此地是走私铜锭的集散地，正在集中全力抓捕案犯。姜泰鑫解开小包时，那一锭银子在油灯的照耀下反射出异样的光泽，捕快眼尖，一眼就认出那东西是假货。

铜是官府严格管制的。皇上、公侯对有功之臣的赏赐，动辄百金，其实都是铜，哪来那么多黄金？市场流通的金钱，大量都是铜制的。民间有敢于冒险求财之徒，走私黄铜制钱，获利甚丰。但一旦查获，立判死罪。

五

虎子、泰鑫被押进牢房，“咣当”一声，铁门关上。两人从外面进来，牢里漆黑一片；一阵阵尿屎臭，熏得人头晕想吐。仅只一会儿，先是脚上开始痒，接着是肚皮、前胸、后背，以致全身都痒开了，感觉有无数小虫子在身上爬。到这时候才看清，这牢房里不单只他们两个人，眼前有好几个人影，正一步步地向他俩靠近。

不好！看这架势，来者不善，虎子立刻挡在泰鑫前面。第一个扑上来的，虎子一闪身，只一掌，就把他打倒在地。接着第二、第三个也都一两招便倒下。

最后一个，此人个头粗壮，看不清他的面相，但感觉有一身蛮力。他并不急着出手，开言道：“请问对面虾儿，是养什么的？”

这是江湖黑话，打探对方做哪一路营生：杀人越货、鸡鸣狗盗、坑蒙拐骗等。

虎子、姜泰鑫怎么懂黑话？

“你说什么？”虎子反问。

“原来是个处子（不是道上人）！”大汉带着几分鄙夷的神气，“这样，如果你能赢我，这帮人都听你使唤。倘若你小子输了，你俩睡尿床去吧。”

泰鑫不明白，冒出一句：“什么寮床？”

“不明白？”大汉伸手指着墙角的尿桶，“那边就是你俩的床。”

几个倒在地上的，歪歪斜斜地站了起来，为大汉助威，齐声吆喝：“让这两小子去喝尿吧！”

大汉依仗人多势众，拉开了架势。

虎子不急，看对方如何出招。大汉见虎子站着不动，以为他蔫了，乘势猛扑上来。虎子借势，使了个顺手牵羊，“轰”的一声，大汉如同一棵大树倒下。这一跤摔得可不轻，大汉趴在地上，好一阵起不来。帮着起哄的几个人，七手八脚地把他搀扶起来。

大汉坐在地上，一阵呻吟，对围着他的那几个人喝道：“还不赶快去磕头！”

连同大汉在内的四个人，像捣蒜一样，跪在地上给虎子和泰鑫磕头。虎子根本没有享受这份虚荣的兴趣，让他们都起来。大汉连忙把自己的床位让出来，所谓床位无非是一领席子，还有垫席子的蒲草，仅仅是远离尿桶而已。

虎子与泰鑫突然莫名其妙地被关进了牢房，感觉就像遽然身陷地狱，与世隔绝了，面临的将会是什么？刀山还是火海？这一夜，虎子与泰鑫没说一句话。虎子眼睛睁得老大，向着如同锅底一样的黑幕，脑子里各种各样、五花八门的想法都冒了出来：是不是两人上路时走漏了风声？还是夫人与小姐不慎，让孽龙摸底了？陈老板这个油嘴滑舌的人，是不是孽龙所使？在这人生地不熟的地方进了监牢，会是什么结果？取屠龙剑的大事岂不耽误了？严郡六县千万百姓眼看难逃厄运……

泰鑫也一样，满怀一大堆疑问，身上就像赤膊穿蓑衣，难受极了，在四条汉子此起彼伏的鼾声中，熬到了天亮。

太阳上一竿的时候，牢门突然打开，两个衙役进来，把虎子和泰鑫提走。

衙门的大堂甚是威严，手提杀威棒的皂隶高喊堂威，让人毛骨悚然！大老爷趁势登堂。

虎子、泰鑫跪伏在堂下。他们从来没见过这种场面，虽然也进建德县衙吃过一顿晚饭，那是在后堂用餐，哪里有这样吓人！腿脚不由自主地颤缩起来。

大老爷，突然拍下惊堂木，拿起陈老板给的银锭，问道：“此物从何而来？”

虎子如实交代。

大老爷又问：“陈老板何方人士？姓名？”

虎子无法回答。

大老爷问：“这两副箩筐是你们的吧？”

虎子回禀：“是陈老板让我俩挑的。”

大老爷问：“里面装的是何物？”

虎子如实回禀：“陈老板说是盐。”

大老爷问：“你们看过是盐吗？”

虎子说：“没看过。”

大老爷问：“半个月，你们都不看一看肩上挑着的是什么东西？”

泰鑫插话了：“我们赚的是脚力钱，不去关心装的是啥东西。”

虎子渐渐理出头绪来，终于明白陈老板是在贩运违禁的东西。这可千万不能沾上，不然跳进黄河也洗不清啊！赶快接过泰鑫的话：“陈老板让我们白天住客栈睡觉。他一个人住一间，担子搁在他的房里。晚上才赶路，黑黢黢的，也没想到看箩筐里的东西。”

大老爷问：“你二人来到望江，意欲何往？”

虎子、泰鑫对视着，无言以禀。

大老爷怒拍惊堂木：“还不从实招来！”

虎子急得额头直冒汗，怎么回大老爷的话？照实说？万万不可，事情一旦传开，孽龙很快就会追来，那就前功尽弃；不回答，眼看就要与陈老板所犯的罪行沾边，脱不了干系，心里乱得像翻掉石板的蚂蚁窝，无数蚂蚁在乱窜乱爬。

泰鑫也急得没主意，只盯着虎子看，让他快拿主意。

大老爷大怒："你俩招是不招？"

虎子急不择言地说："大老爷，我俩，我俩就攒点脚力钱！别的，别的事，我们都不知道啊！"

"一派胡言！"大老爷喝道。

虎子、泰鑫齐声说："大老爷，我们说的句句都是实话呀！"

"罪愆昭彰，无从抵赖。"大老爷拿起陈老板的银锭晃了晃，"这是你们掺铜私注的银锭；那箩筐是你们私下贩运黄铜的物证。你俩违犯了朝廷明令的天条！如果你们能如实交代罪行，将一干案犯和盘托出，本大人可酌情罪减一等，尚有一线生机。不然，就得身首异处。"

虎子、泰鑫大惊！原来辛苦赚的、当宝贝一样藏在身上的银子是假的。可恶的陈老板不仅骗钱，还害了他俩的性命。只要找到这个可恶的陈老板，就可真相大白，洗去冤情。两人再三恳求大老爷缉拿陈老板，愿与他当堂对质。

大老爷喝道："不用大刑，谅尔等不招。来呀，大刑伺候！"

一群如狼似虎的皂隶不容分说，将虎子、泰鑫拉下用刑。一阵酷刑之后，两人被扔回牢房。

牢房里的大汉本是一方杀人越货的大盗，对于这一带走私人的活动规律了如指掌。曾伤及数条人命，如今落网，已判秋后处决，来日无多了。他想尽法子过好眼前可数的日子。

另外几个是小偷小摸的毛贼，自然成了大汉的仆役，任其役使。

虎子、泰鑫被拖回牢房后，已是遍体鳞伤，又被冷水浇淋过，浑身湿透，奄奄一息。

大汉很讲江湖义气，他佩服虎子的一身功夫，又不欺凌弱小，是他心目中的好汉。见两人伤成这样，立刻让他的手下把两人身上的水渍擦干。然后拿出随带的金枪药给敷上，不久，虎子、泰鑫昏昏睡去。

大汉双手枕着头，昂起头来看这两人身上的伤情，料定用过大刑。再看这两个年轻人不像是干他这一行的，口音又是外地的，人也厚道相，会是干什么的？用这样大刑的都是命案啊！

望江系府治所在，水陆交通枢纽，物阜民丰的富庶之地。因铜走私日渐猖獗，一直未能有效遏制，省宪几次问责，严令克日破案。这次抓获两名案犯，府郡大喜过望，想抓住这一线索，扩大战果，一举根治寄生于望江多年的沉疴。想不到俩案犯，宁死不肯交代同案犯，几次动用大刑，一概无果，宛若船行山前断了头——此路不通！

府郡台大人几经思谋，决定将两人判斩立决！然后大造舆论，号召：知情举报者重赏，自动投案者罪减一等，一系列"攻心为上"之策，企图打开缺口。

虎子因自身的功力，大刑只能伤及皮肤，泰鑫可就伤得厉害了！好在大汉有办法，他用钱通过狱卒能买到好吃的，加上虎子的精心调理，不致危及生命。

大汉见虎子几次大刑后都安然无恙，方知虎子是个有非凡功力的人，愈加敬重，由衷地心悦诚服。几次想打听虎子因何落难，但不敢开口，心里却又想为心目中的这位大英雄效劳，利用他的社会关系，也许能帮上点忙。这个念头一直在脑子里转，这一天终于憋不住了，开口问虎子因何落到官府之手。

虎子回说道，初来望江，想贩运一点家乡稀缺的货物，谁知碰上了油嘴滑舌的陈老板，招致横祸。

大汉惊呼："糟了！两位兄弟，原来是碰洞了！"

"碰洞？"虎子不明白碰洞是啥意思。

大汉抹了一下嘴巴，伸出双手，虎口相向比划："铜，我们这里的口音是'洞'。只要碰上洞，落到官府手里，就要开大洞！"伸手做了个砍头的动作，"我原想助你一把，想不到你碰洞了！"说罢，摇头叹息！

虎子大惊！

大汉叙说了望江官府缉拿走私洞案的律令严刑；坦陈自己的几次杀人抢掠的作案经历，自认已是一脚跨进鬼门关的人。说到这里，他不停地对着虎子眨巴眼睛："呃！不好说不吉利的话，不过，我是个直性子，有话不说难过也！"

"有什么话，你尽管说！"虎子应道。

"好！我说了！"大汉一双豹子眼，直溜溜地盯着虎子。"黄泉路上也要有个伴啊！孤零零的，不要憋死人啊！十八年后，咱兄弟联手干他娘的一场！"

虎子这才明白大汉的意思：他料定自己必死无疑，很想与虎子共赴黄泉路。

这几天虎子就像火炭掉到头发上——火烧火燎。摊上了这么一件无厘头的事，皮肉之苦不说它，时间被耽搁了，再这么耽误下去，那就误了大事了！他可以脱去镣铐，飞身而出。泰鑫怎么办？怎么能丢下他？照此情形看来，若真的要问斩，岂非害了泰鑫？他整夜睁着眼睛等天亮，不知道该怎么办。

六

虾仙原本对鼋仙有所顾忌，处处提防着他，不忘暗中窥探。自从鼋仙双目失明后，成天索居碧玄洞，终于放松了对他的警惕，无须再顾问了。

碧玄洞确实被冷落了，除了鳗、鳖二将偶尔前来拜访，几乎无人问津。

鼋仙貌似索居，终日入定吐纳，但始终不忘身登畏途的虎子，日日掐指卜其行程，一直颇为顺利。这一天突然惊呼："大事不好！"虎子与泰鑫要被问斩了！再次掐算，无论如何，两人的命运不会落到这种地步。但事实就是这样，明天就要绑缚刑场。鼋仙焦急万分，又无计可施，想调运法力，求助望江水族相救，无奈他已经失去往日的功力！眼看孽龙正踌躇满志，大肆张罗他的龙王登基庆典，鼋仙痛心疾首。经过多日的修炼，双眼本有望复明，由于过度焦虑，已经彻底无望了！他无法接受这样残酷的现实：多少善良的人相继命赴黄泉；邪恶孽障屡屡得手成事，难道这也是天意？

姜家村乱石滩下的众多冤魂，一直未能散去。自从孽龙充作县太爷，衣冠楚楚地来到姜家村，更激起冤魂的强力抗争，每到夜晚，或是阴雨天，就能听到凄厉的哀嚎声；一阵阵阴风回荡在乱石滩上。有人看见乱石滩上披头散发的鬼影在走动；也有人看见一盏盏灯通夜不息地游动；有人大白天也听到怪叫声。一到太阳下山，人们就早早地关门，无人敢出行。

不散的阴魂，搅得一方土地神不得安宁，值日功曹、巡防夜叉也频频奏报严州城隍。城隍不敢怠慢，立即发文给阎王。阎王即命判官查阅《生死簿》，文载清晰：姜家村一百零七人死于孽龙之祸，罪在孽龙。

冤假错案不分人间还是地狱——自古以来都有，要不然这个“冤”字从何而来？判官赫然发现一桩意外，该村姜聂隆、姜泰鑫分别还有六十五年、六十三年的阳寿，怎么今天派无常去望江索命？

阎王闻知大怒，速命夜叉飞速追赶无常，刀下留人。

无常有黑白之分，也称“无常二爷”，黑无常还是十大阴帅之一。白无常笑颜常开，头戴高帽一顶，上书“你也来了”；黑无常皮肤青黑，一脸凶相，高帽上书“正在捉你”。白无常负责提摄死鬼，黑无常专治恶鬼。

提摄姜聂隆、姜泰鑫魂魄的当然是白无常，他驾起阴风疾赴望江，进了府台衙门的大堂。跟随他的是两个小鬼，手里提着镣铐，只待大老爷宣判：斩立决！小鬼立刻抛下镣铐锁定，这就是通常说的“勾魂”——灵魂出窍了。

姜聂隆、姜泰鑫跪在大堂下。府郡大老爷大声宣判，小鬼已提起手里的镣铐，就在这时，夜叉赶到，对白无常出示阎王的更改令。但为时已晚，府台大老爷已判：斩立决！就是还没有从签筒里拔出“斩立决”的火签掷地。白无常急中生智，让府台大老爷从签筒里拔出的是——“充军窣堵利瑟”的火签投到地上。只有投地的火签才有法律效应，大老爷的话口说无凭。堂上的邢名师爷感到奇怪，今天大老爷怎么口里说的与手里扔的不一样？赶快从地上捡起火签，递给大老爷。

大老爷看罢停顿了好一阵，吐出四个字：“以签为准。”

第十一章　沙漠深处的恐怖

一

虎子、泰鑫身披枷锁，在两个解差的押送下出发西行了。泰鑫身体恢复得还算好，但披着枷锁行走起来还是有些难受。好在俩人现在心里踏实了，行走的路线正合鼋仙所示，尽管身无分文，但现在吃用住所都不用费心了。

越往西走，越是荒凉，途中很少见到村舍，偶尔会遇上鹿、獐之类的小动物；还有驼队，远远的就听到铃铛响，十多匹骆驼驮载着货物，前前后后几十个人，浩浩荡荡地从身边走过。

人最怕孤独，尤其是在那荒无人烟的境地，即便是远去的驼铃声，也是对虚妄心灵的一点慰藉。当铃声最后消失了，即如夜幕降临，眼前一片沉寂。

他们走上了黄土高坡，所谓高坡，如同江南的山坡，但不见草木，光秃秃的，远看像大麦饼上叠小麦饼，层层叠叠。走近了，却是一座山头，要翻过它也不容易，老半天还爬不到山顶。

两个解差刚开始对虎子、泰鑫管得很严，后来见两个囚犯很自觉，行动也利索，走起来比他们还快，这是从来没见过的。通常走上这条路的犯人都是重罪，能到达窣堵利瑟的极少，大多数都是因为恶劣的气候、疾病，倒在途中。从一开始他们就知道，这是一条不归路，因而在路途中，行动都特别迟缓；小病装成大病；真的有病就不肯走了，想方设法，延宕时日。俗话说“好死不如恶活过”，能多活一天算一天。

这两个年轻犯人与众不同，遇上这样的犯人，解差省去许多麻烦事。两个解差年龄都在四十上下，家里有老有小，干这份苦差，无非是想多得点银子。这种差事，当一辈子解差也轮不上几趟，是拿性命在换钱。

解差的体力不如两个年轻人，途中虎子、泰鑫对他俩多有照顾，譬如给他们背包袱（解差的行李）；到了驻地，立刻给打热水洗脚。有一次，一个解差拉肚子了，四肢乏力，泰鑫识得止泻的草药，很快就治好了他的病。两个解差心里乐了——这趟走西北值！

时间一长，解差与犯人之间的关系起了变化：解差从惩戒、拘押者，变成了身份平等的伙伴，途中有说有笑，后来把两人的披枷也打开了，这样就轻松多了。

穿过黄土高坡，不久来到了大沙碛，辽阔的沙漠，无边无际，失去了方向，看不到一点绿色，没有流水，没有草地，从沙碛上走过，留不下足迹。解差有经验，他们能从人的尸骨，骆驼、马匹等大型动物的骨架来辨别方向，找到行走的路径。

泰鑫因身体还没有完全恢复，艰难的行程让他有些支持不住了，接下来的路会更艰难，能坚持得住吗？虎子心里很焦急。更让他困惑的是，师傅给的路线图就停止在大沙碛的入口处，接下来的路该怎么走？让解差押往窣堵利瑟，那能通往巴奄山吗？会不会南辕北辙？这话又不能问，也无处可问，毕竟是身披枷锁的犯人啊！

泰鑫脚步迟缓，脸色难看。虎子心情沉重，打算晚上给他发点功，让他尽快恢复体力。

鼋仙为什么指出一条断头路？其中有他的一段痛苦经历：孽龙霸占了他的忝岚庙潭，又无力抗拒。他知道巴奄山有一柄屠龙剑，获得此剑，可以除掉孽龙，如今坐以待毙，不如冒险一试。

趁着孽龙去东海游玩，他把自己的谋划告诉了鳗、鳖二将，并告诫绝不可走漏风声。获悉孽龙返回，立即给他发信号。

二将对孽龙的胡作非为、倒行逆施早就怀恨在心，极力支持鼋仙西行取剑。担心鼋仙孤身前往，无人相助，愿随鼋仙一同前往。

鼋仙感谢二将的好意，但三人同行目标太大，引人注目，二将不如留守观望，及时通报消息。

鼋仙不像凡人那样出行——不是舟车轿马，便是步行。他选定路线后，借着月夜，御风而行，可夜行千里，几天就来到大沙碛的边缘。这里一望无际，狂风卷地。太阳下山后，他升空遥望，发现西天方向有一座山脉，孤零零地矗立在大沙碛中。那是巴奄山吗？正打算借月夜晴空，前往探望，突然一阵风来，绕着自己旋转不息，简直要往耳朵里钻。鼋仙明白，这是二将发来了信号。立刻坐地入定，果然是二将传来的风之语：“立即赶回！”

鼋仙知道情况有变，不可再逗留，急速往回赶。到家的第二天，孽龙回来了。断头路的图径便是这样来的。

虎子与泰鑫从来没有见过大沙碛，茫茫沙海，担心晚上住在哪里。解差告诉他们，走到看见有胡杨林的地方，那里便有驿站，可以住宿。

胡杨树是什么样的？沙漠里也会长树吗？虎子、泰鑫一直注视着远方，希望能看见绿颜色的胡杨树。遗憾的是，始终见不到绿色，睁眼、闭眼全是一片金黄。

泰鑫也是条硬汉子，尽管已经体力透支，他就是咬牙不说，不让虎子为自己担心，怕被人看成软蛋。但不等于心里没有疑虑，路线图断了头，他当然知道，这样走下去，对不对头？虎子不说，他也不问。他相信虎子心里会有盘算。

解差问："你们看见胡杨树了吗？"

两人齐声说："哪里有树啊？全是一片金黄。"

解差笑了："绿色的树，这里是没有的。那金黄的树也没有吗？"

解差的话提醒了两个人，终于有所发现，远远的沙丘上，好像是有树，但那哪里是心目中的树啊！分明是从沙丘中举起的枝丫，金色的黄沙，堆积在树杈上。

"那就是胡杨树？"虎子、姜泰鑫好奇地问。

"那里有驿站。"解差说。

"今晚就在那里歇了？"泰鑫一阵惊喜。

"别急，有句话叫'看见胡杨，饿煞肚肠'，还远着呢！"解差说，"沙漠上只要不起风暴，可以看见百里之外。"

走着，走着，从黄沙里冒出来的胡杨，身姿渐渐地显示出来了，在万里无云的蓝天背景下，一排排金黄色的胡杨，像沙漠上的巡逻兵，威风凛凛，在阳光的照耀下，尽显它击败酷暑、严寒的英雄气概。

越是走近胡杨，越是走近了饮水、解渴、休息，心情自然好起来，解差也打开了话匣子：

"世上最热、最冷的地方就是你们眼见的这大沙碛。这沙是什么味儿？知道吗？"

"咸得有点苦。"泰鑫说。

"对！胡杨它不怕热、不怕冷，还不怕碱。三千年不死，死了三千年不倒，倒了三千年不烂，它是神树啊！"

一个解差说累了，另一个接着说："说它是神树，还真是神哦！人世上有谁见过这大沙碛上曾经有过三十六个国度？只有这神树见过。"

虎子听得入神了！问："哦！也就是说，在这大沙碛下曾经有过三十六国的繁华？"

"有啊！有喧闹的街市，有长长的驼队，有连绵的烽火台，还有古人的战场！见到这胡杨，是男人都该血脉偾张！"解差说。

疲惫的泰鑫突然睁大了眼睛："这大沙碛上是不是还有一座巴奄山？"

"巴奄山？"一个解差颇为意外。

"我听说过，在西天，样子像哈喇菩萨，也叫它佛陀山。"另一个解差说。

聪明的泰鑫问得太妙了！虎子暗暗称赞。很想接着再问："这里去巴奄山远吗？"

但话到嘴边，他不敢问。

驿站终于到了。老规矩，解差与虎子、泰鑫同住一间屋。

说是一间屋，里面没有任何家具，所谓家徒四壁，一点都不差：泥地、泥墙，唯有一扇一人高的泥洞窗。

虎子躺下了。不一会儿，泰鑫打起了鼾声。有个解差与泰鑫的鼾声好像有声谱，此起彼伏，配合得很默契。

虎子没有睡意，他在想巴奄山——佛陀山，与窣堵利瑟相去远吗？西天，这里也是西天啊！

一道银白色的清光投进了泥窗。正是皓月当空时，月光像止水一样静谧，既朦胧又神秘，照亮了半间屋子。两个打鼾的人在月色的安抚下进入甜美的梦乡。

虎子的床在月光照耀之外，停留在黑暗中。夜游神魂牵梦萦地把他带到了严州，带到了姜家村。他最担心的是，会不会泰浒对刘夫人、惠兰小姐说出了"刘宇"的真相后，两人无法忍受这残酷、恐怖的境遇，招来了变故？双目失明的老母亲也因此受到了牵连、伤害？还有他的恩师，能躲过劫难吗？心里如若鸭子吵棚，乱极了。

两个解差，年长的是个"出门一里，不管家里"的角色，遇事都往好处想，他自己说是个没心没肺的人，所以能倒头便睡。多日以后才知道他姓黎，名字就无法知道了，照他们行里的规矩，解差的姓名是不能让犯人知道的，能说出自己的姓氏，已经是天大的面子了。

年轻一点的也像虎子一样，有满腹心事：他家境不好，三十多了还打光棍，去年总算做了上门女婿。因为收入微薄，遭到女家的嫌憎。可喜的是，妻子有身孕了！他天天都在想，早一天完差，早一天拿到银子，早一刻见到老婆。他姓曾。

一股淡淡的、清雅的幽香，不知什么时候从窗户里爬了进来！虎子的床就在窗下，他已经有几分睡意，清香拂去了他的睡意，浑身都觉得舒坦。他悄悄地坐了起来，不由地吓了一跳，紧挨着他的曾公人正背靠墙坐着。

"曾公人，你也没睡着？"虎子轻声问道。

曾公人手指窗户："这香味让我睡不着。"

"是什么东西，这么香啊？"虎子好奇地问。

曾公人朝着虎子笑："黑曼陀罗花。"

虎子若有所思："哦！在屋檐下，有大半人高，开着像喇叭花一样的花朵。先前去井台打水时看见，就在这窗下，那就是黑曼陀罗？"

曾公人笑着点头。

虎子心里还是不明白，曾公人为什么老是笑？这其中必定有什么缘故？

曾公人终于收敛笑容，说："我听人说，黑曼陀罗，佛经上说它是——适意。老百姓说它是魔女。"

“怎么会是魔女？”

“它会让你爱得发疯，又会让你死去。你分不清什么是爱，什么是死。还有人说，没有一个找到黑曼陀罗的人能够安安全全地离开它。”

“啊！这么神奇！？”虎子好不惊讶！

“闻多了会生幻觉！唉！”曾公人长叹了一声，显得有些无奈，“睡吧，睡着了就闻不到了。”说着钻进了被窝。

曾公人一言中的。虎子心里有爱，尽管面对蕙兰宛若看天上的星星、月亮，高不可攀。但情爱如丝、如网，又如火，它不畏空域的辽阔、山脉的阻隔，贫穷、富贵的差别，那千丝万缕的情丝会把两颗火热的心连接在一起，宛若春蚕结网，分明知道网结成了，生命就结束了，他们依然没有丝毫的犹豫，没有惋惜，更不后退，只有期待和追求。宁可像寻找黑曼陀罗的人，在寻找不可预知的爱和死，甘愿为爱献出自己的一切，包括生命。

伴着月光的黑曼陀罗的淡雅清香，把虎子送入了梦乡。

二

太阳从大沙碛的尽头升起来的时候，虎子、泰鑫和解差又上路了。但是今天的阳光有些不一样，没有日常那样灼热，迎面刮来的风，颇觉惬意。

虎子也许昨晚做了一个好梦，情绪高昂，竟然哼起家乡的小曲——《汇龙调》。泰鑫受虎子的影响，两人一问一答，对唱起来。乐得两位解差哈哈大笑！

临到近午时，身后的天际生成了积云，所谓积云是一片片的乳白色的云朵，如同水面的波纹。黎公人有多年的沙漠之旅的经验，他见积云在不断地增多，不无忧虑地对曾公人说：“曾老弟，你看，背后天上的那些片儿云，不是好兆头啊！”

曾公人转身看云：“你是担心会起风暴？”

“这次还算幸运，没有遇上大风暴，”黎公人边说便拱手，“上苍有眼，我们都是受苦的人，千万别起大暴啊！”

曾公人四顾茫茫沙丘，不见胡杨，没有驼队。骆驼、胡杨树是风暴中最好的救命稻草，这里什么都没有，若是真的起沙暴，他不敢往下想……

虎子听到两位公人的对话，不再唱了，急着问：“要起风暴啊？沙碛的风暴是怎么样的？”

泰鑫也跟着问：“很吓人吗？”

两个解差相互看了一眼，好像有忌讳似的，不说话了。先前还笑个不停，现在已换了一副面孔——苦瓜脸。

过不了多久，片云由小变大，越聚越多，像开启了水闸，奔涌而来，渐渐地响起了像潮水一样的怒吼！

“不好，沙暴来了！”黎公人发出了绝望的呼喊。

刹那间，沙墙起来了。说是沙墙，其实是一座大山，一座横向而立的大山飞速推压而来，势不可挡，真所谓排山倒海，势将吞噬一切，无可阻挡。

只听见黎公人一声喊叫：“快！闭上眼睛！”

所有的一切都淹没在沙漠风暴中了。

泰鑫感觉自己升腾在空中飞行，有一股强力载着他，无法挣脱，两耳已灌满黄沙，似乎有疾风从耳边掠过；突然身体被强行转了几个圈，既而又继续飞行。不久，感觉人在往上飞，一直往上飞……人昏沉沉的，头胀痛得厉害，脑袋几乎要裂开来，想呕吐，又吐不出来。胸口像塞进了一团棉絮，憋得他喘不过气来。突然开始降落，快速地降落，心好像从胸口跌落了。此后一直在忽上忽下地舞动，身体已经不属于自己，宛若一片树叶或一根茅草在任意飘忽、飞行。

泰鑫以为今天死定了！他想喊虎子，哪里发得出声来，也想睁眼看看，但他不敢，害怕眼睛里也塞满了黄沙，眼可就瞎了！难怪黎公人大喊“闭上眼睛”。

不知道飞行了多久，耳畔的风声变小了，感觉身体一直往下坠，而且越来越快，忽然“哗嚓”一声，跌落在软蓬蓬的东西上面。这才睁开眼睛，哇！很大的一座干草垛，像一座小山头，垛得方方正正的，离地有两人多高，没法子下来。

人还是有些眩晕，四肢乏力，好在身下是草垛，也不去问来到了什么地方？先躺一会儿再说。但是心里乱得像一锅粥，根本无法入睡，只是感觉头脑清醒些了，体力也有所恢复。泰鑫慢慢地坐起来，又试探着站起来，这才看清楚，这是个农家大院，一排连着的五间房，都是泥墙；草垛面对的是一排矮房，“咴！咴！”矮房里传来了马叫声，分明是牲口圈。院子的四周有矮墙，墙下栽着叫不出名的长着小叶子的树木；院门向东开。向远处看，还有不少零星分散的农家院。但看不见有家乡那样的高山，到处都长着绿草，远处才见低矮的山坡，山下有一条河。

这是什么地方？我怎么会落到这里？虎子呢？两个公人呢？他们在哪里呀！泰鑫感到很孤单。

总不能老是待在这草垛上，眼看天色暗下来，肚子里空空的，饥饿感马上就来，得想办法下来才是。

“吱呀”一声，大院的边门开了，出来一位年轻的姑娘，手里提着一只桶，向牲口房走来。姑娘的穿着打扮很奇怪，头发不绾不结，自然垂落，穿的是圆领大襟、窄袖的长袍，与家乡的姑娘完全不一样。

泰鑫不敢招呼姑娘，但又想让姑娘知道，发出了“咦咦呜呜”，连他自己也不知道什么意思的声音。姑娘似乎有所觉察，但站立了一会儿又走了，走进了牲口房。

过不了多久，姑娘提着个空桶从牲口房里出来了。这回泰鑫的“咦呜”之声比甫才响亮了一些。姑娘抬头往草垛上看。

“咚”的一声，姑娘手里的木桶落到了地上，紧接着一声惊叫！

边门马上打开，钻出两个满脸惊讶的人头：一个是六十开外的老人，还有一个在老人的腋下，是一个十二三岁的小孩。

姑娘手指着草垛上，惊吓得说不出话来。

老人发现了目标，快步来到草垛下；小孩紧随其后。老人朝着泰鑫叽里呱啦说了一通。

泰鑫根本听不懂，只好做手势，反复地指天空，说明自己是从空中落到这里的。

老人还是不明白，又朝泰鑫喊了一通。

泰鑫再做手势。

姑娘好像有点懂泰鑫的意思了，对老人说了几句。老人点点头，让小孩搬来梯子，示意泰鑫下来。

泰鑫很快下到地面，对着眼前的三个陌生人，不知道说什么好，只是不住地点头、拱手。

突然从天上掉下个衣着打扮完全不一样、语言又不通的后生，这太让人意外了！老人一直用警惕的眼神审视着泰鑫。

姑娘倒很大方，从头到脚地打量着泰鑫，出于面对异性时的天性，姑娘的情绪显得活泼了。

小孩则紧紧地拉着姑娘的手，稚嫩的脸上既显得好奇，又有几分怯生。

天暗下来了，老人示意泰鑫进屋。

这是一间灶间，很大，是一间正房，除了灶头，中间摆着一张大方桌，桌子上有吃剩的饭菜。

老人见泰鑫走进来，放下手里的烟筒，做手势，问泰鑫要不要用餐。

泰鑫早已饥肠辘辘，老老实实地点头。

姑娘示意泰鑫坐下，然后去灶上拿来一个馕（麦饼），差不多有小凉帽那么大，半寸来厚。

老人顾自一旁抽烟。

小孩好奇地趴在桌子上看着泰鑫吃。

姑娘见泰鑫吃得很快，不一会儿，半个馕没了，用手指自己的嘴，意思是：“还要吗？”

泰鑫连连摇头。其实泰鑫日常吃不下这么多，实在是太饿了！桌子上是些什么菜？他也没问，吃进嘴里再辨别，感觉都太咸，分不出是什么菜。

老人把姑娘叫到身边，两人嘀咕了一阵。泰鑫虽然听不懂他们说什么，但八九不离十，是在安排他晚上的住处。

果然，姑娘去拿出一床棉被，让小孩提着一盏灯走在前面，然后招呼泰鑫跟着。

一行走进了牲口房，好大呀！一眼看去，黑压压地拴着好几匹马。马儿见到了灯光，以为来给加料了，不停地打着响鼻。

头上的一间房子里，堆放着许多草料，门后唯一的一点空隙里，安放下一张单人床，床上铺着毡子。

姑娘把手里的棉被交给泰鑫拿着，然后从草垛上取来一个用马尾做的拂尘，拂去毡子上的灰尘；再从泰鑫手里拿过棉被，在床上铺开，示意泰鑫晚上睡在这里。

泰鑫点头。

姑娘与小孩一起朝着泰鑫，拿右手按住左胸，低头致意。

泰鑫不明白这是什么礼节？慌乱中只好又拱手，又学着他们低头哈腰，看上去有点滑稽。

姑娘拿过孩子手里的灯，拉着孩子的手，走了。

泰鑫躺下了。黑咕隆咚的，偶尔有马圈那头猪、羊的哼哧声，或马的踏地声。他睁眼、闭眼都在一个黑暗的世界里，实在无法入睡。他怀疑，这里是不是外国？风暴怎么会把他吹到这么个地方来？听说过沙漠里会起风暴，但想不到居然会把人吹到外国去！虎子呢？取屠龙剑的大事该怎么办？风暴怎么不把人往同一个地方吹，大家在一起也好商量想法子。虎子有一身功夫，他应该有办法的呀！他也落到外国了吗？还有那两个解差，他们是不是与虎子在一起？

这一天实在太可怕了，简直是上天入地，死里逃生。因为疲劳和紧张过度，泰鑫懵懵懂懂的，不知何时入了梦乡。

三

再说解差，他俩依旧落在沙漠上，但那完全是个陌生的地方。都说沙漠是海，无边无际，两个犯人也不见了；身上所带的水袋、干粮已不知去向，没吃没喝的，要不了多久就会像沙丘上遗留的那些枯骨一样。

曾公人仰天长号：“老天爷！我们没有害过人，没有做过恶事啊！为什么要把我们抛在这绝路上！”号罢蹲地哭泣。

“你不要哭了，留着那点泪水吧，没吃没喝的了！”

曾公人猛站起来：“两个犯人呢？”

“你问我，我只有问——”伸手指天空。

“到了这步田地，只剩下一条路了……”黎公人绝望地颓然坐地。

“我不想就这样死去！”曾公人仰望苍天，似乎上天会赐予他什么。

远处隐约有驼铃声。

黎公人警觉，将信将疑地问：“你听见了没有？”

“听见什么了？”

“我好像听见了驼铃。”

“嘘！”曾公人立即伏地倾听。

“傻瓜，沙碛上这样没用的。”黎公人手一挥，指着身旁的沙丘，“上去！”

两人好不容易爬上沙丘，但高度不够，视线被远处的沙丘挡住了。

果然，曾公人也听到了驼铃声：“有，驼铃声！”一脸惊喜地看着黎公人。

黎公人激动地呼喊起来：“有救了！有救了！”

驼铃声越来越清晰了。过不了多久，远远地看见从沙丘后走出了驼队，好长好长的驼队啊！宛如在沙海里游动的长龙。两位解差焦急地观望着这救命的驼队，看他们往哪里走。不负所望，驼队正朝着他们所在的方位，逶迤而来。

驼队终于来到跟前，从他们的衣着打扮来看，好像来自关中地方。他们目无旁顾地赶路，似乎没有发现路旁站着两个热切地关注着他们的人。

黎公人、曾公人几次想上前搭讪，但见个个都一脸严肃，不敢张口，直到队伍快走完了，两人还呆呆地站在一旁。

曾公人突发灵感，拉了黎公人一把：“跟上！”

驼队到了落脚歇夜的地点。领头人把两个解差叫到跟前，经过一番盘问，发现两个人虽然是解差，但人犯已没了，也无处可寻，回去无法交差。他这里要长途跋涉，直往波斯，数千里之遥，看这两人年纪也不大，有沙碛行走的经验，问两人是否愿意随队当差，前往波斯。

两人早已想好，离开驼队，死路一条，当即满口答应。

驼队是贩运丝绸的，经过几个月的长途跋涉，顺利到达波斯。这两个解差此后的命运就不得而知了。

四

虎子在哪里？风暴来时，他也被裹挟在风沙之中，随风而去。他想，风是从背后来的，与前行方向一致，何不好风凭借力，乘势发功，因此他随风飘荡的距离最远。当风停落地时，已是深夜，感觉还是落在沙碛上。蛾眉月高挂天空，疏疏朗朗的几颗星星，也好像被风暴横扫过，显得疲惫、乏力。人飘荡在空中时还不觉得，一落地，突然寒气逼人，冷得上下牙紧打。

怎么成了孤身一人了？他们呢？风暴把他们刮到哪里去了？在这大沙碛上的黑夜里，到哪里去寻找他们？目光所及全是黑黢黢的，什么也看不见。寂静的沙海里，可以听到自己的心跳。寒冷的感觉越来越强烈，浑身都在哆嗦。他赶快盘腿坐地，发功入定，让内力来驱散严寒，一切待天明再说。

远处响起了幽怨的羌笛声，如诉如泣。此声一起，四面相应，让人心里发怵，真有困于垓下、四面楚歌的感觉。

羌笛声渐渐低沉了，接着是战马嘶鸣，无数狂嘶的烈马，如同海潮，奔涌而来，大地在震颤。

不知何时，战马的长嘶变成了女人的悲泣，哭声里充满着凄厉、仇恨和恐惧，令人毛骨悚然。

虎子牢记师傅的教诲："见相无相，可破魔障。"任由种种恐怖袭来，他岿然不动。

凄厉的哭声，夹杂纷乱的脚步声，渐渐向他逼近；眼前晃动着一个个恐怖的魔影，张牙舞爪，纷至沓来；行进中踢踏起的黄沙，溅落在他的头脸上，还伴有一阵阵的阴风扑面而来。虎子几次想睁开眼睛看一看，究竟是什么妖异、魔障，如此作祟，但他依然忍着。"见相无相"其实是一个"无"字，一切都归于无，无思、无念、无住持，一切邪魔便无所可乘、无处可假，才能发挥最大的功力。

风声渐渐停息了，魔影悄悄退去了，沙海重新归于寂静。虎子意念中感觉前方有一座巨大的山脉，那形态真的有点像弥勒佛，嘿！会不会就是曾公人说的——像哈喇菩萨的——佛陀山！忽然，眼前出现一道强烈的闪光，也像是一颗耀眼的星星在闪烁！

直到太阳升起，驱散了寒冷，虎子才睁开眼睛。果不其然，远方屹立着一座心目中的佛陀山——这是巴奄山吗？虎子欣喜若狂！苦苦追求的希望就在眼前！姜家村一百零七条冤魂得以安息的驱魔宝杖，拯救严州六郡无数百姓的定海神针即将得到！大沙碛上日久跋涉的劳累，昨天一整天在风暴中飘荡，一整夜与魔障较量的困踬，顿感消失，他直奔巴奄山。

巴奄山高万仞，终年积雪，毫无植被，全是巉岩危崖，为积雪所覆盖。因人迹罕至，无路可循。如何攀登？虎子凭借内力，腾身而起，直上岩壁，见有豁口，方暂住歇息。如此一腾一住，交替登升。山势越来越陡，天气越来越冷，雪越来越大，满眼都是白茫茫的雪，静悄悄的听不到一点声响，唯有自己急促的喘息。

烟雾起来了，突然自天而垂的浓雾，宛若天幕降落。人在白茫茫的烟雾里，如同黑夜一般，什么也看不见，攀升十分困难。然而一旦停下，奇寒立刻袭来。

不能坐等，不然很快就会冻僵。虎子正打算再次腾升，大雾渐渐收起，依稀可以看见山体了。虎子惊喜：苍天有眼！他立刻发功，一跃而起。然而大出意外，整个山峰已成一座冰山，无立足之地，山峰直插云霄，高不可攀。无奈，只好重新回到原来驻足的豁口。

虎子一筹莫展，寒气越来越盛，难以支撑，手足好像已不属于自己。人似睡非睡，脑子变得模糊起来，只感觉头顶好像有什么东西往外溢出，人轻得宛如一片纸、一羽鸿毛，随时可以飘忽起来。不远处有一个巨大的洞穴，里面黑乎乎的，远处有亮光，他朝着光明飞奔而去……

眼前是大片的乱石，是姜家村的乱石滩吗？不像是。这里的乱石无穷无尽、无边无际……

有人坐在乱石上哭泣；有人在翻开乱石寻找什么；还有人在抛洒纸钱……一道闪电过后，半空中传来一个熟悉的声音在哈哈大笑！

“啊！那是孽龙，孽龙！”虎子惊呼。

第十二章　孽龙魂断屠龙剑

一

孽龙登王位的庆典已准备就绪，金殿纵然比不上东海龙宫，也金碧辉煌，颇有气派。除了三江水族，江淮、洞庭湖、鄱阳湖的龙君都前来恭贺，岙岚庙潭底，一派喜气洋洋，煞是热闹。

孽龙忙于迎接各路贵宾，但一桩难了的心事，如芒在背，让他坐立不安。眼见各路龙君都带着夫人前来，唯独他这位东道主、新临王位的龙君是个孤家寡人，何来颜面？连日来，苦口婆心地劝说，无济于事；软硬皆施、恩威并用，也断然不从；原先设想的“借”竟成了她讽刺、挖苦的笑柄。娘俩形影不离，娘以死相拼；女儿利剪在手，无可奈何，简直是山穷水尽了。

孽龙与虾仙再三密谋，绞尽脑汁，想出了一妙招。

刘夫人已近临盆，因孽龙时不时地来纠缠蕙兰，夫人劳心费神，筋疲力尽地躺在床上。蕙兰寸步不离，悉心照料她娘。

“兰兰，这些日子真苦了你啊！”夫人说。

“娘，看您说的，这是孩儿应尽的本分。”

“说是这么说，真正做起来实属不易呀！”夫人拉住蕙兰的手，“我还在担心，孽龙绝不会死心，如若他再来，怎么办啊？”

蕙兰一时低头无语。忽然抬起头来，说：“娘，虎子去了那么多日子，不知道他……”接下来的话，她不愿意说出来。

“是啊！我也在想，去数千里之外人迹罕至的巴奄山，是多么艰难啊！至今渺无音讯……”刘夫人把下面的话也忍住不说了。

“如果真是那样……”蕙兰满含泪水地看着他娘。

“如果真是那样……”刘夫人接着说，“你还有娘……”

“娘！”蕙兰泪如雨下，抱住娘痛哭，“娘，不管到哪里，兰兰都守着娘！”

刘夫人慢慢地坐起来，抹去蕙兰脸上的泪水，一字一句地说：“孩子，就是到了阴曹地府，我们也要找到虎子，我们一起去阎王爷前喊冤，为你死去的爹报仇！为姜家村的冤魂鸣冤！”

有下人在门外大声禀报：“姜家村的姜泰浒来见小姐。”

闻说姜泰浒到，母女二人喜出望外！蕙兰回复下人：“知道了，请他在客厅等着。”

母女二人破涕为笑。

“一定是虎子有消息了，你快去！”刘夫人说。

“哎！”蕙兰说着就走。

“到镜子前，拢拢头发！”刘夫人急着说。

“嗯！”蕙兰略加梳理，便匆匆而去。

蕙兰快步来到客厅，哪里有姜泰浒的人影？只见“刘宇”和“夏师爷”。

“刘宇”脸色铁青，端坐着，见蕙兰进来，只看了一眼。

蕙兰愣怔着，怎么会是这样！？

“刘宇”开口了：“站着干什么，坐！”

蕙兰转身就走。立刻闪出两个蕙兰从未见过的大汉，将她挡住。

“今天我可把话挑明了，你不从也得从。只要过了明天，你实在不愿意，可以回来。”“刘宇”站起来说。

“你这个恶魔！痴心妄想！”蕙兰一头向墙上撞去。早有准备的两个大汉，将蕙兰护住。

蕙兰大怒：“你这个恶魔，别自以为得计，你的死期不远了！”

“刘宇”呵呵大笑！“本大王明天荣登王位，全天下的水族都来朝贺！”说到这里，“刘宇”展现出龙王之身，举止轻佻地走向蕙兰：“到了明天，你就是龙君夫人，多荣耀啊！”

蕙兰啐向孽龙：“姜子牙火烧琵琶精——现出原形了！屠龙剑就要落到你的头上，也该是你现原形的时候了！”

孽龙大笑：“谁有屠龙剑？哪里来的屠龙剑？”突然似有所悟：“咦，屠龙剑？你听谁说的？”

“苍天有眼，你去问苍天！”蕙兰大声说。

虾仙连连给孽龙使眼色。孽龙回过神来，立刻张口向蕙兰吐了一口气。蕙兰旋即一身龙君夫人的冠带服饰。

孽龙喝令：“走！”

花轿迅速来到蕙兰跟前。

孽龙笑盈盈地对蕙兰说："请夫人上轿！"

蕙兰乘人不备，拔出孽龙的佩剑，自刎倒地。

孽龙大惊失色！只见蕙兰喷出一团鲜血，点滴未曾沾地，飞快地旋转起来，扑向孽龙。孽龙赶快逃躲，几次躲避后，飞血突然冲出窗外。孽龙随即越出窗户，只见那团鲜血升腾起来，急速向西天飞去，很快就消失得无影无踪。

孽龙打了一个寒噤，背上有冷飕飕的感觉：那鲜血为何不落地，聚成一团，飞向西天？意识到乃不祥之兆！立刻想起蕙兰刚才说的屠龙剑，不好！要出事！

他飞身而起，紧紧追赶那团正极速向西天飞去的鲜血。

二

虎子已经冻僵了，只剩下一丝儿气息。渐渐的大雪停下了，疾风消退了，一团红云集聚在冰封的山顶，既而化作万道霞光，徐徐降落；冰封的山体顷刻间草木葳蕤葱茏，瀑布、泉流清晰可见。

霞光降临到虎子的身上，宛若骤降甘霖，使旱魃侵凌下的枯苗重获生机。他感觉像做了一场噩梦，眼前所见如同换了一重天地；更不可思议的是，一条山道就在足下，直上云霄。

虎子大呼："天助我也！"立刻腾升而起，感觉特别轻松，无须费力。山峰上有强光闪烁，霞光万道，感觉身披霞光，功力大大加持，眼看即将飞临峰顶。

霞光越来越耀眼，就像面对着太阳，让人睁不开眼，依稀可辨的崖壁上刻有明晃晃的八个大字："精诚所至，金石为开。"

虎子好不惊讶！突然一声巨响，峭壁开裂，巍然兀立一柄金光闪闪的宝剑。

这就是屠龙剑！虎子飞身取剑。但剑入岩壁，拔不出来。

正在虎子运足全力拔剑时，忽然，一条巨龙从云端飞来，探巨爪也来取剑。

孽龙紧追鲜血团，越往西行，越是感觉心头发慌。虾仙曾经对他说起过，西域有一座巴奄山，山顶藏有一柄屠龙剑，是神剑。相传黄帝战蚩尤大获全胜，到西北姬水祭祖，为了庆贺开创太平世界，黄帝抛佩剑于空中，宝剑飞身而去，藏身于西域巴奄山。此剑能降龙伏虎，威力无比。

孽龙听过后，只淡淡一笑，根本没有把它放在心上。他想，西域巴奄山在哪里？万水千山！谁能得到那样的神剑？心腹大患——虎子已经化成水，还有谁敢与我做对？谁有能耐敢与我作对？

万万想不到，待到飞临一座奇伟山脉时，那团鲜血不见了，眼前出现一座顶着青天的冰山，山顶光耀闪烁。转眼间，冰山消融，一声巨响，山崖开裂，凸显一柄金光闪耀的宝剑。取剑人，正是他的心腹大患——虎子！

孽龙奔袭

“啊！”孽龙惊呼，“他果然没有死！”这剑怎能落到他的手里？！孽飞身夺剑。

虎子大喝一声，奋力一拔，终于仗剑在手。拿剑对着阳光一晃，剑身上隐约可见“屠龙剑”三个字。就这一晃，剑锋的寒光就远远地逼退了孽龙。

虎子指着孽龙道：“恶魔，你的死期到了！”

孽龙惊讶地看着虎子，想不到，已经化作水的人，又站在面前，手里握着的不是柴刀而是屠龙剑！

“这叫苍天有眼，魔高一尺，道高一丈。”虎子挥剑指着孽龙。

孽龙连连后退、求饶：“虎子，看在我俩从小一起长大的份上，我知道自己罪孽深重，这样，那龙蛋已没了，但有龙珠，我把它吐出来还你，从此你我井水不犯河水，好聚好散，行不？”

“你想还我龙珠了事？那死去的一百多条性命，你拿什么来还？刘宇大人的命，你拿什么来还？”虎子逼问。

“虎子，俗话说：十限留一限，日后好相见。你可不要逼人太甚，我的九龙马上就要降生了，单凭你一个人，挡得住我十龙大战吗？”

“哈哈哈！”虎子大笑：“我手中的屠龙剑，就是取你们这帮孽龙首级的！”说罢，挥剑直取孽龙。

孽龙飞身逃遁。

虎子紧紧追赶。

三

蕙兰去见姜泰浒好一阵了，怎么还不回来？夫人焦急了！难道虎子取剑不成？抑或真是遭难了？越想疑虑越多。现在她只能躺着，连翻身移动都困难，腹大如鼓，沉得整个人都要往下坠，与生产蕙兰时完全不一样。妖异所致的胎儿，会不会像“中山狼出了书袋——凶相毕露”，她惊吓得浑身颤缩，盼着兰兰赶快回来，带来好消息。

“蕙兰！蕙兰！”刘夫人喊着。

立刻进来两个健妇。

刘夫人从未见过这两个人。于是问道：“你们，你们是什么人？”

“回夫人的话，我俩是老爷请来的接生婆。”健妇回答。

“接生婆早就请好，你们，你们是哪里来的？”夫人看着这两个陌生人，很不放心。

“是老爷让我们来的。老爷说，原来的接生婆手脚不利索。”

夫人心里越发生疑，见这两个人坐在跟前，心里很不舒服，吩咐：“你们去客厅看看，蕙兰小姐去会见客人，怎么还不回来？”

“哎！”一个健妇应声而去。好一会儿，那妇人才来回话：“回禀夫人，蕙兰小姐说，有个叫虎子的人，他的老母亲病了，她去姜家村看望那老人家了。”

“哦！”夫人想：怎么走得这么急，莫不是病重了？老人家可千万不能再出事啊！该带点银子什么的才是。

两个健妇，就这样寸步不离地守着夫人；晚上竟然也不合眼，一直守在夫人的床前。直到第二天午后，夫人开始阵阵腹痛，间歇时间越来越短，疼痛越来越强烈，直痛得她汗如雨下，浑身湿透。一声撕心裂肺的哀嚎后，“呼啦”一声，窜出一条小龙，立即化作一道白光，绕夫人一圈，飞出窗外。

健妇惊呼：“恭喜！小龙主降生了！”

紧接着，第二、第三、第四、第五……都一样，化作一道白光，绕夫人一圈后飞出窗外。直到第九龙降生，那道白光连连绕着夫人旋转，不忍离去，最后才恋恋不舍地飞出窗外。

孽龙在虎子的追杀下，难以抵敌，几次缠斗、拼杀都无法取胜，身上已是伤痕累累，落得残鳞败甲满天飞。怎么办？难道就这样死在虎子的屠龙剑下？灯笼店老板开张，还没亮过一盏灯，就这么歇火了？不！我决不！只要能回到我的三江，会合我的九龙和那帮水族，单凭他一个虎子，还不是姜家村小溪里的一条泥鳅，能掀起什么浪头来！现在唯一的办法就是赶快逃回老家去。

虎子追赶上来了，孽龙搅起像漩涡一样的狂风，想以此来阻挡虎子的追杀。想不到，虎子手里的屠龙剑如同定风宝珠，任凭狂风大作，他岿然不动。

孽龙一计不成，又生一计，眼看虎子逼近，突然张开巨口，喷吐出寒彻肌肤的雪暴，刹那间，可以让江河湖面封冻，人畜难以生存。

孽龙何曾领略过屠龙剑的神威，宝剑的光芒，顷刻间将冰雪化为乌有。

孽龙如丧家之犬，奔命抵达洞庭湖上空，他想求助那里的水族。马上想起洞庭龙君尚在烝岚庙潭，他这个龙王却逃命在外，那里不知道已乱成什么样了？还是快些逃命吧！不久，鄱阳湖就在眼底，探身张望，好不惊讶！鄱阳龙君已经返回，正在龙宫指骂他："空怀野心，鼠辈之徒。"

孽龙哀叹："黄了！黄了！"现在唯一能指望的只有九小龙了！如果这时九龙能赶到，求生还有希望。忽然，眼前横卧一条绿如蓝绸的大江，这不是新安江么！孽龙大喜！又见一团团云朵飞涌而来，隐约好像听见喊"爹"声，孽龙为之一振！难道真是我的九龙降生了！他们救父来了！果不其然，云头起处，九龙飞速赶来了。孽龙大呼："天不绝我……"

九龙前后左右护着孽龙。孽龙摆开阵势，大显神威。

虎子赶到，毫无惧色，大战群龙，好一阵厮杀，直杀得群龙四散奔逃。孽龙无奈，拼死抵抗，再次中剑，体力渐渐不支，身体左右摇晃。虎子看准时机，挥剑直刺。孽龙一声惨叫，跌落云端。

虎子紧追不舍。

九小龙见状已逃得无影无踪。

虎子追到建德县衙，衙门里人进人出，乱作一团，都说县太爷死在后院。虎子赶到后院，只见醉月亭被砸塌了顶盖，"刘宇"仰面朝天地躺在亭里，胸口还在涌出暗红的血液。虎子觉得奇怪，大战时分明是孽龙，现在为何又是"刘宇"？难道孽龙逃遁了！？虎子附身细看，才见"刘宇"裸露的手臂、脚腕，隐约可见龙鳞。终于明白：孽龙遭到重创以后，想借"刘宇"的身份来作最后抵抗，哪里知道顷刻间一命呜呼！

虎子见孽龙已除，正想将喜讯对夫人通报，想到夫人正是产后，如何见得？但又很想见到蕙兰，于是匆匆来到夫人的卧室外，见有妇人进进出出，忙作一团，无人答理他。当地风俗，妇人的产房是禁忌之地，外人尤其是男人绝对不可踏入。虎子在门外站了好一会儿，无奈只得离开。

极度虚弱的刘夫人总以为产下的是妖异留下的祸根，不屑一顾。想不到它们都用自己柔软的身体来抚摸她，尤其是最后的那个，紧紧相拥，不忍离去。母爱——天下最伟大的爱，不禁从心底油然而生，泪水涌出了眼眶。

夫人身下尽是污秽之物，十分难受，示意两健妇赶快收拾、清洗。

这两个健妇本是水族幻化而来的，她们遵从虾仙之命，待夫人产下九龙后，设法将她除掉，以绝后患。两个人什么都不懂、什么也不会做，只是瞪着一双眼睛死死地盯着夫人，急于窥探下手的时机。

刘夫人见两人这般行事，生气了！大喊："燕燕！"

燕燕和原先请的接生婆早就静候待命，因为"夏师爷"另有安排，只好守候在外。突然听到夫人的呼叫，迅速赶到，赶快清理被褥，给夫人清洗干净，让夫人舒心躺着；随后又送上夫人爱吃的点心，直到夫人有轻微的鼾声起来，方悄悄退出。

两个健妇互使眼色，立马动手。就在健妇将魔爪伸向熟睡中的夫人时，虎子来到门外，手里的屠龙剑飞射出来的光芒，简直要让她俩窒息。

突然，夫人的房里窜出两条黑影。

虎子惊觉：刘夫人危险！紧追黑影而去。只见黑影飞快逃入后院，纵身窜入湖里。虎子在湖边驻足。显然，这是孽龙事先策划好的，只待夫人产下九龙，就下毒手，谋害夫人。这两个孽障必定来自炁岚庙潭，那里已成孽龙的魔窟。想起恩师的处境，必须马上赶往炁岚庙潭，清除余孽，以绝后患。

虎子迅速返回，再次来到夫人产房门外，他放心不下刘夫人。正巧燕燕从房里走出来，虎子赶紧上前询问，知道夫人平安，这才放下心来。他让燕燕转告夫人，孽龙已除；心里还想问蕙兰小姐可好，但话到嘴边又没说出来，即匆匆离去。

四

炁岚庙潭早已乱成一锅粥。定好时间的庆典，东道主——三江龙王不知去向，经过好一番等待，依然不见踪影，一直等到时当正午，还是无声无息，场面大乱起来。洞庭龙君首先发难，指责三江龙王无理、颟顸，何以为君！悻然离去。鄱阳龙君勃然大怒："何处得见如此简慢之君？！"拂袖而别。

洞庭、鄱阳二君在水族中极具声望，享誉四海，他俩一走，余下的便作鸟兽散了。

虾仙惊闻两健妇禀报，大王已被虎子刺杀。好一个虾仙，外表依然矜持，一脸沉静：这虎子果然了得，难道他能死而复生？一个凡人，哪来如此强大的功力，竟然刺杀了龙王？！他环顾辉煌的龙宫，龙王已死，但金殿犹在，三江的水族大都还在，正是取而代之的最好时机！虎子到底有多大能耐？敌得过我三江之众吗？就凭这暂短的思考，他想好了对策。

虾仙立刻换上一身白色的麻衣，声泪俱下地来到金殿中间，陈说三江龙王为了今日盛典，亲自升空，行云播雨，以增添喜庆的欢乐气氛，故此耽误了吉日时辰。不知遇上了何方妖魔，竟然趁我龙王不备，将他刺死了！说到这里，已泣不成声，既而号啕大哭起来，引来一片唏嘘。各路首领怒不可抑，发誓报仇雪恨，霎时间，群情振奋。

虾仙挥泪道：先王驾崩，三江陷于困厄，但先王既定的大业必须继承，纵有千难万险，赴汤蹈火，我等应在所不辞。

虾仙慷慨激昂，说得振振有词，博得众水族的齐声相应。虾仙见时机已到，扬声疾呼："为了渡过眼前的难关，为了继承先王的大业，有道是，国不可一日无君，我们应该公推一位首领出来主持大局，我水族无首，如何行事？"

虾仙话音一落，有几方水族首领推举虾仙出任首领，获得不少水族的响应。

一直窝在角落里的鳗、鳖二将闻说孽龙被刺杀，惊喜之外，大致明白其中原委——必然是虎子所为。这可是天大的好事！二将大声说话了："龙王是怎么死的？并不是虾仙说的那样，事实真相，很快就会大白于天下。方才虾仙的提议，无非是想取而代之，我们不赞成！"

鳗、鳖二将振臂一呼，引起强烈反响。虾仙一直以来谄媚龙王，奉承拍马，仗势欺人，种种恶劣行径早已犯了众怒。眼下两种意见对立，针锋相对，眼看一场混战即将爆发。

"住手！"虎子大喝一声，冲入殿堂。手里的那柄宝剑寒光四射，气势逼人。众水族一时噤若寒蝉。

虾仙见虎子到来，第一反应是逃跑。但出路已被虎子堵住，无法脱身。难道就这样束手就擒？不，困兽尚且犹斗，何不拼死一搏！虾仙纵身一跃，跳上孽龙尚未及享受的宝座，直指虎子："这就是刺死我龙王的罪魁，为了给先王报仇，为了雪我三江水族之恨，将这恶魔拿下！"

虎子被困在中间，他不忍斩杀众多无辜，只关注虾仙的动向，发现虾仙无心厮杀，只想寻机脱身。虎子直取虾仙，只几个回合，虾仙便一命呜呼。众水族见状，纷纷抱头鼠窜。

虎子大声喝道："不准跑！"霎时全场震惊。虎子细数孽龙的种种罪恶行径："孽龙图谋将严郡六县滚成大海，必将毁灭无数百姓的生命、财产，罪恶滔天！如今罪魁祸首已除，为虎作伥者已诛，你们想追随孽龙往日的罪恶，还是各自回到原来的水域过往日的太平日子？"

鳗、鳖二将大声嚷嚷："早就该散伙了，有太平日子不过，跟着孽龙瞎闹腾，天理难容啊！"

三江水族纷纷跪地求饶，发誓各自返回原处，再也不与人类为敌。

虎子捣毁了孽龙的巢穴，遣散三江水族各回原处后，立刻与鳗、鳖二将来到恩师的洞府碧玄洞，参拜恩师。大出意外！师傅不见了！奇怪！师傅怎么会不见了？双目失明，孤身一人，他会去哪里？会不会被虾仙谋害了？

鳗、鳖二将认为不可能，虽然鼋仙眼瞎，功力丧失了，但他闭关修炼，断绝与外界交往，功力已有所恢复。几天前见过他，并无异常。虾仙这些日子忙着闹腾庆典，早已把鼋仙忘到九霄云外了。

那师傅会到哪里去了呢？虎子泪如雨下，一声“师傅”，跪倒在师傅的坐具前，行三跪九叩之礼，泣不成声。

虎子不能在这里久留，孽龙的九子还在，古人有训：除恶务尽，绝不可留下祸根。他请求二将多加关注鼋仙的去向，改日再来拜见恩师。

第十三章　蕙兰死而复生

一

刘夫人久久不见蕙兰，不断追问下人，都支支吾吾的。刘夫人聪慧过人，预感到必有大事相瞒，最让她担心的是，孽龙是否加害了蕙兰？怎么能几天不见面？知儿莫若娘，此时此刻，她相信兰兰绝不会抛开老娘去别的什么地方。她把燕燕叫到跟前，让他们有事不必相瞒，务必说出蕙兰的去向。

燕燕知道不能再隐瞒下去了，于是把蕙兰小姐如何自刎的前后情况如实禀报。

夫人当时半卧着，上半身靠在床栏上，听着听着，人开始颤抖，牙关咬紧，当说到蕙兰拔剑自刎，她双眼暴突，头突然向里一别，便无声息了！

燕燕大声呼叫，掐人中，按胸口，忙乱了好一阵，才听见夫人“啊”的一声！“兰兰！我的儿啊！”放声大哭起来。燕燕也忍不住在一旁饮泣。

夫人突然想起来问：“兰兰的一团热血未曾落地？”

“一滴都没有落地，飞快地转动着，忽然间飞了起来！”

“飞向哪里？”

“飞出窗外，向西天飞去。”

“后来呢？”

“隔了三天的午后，后院一声巨响，醉月亭砸破了，‘刘大人’死在亭子里！今天我遇见了虎子，他要我转告夫人，他已取回屠龙剑，斩了孽龙。”

夫人忽然感到，心头好像开了一扇窗，透亮透亮的：看见了兰兰的的一腔热血飞向了西天，驱散了云遮雾障，照亮了沟壑危崖，协助虎子取得了屠龙剑，终于为父报仇雪恨。

夫人轻轻地喊着：“我的兰兰，我的儿啊！”依旧感觉兰兰就在身边，习惯地伸出手来……

“我的兰兰呢……她在哪里？”

“小姐在闺房里。”

“快扶我起来。”夫人要起身下床。

燕燕赶忙帮夫人穿戴好，避免室外风寒侵凌，搀扶着她前往小姐的闺房。

县令被刺杀，小姐罹难，夫人又坐产，衙门里乱套了！日常几个主要的管事人合计，已届隆冬时节，不妨让小姐暂厝闺房。

夫人一步一颤地走进了蕙兰的闺房。燕燕掀开帐帷。夫人一声：“兰兰，我的儿啊！”又一次珠泪涟涟。

奇怪的是，蕙兰的面容与日常一模一样，仍然美貌如仙。

夫人坚持把她的床搬来，她要与兰兰睡在一起。

晚上，燕燕陪伴着夫人，守在小姐的闺房里。夜深了，夫人感到有些累，但无法入睡，人迷迷糊糊的。

蕙兰从睡梦中醒来了，与往日一样，一蹦一跳地来到夫人的身边，问这问那。虎子也来了，站在蕙兰身边，手里提着一柄金光闪闪的屠龙剑。夫人翻身坐起，看蕙兰的脖子，又看又摸，不停地问：“还疼吗？”

蕙兰推开娘的手，笑着说：“娘！你说啥呀！”边说边像风中的月季，摇头，点头：“你看我不是好好的么！”

夫人张开双臂，把兰兰抱在了怀里。突然睁开眼睛，又是一场撕心裂肺的痛哭。止住哭泣后，她想起了虎子，很想见到他。但一想起蕙兰，她不知道该如何面对他。

“刘宇”的尸体怎么处理？看上去已非原貌，十分怪异，很吓人。一天一个样，已经变得不像是人了！仵作老梗是个验尸行家，因为生性倔，都叫他老梗。他也来看刘大人，一掀开被盖，惊得他连连后退，这是他从未见到过的！他一句话也不说，只是自己对自己说：“这事以后可麻烦大了！”

总得入土为安啊！几个管事的人决定请示刘夫人，是火化还是装殓入土？刘夫人很快作出火焚的决定。但仔细一想，不对，这孽障还有个官员的身份，如果焚烧了，到时候上司查问起来，如何交代？还是封棺入土吧。

凡是母亲，产下婴儿后，尽管身体付出极大的伤痛，但时刻不忘的还是身边的婴儿，这是女人的天性。刘夫人虽然产下的是孽龙之后，但毕竟也是十月怀胎，是吮吸她的心血长大的，总有一份母子之情。如今身边空荡荡的，难免有怅然若失的感觉。

二

九龙败退后，无处安身，想去炁岚庙潭他爹的龙宫，正遇上虎子在剿灭爹的余部，便迅速逃离。他们不明白，虎子为何要追杀爹？为何要斩尽杀绝？很想知道事情的真相。知情者只有娘，大家合计去看娘。但娘是凡人，见了龙身会吓着的，怎么办？

九龙中，最小的老九是女儿身，她提议，不妨如降生时一样，化作一道白光去看娘。

大家都说好，只一阵风，便来到娘的窗下。大龙说："不可惊扰娘，我先进去，你们一个个慢慢来。"

夫人正躺在床上，第一道白光进来了，又像生产时那样，绕着她转。夫人惊觉，是孩子们来了！

一声声亲切的呼唤——娘！一道道白光缠绕着娘，最后到来的是老九，最缠绵，最疼娘，在娘的耳边响起了女儿声："娘！你能告诉我们吗？为什么我们是龙身？"紧接着是七嘴八舌地追问：

"那个虎子为什么要杀死爹？"

"虎子为什么那么凶悍？可怕之极！"

"虎子手里的剑太厉害了！"

"我们要为爹报仇！"

"我知道，总有一天你们会到娘的身边来问这些，想不到你们来得这么快。好，让娘来告诉你们。"夫人从两个孩子在炁岚庙潭里游泳，发现龙蛋说起，一个叫水娃的孩子谋夺了龙蛋，吞服以后成龙，从此无恶不作，残害生灵，犯下弥天大罪，他是一条孽龙。

"那孽龙认识我们吗？"

"他是你们的爹。"

九龙惊骇不已："原来是这样！"

然而九龙初降人世，哪里懂得什么人情世故？出于天性，心里只有一个简单朴素的念头——父亲是被虎子杀害的，认定虎子是他们的仇敌，一定要为父报仇。

刘夫人当即严词警告："你们的爹罪孽深重，你们决不能再步他的后尘，继续他的罪戾。要不然，你们将身陷万劫不复的苦难深渊。"

对于母亲的教导，九龙依然不甚了了。

刘夫人很为九龙一心只想为父报仇的情绪担忧，如不能退省所由，日后必然招致灾难。正待继续开道、教诲，告诫九龙日后务必走正道，孰料未及开言，九龙突然骚动起来，乱作一团，都说屠龙剑就在附近，"呼啦啦"的一阵旋风，飞出了窗外。

虎子出了炁岚庙潭，急着寻找九龙。突然手里的屠龙剑震颤起来，殷殷有声，感觉九龙就在不远处。他飞身来到县衙附近，奇怪，手里的剑啸声又没了！他哪里知道，这时九龙正在娘的怀里，是母体对九龙的护持，屏蔽了宝剑的光芒。

虎子沿着新安江畔疾走，一直到天色渐晚，依然无所发现。忽然看见家乡的山溪水潺湲而来，他想起了娘！立即改道，直奔姜家村。当他来到乱石滩前时，突然平地刮起一阵风，风很快聚集成一个巨大的漏斗，迅速向虎子的身前移动。不一会儿，虎子被漏斗所裹，只觉得耳畔有许多人在说话，但听不清一句话，也分不清是谁在说话。仅只一会儿，漏斗离开了虎子，渐渐地升入空中，远远地向山谷中飞去，直到无影无踪。虎子觉得好奇怪！

虎子快步往家里赶，当他来到院门外时，心里陡然一沉：多次做过可怕的梦！又见自家的大门紧闭，没有一点动静，怎么会这么安静？虎子的心，"突突突"的紧跳起来。

虎子的娘身体还算好，但毕竟是六十多岁的老人了，加上双目失明，行动不便，前些日子下台阶时，不慎摔了一跤，身上多处受伤。姜泰浒请人采来草药，内服外敷，现在好多了，这时正躺在床上。

老人家突然大声喊："浒浒！浒浒！"

姜泰浒正在灶间里捣草药，要给老人家换药了。听到呼喊，不知道老人家哪里不舒服，马上赶到。

虎子娘正扶着床栏要起来："快，扶着我，虎子回来了！"

姜泰浒以为老人家受了伤，脑子糊涂了，摊开双手说："老姆！哪里来的虎子？虎哥还没回来！"

"咳！我已听见他的脚步声了！"虎子娘执意要下床。

"哪有脚步声？没有。"姜泰浒劝说着。

"你听不见的！"虎子娘说着已扶着床栏站起来。

"好，我扶你出去看。"姜泰浒拗不过老人家，扶着她来到堂屋大门，"吱呀"一声，把门打开，姜泰浒惊呆了！

虎子叫一声"娘"，快步来到娘跟前，"扑通"一声，双膝跪地。

"虎子，我真服了老姆！她躺在床上，硬说你回来了。"姜泰浒连连摇头，"服了！真服了！"

见到虎子回来了，他娘身上的病痛就像冬天早上的雾，太阳一出来就收起不见了！她从头到脚，在虎子身上摸了个遍，中气十足地说："好，好！我的儿回家了！来，快对娘说说，你收拾了那个杀人害命的孽畜了没有？"

失踪多日的虎子回来了！消息很快传开。更奇异的是，寸草不生的乱石滩，长出了麦苗；也冒出了青草尖尖儿。大家都往虎子家里赶，姜泰鑫的爹妈抢先来到虎子家里，差点没把虎子家的山墙挤倒。

真相终于大白：县太爷竟然是孽龙。孽龙就是水娃。虎子为民除了大害，拯救了严州郡六县的百姓。

姜泰浒家离乱石滩最近，他爹说，这些天来，他晚上没法睡去，一到夜晚，乱石滩上就像赶庙会一样闹腾，好像还有敲锣打鼓的声音。

"对了，他们也知道虎子斩了孽龙，给他们伸冤报仇了！当然要庆贺一番呀！"一个白须老人说。

"也真是的，一夜功夫啊！乱石滩上长出了麦苗儿，不是亲眼见到，有谁相信！"村里的里正说。

有人紧接："说不定，明年春天长出好麦子来！"

姜泰鑫的爹满脸忧愁："咳！我的鑫儿生死未卜啊！"

白须老人说："你不必担心，虎子、泰鑫这次去西天取剑降魔是奉天意。你看，让他俩充军，恰恰送两人去了西天；一阵风暴，让虎子落到巴奄山下；冰山突然消融，这不是神灵相助吗？你不用急，说不定哪一天，你鑫儿会让你惊喜一场！"

满屋子的人都说："好人有好报！"

三

虎子不敢在家里久留，必须赶快除掉九龙。九龙在哪里？去向不明。

炁岚庙潭现在已平静了，恢复了往日的安宁。鼋仙不知去向，暂且由鳗、鳖二将统领新安江的水族。

一天，外出巡行的夜叉来报，孽龙之子——九龙闯潭，抵挡不住！

鳗、鳖二将大怒，立刻率领兵丁迎战。

其实九龙并非前来寻衅，只想找个安身之处，连日来无立足之地，四处飘荡，终非长久之计。众兄弟合计，唯有炁岚庙潭可作栖身之地，那里本来就是老爹的旧居，再说，龙乃水族至尊，附近只有炁岚庙潭才适合作为龙潭。

一行九龙，行来遇上了夜叉。夜叉不听任何解释，断然拒绝，还痛骂了一顿他们的老爹。

九龙年少气盛，如何忍受得了？便交上了手。夜叉势单力薄，如何抵挡得住？

鳗、鳖二将迎战九龙，双方打得难分难解。俗话说"上阵亲兄弟，打仗父子兵"，九龙越战越勇，渐处上风。正当鳗、鳖二将招架不住时，虎子大喝一声，及时赶到。

虎子怎么会这么巧？他在寻找九龙，首先想到，新安江江面狭窄，不适合九条龙生存。富春江水面开阔，连接钱塘江，直通东海。九龙尚未成气候，目前暂时藏身富春江的可能性最大。很遗憾，他在富春江水域找了个遍，不见九龙踪影。于是折回到乌龙山，这座大山方圆近百里，有许多巨大的洞穴，是藏龙卧虎之地，但是漫山遍野地找了个遍，也无结果，最后重新回到了孽龙的老巢——炁岚庙潭，正好让他碰上了。

九龙突见虎子到来，大呼“逃命”！虎子紧追不舍，从云中到大地，又从大地升腾云空，九龙四散逃命，虎子东奔西突，有点顾此失彼，一时难有所获。

小九龙是唯一的雌性，体力要差一等，渐渐地落在后面。虎子飞奔而来，眼看就要追上小九龙。小九龙无处逃窜，慌不择路，猛见前面青山脚下有一座坟墓，不管三七二十一，一头钻了进去。

虎子赶到，不见小九龙，面对的是一座坟墓。奇怪了！这小孽龙逃到哪里去了？他围着墓转了一圈，发现是一座新墓，上面还插着幡子。再看墓碑，中榜书“澄新江社十九世封奉大夫十九世孙刘蕙兰佳城”，虎子大惊！揉了揉眼睛再看，还是“刘蕙兰佳城”。猛然跃身到幕后看墓表：姓名、习惯、家世，清清楚楚地记载了蕙兰的生世，更让虎子撕心裂肺的是接下来的那段文字：丁酉年，戊辛日，丙午时，面对妖异孽龙施淫，怒斥恶魔，大义凛然，拔剑自刎，化作碧血，飞越千山……

虎子读到这里，早已浑身颤抖，泣不成声，终于恍然大悟：巴奄山上的冰封，因何突然冰消雪化？原来是蕙兰的一腔碧血所化。如今虎子死而复生，她却碧落黄泉……虎子捶胸顿足，痛不欲生，仰天长啸：老天爷啊！都说苍天有眼，您都看见的呀！在黑黢黢的牢房里，我没有放弃，想着要为刘大人、为姜家村的冤魂报仇；在酷热的沙碛上，望不尽的沙丘，汗水流尽了，我没有灰心，一心只想得到屠龙剑，斩除孽龙后，面对小姐灿烂的笑容；黑曼陀罗的幽香象征着爱和死，我选择爱，奉献死！

老天爷，您为什么不能留住她，让我再见她一面啊！说什么有情人终成眷属，我家道贫寒，出生卑微，我不存妄念，唯有真情。我只想对她说：屠龙剑得到了，恶魔除掉了，严州的百姓有救了！我多么想看见她的笑容；我多么想见到她像小鸟一样欢快的身影！她在哪里呀？老天爷，你能告诉我吗？我到哪里才能见到她……

小九龙就在蕙兰小姐的身旁，她真想叫醒她，也想大声告诉虎子：蕙兰小姐在这里，她睡得很香！一个里面，一个外面，两个人多好呀！都是我爹的错，害死了那么多人！他为什么只会加害别人，不知道帮助别人呢？他为什么只晓得自己找快活，看不见别人在受苦呢？虎子总是把别人的事放在心上，他是个大好人。可是他现在要杀我呢！就因为我爹害了人，我们也该杀吗？不，我不想死，活在这世上有多好，好多地方都没去过，许多好玩的都没见过呀！

啊呀！这里面太憋闷了！喘不过气来了！得赶快出去！怎么办？虎子还在外面守着吗？看着闭目沉睡的蕙兰，真想叫醒她，请她去对虎子说：不要杀害我们。哦！小九龙灵机一动：何不化作蕙兰小姐逸去，虎子还会来追杀吗？

蕙兰的墓后，突然闪出一道如同青云般的云雾，“蕙兰”踏着云雾，飞升而去。

五内俱焚的虎子，猛见“蕙兰”现身，开始惊住了！既而想，难道真是苍天开眼了？急起直追。但见蕙兰小姐直上青云而去。啊！小姐升天了！虎子赶快收功落地，望空而拜。

其余的八条龙一阵抱头鼠窜后，发现不见虎子的身影，渐渐地在云端相聚，好一阵喘息以后，都说这样逃下去不是个办法，得想法子对付虎子的追杀。

众口一词：虎子太厉害了！面对屠龙剑，早晚都得死。

“九龙呢？九龙在哪里？！”

八条龙惊呼：“九龙不见了！”

五龙满脸凄惶地说：“九龙体弱，恐怕已死在虎子的屠龙剑下！”

“啊！怎么办？我们怎么办？”诸龙齐声哀号。

“总不能等着受死吧！”三龙垂头丧气地说。

“我看还是各自去找活路。聚在一起，目标太大呀！”四龙提议。

“虎子迟早会找上门来的，还得死！”二龙备感哀伤。

大家眼睁睁地看着大龙：“你是老大，快拿个主意啊！”

“依我说，我们都到凡间去。”显然，大龙已经思考过一番。

“去凡间做什么？”大家齐声问。

“做什么？做人啊！”大龙说。

“做人？人怎么做？”大家面面相觑。

“这还用问吗？看人家怎么做，你就怎么做。再说，我们的爹妈原本就是人。”大龙已认准了要做人。

“这样就能逃过虎子的追杀？”众兄弟心怀疑虑。

“这个嘛……我们都做人了，那屠龙剑就没用场了。我想，他也认不出我们了。”

“哪里走！”虎子赶到。

大龙大喊一声：“快逃！”

第十四章　姜泰鑫小登科

一

泰鑫一直住在牲口屋里。老爹要他铡草、拌牲口料、清理猪圈、驾车送圈粪到地里……干多种当地的农活。泰鑫长在农村，年轻体力好，这点农活难不倒他。但因地域不同，农活的内容、干法有些两样，加上语言不通，只能靠做手势来交流。

天气冷起来了，成天刮大风，泰鑫现在穿的衣服都是老爹的。牲口屋里有好几处漏风，泰鑫打算和泥巴给堵上。这天送圈粪回家晚了，他懒得动手，晚饭后就想睡了。

一打开自己的房间，一股热气迎面扑来，哟！真暖和！床前放着一只火盆，床上加了一床棉被，再看墙角，那些会钻进寒风的罅隙，都用毡子堵上了。这是谁做的好事？老爹与他一起在地里干活，除了那姑娘，还有谁呢！这姑娘看上去不声不响，但做出来的事情真让泰鑫心里暖意浓浓。

泰鑫不太习惯他们的饭菜，成天都是面食，外加多种多样的羊肉菜肴，一股腥膻味，走到哪里都可以闻到那味儿，自己尿出来的尿也是那味儿。开始还勉强凑合，时间一长就有些受不了啦！食量逐渐减少。

这些都瞒不过姑娘的眼睛，她利用去巴扎（相当于集贸市场）的机会，经常买些蔬菜和食品回来。大米是稀罕之物，价格也很高，只能少量地买，煮成稀饭。她很注意姜鑫的饮食选择，凡是他爱吃的，便多买、多做。这可让老爹、小弟有些不高兴了。老爹瞪大眼睛时，她装作没看见，顾自己吃饭；小弟翘起嘴巴时，朝他眼睛瞪得老大。泰鑫装聋作哑，瞎子吃馄饨——心里有数。

都说人有第六感官，它长在哪里？谁都不知道。是虚拟的吧！不，实实在在的，每个人都会用，都在用，当与心爱的异性相恋时，使用最频繁，也最灵验。

一天泰鑫出圈粪，正推着车出院门，突然第六感官有感——背后有一双火辣辣的眼睛正在看着他。泰鑫立刻回过身来。姑娘迅速转过脸去，装作低头捡挑簸箕里的豆子，但脸却已红到了脖子根。

种种感觉让孤身落在异域的泰鑫备感温暖、体贴，以致幸福。姑娘的眼窝很深，眼睛大大的，鼻子挺高，走近了，担心会碰到她的鼻尖；皮肤黑里透红，不像家乡姑娘那样细腻。说到漂亮么，怎么说呢，猛一看——平常；多看了——讨人喜欢；待久了——心里放不下她。前几天，他才知道姑娘的名字叫达拉妮丽。

近些日子来，老爹——巴沙大爷心里也不平静：年纪上来了，体力已大不如前，有些重活都力不从心了。怎么天上会掉下个年轻人来，看上去细皮嫩肉的，力气倒也不小，就是语言不通，比划比划什么活都能干，真是个天赐的好帮手！

女儿的心思，老爹早就看出来，就隔着一层窗户纸，没有点破。让老爹犯难的是：这是东边过来的人，在他们沙雅这个地方，还没有这样的先例。再说，沙雅选女婿，还要“三鞭惊马”，这个东边来的孩子行吗？落了马岂不是梦里捡钱！

二

有一天，巴沙大爷带着泰鑫，赶着十多只羊去赶巴扎。好大的场面啊！有玉米巴扎、石料巴扎、叶丽米西（水果）巴扎……名目繁多，人来人往，熙熙攘攘，场面非常热闹。让泰鑫驻足流连的是歌舞表演，几个地方同时演出。女的穿着淡黄色长裙、黄底黑色花纹的马甲，头戴白色羊毛宽边、黑黄相间的尖顶帽子，顶上还有一朵像盛开的菊花一样的绒球。男的穿着蓝色绣花的窄袖衣裤，头戴黑色绣花的扁圆帽子。有种叫热瓦普的弹拨乐器和达手鼓一同奏响，男男女女就开始跳舞。围观的人也可以跟着节奏一起跳。巴沙大爷因为今天羊卖了好价钱，心里高兴，也加入了舞群，还拉泰鑫一起跳。泰鑫连连摇手，躲得远远的。

巴沙大爷跳完舞，发现泰鑫不见了，急得他四处寻找，最后在卖各种布料的巴扎，看见泰鑫呆呆地站那里。

巴沙大爷问他，是不是想买布。

泰鑫摇头。

巴沙大爷手指回家的方向，告诉他该回家了。

泰鑫再摇头，看着一大堆布料旁边放着的纸不肯走。

巴沙大爷觉得奇怪，泰鑫看着那些纸干啥？

泰鑫趁着老爹跳舞的时候，几乎找遍所有的巴扎，都没有发现卖纸笔的地方，最后终于在这买布料的地方找到了！买纸做什么？他发现这里的人不读书，小孩也不上学，更不会写字。如此环境优美、生活安定，像“桃花源”一样的好地方，孩子不识字，应该是这里最大的缺憾。

泰鑫想教小弟识字、写字。尽管手势难以表达清楚，但大爷猜的八九不离十，大体明白了，高兴得不得了！他万万没想到，这个从天上掉下来的年轻人，还识字。在沙雅这个地方，只有三两个人能写会算。这几个人被大家供若神明，他们说的话，无不听从。

巴沙大爷又一次细细地端详泰鑫，他想，这难道真是上天赐给他的福分？

巴沙大爷让泰鑫去挑选，要多少买多少。回家的路上，大爷一边哼小调，一边就着车架子打起手鼓来。

泰鑫与虎子读过几年“夜书”（上夜学），说不上是有学问的人。但是教小弟——恩帕西尔这样的蒙童还是绰绰有余的。

从此以后，每天晚上，雨天或下午，泰鑫教恩帕西尔识字、写字。

恩帕西尔从未见过从东边过来的人，开始怀疑他的手指、脚趾是不是五个？得到证实以后又猜测，身上有没有像他爹一样的体毛，老爹的胸前、手臂和腿脚上全是长长的黄毛。泰鑫并未意识到这孩子的好奇，后来发现，每当他擦洗身体，恩帕西尔就躲在他身后看。这才知道，这小子把他当成“稀奇古怪”来欣赏。以后熟稔了，无拘无束了，成了好朋友，泰鑫好多沙雅的方言就是从恩帕西尔那里学来的。

这孩子虽小，但也看得出来姐姐喜欢泰鑫。他总是把侦察到的、有关他姐姐的一些秘密，偷偷地告诉泰鑫，但也有些情报是假的。例如，有一次他悄悄对泰鑫说，姐姐在给他做马甲。在沙雅，男人的马甲是很重要的装饰，赶巴扎、跳舞必须穿上；同时这也是家里女人手艺的标志，男人穿上漂亮的马甲，会受到人们的称赞，女人脸上可就风光了！泰鑫为之高兴了好一阵。后来见巴沙大爷穿上了新马甲，才知道恩帕西尔通了假情报，没心的蜡烛点不亮，空欢喜了一场。

邻里把泰鑫看作是天上掉下来的神人。恩帕西尔在泰鑫的教导下学习识字、写字，成了“神人”的学生，他感到无比自豪！小脑袋也学会了判断，他认定，他的老师泰鑫一定会是他未来的姐夫。

没过多久，恩帕西尔看见他姐姐在泰鑫晾晒的衣服上横量竖量的。他拍了拍自己的脑瓜子——这回可是真的了！没过多久，泰鑫穿上了沙雅人的马甲，那做工、色彩搭配都是一流的，穿在身上无一处不合身。

恩帕西尔朝着泰鑫做鬼脸：“这回不假了吧！”

泰鑫一下子把他高高地举了起来。

从那以后，泰鑫再也不住牲口屋了，单独给他一间房，被褥全是新的。

一传十，十传百，街坊邻里像看新娘一样，时不时来巴沙大爷家，看天上掉下来的、能写会算的年轻人。来访的人群中，也有年轻漂亮的姑娘，她们都想见一见这个神奇的年轻人。

达拉妮丽可就急了！赶紧把泰鑫拉进他老爹的卧室；有时来不及，就拉他进恩帕西尔的卧室，让他在里面吃点心或者吃水果。

三

巴沙大爷觉得这样不成事。一天晚上吃过晚饭后，他把泰鑫叫到跟前，问了他家里的一些情况，知道他未婚娶。说不明白的是，为什么会从天上落到他们沙雅。巴沙大爷相信是上天赐给他的，不该去深究。他要问清楚的是——你喜不喜欢我的达拉妮丽？

时间长了，泰鑫也懂了一些沙雅方言，巴沙大爷的意思再明白不过，不就是要把他的女儿许配给我吗！泰鑫对达拉妮丽已萌生了爱意，生活上一直是她在照顾着，尽管她说话不多，但很细心、体贴。他是落难到这里的外乡人，她不嫌憎，暗暗地给予关心、照料，是个难得的有情有义的好姑娘。不足的是，外貌粗壮了一点，比起蕙兰小姐，一个在天，一个在地。如果带回去，虎子会不会笑他："哪里捡来个粗坯呀？"但如果真要丢下她，心里还真不舍得。再说，娶媳妇是为了过日子，不是赶庙会扮仙女，让人家争着瞧。

巴沙大爷鼓起一双眼睛看泰鑫，等着他回话。

泰鑫低着头，下巴已藏进胸窝里。毕竟是儿女事，又当着她爹，怪难为情的，羞得满脸通红，额头上冒汗，竟然忘了回话。

巴沙大爷急了，身体不由自主地转动起来，座椅发出"嘎嘎"的响声。

泰鑫这才赶快点头，表示同意。

达拉妮丽人虽然长得粗壮，但有心眼，吃晚饭的时候，从他爹的表情猜测到他晚上要对泰鑫说什么——一准是关于她与泰鑫的事。果然，老爹点上烟，两次从鼻孔里冒出两股浓烟后，叫了一声："鑫！"

泰鑫立刻来到老爹跟前。

达拉妮丽今晚收拾碗盏特别利索，一会儿就完事了。快步走进爹的卧室，那里距离他们谈话的地方最近。

恩帕西尔觉得好奇，紧跟他姐的脚步，也钻了进去。达拉妮丽要把他推出去，恩帕西尔不让。没办法，只好把他拉在身边，不许他声张。想不到的是，两人的说话声音很轻，听不清楚他们在说些什么，有好一阵竟无声无息了！达拉妮丽感到了不祥之兆，心凉了，流下了痛苦的泪水！有几滴滴落到恩帕西尔的脸上，他一声惊叫！达拉妮丽立刻捂住恩帕西尔的嘴巴。

突然间传来了爹的笑声，不是一般的笑，是"哈哈"笑！达拉妮丽也随之破涕为笑，用手背抹去脸上的泪水。恩帕西尔看着好笑。达拉妮丽又捂他的嘴。

巴沙大爷与泰鑫的谈话还在继续。泰鑫提出要求：他老家有爹有娘，娶了达拉妮丽后，要带媳妇回家乡见爹娘。

巴沙大爷很豪爽：“妻子是你的，带她到天边也是你的事。”

泰鑫乐了！乐得双手抱住头笑。

巴沙大爷抽的是水烟（一种烟具，有铁制、铜制、银制的。有一只小水箱，烟草点燃后，通过水箱的过滤吸入口中），他拔出烟筒头，吐出烟灰后，“啪”的一声装回烟筒，这是他抽完烟的信号，随后把烟筒放在身边的小桌子上，拿手抹了一把嘴。“鑫啊，照我们这里的规矩，你还要过一关。”

“过关！过什么关？”泰鑫抬起头来问。

“看一个人是不是稳重、可靠，看他三鞭响过后还能不能稳坐在马背上，这是老祖宗传下来的规矩。”

泰鑫的眼睛一下子睁得像铜铃！江南很少用马，泰鑫小时候牛倒是骑得不错。现在要比骑马，这不是烧香进了肉铺！

“不过，不用急，离宰相节还有些日子，好好练练，我相信你成。”

恩帕西尔一下子冲了出来：“我教你怎么坐稳。我们家有一匹最不怕鞭子响的好马。”恩帕西尔已经把泰鑫当作自己的姐夫了。

巴沙大爷摸着长髭须笑了！回头向自己的卧室看了一眼，又笑了！

心里藏着一句话：“三鞭惊马还用得着我这个老头来操心？”

巴沙大爷有十二匹马，其中有一匹菊花青最有灵性，奔跑起来就像一阵旋风，沙雅没有一匹马能赶得上它。巴沙大爷交代泰鑫，要给菊花青多加点精料。

泰鑫还不太明白。

巴沙大爷笑而不答。

第二天收工回来，恩帕西尔、达拉妮丽已经在等候，达拉妮丽手里拿着一根长长的鞭子；恩帕西尔教泰鑫骑马的要领。泰鑫从来都没有骑过马。骑牛是牧童的看家本领，但骑牛与骑马不一样：牛的身体宽大，马要窄些；牛背平直，马背有凹陷，便于人骑；马善于奔跑、跳跃，相比之下，牛就显得迟缓和笨拙，因而骑马的难度就大了。泰鑫虽然没有骑过马，但上了马以后，加上姐弟二人传授要领，坐着还算稳当。

达拉妮丽举起了鞭子，说：“你可要坐稳了。”

恩帕西尔赶紧补充：“鞭子响，马会跳，你要当心。”

恩帕西尔的话音未落，鞭子已经响了。达拉妮丽为什么那么急着甩鞭子？是爱在催生她心生恶作剧的念头：两人相处那么长时间了，爱情的火焰在燃烧，她无从释放堆积在心头的爱意，见泰鑫坐上马背时前后顾盼、紧张慌乱的样子，终于找到了发泄爱的时机：她要看一看，泰鑫如何从马背上跌落下来；她要看一看，泰鑫惊慌失措的窘态。

突如其来“啪”的一鞭在马前响起，菊花青突然受惊，竖起了前蹄。泰鑫毫无准备，一声惊叫，跌下马来。

达拉妮丽见状大笑！她满足了，很满足了。但笑后立刻来相扶泰鑫，拍打他身上的尘土，看有没有摔坏。

恩帕西尔可饶不了他姐：“都是你呀！鞭子响得太快了！”

泰鑫已有所觉察，加上恩帕西尔的直接点破，他看着达拉妮丽，带着一丝怼意地点点头：“好啊！你好啊！”

达拉妮丽咬住下嘴唇，真想猛扑上去，把泰鑫紧紧地抱住。

在达拉妮丽和恩帕西尔的全力调教下，泰鑫的骑术大有长进。菊花青真是有灵性，每晚泰鑫给它加精料，它总有所表示：先打响鼻，接着趴前蹄。泰鑫摸摸它的前额，它就一上一下地连连点头。终于明白未来的岳父要他给菊花青添加精料的一番好意。

四

“三鞭选婿”的日子终于到了，按照沙雅的规矩，凡是正式到巴沙家提过亲的都有资格参加。那天骑着高头大马前来应选的共有六人，加上泰鑫，一共是七名骑手。那场面可就热闹了！村子的中间有一个很大的草场，平时供人放牧，今天可不一样了，男男女女，老老少少，几乎倾巢出动，等待着那激动人心时刻的到来。

连续几天的浓霜，天冷得出奇，今天回霜（霜停转暖），草场上的草，像成熟的麦地，一片金黄。暖融融的阳光，抚摸着沙雅人的一张张笑脸；岩洞里的山鹰飞来了，在草场上空盘旋，它们是男高音，与人们的欢声笑语共鸣；草地里的野兔也兴奋异常，它们站起来，昂着头，左右观望；乐得在人群中转悠的狗狗，迅速奔突、追逐，草丛飘摇，激起人们一阵阵呼喝。

蓝天苍穹，宛若一个巨大的帐篷，沙雅人今天同在一个帐篷下，度过他们最欢乐的时刻，也是日后留在他们记忆中难忘的乡愁。

七名骑手穿着浅绿色窄袖的短衫衣裤，外加黄底褐色花纹的马甲，足登浅绿底黑色绣花的半高靴子，头上一律戴着花大、底部空小、颜色火红的“多帕”（帽子）。骑手一字排开，泰鑫被排在末位。遵照风俗例规，七匹马都戴上了眼罩（在黑暗中，马最容易受惊）。

规定的时间到了。巴沙大爷拿来早就准备好的一坛子酒，由村里的长老米哈伊尔分别赠给各位应选者，只能喝一口，余下的要倒在马脖子上，意为今天马也是参与者，要依仗着它出力。

挥鞭的是准媳妇，当然是达拉妮丽了，这有点像汉人抛绣球的味道。达拉妮丽今天打扮得花枝招展：绿色绣花的窄袖衣裙；白色细羊毛宽边、黑黄相间的尖顶帽子；

白色的纱巾，从帽子的尖顶上，一直披挂到腰下。看得应选者眼花缭乱，本来心里已经在发怵，一见如此美貌的准新娘，心头益发“怦怦”乱跳。

泰鑫没有见过这种场面，尽管达拉妮丽、恩帕西尔已反复对他说过注意事项和要领，但那毕竟是口上说的，没上过真场面。今天在全村人的围观下，他最引人注目——天上掉下来的，面貌与本地人大不一样。不少人在交头接耳，对他指指点点，不知道他们在说什么，心里更紧张。其余六位应选者，个个身形彪悍，他们都有自己的团队，各陈声势，把泰鑫视为异类，无形中对泰鑫造成巨大的心理压力。

达拉妮丽在两个也打扮得很漂亮的年轻姑娘的陪伴下，来到一列排开的马队跟前，手执长鞭，目不斜视。七位应选者个个神情紧张地注视着她，达拉妮丽不屑一顾，唯独把目光投给了泰鑫，犹如惊鸿一瞥。就这一瞥，锁住了泰鑫的胆怯，告诉他拿出胆气来，别当孬种。就这一瞥，等于汉族人的抛“彩球”，让泰鑫吃进了定心丸。

达拉妮丽站在离开泰鑫稍远的地方，这样，自然降低了菊花青受惊的程度。

长老米哈伊尔见赠酒礼毕，注视了骑手们一眼，一声令下：“开始！”

“啪啪啪！”达拉妮丽连甩三鞭，这一惊非同小可，当场有两匹马受惊；两骑手落下马来。按规矩，马受惊也属淘汰之列，第一轮下来就淘汰了四位。

恩帕西尔在人群中，目不转睛地注视着泰鑫，见菊花青纹丝不动，他高举双手，大呼小叫，又蹦又跳。

有了第一轮的经验，泰鑫感觉不一样了，似乎看见了希望。他亲昵地拍了拍菊花青，给它壮胆，自己也沉着起来。

紧接着第二轮开始，三鞭响过后，又有一人落马。这样，最后只剩下泰鑫和另一名竞争者。

恩帕西尔飞跑到他爹跟前，高呼：“成了！成了！”因为最后的两名竞争者是比赛马，菊花青是没有对手的快马，泰鑫势在必得。巴沙大爷乐呵呵地把恩帕西尔抱起来转圈。

赛马开始，赛程是围着草场跑三圈。说到赛马，泰鑫心里倒是有底，因为已经练过好多次，与菊花青配合得很默契。菊花青除下眼罩后，它连趴前蹄，似乎已经知道接下来该是它大显身手的时候了！

赛马由长老米哈伊尔发令，“啪”的一声鞭响，菊花青不负所望，一马当先，三圈下来，超过对手将近半圈。

泰鑫胜利了！围观人欢呼起舞。

接下来是“麦西来甫”开始，这是沙雅的婚礼风俗，其实是一场大型歌舞活动，将歌舞与民间娱乐融为一体：跳舞、吹拉弹唱、杂耍、魔术都有，要整整热闹一天。大家享用的水酒、瓜果和馕，得由巴沙大爷提供。

泰鑫终于在异域沙雅有了自己的家。

第十五章　二龙盗库银

一

诸龙纷纷坠落云端，四处奔逃。

虎子追赶至一个集镇。一条从山谷中奔涌而来的大江绕城而过，夹江山峰挺拔，峰峦苍翠。江流如未上辔头的马驹，恣意狂奔，直到城下方缓缓而行。这是新安江的上游段，江水清澈见底，诗仙李白曾在此留下名篇《清溪行》：“……借问新安江，见底何如此？人行明镜中，鸟度屏风里……”

虎子估计，这里很可能是潜龙之地。连续好几天，从山峦到大江，反复寻找，无所发现。今天打算过江，扩大搜索范围。

渡头上人来人往，沿渡口两侧摆开好些吃食摊，还有些出售生活用品的小店，这些都没有引起虎子的注意。

不远处围起一圈人，似乎有人在吵架。虎子挤进人群观看，见一位相貌非凡的老人，约莫六十多岁，遗憾的是双目失明，手里举着一面幡子，上书“摸骨看相”四个大字。

一个年轻后生，衣衫不整，个子较矮，都叫他“矮子鬼”，正逼着老人给他算运气。老人要他付费，他说没钱。老人起身离去。“矮子鬼”竟不让老人走，还夺了老人手里的幡子，踩在脚下。

老人不愠不恼，好生劝说道：“你这位小哥，我给你算算运气不是不可以，但是你不付钱，坏了做人的规矩。我虽然是个瞽者，但我知道你成天在这里游手好闲，输打赢要，靠占人家的便宜过日子，这不是做人的道理。”

“矮子鬼”发急了，这个盲老头还来翻我的“别什”（赌牌九中的俗语，等于现在说的“底牌”），嚷道：“喂，老头，我能占便宜是我的本事，关你什么事！”

老人连连摇头："你说的也是，但也不是。请你把那幡子还我，那可是我的吃饭家伙啊！"

"矮子鬼"拿起架子来说："这要怪你自己不识相，不伺候我，是你自讨苦吃。"

老人淡淡一笑："小哥，你知道世上有多少人吗？"

"世上多少人？""矮子鬼"翻起了白眼，"你这个老头真是瞎说，胡扯淡！谁数得过来这世上的人啊？"

"世上只有三个人。"老人说。

"矮子鬼"又翻白眼："三个人？！"

围观人中有人哈哈大笑，也有人不以为然，还有人好不惊讶！

"你，我，他，三人也。"老人说。"一个人说话、做事，不能只顾自己，一定要想到你和他，这是做人的规矩。"

虎子觉得老人说得非常有道理，言语非同常人，看来是个有道行的人。

"我才不信你这老头胡诌瞎说。我光杆一条，晚上也想抱个妞睡觉，有谁来管我？滚滚滚！这里不是你待的地方。"说着就动手推搡老人，"滚得远点去！"

老人踉踉跄跄，险些跌倒。

虎子赶快上前搀扶老人，指责"矮子鬼"："你怎么可以欺负一个瞎眼的老人！"

"矮子鬼"原是这码头上的一霸。今天当着众人的面，怎么肯落下风？鼓起满脸的横肉，伸手指着虎子的鼻子："我看你是个多管闲事的人！"说着推开虎子，他暗中使劲，想让虎子来个仰面八叉，出出丑。

"矮子鬼"哪里知道，今番该他倒霉了！你来我往，仅几个回合就被虎子打翻在地。他昂起头来像乌龟看天一样，左看右看，这一看非同小可："啊！原来是他？！"

"矮子鬼"二话没说，爬起来就逃。没逃出多远，就被追赶上来的虎子一把抓住，活像拎田鸡一样地提到老人跟前，"你就这样跑了？"

"矮子鬼"浑身颤抖，嗫嚅着说："要……要我，怎，怎么样？"

虎子呵斥道："你欺负老人！你看看人家不仅年老，还双目失明。老人家他好言相劝，教你做人的道理，你不仅不思悔改，还弃毁他的幡子，动粗！简直是岂有此理！"

"我，我，我……""矮子鬼"越来越紧张，已吓得说不出话来。

"你还不向老人家认错？"虎子喝道。

"矮子鬼"像捣蒜一样向老人叩头，不停地说："老人家！老太爷！老神仙！我错了！我错了！我不懂规矩，不知道做人的道理。"见那幡子还在地上，赶忙捡起来交到老人手里。眼睛却在左顾右盼，活像猫嘴里放下来的老鼠，急着寻机逃窜。

"你把他的衣服都撕破了！"一个声音尖细的大嫂说。

虎子这才发现自己衣裳的前襟不知什么时候被撕破了，在风中忽闪忽闪的。

“矮子鬼”猛见虎子时怕得要命。后来发现虎子认他不出来，情绪终于稳定下来。低着头说：“这个……我……”他想说“不是故意的”，但没敢说出来。

“算了，算了，你走吧！”虎子说。

“矮子鬼”连滚带爬地跑了，边跑边回头张望，害怕虎子再追上来。“矮子鬼”为什么如此害怕虎子？他是四龙。

逃窜中，四龙流落到这里，学做人，开始在这码头上混。他发现做人最难的是没钱，填饱肚皮要钱、住处要钱、衣着要钱……没有不要钱的东西。世上好吃好喝的东西可多了！漂亮的女人也有的是。没钱，只能朝她看，还不能多看，看多了会挨骂，弄不好棍子会落到身上。钱从哪里来？挣钱很难！帮人装货、卸货换来几个钱，只够塞饱肚皮。没活儿做了，就得挨饿。后来发现有个来钱快的地方——赌场。那里的人与普通的人不一样，袋里都装着好多钱，几把下来，钱袋都装不下。他看呆了！

看得多了，他也想试试，拿着用苦力换来的几个钱，挨到牌九桌上。还不知怎么回事，三下两下就赚了，乐得他一跳三尺高。但转眼间，宛若喝凉水，一口就被庄家喝干了。这可不干了，这是他吃饭的钱啊！伸手把钱抓了回来。赌场上哪有这种规矩？接下来便是开打。打就打，“矮子鬼”有一身力气，这些人哪里是他的对手，统统被打翻在地，叩头讨饶。

四龙终于发现——人怕厉害的人，你只要比他厉害，你就可以沾便宜，别人不得不服帖你。从此他就信奉这一条，成了人们眼中的“赖料”。

想不到今天碰上了最让他害怕对头——虎子。总以为今天性命休矣！真是运气，虎子认他不出来，逃过了一劫。

不能再在这里混了，他一直往东走，最后又落脚到建德城，那是后话。

虎子低下身来问老人：“老人家，您没事吧？”

看相老人说：“没事，没事。”说着抓住虎子的双手，仰起头来问：“你是建德姜家村的虎子吧？”

“老人家，你怎么认识我？”虎子一脸惊讶！

“认识。”老人颔首。

海螺号吹响，船家高喊：“开渡啰……”

虎子见众人纷纷上渡船。

看相老人催促虎子：“你走吧，我们后会有期。”

虎子三步一回首地看着老人，就是想不起来，在哪里见过他？老人怎么会认识自己。

二

二龙落在清溪镇，一个小后生模样。清溪镇是一个大集镇，商铺林立，市井繁华。

二龙腹内空空，前胸紧贴着后背，饿极了！但又害怕紧追不舍的虎子，东张西望，担心虎子突然出现。走过一小吃店门口，一阵阵开笼包子的飘香，让他馋涎欲滴。见人抛下圆圆的、硬邦邦的、中间有个小孔的东西，就可以拿包子吃，那是什么东西呀？实在是饿得慌了！他很想伸手进笼屉，也拿个包子来往嘴里塞。

虎子走进了包子店。因为赶路，走得急，满头大汗，衣带已经解开，还嫌热，不停地用衣袖揩去额头上的汗水。笼屉里的包子热气腾腾，买包子的人争先恐后，虎子爽性把外面的一件衣服脱下来，撩在靠墙的小桌子上，在一群人中等着买包子。

二龙就站在包子店门口的台阶上。他身后又来了不少食客，不小心，踩了前面人的脚。那人推了他一把，二龙一脚踩空，往后倒去。

虎子买到了包子，跨步出门，嘴里咬住大半个包子。见二龙正往后倒去，一把扶住了他。二龙浑身颤缩，一双像死鱼一样的眼睛看着虎子。虎子看了他一眼，什么事也没有，快步离去，他赶得急，还要去几个地方，午后又必须赶回家。

哈哈！变人了，虎子不认识他！二龙望空而拜，谢天谢地，再也不用害怕追命的虎子了。大龙的主张好，好极了！

惊慌过后，饥饿的感觉更为强烈，实在是忍不住了，二龙走上台阶，把手伸向笼屉最边沿，因挤压，那里有小半个包子露在笼屉外。

“啪”的一巴掌打在他的手上。一个围着蓝裙布、眼睛睁得像金鱼眼的胖男人，双手叉腰，满脸怒容地吼道：“想吃包子，拿钱来。吃白食啊？”随手拿过擀面杖，“我打断你的爪子！”

二龙连忙缩回手，走开了。

胖男人的骂声还在继续：“碰上个穷小子，倒霉！人模人样的，怎么不会去挣钱？”

二龙走过了一家饭馆，人头攒动，熙熙攘攘，许多人围着一张张桌子在吃喝。他不敢进去，生怕又碰上像包子店里那样的胖男人。看着看着，他发现，这些吃喝的人，口袋里都能摸出圆圆的、硬邦邦的、中间有个小孔的叫钱的东西来。到哪里去弄这钱呢？这些人的钱是从哪里弄来的？胖男人说：“怎么不会去挣钱？”原来钱是可以挣的呀！怎么挣？到哪里去挣？

天暗下来了，二龙无处栖身，好不容易找到普济寺——镇上唯一的一座庙，胡乱找一个地方睡下。尽管人很困，因饥饿翻来覆去地睡不着。感觉做人太难了，什么都要钱，没有钱就没法活。为了逃命来做人，结果还是活不下去，明天怎么办？

眼前又出现了香喷喷的肉包子，现在他口袋里有钱了，胖男人笑眯眯地捧着一大盘热气腾腾的包子来到他的跟前，哇！他有吃不完的包子了！嘴巴胡乱地嚼动起来，不一会儿响起了鼾声……

第二天醒来，还是腹中空空。心里想的还是那圆圆的、硬邦邦的、中间有个小孔的钱，哪怕有一枚也好，可以买一个包子。这些有钱的人，口袋里的钱，难道就不会掉一枚到地上？他低下头来，瞪大眼睛，仔细搜寻路面，尤其是那些店家的门口，那里是人掏钱的地方。“唰，唰”的声音从前面传来，寻声望去，原来有人在扫地。坏了！这扫地的人不是把遗漏在地上的钱，都归他得了！别找了，都让他扫干净了，难怪找了老半天，像清水滩一样，一眼看到底，什么都没有。转念一想，这扫地的活儿他也能干，能挣到钱吗？

实在是饿得慌了，跌跌撞撞地又撞到了包子店的门口。这时正是人们用早餐的时候，包子店里最忙，塕起塕倒的人围着笼屉，十几只拿着钱的手，一起伸向那个胖汉，活像鱼群争食。胖汉实在有点忙不过来，眼光瞭到台阶下呆呆站着的二龙，向他招招手。

二龙以为有包子吃了，几步就来到他跟前。

“我说几个，你就给人家几个。懂吗？”胖汉说。

“唉！”二龙连连点头。

这样，胖汉只管收钱，二龙发货，速度就加快了，拥挤自然缓解。

一阵子的早高峰总算过去，胖汉坐下抽烟、歇力。二龙看着还在冒热气的包子，眼睛就像磁石碰上了铁钉，哪里挪得开！

“饿了吧？”胖汉吐出一口烟后，慢吞吞地问道。

“嗯！”二龙应道，眼睛还是看着包子。

“吃两个吧。”

胖汉的话音未落，二龙就动手拿了。

“等等！”胖汉扔下手里的烟筒，迅速捧起笼屉的上三层，最下的一层散落着几个瘪塌塌的陈货，“吃这个”。

二龙根本不管不顾瘪的，还是陈的，左手抓起的一个刚塞进嘴里，右手拿来的已经咬下大半个。喉咙一下子伸长了，活像捕食的鱼鹰，仰起头，眼睛睁得老大。如此左右开弓，眼看那几个瘪塌的陈货，即将风扫残云，一扫而光。

难道他还要吃“鲜货”？胖汉发话了：“包子吃了，把砧头上的肉给剁碎了。”

二龙见砧头上放着一大块肉，两把雪亮的菜刀插在肉上。嘴里“嗯”了一声，便拿起菜刀来，但他不知道该怎么剁，胡乱地砍起来。

胖汉发现这小子原来是个做不来事的“吃坯”。但包子是不能白吃的。他捋了捋衣袖，拿过二龙手里的刀，说：“像你这样能剁出馅来？”说着便作示范：先把肉切成骰子块，然后拿双刀来剁。胖汉果然是行家里手，他剁起来由快而慢，由慢而快，由轻而重，由重而轻，还随着节奏，摇头晃脑，像是在演奏什么乐曲。

“就像我这样剁。”胖汉“啪啦”一声放下双刀，又去拿烟筒。一团团的烟雾从他的鼻烟囱里冒出来，透过烟雾，见二龙正学着他的范儿。心想，还不错，小子不笨，如果留下来做个下手，自己好省很多力气，无非丢几个陈货，划得来。他在盘算，每天让他做些什么事？铜钱是不能经他手的。他已想好主意，先要问问他的来路，不能收留一个不明不白的人。

胖汉放下烟筒，从后间里拿出一袋面粉，大半袋倒进和面缸，调好水，拌匀了，起出来，“嘟唧”一声，扔到案板上。这时，二龙肉馅已经剁得差不多了。

“来，那里可以放手了。会揉面吗？”

二龙看看面团，又看看胖汉，脸有难色。

“那还得我教你？好，看仔细了。”胖汉又示范，指点要领。

二龙学着揉面。揉面是个累活，没多久就冒出汗来。二龙想歇一会儿，但胖汉就在身后盯着看，哪敢怠慢？继续揉，揉到后来，手也酸了，腰也疼了，手上沾着面，连擦把汗都没法子。是做了凡人之故吧！怎么这么没用场？二龙暗暗发功，身上一阵阵发热，宛若干涸的溪流，大雨过后，水一下子满了起来，连那些小沟、小渠里也灌满了水。哪里再会有手酸腰痛的感觉？人就像粗壮、挺拔的一株松，手里的面团宛若弹棉花人扯棉絮那么轻巧。

“行了！行了！再揉下去，面太黏了，不好做。”胖汉心里在嘀咕：看不出来，这小子还行。大半袋面，自己动手没半个时辰下不来，他倒是有把劲道！看来这小子好派用场。“歇一会儿吧，等一会把缸里的水挑满。”说着把烟筒递给二龙，“来一口！”

二龙接过烟筒，学着胖汉的样儿，猛抽了一口，直呛得他眼冒金星，连连摇手，赶快把烟筒递还给胖汉。

胖汉大笑不止。笑罢从里间拿出水桶，取下门背后挂着的，有担水钩的扁担，指着大路对面的一条小巷，左拐，便有一口水井。

二龙见到水可就乐了，从井口往下看，见到了一张人脸，这张脸看上去还有点陌生，不太熟悉。他对着那张脸哀叹：怎么样？做人不容易吧！要挨饿，要受苦；要看别人的脸色。他一晃脑袋，露出了原形，这才是自己的真容，多少神奇、威武啊！天上地下，江海山川，谁能挡住我？真想一头钻进水井里。但是他不敢，感觉虎子就在身边，立刻恢复人形。他挑了一担又一担，很快就把水缸倒满了。

“来来来，坐下，我们聊聊。”胖汉从案板下拿出凳子给二龙。他自己有把粗笨的椅子。点上烟后问道：“年轻人，我还没请教，你的尊姓大名？”

这可是二龙做人以后遇到的第一难题，总不能无姓无名吧，怎么回答他？二龙不懂客套，胡乱地报上：“我姓隆，小名阿伊。”说罢，看了胖汉一眼，便低下头来，心里在犯难：这样的姓名，凡间有没有的？

“姓隆？是兴隆的隆吧？”胖汉问。

“是的。”其实，二龙也分不出“隆”与“龙”的区别，他只想不忘记自己是条龙。至于“阿伊”的大名，“伊”的读音在江浙一带是“二”的意思，符合他的身份。

胖汉心里可就乐了，哪个做生意的人不想生意兴隆？来了个姓“隆”的人做下手，好兆头啊！接着问：“府上在哪里？”

“府上？”二龙不懂府上的意思。

“呃，就是你家住哪里？”

“哦！我家在严州，建德。”二龙嘴里这么说，心里却在犯难，不知道接下来胖汉还要问他什么？

“建德，好地方！”胖汉往椅子上一靠，“这里是淳安，是严州郡属下的县城。你们家是做什么营生的？你排行老几啊？”

家里做什么营生？二龙如何说得出来？迟疑了好一会儿后，说：“我家兄弟姐妹多，一共九个，我是老二。”

“嚄！你家有这么多兄弟姐妹？！”胖汉想，这家人一定是吃口重，日子难过，让当大的出来找活路。这种人家的孩子肯吃苦，靠得住。

大凡人都有这样一个通病，面对发生的事端、际遇，往往会添加、补充自己的想象，往往好处想得多，这就是所谓的“愿”。就“愿”而言，成于斯，也败于斯。

就这样，胖汉对隆阿伊说定了，一天十文工钱，三餐都吃店里的。

二龙满口答应。

三

几天干下来，二龙对于包子，不像刚开始那样梦寐以求，而是有点腻了，一看见它肚子就有饱的感觉。这里是热闹的街市口，各种各样的人来来往往。有一天他正在案板前揉面，一辆罩着绿色帷幔，精致、华丽的马车在街边停下。帷幔开处，走出一位貌如天仙的小姐，那肌肤就像去壳的鸡蛋那样细腻、白净，整个人宛若荷塘绿叶中冒出来的，水灵灵的一朵荷花。一个公子模样的人上前将她扶下马车，两人款款行去。

“啪！”阿伊的头上挨了一下子。“看呆了！这是富贵人家的千金小姐，刚出嫁。人是有命的，命是注定的。眼馋有用吗？你现在把包子做好来，别的还轮不到你去想。”胖汉站在阿伊身后，满嘴吐沫星子地数落着。

挨了这一下，阿伊悟出来了：人是大不一样的，有钱的人，吃得好、玩得好，有人伺候着，尽享福。没钱的人，挨饿、吃苦，让人瞧不起。做人一定要有钱，钱这个东西是最最不能少的。至于为什么有的人有用不完的钱，有的人则少得可怜，以致身无分文，内中的缘由还没有弄明白。

又不知过去了多少天，有一天的正午时刻，一阵阵开山大锣响起，由远而近，伴随着呜咽的号角，像拖着长腔的啼哭，让人寒毛凛凛。随后手持钢刀的官兵布满街道，不许任何人走动。

阿伊满脸惊恐地张望，不知道将要发生什么可怕的事。

胖汉赶快扔掉手里的烟筒，连说："快！快！快上排门！"两人七手八脚，"噼噼啪啪"地干起来，因为太慌乱，有一扇中间的排门卡住了，怎么使劲地推啊，摇啊，都进不了槽，大门关不死，留下了中间一道豁口。胖汉急得团团转，想抬案板来挡住豁口。案板实在太重，两个人摇摇晃晃地抬了起来，没走几步，突然一阵子"刷朗朗"的铁链子响过后，一个身材高大，身穿红衣红裤，头发里、身上沾着稻草，后背插着鲜艳夺目的招旆，上书一个"斩"字的人，呼啦一下子从豁口里挤了进来，因他背光，店堂里立刻昏暗下来了。只见他掀开蒸笼，像老鹰扑小鸡一样，双手抓起了不知道多少个包子，"哗啦啦"地退了出去。后面紧跟着两个手提大刀的兵勇。

胖汉"啊呀"一声，将手里的案板重重地放了下来，嘴里不停地骂着："该死的杀头鬼！"

街道上的人像潮水一样地跟着涌去，赶赴刑场去看杀头。

胖汉狠狠地踢了一脚排门槽，嘴里不停地骂着："该死的杀头鬼！"

阿伊呆呆地站在一旁，不知道该干什么。

"你傻站着干啥？下排门啊！"

"噢！"阿伊见胖汉发火了，赶紧手脚麻利地把排门重新卸下来。

胖汉心里的懊恼也排揎得差不多了，坐下来抽烟，语气也缓和了下来："把杀头鬼抓过的那笼包子……"说到这里停了下来了，原本打算放进陈货里，后来一想不对，改变了主意："拿去倒掉。欸，你路上走得慢一点。有人问起，就照实说，是杀头鬼抓过的。"

"哎！"阿伊端起笼屉就往外走。

胖汉抽了几筒烟以后，把烟筒往案板上一扔，原来还要包馄饨的，今天遇上了倒霉事，心情欠佳，早点打烊。

阿伊捧着空笼屉回来了，一进门便说："老板，人家都夸你，说你做得对。噢！我这才知道，杀头鬼上刑场之前，路上看见好吃的都可以拿来吃。是吗？"

胖汉哀叹："人都要上路了，那解差也睁只眼闭只眼，让他去了。做人呐，不可犯法，犯了法呀——"连连摇头："就不是人了。"

阿伊好奇地问："老板，什么是'法'？"

"法？"胖汉被问住了，感觉不太好说，"这个么……你记住：坑、蒙、拐、骗、偷、杀人、放火、盗，不能做，做了就犯法，懂吗？"

阿伊点点头。

一天傍晚，打烊收工时，胖汉拿出一件青布衣裳，在阿伊面前抖了抖，说：“把你身上的衣服脱下来洗洗，换上这一件。”

阿伊接过来看了看，又朝胖汉瞪起疑惑不解的眼神：“这是真的吗？”

“你看什么看？”胖汉捏住鼻子，“你自己闻不到身上的那股味道——油酸、腥臭，人家还敢来买我的包子！”

阿伊赶快点头，相信这是真的。立刻脱掉身上的脏衣裳，穿起了胖汉给的衣裳，左看右看。

“就是大了一点，还能穿。”胖汉突然发现前襟缝补过，“哦！这里补过，不碍事，像是硬伤。”又走到阿伊身后看：“看上去这件衣裳还有三成新，穿它的人想必也是穷苦人家的。告诉你，这衣裳不是我的。不知道是哪一位客人丢在这里的，要是人家找上门来，得还给人家。”

“哎！”阿伊点头称是。

四

第二天的午后，突然街面上的行人又被兵勇驱赶，人们纷纷逃散。街道两旁有兵勇持械站岗，店家也不准有人出入。紧接着是好几辆马车，不知道装的是什么贵重货物，在前后重兵的押送下，快速通过。站岗的兵勇迅速撤离。

阿伊从未见过这样的场面，开始以为又有杀头鬼来了，急着要背排门。胖汉朝他摇头，嘴巴一努，让他继续揉面。

“没见过吧！”胖汉这时正在给馄饨馅儿加佐料，随后把手里的筷子往木盆当中一插，双手在蓝围裙上来回抹了抹，说：“这是运官银的车。”

“运官银？”二龙不懂。

“官银，就是官家的银子，皇上的银子。俗话说的金山、银山就在官家的金库里。”

“哦！”阿伊好不惊讶。

“他那里的一锭银子，哈哈！就够你吃一辈子的包子了！”胖汉有点卖弄见闻。见阿伊面揉得差不多了，“看看水缸，该挑水啰！”

阿伊二话没说，撸起扁担，“啪啪”两响，挑起水桶就往外走。

胖汉投以赞许的目光：“这个年轻人干活倒真是有模有样的。”

阿伊来到水井旁，又看到了自己的脸——一副苦相，他对着那张脸问：“一辈子有多少天你知道吗？你一辈子就在这里吃那些‘陈货’？十文工钱能派什么用场？逃过虎子的‘屠龙剑’到这里来挣这十文钱，这样的人我不做！”仰起头来朝天上喊：“这样的人我不做！”阿伊像是在鸣冤！在控诉！周围空寂无人，只有夹着寒意的卷地风，卷起一地尘土，从身边吹过。“那里的一锭银子，就够你吃一辈子的包子了！”胖汉的话又在耳边响起，就这一句话，阿伊像头顶浇下了一桶凉水，心头冷静下来了。他在想：真的是金山、银山啊？追上去看看。但一想到有那么多兵勇在把守，泄气了！无奈又低下头来，面对的是一泓清澈的井水。何不从水路走？驾轻就熟呀！还能避开旁人耳目。阿伊环顾四周，静悄悄的，一纵身，钻进了水井。

胖汉左等右等，不见阿伊担水回来。今天是怎么了？便走出店堂来看，进了小巷，总以为会迎面碰上，没见着！再走，直到水井边，只见一担空水桶。胖汉有种不祥的感觉，颤巍巍地朝井里看，井水如镜，照着自己的脸。连忙后退：总不会跳井吧？不是干得好好的么！难道家里有什么事牵连，想不开了？胖汉围着井圈仔细观看，没有发现任何可疑之处。胖汉无奈，只好挑起一担水，满腹狐疑地回到店里。

这口水井虽然是孤立的，但地下的水路是相通的，只要有水的地方，龙都能通过。传说大山里有条龙修炼已成，择日出山，它已选好出山的通道——沿着一条山涧顺流而下。但山涧拐弯处有一间房屋，为避免房屋受到冲击，夜里托梦给这户的当家人，告诉他明天几时几刻，要借道宝宅，为避免因之惊吓和遭受损失，请他在宅旁开一条小沟，连着山涧即可。

当家人不与家里人言语，大清早起来就动手开沟。儿子觉得好奇，再三问为什么要在宅旁开小沟，老爹只好把昨晚的梦说了。儿子二话没说，从老爹手里拿过锄头接着挖，让他老爹去歇着。

小沟很快就挖好。儿子突发奇想，找来一管毛竹笔套，安放在水沟与山涧的连接处，他要看看龙能不能从笔套里通过。

时刻终于到了，忽然风雷交加，大雨倾盆，儿子躲在房檐下看。果然一条像黄鳝般大的、黑黢黢的东西，窜进沟里，很快游到笔套前，见它迟疑了好一会儿，变成了一条小蚯蚓，顺利穿过了笔套。紧接着一声巨大的轰响，风雷掀起滔天巨浪，一条巨龙在波涛中时隐时现，奔腾而去。

阿伊在井下循着水道，很快赶上了运官银的辎车，一直尾随来到离城百里的驿站，这里已属于建德地界。待到夜深人静时，他悄悄地从驿站专用的水井里出来。不用寻找，只要有兵勇严密把守的那间屋，必定就是藏官银的地方。把守的官兵，都是凡人，觉察不到二龙的身影，他顺利进入了藏银处。哇！一共是八只好大的铁箱子，里面全是银子，倘若堆在一起，真是一座银山啊！他打开一只铁箱，霎时一片银光闪烁，满满的全是银锭，就像看场院积雪的那种感觉。他拿起一只银锭，哟！好沉啊，真有一大团揉好的面团那么重！果真够他吃一辈子的包子了。

这一锭银子阿伊拿在手里放不下来了！

——有了它，一辈子都不会挨饿了。但光是肚子填饱了，还得穿衣，总不能老是穿着别人的衣裳吧！又拿出一锭来。随后又想，住在哪里呀？还在那破庙里一直住下去？得有一间屋。造房子要花多少银子？一年的包子钱能造一间屋吗？恐怕不够，又拿了两锭。怎么拿走呢？脱下了身上的衣衫，把银锭包裹起来，一提，啊！好沉。他喜上眉梢，从今以后再也不用愁吃愁穿，还有自己的房子，心里好不快活！想起那些有钱人，前呼后拥，妻妾相伴，日子过得多滋润！眼睛又落到那些银锭上——娶个老婆要花多少银子？倘若生下儿女来，更要花银子，想想又往衣包里塞银锭。还自我叮咛：做人一定要有钱，有钱人过日子是享福。没钱的人过日子是受苦。

突然耳边响起了胖汉的话："人不能犯法，犯了法就不是人。"我这不是犯法了嘛！穿着红衣红裤的"杀头鬼"的形象立刻在眼前出现！啊！动不得，动不得，阿伊的双手瘫软了下来！

眼前一阵火光，查夜的兵勇来了！怎么办？二龙迅速提起衣包，"嗞啦"一声，衣服裂开很大一道口子，没法拿了。赶紧走吧！走了几步，便停了下来，就这么走？空手而回？眼看到手的"福气"就这么丢下了，仍旧去揉面团，吃"陈货"……

火光越来越近，已听到他们的脚步声，不容再犹豫了。二龙顾不上散落在地上的银锭和衣服，顿发功力，摄起那一只铁箱，飞出窗外。这时可不能再走水路了，他直上云空，御风而去。

也不知飞行了多久，铁箱实在太沉，阿伊已经无力再远行了，他想找一个僻静的、远离市井的地方落地。发现一条大江就在眼下。靠着江好，自己有看家本领，遇事走得快。但见江边有一个小镇，这不行，人多口杂。再往前行，一个山坳里，孤零零的有一间屋，这样的地方再好不过，再说，已经筋疲力尽，无法再往前行了！

五

草房向东，房子的后面，有一座用篱笆围着的小院子，阿伊就落在这小院里。屋里静悄悄的，不像有人住，没人住更好。但这铁箱目标太大，放到哪里去呢？四下里观看，见小院后的山坡上有好几个洞，那是农家人用来藏番薯的，秋天挖的番薯，藏进洞里，到第二年的春天都不会烂。阿伊把铁箱搬进洞里，外面封上泥土，又敷上一些杂草，不仔细看，难以被人发现。

阿伊放好了铁箱，把最大的难题解决了，然后进屋。一共是三间房，中间是客堂，向东的一间是卧室，西面的一间是灶间。他先到厨房看看，灶上冷冰冰的，锅底有些水，放着一只碗，一根筷子折成两截，一横一竖地丢在锅里。怎么有这样的人家？阿伊踅回到客堂，然后放轻脚步来到卧室门口，房里光线太暗，看不清楚。他回过身来，见客堂后有楼梯，便拾级上楼。到了楼上，满眼看去都是蜘蛛网，窗外一阵风来，蜘蛛网随风飘忽起来，像是大雾天。楼板大部都已拆除，只留着对应楼下卧室的那几块楼板没拆。

奇怪，这屋里怎么没有人的？阿伊下楼，再次来到卧室门外，这次总算有所发现：影影约约地看见一张靠墙的板床上，好像躺着个人。阿伊走了进去，房里有一股难闻的气味。板床上没有任何被褥，一个精瘦的人直挺挺地像一条带鱼一样摊在床板上。

这人是死的还是活的？阿伊轻轻地咳了一声，没有任何反应。他靠近床铺，再次咳嗽，那人总算动了动。

“喂，醒醒，醒醒！”阿伊朝他喊。

那人把双腿曲起来，人朝墙壁转过身去，露出了背脊，真正的皮包骨头，活像晒透了的鱼干，两排鱼刺都看得清清楚楚。

“喂，对你说话！”那人还是没有反应。接着又问：“你这房子租不租啊！”

听说有人要租房子，那人翻身坐起，两只眼睛像夏夜雨后的星星，眨巴眨巴地闪着青光。看上去这人不过三十五六岁。“你要租我的房子？”

阿伊看着他，点点头。

那人伸出一只像麻杆一样的手：“拿来！”

“你是说要银子？多少？”

那人立马双脚落地找鞋子，找了半天，只找到一只有帮无底的鞋子，率性赤脚站地：“你先别问价钱，马上给我几个子儿（铜钱），让我……”那人见阿伊还不明白，便做了一个吸“阿芙蓉”（鸦片）的动作，“让我先过把瘾。你不是想住我这里嘛，好说，在这里过年也可以。”

阿伊身上没有什么钱，只有包子店老板给他的几个铜钱，摸出来拿在手上。那人二话没说，一把抓过，只一溜烟，便跑得老远了。

唐宋时，阿拉伯的商人沿着丝绸之路，把罂粟带到中国，鸦片随之问世了，不过它另有一个好听的名字——阿芙蓉。因为罂粟开花很像芙蓉，因而得名。到了唐宋时期，吸毒就不仅仅局限于名士，有钱人家，尤其是纨绔子弟，已蔚成风气。

阿伊曾经听包子店的老板说过，人有一样东西最碰不得——吸“阿芙蓉”。哪怕你有万贯家财，只要吸上了，钱财就变成了烟雾；人的精血也就干瘪了，成了个废人。果然，刚才所见的这个人就是这副模样。

阿伊马上想到，那箱东西放在山洞里不合适，如果让这“芙蓉鬼”发现，那可就糟了！放在哪里好呢？听见了“淙淙淙淙”的流水声，循声望去，响声在屋后小院里，从后山上引下来的山泉水，通过竹笕一直接到小院的一个水池里。阿伊双手接水，喝了一口，山泉水清冽甘甜。

阿伊循着竹笕往山上走，走了好一阵才看见引水的源头。那里满山的松林，古木参天，一处怪异的岩穴，看上去就像土地庙，有房顶，有山墙，就缺个门面。阿伊看了很久，他想如果把那铁箱藏进去，搬巨石来把门堵上，日晒不到、雨也淋不到，该有多好！说干就干，搬来了铁箱，藏进了这间石屋，也真巧，按在门面上的一块巨石，好像是生就的，弥缝合辙。

阿伊看山下那间孤零零的房子，周围倒有一大片空地，有山、有树、有水，离大江也不远，如果在这里造一间屋，“享福”的日子就从这里开始。

阿伊兴匆匆下山。那小子也正好回来了。过了瘾，完全变了个人，活蹦乱跳地招呼阿伊进屋里坐。

“你那屋里没有桌凳，还是到小院里透气。”阿伊说着就往小院里走。

“好，好，就去小院。”“芙蓉鬼”抢在前面，小院的水池下有块垫脚的大石头，有张凳子般大，他拿脚在上面来回擦了擦，请阿伊上座，自己面朝阿伊席地而坐。

二人先通报姓名。阿伊仍旧说自己是建德人，姓隆，大名阿伊。

“芙蓉鬼”本姓廖，大名吉州，祖上是江对岸三都镇上的首富，家有良田千顷。父亲娶三房妻妾，唯有他这么一根独苗，视若祖宗荫德赐福，宠爱有佳。不幸父亲早亡。有人暗中与官府勾结，谋划廖家的财产，状告廖家侵吞积谷（地方上筹集的储备粮，一般都存于大户）年久。偌大的廖家巨富，就此一案，毁损大半，从此一蹶不振。加上廖吉州吸上了“阿芙蓉”，没几年功夫，家财挥霍殆尽，仅剩下这么一间孤零零的冷屋。这原本是廖家的“坟屋”，廖家祖宗的坟墓都在后面的山上，建这么一间屋，是给看坟山的人住的，如今成了廖家唯一继承人的宅邸。不仅房屋破败，年久失修，连桌子、板凳甚至楼板，一切可以变钱的东西都给卖了！廖吉州现在光棍一条，饥一餐饱一顿，烟瘾犯来没有钱，曾经死去好几回，鬼使神差地又活了回来。

廖吉州不无惭愧地说：“一个月明星稀的晚上，已经两天没有开火了，什么办法都想过，甚至馆子店里的碗脚也去讨过，那天真不巧，都已倒进猪食缸。我这个人，讲做人的规矩，只讨不偷。无法可想了，就回来喝冷水。躺在床上，肚子里好像在‘摇纤绳’（古代的绳索都是手工摇出来的），翻来覆去地睡不着。忽然，灶间门‘嘎嘎’地打开了，接着有轻轻的脚步声。是不是有小偷？马上自我解嘲：有得偷就好了！不去管它。正这么想着，关着的房门也开了，一股冷风刮了进来，霎时间让人毛骨悚然，背后寒毛直竖。我翻身坐起，看见月光下房门口的地上，有一个人影。开始我真有些害怕，见那人影一动不动，胆子也大点起来，觉得没什么可怕：是人，要什么尽管拿去；是鬼，我也是个鬼——‘芙蓉鬼’，与你差不多，就要混到一起了。奇怪，就这么一想，那黑影不见了，只听到‘唉’的一声叹息。我随后下床，打开大门，朗月星空下，山野躲在薄雾里，静悄悄的，都沉浸在熟睡中，唯有我们家祖坟山上的松林，‘哗哗哗’地在摇曳，发出如同人一样的叹息！”

阿伊听罢廖吉州的诉说，最让他兴奋、激动的是：人原来是这样弄钱的！可以把别人家的钱财谋划到自己的口袋里。费手脚的是，要有能挡住别人眼睛的幌子，从道理上说得过去就成。都说做人要讲道理，原来道理是拿来骗人的！好！不用担心铁箱子里银子的来路，我不拿，别人也会拿，恐怕比我拿得还多。看着眼前的这个“芙蓉鬼”一定读过书，断文识字，人也活络，不如拿他来做“幌子”，造房屋的事让他出面去做，岂不更好！

“房子周围的空地也是你家的？”

“当然是我家的，就剩这点值钱的东西了。可惜落在这样的深山冷坞里，要不我老早就卖掉了！”廖吉州突然两眼发光地看着阿伊，“怎么？你想要这地？”

“想盖房。”阿伊说。

廖吉州做梦也想不到，有人会到他这里来造房子。这人看上去还是个毛后生，比自己年轻多了，也不像是什么豪富，什么来头啊？

“造房子可要花好多银子呀！”廖吉州显然在探询阿伊的底细。

“这个……”说到银子阿伊便回避，“我想请你帮我。”阿伊很有诚意地看着廖吉州。

廖吉州宛如干涸到底的池塘里，已蹦跶不起来、张着大口吸气的鲫鱼，突然天降大雨，鲫鱼一个鱼跃——活了！“这个，你算找对人了。尽管我现在穷得叮当响，但俗话说‘瘦死的骆驼比马大’，我有一大帮当年的朋友，要风得风，要雨得雨，什么事办不下来？”

“好，好，”阿伊在包子店里学会了抽烟，潜意识里突然想到摸烟筒，手很快又放了下来，“哎，如果人家问起来——谁造屋？你怎么说？”

“这个么……”廖吉州对着阿伊眨巴眼睛，不知道该怎么说。

阿伊也在想——怎么说好呢？既然让他做幌子，就该让他出面：“你家祖上不是很有钱吗？就说……”二龙并不聪明，关键时刻就没有主意了。

“就不兴我家……”廖吉州终于冒出一句话来，“翻梢（赌徒黑话，由输转赢）！”

“翻梢？什么翻梢？”阿伊不懂。

“哦！这是赌场上的一句话。就是，就是那个……前输后赢。”

“噢，这个意思。”阿伊站起来又坐下，还是拿不定主意，“这就是说不要把人看扁了，是吗？”

“对，对，也就是说，石板也有翻身的日子。”

“好！好！翻梢了。”

廖吉州心里乐开了花。

第十六章　五龙降妖

一

大龙落在一片田畴。大片的麦地有半人多高，但麦穗还是青青的。正是青黄不接的时候，周围看不见一个人。他走出了麦地，远远地看见田塍上有个人，便走上前去，原来是个老婆婆，在田埂上挖掘什么？

老婆婆见一个后生在好奇地看着她，问道：“孩子，你没见过挖野菜？”

大龙问：“挖来做啥用？”

老婆婆这才抬起头来，灰白的头发披在脸上，额头、鼻尖上冒着细细的汗珠，拿手背撩开眼前的头发，惊讶地打量大龙：“你是从哪里来的？”

大龙一时想不好该怎么回答，但他生性忠厚，还是实话实说：“我们家老爹死了。九个姐妹各自出来找活路。”

老婆婆凝视着大龙：“你家在哪里？”

“严州，建德。”大龙说。

“建德！你知道这里是什么地方？”婆婆笑着问。

“不知道。”大龙说。

“这里也是建德，建德姜家村。”婆婆说。

“嚄！”大龙心头一颤，怎么落到这个地方？！听娘说过，虎子就是这里人，这不是自寻死路？赶快走。大龙正打算要离开，老婆婆说话了：“你打算去哪里找活路？”

“我，我……”大龙说不上来。

老婆婆看着大龙，一个忠厚老实的孩子，看上去与自己死去的孩子还有几分相像。她停下手里的活，在田埂上坐下，顺手拿过身边的小竹篮，摸出一些番薯干，递给大龙：“吃点。”

大龙真有点饿了，接过来就往嘴里塞，甜甜、腻腻的，味道好极了！

婆婆看大龙的一举一动，很讨人喜欢，更让她想起早早离她而去的儿子。“孩子，你今年几岁了？”

按理说，大龙只能是一岁。但现在他做人了，又是个大男人，想了想，说：“二十岁。”

婆婆一脸惊讶地看着大龙：“二十啊？”

大龙点头。

婆婆撩起衣襟洇泪水，“唉！”一声长叹，“与我欢欢同年。”

“欢欢是谁？”

婆婆整了整衣襟，诉说孽龙造孽的经过，她的老伴、一儿一女全死于孽龙之祸。如今留下她孤苦伶仃的一个老婆子，日子没法过啊……

大龙听得心惊肉跳，爹怎么会这样逞凶作恶！面对失去亲人、孤苦伶仃的老人，他心里很难受。落到了姜家村，原本想逃离，现在他犹豫了。虎子虽然可怕，但他是个为民除害的英雄啊！现在我为人了，他还认得出来吗?

太阳只有一杆高了。婆婆收拾好采来的野菜，颤巍巍地站立起来。见小后生心神无主地站立一旁，“孩子，你现在打算去哪里？”婆婆关切地问。

“我……”大龙一时没了主意。

“天不早啦！你不嫌弃，就随我来吧。”

大龙点头：“哎，好。”

从此，大龙就随着婆婆来到了姜家村。

村里人像看新娘子般的到婆婆家来看田塍上捡来的儿子。看后众口一词，都说像欢欢！是上天怜悯她，特地给她送来的。还有人说，这也是观音送子。

村里人原来称呼婆婆为“欢婆婆”，欢欢走了，捡来个儿子，取名秦耕，意思是要他勤奋耕作，大家就改叫她“秦婆婆”。

秦耕有一把好力气，但田地里的农活不在行。大家见他老实、听话，都乐意教他，没多久，大多农活都能干了。

一年中青黄不接的日子最难过，好多人家都揭不开锅。秦耕跟随村里的一帮年轻人去大山里挖蕨根（多年生的草本植物），然后经过水里浸泡、敲打、清洗、沉淀等多道工序，可制成淀粉食用。秦耕力气大，挖得也多，制成了好多淀粉。

最近姜泰浒的爹妈病了，得了寒热症。姜泰浒要照顾虎子他娘，又要照料自己的父母，两头跑，也累得病倒了。秦婆婆放心不下双目失明的虎子他娘，让秦耕给她送点淀粉过去，看看还有什么事，也帮着做一点。

秦耕老半天答应不出来，去虎子家，太可怕了！那可是进虎穴啊！又见婆婆把大盆子里一半的淀粉捞出来，包好，放进一只竹篮里，他真有点舍不得。好不容易进山挖来，几天辛苦才有这点东西，怎么可以送出一半？家里没有一点存粮，不久就会挨饿的呀！

婆婆看出耕耕的心思。“耕耕，你心痛了，是吗？来，坐下来，听娘说说做人的规矩。”

秦耕坐下恭听。

“人活一辈子，要懂做人的规矩。有句话叫‘前半夜给自己想，后半夜要替别人想’，不能够时时刻刻都只想着自己呀！娘对你说过，孽龙造孽，我们家的房子被冲毁了，现在我们住的草屋，是虎子带着几个人搭建的；我一个人没吃没喝的，也是虎子送粮、送柴火来。现在他为民除害在外头，老娘啥都看不见，能不管不顾她吗？”

“哦！”秦耕不停地点头，感觉虎子是个总替别人着想的人，他不可怕呀！

“你要记住，”婆婆接着说，“人为善，福没有得到，祸可已远离了。人作恶，祸还没有报，福早就远离他了！就说这孽龙吧，多少威风啊！拿人命当儿戏耍，他能有好结果吗！”

“娘！我这就送过去。”秦耕说着便提起篮子往外走。

二

九龙——“蕙兰”逃过虎子的追杀，出于本性，她对虎子萌生了无法名状的思念，虎子的形象时不时地在脑子里出现，对那生死攸关的屠龙剑似乎有些淡忘了。她想去姜家村看看，想对虎子说，她从来都没有想过要伤害别人，让虎子不要再追杀她。

“蕙兰”悄悄地来到了姜家村。她不知道虎子的家在哪里，便潜入小溪，听见两个在浣洗妇人在交谈，说的都是关于虎子、水娃小时候的事。

待两个说话的妇人走远了，“蕙兰”环顾左右，发现刚才两个妇人是从一条山坡道上下来的。她估摸，顺着这条山坡道，也许能找到虎子家。

“蕙兰”来到了一家小院门外，探头向里张望，静悄悄的。生怕虎子突然杀出，连向他解说的余地都没有，“蕙兰”心头好像钻进了一条窜上岸的鲫鱼，“蹦跶蹦跶”地跳个不停。好久不见有一点动静，她鼓起勇气，蹑手蹑脚地走进小院，回身看好逃跑的路径。

大门紧闭着。侧耳倾听，家里怎么没有人？“蕙兰”不敢声张，伸出颤抖的手，轻轻地推了推。

“是浒浒来了？门开着的。”一个老人的说话声。

浒浒是谁？说话的老人又是谁？她想打听虎子的家，又不敢问。正当“蕙兰”进退无措时，老人又说话了：“你怎么不进来？站在门外做啥？”“哗啦”一声，大门打开了。老人凭感觉，认定站在门外的并不是浒浒。“你不是浒浒，你是……”

“伯母，我……”“蕙兰”急得不知道怎么说好。

虎子娘听到了这个熟悉的声音，一把拉住“蕙兰”的手，大为惊喜地说：“蕙兰小姐呀！”

“蕙兰”好不惊讶！这位婆婆怎么认识蕙兰？

“快进屋里坐，屋里坐！”虎子娘拉着“蕙兰”进屋。

虎子娘急着要去灶间烧茶。

“蕙兰”发现这位热心肠的婆婆眼睛是瞎的，便一定不让她去忙碌。

虎子娘刚才躺在床上，苦苦地等待姜泰浒，她不知道姜泰浒的爹妈得了重病，也不知道姜泰浒也累倒了。她在发愁，家里已快断粮，而虎子一去不回，音讯全无。她焦急地盼着姜泰浒，想从他那里得到点消息。想不到蕙兰姑娘来了，多好的一个姑娘啊！她曾经好几回作梦，梦见蕙兰姑娘与虎子配成了一对，但醒来以后就像半夜里下雪，睡在床上也一阵阵凉——天下哪会有这样的好事！

突然间，天上的这颗星星，落到她跟前了！这可不是梦，是活灵活现的，拧着腿感觉生疼！哎呀！这时候虎子在该有多好啊！

“我虎子啊，去追赶孽龙的九个儿子，斩草要除根，一时半会儿的还回不来！”

“蕙兰”惊悚！这位老婆婆是虎子的娘！立刻四下里观看，不见虎子，这才放下心来。

同是女人，另有一份同情心，虎子娘想到蕙兰的娘被孽龙糟蹋，生下九小龙，人一定大亏了！可怜的母女俩，往后的日子怎么过？“小姐，你的娘好吗？”

“还好。”“蕙兰”好奇怪，难道蕙兰小姐也来过这里？难怪他们爱得那么深。

人总是陷于矛盾之中的。“蕙兰”发现虎子不在，感觉放心了。但心里又想虎子能站在面前，她要向他倾诉，诉说自己的爱憎，让虎子知道，她的心思和蕙兰一样。虎子会相信她吗？如果他还是举起屠龙剑，不依不饶，怎么办？刚才伯母问起了娘，想起娘经历的痛苦，产下九龙后不知身体如何？临别前，娘陈说父亲的种种恶行；娘对儿女们的告诫，还在耳边响着。现在她的儿女正大难临头，各奔东西，不能照看安慰老娘，尽一份孝心，激起心中无限忧伤。看着跟前这位温厚、慈祥的老人，正是自己朝暮思念的虎子哥的娘，恍若见到了自己的娘，忍不住流下了泪水。

虎子娘感觉小姐在哭，不好！难道他娘的身体……“小姐，你……怎么了？”

“蕙兰”情不自禁，一头扑到虎子娘的怀里。

秦耕提着竹篮快步走，心里还在想着甫才娘的教诲：娘说得对。做人就应该守规矩，父亲就是因为坏了做人的规矩，才落得这样的下场。想起自己的那一大帮兄弟，还有小九妹，不知道他们落在哪里，他们懂不懂做人的规矩，千万不要学爹！

途中遇上了过往的村里人，有人问：“耕耕，你去哪里？”

“虎子家。”

“篮子里装着什么？”

“昨晚洗出来的山粉。”

“好，好！快点送过去。”

秦耕心里乐滋滋的，因而脚下生风，走得更快了。出门时见麦穗上、路边的草丛里都积起了露水，风从阴沉沉的峡谷里刮出来，冷飕飕的，他缩了缩脖子，感觉有点冷。太阳很快从山后爬了上来，山谷里一片光明，麦穗在风中摇曳，已露出几粒淡黄色的麦粒。听村里人说，只要有几颗带头变黄了，很快就会一片金黄。秦耕期待着一片金黄的到来，在阳光照临下的山风也变得暖和起来。

不一会儿就来到虎子家门口，猛见虎子娘抱着一个姑娘在哭。秦耕愣头愣脑地站着，不知道虎子娘为啥哭，也不知道她抱着的姑娘是谁。

“门口站着的是谁啊？”虎子娘问道。

“哦！我是耕耕，娘叫我来看看你老人家。”秦耕边说边走进堂屋，把竹篮放到桌子上，“这是刚洗出来的山粉，娘叫我拿来的。”说罢垂手站在一旁。

虎子娘伸手摸竹篮。

秦耕赶快把篮子递给她。

“噢！好东西，好东西！拿在手里沉甸甸的，这么多啊！你们留着自己吃啊！”

“家里有。”秦耕应道。

“是你进山去挖的？”

“是的。”

“蕙兰”一直在注视着这个陌生的年轻人，心里有种说不出来的感觉。

秦耕这时想起了什么，走进了灶间，掀开水缸盖，啊！要见底了！立刻出去挑水。挑完水，他又对虎子娘说，灶间里柴火不多了，他去挑担柴来。

“你这孩子真勤快，可真难为你了！”虎子娘再三致谢。

秦耕也几次留神关注坐在虎子娘身边的姑娘：这姑娘是谁啊？感到很亲切。对一个不认识的人怎么会有这样的感觉？他跨步出门，又回过头来看了“蕙兰”一眼。

“蕙兰”立刻警惕起来，她担心自己这个假“蕙兰”会被人识破。她不想在虎子娘的心里留下不好的印象，无论真假，只有一个蕙兰，一个真心诚意的、坚贞美貌的蕙兰。

“伯母，我该回去了。”“蕙兰”起身告辞。

“你再坐一息，我来做山粉粿给你吃，很好吃的！”虎子娘提起竹篮要去灶间。

“蕙兰”赶忙挡住，谎称母亲一人在家，不放心。

“哦！这也是的。那我就不拦你，回去照顾娘要紧，女人产后最要小心。”

“蕙兰”离开了姜家村，接下来去哪里呢？她没有想好。去看娘？衙门里的人都知道蕙兰已经死了，又见“蕙兰”，岂不吓人！？但她心里确实想念老娘，这时候她身边多么需要一个贴心的人啊！她曾经设想过，晚上去娘那里，白天一早就走。但这不是长久之计，去得多了，万一被人看见怎么办？

心里还有一个放不下的人——虎子。现在他正在追杀九龙，可是九龙都变成人了，他还认得出来吗？我们的爹是孽龙，我们没有作恶，为什么一定要追杀我们？她想悄悄地跟随虎子，看他怎么对待她的哥哥们；也想看看八个哥哥变成人以后是怎么过日子的，想必很有趣。

三

五龙是从水路逃逸的，它潜入新安江，一路狂窜，到了黄饶这个地方才出水，俨然成了一个少年。他见江对面土地辽阔，沿江一带，绿荫丛中一个村庄连着一个村庄，景色十分优美，便打算过江去看看。正要往水里钻，突然惊觉，现在他是人，不是龙了。江上来来往往的都是船，人是借舟楫行驶在水上的。

巧得很，不远处的柳荫下就有一条小船。龙是生在水里的，对于水上的生活，一看就会。五龙跳上了小船，船上坐着好几个人，其中有老人、中年妇人。有个年轻的女人，背上背着一个吃奶的娃娃，手里还牵着一个五六岁的孩子，他们急急忙忙地赶来，要上这条船。这是一条“赤膊”渡船，不设船篷，乘者就坐在船舷两侧的船帮上，船舱净空，便于搁置各种货担、柴担。五龙见无人撑船，便提起竹篙正要往岸上的岩石䂢去。

一个花白胡子的老人，挑着一担猪笼子，两只小猪在笼子里窜来窜去，急急忙忙地来赶渡，刚一落座，还在喘粗气，便开口说道：“啊哦哟，真运气，要不还得走五里，到上头去赶渡船！”

背着娃儿的女人把儿子拉进怀里，好不心疼地看着儿子说：“再走啊！你可要哭了！”

小家伙满脸委屈地瘪起嘴来，差点就要哭出来。

另外几个人也七嘴八舌地说：

“渡船是不能少的。”

“钟离老伯走了，得有个接班的人啊！”

“一时还真难找这样的人！”

五龙听着大家的谈话，知道这里原来有位摆渡的老人，不知道什么缘故，老人不在了，这船就没人撑了。何不自己来接这个班，暂且在这里落脚？

花白胡子老人看了一眼熟练驾船的五龙。“唉！这个后生……”他一时吃不准，“这个后生看上去眼生，是哪个村的？”

大家你看我，我看你，最后都摇头。

花白胡子老人见五龙船撑得很稳，心想，这孩子还真不错呢！不知道是哪家的？

渡船靠岸了。对岸不少人都眼巴巴地在等着，船一靠岸，就急着要上船。五龙就这样一来一往地摆渡了。

到了傍晚，乘渡的人没了。五龙正坐下来歇着，花白胡子老人带着几个村里人来了，老人自我介绍："我是黄饶村的里正，姓高。"

五龙也不知道行礼，就看着老人笑。

高里正对五龙说："有道是百年修得同船渡，我们算得是有缘了！不知道小哥尊姓大名，府上哪里？"

五龙已经想过，这是一定要遇到的问题，回说自己是严州府人，本姓隆，名佐人。父亲死了，家里贫寒，出来寻活路。

高里正听罢，与身边的几个人相互递眼色，而后用询问的口气说："今天你撑了一天的渡船，我们这里的情形你都看见了，我们正需要一个像你这样的摆渡人。你愿意留下来吗？"

隆佐人看了看眼前这几个眼巴巴地等着他回话的人，轻轻地点了点头。

"好！我就等着你点头，"高里正高兴地捋了一把胡子，"我们黄饶共有十八村，我们这里是村尾，末后的三个村就这里一个渡。一百多户人家，五百多号人，就这一条渡船。日后你吃的粮，我们各家各户凑齐后给你。一年两熟，上半年麦子；下半年苞芦（玉米）、青豆，我们一年也就这两次收成。我们还会给你凑份子，不过难有定数，要看当年的收成。"

隆佐人没说什么，意思是可以接受。

"那我们就这样说定了。"

有人提醒："还有他住的地方。"

"哦！对，这个不能忘记。"高里正捶自己的头，然后手指江边不远处的一间茅屋，"来，随我来。"

隆佐人跟着这一班人，走进那间茅屋，只有两间，一间卧室，一间灶间。锅碗瓢盆都是现成的，尽管是茅屋，收拾得倒还干净。就是床上没有被褥，光秃秃的三块床板。

高里正交代身边的人："被褥不能忘记，拿过来。"然后他转向隆佐人，"原先是摆渡的钟离老人住在这里，前些日子老人走了。老人家没有后，八十多岁了，也没生什么病，说走就走了。你不会有什么顾忌吧？"

隆佐人摇摇头，就这样在黄饶村安顿了下来。

四

黄饶这个地方濒临新安江，大江自西而来，到此转身南下，而后又掉头往北，

黄饶村

向东奔去。大江的转身给黄饶布下一片撒满黄金的沃土。新安江宛如铺展在这片沃土上的一条纨带。这里的土地肥沃到脚踩上去，感觉脚底下会冒出油来。这里没有水田，全是一望无际的旱地。春末夏初，麦子熟了，宛若金色的海洋，那麦穗儿有狗尾巴那么粗壮。秋来遍地是玉米、青豆，玉米棒个个如同牛角一样撑开。裂开的豆荚子里，夹着的是花生米一般大小的豆粒。说到花生，那可是这里的名优特产，从上八府——金、衢、严、温、台、处、宁、绍，到下三府——杭、嘉、湖，只要是黄饶花生，便一售而空，年年供不应求。更让人惊喜的是，这里的姑娘美貌出众，享有“黄饶十八村，村村出妖精（美女）”的美誉。俨然黄饶是个富饶之地，真有点像《桃花源记》中所述说的，令人向往的洞天福地。

然而，世事多艰，好与坏犹如娘胎里的孪生子，你离不开我，我离不开你，相生相伴。

黄饶水、旱频仍，三年两头要遭灾。让人叫苦不迭的是，洪水褪去了，入夏以后，旱魃又接踵而来，有时伏旱连着秋旱。看着满江的碧水，却无法引水灌溉，因为大片的旱地地势高陡，人们只能望水兴叹。黄饶人都这样说：“三年无灾害，铜钱柜塞满。”（古时候钱币放在特制的木柜里）

近年来，黄饶又遇上了一件骇人听闻的怪事。有一年的黄梅时节，连着几天的暴雨，一场大洪水转眼到来：声如雷鸣，势如无数脱缰的野马，奔涌而来。有人看见上游的激流中有一只大水牛，时起时伏，推波助澜，口里喷出来的水，即刻形成巨浪。但一到黄饶，那水牛便不见了。

此事在村里传开，都说这头水牛一定是精怪，潜入黄饶江底，必成祸害，但又无法驱除，村民为之惴惴不安。

一个月明星稀的夏夜，万籁俱静，苞谷秆已长得一人多高，一望无际的苞谷地在江风的吹拂下，枝叶发出“刷拉刷拉”的响声，好像有人正向你悄悄地走来；江水无力地拍打着江堤，宛如沉睡人的鼾声；远处的江面上，时不时传来几声野鸭的鸣叫，更教人心悸胆战。

突然，江里泛起一个巨大的浪涌，“哗啦啦”一声巨响，过后便是沉重的脚步声。钟离老人被这巨大的响动惊醒了，他翻身坐起，感觉响声就在他的茅房外。他不敢出门观看，坐在床上侧耳细听。那脚步声在他的房前稍停了一会儿，接着便往远处走去。钟离老人想，是什么东西有这么大的脚力，它一步踩来，连地面都会震颤？他很想看个究竟，但不敢开门，于是悄悄地来到窗下。那窗是一扇板，他轻轻地推开一条缝，一头比大象还要大的牛，浑身皮毛黑亮，那牛角就像水碓里的舂头那么粗壮，两只眼睛如同两只灯笼。只见它朝着月亮，张开放得进一只箩筐的大口，不断“哈哈哈”地对着月亮吐气。钟离老人吓得一夜没敢合眼。

第二天一早，钟离老人把昨晚所见的恐怖情景在渡船上说开了。那些听说的人立刻跟着老人上岸看脚印。哇哈哈！果然，那脚印还清晰可见，足足有脸盆那么大，深深地嵌进了土里。

消息很快在村里传开，整个黄饶都为之震惊了！一到傍晚，各家各户便早早地关门闭户，根本没有人敢外出走动。水牛怪搅得黄饶人惶惶不可终日。

为了黄饶人的平安，为了保护这一方水土，十八村经商议决定，去严州府请来高僧，待到七月十五这一天，江岸上临时搭一高台，插满各种旗幡；台下置一口大铁锅，用于焚烧银锭、纸马；供奉着活的三牲：一猪、一羊、一鹅。

成年男人都斋戒沐浴。午时三刻，高僧登台，村民跪伏台下，举行隆重的祭祀活动。

还真有点灵验，连续两年太平无事，收成很好。原先的“水牛怪”在人们心目中变成了“水牛神”。

但今年的情况有变了！各村的头手（头头）几乎都做了一个同样的梦，梦见“水牛怪”限指定今年七月十五，务必献上童男童女一对，此后年年如此，不得违例，不然灾祸临头。

众头手紧急聚会商议，三牲可献，童男童女到哪里去找？谁家的儿女肯献出来？但不献的后果，大家心里都明白——灾难就在眼前。为了解救眼前的急难，想出了这样一个法子：派人到边远山区，出高价买一对傻儿。

“水牛神”在人们的心目中又成了“水牛怪”。今年的期限眼看就要到了，搭建的祭坛离开隆佐人的草屋不远，他也听说了水牛神的的事。心想，要说水中之神，还轮不到你牛神，尽管我现在做人了，但也容不得哪来的什么牛神在自己的面前施展威风。当天晚上，趁着月色，他悄悄潜入江底。果然，发现不远处有一石窟，不少虾兵鳖将忙着进进出出，料定那水牛怪就在那石窟中。经过这一番侦察，怎么对付那水牛怪，他心里有底了。

七月十五的午时三刻到了，一切按惯例进行。

最让人揪心的是：一男一女两个孩童，一身新衣，打扮得漂漂亮亮，若无其事地东张西望。两人被带到祭坛下跪拜时，不少人竟然忍不住哭出声来！

正当高僧开始诵经，隆佐人面向大众，高喊一声："我去把水牛怪牵来！"喊声未落，隆佐人已纵身跃入江里。

这一始料不及的场面，把所有的人都惊呆了！高僧迟疑了；跪伏在地上的人纷纷抬起头来，想问个究竟；几个头手面面相觑，一时不知如何是好。

江心突然涌起一个巨浪，泛起的波涛猛击江堤，发出阵阵巨响，让人心惊肉跳。

正午时的阳光，渐渐昏暗起来，江面上开始巨浪翻滚，接着大风一阵紧似一阵，直刮得飞沙走石，人们四散奔逃。江心又涌起一个更大的浪涌，因天色昏暗，看上去不像是白色的波涛，而是绛红色的，几乎染红了半条江。

风住了，阴霾褪去了，依然阳光明媚。江心有一个游动的黑点，渐渐地向江岸靠近，后来伸出一只手，不停地挥舞，人们这才看清楚是隆佐人。

突然有人大喊："看！水牛怪！"随着这一声喊，人们拥向了江边，果然见江水中漂浮着一巨大的水牛。真厉害呀！隆佐人把"水牛怪"牵来了！

黄饶人沸腾了！欢天喜地的黄饶人欢呼：灭了"水牛怪"，迎来了"真正的神人"！

第十七章　七龙得道

一

富春江的坌柏口，是一条山溪的出口，因山高林密，这条小溪常年碧水潺湲。缘溪行，约五里许，径入幽谷，幽篁修竹，凉风习习。迎面危崖壁立，直插云霄，飞瀑自天而坠，激流飞遄，犹如狼突虎窜。崖壁有一形似葫芦的石窟，瀑布直泻“葫芦”，犹如屯兵蓄势，旋即铁骑突出刀枪鸣，拥万马奔腾，驾虎啸龙吟之势，坠落深潭，腾起蒙蒙细雨，烟雾弥漫，在阳光照耀下，飞金撒玉，五彩斑斓。

潭下有小桥，潭水经由桥下泄入湖中，湖岸蒹葭扶摇，湖中可见残塘荷叶。

虎子追赶七龙到此，眼睁睁地见他遁入这山谷，怎么就不见踪影了？难道遁入土中了？无奈只好循原路返回。无意中见湖边的芦苇丛中有一老人在垂钓，虎子上前去作揖，问道：“敢问长老在此垂钓多时了？”

老人心无旁骛，似未听见。

虎子不便再问，心想，这老人总不会是聋人吧！他想离开，但又想再问问，正转过身来，恰好，这时钓竿的鱼线被拉动了。老人提起鱼竿，一条活蹦乱跳的鱼落入他手中，看了看，将鱼儿从鱼钩上小心取下，重投入湖中，继续垂钓。

虎子看呆了！这是个怪人啊！到了嘴边的话又咽了回去。

“天下万物都是平等的，人和鱼儿一个样，应该自由自在地活着。”老人突然说话了。

虎子对老人的话深感意外，说这样的话什么意思？鱼和人怎么会一个样呢？他想对我说什么？甫才也许老人看见了什么。虎子又作揖，问道：“请问长老，鱼怎么能与人一个样？人都不能是一个样啊！人中有好人、坏人，善人、恶人……”

老人看也不看虎子，不紧不慢地说：“鸟能高飞，鼠能深穴，斯各有其道。游心于淡，合气于漠，顺乎自然。”

虎子心里“咯噔”一下，看来这位老人兴许是知情人，抑或是个出世高人，在指点他，不，应该说在劝说他，不用也不必再去追杀九龙，任其自然。这怎么可以！虎子还想问个明白，随即提醒自己：无须再问，看来老人知道也不会说，不必强求。

虎子拜别老人而去。

老人长长地吁出一口气，在屠龙剑的光耀下，浑身骨头都疼痛了！他低吟道：“从此不问身外事，竿头烟雨三生愿。”

“蕙兰”一直暗中跟随着虎子，窃听虎子与怪诞老人的对话，她也觉得老人说的话太离奇。她也怀疑，明明看见七哥窜进这个峡谷，怎么见到的是这么一个古怪的老人？会不会他就是我的七龙哥？感到欣慰的是，虎子以礼相待，并未滥杀无辜。人该怎么做？大哥说的：“看人家是怎么做的。”虎子就是个好榜样。“蕙兰”陶醉于自己做的这个决定，还要继续跟随下去。

虎子连日奔波，至今一无所获，精神、体力深感疲惫。总以为孽龙已除，余孽手到擒来，想不到竟如此棘手。从种种迹象看来，九龙已入人世，即便对面相逢也无从辨认。怎么办？倘若九龙都如其父，在人间为非作歹，如何得了！岂不要搅得天下大乱？尽管有屠龙剑在手，如今已难有作为。他想起了一个人——刘夫人，这不是突然想起来的，而是一直藏在心里，只是连日来瞎冲乱撞，无暇顾及。应该尽快改变策略，请刘夫人协助，生身之母，自然能识得庐山真面目。但又把握不准——不知道刘夫人心里是怎么想的？她会舍得亲生儿吗？另有一件奇事——“蕙兰”再生。这可是他亲眼所见，她真的成仙了吗？抑或“蕙兰”并没有死？能够解开这个谜的人也只有刘夫人，他得赶紧返回。

二

虎子在回家途中，来到黄饶渡口。渡船上已是满满的一船人，他挤在后舱的人群中。人已上满了，摆渡的人还没来。大家议论开了：有人说，摆渡人是神人，杀死了水牛怪，以后恐怕不会再摆渡了；也有人说，村里正在给他造新房，要当神一样供起来；还有人说，黄饶美女多，有好几家想与他攀亲呢！

虎子听着大家的议论，心里也想见见这位“神人”。

忽然有人喊：“来了！‘神人’来了！”

好几个人围着一个年轻人，边走边说地向渡船走来。一个木匠师傅急着问：房子的开间要多大？屋前的院子要多大？另外几个人争着要请他吃夜饭，还抵近他耳朵说：“顺便看看姑娘中不中意？”

隆佐人摆脱了围着他的几个人，跨步上船，提篙撑船离岸。

虎子很想仔细看一看这个年轻人，从后舱慢慢地挪到前舱。年轻人顾自己撑船，没注意到虎子就在跟前。渡船很快来到江心，虎子见这位被大家称作“神人”的年轻人，船倒是撑得不错，人却看不出有什么过人之处。但人不可貌相，也许他真的有什么特异奇能，也未可知。虎子把目光转向迎面的黄饶村，眼看太阳已经西垂，得赶快赶路，争取在天黑前赶到家。

隆佐人无意间发现了虎子，这一惊非同小可！情急之下，他一纵身，窜入江里。

“神人”突然间飞身入江，大家一阵惊叫！虎子也觉得奇怪，怎么突然跳江了？

“恐怕‘水牛怪’还有同伙？”；“神人”又看见江里有什么不好的东西来了？众说纷纭。

渡船一动不动地停在江心。这怎么办？虎子急着要赶路，他提起竹篙撑船，没多久，船就靠岸了。大家急着上岸，依然聚在江岸不走，等待“神人”又一次出现奇迹。虎子也想看看，但他不想久等，还是上路了。

虎子走后，隆佐人突然从江水里冒了出来，什么奇迹也没有见到，只见他浑身水淋淋的。问他为什么突然往江里跳，他只回答说“没事，没事”，边说边往家里跑。

“蕙兰”不能紧随虎子上同一条渡船。她在江对岸，看见船到江心不走了，摆渡的人突然跳江了！好奇怪！原先她就打算从水里走，这样不会引起虎子的注意。现在摆渡的人跳江了，是因为见到虎子才跳江的吗？这是个什么人？“蕙兰”找了个僻静处，“吱溜”一声钻入水中，远远就看见一条龙在急速逃窜，不知道是哪一位阿哥？想不到这位阿哥当了这里的摆渡人，肯定是发现了虎子才奔逃的。可是虎子并没有要追杀他呀！她不知道虎子是怎么想的。

“蕙兰” 没有去追赶他的阿哥，不然会找不到虎子的。她悄悄地上了岸，感觉这个地方很好，濒临清澈的新安江，村落掩映在绿树丛中。这位阿哥落脚到这里做摆渡人，不错！

虎子一路走一路想，这个“神人” 为什么突然往江里跳？是因为看见了他！？看见了他身背的屠龙剑？！虎子站住了：他是龙！奔逃中的龙！虎子立即返回。

“蕙兰” 发现虎子重新返回，料想他已经怀疑摆渡人，要去杀他？她急了，想对虎子说：“你不要杀他，当地百姓都说他是好人！你好人也要杀吗？”

幸好，虎子止住了脚步，又继续赶路。

“蕙兰”心里乐了！——“虎子明白了她的心意”。

三

虎子在想：这个摆渡人现在是黄饶人心目中为民除害的“神人”，这样的人怎么能杀？仅凭他是孽龙之子？

通往严州城的大道上，虎子面对西去的夕阳，心里也渐渐地黯淡下来：孽龙可杀，九龙都该杀吗？九龙个个都酷如其父吗？自己一味地追杀，如同盲人瞎马！

虎子感觉口渴得很，举目远眺，古道绵亘，到哪里去找水喝？路旁的地里，硕大的白萝卜，白白嫩嫩的，大半截子裸露在外，那里面有水，甜津津的水！虎子下地，拔出一个萝卜，没有水洗，剥去一节萝卜皮，就送进嘴里咬，真惬意！冒烟的嗓子，一下子就滋润了。

来了两个背着书包的小孩，一蹦一跳地走来，看来是下学的孩子。高一点的孩子见虎子在地里吃萝卜，大概也觉得口渴了，便也跳进地里，拔出一个萝卜。

矮一点的那个孩子站在道上大呼："不可！"

高一点的孩子不以为然，学着虎子的样子，剥开萝卜皮，正要张口咬。

"用人物，须明求，倘不问，即为偷。"矮一点的孩子背诵课文《弟子规》。

高一点的孩子张开的口立刻闭上，手里的萝卜也放回到地上了。

虎子心头一阵乱跳，脸上火烧火辣的。在自己村里，口喝了，拔个别人地里的萝卜来解渴是惯常的事，绝对没有人计较。想不到今天遇上了这个蒙童，尴尬了！虎子顿时满脸羞愧。

虎子来到孩子的身边，蹲下身来问："你说的对。刚才你背诵的是什么课文上的？"

"《弟子规》。"孩子回答。

"你们的学堂在哪里？"

这时那个高一点的孩子也走过来了，两人一起指着前面的一条小路，说："从那条路走过去就是。"

"你们的老师尊姓大名？"

两个孩子相互看了一眼，矮一点的孩子捡了块小石头，在地上写了个"姜"字。

"你们老师姓姜？！"虎子很觉意外，"先生的大名呢？"

矮一点的孩子急着要回答。

高一点的孩子正色道："老师的名字能随便说的吗？'称尊长，勿呼名'，你忘了？"

矮一点的孩子知道错了，即垂手而立。

"好，好，我们不说名字。"虎子接着又问，"你们老师多大年纪了？"

高一点的孩子拿手在胸前比划："胡子在这里。"

矮一点的孩子纠正："没有那么长，在这里。"

"哦！是个老先生。现在你们下学了，老师在做什么？"

一个说："挑水。"

另一个说："浇菜。"

虎子赞叹："嘆！你们老师还自己种菜？"

孩子们齐声道："老师说：静以修身，俭以修德。"

虎子感叹："好老师啊，好老师！"然后手指萝卜地，"已经拔出了两个萝卜，你们说怎么办？"

两个孩子眨巴着眼睛。还是个子矮的先说："'过能改，归于无。'老师说，有错必改，改了就好。"

"说得对。你们说该怎么改呢？"

高一点的孩子说："我没吃。把萝卜再种回去好了。"

矮一点的孩子反问："拔出来的萝卜再种回去，会活吗？"

"那怎么办？"高一点的孩子为难了。

"这样好吗？每一个萝卜坑里放一个铜钱。"

两个孩子抚掌，一起说："好！"

高一点的孩子觉得不妥："那铜钱被别人捡去怎么办？"

矮一点的孩子立刻说："他偷钱。"

"好，我们说干就干。"虎子下地了。

高一点的孩子急了："我没有钱！"

虎子把高一点孩子丢在地里的那个萝卜捡回来，交给他："叔叔送给你，好吗？"

"谢谢叔叔！"高一点的孩子低头说。

"叔叔，我们该回家了。"矮一点的孩子说。

"好孩子，回去吧。"

虎子看着两个孩子远去了，自言自语地说："老师姓姜？姜老师……"

"蕙兰"由衷地钦佩虎子，他竟然在小孩面前也会认错，认定虎子的心地很善良，做人就要像他一样。她觉得不用再害怕虎子了，更不用担心那把屠龙剑，她真想立刻出现在虎子的面前，有许多话要对他说。不过，姑娘的羞怯心理立刻制止了她的一时冲动。她想起了娘，心里话让娘去对他说。

第十八章　姜聂隆悟道

一

建德县的新任县令上官廷钰，此公二甲进士出身，曾经官居浙江布政司史，因生性耿介，不谙官场惯例，落得个上下不讨好，吏部考评没有一次“履优”，官职一降再降。建德县库银被盗，知县刘宇暴毙，大案频出，省宪几次拟任的人选，均借助各种关系推诿、延宕，最后这顶无人愿接的——建德县令的“桂冠”，落到了上官公的头上。

上官公为何如此坦然，甘愿趟浑水？除了为官者所系的使命驱使，另有一层深意为旁人所不知：死去的建德县令刘宇是他的“同年”（同科进士），两人心性相近，意气相投，一身正气，不谗不媚，尤以狷介而闻名。上官公任浙江布政司史，刘宇履湖州郡台。两人都受排挤，先后降职，沦为浙江官场中的另类，背后被称为“浙江二丑”（戏曲中抹白鼻子的丑角）。

上官得知刘宇在建德任上死于非命，大为震惊！他甘愿接受这档苦差，为的是查清案情，为刘宇兄鸣冤。

上官到任以后，大出意外，县衙竟然是个烂摊子：钱粮、刑名、教谕杂乱无章，让他百思不得其解。刘宇为官多年，事必躬亲，处事谨慎，怎么在建德任上竟然判若两人？查问下属，众口一词：“刘宇大人不管事。”这就奇了！

上官公很想拜访尚滞留在衙的刘夫人，但因她产后虚弱、多病，只好暂缓。

刘夫人身体渐渐恢复，但精神却陷于极大的困惑：先君受孽龙之害，早早离她而去；本可相依为命的蕙兰，又惨遭孽龙之殇，留下她孤苦伶仃一个人，宛若风中之烛、油罄之灯，活在世上还有什么意思？几次动了了断的念头，但又几次退却。她想起了九龙，尤其是最小的小九龙，他们对生母的依恋、不舍，时时牵动着她的心。

尽管九条龙都是孽龙之后，但从产下他们后的情形来看，并非如其父，其实他们都是无辜的。她又想起虎子，一个好孩子，他满腔热血，嫉恶如仇，历经艰难，为民除害，如今在追杀九龙。她为之焦虑：九龙是不是都该杀？如行同其父，残害生灵，自然罪不容诛；若与人为善，也该杀吗？她担心虎子年少，气血方刚，不知有没有大开杀戒？如果将九龙全斩于屠龙剑下，岂非矫枉过正，同样是残杀生灵啊！

刘夫人想找到虎子，与他一起寻踪九龙。但身体还没有完全恢复，如何经受得了跋山涉水、旅途劳顿？

往日身边离不开伺候的人，如今已不是什么刘夫人了，今非昔比，她很知趣，下人虽然还在，但能自己做的事，尽量不劳烦他人。新任的上官大人很体恤、怜悯她，各方面多有照顾。但自己毕竟是局外人了，怎么可以长期鸠占鹊巢？唯一可行的还是回秭归老家。

刘夫人成天想这想那，脑子里像塞进一团乱麻，怎么也理不出一个头绪来。

上官大人很想拜访刘夫人，在客厅备好茶水，又让人把门窗关严，以免风寒对夫人身体不利，并在她的座椅上特地铺上棉垫。刘夫人在燕燕的搀扶下，如约来到客厅。上官立刻起身相迎，引她入座。

上官大人详细询问刘夫人的身体情况，还需要些什么帮助？刘夫人回说，已经康复，并对上官大人的关心再三表示感谢。

接下来，谈话切入正题。上官大人最关心，也可以说他急于要弄明白的是两件事：其一，刘宇大人因何遇刺暴亡；其二，库银失盗的情况。

上官大人要约谈，刘夫人已做好思想准备，其实这也是她早就考虑过的。按说新任与前任都要有一番交割，现在情况特殊，又摊上了大案，作为前任的夫人自然有责任把她所知晓的情况向新任大人禀报。

刘夫人如实地把先君到建德就任，孽龙行凶，假冒刘宇犯下的种种罪恶行径，以及姜聂隆为民除害的详情悉数俱禀。至于库银失盗，她从未听说过，因而无可奉告。

上官公听罢沉思良久，刘夫人虽然说得有头有尾、有根有据，然而关于孽龙、假“刘宇”、虎子取屠龙剑，最后斩杀孽龙云云，近似天方夜谭，如何上得了文牍？如何向朝廷禀报？再看刘夫人，谅也只能说这一些了。

上官公起身致谢，叨扰了夫人的休息，再三表示歉意，命人送夫人回房歇息。他独自一人静坐客厅，感觉有些憋闷，起身打开窗户，一阵寒风扑面而来。深秋时节了，风刮到脸上，正如俗话说的：“寒露风，针扎痛。”痛在脸上尚可忍，痛在心上呢？上官公颓然坐回到椅子上，喟然叹道：“夫哀莫大于心死，而人死亦次之。”为官几十年，真所谓宦海浮沉，此道上已行至山穷水尽了！那一层层的铁幕，蒙蔽了人的良知，一道道的关隘，把人的灵魂出卖，只落得：勤政的，时乖命蹇；贪墨的，相聚人缘；为民的，遭口诛笔伐；作壁上观者，屡屡升迁。这次接任建德，有多少人在等着把好戏看！

“鸷鸟之不群兮，自前世而固然。何方圆之能周兮，夫孰易道而相安？”心情的压抑、委屈、忍受罪过都由他去，唯独放不下的是——“哀民生之多艰”。

上官公怀着心头的伤痛，又一次前往驿站，到库银失盗的现场踏勘，一直到天傍黑才回衙。现在唯一可寻的线索是现场留下的那件破碎的衣裳，显然是贼人留下的，经多方侦查，尚无结果。

二

一天晚上，刘夫人在做上路寻龙的准备，她整理出一个行囊，掂一掂，这点分量还能承受。她来到妆台前，想改变自己的头饰，把长发盘起来，便于外出行走。突然，镜子里出现了一个人影！看不清面目，稍纵即逝。夫人大惊失色！她不敢回过身来看，惊吓得浑身颤抖，缩成了一团。

“娘，你千万不要害怕，我是九龙，你的女儿啊！你先不要转过身来，听我说，现在我的模样与蕙兰姐姐一个样。娘！我几次想来看你，但又怕吓着你。娘！你千万别害怕呀！”

刘夫人已经惊出一身冷汗，怎么九龙又成了蕙兰？宛若做梦，跌落悬崖，一颗心高高地悬着！

“娘，让我来告诉你，我怎么会成为蕙兰姐姐的。”九龙把前后经过原原本本诉说了一遍。

刘夫人悬着的那颗心，慢慢地平静下来，她急于要看一看——她的儿——又一个“兰兰”。

刘夫人毅然转过身来，面对着“蕙兰”——九龙，两个可爱的姑娘合而为一，曾经多少悲痛欲绝的血泪、撕心裂肺的伤痛、梦牵魂萦的思念，如今失而复得，仿佛两个姑娘一起回到身边，一声：“兰兰，我的儿啊！”

“蕙兰”扑到娘的怀里。

真是喜极而泣，刘夫人抹去了“蕙兰”脸上的泪水。“蕙兰”依然紧紧地抱着他娘，不肯释怀。

“孩子，听娘说，你得改个名，不能叫蕙兰。”

“改个什么名？”

“让娘想想……就叫……蕙，蕙英好吗？有句话叫‘绘声绘影’，蕙英是‘绘影’的谐音，“影”，“音”反切同音，说明你与蕙兰长得一模一样。”

“好！蕙英这个名字很好听。”

“好，那就叫蕙英。娘问你，接下来你打算怎么办？”

“娘，我看你打好了一个包裹，你要去哪里？”

夫人让蕙英坐在一旁。“娘老了，娘还有两个心愿。第一，趁现在还走得动，看看你的这些哥哥，他们究竟在做什么？有没有像你爹那样为非作歹、残害生灵的？”

“娘，大家约定：为了逃过虎子的追杀，都到凡间做人了。”

“都做人了？”这就更值得关注了！人怎么做？做什么样的人？都在哪里做人？

蕙英却在关注娘的第二个心愿。人都一样，尤其是年轻人，自己心尖尖上的那件事，最不愿意让人知道，但又最想得到他人的理解和支持，尤其是长辈。她在想，娘的第二个心愿会不会是关于……她躲在蕙兰的墓里时，就听虎子说起，娘如何如何地赞赏、推崇、喜欢虎子。于是她迫不及待地问：“娘，你的第二个心愿是什么？”

“娘随你爹已经在外漂泊大半辈子了，该叶落归根了。这里是寄人篱下，不可久待，娘想回秭归老家去。”

蕙英一下子心里凉了半截，但依然不肯放弃，还是要把事情往虎子身上引：“娘要了却第一个心愿，必须找到一个人。”

“哦！你说，这个人是谁？”

“虎子！”

“是啊！娘正想着要去找他呢。”

“我知道他在哪里。”蕙英既显得很自信，又带着几分狡黠。

“哦！”夫人好奇地看着蕙英，“你怎么知道的？”

蕙英没有沾上人世的虚伪、言不由衷，完全是本性的自然流露，她对娘叙说了跟踪虎子追寻阿哥的经历，其中不乏对虎子的赞美，坦露心生的恋意。

夫人久久地看着蕙英，尽管蕙兰、蕙英两个人一模一样，但前者在自己身边长大，又通晓诗书礼仪；后者是初入人世，心地还是个涉世不深的孩子，日后要多加教诲才是。“哦！原来是这样！你有个哥哥在摆渡，还为民除害，其他你还吃不准，是这样吗？”

蕙英点头。

“哦！”夫人长长地舒了一口气，像是在对自己说，“总算知道一个了，没有出格儿。”转而问，“你知道虎子在哪里？”

蕙英一脸喜气洋洋地说：“他回家了。”

“那……明天我们去他家。”夫人决定。

“好！”蕙英抚掌，又蹦又跳。

“哎！虎子他辨认得出你的那些已经做了人的龙哥们吗？”

蕙英摇头。

“那你呢？”

“我……”蕙英摇头晃脑地，“我要看一看，想一想，猜一猜。娘，你呢？”

夫人一脸茫然：“我……”

三

有一个须发皆白、鹤发童颜的老人，双目已经失明，身着褐色大氅，足登青袜芒鞋，一派仙风道骨。他左手提一幡子，上书四个大字：摸骨看相。反面有一联，上联：知前世今生；下款：辨凶吉祸福。右手提着一根探路棒，不停地敲打着路面。时而驻足，取出腰间的小铃铛摇晃，发出清脆的叮铃声，游走在大街小巷。这就是虎子曾经遇到过的那位不同凡响的老人。

四龙一直向东落荒而逃，直到天傍黑了，来到了一座城镇。无处可安生，他摸到了一处名为云岫寺的破庙里住下。记得当时弟兄们为了逃命，都是御风腾云，如今做了人，在地上行走，也不知道来到了什么地方？腹中空空，不管它了，明天再说。

第二天醒来才知道，这里竟然是严州郡城。怎么又回到原地来了？原有的几个钱，因为走得慌，没带在身上，现在饥肠辘辘，得想办法弄到点吃的。东转西转的，转到了建德县衙门口。嘿！马上想到，娘在里头，何不到娘那里去，不就有吃的了。才迈开脚步，他就被守卫的兵勇挡住了，还挨了一顿臭骂。昨天走了一天，到现在粒米未进，他再也没有力气往前走了，颓然斜靠在“登闻鼓”（周王朝设立，百姓可击鼓喊冤）的架子上，闭起眼睛来晒太阳。

三个轿夫因天气冷，到衙门口来晒太阳。班头交代，马上有差。在暖融融的阳光下，自然是说“空头”的好地方。其中一个外号叫阔口的说：“我们三缺一，等会儿怎

严州府衙谯楼

么抬？”另外两个若无其事地背靠着高墙享受着阳光的和煦，不作回答。好一会儿，一个瘦高个儿开腔：“真叫皇帝不急太监急，这事轮得上你来担心吗？”

县太爷马上要出行了，其中一个轿夫的老娘过世了，急着去奔丧。班头急得团团转，碰巧看见“登闻鼓”旁坐着个年轻人，立刻上前问：“喂，抬轿怎么样？”

四龙眼睛突然放亮，勉强站起来，说：“饿着呢！”

“没有几里路，熬一下，到了就有得吃。”班头急赤呼啦，拉起四龙就走。

果然，把县太爷抬到城郊的驿站，就给吃的了。那个奔丧的轿夫一去不回，四龙就这样顶上了轿夫的缺。因他个子不高，“矮子鬼”依旧是他的大名。

上官大人四下里奔波，轿夫就格外忙碌，一到等差，他们照例到衙门口来晒太阳。因为轿夫不能穿太多的衣服，上路要出汗，停下来就格外冷。四个轿夫中，另外三个都是老伙计，瘦高个的资格最老，他抬过五任知县；另外“阔口”“招风耳”也有些年头了。不知道是谁先提起——当官的人讲不讲良心?

身靠着衙门口石狮子的瘦高个摆出一副老资格来，因为他对着太阳，只好眯起眼睛。“良心这个东西不好说，从我见过的几任县太爷来说，贪心个个都有。”

“阔口”马上反驳，但他压低了嗓门：“现任的上官爷也贪？”

“瘦高个”立刻挺起身来，睁开眼睛，“嚄！他除外，他除外！”然后左顾右盼，“这个人绝不贪，是刻！”说到“刻”字，有点咬牙切齿。

“矮子鬼”插嘴：“我们抬轿的，怎么知道——”说到这里，他伸出一个手指来朝上，“他们贪，还是刻？”

“瘦高个”用脚拨了拨坐在他对面的“矮子鬼”说，“小子，你还嫩着点。”

“矮子鬼”满脸狐疑地看着“招风耳”，意思是——我还不明白。

“招风耳”悄悄地在“矮子鬼”的耳边说：“我们抬轿的有句行话——出门抬一人，回来成一双”。

“还有一个人在哪里？”“矮子鬼”越发好奇。

引得三个人呵呵大笑。

“阔口”在“矮子鬼”的头上拍了一下，说：“在裤裆里。还不明白？”连连摇头，“笨小子”。

“矮子鬼”可精灵了，他想裤裆里能藏什么？立刻想到轿子的下面，那里有一只轿厢，人都钻得进去。那里面藏银子，还得了啊！一年下来，银子要堆成山了！银子可是个好东西，吃不愁，用不愁，人前人后都高出别人一头。他终于明白：“哦！原来是这么回事，懂了！我懂了！”说罢站起来去小解。

“嘿！这个‘矮子鬼’脑筋转得蛮快的！”阔口显然有些意外。

“瘦高个”又闭上眼睛，拿左腿压上右腿，说：“哼，你可别小看他，‘矮子鬼’也是鬼，精着呢！”说到这里，他曲起一条腿来，“唉，我方才的话还没说完呢！我说，这贪官啊果然可恨，不过这刻的，也很讨厌。”

“招风耳”立刻接过话茬儿：“是的。贪官有油水，他高兴了，也会在我们头上滴几点儿。那刻的呀，一个铜钱一个命！”

“丁铃！丁铃！”响个不停，摸骨看相的长老款款行来。

三个轿夫停下谈话，注视着看相老人。

“阔口”看着“招风耳”，说：“要不要让他摸摸你的骨头？”

“招风耳”斜眄了“阔口”一眼，“我的骨头不要人家摸，我自己知道，一副贱骨头，苦命人，有什么好摸的？”

“瘦高个”站起来说：“你可别这么说，皇帝也有落难的时候，说不定你是大富大贵的命！”说着与“阔口”一起，把“招风耳”推到看相老人跟前。

“招风耳”不停地挣扎。两个人一个劲地推。

“莫急，莫急，慢慢来。”看相老人摸了“招风耳”的头骨、前胸、后背、手臂、腿骨，直至脚趾。然后慢慢地道出他的前世今生、家庭情况、所事职业，父亲已于去年三月十二过世；高堂尚有老母，年届七十有二……

“招风耳”未等老人说完，就跳起来嚷道：“神仙！真是神仙啊！每一句都说对的！”

“瘦高个”与“阔口”眼睛都睁得老大：“啊！真是神仙！”

正好，“矮子鬼”来了。他一见这瞎老头，就心跳加快，这老头是个丧门星。他本来已经混出名堂来了，就是因为遇上他，才弄得恁副苦相。怎么今天又碰上了？晦气、倒霉！转身开溜。

一见“矮子鬼”，“瘦高个”来劲了，他想要知道这个精灵的“矮子鬼”到底是什么来路；“阔口”想再验证一下这个瞎老头的能耐，两人不约而同地把“矮子鬼”揪到瞎老头跟前：“老神仙，这小子想老婆，你给摸摸，他哪一天抱女人睡觉？他心里急着呢！”

“矮子鬼”摆脱了两人的纠缠，满口吐沫星子地嚎叫：“你们自己！你们自己在想睡女人！”

“招风耳”见状也上来帮忙，“矮子鬼”如何对付得了三个人，只好乖乖地站立在瞎老头跟前。

三个轿夫眼睛一眨不眨地看着看相老人，等待着从“神仙”嘴里说出这个小子的秘密。

看相老人没有动手摸，只见他的眉头渐渐地拧紧了，好久，好久都没有松开来。

“阔口”有点沉不住气了，问道：“‘老神仙’，这小子不会是什么孬种吧？怎么让您眉头堆起个大疙瘩？”

看相老人捋了捋自己的长须，说：“我见过他，他藏有一颗与平常人不一样的心。”

“啊！”三人大惊，“是害人之心吗？”

老人继续说：“他的爹原来是人，后来……不是人；他原来不是人——现在……”

“哇！”三个轿夫齐声惊叫。

“瘦高个”满脸惊讶地看着“矮子鬼”，“你这小子难道是什么精怪？”

“招风耳”赶快避开，“这小子是什么妖怪变来的？！”

“谁说我不是人？这个瞎老头才是妖精！”“矮子鬼”怒吼！他把满腔怒火喷向瞎老头，认准他一定是个妖，真想一口把他吞下。昔日的积恨、今朝的怨怼同时发作，大骂瞎老头：“你这个不知死活的老妖，到处胡说八道，骗人钱财，看我怎么收拾你！”他猛冲到老人跟前，挥拳便打。

老人连连后退，告诫道：“你现在是学做人，做人可不能这样……”

“矮子鬼”哪里听得进老人的话，奋力揪打，欲将老人置于死地。

“矮子鬼”的手被一股强力挡开，定睛一看，又是虎子，立即转身疾跑。

班头朝着轿夫们喊：“上路了！咦！‘矮子鬼’你跑哪里去？快！上路了！”

“矮子鬼”被“瘦高个”一把抓住：“还不快走，想干啥？开溜啊？”

很快，四个轿夫抬着上官公，像一阵旋风而去。

“矮子鬼”不时地回头张望，害怕虎子追上来。

“阔口”与“矮子鬼”的抬位在前，“阔口”朝“矮子鬼”瞟了一眼，轻声说：“我以为刚才那个后生要收拾你了。”

“矮子鬼”头一昂，又来劲了：“他敢？”

“阔口”一脸不屑的神情。“真要动起手来，我看你根本不是他的对手。”

“矮子鬼”一脸横肉，“量他没有这个胆！”

四

虎子急着回家，过县衙门口是抄近路。天色已经不早，冬日短，天黑得特别快，正加快脚步赶路，远远地看见有人在欺负一个老人，立刻疾趋而来。啊！又见到了那摸骨看相的老人，加害他的依旧是那个无赖！虎子大怒，这次绝不放过他。想不到这个“赖料”居然穿上了号衣，当起了衙门里的轿夫，正赶着上路，只好眼睁睁地看着他走了。

虎子赶快上前看老人，见老人在寒风中哆嗦，“老神仙，伤着了没有？”

“没事，没事。”

“天冷了！”

“还好！还好！”

虎子往四下里看了看，说：“天冷，已经没有什么人了，老神仙，我送你回去好吗？

请问你住在哪里？”

“不忙，不忙。”看相老人应道。

虎子打算赶路了。

“壮士请留步。我们是第二次相见，你再度解我危难，有缘。”

虎子对这位神奇的老人早有敬佩之心。“敢问老神仙有何指教？”

“何敢指教？瞽者，瞽言也！来，请靠近我。”

虎子走近老人，席地而坐。

“瞽言不必全信，信者用之，不信弃之，如何？”

虎子感觉老人有箴言相告，急于赶路的念头暂且不顾，聆听老人所言才是，回应道：“愿听神仙教诲。”

看相老人欣然道：“曾记否？我俩第一次见面，老叟有言：壮士家居严州城郊的姜家村。其实我还知道，令尊因一次灾祸身亡，伤及家母，与我一样也双目失明，她老人家如今正倚门盼儿啊！”

虎子“扑通”一声，双脚跪地，连连叩头：“老神仙所言极是，与亲眼所见一般。老神仙必然还有明示，在下愿求其详。”

“不敢妄言明示，但知壮士身陷困惑日久。”

“老神仙一语中的。”

看相老人扶起虎子，“壮士一身正气，嫉恶如仇，历经艰难，力求除恶务尽，是吗？”

“正是。”

“好有一比，你是‘上穷碧落下黄泉，两处茫茫皆不见’，一直找不到你想除尽的恶逆。”

虎子一时惊得无话可说。

“壮士且听我一言，你心底纯正，如白璧无瑕，可知世事如风云，变幻莫测。老子有言‘将欲取之，必先予之’，你知道世人‘予之’时是一张什么样的脸面？换成‘取之’后又是怎样的面貌？”

虎子眨巴着眼睛。

“再说，从孔夫子到历代君王，为什么都推崇尧、舜、禹、汤、文、武、周公，因为这可以成为他们的一张脸，便于行令，便于驭民。你空有一腔正气，不识庐山真面，岂非空怀壮志，徒劳一场？”

虎子再次跪倒尘埃膜拜，久久地不肯起来。

看相老人扶起虎子，紧紧地握住他的双手，“难道你还想不起来？”

虎子心里突然一惊！“我……”

“虎子啊……”

虎子突然惊觉，大呼：“师傅！”禁不住泪如泉涌。

“孩子，起来吧！”老人扶起虎子。

虎子揩着泪水，说：“想不到我们师徒在这里见面……”因泪水哽咽，说不出话了。

“来，到我住的地方去。”鼋仙伸手拉过虎子。

五

从县城循富春江东行，来到山川秀丽的七里泷，北岸有一山弯，山道曲折，曲径通幽，道旁涧水淙淙，雨后成瀑布飞泻。行到密林深处，闻钟鼓声起，方始得见一庙宇——乌石寺。山寺离富春江不远，危立于峭岩之上。夜静更深时，可闻听江涛拍岸。

鼋仙与虎子走到无人处，即拔地腾身，御风而行，一会儿便到乌石寺。寺内有一老僧，又聋又哑，但慈眉善目。到达时正是晚膳时，老僧请师徒二人用斋饭。

寮房内一床一榻，师徒二人于青灯下相对而坐。

“你一定想知道，为师为何改变了面容？”

“是的。”

“我知道，你心里还有疑问：当你诛杀了孽龙后，进碧玄洞拜见为师，为何不见师傅踪影？”

“是的。我还问过鳗、鳖二将，他们也一无所知。心中的疑惑，至今难解。”

鼋仙拿袍袖泅了泅见风流泪的眼：“你要知道，木秀于林，风必摧之；堆高于岸，流必湍之。人生在世，好有一比，如峭岩下的富春江，遇河床平坦，江水平稳；若遇险滩，必成激流；河床陡升陡降，势必大起大落，其中的道理你知道吗？”

虎子想听师傅再说下去。

“老子有言：‘持而盈之，不如其已；揣而锐之，不可长保。金玉满堂，莫之能守；富贵而骄，自遗其咎。功成名遂身退，天之道。’你取得屠龙剑，斩杀了孽龙，为师赶紧趋避。”

“原来是这样……”虎子终于明白师傅的高洁情怀。但仍然无法理解，师傅为何连体貌都改变了？

“我有伤在身，功力有限，当你们进入大沙碛，我就顾及不到你们了！我知道你们蒙难，但我无可奈何！”说到这里，鼋仙沉寂了一阵后说：“当你取回了屠龙剑，灭了孽龙，心里好不喜欢！但得赶紧抽身。”

“师傅……”

鼋仙抬手制止。“我知道你要说什么？让我来告诉你吧。为师离开了碧玄洞，便来到这乌石寺，皈依佛门。甫才你见到的那位师父是一位得道高僧，法号青云，是我的剃度师父，等一会儿，我带你去拜见他。”

“哦！”虎子听得入神。

“我的法号是净空，再也不是当年的鼋仙了！”

虎子赶忙跪地行礼：“拜见净空大师！”

“起来，起来，我还没说完呢。乌石寺的主持慧觉大师，即将圆寂时，我的师父青云大师指点我：‘趁慧觉大师驾鹤往生，你当正发菩提心，接过大师的音容，断绝往日尘缘。’为师在慧觉大师圆寂前七日，净身戒斋，闭关静修，终于接过大师的法相。”

“师父，你有没有想过，你换了法相，徒儿对面不相逢，这多么痛苦啊！”虎子低头呻吟。

净空法师道：“我要看一看，自己一手教出来的弟子，取得成功以后，能不能守持‘生、死、穷、达，不易其操’。你找不到师父，师父却天天都在你身边啊！”

虎子惊讶！

净空喜形于色：“好，现在我放心了。但我的大限就要到了。”

虎子大骇：“师父！这……怎么会是这样！？”

“你不必惊讶！累劫修因正果，往生西方极乐，该为师父高兴才是。让你到这里来，为师最后再授你一法，助你终成大业。”

虎子起身叩首。

“摸骨看相是青云大师授我的。你四下奔波，追杀九龙，一无所获，难得善果。大师授我此法后，终日与你隐形相随，方始有今日机缘。从此以后，你再也不会盲人瞎马了。”

虎子低下头来，止不住的热泪，滚滚而下。慢慢抬起头来，还想从师父的脸上，找到当年师傅的印象。从过去的师傅到今天的师父，时时刻刻都在关心着他。为了他，师傅失去了双眼；为了他，师傅备受煎熬；行将圆寂了，师父还授他新法。江风起来了，浪涛拍打着江岸；悠远的晚钟响了，从山谷里一直传到很远的地方，虎子沉浸在师父无穷无尽的关爱之中。

“虎子，还有一件事为师未曾想妥，不知道你以为如何？”

“请师父示下。”

“你想过没有，师父将摸骨看相之法传授于你，你依然难以接近九龙，仍然不得其法呀！”

“师父担心的是——九龙认识我，远远地躲开我，我还是鞭长莫及。”

“正是。”

“弟子已经想好。”

“哦！说来听听。”

“他们躲着我，我也没能看透他们的真面，我为什么不也换一副面容？”

“说得好！”青云大师飘然而入。

虎子见青云大师到来，立刻跪地叩拜：“拜见青云大师！”

净空也行叩拜之礼。

“起来，都起来说话。”青云大师扶起净空，“虎子，我想听你说说，将以怎样的面容介人世？”

“我想承过我师父的法相。”虎子应道。

“那……”净空看着青云大师，“这相去太远了吧，他还年轻啊！”

青云大师虽有些耳背，但明白净空的意思，顺手提起身边的烛台，说：“你们看这盏灯，我们三个人都被照亮了。掌灯的人是为了照亮自己吗？不，为了照亮别人。佛菩萨面前的灯，常年不熄，它照亮世人的仁心，也就是我们时时都不能忘记的‘普渡慈航，庄严自性’。”

虎子听得很认真。

青云大师问：“虎子，你还想除恶务尽，斩杀九龙吗？”

“如无恶行，与人为善，无须追杀。”虎子回禀。

净空颔首。

青云大师道：“人们常说的一句话——‘人生如梦’，你怎么认为？”

虎子想了想，但感觉不太好回答：“这……梦，梦是虚的，不真实的。人活在世上，想的、做的，许多时候都是徒劳的、空的……”

青云大师微微点头。“世上芸芸众生，就生活在一个亦真亦幻的大千世界里。多少人在期盼、追求、图谋、争夺，竭其所能，攫取那看似真、实为虚幻的种种生相。你见过绚丽多彩的织锦吗？”

“看见过，在衙门的客厅里看见过。”虎子说。

“你有没有翻过面来看一看？”青云问。

虎子摇头。

青云大师说：“我来告诉你，翻过面来，什么美丽的景象都不见了，只是密密麻麻、丝丝缕缕的线。”

“哦！”虎子感悟大师所言。

有一位高僧唱过这样一首偈：

> 庐山烟雨浙江潮，未到千般恨不消；
> 及至到来无一事，庐山烟雨浙江潮。

当你看透了人世的种种假象以后，你就看山不见山，看水也不见水了。

虎子眼前豁然开朗，获得了一种从未有过的认知，突然说：“大师，我看见了！”

“你看见了什么？”青云大师问。

“我面对着一面镜子，不用眼睛，也不用耳朵，看见自己的心，听见它在跳。”虎子说。

青云大师惊悉这个不凡弟子开悟了！但他不作任何表示，避免虎子因之执著，继续他刚才说的话：“如果你能让九龙从虚幻的追求中走出来，脱胎于浊恶弥深，众根愈劣，得以浴火重生，一心向善，你可就功德无量了。”

虎子拜伏于地：“弟子谨记大师教诲。”

“人皆有善念，所谓真如本性。助人发菩提心，一心专念，这就是人们常说的‘见性成佛’，切记，切记！”青云大师谆谆嘱咐。

七天以后，净空大师圆寂了。在这七天里，虎子寸步不离，守候在大师身边。

青云大师亲自主持法事，为净空法师超度。

承相后的虎子拜别青云大师，踏上开创新篇章的路程。

第十九章　四龙当官

一

“矮子鬼”那天抬着上官爷回衙已经是“二炮”（古时候晚上计时以放炮为号，冬季约晚上五点发首炮，每隔两小时发一炮。二炮后相当于晚上七点多）响过。

看相的说他“不是人”，自那一刻起，浑身宛若有无数枚针在扎，脑瓜子涨得好像要裂开来！步子也踩不稳了，如同踏在棉花上。因他个子矮，总是抬轿前的位子，他的步子一乱，后面的“瘦高个”就很吃力。抬轿很讲究四个人脚步合辙，坐的人有节奏感、舒服，抬的人也省力。

“‘矮子鬼’，你眼睛在看裤裆吧？！”“瘦高个”怕惊动上官老爷，压低声音骂着。

“阔口”“招风耳”也急了，这样别扭的脚步，坐在轿里的大老爷不会没有感觉，担心今天要挨剋了。

谁知道，心事重重的上官老爷，对于摇来晃去的轿子，他无所感觉，毫无反应，一直到家，没说一句话。

轿夫是不住县衙的，各自回家，明早按时到衙应卯。“矮子鬼”住在附近的一个寺庙里，但今天他没有回寺庙，一个人偷偷地进了县衙的后院。这里他来过，九兄妹看娘，为了避人耳目，就是从大江进入小溪，由小溪入湖水，悄悄地来到娘的住处。今天来这里不是为了看娘，娘已经不在了。还是因为看相瞎子的那句话，说他不是人，爹也不是人。这太可怕了！这话难保不会传开来，首先，三个轿夫一回家就会对家里人说，一传十，十传百，说不定，明天虎子就会杀上门来。这如何是好？如果死在虎子的剑下，还不如现在从湖里溜走，远走他乡，或许还能保住性命。这里是离水最近的地方，是他逃生的捷径。

但人也会自我安慰，所谓往好处想。他想，那老妖人并没有说我是龙，是孽龙的儿子。至于说我“不是人”——多的是，有多少人前世是猪、狗、牛什么的来投胎的。说不定他们三个人已把这当成笑话了！我却在这里惹鬼上门，自己吓自己。这么一想，心里又宽慰了一些。再说，就这么溜走，到哪里去安生？他已经饿怕了！虽说抬轿不是什么好行当，但起码有饱饭吃。这三个搭档，有说有笑的，还算合得来，还是先待着再说吧。

“嚓，嚓，嚓，”一步一步的脚步声，从小径上传来。如此深夜还有人到这里来！什么人啊？“矮子鬼”赶快藏身到亭子后面的树丛中。

初冬的夜晚，满天星斗，一轮明月播撒下蕴着寒气的清辉，落在树叶、草地上，便是白白的一层“霜”。

小径上出现一个长长的黑影，随着缓慢的脚步声，黑影慢慢地变矮了，突然，黑影不见了，上官爷正一步一步地向醉月亭走来。

“矮子鬼”好奇怪！这么晚了，老爷到这里来干啥？赶快躲到醉月亭后的芦苇丛中。

二

上官廷钰走进了醉月亭，面对月光下波光粼粼的湖水，一声长叹！

上官公身负双重大案，多方查问，几次踏勘，费尽心机，但案情尚未突破，急得如热锅上的蚂蚁。今晚从姜家村查询回来，胥吏立即送来吏部紧急文书，打开一看，措辞十分严厉：查案切勿延宕，等候御史查办。今天严州郡守大人也派人传话：皇上已派宪台大人（御史）不日到达，如治下大案仍无进展，等候查办。

吏部为何突然发来如此严厉的指令？郡守随后又派人传话，这简直要置他于绝地。事情出在严州郡守陶文彦的身上。

陶文彦从台州调任严州。此公禀赋平平，没有多少才干。但为人圆滑，宦海沉浮经年，上下攀附笼络，人脉深广。论资历，“赐同进士出身”（古代读书人的“出身”与经济地位毫无关系，指的是学位。“赐同进士出身”相当于时下的同等学力），又无卓著政绩，为官时间也不长，仅仅八年，居然谋得四品之秩，可见此人手眼非同一般。闻说朝廷要指派宪台前来督查建德县的双重大案，建德是他治下的首善之县，兹事体大！身为郡守，如何脱得了干系？通过层层打听，都说来者乃新科进士，是个还摸不准的新人。这可就犯难了！岂非要“叫花子娶媳妇——穷对”！怎么办？更让他揪心的是，建德县令上官廷钰是出了名的狷介，不听招呼、不识大体、不计后患，一味自行其是，至今案情无大进展。倘若宪台到来，他依然摆出他的那一套，落得个问罪查办，恐在所难免。可怕的是城门失火，殃及池鱼，他这个严州郡守，能毫发无损？陶文彦绞了一番脑汁后，决定用“秤钩打钉——以曲求直”的办法，把这头犟牛穿上牛鼻子，牵着他走。对于上官这种人，仅凭施压是无效的，得使出柔的一手，所谓一张一弛，文武之道。

陶文彦备下了一桌酒席，把自己的夫人也拉来作陪，宴请上官廷钰。宴席上不谈正事，尽说一些任上的苦差、难事，倒官场上的苦水，颇有“同是官场沦落人”的忧悒，以期感情笼络。

但总不能一直寒暄下去，得择机点题才是。

上官公心知肚明，他打定主意：顺着杆子往上爬，你不说，我也不提。爬到顶了，看你还有什么把戏？

陶文彦施展的是训烈马的办法，跨上马背后，让你跑，跑到你筋疲力尽，自然就服了。

时间一久，陶文彦实在憋不下去了，不得不言归正传——提案子的事了。

上官的态度很明确，还是坚持报郡衙呈文的结论：案情复杂，彻底查清，尚需时日。

陶文彦急了！想不到上官摆出一副死猪不怕开水烫的架势，这样的呈文怎么能见御史？办事无能、庸碌无为、敷衍失责、辜负皇恩，整箩筐的垃圾，将夹头夹脑地倾泻到头上。他上官廷钰的前程不保，咎由自取；还要连带我陶某人作陪绑，简直是岂有此理！决不能容他胡来。

陶文彦轻轻地咳了一声，这是大官在小官面前展示威严的信号，意思很明确：无须多言，你得听我的，那脸色自然就不好看了。心里真想说：“你的呈文，我立即退回。你简直是拿皇命当儿戏！”但退一步想，这不是给犟牛穿鼻子的办法，改用另一种口气问道：“上官啊！你以为这两桩案子最棘手之处在哪里？”

上官廷钰叹了一口气，说：“这两桩案子是我这一辈子所遇到的最为难办的奇案。说到棘手之处，两个字——离奇！”

“我想听听。”

“失盗现场我几次踏勘，罪犯进来的脚印清清楚楚，奇怪的是没有出走的任何痕迹。承重的库银箱，八百余斤，如何取走？我始终不得其解。现场留下一件撕破的青衫和七颗散落在地的银锭，显然这是罪犯的第一次作案行为，他原本想将这七颗银锭装在衣衫里窃走，想不到沉重的银锭，把衣衫坠破了。是什么原因改变了他的窃取措施？无从考证。最现实的推断——巡查到了，他在惊慌失措之中，把整箱的库银盗走。贼人何来如此神力，走得竟然不留一点痕迹，离哉奇也！再说刘宇，他为官近二十年，有名的清官，连他的对头，想从贪墨上对他下手，也无奈作罢。想不到在建德任上，留下一笔糊涂账，到我接手时，连案头笔墨钱都支不出，令人难以想象。他的死更为离谱，是从后院的醉月亭上砸下来的；胸背部被利刃刺穿。如今还可以从亭子顶部的断瓦残椽上找到刘宇身穿袍服的碎片，还有当时仵作的验尸笔录为证。人从空中坠落，教人无从想象。这样的案子，别说是宪台大人到来，就是皇上驾到，我也只能实话实说。”

“你打算如何面对即将到来的御使大人的追查？”

“我想，最关键的是——追踪盗窃现场留下的那件衣衫，物有其主，查到此人，真凶可获。”

“那也只是盗银者。还有杀害刘宇的真凶呢？”

“拔出萝卜带出泥，打开缺口，或许杀害刘宇的真凶一并可获。此外，我还打算开棺，查验刘宇的被刺实情。”

陶文彦直听得气不打一处来，脸色已经泛青，再次从头到脚地打量上官廷钰一番，心想：怎么会遇上这么个榆木脑袋，非撞南墙不罢休。由着他，岂非看病进城隍庙请大夫！无奈还是强制自己：再忍忍，性急喝不得热粥。一直捧在手上的水烟筒也放下来，搁在身边的茶几上。“上官大人，你能听我一句吗？”

“愿闻赐教。”

“你甫才说得不错，案子是离奇、棘手。但以我之见，剔除枝蔓，删繁就简，真凶就暴露无遗，站在你的面前。”

“此话怎讲？”

“我没深入查勘，但我也知道一些情况，那个姜家村的虎子——姜聂隆，与刘宇有说不清的关系，这个双重大案的主要嫌疑人，就该锁定在这两个人身上。我还知道，那个叫虎子的人，身怀绝技，有神功，身藏削铁如泥的利剑一柄，有这样的人，摄取库银的铁箱子，空中砸下刘宇就不足为奇了，还有什么天大的难事？这不就迎刃而解了嘛！”

上官廷钰真想笑出声来，他想，这就是郡守大人，为了应付宪台的到来，坐在签押房里想当然之杰作，还让我依葫芦画瓢。何谓庸碌无为，敷衍塞责？草菅人命，有负皇恩？莫过于此。

好一个七品小官上官廷钰，竟敢当面怼郡守：“大人所言有失偏颇，姜聂隆虽然年少，却是姜家村公认的大孝子，他助人为乐、济困扶危，与案情毫无牵连。盗银发生在三月二十八日晚上申时二刻，此时，姜聂隆人在姜家村，参加村里祭奠武圣——伍子胥的典礼，他是主祭人之一，由他宣读祭文。难道他有分身术，同时又去盗银？刘宇大人与姜聂隆是有些联系，事情发生在去年的端午，渡船突然遇风暴沉没，姜聂隆和他的同伴救起了刘夫人和她的女儿蕙兰以及众多落水人。刘宇为此表彰了姜家村，这很正常嘛！怎么能仅凭想象、臆测给人定罪？这不是草菅人命吗？”

陶文彦被怼得气壅痰塞，伸出颤抖的手，喘吁吁地斥道：“甫才你是怎么说的？”陶文彦瞪大眼睛逼视上官：“你不也说刘宇在建德任上，完全变了个样，管理混乱至极？怎么又翻脸不认了！你是装糊涂还是别有用心？你要知道，人在金钱的诱惑之下，仁义礼智信，一钱不值！”

上官廷钰也激动了！“郡守大人，那我再说一遍：我绝不相信，一世清明、两袖清风的刘宇大人与本案有任何牵连。我们不能把活人办不了的事，硬往死人身上栽，败坏他的名声，情何以堪啊！”

陶文彦怒不可抑，厉声道：“一派胡言！我看你顶着个榆木安就的脑袋，简直不可理喻。好！不再与你理论，你去奔你的前程吧！送客。”

上官廷钰起身告辞。

陶文彦像一头受伤的鹿豚，肥大的身躯，哗啦一下子倒在椅子上。脑子晕乎乎的，感觉自己不是坐在椅子上，身下好像是坚硬的岩石，耳旁隐约听见了波涛声，一阵阵汹涌的浪涛袭来……啊！这才发现，自己原来坐在濒临深渊的危崖上，只要再跨进一步，立刻坠入无底深渊……

陶文彦通身冷汗涔涔，双手猛拍椅子扶手，立刻起身到签押房，提笔疾书，详具建德大案查询记要，之所以延宕至今，未能破案，关键在于县令袒护罪犯。呈文写好后，命人急送他的上层关系人，然后投送吏部。

听到了快马的嘶鸣声，陶文彦长长地吁出一口气：总算举快刀把一堆乱麻给斩了，撇清了与上官廷钰这个狂狷之间的关系。

上官廷钰简直被逐出郡守衙门。他知道，自己的这一生怕是走到尽头了！陶文彦居然要把脏水泼到死人的身上；同样，也会拿屎盆子往他的身上扣。无所谓，不就是“五斗米”嘛！——“归去来兮”。

不出所料，果然，这位手眼通天的郡守对他下了狠手，讨得了吏部严厉指令。

三

上官公不仅在官场上被人下了狠手，在家里的遭遇同样凄惨，刚才他又被夫人逐出了家门。

上官公的夫人年长他两岁，出自江南名门闺秀。上官公家道清贫，怎么攀上门第相距甚远的姻亲？还得从上官的才情说起：他五岁启蒙，十五岁便参加解试（州县考），获乡贡第一名（当时的应试制度与明清不同）。十九岁应尚书省部试，高中第五名，由乡贡成为举人。在江南水乡秀州这样的鱼米之乡，尽管人才辈出，但有如此成就也属罕见。举人的地位非同与乡贡，声望大不一样，有了举人身份，当称呼老爷。翌年进京赶考，亲友都要送下程（即盘缠，如果被人看中，认定此人日后必有作为，所送下程相当丰厚，如同当下的教育投资）。

上官夫人的娘家——陈氏家族，祖上在京为官，时下虽然官运不济，但仍是一方富豪。排论起来还是上官家的远亲。陈家的老祖公、上官夫人的爷爷，他认定上官廷钰日后必能达贵，陈家再创辉煌，就应在这孩子身上，决定把孙女儿许配给上官家。家里人都不太赞同，担心万一不能高中，岂非自讨没趣。尤其是姑娘的母亲，很不乐意，嫌上官家穷困潦倒，担心日后姑娘要吃苦。但老爷爷是家里的尊长，一言九鼎，他说出的话，谁敢不从？命长子——姑娘的爹送去一份丰厚的下程。上官廷钰的父亲心里自然明白陈家的用意，一个偶然的机会与廷钰谈起陈家有个姑娘，是否中意？廷钰的回答很爽快，听凭父母做主。

有了这层意思，陈家与上官家走动便频繁起来，似乎不费任何周折，就把这门亲事定了。只待廷钰赶考回家，便择日完婚。

上官廷钰不负众望，高中二甲第十六名，风光无限地回来了。陈家、上官家欢天喜地，赶紧为儿女筹办婚礼。

上官廷钰生性好静，爱读诗书。新娘子——陈家的这位大小姐却喜欢热闹，新婚的第一夜就把上官廷钰给折服了。

洞房花烛夜要闹洞房，这是古今惯例。有人会想出各种各样的恶作剧来作弄新人，尤其是新娘子，是戏谑的主要对象。这是新人最难过，又必须过的一道坎。

出人意料的是，新娘毫无惧色，让挖空心思挑衅、作难的人，都纷纷败下阵来。这是上官廷钰始料不及的。待到人们兴尽散去，新娘意犹未尽，又邀来众多闺蜜，在新房里饮酒猜枚，再掀一场闹腾，直闹到天明方休。这可就苦了上官廷钰，开始他还能勉强应对，后来实在支持不住，就窝在床尾睡了。

上官廷钰新官上任。夫人过惯大小姐生活，用度很大。上官廷钰是新官，薪俸低，时常弄得捉襟见肘，夫人很不满意。后来又有了孩子，矛盾就更加突出。每到拮据时，夫人就回家要银子，取来银子后，便是她发泄、数落、埋汰以至挖苦廷钰之时。这成了上官廷钰内心无法排解的痛苦。

这次到建德就任，夫人再三劝阻，她担心建德地处山乡，怕住不惯。果不其然，不久身上就长水疱，又痛又痒，无法忍受；加上孩子又病了，连日高烧不退，多方求医。上官廷钰为双重大案四出奔波，根本帮不上忙。

更为要命的是，建德县衙财源枯竭，日常的必须支出都无法应对，没奈何，廷钰只好瞒着夫人，拿家里的银子作应急处置。

夫人很胖，有一双像金鱼一样暴凸的眼睛，突然发现银子不见了，骤然间，人就像一团燃烧的烈火在家里滚动，下人都躲得远远的，谁碰上了，就叫你半边焦。

心力交瘁、疲惫不堪的上官廷钰，一步跨进卧室，迎面飞来了一只木盒子，还好躲得快，要不正中门面。那盒子落到地上，翻了几个身，盖子打开了，好像张开一张大口喝问："盒子里的银子哪里去了？！"

盒子里的银子，本来自于夫人。上官公手头从来不宽裕，薪俸只够一家人的日常用度和幕宾（俗称师爷。省一级——督、抚衙门也有幕宾，属于政府行为，有职衔。州县幕宾属州县长官私自延请，无品秩，费用自理）、轿夫等开销。这次两个孩子先后都病了，又添了冬衣，透支了！上官夫人无奈，只得回家一趟。这也不是第一次，这位陈家的大姑奶奶，每次都是说多少，取多少，听不到半句二话。

这回有些意外！陈家确是家大业大，但现在情况不一样了，老太爷已经过辈，孩子们都长大成人，各自成家，平时都难得一见，对这位来去匆匆的大姑奶奶更是印象淡薄。听说这位姑奶奶又来家里拿钱，刺耳的话就冒出来了："嫁出的女儿泼出的水，怎么还好意思回娘家来刮油水！""肥水不流外人田。""到此为止，以后不再开销。"

这些话传到上官夫人的耳朵里，她如何受得了！她哪里还是什么大姑奶奶？分明成了让人讨厌的叫花子！她的脾性受得了这样的窝囊气!?

冬至眼看就要到了。江南的风俗，冬至日要祭奠祖宗， 要扫墓，因而有冬至大如年的说法。上官夫人原本要赶回建德过冬至的，但心里的怨气没有出，正好，冬至扫墓在即，该是她消气的最好时机，决定留下来过冬至。爹妈当然高兴，嫁出的女儿已经多年没在家里过冬至了。

大户人家的气派，到了冬至日的下午，下人抬着、挑着三牲、灵屋、纸马、冥钱等，一家人浩浩荡荡前往祖茔祭奠。上官夫人的爹是陈家的长子，辈分数他大，自然身当主祭。一套隆重的程序过后，祭奠结束，大家正准备下山，发现大姑奶奶依然长跪不起，双肩抖动得厉害，好像是在哭！大家都站着发愣。她爹赶紧上前搀扶，谁知她竟号啕大哭起来。她娘也立刻上来相扶。

"有什么事情回家去说，你怎么在这里……"爹劝慰着。

上官夫人迅速回过身来，哭喊着问："这里有我的家吗？我还是这个家里的人吗？啊？"

她爹当然也知道那些闲言碎语，心里也很不好受，于是大声说："谁说你没有家？谁说陈家不是你的家？"

"今天我要当着陈家的祖宗问：我是不是泼出去的水？是不是上门来乞讨的叫花子？"

大家面面相觑，一片寂静。

"谁说你是叫花子了？你是陈家的大姑奶奶！"娘说。

上官夫人拉着她爹妈的手，慢慢地站了起来，面朝她爹妈却意在其他："有道是'千年不断娘家路，万年不断祖坟头'，打断了骨头还连着筋。我还要问：有谁要断我的筋骨？"她边抹眼泪边说："我的夫君是个七品芝麻官，现在家里有难事，我不找娘家找哪里？难道叫他去贪墨，做贪官？人的良知何在呀！"

上官夫人的话说得有理、有情还有节，最后在爹妈的安抚下下山。那些说闲话的人终于尝到了这位大姑奶奶的厉害。

上官夫人虽说消了心头的怨气，但心里总归有个疙瘩。谁知道，这样带回家来的银子，居然被上官拿去“倒贴”了！岂非烈火喷油，致使火山喷发！

夫人大声追问，上官廷钰立刻冒出一身冷汗，知道事情黄汤了！他正要开口解说，“火焰”猛扑上来，用力将他推出门外，“呯”的一声，把门关上。任由上官敲门、推门、解说苦衷一概无效，夫人如同排山倒海一样的辱骂、诅咒、刻薄的挖苦，格头格脑，倾盆而下。

门外的响动停息了，门里的火焰也几乎燃尽了，一切都安静了下来了，唯有隐约的低声哭泣。

四

上官对着湖水呼号：“刘宇兄！你一定踏进过这‘醉月亭’，面对明月秋水，留下名篇华章。学弟上官满怀羞愧，无言以对！学弟曾许下诺言——为兄鸣冤，竟如疾风抛絮，破碎了！你我曾庙堂明志，上报社稷，下安黎民，到如今空空如也，一事无成，盖如风中残烛，顷刻湮灭……”

上官泪如雨下。

躲在芦苇里的四龙，开始有些紧张，不知道县太爷有没有发现他，更不明白县太爷深夜到这里来做什么，不敢发出一点响动。后来见县太爷对着湖水、朝着月亮呼天号地地说话，有些话听不太懂，但知道县太爷心里很难受。后来县太爷竟然哭了，哭得很伤心！他弄不明白，县太爷多少威风！谁敢不听他！怎么会哭到这般模样？！对着老天爷吼叫起来。

上官公感觉心头憋闷得喘不过气来，他摘下冠带，解开衣襟，任凭寒风吹拂，长发飞凌，昂首长啸：“苍天啊！你错勘贤愚，人主不德，布政不均啊！为何舍弃了坦途正道，偏偏取猥途歧径？为何巧言令色大行其道，箴言德行弃如敝屣？为何巧取豪夺犹嫌不足，置百姓于水火不闻不问？乌云掩盖了红日。苍天啊！你竟能容得？！呜呼！天地弃我也！该去哪里容身？”

上官沿着湖畔徘徊，步子越来越快，渐渐地又慢了下来，最后站定。水面上有一个长长的黑影，披散的头发在风中扬起，飘忽；每一根头发都像一枚针，深深地扎在他的脑门上、心头上。

“矮子鬼”就在县太爷的脚边，如果上官公再跨前一步，就要踩到他的头。他不知道接下来会发生什么情况，提心吊胆地注视着县太爷的一举一动。

湖面上的黑影抖动起来了，他在抽泣：“刘宇兄，我身陷在泥淖之中，难以自拔，但是我的心是洁净的；我被包围在重重的黑幕里，见不到阳光，但是我的眼睛是明亮的呀！‘吾令凤鸟沸腾兮，继之以日夜。飘风屯其相离兮，帅云霓而来御。’刘宇兄，你还在路上吗？你且稍停，等着我，我们在那里相聚，在地狱里申诉……”

县太爷抬起脚来了，落下来便踩在“矮子鬼”的头上。说时迟那时快，“吱溜”一声，“矮子鬼”像一只青蛙钻进了水里。紧随其后，“轰隆”一声，黑影不见了，湖面上掀起了巨大的浪涌，一个壮怀激烈的生命被湖水吞没了。

浪涌不久就平复了，一切如常。宛若蛤蟆捕捉昆虫，伸出它的长舌，一刹那就把虫豸拖进嘴里，然后若无其事地闭上眼睛。

“上官公”突然从湖水里冒了出来，四下里看了看，静悄悄的。“哈哈哈！”他扬声大笑：“我没有做我爹那样的恶心事，是他自己找的。我无非是借了他这一身皮相。真想不到啊！我只想能当上个班头，耶！摇身一晃，竟然成了县太爷，这真是，运气来，不怕呆。”“矮子鬼”走起大老爷的方步来，一拍脑袋：“着哇！本来真想溜之大吉，现在呀，还怕那个看相老头胡说八道？还怕虎子手里的屠龙剑？往后啊！那轿厢下面白花花的银子就该归本老爷了！唉！要记牢不能刻，这个让人讨厌，毛毛细雨要下一点。这三个抬轿的老家伙还不错，留着他们。”抬头见夫人房里的灯还亮着，“矮子鬼”好一阵激动，朝着灯亮处说：“喂呀！夫人还在等着我呢！我，我，我今天晚上可以抱着女人睡觉了！”又感觉太突然，自言自语说：“我不是在做梦吧？”

第二十章　三龙誓报父仇

一

虎子回家了。浓霜覆盖着大地，白茫茫的一片，气温虽然很低，但在阳光下，感觉还是暖融融的。

虎子走到了姜家村外，明显有种与往日不同的感觉，或者说看上去有一派新的景象：阳光下，整片的麦田里，麦苗在拔节生长，据老农说，麦苗拔节的时候，耳朵贴在田塍上，可以听见“叭叭叭”的响声。虎子不仅听见了麦苗拔节的声音，还看见了麦苗的笑容：山风迎面吹来，在麦田里埋下了一个个漩涡，活像姑娘脸上的酒窝。

小溪里可就热闹了，各家各户的大嫂、大姐们，都在清洗糯米、苞米、青豆。趁着太阳好，洗晒这些东西，准备过年做冻米糖；炒苞谷豆（一种零食，经过蒸煮的玉米，晚上放露天冷冻，然后晒干，与青豆炒在一起，吃起来很香），好一番祥和欢乐的景象。

几个挽着大竹篮子，脸上红扑扑，手冻得像红萝卜一样的大嫂，沿着溪岸的石阶走上来，与虎子碰了个正着。虎子笑盈盈地跟她们打招呼。

大嫂们好生奇怪：这是哪家的客人？没见过。

虎子笑着问：“你们不认识我？”

“你是谁呀！”大嫂们问。

虎子笑着与大嫂们告别。

大嫂们纳闷。有一个大嫂忽然想起来：“听声音很熟喂！”

另一个大嫂紧接着说：“是啊！好像一个人。”

“像谁？”几个大嫂齐声问。

“好像，好像……是虎子。”

几个大嫂一起哄笑：“虎子是个后生。这个人胡子都那么长了，哈哈哈……”

“我是说他说话的声音。”

姜泰浒挑着一担水桶出门，与虎子迎面相遇。

“你找谁？”姜泰浒好奇地看着虎子。

“来，把担子给我！”虎子接过姜泰浒肩上的水桶担就走。

“呃！你？”姜泰浒丈二和尚摸不着头脑，“这是个什么人？！”

“虎子！虎子！”虎子娘已经摸到大门上。

姜泰浒连忙回过身来：“老姆，没有虎子，哪来的虎子？”

“我刚刚听见虎子对你说话呢！”

“哦！那不是虎子，是……一个不认识的人，他硬要帮我去挑水。”

“哎呀！他就是虎子。”虎子娘有点急了。

“啊？！”姜泰浒愣了。

“你看，他来了！”虎子娘激动不已。

虎子挑着满满的一担水，朝着姜泰浒笑眯眯地来了：“怎么？不认识我了？”

“啊？！你，你真是虎子？”姜泰浒一脸惊奇地跟在虎子后面。

虎子把水挑进灶间，倒进水缸后快步来到娘跟前，“娘！您好吗？”

“娘老了！没有浒浒他们照应，恐怕早就见阎王了！”忽然她的手触摸到虎子身上毛茸茸的东西，连忙缩了回来，好不惊讶！“虎子，你这满脸的胡子是怎么回事啊？”

“是啊！怎么叫我认得出来是虎子啊？”姜泰浒依旧满脸狐疑地说。

“这事说来就话长了！”虎子让娘坐下，把浒浒拉在身旁，把事情经过详详细细地说了一遍。

“原来是这样！”姜泰浒这才明白过来。

虎子娘可就急了：“你做这些事，都是好事，是为大家好。不过……你想过没有？你还是个后生，要娶妻生子，传宗接代的呀！你这样胡子拉渣的，弄得像个老猴，人家姑娘怎么肯嫁给你呀！”

虎子沉默不语。

姜泰浒仔仔细细地看虎子：“老姆，看上去呀，说他老倒不好说。”

“那像什么？”虎子娘还是满脸忧郁。

“要我说啊！他像过年时买来的画上……”姜泰浒边思考边说，“一个山洞里，里面有山泉水；桃树上结满着红红的果子；一个后生屁股下垫着一把砍柴刀，那刀柄已经烂了，还在看着两个神仙下棋。虎子啊！就像那个下棋的神仙。”

虎子大笑。

虎子娘立刻回忆起来，家里原来就有这么一幅画，挂在老屋的堂屋间，那神仙的模样还想得起来。“浒浒，你说我虎子真的像那画上的神仙？”

“坐着看，越看越像。”姜泰浒很肯定地说。

“那……还好。”虎子娘脸上露出了笑容。

“像什么先不去管它，这事要守口如瓶，绝不能说出去。”虎子说。

“这是一定的。”姜泰浒说。

“哎！我想起一桩事情来。”

“娘，你想起什么来了？”

虎子娘满脸喜气地说：“有些日子了，是个午后，你知道谁来我们家了？”

姜泰浒顾自己笑。

虎子越发觉得好奇：“娘！是谁来我们家了？”

“那个县太爷家的小姐，又来我们家了！”虎子娘好像刚喝了蜜糖水，说出话的声音，腔调都是甜滋滋的。

“嚄！”虎子很意外，问姜泰浒，“你见了吗？”

“我是听老姆说的，那天我正好不在，耕耕在这里。”

“耕耕？”虎子一时想不起这个人。

“不是对你说起过的，秦婆婆捡来的儿子呀！”

虎子娘好像怀里又拢着蕙兰：“她呀贴着我，说了好多好多话。过去呀！总当她是官家小姐，癞蛤蟆想不得天鹅肉的。这回呀……”虎子娘撩起衣襟来洇去眼角上的泪水，“我落的可是喜泪！我看是有戏了！虎子，你信不？”

虎子满脸惊疑地向着姜泰浒：“那，那个蕙兰小姐不是死了么？！”

虎子娘急了！“你胡说！像仙桃一样鲜活的大小姐，你怎么说她……呸，呸！”

“娘！真有这样的事？！”虎子追问。

“看你说的！娘这把年纪了，但还没有老糊涂，眼睛看不见，心里呀，那是坛子里点灯，里头亮着呢！”

虎子赶紧安抚老娘：“谁说我娘老糊涂了？心里呀，透亮透亮的！”虎子嘴上这么说，心里却悬着个疑团，更让他吃惊的是，她怎么会到娘这里来？娘没有犯糊涂呀，难道说……

“想起来了，那天大小姐来，耕耕也见着的。”虎子娘想出了证人。

虎子觉得很意外：“耕耕也来照看我娘？”

“那几天我伤风，病倒了。耕耕主动找来的。说起这个耕耕，村里没有一个人不说他好的。”

“噢！”虎子很想听听。

“今年伏旱，田里像老丝瓜筋一样，都裂开了，稻叶子全卷了起来。大家心急火燎，天天晚上戽水，累得两条腿提不起来走路。这小子真有本领，他连干三个晚上，把村里的整畈田都灌得水满田塍。”

“这个秦耕他是怎么戽水的？他有什么能耐？三天救下这场大旱？”虎子觉得有些不可思议。

姜家村的小溪已经断流，大家选了一个开阔的地方，挖了一个大坑，总算冒出点水来。但是田里要灌水；人畜要饮水，很快就见底了。本来挑水可以把水桶浸下去提，现在只能用瓢舀，挑一担水差不多要点一炷香的功夫。

村里的人都绝望了！今年没指望了！明年的日子怎么过？秦耕自告奋勇，说今晚他来戽水。

年轻力壮的都已经累得不行了，听说耕耕自告奋勇，也好，就由着他去干。但总觉得他弄不出什么大名堂来，因为他戽水技巧不行，总是被吊起来（戽水车有双人的，也有三人五人的，如果动作不熟练，脚的节奏跟不上，人就会悬空挂起来）。

第一天晚上，秦耕没有急着戽水，而是想办法挖坑，他运用自己的神力，把那个坑开挖得又深、又大，像个小水塘。然后拿出自己的看家本领，把新安江里的水吸过来。第二天一早便见到满满的一潭清水。大家都惊呆了！耕耕“大力士”的名号就是这么来的。

第二天晚上，秦耕开始戽水。山垄里的田面积都很小，人称“笠帽丘”“蓑衣丘”，层层叠叠，要把水引到高处，仅凭人力的确很困难。他又使出看家本领，把水往上引。他自家的田在南边，却先向北边引水，因为北边的地势高，禾苗枯得更厉害。

第二天一早，起早的人发现北边田畈里原来卷曲起来的禾苗，叶子都展开了，看上去活像愁眉苦脸的人张开了笑脸。大家都赶来看了，笑在了一起。众人问耕耕，整畈田里的水是怎么戽的？他只是满脸傻笑，说：“就这么戽的。”

有人发现，耕耕自家田里的禾苗还卷着呢！因此秦耕又获得了另一个诨名“姜家村的娘舅”。

为什么要这样称呼他？在古时候的宗法社会里，娘舅是个特殊身份的人物，他不是那家的人，与他们没有任何财产关系的纠葛，但又是那家的亲人。子女分家，务必请娘舅到场，听从他来分配家产。是他的特殊身份，决定他分配公允。就是当下，农村也依然盛行。

第三天晚上，余下的田里全都灌满了水。

姜泰浒越说越来劲：“今年的收成可好了！割稻子的时候，哪家不是咧开嘴笑的！接下来的一熟秋粮又是风调雨顺，家家都是满柜满囤的。姜家村过上好日子了，要不了几年，要拆茅屋，建瓦房了！”

“喔！”虎子越听越高兴。

“秦婆婆真有福气，捡来这么好一个儿子！他同浒浒两个人轮着来照顾我，心

澄溪道院

很细，又有耐性，像个闺女！”虎子娘说。

“不光是这里，哪家有事他都去，不怕烦，也不怕累。”姜泰浒不无钦佩。

“哦！”虎子好像想起了什么。

“我去给你们做饭。好久不见面了，两个人好好说道。”虎子妈起身走向灶间。

姜泰浒站了起来：“今天家里有事，你来了，我该回去了。晚上我再来。”

虎子心怀歉疚，叨扰人家那么久了，不好意思再挽留，就随同姜泰浒一起出门。

“看你这走路的样子，同往常也不一样了。”

“怎么个不一样？”虎子问。

姜泰浒先摇头：“没有一点虎子的样子。走起路来轻飘飘的，就像一片树叶，随时会飞起来。如果你的手里再拿个……哎，那东西叫什么？戏台上见到过，一撮白的马尾巴，后面加上一个柄，拿在手上摇来摇去的？”

“那，那……”虎子拍脑袋，“叫，叫什么……”突然想起来，“拂尘！”

“对！拂尘！如果你手里再拿上一个拂尘，真的——就是神仙了！”

虎子不禁哂笑起来：“神仙那么好做呀！能做好个凡人都不容易啊！”

“哎，还有件事，你说怪不怪？”

“什么事？”

“我们后面的乌龙山上不是有个澄溪道院吗！”

“有啊，那道院怎么了？”

姜泰浒满脸惊骇：“不知道什么时候，那道院里来了个道士，”拿手比划，“人又高又胖，一脸漆黑，像个龙游乌（猪的品种，全身黑毛）。这个道士可可恶了，他把其余的几个道士统统赶走，只留下一个烧火做饭的。他力气大得像头牯牛！殿前的几棵大树，被他踢呀，打呀，都伤筋断骨了！你忘了没有？过去我们从山上砍柴回来，都把担子歇在殿下的路上，再到殿里讨口凉茶，歇一歇。”

“是呀！大殿上特别阴凉，那茶水也很好喝，又凉又爽，还有点甜津津的味道。”虎子说着，嘴里似乎又有了当时的那种感觉。

“咳！现在呀！那黑道士就像个恶鬼把门，谁也进不去。你进门，他就打，三五个人根本近不了他的身。”

“有这种事？究竟什么时候来了这么个野道士？”

“说不清楚，大概是在你斩杀了孽龙之后吧！”

虎子沉思。

姜泰浒碰了一下虎子：“喂，你看，前面谁来了？”

二

虎子猛抬头，远远地看见秦耕提着一只小篮子，正小心翼翼地沿着溪边小路走来。

“我先走了，晚上再来。”姜泰浒迈开大步走了。

虎子慢慢地迎了上去，走到近处，与秦耕相遇。恰好那段路面很窄，濒临溪涧。秦耕主动站立一旁，让迎面来人通过。虎子走过他身边时，见那篮子里有一只大碗，上面盖着好几层白手巾，还在往外冒热气，像提着个热笼屉。虎子想问话，但见秦耕已快步通过，便不再说什么。虎子想：他大概是怕碗里的东西冷了，所以加快脚步。

虎子回过身来看秦耕要往哪里去。是去我家吗？果然，秦耕猫着腰，两步一个台阶，不一会儿就进了院子。虎子没急着往回走，打算等他出来再迎上去。

没过多久，秦耕从小院里出来了，显得很兴奋，两步一跳地下台阶。走上沿溪小道时又遇上了虎子，他再次让至道旁。

“你叫秦耕？”虎子问。

“是的。”秦耕好奇地看着眼前这位两次相遇的陌生人。

“我俩有缘啊！”

秦耕眨巴着眼睛：“我……不认识你。”

“听我说，你就明白了。”虎子指着不远处山坡下的一片竹林，“那里阳光好，我们去那里坐坐，好吗？”

“哎！”秦耕跟着虎子来到山坡下的竹林，那里有几方大岩石，虎子请秦耕坐下。

秦耕有点拘谨，眼睛注视着虎子，老老实实地坐了下来。虎子就坐在他的的旁边。

“这里的人都称道你，念叨你的好处。做人能够这样，不容易啊！”虎子笑着对秦耕说。

秦耕笑了笑，有点腼腆：“我没做什么，就是出了点力气。”

“呃，能把力气给别人，这就不容易呀！你原来家住哪里？你爹是……”

秦耕一旦遇到有人问他原来家住哪里、爹妈的身世，立刻就把他难住了，宛如小溪里的游鱼，突然遇上可怕的声响，立刻就静止不动。

虎子拉过秦耕的手，顺势摸了他的手臂、头面骨、后背……

秦耕开始颤悚了！他想过逃，但慑于这个陌生人，他不敢。

“我知道你的爹妈。”虎子说。

秦耕满脸惊恐地看着虎子，想说什么，但嗫嚅着，说不出来。

“你的爹原来是这个村里的人，大家都叫他水娃，后来他成了龙，一条十恶不赦的孽龙。你的娘是建德县太爷的夫人，被孽龙害了，生下了九条龙。”

秦耕的心一下子蹿到嗓子眼，惊惧得脸无人色，环顾四野，哆嗦着的身体慢慢地往后退缩。

“你坐下来，不要害怕。”

秦耕只好战战兢兢地又坐了下来，眼睛里藏着数不清的恐惧，死死地看着虎子，他在想：“这是个什么人啊？是神仙吗？他怎么什么都知道？”

“你们九个兄弟敌不过虎子的追杀，四散逃命，危急关头，你说了一句什么话？”

“我，我说……”大龙心里像洪水过后的水草堆，乱缠在一起，好久才想起来说，“我们都做人去吧。大家问：‘人怎么做？’我说：‘看人家怎么做，就学着做。’那时候想的就是——逃命。”

“好！我就等着你这句话——学着做人。现在你学到些什么了？”

秦耕的恐惧心理有些缓解了，感觉这个陌生人并不打算要对他怎么样。他想了想，说：“我家就在乱石滩后面的山坡上。婆婆有次对我说，乱石滩下埋着一百零七条人命，和原先姜家村的几十幢房屋。这是孽龙——水娃造下的孽。”

“你有没有想过为父报仇？”虎子问。

“我害怕虎子，也恨虎子杀死了父亲。但自从见到了乱石滩，一百多条人命埋在那里，我想那些冤魂该恨谁？找谁报仇？村里多少人家没儿没女、没爹没娘、夫妻离散、父母双亡！他们过的是什么日子啊！想起这些，我恨不起来了。想尽自己这点力气，给别人做点事，心里才觉得好过。想不到村里人对我这么好，原先我是落难到这里的，没有想过在这里落脚，想不到……”秦耕的眼睛湿润了。

“你想不到村里人会这样称道你、夸奖你、爱护你，是吗？现在你尝到做人的滋味了吧！”

“我尝到了帮助别人的快活，做人心里不能只有自己。我爹他就是因为只顾自己享乐，别人死活不管，才落得这般下场。”

“说得好！”

“我记住了婆婆说的一句话——做人啊，前半夜给自己想，后半夜要给别人想。”

虎子久久地看着秦耕，想起青云大师说的那句话——如果你能让九龙从虚幻的追求中走出来，得以浴火重生，一心向善，你就功德无量了！

“你说得对，你明白做人的规矩了。你的弟兄们在哪里？都在做些什么营生？”

秦耕摇头。

“唉，你去看过你的娘吗？”

秦耕满怀忧伤地说：“我不敢。”

“你是怕别人知道你是孽龙的儿子，是吗？”

“是的。更怕让虎子知道。”

虎子安慰秦耕：“你要记住，‘善行通衢大道，为天地所容。’你不必再害怕。虎子是在惩恶，惩恶就是扬善，屠龙剑只斩孽龙。”

秦耕看着虎子，轻轻地点了点头。

“好。往后我们还有机会见面。告辞了。”虎子起身，拱手而别。

秦耕也拱手回礼，看着陌生人钻进竹林，一会儿就不见踪影。

秦耕呆呆地站着，后悔没有问陌生人尊姓大名。

三

虎子来到乌龙山的深处，去澄溪道院的盘山道上。他记得祖师殿下有一块像房子那么大的巨石，横卧在上山道旁。夏天，巨石挡住阳光，靠着它坐下，浑身阴凉。冬天爬上巨石，上面平坦，有家里的院子那么大，阳光把岩面晒得暖烘烘的，是砍柴儿们歇力、游戏的好地方。

虎子来到了巨石下，抬手摩挲，宛若见到了久违的老朋友。耳畔响起了“淙淙”的泉流声，这里有一股清泉从巨石下流出，虎子循声望去，果然，泉水依旧是那样清澈、明亮，长年不息。好几树老虎山楂（灌木，有刺，秋末结成像山楂一样的果子，可食用），如同凉篷一样覆盖在清泉上。硕大的老虎山楂，尽管已经凋谢，但尚存的几颗宛如小红灯笼挂在枝头。

虎子采了好些老虎山楂，就着山泉水洗了洗，靠着巨石，一边品尝野果，一边回忆当年与一帮小伙伴们在这里的乐趣。

冬天的阳光，过了正午，很快就向西走去，热力也随着渐渐消退；几只受惊的长尾蛇鸟，迅速向山下飞去。虎子又想起娘说的“大小姐”，原以为她成仙了，怎么突然又回到人间来了？蕙兰的死，是他心头最大的伤痛。难道说，九龙中有一个是女儿身？她为什么要充作蕙兰，在瞎眼的娘面前蒙混？是何用心？而这些只有见到刘夫人后才能真相大白。

虎子继续上山，不久便来到澄溪道院。山门外道场周边原本都是年深月久的古柏，枝叶繁茂，蓬蓬如盖，夏天一走到这里，便是一片阴凉。

如今却是满目凄怆，正如姜泰浒所说，那些柏树的枝干上，伤痕累累：树皮破碎了，露出了“白骨”；“白骨”也碎裂开绽了！枝叶低垂，有些已卷曲成黄叶，如同一群肢体毁伤、苦泪涟涟的伤残人。

“何人敢闯我禁地，滚开！马上滚开！”

虎子猛听得这一声大喊，迅速回过身来，只见山门外站着一个黑脸大汉，宛若一座塔，杀气腾腾，好不威风。

虎子上前施礼：“拜见道长。澄溪道院是著名的千年古刹，历来是善男信女朝拜的圣殿，道长为何要驱赶信众？”

“你少在我面前啰嗦，你到底走是不走？”黑脸大汉疾趋而来。

虎子连连后退：“道长，你怎么能不问情由就驱赶信众？”

“滚蛋，留你性命。若延宕，休你性命！”黑脸大汉说罢，立刻像饿虎扑羊一样猛扑上来。

眼看已不容分辩，虎子只有应战了。几个回合下来，虎子发现，黑脸道士空有一身蛮力，毫无武术的起码章法，于是看准时机，只一掌，便将他打倒在地。

黑脸道士起不来了，经过好一番挣扎，才站立起来。虎子防他再次猛扑，后退而立。果然道士趋步向前，突然双脚跪地，连连叩头。

这是虎子始料不及的，立刻上前将道士搀扶起来。然而一接触他的手骨，立即有感觉，正如所料，原是龙身！“来，请起来说话。”

黑脸大汉在与虎子接触时，突然全身惊颤起来，如同遇上屠龙剑的感觉，难道这人是虎子吗？！但不像啊！于是抬手一挥：“请！”

虎子紧随其后，来到了知客寮。大汉吆喝烧火道士，献上茶水。这里的山泉水，加上乌龙山巅的云雾茶，清香氤氲，沁人心脾。虎子正拿起杯子喝茶，“扑通”一声，黑脸大汉又跪倒在虎子面前：

“师父，请受徒儿一拜！”大汉连连叩头。

虎子发现这个大汉性情急躁，但很直爽，遇事率性而为。“我不认识你，你也不认识我，怎么可以就认起师徒来？请起来，我有话问你。”

“唉！”黑脸大汉直挺挺地站在虎子身边。

“请问道长道号、法名？”

黑脸大汉最怕有人问他什么道号、法名的，因为他只是穿了一身道服，模仿了道士的打扮，从未拜过师父，哪里有什么道号、法名？连俗家人的姓名都没有。尤其害怕牵连到父母，抖露出他家的老底，打死也不能说。因此他一落脚到澄溪道院，就把几个道士统统赶走，只留下一个给他烧火做饭的；到访的香客、闲散人一律不许进殿，拒绝与任何人交往。每天就做一件事——练武，要练出绝世的武功来，为被害的父亲报仇。他渴望着有朝一日能遇上高人，传授他武艺。想不到今天功夫了得的人自己找上门来了！这难道是天意？然而，就是这位喜从天降的高人，马上给他出了个大难题。

“我，呃，这个……”黑脸大汉急得额头上冒出豆大的汗珠，额头角上暴起像蚯蚓一样的青筋。

“哈哈，你说不上来！”虎子向他招手，“你过来。”

黑脸大汉来到虎子跟前。

“我要摸一摸你，看你能不能练武。”

“摸哪里？”

虎子伸手把黑脸大汉摸了一遍。不出所料，眼前的这位大汉正是孽龙之子。

黑脸大汉好奇地问：“你摸到了什么？我能练武吗？”

“你先回答我，你是怎么想到要拜我为师的？”

“你武功高强，我服了你。”

“原来是这样。我再问你，你学武艺图个什么？”

“报仇，我有杀父之仇！”黑脸大汉龇牙咧嘴，挥舞手中的拳头。

虎子看见座旁的墙角下放着几块砖头，便随手拿一块来，将杯里的茶水倒在地上，不停地磨那砖块。

黑脸大汉觉得好奇怪！“你磨这砖头做啥？”

“噢，我想磨它做镜子。”虎子边磨边说。

黑脸大汉顿足道：“呃咦！这个怎么能磨成镜子啊？”

虎子抬起头来看着黑脸大汉：“学武艺怎么能为了报仇？”

黑脸大汉瞪大了眼睛：“有人杀死我的父亲，这可是天大的仇恨呀，怎能不报？！”

“我问你，牛拉车子，车子不动了，你是打车子呢，还是打牛？”

黑脸大汉抓头皮：“这个……”

“我看你是在鞭打车子啊！”虎子说，“刚才你问我摸到了什么？现在我告诉你，我摸到你原本是条龙。”

黑脸大汉大惊失色！

虎子继续道明黑脸大汉的身世及其生父的种种恶行。

黑脸大汉跪地，如同捣蒜一样不停地磕头：“师傅！师傅！你千万不能说出我的身世啊！如果让人知道，尤其是那个虎子，我的命就没了，也报不了父仇了！”

“你还想替父报仇？”

黑脸大汉一时不知道该如何回答，呆呆地看着虎子。

“跟我来。”虎子走出知客寮，来到山门外的道场。黑脸大汉紧随其后。虎子指着那些伤筋动骨的柏树林：“这些柏树怎么会伤成这样？”

“是我练功时劈打、脚踢的。”

虎子不无哀伤地说：“这些古木都是年深月久，有好几百年树龄了！如今它们肢体残缺，眼看性命难保！是谁横加给它们的灾难？这样的杀生之仇，该不该报？”

黑脸大汉嗫嚅着：“这，这，这是棵树呀！”

虎子反问：“你是什么？”

黑脸大汉哑口无言：“我，我，我……”

“你们为了保命，逃避追杀，说好学着做人，你懂做人的规矩了吗？”

黑脸大汉看着虎子，不知道该怎么回答。

“你以为是一棵树，便可任意踢打；村民、香客来朝拜圣殿，自恃有一身蛮力，便随意打骂，这与你的父亲孽龙有什么两样？你也会遭到报应的！”虎子见黑脸大汉似乎还没有完全明白过来，既而放缓语调，态度和婉地说：“有句话叫‘恃德者昌，恃力者亡’”。

“哦！哎，德，德是个什么东西？”

“问得好。你知道世上有多少人？”

黑脸大汉摇头：“嚄！多着呢！数不清啊！”

虎子伸出三个指头。

黑脸大汉蒙着猜：“三千，三万，三……”

虎子连连摇头，最后说：“三个人。”

黑脸大汉大为吃惊！“三个人？”

“三个人。你、我、他三个人。”

黑脸大汉无法理解，“就你……我……他三个人？”

虎子伸手指着黑脸大汉“你”，再指自己“我”，最后指着那伤残的树“他”。

黑脸大汉一脸茫然。

“你打残了树，树来报复你，大雨来了，山体崩塌，泥石冲毁了澄溪道院和下面的村坊……”虎子话未说完，黑脸大汉当即惊叫起来：“啊！这可不行，我落脚的地方都没有了！不行！”

“我也要遭报应。”

“你也……”黑脸大汉摇头。

“我没有劝阻你伤害这些树呀！”

“这也……”黑脸大汉抬起头来思考。

“好！如果不是这样，心里放下仇恨，怀着一颗仁爱之心，这里的树木郁郁葱葱，空气清新，夏天一片阴凉，你觉得怎么样？人世上有多多少少个你、我、他，都遵循这个道理，这个世道会是怎么样？”

“让我再想想。”

“我告诉你，这个道理就是‘德’，人有德才懂做人的规矩。如果你想明白了，我可以收下你这个徒弟。”

黑脸大汉很认真地看着虎子。

“你还没有告诉我名字呢？怎么称呼你呀？”

“我、我没有名字。”

“哦！你排行老几？”

“老三。”

“刚才对你说了，做人要行德，你们学道的人都称自己为‘山人’，你排行老三，就叫你‘山德’怎么样？”

“山德，山德。”黑脸大汉反复念叨。

“好，等你想明白了，我会再来。”虎子一闪身，飘忽而去。

黑脸大汉急追：“师傅！师傅！”然而师傅已经不见踪影。他自言自语地回味师傅刚才说的话：“只有三个人——你、我、他，要讲德，有仁爱之心……”说着，说着，正好走到伤残的柏树跟前，他瞪起眼睛来问：“你说，你感觉痛了吗？你怎么不哭、不叫？”连连摇头，“这是木头啊！也要去爱它？！”抬手指自己鼻子“我”，再指伤残柏树“你”，猛然想起，如果“他”，那个“他”——是虎子呢？黑脸大汉仰天长啸：“虎子，虎子，你太可怕了！叫我怎么仁爱！”

第二十一章　九龙大战二龙

一

“矮子鬼”——四龙，如今是县太爷“上官廷钰”了，看着夫人房里的灯光闪烁，好像是女人的眼睛看人，让他心里痒痒的。那女人他见过，不好说是什么大美人，但皮肤又白又嫩，加上胖墩墩的，活像一团发好的面，特别是两只奶，如同胸口挺着两只大盆子，走起路来一颤一颤的，担心那盆子会不会掉下来。现在他就要抱着那女人睡觉了，苦思梦想了多少日子，今晚终于可以一试身手了！

“矮子鬼”够精灵的，刚才他听得清清楚楚，上官老爷说他夫人何等凶悍，将他赶出家门。如果现在回去，夫人还是老样子，那怎么办？身为大老爷，还去住寺庙？想到这里，脚步便慢了下来……

“上官廷钰”已经来到夫人卧室的窗下，正当他左看右看，想法子怎么进房去？忽然窗门推开，有人手提灯盏，朝着院子里东照西照的，好像是在找人。

好个“矮子鬼”，他猛拍大腿，乐滋滋地对自己说：“有了！”

的确是上官夫人放心不下她的夫君，担心这么冷的夜晚，别冻坏了身体。她后悔自己刚才火气也太大了，转而同情起这个书呆子丈夫来：手上这么大一个烂摊子；身上压着两桩天大的案子；眼睛里又容不得一点沙子，真是逼着他拉毛竹过九曲桥啊！想到这里，她禁不住心头酸楚起来，打算下去找他。但自尊心又迫使她难以降心相从，于是改作提灯照射，也等于在召唤他回来，她想书呆子应该懂的。

“矮子鬼”懂了。他轻轻地推了推房门，虚掩着的。他也不声张，蹑手蹑脚地上了床。开始他没有动手脚，担心夫人会不会怀疑身边的这个人是假货？谁知道被窝里有一股从未闻到过的香味，大概这就是女人的味道吧，下面的小祖宗立马挺立起来。与此同时，夫人慢慢地挨上来了，那一身白面团粘上来了，又细又滑的，最后竟把一条腿压在他的小祖宗上，轻轻地在他的耳边说："还在生我的气？"

"矮子鬼"再也沉不住气了，一个翻身，做起曾经在梦里做过多少回的好事来了。完事以后，感觉浑身舒坦，说不出来的惬意。"矮子鬼"终于尝到了做人的滋味。

"矮子鬼"现在出门是县太爷，进门是老爷。好在当过一阵子轿夫，见过一些官场上的应酬场面，懂得一点当官的礼节，还能过得去，没有闹出笑话来。开始他只想抱着夫人寻欢，有时大白天也不放过。后来这事淡忘些了，成天想着另外一件事——轿箱里白花花的银子。难为他的是，最近没什么应酬，有了也是空手回来。先是埋怨自己运气不好，后来他找到了原因：都是那个命薄死去的上官廷钰埋下的祸根：一门心思做清官，不仅清得清水寡汤，还刻，刻得没人道好，谁还敢往他轿厢里塞。结果苦了他这个接班的，连油腥味都闻不到一点。更让他揪心的是，皇上派来的大官——监察御史，眼看就要来察访，两桩惊天大案落在他的肩上，怎么对付？当大老爷的滋味，如同吃包子，刚刚咬到豆沙边，好味道还没有尝到，怎么放得下手？他可不做上官廷钰那号书呆子——自己送自己去阎王殿。俗话说得好，兵来将挡，水来土掩，令人焦急的是，手里既没有将也没有土，怎么挡？连续几天与幕友商量，还是拿不出办法，他心里急得像热锅上的蚂蚁，回到家里自然没有好脸色。夫人是个急性子，要强。上官廷钰向来性情随和，在夫人面前，更多的是附和迁就，如今换成这副面孔，夫人如何受得了？心里窝着一肚子的火，宛若长捻子点火炮——到时候一定要放。

到底是谁杀害了前任知县刘宇？"上官廷钰"心里很清楚。但这是一个马蜂窝，一旦捅开来就不好收拾，势必要把他老爹的丑事统统都抖搂出来，弄不好还会引火烧身。

晚饭后，"上官廷钰"一个人独坐在火炉旁抽闷烟。夫人脸上堆着乌云，料理好两个孩子后，顾自上床睡了。

"矮子鬼"真是个鬼，一番苦思冥想后，有主意了：率性把姜聂隆抛出去，认定刘宇是被姜聂隆杀害的，事实也正是他杀害的。说到物证么……对！他手里有一把利剑，但不能叫它屠龙剑，"上官廷钰"最忌讳这个"龙"字，就说那是一把世上少有的宝剑；再加上他的绝世武功，想到这里脑子里好像打了一个忽闪——亮堂了！哎，为何不把屎盆子统统往姜聂隆头上倒，官银也是他盗的，只有他才有这样的本领盗得了官银啊！"好！好！好！""上官廷钰"连叫三个好。这么一来，连杀父之仇也报了，痛快！就像一场大雨，把堵在阴沟里的垃圾统统都冲走哩！"哈哈哈"，他禁不住笑出了声来。好像赌博场上，遇到手气背，怎么翻着花样押，都没用，统统被庄家吃进。手气一来，顺了，闭着眼睛也能赢。这时他想起了上官老爷，这个假"上官"竟然同情起真上官来：他怎么就想不到这一层呢？这有什么难的？什么惊天大案，不就摆平了？终于明白了一个道理：世上为什么有书呆子，他们呆在那里？他们认的是陈年八古、祖宗十八代，死去多少年的人说的话，认死理。这只能怪“书呆子”自己傻呀！该他来享福。

说干就干，“矮子鬼”办事还有那么点雷厉风行，当即下楼，连夜找来书吏，依照他刚才想的意思，呈文上报，不让京里来的大官说他没干活。

上官夫人突然睡梦中被笑声惊醒。好奇怪！成天绷着着个苦瓜脸的人，怎么一个人突然发笑？她翻身坐起，撩开罗帐，怎么人不见了？半夜三更的跑到哪里去？过了好一阵子，人回来了。她赶快闭上眼睛，当作不知道，顾自己睡觉。

“上官廷钰”快步来到床边，一把掀开帐子，三下两下脱去衣帽，光着身子就往热乎乎的被洞里钻，“呼啦”一下往夫人的身上压了下去……

夫人用力将他推开：“滚远点。成天绷着个脸，黑脸进，黑脸出，像块黑炭。一会儿又猴急急地要上来，由你说说的？没那么便宜！”

“上官廷钰”当着没听见，再次使劲。

夫人跳下床来：“今天就是不给你！我说你这个县太爷是怎么当的？伙房里的孙师傅卷铺盖走了，人家三个月没拿到工钱！”

夫人的这句话，像一盆冷水，扑面浇向“上官廷钰”，下面的那股邪火，渐渐地灭下去了。他双手往后脑一插，瞪起眼睛来看帐顶：烦心事又来了。当县太爷是够威风的，但是烦心的事儿也实在太多，就像裤脚里钻进了胡蜂，一时一刻都不得安宁。

古代州县衙门的经费少得可怜，许多费用要地方长官自己掏腰包。“刘宇”胡作非为，亏欠巨额银两，等于当下的打白条。上官廷钰极尽节俭，也难以填满那个窟窿。如今轮到这位后“上官廷钰”，很快就被卷进欠账讨债的激流漩涡，衙门的三班六房已经转动不起来。眼看朝廷的大员就要驾临，那可是要大笔花银子的啊！到哪里弄钱？

县衙里有个簿书吏（负责文案），是个有名的刀笔吏，姓瞿，名利安。“上官廷钰”今晚连夜呈文，找的就是他。

瞿利安给“上官廷钰”出过点子，到财主们头上打秋风，等于时下说的，让土豪们放点血。“上官廷钰”前些日子纠缠于大案，脱不开身，好！现在大案理出头绪来了，明天就开始打秋风。但是眼睛已经要合上了，再怎么使劲还是睁不开，他反复对脑瓜子下令：一、明早与刑名师爷商量，抓捕姜聂隆。二、赶快打秋风。就这么一而二，二而一……不久，鼾声大作。

第二天午后，受命抓捕姜聂隆的快班（捕快）班头急急忙忙回衙禀报：姜聂隆离家日久，不知去向。

“他家里有什么人？”“上官廷钰”后悔下手晚了！

“只有一个瞎眼的老娘。”班头回禀。

“上官廷钰”命快班班头严密布防，务必要将姜聂隆抓捕归案。

班头前脚走，瞿利安后脚到，回禀打秋风的进展情况：财主们表面上都很客气，不知道衙门里的人找上门来所为何事，一听到钱的事，早先伸出来探头探脑的头，立刻缩了回去。

“上官廷钰”急了：“空手回来？”

“那也不是，请看清单。”瞿利安呈上单子。

“上官廷钰”不识字，把单子往案桌上一扣：“娘的，要放点血，他就装穷了！”

“有一大户，小里埠对岸的，是个新暴发户，都说他很有钱，偏偏是他，一毛不拔。”

“嚄！”“上官廷钰”瞪大了眼睛。

“他家里的房子修得像宫殿一样，还哭穷！”瞿利安好不夸张地说。

“上官廷钰”心生疑惑：小里埠对岸去过的，那里好像没有人家的呀？

“刚冒出来的暴发户——隆裕山庄。”

“上官廷钰”在心里盘算：刚冒出来的“暴发户”，好！有油水！原来打算让他们自己吐点出来，这是给他们脸，他们不要脸，那……我可要拔毛了。交代瞿利安：“明天你亲自去一趟，不能便宜了他。”

二

蕙英根据自己的记忆，带着她娘到她曾经跟踪过虎子的几个地方，不见虎子的踪迹。姜家村也去了，但在村外就打听到虎子不在家。一天，母女二人来到一个渡口，天色向晚，迎面是一处大庄园。母女俩商量，不妨到此投宿一夜。

好大的庄园！门楼高耸，用大块青砖雕刻“八仙过海”“鲤鱼跃龙门”“刘海金蟾”等神话故事，很显气派。

庄园家丁守卫森严，刘夫人上前说明来意，不一会儿，出来一个头领模样的人，仔细询问刘夫人后，反身回禀，过后同来一老媪，由老媪领着夫人和蕙英，走过好几进回廊，来到了后进的一间屋子里，招呼她母女俩住下。

刘夫人见床榻还算干净，加上天气冷，母女俩挤到一张床上，钻进被窝，靠着床头说话。

刘夫人拍了拍蕙英：“你说这个虎子他会去哪里了？”

“他会去哪里？肯定是围着我们九条龙在转。娘，我感觉那个百事不管、在山岩下钓鱼的，还有那个开馆为师的，说不定都是我的龙哥哥。”

“哦！你是怎么看出来的？”

“我是这么想着。说不定，我的那些哥哥，各行各业的都有。”

刘夫人一声叹息！说：“做什么行当不要紧，只要走正道，不危害百姓就好。”

"娘，我们明天去哪里？"

刘夫人已感疲倦了！说："哦！我有点累了，明天我们歇一天，好吗？"

"好！明天我们歇着。"说罢便搂住娘，相拥而卧。

也不知道是深夜里的什么时辰，蕙英突然惊醒，先听见房门外有动静。她不敢惊动熟睡中的老娘，侧耳倾听：好像有人在推动窗户。感到情况不妙，悄悄下床，潜身窗下。

"吱呀"一声，窗被推开了，接着出现一个黑影，探进半个身子来朝里张望，眼看就要纵身入内。蕙英未等他起身，即腾身而起，跃出窗外。

黑影迅速闪躲。

冬天的深夜，满天星斗，初八、初九的半个月亮，好像集聚精华，看上去特别明亮。墙边的树木、地上的草坪都积起了一层银霜。四下里静悄悄的，天穹下的万物，都在沉睡中。

黑影注意到，眼前摆开架势准备与自己交手的姑娘，果然是个美女。想不到这么水灵灵的美女还有一身好功夫，淫欲早已按耐不住，纵身来取美女。

蕙英闪身避过黑影的攻击，迅速给以还击。两人你来我往，一时难分难解。

黑影大出意外：这个小妞使的路子怎么与自己一模一样，酷如同一个师傅下山？哪会有这样的事？难道说遇上自家兄弟了？九龙个个都是男的呀！但眼前明摆着的却是个姑娘！

"蕙英！蕙英！你在哪里呀！"刘夫人惊讶、恐怖地呼喊。

黑影心头一颤！这个声音好熟悉啊！但一时想不起来。他最怕见到熟人，不能再斗下去了，急攻一招，腾身而起，很快消失得无影无踪。

蕙英见黑影已逃匿，赶快回应道："娘，我在这里，马上就回来。"

刘夫人听到蕙英的应答，终于放下心来，起身开门。"深更半夜的，外面多冷啊，你去哪里了？"

蕙英担心说了刚才发生的事，娘会吓着，便撒了个谎，说："娘，我开始睡着了，后来不知怎么醒过来了，就再也睡不着了。见窗外的月亮照着窗户，便悄悄起来，到院子里走走。"

"傻姑娘！哪有大冷天，半夜里去院子里走走的？"刘夫人故作嗔怪，"快点睡。"

母女俩重新钻进了被窝。刘夫人搂住蕙英，在她耳边轻轻地说："是想到虎子哥了吧？"

"娘……"蕙英在娘的怀里像鳗鱼样扭动起来。

刘夫人的确是累了，很快又睡着了，轻轻的鼻息声一起一落。蕙英感觉越来越清醒，再也无法入睡了。

"这个黑影是什么人？为什么在这个时候找上门来？是窃贼还是淫棍？是这个

庄上的还是外头潜入的？为什么出手和自己一样？听见娘的喊声，他就跑了，难道说是自家阿哥？那为什么又要跑呢？”她翻来覆去地想不清楚，直到快天亮了才迷迷糊糊地睡过去。

三

黑影就是二龙——隆阿伊。今非昔比，他已经不是当年包子店里的小伙计，乃堂堂隆裕山庄的庄主。遗憾的是——身边独缺一位称心如意的美貌娘子。供他玩的女人有的是，廖吉州现在是庄上的大总管，时不时会给他招来，但一直没有遇上称心的。他始终没有忘记，曾经在包子店里见到过的，有钱人坐在马车里搂着漂亮女人逍遥过市的销魂情景。现在他也是有钱人了，但还是及不上他见到过的那些有钱人的气派、惬意和舒坦。

隆阿伊虽然过的是富贵人的生活，但他十分忌讳与外人打交道，更怕问及他的身世。凡是对外交往，都由廖吉州出面。因此，他的交际、应酬还只是包子店里学来的那点本领。

廖吉州原本是一株干瘪了的茄子，是隆阿伊使银子如流水，把他给浇活了。造这么大的山庄，都由他经手，隆阿伊一一照付。开始建造的规模并不大，廖吉州见东家从不问价钱，好像有使不完的银子，规模一扩再扩。隆阿伊什么都不懂，加上廖吉州能说会道，全照着他说的办。最后偌大的山庄建成了，廖吉州腰里也慢慢地鼓起来了。这个“芙蓉鬼”经常出入高档烟馆，不仅自己舒坦，还有一批跟着他享福的弟兄们，许多事情他只是躺在烟榻上开开口，就有人去为他办，俨然他已经是隆裕山庄的二掌柜。傍晚时听下人来报，有母女二人来庄上投宿，姑娘是个绝色的大美人。他想，倘若真是个大美人，岂非送上门来的好事？俗话说得好，“挑日子不如撞日子”，有时候还真是挑来的不如撞来的，赶快把这个特大喜讯报告庄主。

隆阿伊对廖吉州的此类喜讯已领受过不少，经验告诉他，说起来都是大美人，弄得他心里像钻进一只毛兔，扑通扑通地跳，进房里一看，心里凉了半截！现在他也有经验了，俗话说，百闻不如一见，一定要以自己亲眼所见为准。

隆阿伊正打算去后面转转，寻机看看那母女俩。就在这当口，该死的县衙里又来了个什么小官，日前不是来过了么！怎么又找上门来了？他让廖吉州去应付。他人还没走到后进，廖吉州就匆匆追上来了，气喘吁吁地说，来人不太好讲话，一定要见庄主本人。

隆阿伊纳闷了，是不是上回没有开销，又找上门来了？还是真的出什么事了？弄不好乌龟扒泥团——越扒越深，让他们摸到什么底细了？情急之下，心里慌乱，只好硬着头皮去见官。

瞿利安大谈县里要兴建救助孤寡老人、弃婴、寒冬施粥等善举设施，有望地方大户、商家、贤良、士绅大力赞助。

原来是这么回事啊！隆阿伊最怕官家，更怕涉及银子的事，现在两怕一起上门。他深知自己的钱财来路不明，对官家要躲得远远的，想不到连连找上门来。他想不出什么对付的办法，不管对方说什么，威逼也好，利诱也好，他抱定铁豆子下锅，油盐不进！念念有词的就那么几句话：后悔当时死要面子，一心贪大，如今房屋空空，亏了一个窟窿，债主天天上门，“天天三十夜做皇帝”（方言，旧时除夕夜系讨债夜，只要躲过年三十，春节是不允许要债的。故负债人用躲的办法，让要债人像见皇上一样难以见面）。想不到当老赖也管用，直弄得手段高明的瞿利安也无可奈何，最后拂袖而去。

隆阿伊看美女的好心情被赶跑了。天黑了，不久月亮上来，今晚的月亮特别明亮，何不乘着月色去看一看睡美人？如果真是个……这笼子里的螃蟹还怕它逃到哪里去！这么一想，好心情又回来了。他换上一身黑衣裤，乘着月色，悄悄地来了。

寂静的夜晚，偶尔有枯枝在寒风中折裂坠地的声音。再往前走，寒风愈烈，那里已靠近江边了。母女的房间就在眼前，怎么不见点灯，这么早就入睡了？举手想推门，马上又缩回，担心里面问起来怎么回答？低头看自己这身打扮，有了，“查夜的”。遗憾！门拴上了，推不开。便到窗下，他想，如果能推开窗户，月光下的美女，一定很迷人！

窗户推开了，万万想不到竟然遇上一场激烈的打斗。果然是如同天仙一样的美女，功夫却是十分了得！奇怪的是与自己一个路子，难道说真是自家兄弟？不，怎么会弄出个女的来？

隆阿伊这一夜无法入睡，他翻来覆去地想：来了母女俩，随后就来了衙门里的人，他们是联手的吗？已经露出什么马脚了？母女俩借宿是假，探底是真？衙门小官上门也是探虚实的吧？不好！藏银的地方今晚会不会出事？！

隆阿伊翻身下床，飞身来到藏银处，仔细查看，完好无损。但他还是放心不下，预感危险正渐渐地逼近，不得不防。怎么防？最好的办法是立刻转移，找一个新地方落脚，最好是深山里，濒临小溪、小河，人迹罕至的地方。再建一幢小楼，不建什么山庄，引人注目，自找麻烦。但寅时卯刻到哪里去找这样的地方？睡意上来了，感觉有点累，暂且回房歇着。因为有心事，睡不了多久就醒来，还是想刚才的心事，越想越紧张，似乎官兵已经迫近，眼看就要包围山庄了！他猛然坐起，静悄悄的深夜，什么事都没有发生，只听见几声江上野鸭的鸣叫。

隆阿伊重新睡下，但迷迷糊糊地似睡非睡，一直到天亮。索性起来，不睡了。隆阿伊草草地用过早餐，感觉头有点晕，出庄园，信步来到江边，看见码头上有几个衙役在走动。隆阿伊忽然像被黄蜂蜇了一口，立时心惊肉跳起来，他们到这里来干啥？正好，廖吉州走过来了，他马上指着问：“这，这些衙门里的人来做啥？”

廖吉州凑到隆阿伊的耳边，轻轻地说：“这些人是衙门里的快班。”

“快班？干什么的？”

廖吉州双手做了个抓捕人的动作，“专管捕人的。”

隆阿伊的脸上“刷拉”一下子，立刻挂上一层霜：果然不出所料，他们要动手了！其实这是隆阿伊贼胆心虚，班头是为虎子而来。他闻报姜家村今天要到渡口来迎亲，断定虎子是村里最有影响的人，一定会出现，因而早早地就到这里来布防。

隆阿伊感觉危险就在眼前，得马上走。但那么多银子还在山里，怎么办？他急切地问廖吉州：“欸，我们两次没有答应他们，官家会不会记仇？”

其实廖吉州心里早已有底。他与瞿利安是烟馆里的朋友，“上官廷钰”一定要放隆阿伊的血，机灵的瞿利安打起廖吉州的主意，答应只要他出面通融，事成后必有回报。另外还要廖吉州相帮一件事：就是今天，一早有一支女家送亲的队伍要到码头上，想办法把他们迎进庄里。廖吉州一时弄不明白，要问个究竟，瞿利安回说“无可奉告”。廖吉州尽管是个烟鬼，还讲点信义，但官府这头也不敢得罪，最后答应把送亲的队伍迎进庄里，其他事概莫能助。现在班头带着衙役突然出现，他感觉意外，难道说是冲着庄主来的……

“他们要干什么？！”隆阿伊转身欲走。

岂料，就在这时，一队持着刀枪的兵勇列队而来，看样子要围困山庄了。

隆阿伊大惊失色！夺路而走。

“等等！”廖吉州横跨一步，挡在阿伊的身前，“现在还不知道官府行动的意图，他们到底要干什么？你这样匆忙出走，不怕引火烧身啊！”

忽然鼓乐、炮仗响起，江对岸一群人围着一顶花轿正准备上渡船。

“机会来了！有道是：婚礼者礼之本也，上以事宗庙，下以继后世，故君子重之，谁敢阻拦？”

“有这样的规矩？”隆阿伊问。

“历朝历代都行这个规矩。”

“临急临时到哪里去弄人来拜堂成亲？”

廖吉州挥手指向江上，“你看，来了！”

“这个！人家怎么肯啊？”隆阿伊连连摇头。

“婚庆场面乱哄哄的，如果真是摊上事了，你走人就是，余下的事情我来料理。”

“这个……”隆阿伊拿不定主意。

又一队官兵从后山直下，两路人马包围了隆裕山庄。

“庄主，事不宜迟！”廖吉州催促。

隆阿伊紧张得面无人色：“好，快！快！”

隆阿伊、廖吉州急速回山庄。

廖吉州马上布置婚庆场面：门楼、大厅、洞房着人快速布置起来，整个山庄霎时喜气洋洋，庄主今天要拜堂成亲了！

渡船靠岸，花轿不见了。这是当地风俗，女方的花轿不能再往前走，不然，娘家的财气会被带走。新娘子怎么办？走到夫君家？事先早有安排，新郎家的花轿早就应该在码头上等着。

廖吉州已等候在码头上了，渡船一靠岸，炮仗鼓乐齐鸣，备好的花轿门帘掀开，新娘子踩着铺好的麻袋（取意代代相传）坐进了花轿。一大帮迎亲人拥着花轿，浩浩荡荡地进了隆裕山庄。偌大的客厅里张灯结彩，气势恢宏。女家的大舅（当地风俗，大舅代表女家的长辈，要参加婚礼的全过程。如果女家没有亲舅，哪怕远房的也要请一个来顶着）和同来的几个亲戚纳闷了，怎么弄到这里来成亲？大舅去过新郎家，那是个离城不远的山村，住的是茅屋啊！怎么一下子变成了富贵人家？这是怎么回事？正在他们发呆的时候，廖吉州热情地把他们请到最气派的一张大餐桌前，恭请他们入座，献上好茶好烟。

人大多是心向富贵的。由富贵而穷，难以接受；由穷而富贵，自当喜笑颜开。突然间步入富贵之乡，来不及细考缘由，任由安排坐席，享受起来。不过心里还是在想：男家是不是结婚换场地了，那事先也该打个招呼啊！

快班班头带领一班衙役迅速封锁山庄，不准一人外出。喜庆大厅里人头攒动，熙熙攘攘，这突如其来的禁令，如同一声惊雷，宛若沙滩上的一群鸿鹄，个个伸着脖子张望！

班头大声说话：“大家不要乱，听我说，经查有逃犯混入你们当中，我们要缉查，大家站在原地不要动。”

隆阿伊原本打算趁着新娘子进门，人多纷乱之时，溜之大吉，摄取银箱，从后山脱身。想不到快班班头如此迅速赶到，封锁了山庄，还说有什么逃犯隐匿！这个逃犯是谁？不就是他！眼看无法脱身，只有硬拼一条路了？苦也！兵勇已将山庄团团围住，怎么脱身啊！隆阿伊急得直跺脚。

廖吉州也急了。瞿利安说的，下篇文章由他们来做，怎么到现在还不现身？几次问班头，都是绷着一张脸摇头。

从漫天朝霞，直等到日上三竿，还是不见姜家村的来人。班头感到情况不妙，难道走漏了风声，虎子早有防备？班头知道虎子武功了得，不敢在空旷的野外下手，弄出这么个办法来，是想把姜家村人引进庄里，来个瓮中捉鳖，岂料扑了个空，只好下令撤，乱哄哄地闹了一场。

廖吉州送了许多办喜事人家必备的糕点、馒头之类的东西给班头，并亲自送出庄外。接下来怎么办？有道是：请神容易送神难，再怎么弄法？

隆阿伊见官兵突然撤了，原来是虚惊一场啊！当时冒充男方，把新娘和送亲人迎到庄里来，完全是为了掩护脱身。现在官兵走了，如何打发他们？隆阿伊赶快让人找廖吉州。

廖吉州不敢怠慢，快步赶到。

隆阿伊一见廖吉州，马上摊开双手："再怎么办？"

廖吉州料定庄主要找他拿主意，事情也真出乎寻常，新娘到了这么久了，接亲的男家到现在还没有出现。瞿利安神秘兮兮的，原来要在接亲队里抓逃犯，结果扑了个空。抬头看天，太阳都快到头顶了，看来这桩婚姻有变了。既然生米已经下锅，何不再添把火，让他做成饭得了！

"庄主，这到口的鲜肉索性就吃了吧！"廖吉州说。

隆阿伊愣住了！"人家会答应吗？"

廖吉州悄悄地在隆阿伊耳边说："我看过那新娘子，真是美貌无比！"

"真的？"

"那还会假，不信你自己去看。"

"让我想想……"隆阿伊还是觉得不妥，"如果闹起来，人家不答应，弄得鸭吃砻糠，空欢喜。"连连摇头，"不好，不好，"

"不，只要拜了堂，天地都认你们是夫妻。大不了赔些银子。我问过了，男女两家都是山里人，穷家子，有银子就好说话。你再想想，现在去对他们说，请你们走人。这话怎么说呀！"

隆阿伊攒紧双手："好！那就拜堂。"

廖吉州立刻吩咐下去，拜堂成亲。

送亲人中见过新郎的只有大舅，他发现新郎怎么矮了些许，人却比原来胖多了。哦！人胖了就会显矮。

廖吉州充当婚礼司仪，按传统礼仪程序进行，最后夫妻送入洞房。

新娘是建德三都洪岭人，那里山高地少，还有匪患，生活十分艰难，常年吃不饱饭。家乡有一个后生，同村的，两人从小就合得来，但父母不答应，山里太苦了。有离县城不远、粮食吃不完的的姜家村来聘娶，她爹妈一口就答应了。

新娘今天早早就起身，经过一番打扮，告别生她养她的父母，满含泪水地坐进了花轿。几十里的盘山道，把她颠得够呛。下山以后尽管走平川了，但她肚子饿了，早饭时哭得吃不下，现在可饿得连口水都吞咽完了。总算到了新郎家，真想掀开红头巾看一看自己的新家是什么样的，但是她不敢，娘说过，红头巾一定要新郎来掀的。突然又听说官府来人了，要抓什么逃犯，吓得她心头发颤。经过好一番折腾，总算等到入洞房，一大帮人前呼后拥地送她进新房，但众人立刻退出，孤零零地让她一个人坐着。到了这个时候，她已经饿得眼前发黑，她悄悄地挪开红头巾的一只角，想看一看身边有没有人，总得让他吃一口呀！

遽然一双男人的眼睛正凑近她看，赶快放下红头巾。

这个男人正是隆阿伊。他很想看一看这个新娘子到底长得什么模样。这一看，让他老半天回不过神来，太出乎意外了！见过的女人也不算少，今天所见才是有钱人家的那种样儿！忍不住放声大笑起来，这不是白送来的九月里的甘蔗——甜到心里了吔！

四

姜家村的迎亲队伍到哪里去了？今天的姜家村可就热闹了，秦婆婆家的秦耕娶媳妇，成了全村人的大喜事。秦婆婆心地善良，为人厚道，是村里公认的好婆婆。都说好人有好报，果不其然，婆婆在田里捡来个好儿子，虽说是捡来的，但他为人处世与婆婆一个样，就像一个印版里印出来的，尽给村里做好事。

村里人见秦耕已到谈婚论嫁的年龄了，有人出面，帮婆婆从三都红岭说来一门亲，婆婆很满意。问秦耕想不想娶媳妇？秦耕脸涨得像猪肝一样，老半天才说了一句“说想……又想不来。”婆婆笑得合不拢嘴，这门亲事就这么定了。

今天迎亲，连日来都是阴雨绵绵，好不容易遇上了一个大晴天，都道是婆婆福气好。全村几乎都出动了，本来是里正带队，不巧老人家伤风感冒了，大家公推由姜泰浒领头。姜泰浒义不容辞，当晚他去了虎子家，先把水缸里的水给挑满，有几件要紧的事都做好，再对虎子娘说明天的事。

虎子娘很为秦婆婆高兴，说他有后福，交代浒浒，明天一定要把新娘子顺利接回家，路上要多个心眼，不可出岔子。办喜事是高高兴兴的事，遇事多让着点。

姜泰浒点头称是。

随后，虎子娘轻轻地叹了口气，这是她内心感情的自然流露，她本来就牵肠挂肚地念叨着虎子的亲事，不小了，该成亲了。她恨自己这双眼睛，行动不得。听到耕耕娶媳妇了，更触发了她的紧迫感，想起了刘夫人和蕙兰。她认定，已经摸准了人家姑娘的心思，明摆着这么好的姑娘，还不开口去说，要等到人家姑娘有人家了再去托人说话？

虎子娘把姜泰浒叫到跟前：“浒浒，我想对你说件事。”

“欸，我听着。”

“你给我打听，留意那个刘夫人，如果你遇见了她，那就更好，只说我念叨着她……想请她母女俩来我们家做客。”

“噢，我记牢了。”姜泰浒应道。

“别忘记了！”虎子娘加重语气。

“已经挂在心上，”姜泰浒边说边做了一个挂着的动作。心里却在想：虎子娘在为虎子急了！岂止是你老人家急，我爹妈也急，我心里也急呀！同是年轻人，眼见别人娶媳妇了，哪有不急的？

一大早，姜家村的迎亲队伍，一行几十个人，清一色的新衣新裤，炮仗响起，锣鼓喧天，浩浩荡荡地出了姜家村，不久便到了进城路口。姜泰浒作为领头人，自当走在前面，发现路口上站着许多人，又见许多兵勇持着兵器，把守着路口。今天是怎么了？姜泰浒上前打听，这才知道：京里的大官到建德来了，大街封道，要等到大官通行以后才能放行。

这怎么办？讲好时辰在小里渡口对岸接亲，若是误了时辰可就糟了！姜泰浒把遇上的新情况告诉大家，众人七嘴八舌也没说出个好办法来。没有别的法子，只有干等，唯一可期待的是，大官是从杭州驾舟来的，昨天游览了严子陵钓台，今晨从钓台下出发，祝愿他遇上顺风，早一刻到建德。

等待是最让人心焦的，“度日如年”。出村的时候，太阳还在山背后，现在太阳已升得一竿子高了，再等下去，眼看就要误时辰了！

有人提议：往回走，沿着乌龙山脚往东，翻过钟楼山，就可到达小里渡口对岸。

这倒也是个办法，算起来不过十多里路，加快脚步，半个时辰就可赶到。现在这样等下去不知道要等到什么时候？倘若官船遇上了对头风，那就说不好了。

说走就走，一行人快速行动，好在都是山里人，不怕走山路。想不到的是，昨晚西北风刮得紧，路面霜冻得厉害，经太阳一晒，都化开了，踩上去软绵绵的，鞋底沾上了像膏药脂样的泥淖。因为今天是迎亲，大家都穿上了好鞋子，有的还是新鞋，因而都要选地方落脚，走起来一跳一跳的，加上鞋底沾着“膏药脂”，速度就快不起来了。

姜泰浒看在眼里，这样子走下去不行，一个时辰也到不了，急着对大家说：“太阳在不停地往上爬，我们的鞋让‘膏药脂’粘住了，要跑步才赶得上太阳，哥们，跑啊！”说罢，他带头跑在了前面。大家也撒腿跟上。

穿着新郎官服的秦耕，心里有说不尽的感激之情，接新娘子本来就高兴，又见村里这帮好兄弟如此热情、尽力，心里就像温暖的阳光不知什么时候钻进他的肚子里去了，感觉浑身的毛发都在往外冒热气。

一行人如同踩着高跷，赶到了小里渡口对岸。背脊上汗津津的，江上的冷风吹来，里面的衣服像铁皮贴在身上。总以为女家会在渡口等着，谁知道什么也没看见！

正当大家一脸茫然，对着大江干瞪眼时，摆渡的老艄公看出了苗头，他在船头上靠着船撑（船头上直插江底，起抛锚作用的木桩）坐着抽烟，说：“你们是来接亲的？”

姜泰浒满脸焦急地应道：“是啊！”

“你们不说好时辰的？来得这么晚？”

“现在他们去哪——哪里了？”姜泰浒急得有点口齿不清。

老艄公向前努了努嘴：“老早就被他们接去了！”

姜泰浒回过身来，只见一幢高楼挡住了视线。“他们怎么能把我们的新娘子接走？！”抬手一挥，“找他们去！”

几十个人一阵风似地拥向隆裕山庄。

五

隆裕山庄的婚庆大厅里正摆开喜宴，隆阿伊分别到各个坐席上敬酒。突然家丁冲进大厅禀报：“不好，许多人冲进来了，我们拦不住。”

“哪里来的人？”廖吉州问。

家丁回头看，惊呼：“他们来了！”

姜家村人像巨大的浪涌，扑进了大厅。

姜泰浒大声喝道：“你们这里谁是当家的？”

廖吉州仗着主人的财势，不慌不忙地应声：“你们是什么人？竟敢擅闯民宅？”

姜泰浒几步便抢到廖吉州跟前：“我问你呐，你们好大的胆子，光天化日之下，竟敢抢截我们的新娘子，我看你们是吃了豹子胆了！”

廖吉州一脸横蛮：“胡说八道！谁抢你们的新娘子了？你们娶媳妇管我们屁事！我们这里拜堂成亲与你们有什么相干？”

姜泰浒被廖吉州的几句抢白憋得说不出话来，他没有凭据指责隆裕山庄抢截新娘子呀！

秦耕急坏了，瞪大眼睛看庄主：你怎么可强抢别人家的媳妇？这可坏了做人的规矩呀！这不是和我爹一样，只顾自己享乐，不管别人！再看自己村里人，个个都是赤眼看火石，怒火升天，弄不好动起手来，那就糟了！忽然看见了大舅，低着头闷声不响。他去过他家里，一起吃过饭；大舅也来过姜家村，全是他陪着，晚上两人还睡在一起，已经很熟悉了。到了这个时候，他怎么装哑巴了？秦耕快步来到大舅跟前，上下嘴唇抖动得厉害，最后总算是把话说了出来：“大舅，你，你，你怎么能这样啊！？”

姜泰浒这才发现女家的大舅在场，“你是女家的大舅？”

其实大舅早就看见了秦耕，身上已惊出了一身冷汗！最好这时候他脚下的地面裂开一条缝，他立马就往地缝里钻。不过有一点他还没有弄明白，这真的新郎和假的新郎怎么会这么像？见姜泰浒指着他问，哪里还敢朝着他看，简直要把头藏进胸口里，低声下气地应道：“是，是的。”

姜泰浒沉下脸来说：“今天闹出这样的事情来，你要挑担子！你说，怎么办？”

大舅还是低着头，“我要挑担子！我要挑担子！”说到这里，才略略抬了抬头，“你们把我妹妹抬走吧！”

大舅的话音未落，姜家村的人就奔向新房抬人。

“且慢！”廖吉州大喝一声，“姜家村的人，你们听着，我不管你们有什么三媒六证，今天，我们庄主与新娘已经拜过天地，行过结婚大礼便是夫妻，谁敢来强抢我们庄主的夫人！”

姜家村的人先是一愣，几个愣小子早已火上房顶，根本没理会廖吉州在胡说什么，直往新房里冲。

隆阿伊站出来了，大喝一声：“要动手吗！”就他这一句话，突然遄出一批家丁，挡在姜家村人的面前。

姜泰浒心里早就憋着一肚子怒火，真想大喊一声：“难道怕你不成！豁出去，打他个稀巴烂。”但仔细一想，动不得，万一弄出人命来，怎么收拾？那就出大事了！但新娘可一定要接回去，要不怎么向婆婆交代？怎么向姜家村的人交代？

就在这进退两难时，有一个人跳将出来，还是个姑娘，一个漂亮的姑娘。

蕙英昨晚睡得不太好，直到快天亮了才迷迷糊糊睡过去。不知道睡了多久，只觉得眼前亮堂了，睁眼一看，太阳都老高了！一骨碌起来，见娘依然睡得很香，看来这几天连日奔波，真把娘给累坏了。她蹑手蹑足出了房间，找到院子里贮藏天落水的大缸，洗漱了一番，感觉好清爽，也没觉得饿，娘还睡着，便信步走出山庄，到江边透透气。

富春江在两岸青山中蜿蜒东逝，江水清澈，旭日临空，阳光照射在积着浓霜的草地上，化作星星点点的水珠儿，闪烁着绚丽、耀眼的光彩。江岸的兼葭在江风中摇曳，蓬松的茅冠，一会儿点头，一会儿又摇头，宛若含羞、躲闪的少女。古人有这样的诗歌：蒹葭苍苍，白露为霜，所谓伊人，在水一方。水光潋滟的江水，好像在轻轻地哼唱这首歌，缓缓东流去。蕙英不懂诗，她想约请江水再慢一点走，给她带个信，问候她心中的伊人，如今落在何方？

在江岸的不远处，也站着一个人，看上去很像昨晚的那个“黑影人”，想再仔细辨别，对岸鼓乐声声，一顶花轿，前呼后拥着一大群人，正在上渡船。是哪家娶媳妇了？蕙英被眼前的热闹场面吸引了，看着渡船慢慢悠悠地载着鼓乐、欢笑，从对岸过来，奇怪的是——他们上了岸就坐在码头上不走了，好像在恭候，等待着什么？蕙英又想起那个“黑影人”，早已不知去向。担心娘醒来要找她，赶快返回山庄。远远地就看见门楼上张灯结彩，好一派喜庆场面，宛若变戏法一样，突然变了个样！忽然身后炮仗、锣鼓响了起来，猛回头，一顶更大的花轿已来到跟前，她赶快让到一边，噢！原来是这里有人成亲。

蕙英穿过回廊到后进，远远地就看见娘站在房门口，四下里张望。蕙英赶快迎上前去。

“娘！你起来了！”

“你又去哪里了？让我好找！”

“娘！我起来时你还睡着呢！我去了江边，透透气。”见娘还是一脸疑惑地看着她，便把昨天晚上相遇“黑影人”的事对娘说了。

“啊！”刘夫人骇怕了，“有这种事！这个地方待不得，我们赶快走。”

“今天我们去哪里呢？”

刘夫人看着蕙英，一时又没了主意。

门外人声嘈杂，还伴有杂乱的脚步声。

刘夫人惊慌起来。

“娘，你别害怕，我出去看一看。你哪里都不要去，就在屋里待着，我一会儿就来。”

蕙英快步出门，见一批家丁持棍棒蜂拥而去；边上站着几个妇人在悄悄议论，话说得很轻，但有一句话听得真切：“姜家村的人赶来了！”

蕙英心头骤惊：姜家村人为什么要赶到这里来？在她的心目中，姜家村就等于是虎子，他们来干什么？立即随后赶去。

大厅里人头攒动，蕙英看见了新郎官打扮的秦耕；看见了气咻咻、满脸怒容的姜泰浒。仔细倾听双方的激烈争论，明白了姜家村与隆裕山庄发生冲突的原因。她十分同情姜家村人，坚定地站在姜家村人一边。

蕙英从隆阿伊的举动来看，她怀疑，这个隆阿伊——隆裕山庄的庄主，就是昨天晚上的“黑影人”。当他满脸杀气，准备与姜家村人动手时，蕙英毫不犹豫，挺身而出：“我不是姜家村人，也不是隆裕山庄的人，是昨晚在这里投宿的房客。我来说句公道话。”

姜家村人齐声说好！

姜泰浒心里在犯嘀咕，感觉好像是在梦里，怎么突然冒出个蕙兰小姐来？！虎子娘说得没错呀！现在他也亲眼看见了活灵活现的蕙兰！是死了活回来了还是本来就没有死啊！真把他给弄糊涂了！

隆阿伊狠狠地看了一眼这位不速之客，也感觉来人就是昨天晚上的对手，突然又冒了出来，来搅浑的？

蕙英振振有辞地说：“今天早上我到江边溜达，看见庄主也在江边。不久，见江对岸有新娘子的花轿渡江，到了码头，他们就歇下来了……”

姜泰浒急着插话：“在等我们啊！说好了在渡头等的。”

蕙英接着说：“那花轿在码头上歇着，我也返回了。让我大吃一惊的是，走出庄门时，这里冷冷清清，怎么突然间天地都变了，隆裕山庄喜气洋洋，排场迎亲；站在江边打愣的庄主，转眼当起了新郎。我想问庄主，分明是你拦截了别人家的新娘，怎么还好当着众人耍赖？你一点都不觉得理亏吗？”

姜家村人大声喧哗，指责声不绝于耳。

隆阿伊嘴笨，难以反驳蕙英的指责，瘪了。

廖吉州见主人哑口无言，立马上来助阵："谁会相信你说的胡言乱语！”指着姜家村的人厉声喝道："你们再不滚蛋，我可要关门打狗了！”话声一落，大厅的大门“砰”的一声合上了。

“你敢！”蕙英飞起一脚，踹开大门，指着隆阿伊，“你在光天化日之下胆敢强抢民女？”

姜家村人不知道是谁高喊了一声："人都敢抢，隆裕山庄的钱财也是抢来的啊！”

一句话击中了要害，甫才还是一脸横蛮，作困兽斗的隆阿伊，立现颓势，如同斗败的公鸡，耷拉下脑袋。想起昨天晚上的遭遇，他依然怀疑这个姑娘是衙门派来的“探底”，思谋如何迅速出手，先脱身再说。

蕙英见隆阿伊瘪塌了，连忙对姜泰浒使眼色。姜泰浒猛一挥手，姜家村人像潮水一样涌向新房。秦耕背起新娘冲出，姜家村人卷起一阵狂风，呼啸而去。

廖吉州指挥家丁奋起追赶。

隆阿伊怒不可抑，不管顾眼前的对手是什么来路，飞身来取蕙英。

蕙英迅速还击。

一阵打斗后，两人感觉在大厅施展不开，跃出窗外。这里是一座花园，地势开阔，正是大展身手之处，直打得满地黄花飘零，寒梅碾作尘泥，两人依然不分伯仲。

隆阿伊眼看脱不了身，煮熟的鸭子已被抢走，好事全坏在这个女人身上，恨得咬牙切齿。但见她矫健的身姿，功夫了得，同样是个美人坯子，心里又动起来，便跳出圈外，指着蕙英道："姑娘，今天你是走不出我的山庄的。这样，你马上去追他们来，物归原主，我们扯平，各走各的道。”说到这里，隆阿伊又从上到下打量蕙英一番，露出狎昵的眼神："如果你愿意替代，那也……”

蕙英如何受得了这等侮辱，恨不能一击将他打翻在地，“你去死吧！”迅疾猛攻。

好一番打斗，隆裕山庄的人都赶来围观，从旁助威，盼着他们的庄主一举得胜。后来见这位女子功夫了得，助威声渐渐平息下来。随着两人你来我往的速度越来越快，已经分不清彼此，大家瞪着一双惊骇的眼神，凝神屏气，等待着最后的结果。

刘夫人在屋里等蕙英，时间一久便焦急起来，又没个地方去打听，她打开房门，看不见一个人，就寻着来路，东看西看地走，当快走近大厅时，听见里面有响动。想起蕙英说的昨天晚上那可怕的事，心头一阵阵紧跳。她慢慢地走近大厅，见人都围在大厅边上的园子里。突然一撮沾着泥巴的花朵儿，像箭一样向她射来，来不及躲闪，“叭”的一声，泥巴朵儿落在她的衣襟上，感觉胸口生疼，堵得她一时喘不过气来。她问那些围观的人，这是在干什么呀？围观人眼睛也不朝她看，应了一声：

“在开打！”

刘夫人一听说在打斗，心里更急了：“谁跟谁打呀？”

“和一个女的打。”

“和女的打！”刘夫人大惊失色！不顾一切地挤进人堆里。但是她看不清人面，实在太快了！这是蕙英在与人打斗吗？这是为什么呀！尽管看不清楚，但她猜想，恐怕是昨天晚上那场遭遇的继续，她害怕这样打下去要闹出人命！正要喊话制止，“呼啦”一声，两人腾入半空拼杀。围观人群齐声惊叫！

蕙英拼尽全力，大战隆阿伊，但始终占不了上风。毕竟是女性，体力已渐渐不支。隆阿伊则是恶向胆边生，今天非得把这个女子拿下不可。但两次交手下来，发现这个女子的功夫决不在他之下，要取胜，只有拼体力了。好，机会终于来了：格斗中，在势均力敌的情况下，当一方渐渐只取守势，无力还击，大凡是体力不支、显露出颓势。隆阿伊的体力也已消耗殆尽，但见取胜的希望来了，立即抖擞精神，狠下杀手。

蕙英感到形势不妙，如果被击败了，自己死了不说，还会危及老娘；做人的愿望就这么昙花一现地结束了？脑子里突现虎子的身影……不！一咬牙，奋起迎战。

围观的人中有个人眼尖，突然惊叫：“咦！怎么多出一个人来了？”

大家都抬着头来指指点点：“是三个人，三个人在打了！”

“还有一个是什么人？”

“奇怪，怎么弄出三个人来了？”

“下来了，他们下来了！”又是一阵喊叫。

三个人飘飘然自天而坠，但他们没有落在园子里，而是飞出山庄，不知去向。

第二十二章　七龙卧伴屠龙剑

一

那个第三者是谁？他是虎子。他怎么这么巧，突然出现在这里？离开澄溪道院后，他继续寻找九龙的足迹。目前只找到大龙和三龙，余下的在哪里？想起青云大师说过的那偈：

> 庐山烟雨浙江潮，未到千般恨不消。
> 及至到来无一事，庐山烟雨浙江潮。

有人未到庐山，未见浙江潮，他们向往，追寻庐山、浙江潮的奇观景象，这是让人沉醉的欲望。但这也是贴在身上的湿衣衫，如果能脱下这身湿衣衫，抛开醉人的欲望，就能直面庐山、浙江潮，也就能直视心性。

想到这里，脑子里突然冒出曾经在路途中遇到过的两个孩子的老师，那位姜老师；葫芦瀑下的那位垂钓的出世高人，应该去拜访他们才是。

二

虎子找到了那所学校，在一座很大的吴氏祠堂大厅的右侧披间，有门与大厅相通，里面摆着二十多张书桌。老师的授课台后高挂着孔老夫子的画像，还配上一联，上联：颜曾思孟；下联：万世师表。老师的授课台后的右边有一小门，通向一座园子，里面种植一些树木和花草。

虎子找到这里是下午，走进大厅就听见学堂里人声嘈杂。这里是读圣贤书的地方，他没有贸然闯入，而是在侧门旁静听。听了一会儿才知道，原来在争论一个问题：要不要把挡住学堂光线的一棵树砍掉？虎子发现，学堂右面墙上有一扇窗，窗外浓荫茂密，确是遮挡了阳光。大多数人主张砍树，少数人不同意。砍树的理由很充分：树荫挡住了光线。反对的意见也有道理：这棵树是吴家的老祖宗栽的，前人栽树，后人乘凉，砍不得。双方争论不休。

虎子有些纳闷，怎么听不见老师的表态？他悄悄地探头张望，只见一个比自己年长的老师正兴致勃勃地在倾听孩子们的争论。虎子赶快后退。

"我想问，这棵树上有鸟窝吗？"老师终于开口问话。

"有！"好多学童齐声回答。

"有几个鸟窝？"老师又问。

学童们七嘴八舌，说不清有几个。

"把树砍掉，鸟儿喜欢吗？"老师再问。

听不见学童们回答。过了好一会儿才有一个孩子轻轻地说："鸟儿不喜欢，它们没有家了！"

马上又引起争论，有人说："它可以搬家呀！树多得是。"

"鸟儿喜不喜欢关我们什么事？我们要的是亮堂。"

"树砍倒了，窝里的小鸟落地了，岂不是家破人亡了？"

哈哈一阵大笑："鸟儿死了有什么要紧？"笑声中有人说："捡回家炒着吃，美味！"

笑声过后，老师一声咳嗽，喧闹立刻归于安静。"你们记得吗？燕子何时飞到我们家的屋檐下做窝？"

"春天。"大家齐声说。

"谁能为之吟诗？"老师问。

"燕子声声里，相思又一年。"

"吟得对。我们都欢迎燕子到家里来做窝。让燕子繁衍后代，看成是吉祥。有掏燕子窝的人吗？"

虎子被师生的问答吸引了，探出半个身子来观看。

刚才老师的提问，学童们互相观望，没人回答。

老师看见了探出半个身子的人，没做理会，继续往下讲："春天里有一种最爱唱歌的鸟，叫……"

虎子曾经见到过的那个矮一点的男童回答说："莺。"

"说得好！莺有好多个名字：黄莺、黄鹂、仓庚、黄鸟、黄雀等。莺善于歌，燕长于舞，因而有莺歌燕舞之说。东晋有位学士叫戴颙，他从黄莺的叫声中捕捉到美妙的音律，非常动听。布谷鸟你们知道吗？谁能学学布谷鸟叫？"

“我！”另一位虎子在路上遇见过的高个儿学童应声而起，还偷偷地畂了虎子一眼，好像对虎子说“我认识你”。他学起布谷鸟叫：“布谷！布谷——谷！”他这一带头，引得全堂布谷鸟叫。

老师一摆手，立刻鸦雀无声。“布谷鸟的口腔是红色的。相传战国时，蜀王杜宇号望帝，是一个贤君，后来他把王位让给臣子，自己隐居在西山而死。死后化作杜鹃鸟，昼夜不停地啼叫，叫得满嘴都是血，人称‘望帝啼鹃’。他死了以后时时刻刻惦记着人世，要人们莫忘农时，春天来了，抓紧布谷子啊！我说这一些，是要告诉你们，人与鸟儿共同生活在这个世上，有了鸟儿，我们的景象有多美呀！有唱歌的，有跳舞的，还有关心我们生活、生产的，我们就像生活在一个大家族里。在这个大家族里，我们相互关爱，此之谓：‘美俗曰……’”

学童齐声朗诵：“美俗曰仁里，恶俗曰互相。”（《幼学琼林》原文）

虎子完全被老师的讲解吸引了，他深感惭愧，自己曾经是村里掏鸟窝的高手，取鸟蛋、打弹弓、张网罗雀都干过。今天在这位老师面前感觉有点无地自容。他回想起那天路途中相遇两个学童的情景，当时他就感佩学童的老师，想象会不会是九龙之一？今天亲耳恭听这位老师的授课，但愿梦想成真。他不想再躲闪，就站在侧门边，继续恭听。

“每年的春天是鸟儿繁育后代的季节，刚才有同学说炒鸟肉，美味！大诗人白居易有诗：谁道群生性命微，一般骨肉一般皮。劝君莫打三春鸟，子在巢中望母归。你们懂得诗中之意吗？”老师问。

高个学童起立说：“老师，我不赞同砍树了。”

“为什么？”老师问。

“砍树会伤害鸟儿，是恶俗。因为，我，我也想妈妈的。”

好多学童一起说：“我们都想妈妈的。”

“说得好！还有没有主张砍树的？”老师看着大家问，“看来大家都不想砍树了。日后你们要记牢，天地有万物，我们人只是万物中的一份，日月星辰、江河山川、花草鱼虫、飞禽走兽云云，我们只是其中的一员，在这个大家族里，我们要和睦相处，为‘美俗’非‘恶俗’，只有这样，我们的生活才能美好。至于大家都想要亮堂，还有别的什么办法可想吗？”

那矮一点的学童起身，手指南面的墙，说：“匡衡凿壁借光，我们为何不能在此开窗借光？”

众人抚掌，齐声说好。

虎子一直都站着，直到老师授课结束。

三

学童散去，老师邀请虎子到他的授课台就坐。虎子赞赏老师，坦言愿意搬来课桌，天天接受老师的教诲。

老师不住地摇手，连说：“愧不敢当。”但眼神里流露出意外和不安，面对这位突如其来，看上去似同世外高人的长者，言辞显得有些局促，“呃，你，你坐这里，这样宽敞一点。”说着起身挪凳子，因讲台空间较小，老师在移动时，脚碰到了讲台，失去重心，倾倒。虎子立刻相扶，就这一扶，虎子心里明白了，果真是龙啊！但他丝毫不露声色。

老师面带愧色：“真不好意思，这里连清茶一杯都无法芹献，请长者多多包涵。”

“我是受教诲来的，何敢奢求？”虎子拱手致意，“请问先生在这里坐馆多久了？”

“不算太久，实属滥竽充数啊！”

“敢问先生尊姓大名？梓里贵乡？”

九条龙都一样，最怕有人问及姓名、家乡，他是六龙，也同样被难住了。他停顿了一会儿才勉为其难地说：“建德人，鄙姓姜——”

虎子一听到他“姜”字说出口，立即肃然起敬：现在只有他敢承认自己的真实姓氏啊！

“小名济仁。”六龙说着，但是目光总是在虎子的身上寻找，想找出这位不速之客今天的来意。尽管这里是个山村，日常接触的就这么几个孩子，也不与外人有什么往来，然而今天突然出现个从不相识的人，不能不引起警惕。每当想起提着屠龙剑追杀他的虎子，梦里都会惊醒。

“是济沧海的济吗？”

“是的。”六龙忽然发现来者的身上透出一阵阵寒光，令人毛骨悚然。他不便正眼端详，偷偷地瞟了一眼，正好是虎子的侧面，发现来人骨骼奇伟，体貌彪悍，心头像冰雹砸在荷叶上，一阵乱跳。

“好名，好名啊！济仁于天下。我还记得《弟子规》中说的‘能亲仁，无限好。德日进，过日少’。先生，我没记错吧？”虎子谦逊地求教。

“岂敢！岂敢！长者记性真好。哦！我还没有请教长者尊……”

虎子连连摇手，“老师你太客气了，无需请教，我自报家门：与先生同姓，建德县姜家村人，大名姜聂隆，村里人都叫我虎子。”

六龙大惊失色，目视后侧门，意欲潜逃。但潜意识告诉他，眼前的这个人不像是令人丧胆的虎子。他见到过虎子，并不是这个模样，是个年轻傲岸的后生，怎么会是个上了年纪的人呢？难道今天遇上个冒名的？

虎子看出六龙心下的狐疑，立刻从衣内拔出屠龙剑：“这个你总该认识吧？”

六龙猛见寒光四射的屠龙剑，一阵昏厥，险些倒地。

虎子赶快相扶："来，请坐，无须惊惶。今天我是来拜访你的。"

六龙见虎子真诚相待，满脸和颜，紧张心理有所缓解。他想问虎子为何完全变了体貌，但话到嘴边不敢出口，拱手道："请问今天到访，不知有何见教？"

"实话告诉你，我原本的打算是来看看你。听了你的授课，我改主意了，想求教于先生。"

"求教实在是不敢当。至于说到今天在下所授之课，不知道哪些地方欠妥，引起长者如此关注？"

"从砍树到关心小鸟儿，又从关爱小鸟儿引出白居易的诗，让我想到了你们九条小龙，约定到凡间做人，来到人间后有什么感悟？现在他们都在哪里？与人相处得好吗？"

六龙当时疲于奔命，情急中落到这个小山村，为了生存，当起了塾师。但一颗心总是悬着，终日提心吊胆，不知道如同天神般的虎子，何日前来索命。不知不觉中，索命的虎子突然来到面前，不仅没有取他的性命，反而提出直捣心灵、让他无法回避的问题，茫茫然，一时间他不知道该如何回答。

"白居易在诗中说，'劝君莫打三春鸟，子在巢中望母归'。你们九龙有没有想到已经年迈的老母在望儿归？"

六龙霎时热泪盈眶，禁不住唏嘘起来。

虎子安慰道："我毫无责备你的意思，我更不是为责备你而来。如果要说责备，首先应该责备的是我，是我一路追杀，简直把你们逼到了绝境。从对鸟儿的关爱，我反省自己的偏激与狭隘。同样我也希望你，关爱自己的弟兄，断不可再有人步随你父亲的后尘啊！"

六龙生活安定下来后，从反省家父的倒行逆施中记取教训，认定此生以坐馆为业，笃行"师者，所以传道、授业、解惑也"。至于爱自己的兄弟……"哦！我想起来了，唯有七弟——七龙。"

虎子备感惊喜！"嚄！"

六龙回忆说："有一次，一个学童偶然说起，他的老伯到葫芦瀑去采药，看见一个年长的人在危崖下垂钓，这个人十分奇怪，他把钓到的鱼又重新放回水里，还口中念念有词：'喂，鱼儿啊，现在我钓你，日后你钓我，哈哈！'我听后觉得，此人受老庄影响很深，是个出世高人。又妄想，会不会是自家兄弟，隐居于此？趁一天休课，前往拜访。我一路寻访，山高林密，果然在那葫芦瀑附近的危崖下遇见了他。我不敢贸然打扰，就坐在一旁静观，持续了一个多时辰，我连大气都没出。他旁若无人。后来我真沉不住气了，设想如何来引起他的注意？如若他真是自家兄弟，只要闻说虎子的大名，必定如雷贯耳，立刻会有反应。若是毫无反应，那十之八九

是自己在妄加猜测，不过也无伤大雅，不妨一试。我朝着远处大喊一声‘虎子！’

“这一声喊，果然灵验，他竟然把手里的钓鱼竿丢下，猛站起来，环顾左右，活像原本在草地上悠闲吃草的獐子、麋鹿，突然闻到虎狼的气息，警觉四顾。当他知道是一场虚惊后，狠狠地瞪了我一眼，又故伎重演，把我丢在一边。

“我愈加生气了！为什么没有一点兄弟情怀？我强制自己，再坚持着等下去，看他如何面对？

“天色渐渐地暗下来了，西北天空出现大片黑色云团，紧随而来的是西北风，一阵紧似一阵；崖下卷起的惊涛，呼啸着猛击崖岸；黄鸟惊叫，掠过天空，眼看大雨来临。也许是他良心发现，也许是我的耐性出乎他的想象，他终于开口说话了，是对着崖岸下的波涛说的：“这里有青山、峡谷、泉流，请你忘掉生世；忘掉从何而来，将从何而去，吾将游心于淡，合气于漠，顺物自然，而无容私焉！”说罢，飘然而去。我眼睁睁地看着他消失在林莽之中。转瞬间，大雨来临，无奈，我只好御风穿云，回到住处。

“当晚，我难以入睡，我认准他应该是我的七弟。他说的那几句话，明确告诉我，他已经彻底抛别往日，与大自然融为一体了。我并不完全赞同他说的话，但我也难以改变他的追求。由此我想到还有诸多兄弟，最小的是一个妹子——九妹——”

六龙说到这里，宛如突然拨响了虎子心头最令他向往、激动的那根琴弦，是他很想了解，又苦于无处询问且难以启齿的心头隐秘，想不到六龙突然心有灵犀地破题了，不由一阵激动。难道蕙兰死而复生是小九龙之故？他强制自己冷静下来，继续听六龙往下说。

“他们都在哪里？怎么与人相处？事何营生？过得好吗？当时匆匆分别，到凡间做人，仅仅是为了避难、求生所作的选择。现在我终于明白，做人不容易，做好人更不容易。世上诱惑人的东西太多了，稍有不慎，便会误入歧途。我的先父就是这样走上不归路的。正如佛经上说的，苦海无边，要把种种妄念都放下，一向专念，以发菩提心。我时时告诫自己，勿忘慎独。长者今天来了，才让我明白自己并没有尽到做人的责任，古人云：古之君子，其责己也重以周，其待人也轻以约。重以周，故不怠；轻以约，故人乐为善。我只会口头上说要关爱小鸟，但无心关爱闯入凡间的，我的诸位弟兄和小妹。在七龙那里碰了壁，就无心再过问了。”

“你不必过多自责，我们共勉吧！我倒知道一些你们兄弟的情况。”

六龙端坐恭听。

“你的长兄——大龙，在姜家村，大名秦耕。”

“秦——耕？”六龙脸呈喜色。

“姜家村，是我的家乡，也是你先父的衣胞之地。你的父亲给姜家村造成一场巨大的灾难，死了一百零七个人。有一个老人，她的老伴、儿女都死于那场灾难。

大龙在田畴与这位老婆婆相遇，他相助这个孤苦无助的老人，抚养这个老人。取名秦耕。”

六龙额手：“哦！好！好样的！”

“大龙不仅仅只关爱一个人，别人家的事他也放在心上，一样的尽力相助。唉！”虎子说着长叹了一声，“人间的苦难太多了，哪家没有个病痛？哪年没有水旱天灾？能把别家、别人的苦难放在心上的人才是真正的好人啊！你们的老大他做到了，姜家村再也无旱，无涝了，一熟接一熟的丰收。村里人一提到秦耕，个个都是这样——”虎子竖起大拇指。

“好，好，他才是真正关爱小鸟的人。”六龙为之深深感佩。

“你的三哥，”

“噢，三哥，他怎么样？”

虎子想了想，不无忧虑地说：“他隐住在一座高山上的道观里，成天练武，发誓要为你们死去的爹报仇。”

六龙骇然：“荒唐！荒唐！他怎么还这样啊？！”

“我开导他，让他知错能改。看上去有所触动，像屋檐下的尺长冰棱，开始滴水了，但……还得继续下功夫。余下的——今天才知道你和你的七弟。”

“我要再访七弟，”六龙很激动，“一定要把他拖回到人世中来。然后，我俩合力，助力于你，如何？”

“好，再好不过。暂且就此别过，日后再聚。”虎子拱手而去。六龙执意相送，一直把虎子送到大路口，才挥手作别。

四

虎子迎着午后的斜阳，尽管是寒冬季节，山野里寒风嗖嗖，但心头依然颇觉暖意：九龙中已找到四龙，第九龙果然是小妹。想起来了，那次他在追赶九龙途中，哭倒在蕙兰的墓前，悲恸至极。遽然见“蕙兰”从墓中逸出，误以为是蕙兰驾鹤成仙，望空而拜。现在看来，很可能是九妹幻化成蕙兰；接下来她还去了姜家村，弄得老娘想入非非。如若娘知道真相，将会怎么样？一定会吓得惊厥，决不许她再进家门。然而虎子却是别有一番滋味在心头：蕙兰的殇辞，是他心头最大的伤痛，无法弥补的伤痛。都说人死不能复生，现在“她”又活生生地来到人前，他再三问自己，能不能像爱蕙兰一样地爱她？说不上来，感觉好像隔了一层什么说不出来的东西。他设想，如果“蕙兰”现在出现在面前，是迎上去还是后退？也难以决断；但也不会如同陌路，心里总好像悬着一丝牵挂，有一层挥之不去的思念……

就这么想着、想着，不知不觉中来到一条岔路口，一条小道的不远处就是葫芦瀑。

虎子想，到了这里何不去看一看七龙——这位出世高人。山谷里的风更大，林涛如吼，飞云掠过山峰，遥望瀑布自天而坠，跌落深潭，激起鸿蒙细雨，荡涤尘世的浮华嚣张。虎子不禁感叹，好一个出世人待的地方！他找到了那处危崖，崖岸下是葫芦瀑深潭奔涌而来的激流，穿过峡谷，汇入溪涧，直奔富春江。

七龙垂钓的地方，在峭壁中的断崖处，立足之地非常狭小；脚下便是汹涌澎湃的激流，常人难以到达。更不可想象，在这样的急流里竟然还能钓到鱼？

虎子隔岸相望，任凭寒风凛冽，从波涛中看见浮标在激流中游弋、旋转，而后看见了连着鱼线的钓竿，提着钓竿的手臂，一个端坐在断崖处的垂发老人。

虎子想招呼他，拱起手来却没有出声，他问自己："对他怎么说？他愿意交谈吗？"就在他思考和犹豫间，浮标不见了，鱼杆也没了，垂发老人消失了。

虎子没有焦急，他反躬自问：九龙降落凡间学做人，他呢？他自己学会做人了吗？六龙引用古之君子做人的道理，他没有学过韩愈的《原毁》，但那段话，听了以后印象十分深刻："责己要重以周"，就是说，对自己要时时处处严格要求。"待人也轻以约"，那就不能苛求，不可斤斤计较。如此说来，自己也没学会做人啊！提着屠龙剑到处追杀，根本没有想过九龙如何生存？

虎子原本打算就走，现在要留下来等待，只想早一点见到七龙。

冬天的阳光，一过午后，尤其在这样的山谷里，很快就向西走去，不久就落到山峰的背后去了。山谷里满目苍翠，一阵阵寒风送来草木的清香。风推云涌，雾霭升起来了，势如蒸云，升腾、弥漫；天渐渐地暗了下来，直到满目朦胧。七龙不会来了！虎子遗憾地走出山谷，天已经黑了，道路无从辨认，怎么办？见远处有灯光闪烁，他就循着那一点光亮而去。感觉又走进了一处山谷，这山谷很深，脚下草木、荆棘遍地，他深一脚、浅一脚地往前走，好一阵才看见灯光是从一间茅屋里照射出来的。当他走近茅屋时，才看清茅屋很小，墙体好像是树枝排编的，房顶也是用树皮、茅草之类披盖。他站在门口，因为没有门，无须敲门。

虎子好奇怪，这屋里有没有人啊？如果有人住，怎么门都没有？他轻轻地咳嗽一声，没有反应。更响地咳了一声，仍无反应。奇怪了！他抬脚走了进去。屋里是空的，茅草编成的帘子，隔出了一间，灯光在里间。虎子撩开草帘，吓了一大跳！他简直不敢相信眼前所见：地上堆着厚厚的一层茅草，一个全身裸露的人躺在草堆里；一枝点燃的松脂插在"墙体"的一截树杈上，松枝油一滴滴地滴落下来；裸露的人张大着嘴巴，呼呼入睡。足以证明他身份的是那根鱼竿，陪着他横卧在一旁。由于光线昏暗，虎子再向前靠近，突然心头一跳！裸露人的下肢竟然是龙尾巴！

显然，这个裸露人是七龙无疑。要叫醒他吗？好意思把一个熟睡中的人吵醒？睡下吧，就在他的身边的草垛上睡一晚吧！感觉还不错，草垛蓬松，颇具暖意，只是有股山中特有的柴草气，不仅是草垛，整间房子里都弥漫着这样的气息。在山里砍柴时就是这种气味，虎子闻得多了，没有什么不适的感觉。尽管四壁透风，还有睡意，不一会儿，眼睛就合上了。但他强制自己睁开眼睛，想一想，明天对七龙说些什么？可是睡意一阵一阵袭来，脑子已不听使唤了……

虎子被一阵阵的浓烟给熏醒了，睁开眼睛一看，天已大亮。身边的七龙没了！烟是从隔壁进来的。他赶快起身，来到隔壁间，不见七龙，地上燃烧的火堆尚有余火，浓浓的烤番薯的香甜味扑鼻而来。果然在火堆旁有两块烤熟的番薯，其中一块半边已经烤焦。虎子倒是真有点饿了，就拿那块烤焦的来吃，真所谓饥不择食，虎子吃得津津有味，连那点焦了的地瓜皮都吃了下去。眼睛又看着烤得黄橙橙、还冒着热气的那一块。动不得，虎子提醒自己，这块应该留给他。

虎子忽然想起那根鱼竿，赶快进里间看，鱼竿纹丝不动地躺在地上。就在这时，七龙回来了，衣兜里鼓鼓囊囊的一大包，解开衣兜，“哗啦啦”地倒出来一堆板栗壳斗。虎子是山里人，一看便知，这满身是刺的板栗壳斗，里面有板栗。但是，板栗的成熟季节是秋天，现在是冬天了，这壳斗里还会有板栗吗？他捡起几个壳斗，像张开大嘴巴的的河蚌，有的里面“怀珠”，有的是空壳儿。里面有栗子的也仅剩一颗到两颗，而且都已经干瘪得像一粒鹅卵石。

天一亮，七龙就起来了。还有两块番薯，一人一块。他来取我命，我得还他个待客人情。生起一堆火，把番薯扔了进去，仅仅两块番薯太少了点，去粮仓一趟。他的粮仓在哪里？这里的山沟里，一年四季到处长着各种各样的果实：桃、李、杏、柿、梨、莓子、山楂、猕猴桃、葫芦瓜；根茎类：鸡头米、茯苓、山药、葛根；干果类：板栗、核桃、香榧等。平时他就顺着季节，采撷这些果实来充饥。番薯是他栽培的细粮，留在雨雪天里食用，今天是待客，遗憾少了点。

七龙盘腿坐地，先吃剩下的那块番薯，又拿几个壳斗往火堆里扔。

虎子也在一旁席地而坐，问道：“平时你就吃这些？”

“不好吗？”七龙番薯已经吃完，接着用柴棒从火堆里拨出烤熟的栗子来吃。

“你平时就这样敞开大门？”

“谁愿意来都可以，”七龙道，“你一定看见了我的下半身，不用意外，我是龙，也是人，我喜欢这样。草木生长，花鸟鱼虫，皆有知、皆有为、皆自恃、皆自喜，不该去改变它。”

“你觉得我是来改变你的吗？”

“我知道有这么一天，你会找上门来。不过在你动手之前，我得想一想，我将成为屠龙剑，还是屠龙剑成为我？”

“我要请你想一想，提着屠龙剑的人，不仅不会杀你，还愿意与你抵足而卧，交友谈心呢！”

七龙一时无语，火堆里的壳斗焦了，冒起了一株青烟。他任由青烟升腾，视若无睹。

“你有没有想到过你的那些龙家兄弟？”

“万物一体，各行其道。”七龙说罢，紧闭双目。

七龙在思考什么？他在想古人的诗：幽人枕宝剑，殷殷夜有声。人言剑化龙，直恐兴风霆。说到“剑化龙”，这个虎子找上门来，究竟意欲何为？庄子休（庄周）有言：万物一体。龙化剑也好，剑化龙也罢，由他去吧！圣人可以“忘世”，一切人，一切物，各有其道，自由自在，何必自寻烦恼？

虎子轻轻地吟孟郊的《游子吟》诗：

慈母手中线，游子身上衣。
临行密密缝，意恐迟迟归。
谁言寸草心，报得三春晖？

七龙深感意外，这个虎子非但没有“剑化龙”——取他的命，居然如故人来访，屈膝谈心？《游子吟》诗，催发了他的怜母情怀，他非常同情娘，她是被爹伤害的，如今孤苦伶仃……七龙紧闭着的双眼，冒出两颗晶莹的泪珠。

虎子看着七龙的这番情景，已明白了七龙的内心，这是个好兆头。接下来的事有六龙呢！他不想再惊动他，悄悄起身离去。

第二十三章　虎子被缉拿

一

虎子往回赶路，他想尽快找到刘夫人，现在四条龙的下落已经清楚，找到了刘夫人就能清楚“蕙兰”的真相。因为赶得急，尽管天冷，后背已经汗津津。远远地看见了对岸的小里浦，骤然间，西北风扑面而来，只一会儿就把身上的汗水吹干了。风高必然浪急，江水像一条受伤的蛟龙，肆意癫狂，历来都说神仙难渡小里浦。虎子想找个地方避避风，不远处就有一幢高楼，走近一看，偌大的院落，尽显富贵、气派。这是谁家造的？这里原是一片荒地，这么大的院落，如同雨后的春笋，从地下冒了出来！

虎子正在观看隆裕山庄，遽然大院里腾空而起两个人在奋力打斗，似乎是一男一女。想不到这山庄里居然还有如此好功夫的人？再看打斗的两人，都拼尽全力，务必要将对手置于死地。奇怪！怎么这女的看似像“蕙兰”？！再看，果然是她！要置她于死地的男人是什么人？“蕙兰”看上去体力有些不支了，渐渐地显出颓势来。那男的则抓住时机，向“蕙兰”的要害处发起猛攻。不好！要出事了！虎子飞身而去，终于出现了两人变成三人的打斗场景。

虎子为了把两个已打得眼睛发红的对手拆解开，他几次挡开两人的拳脚，最后抓住两人的手臂，坠落到江边的一片草地上。这里远离山庄，没有闲杂人。打斗的两个人还是气咻咻地不肯罢休。虎子可是心里点灯笼，完全明白了：男的是龙；女的是小九龙无疑。男的还有逆天大案在身呀！

“你们不要再争吵了！”虎子大声说。

就这一声断喝，两人才无声无息。庄主几次偷偷地斜眄虎子，怎么突然冒出这么个人来？怎么今天这么倒霉？尽是碰到程咬金。感觉身体一阵阵寒噤，是不是刚才打乏力了？想起身离开，但整个人好像被强力所制约，挣脱不了，发现强力来自于身边这位不速之客，不知道此人使的是什么功夫？他不敢发作，已戡到分量，这个人功夫十分了得，无奈之下，只好先忍着。

蕙英只看了虎子一眼就不敢再看了，她暗暗感谢这位像仙人模样的人救了她。要不是他出手相救，今天危险了！但感觉这位仙人与众不同，身上有寒光四射，让人周身不舒服，甚至呼吸都感到有些不畅。她一时弄不明白，这位武功高深莫测的仙人，怎么那么巧，在她危难之时突然出现？是特意来救她的，还是碰巧遇上？蕙英想到这里，又看了仙人一眼。正好仙人也转过脸来看她，四目相视，心里好一阵猛跳。奇怪！好像在哪里见过他，但又想不起来在什么地方。很快这点似是而非的感觉像风中的柳絮，瞬间飘散了！

两条龙为何争斗？而且打得死去活来？“请问，二位为何要争斗？”虎子问道。

“你问他！”蕙英余怒未消。

隆阿伊顾自己生闷气，好半天才说：“让她说。”

“说就说。”蕙英指斥庄主，“他光天化日之下拦路抢截姜家村的新娘！”

“你胡说！我们是拜过天地的夫妻，天地都认。”

“庄主，做人是要讲规矩的，‘凡出言，信为先，诈与妄，奚可焉？’你刚才说的话，再想一想，可信吗？”

蕙英见仙人支持她，心里好欢喜。

隆阿伊本来嘴笨，不善言辞，心里又很不痛快，很不耐烦地瞟了虎子一眼：“我，我有什么错的？我说假话了？”

“庄主，请听我一句劝，人活世上，哪能事事尽如我意，但求无愧于心才是。”虎子说。

隆阿伊脸有愠色：“你说这话什么意思？”

“佛经上说得好，‘苦海无边，回头是岸’。”虎子说。

隆阿伊恼怒极了，但又不敢迁怒于虎子，很想撵他走，但又无能为力，活像一匹想挣脱缰绳的马，瞪着一双眼睛，不停地喘粗气。

虎子看得出来，这位庄主还是执迷不悟，老太太穿针——离得远呢！“噢！我再提醒你一句，方才庄主说，你的事，天地都认了？”

隆阿伊大义凛然：“那当然。谁不知道，只要拜过堂，便是夫妻，天地都认！”

“好！那……我想问你，你造这座宏大庄园的银子是从哪里来的？天地会认吗？”

阿伊挨了当头一棒，直惊得魂飞魄散！

“你这事，天地要管的。做包子，自食其力，不是好好的嘛！是你，一心只为图财、纵欲，心里只有一个‘我’，还不肯回头，天地可要惩罚你的呀！”

隆阿伊惊吓得浑身颤抖，怎么办？他左右观望，想腾升而去，又想现出原形，吞下眼前这两个人，但感觉已动弹不得，几次挣扎都无济于事，一双死鱼眼苦苦地看着虎子。

“庄主，想逃避是无用的。现在能救你的只有一个人。”

隆阿伊“扑通”一声跪倒在虎子跟前：“饶了我吧！饶了我吧！”连连磕头不止。

蕙英吃惊了，想不到这位庄主身上背着的坏事多着呢！

“知道自己错了吗？”

隆阿伊眼看今日难逃了，哆嗦着说：“我，我，我拿了不该拿的银子！”

“你要知道，那是库银啊！”

“我，我起先只想拿几个锭子，后来来人了，没法子，只好把整箱都……”

“你是老几？”

“我、我……”隆阿伊像一滩泥倾倒在地上，毫无生气了！底细全被人知道，他绝望了！完全绝望了！轻轻地应了声：“老二”。因为他倒地，从下往上看，忽然发现，眼前这个人身藏一柄屠龙剑！难怪呀！有如此大的强力，迫得他动弹不得，这是谁啊？他怎么也有屠龙剑？

“现在能救你的人就在眼前。”虎子说。

隆阿伊苦苦央求道：“大师父，神仙，求求你救我！救救我！”

“现在能救你的人就是你自己呀！”虎子话音刚落，突然，衙役火速赶到。

“你是隆阿伊？”

“是……是……”隆阿伊大惊失色。

“走！”隆阿伊被衙役带走。

虎子想不到官府来得这么快！

二

隆阿伊被关进了牢房。是对富户的优待吗？隆阿伊独处一室。但那毕竟是牢房，一扇小窗，大如碗口，高不可攀。就凭这碗口小窗钻进来的一丝光线，隆阿伊也能看清楚自己待在一处十分脏臭的地方：满地的稻草，墙角里摆着一只粪桶，稻草踩上去湿漉漉的，竟只一会儿，满身就像有无数蚂蚁在爬，这里蜇，那里咬，难受得活蹦乱跳，跳得实在累了，坐下来歇一会儿，喘口气。

突然想起刚才那个长须人的一句话：“你造这座宏大庄园的银子是哪里来的？天地会认吗？”一想到这里，犹如五雷轰顶，直吓得他魂飞魄散！原来这个长须人是官府的人啊！死路一条了！难道就这样等死？现在唯一的办法就是逃。怎么逃？外有兵丁把手，会不会那个长须人就守在门外？只有拿出看家本领来，借水路逃脱，但要有流水，哪怕是细细的一条水线也可以。

隆阿伊四下里寻找，把稻草翻开来，可除了臭烘烘的粪桶，哪里有流水？他长叹一声，倒在稻草堆上，任由虱子、跳蚤、臭虫在身上肆虐。

隆阿伊被关进大牢，隆裕山庄里的廖吉州却做起他的美梦来了：不太聪明的庄主现在吃上了官司，他成了山庄里的老大。当老大的滋味真好，再也不要事事听人吩咐，现在一切由他说了算，要怎么样就怎么样，这真叫惬意。遗憾的是，不知道庄主的银子藏在什么地方？从建造山庄开始，银子像流水一样从他手里流过，好像有用不完的银子。如此大量的银两，总得有个藏处呀！过去也曾多次留意过，但从未发现任何迹象。机会终于来了！今天他要像篦头发一样，把山庄篦上一遍，一定要找到那藏银的地方。

做这件事决不可声张，更不可假手于人，一定要亲自动手，悄悄地进行。从一大清早开始，他整整忙碌了一个多时辰，一无所获。烟瘾实在熬不住了，躺下来美美地抽了两筒，浑身舒坦。他想，这个平时没有主意的庄主，藏银子的主意倒是很高明，可见得，银子这东西有多大的魅力！哪怕再傻呆的人也知道，此物密不示人。

不知道庄主此一去将如何了结？如果很快就出来，那他依旧当他的大总管。若是一时回不来，或者……想到这里，廖吉州的脸上渐渐布满笑容，平整的脸面上划出了一道道皱纹。

“上官廷钰”怎么会突然对隆裕山庄的隆阿伊下手？他的确也是走投无路了！监察御史大驾已临，暂时在严州府下榻，当天就被召见。监察御史这样的官品秩并不高，通常都在五六品，但权力很大，直属都察院，也可以不受其统制，独立行事，单独奏闻皇上。它掌管监察百官，纠正刑狱，整肃朝仪，因而经常巡视郡县。地方官对于监察御史的驾临，无不胆战心惊，像“上官廷钰”之辈，更是如同进了阎王殿。

这位大人姓霸，单名一个“珑”字，看上去年纪很轻，不过二十多岁，相貌堂堂，称得上是一表人才。霸大人没有官场上故作寒暄的客套，一上来就直奔主题，查问前任县令刘宇被害、库银失盗两件大案的进展情况。“上官廷钰”本来心里就虚，虽然也做了些应对的准备，但一到现场，在威严的霸大人面前，如同老鼠见到了猫，原有的上蹿下跳、钻地洞的本领一概全废，只有瑟缩发抖的功夫。

建德县是严州郡的首善所在，出了如此大案，作为主管府郡的陶文彦，当然不会一身轻松。他知道，这两件大案建德县一直未有进展，前些日子接到建德的呈文，让他大出意外，这个强项狷介，改弦更张了！大概受到了吏部问责，犟不起来了，真是犯贱。但一见“上官”进门，心里就打鼓，直打得他心惊肉跳，如坐针毯，担心这个书呆子，当着宪台的面，会不会又梗起脖子来？宛如看人放响炮，引线点着了，有人赶快捂耳；有人撒腿跑开，等待着震耳欲聋那一刻的到来。

“上官廷钰”哆哆嗦嗦地回禀道：“回大人的话，经本县查证，两案系同一人所为。”

“同一人所为？这是个什么人？竟如此大胆！”霸大人问道。

“本县姜家村村民姜聂隆！”

陶文彦闭紧的双眼突然放亮，暗暗窃喜：这个贱骨头，有轿不坐偏要坐畚箕。早就交代他，此案唯此一道可走，他犟着牛头不喝水，害得他在督、抚衙门屡遭问责。如今宪台（监察御史的别称）来了，不知道他哪一根经脉通了，也好，也好！早该如此，今也不晚，一颗高高悬着的心，总算能放了下来。

“罪犯可曾擒获归案？”霸大人追问。

“正在尽全力抓捕。”

把虎子推出去，这是“上官廷钰”早就盘算好的，难办的是，像“落帽风”一样，抓他不到啊！班头的几次行动连人影都找不到。但也不失为一块有力的挡箭牌：虎子武功高强，当年老爹加上九龙兄弟合力围攻都不是他的对手，还有谁能拿得下他？你监察御史恐怕也会落得个母猪钻篱笆，进退两难。抓不到罪犯，案子只好拖下去，拖到时间久了，也就不了了之。凭他当衙门轿夫的耳闻，哪个衙门没有无法侦破的案子？像件蓑衣，雨天穿在身上，晴天挂在墙上，永远都是挂着的。不过让他放心不下的是，自己身后拖着条尾巴，随时会被人抓住。自己的言行，一举一动，都有可能露出破绽，成败、生死，就在转眼之间。监察御史是他第一次碰上的、特有来头的京官，每一个眼色、转换的脸神，他都在揣摩、推测，让他如坐针毡。

霸大人紧接着问道：“这个罪犯立案多久了？”

“上官廷钰”急了，“吱吱呜呜”地一时说不上来。说立案已久，会被指责办事拖沓；如果说最近才立案，那办事不力的呵斥，就在嘴边。面对这躲不过去的阎王债，硬起头皮来说：“有……有些日子了。”

霸大人大声问：“几天？”

“上官廷钰”战战兢兢地说：“有，有十几天了。”

霸大人很不满意“上官”的畏缩和办事拖沓，沉下脸来说：“上官大人，如此罪大恶极的嫌疑犯，为何迟迟未能归案？”

“上官廷钰”想，现在还不是时候说姜聂隆如何神出鬼没、武功非凡，总要经过几个来回，他霸大人才会清楚这个对手是如何了得！现在只有强打精神回禀：“下官立即亲自带领人马，务必在近日将罪犯捕获。”

霸大人加重语气：“一言为定。本官要亲自审问。”

陶文彦也趁机为“上官”缓颊：“上官大人，你得立马去办，切不可有负霸大人的期待。”

“下官遵命！”“上官廷钰”响亮地应道。

三

“上官廷钰”在回衙的路上，蜷曲起身子坐轿，感觉像过了一次堂，虽然没有摊上大刑，伤筋动骨，却也一身皮肉疼痛了！他低着头闷想：这位宪台大人到底是什么路数？是先宰的（先敬礼）还是后奏的（后受礼）？看上去脸上没有一点血色，青光光的，吓死人！不管怎么说，银子一定要备好，断不能少，要不过不了这个坎。一想到银子，头就涨，这个穷衙门，到哪里去弄银子？现在连轿夫的工钱都是挂着的！突然，坐着的轿子扭摆起来了，他当然知道，这是轿夫在闹别扭，这一招他熟悉不过，提醒坐在轿里的人——你得付工钱了！

“上官廷钰”暗自哀叹，这样的日子真难过！还是当轿夫好，抬到哪里，吃到哪里（轿子一落地，就有饭吃。故有这样的俗话：想吃饱，去抬轿），没有心事，晚上一觉到天亮。唉！这也是一时心焦气恼，说说而已，县太爷这把交椅才坐了几天啊！好处还没捞到一点，过的是穷得叮当响、清水寡汤的日子，不甘心啊！

隆裕山庄庄主，这个从地下冒出来的财主，突然从脑子里跳了出来，把他放在单间里伺弄了一番，总该知道厉害了吧！这次别说他是铁公鸡，就是砻糠也要榨出点油来！

县太爷的轿子，别别扭扭地到了衙门口，“上官廷钰”绷着一张铁青的脸，朝着轿夫们瞟了一眼，快步进了衙门。不多一会儿，便云板（衙门里报时报事的器具）打响，大老爷要升堂了。

隆阿伊被带上大堂，衙役呼喊堂威，惊得他不由自主地“扑通”一声，双脚跪地。

“堂下所跪何人？”“上官廷钰”问道。

“我……隆阿伊。”

“隆阿伊，你知罪吗？”

“我，我没有犯法呀！”隆阿伊唉声唉气地回道。

“啪”的一声，“上官廷钰”拍下惊堂木。

隆阿伊猛然一惊！

“大胆隆阿伊，时至今日，你还不知罪吗？”

隆阿伊活像水碓磨房里的大筛子，浑身不停地抖动着。他在想：看来官府什么都知道了，晚上躲在门背后拉的屎，现在天亮了，赖不掉了！但是大老爷说我犯罪，并没有说我盗取库银啊！自己先不要把头长长地伸出去。其实这是笨汉的自作聪明。

“大老爷，我真不知道犯了什么罪？我没有犯罪呀！”

“住口！”“上官廷钰”喝道，“难道你要等到用上大刑才肯交代罪行吗？”

衙役的堂威再次响起，比甫才更加吓人。

“啊！”隆阿伊惊吓得瘫软在地。

“上官廷钰”看得很清楚，这个从地下冒出来的土财主是麻秆搭的架子，禁不住压，看来今天是三个指头捉田螺——稳拿了。

“来呀！拉下去，大刑伺候！”

四个如狼似虎的衙役扑向隆阿伊。

隆阿伊大呼：“大老爷饶命，大老爷饶命啊！”

“上官廷钰”对衙役使眼色，让他们退下。“隆阿伊，你要本大人饶你的命可以，那你得老老实实地交代罪行才是。”

“是，是！”

“好。我问你，本县姜家村有个姜聂隆，是杀害前任县令的凶手，正潜逃在外。姜家村中有他的嫌疑同犯，你为什么要把姜家村的迎亲队伍接到你的庄上来成亲？你与他们暗中有什么勾连？”

“上官廷钰”苦于抓不到隆阿伊的把柄，分明在硬找岔子，俗话说的“强装斧头柄”。说他与姜家村有勾连，是廖吉州临时出的点子，抓捕姜聂隆的计划失败，不妨移花接木，借用到这里。

“大人，没有，没有的，没有勾连。”阿伊急得连连摇手。狗急了会跳墙，兔子急了也会咬人。刚才清清楚楚地听大人说有个叫姜聂隆的人潜逃在外，先前他遇到的那个武功高强、身背着屠龙剑样的宝剑，这个人会不会就是大人说的那个逃犯？把他供出去，大人会放过自己吗？阿伊他并不知道姜聂隆就是虎子。

“大人，我说，不，我先说个人。”

“什么？不说你自己？”

“有个人身背屠龙剑，武功十分了得……”

“上官廷钰”猛站起来，大声问道：“他身背屠龙剑？”

“好像是的。”

“你怎么知道他背的是屠龙剑？”

“我……，我过去见到过，这东西太厉害了！”真是急不择言，隆阿伊说漏嘴了。

“你见到过？”“上官廷钰”愣了！这个隆阿伊究竟是什么来路？先不管他，急着问：“这个人有武功吗？”

“武功十分了得！”

“你在哪里见到他？”

“刚刚他还在我山庄外的江岸上。”

“上官廷钰”急传快班班头。

班头急忙赶到。

“上官廷钰”对班头附耳交代。

班头受命，迅速离去。

隆阿伊心下暗喜，看来这一招管用了！于是哀求道：“大人，别的我真没什么好说了，求大人放我回家吧！”

“上官廷钰”审问隆阿伊，原本就是硬找茬，要的是他的银子，想不到牵出了姜聂隆，这真是山外人挖冬笋——碰巧！如果捕获了姜聂隆，那可真是渴死鬼遇上了甘泉，我“上官廷钰”有救了！看看堂下一脸苦相的隆阿伊，心生几分怜悯，语气也和缓些了。

“隆阿伊，你想回家？你还没有交代罪行，怎么能回家？”

“还要交代？”

“隆阿伊，你真是不见棺材不落泪。本大人收到多分禀帖，举报你的钱财……”

隆阿伊一听到“钱财”二字立刻浑身发抖，真是雨点滴在香头上，偏偏碰上了！

隆阿伊接触人世从做包子开始，后来在荒村野地里建起了隆裕山庄，在一片小天地里称王称霸，几乎与世隔绝。一个只做了几天包子的人，仅凭这么一点社会经历，加上智力有限，突然被押上大堂，面对如狼似虎的衙役、威严的大老爷，本来就做贼心虚，精神很快就垮塌了！他想起了在包子店门口见到过的杀头鬼，赶快低头看自己，好像身上的衣服变颜色了，也穿上了一身红衣红裤。耸了耸肩，还没有捆绑，那一块尖顶的、上面写着名字的牌子还没有插在背后。他偷偷地朝大老爷看了一眼，见他脸上堆满了乌云，只要大老爷开口，那绳索、尖顶牌就会落到他的身上。怎么办？求他，只有求他呀！

“大老爷，你要我怎么交代呀？”

“上官廷钰”窃喜，开宝了！这一宝押对了！他强耐心头的喜悦，“把你来路不明的钱财，一五一十，说个明白。”

“大人！我交代了，还有罪吗？”

“那就看你怎么个交代？是彻彻底底，还是藏藏掖掖？”

“我交代，我交代，只求大人免我的罪，放我回家。”

“如何发落你，本大人自有决断。”

“好，那我从头说起。”隆阿伊感觉大人说话的语气变软了，有希望了，他拿定主意，只要能回家，就竹筒倒豆子。

“你说吧。”

“我不是人。”

“上官廷钰”惊起：“你说什么？”

“大人，我不是人。”

“你不是人？”“上官廷钰”好奇怪，“那你是——”

“我是龙——”

“我知道，你是隆——”

"不是那个隆，是龙——"

"上官廷钰"心跳得几乎要从喉咙里蹿出来。他揣度，他也是龙？！不会是别的龙？是我们家的龙兄龙弟？简直是笋壳套到牛角上，太巧了！极有可能，就是这个隆阿伊盗取了库银。整整一箱官银，不留丝毫痕迹地就取走，凡人如何做得到？有了那么多银子，才能建造气派的隆裕山庄，成了从地下冒出来的财主。他一毛不拔是为了不露马脚。

"上官廷钰"两眼瞪着隆阿伊，他暗暗自问，这个隆阿伊是我的龙哥还是龙弟？这样的事不能在大堂上说。环顾堂上一众站班的，说："你们都下去。"

衙役、书吏一干人等，全部撤离大堂。

四

"上官廷钰"让隆阿伊无须再跪，一旁坐下说话。

隆阿伊悄悄对自己说："有救了！"他从家世说起，陈述生父如何从人变成龙，又从龙变成建德县令的经历。接着说虎子如何得到了屠龙剑，斩杀了生父；又不放过他们九龙兄弟，到处追杀。为了活命，躲过追杀，流落凡间做人，从此，兄弟们各奔东西。因为排行老二，取名阿伊。姓隆，是为了不忘记自己原本是龙。

"上官廷钰"听得眼眶里顶出两颗算盘珠子，暗自叹道：天啊！果然是自家兄弟！但马上遇到一个难题——认不认这个兄弟？得好好想想：现在上下一个劲地在追查盗窃库银的罪犯。想不到犯下这弥天大罪的要犯，就是眼前的二哥。如果认下这个二哥，岂不是黄鳝钻壳篓（一种捕黄鳝的长形竹篓），自找绝路？这层关系现在千万要撇开。不过他手里的银子得拿过来，救眼前之急。等事情过去了再认也不迟。

隆阿伊继续说他如何受穷、挨饿、做学徒——卖包子。说到这里便停了下来，脸有难色，"咿咿呜呜"地不想再往下说。

"上官廷钰"看着阿伊，像朋友谈天一样地问他："你怎么不说了？"

"唉！"隆阿伊长叹一声，抬头看天花板，不说话了。

"上官廷钰"这个"矮子鬼"，看得出来隆阿伊心里在犯难，现在他像个有经验的窑工，认准了只要再添一把火，满满的一窑瓷器就烧成了。

"哈哈，你是老太婆吃热汤团，吞吞吐吐，这哪里是在认罪？本大人对你已经够宽容了，有道是法不容情，容不得你这样藏着掖着。""上官廷钰"说话的语气又重了起来。

隆阿伊的心情又紧张起来，心一横，包子已咬到馅了，还瞒得住吗！一咬牙，都倒了出来。"因为穷怕了，见钱眼开，我……"

"你窃了那一箱库银？"

“是，是的。”

“那一箱银子还有多少？”

“花掉了一些，还有不少，”隆阿伊低下头说。

“还有多少？你能说个数吗？”

隆阿伊抬起头来眨巴眼睛，边想边说：“我还没有清点，好像三股用掉一股不到。”

“上官廷钰”咬住自己的舌头，要不就要笑出声来——我这口干涸日久的池塘，就要满涨了也！

“隆阿伊，这可是官银，是朝廷的银子，你必须一文不少地缴出来。”

隆阿伊已经深深感受到老实交代的好处，与县太爷像朋友一样交谈，根本不是在审问罪犯。他想好了：余下的银子你们拿去好了，只要能放我回家，从今以后再也不想别的什么了，安安耽耽地过日子。

“好，我缴出来。”不过隆阿伊心里还有点疑惑，刚才他供出那个身背屠龙剑的人不像是坏人，到底是不是逃犯可不能乱说，现在老爷去抓人了，若是他弄错了，成了说谎，这不又成了罪名？得赶快说清楚。

“大人，还有件事我要说。”

“什么事？你说。”

“刚才我说的那个武功高强的人，到底是不是逃犯，我，我还吃不准。”

“上官廷钰”看着隆阿伊，心想：我这个二哥呀！包子吃多了，脑子塞满了面糊。

“上官廷钰”终于从一团乱麻中理出头绪来，屠龙剑的出现，等于启明星亮了，迎来的必是大好晴天，前程有望。谁都不可否认，只有手握如此利器、武功非凡的人，才有可能神不知鬼不觉地盗得库银。谁持有这柄屠龙剑，就可以把窃取库银的帽子往他头上套，这是最有力的物证。这个人究竟是不是姜聂隆？也许是，也许不是。屠龙剑是姜聂隆的命根子，他绝不会轻易落入旁人手里。即便二哥说的那个人不是姜聂隆，我也要让他成为姜聂隆。

如今我“上官廷钰”有虎子、银子在手，在那位显赫的霸大人面前，腰不用再哈得那么低，可以直点起来了。

人的心情和亲情是相互关联的，心情好了，亲情就会更浓密。完全是无意，偶然间，找到了自己的二哥。想不到就是这个二哥，给他带来了那么多的好处，“上官廷钰”突然紧紧地抱住隆阿伊，在他耳边默默地叫了一声：“二哥！”

隆阿伊呆若木鸡。

抬官轿出身的“矮子鬼”，比起做包子的俨然要高明得多了！

五

江边的风太大，虎子与蕙英来到附近的小树林旁继续交谈。蕙英诉说这个庄主的种种不端，还听说他是从地下冒出来的。

“这个庄主呀！他是残害无数生灵的孽龙的儿子，孽龙共有九子……”

蕙英一听说孽龙，立刻神色骤变，再也不敢看虎子。为掩饰内心的惊慌，低下头来梳理自己的发梢。

虎子注意到“蕙兰”的情绪变化，语气和缓地说：“九龙当时曾经有约：下凡做人。世上有各种各样的人：享福的人、受苦的人、掌权的人、被奴役的人、奸邪的人、善良的人，各色各样的人都有。九龙各自选择了各不相同的活路。”

“九龙现在都在哪里？你知道他们在做什么吗？”蕙英突然想起来问。

虎子夸奖道：“龙生九子，各不一样。你今天做了一件大好事啊！”

蕙英心里一阵紧跳：他怎么把我与九龙想到一起去了？又不好说出来，看了一眼仙人，顾自低着头说：“我做什么好事了？”

虎子赞叹道：“刚才不就是你出手相救了新娘？你还不知道吧，九龙中的老大就在姜家村！”

“啊！”蕙英暗暗惊喜。一说姜家村，她立刻笑了，笑得很甜，一脸天真地说：“姜家村我去过，我很喜欢那里。”一边回忆一边说：“村坊在山谷里，捱着一条碧绿的小溪，房屋建在绿树丛中，很好看。”

“蕙兰”对姜家村的赞美，说话的一举一动，简直与蕙兰是一个模子里印出来的。虎子无法抑制内心的激动，一颗已经枯死的禾苗，不知何时重获了生机。眼神里向她传递了什么？直看得她脸红到了脖子根。这才意识到自己忘情了，立刻调整情绪，回到原来的话题：“现在的姜家村更好了，那位九龙老大，处处做好事，帮助乡邻，让姜家村旱不去、涝不成，风调雨顺，年年好收成，家家户户和和美美地过上了好日子。”

听了神仙的话，蕙英陷入沉思，一双眼睛朝着远处看，不知道她心里在想什么。

“隆阿伊——二龙刚才被官府带走了。他一心追求财富、享受，干了一件大坏事——盗取库银。”虎子说。

“他，他有罪吗？”蕙英急着问。

“罪不可饶啊！”

蕙英继续她的深思：这个人真是神仙吗？他怎么什么都知道？看来九龙如今在哪里，他一定知道。他为什么那样仔细地看着我？看得我怪难受的，想必他也知道我的身世。好在自己没做过亏心事，要不一定逃不过他的眼睛。方才听他说大哥在姜家村的情景，更催发了她的憧憬，因为那里有一个虎子，是她梦寐以求的真爱。

大哥能做的，她也会做，也能做。对了，怎么不问问神仙，虎子在哪里？他肯定知道。与母亲毫无目标地四处寻找，哪一天才能找到虎子？不过她现在心里有一个结：这个神仙怎么说话的声音、手势与虎子极像，就是年龄不一样，怎么会这般相像？她很想解开这个谜："请问你……去过姜家村吗？"

"去过呀！"虎子想，这个"蕙兰"看出什么门道来了？

蕙英不知道为什么，脸又红起来了，但还是鼓起勇气来问："姜家村有个叫姜聂隆，噢，大家都叫他虎子的人，你认识吗？"

"认识啊！怎么，你也认识他？"虎子笑了。

蕙英不看虎子，顾自轻轻地点了点头。

"你在哪里见过他？"

蕙英随手在身边拔起一根狗尾巴草，转起个圈儿："我去过他家"。

"那是个穷人家，母亲还是个瞎眼婆婆。"

"不，"蕙英立刻纠正，"那婆婆可好了！她很疼人的。"说着把草圈舒展开，轻轻地放在草叶子上，生怕把小草压坏。"姜家村是个很好的地方，我很喜欢那里。"

"噢！你知道虎子是个什么样的人？"

"他呀！个子高高的，"瞟了虎子一眼，"和你差不多；眉毛像两把剑，眼睛特有神，是……是个……大英雄！不过……"

"不过什么？"

"他可厉害了，只要看你一眼，就会吓破你的胆！"蕙英把深深地烙在心中的虎子形象，绘声绘形地说了出来。既是真情的流露，又不失少女的天真。

虎子被"蕙兰"的真情感动了，原来总是抱着怀疑的态度，听说有这么个"蕙兰"，一直似信非信。真是百闻不如一见，都说人死不能复生，可如今面前亭亭玉立的就是个不折不扣的真蕙兰。他真想告诉她，虎子远在天边，近在眼前。但话到嘴边又难以出口。印入她脑子里的虎子怎么会是现在这个模样？岂不伤害了她？然而男女间的感情是最折磨人的，他实在难以放弃这个难得的吐露真情的机会，想不到就在这时，姜泰浒搀扶着刘夫人走来了。

姜泰浒怎么又回来了？

姜家村的人从隆裕山庄飞奔而出，护着新媳妇迅速坐上花轿，姜泰浒交代抬轿的人（古时候除了官府、豪富人家有自备的轿銮，通常百姓用轿都是向轿行租赁），加快脚步，给他双倍的工钱。抬轿人当然高兴，使出看家本领，一路飞奔，不久就奔出了好几里路。姜泰浒见后面追赶的人被远远地甩开了，估计不会再有事，这才放下心来，减慢速度喘口气。

心事放下了，嬉闹的情绪便上来了，秦耕自然成了说笑的对象，几个年轻人首先拿他开涮：

“欸，你们说，方才耕耕背着新娘冲出山庄的样子像什么？”

马上有人应声：“像戏台上小和尚背着小尼姑下山。”

一阵哄笑后，接着便齐声高唱：“郎有心，女有心，不怕那个山高水又深……”

唱了还没有尽兴，有人问：“耕耕，今天你够累的，晚上搡年糕的劲道还有没有？”

马上有人抢答：“你真是当愁不愁，只愁六月里没日头，今天晚上他吃奶的劲都会拿出来。”

好一阵哄笑。

脸红到脖子根的秦耕总算说了一句：“看你们说的……”

这时不知道是谁，突然转移目标，想起危难时刻出手相救的那个姑娘。“喂，喂！你们看清楚了没有，出手相救我们的那个漂亮姑娘是什么人？她为什么出来帮我们？”

“这倒是真的，今天要是没有她，看来我们只好两眼看青天；耕耕的劲道，晚上也没处使了！”

好几个人都这样说。

姜泰浒今天好比遭了一场大难，幸好遇上了“蕙兰”，终于遇难成祥，要不他无脸回到姜家村了。突然想起虎子娘对他的再三交代，她老人家想请刘夫人与“蕙兰”到家里做客，这清楚不过，是要给虎子定下这门亲事。他当时满口答应，其实心里没有底，到哪里去找她母女俩？嘿！这不是天赐良机！回去，再返回去找，找那个与“蕙兰”小姐一模一样的姑娘，世上果真有死而复生的人？但这时候大家正在疯闹，他根本插不上嘴。

“那位仙女一样的姑娘肯出手相助，一定是看上我们当中的哪个后生了！”有人突发灵感。

“要是看上我就好了，哪怕只陪我一个晚上也心满意足了！”有个后生很坦白地说。

大家一阵哄笑！“你是梦里想屁吃。”

“大家听我说，大家听我说，”姜泰浒高声喊道，“看来不会有事了，大家赶紧往回走。我要返回去——”下面的话他不好直说，改口道：“人家帮了我们，不能拍拍屁股就走，我要回去谢谢她。”说罢，快步返回。

“是去看那姑娘吧！”大家好一阵哄笑，“原来那姑娘看上浒浒了！”

有个男高音朝着远去的姜泰浒吼道：“把那姑娘带到姜家村来！”

姜泰浒返回隆裕山庄。当时那乱哄哄的场面已经不再，人都走散了。找到大厅里，只见一个妇人孤零零地蹲着。一看竟然是刘夫人，她怎么会一个人蹲在这里？

“刘夫人，你怎么了？”姜泰浒低下身来问。

“是你呀！”刘夫人惊喜得好像遇上了救星。姜泰浒赶紧搀扶刘夫人，想找个地方坐下。见夫人行动困难，手摁着脚踝："你的脚怎么了？"

刘夫人一脸痛苦，不住地摇头。"哎呀！昨天晚上我娘俩借宿在这山庄的后进。早上起来，姑娘听到外面有异常响动，她出去看，让我在屋里待着。欸呀！好久都不见她回来，我急了！怕出什么事情，出来找她。嗬！这个大厅里乱哄哄的，我刚挤进去，人又像潮水一样涌进了边上的小花园。听说庄主和一个姑娘开打了。我真担心姑娘就是我的蕙英，想不到果真是啊！我一个妇道人家，怎么阻拦得了？忽然又听到有人喊：'飞到天上打了！'我直吓得两腿发软，要是打出个三长两短来，怎么得了啊！接下来不知怎么的，又变成三个人打在了一起，打到后来人都不见了！这些观看的人突然拥了出来，把我挤倒，脚崴了！"

"让我看看，"姜泰浒蹲下来，"噢哟！崴得有点厉害，来，我给你揉揉。"

山里干农活的人，崴脚是常有的事。姜泰浒的手法还有点管用，经过一阵子按摩，夫人感觉好些了。

"好些了。你会做大夫！我心里急着呢！不知道我姑娘怎么样了？"刘夫人焦急不安。

姜泰浒说："夫人，莫急，我扶着你去找，总不会离这里太远吧！"

"那真得谢谢你了。"夫人在姜泰浒的搀扶下缓缓地站立起来，一瘸一颠地走了几步，勉强还能走。就这样，两人在山庄里找了个遍，没有。于是把注意力转移到庄外，沿着江堤一路走，没见一个人影。

衙门快班头目带着一班衙役火速赶到，把山庄包围起来，里里外外仔细搜寻，一无所获。随后兵分两路，沿着大江东西两侧严密搜索。

"蕙英，你在哪里呀！"夫人面对浩瀚东逝的江水呼喊。担心她出事了！越想越害怕，各种猜测、无端的恐惧，宛若花丛中的蜜蜂，在脑子里乱飞、乱舞。失去了丈夫，失去了蕙兰，若是再失去了相依为命的蕙英，她也不……

姜泰浒口说不要急，其实心里也急："蕙兰"小姐完全是为他们打抱不平，才得罪了那个强盗般的庄主。倘若真的出了事，怎么对得起她？怎么对得起夫人？怎么对得起虎子他娘？虎子已经伤透了心，现在居然来了个不管是死去又活回来的，还是根本就没有死的活生生的"蕙兰"，虎子连面都没有见到，就又……他不敢再往下想。

刘夫人见姜泰浒也急得六神无主，这才想起来，难道他也是来找蕙英的？怪自己心里一团乱麻，吓晕了头，这个姜泰浒是虎子的好朋友，我们娘俩在急着寻找虎子，也许虎子也在四下里寻找我娘俩啊！

"哦！我都忘了问你，你是……？"

"夫人啊！今天我们姜家村人娶媳妇，新媳妇过了小里渡，被这个强盗庄主给截了！蕙兰小姐为我们打抱不平，才夺回了新娘子。我急着要找到蕙兰小姐，我们姜家村的人要谢谢她。”

“噢，是这样的。”刘夫人满是愁容的脸上，绽出了一层笑容。

“今天临行前，虎子他娘再三交代，要我转告夫人：她盼着、惦着您和小姐，请你们到她那里去做客。”

刘夫人笑开了！“谢谢，谢谢她老人家。我要去的，一定去。”说罢立刻又愁上心来，迎着江面上的阵阵寒风，忘记了脚上的疼痛，向着旷野连连呼喊：“蕙英……蕙英……你在哪里？”

姜泰浒好生奇怪，怎么改名了？蕙兰怎么改成蕙英了？随着夫人向远方的呼喊，他发现不远的江堤上坐着两个人。“夫人，你看那里，”抬手指，“好像有两个人！”

“欸，欸，是的，是的。”

“我先过去看看，夫人，你在这里等着。”姜泰浒拔腿就跑。

“不，我也去。”夫人想，今天就是等着等坏了，要是当时她不是守在房间里干等着，今天的事不一定会闹得这么大。

姜泰浒立刻回过身来搀着夫人慢慢地往前走。距离不断地接近，姜泰浒年轻，眼力好，由原来的模糊逐渐看清了两个人的轮廓，不由激动得惊叫起来：“是！夫人，是啊！”

刘夫人既要朝远处看，又要顾着脚下，摇摇晃晃地走着。姜泰浒的激情喊叫，激励着她忍住疼痛，加快了脚步，终于看清楚了，不由大喜！“真是的！那是我的儿啊！”刘夫人忽然止住了脚步，满脸狐疑地问姜泰浒，“欸，你看，坐在蕙英身边的是个什么人？好像是个老人嘛。”

姜泰浒正想告诉夫人，那是虎子。但话到嘴边，没敢说。为什么？他见虎子与蕙兰坐在江边，看上去两人已相谈很久，难道虎子自己不会说？如果他没有说，自有他的想法。我不问情由，先捅了出去，弄不好会坏事的。于是改口道：“欸，那是谁呀！看上去那样子有点像画上的神仙！”

凡是母亲，对闺女身边出现的陌生男子，都格外在意。“是吗？嗯，看那神态倒是有点像你说的神仙！”

刘夫人忘了脚下的疼痛，甩开姜泰浒，紧走几步，突然“啊哟”一声，单脚跪地。姜泰浒赶紧相扶。

蕙英闻声观望，好不惊讶，娘来了！大喊一声：“娘！”疾奔而来，娘俩相拥在一起。

虎子也赶快迎上，趁机与姜泰浒连连眨眼睛。

姜泰浒闭了闭眼睛，示意：“知道了”。

“娘，你的脚怎么了？”蕙英焦急地问。

“来，来，请夫人到这里坐下。”虎子搀着夫人在一块大石头上坐下，自己也蹲下身来。“我来看看，哦！崴得有点厉害。这样，我给你点几个穴位，可能有点疼。”虎子抬起头来看着夫人说。

夫人哭笑不得地说：“痛……那——也只好忍一下了！”

虎子给刘夫人脚上点穴。夫人一阵痉挛，痛得咬牙切齿，但接下来感觉就好些了，渐渐地有了笑容。

“请站起来，走几步。”虎子扶着夫人起立。夫人开始还是战战兢兢的，不敢迈步。虎子鼓励她：“不用怕，像平常一样走。”夫人试着走了几步，竟然好了，脚不痛了！蕙英高兴得跳起来抚掌。

“你真是神仙！”刘夫人朝着虎子翘起大拇指。

“娘，刚才就是他帮我打败了那个黑心的庄主。”蕙英把饱含着敬意的目光投向虎子，然后再转向娘。

“噢！真要谢谢这位——哟！我不知道该怎样称呼您？”夫人满脸歉意地看着虎子。

虎子瞟了姜泰浒一眼，意思要他帮着打掩护：“我姓姜，就叫我老姜吧。”

姜泰浒躲开众人的视线，偷偷地“噗嗤”一笑。

蕙英偎依着他娘，又时不时地看虎子一眼，说：“娘，这个人本事可大了！他什么事都知道，人的前世今生，他都知道。”

夫人惊异地看着这个老姜：“是吗？”

蕙英轻轻地在娘的耳边说：“我的那些龙哥们如今在哪里，他们在干啥，他也知道。”

“啊！”夫人一脸惊愕地看着老姜：“你，你真是神仙啊！”

“他对我的哥们可好了，教他们做人的规矩，做好人。”

姜泰浒一直在倾听观察，他终于明白，这个“蕙兰”不是真蕙兰，她也是龙——九龙中的一个，所以夫人叫她蕙英。

老姜令夫人肃然起敬，她满怀崇敬地来到虎子跟前：“姜先生请受我一拜，谢谢你对我孩子的关爱和救助。”

虎子赶忙扶住夫人，连说：“愧不敢当！”

“姜先生家住哪里？”

“我……住无定所，随遇而安。”

夫人想，这真是个云游四方的仙人啊！诶呀！我这个傻姑娘看来对他有意思得很呢！把虎子丢下了？怎么能这样？！

班头带着衙役从东西两头包围上来，突然将四个人围了起来。班头指着虎子：“将他拿下！”当即从虎子身上取下屠龙剑。

虎子大出意外！“啊！你们为什么抓我？！”

刘夫人认识班头，立即上前询问：“班头，这是为什么？”

“夫人，这是公事，我奉命行事。”班头大声喝道，“带走！”

虎子被押走，回过身来对姜泰浒说：“你带夫人、小姐去姜家村吧！”

“我知道。”姜泰浒应道。

第二十四章　刘夫人拦轿喊冤

一

刘夫人、蕙英眼睁睁地看着心目中的神仙被官府带走了。蕙英拔脚追赶，越来越近了，已清楚地看见他的背影了，他那飘逸的身材；身上藏着一颗善良的心，处处关爱别人；他那绝世的武功，是善良人的保护神；他的神情举止俨然就是她心目中的那个虎子哥。她不能离开他，绝对不应该离开他，怎么能让官府把他带走呢！

虎子听到了身后追赶的脚步声，回过头来，果然是蕙英。他站住了，连连朝她挥手："回去，快回去！"

蕙英好像什么都没有听见，继续追赶。

虎子又喊："回去，回去照顾你娘！"

这句话让蕙英停下了脚步。

这里濒临富春江，两岸青山相迎，时值隆冬，又遇上一个清冻的日子，阳光躲在漫天的浓云里，凌厉的寒风，吹得江面上升起一层白雾，好像水也冷得齐刷刷地竖起了寒毛。道旁是一眼望不到头的麦地，麦苗儿低垂着身姿，叶片倒卧在土上。一颗颗朝露留下的水珠，被寒风吹得在叶片上滚动，宛如伤心人的泪珠儿。

随着虎子的远去，身影渐渐地模糊了，蕙英感觉整个人空荡荡的，刚才的好心情、好兴致、憧憬和向往都随着远去的身影离她而去了，任凭泪珠儿，挂在脸腮上。

"英英！英英！"刘夫人、姜泰浒追上来了。

蕙英依然迎着寒风，一动不动地站着。

刘夫人喘吁吁地来到蕙英跟前，一叠声地喊道："英英，英英，你，你是……"

蕙英突然转过身来，一声"娘"，抱住她娘放声痛哭。

姜泰浒劝说道："夫人、小姐，这里是风口，我们还是赶紧回去商量法子吧！"

姜泰浒的话提醒了刘夫人，"我们去哪里呢？"

蕙英伸手指着远处：“他说的，让我们去姜家村。”

“去姜家村也好，不过县衙里还有不少东西呀！”

“这个好办，我约几个人，再多的东西，我们也搬它回来。”姜泰浒说。

夫人颔首，“好，去姜家村。”

三个人不多久就来到严州城的东门外，看见许多人围在城门口看告示，姜泰浒听见有人高喊：“姜家村出了一个大盗！”

“有这种事？！”姜泰浒挤进了人群看告示。果然，告示上明明白白地写着：姜家村村民姜聂隆，窃取官银，杀害前任县令刘宇，罪大恶极，已经捕获……

姜泰浒大惊失色！他正要把这惊人的消息告诉刘夫人和小姐，发现两人不见了，急忙寻找。会不会她们也挤进人群里去看了？姜泰浒想再往人堆里钻，看见蕙英搀扶着她娘从人群中往外挤，赶紧上前相扶。

刘夫人一脸惊骇！蕙英的眼眶里滚动着泪水。姜泰浒注意到城门口的石凳子，扶着夫人坐下歇息。

蕙英忍不住夺眶而出的泪水，拿手抹了一下脸腮上的泪珠。

夫人看了蕙英一眼。

姜泰浒气怒难消，对着夫人、蕙英，冲口而出：“为什么官府对虎子下这样的毒手，这是天大的冤枉啊！”

姜泰浒这句话一冲出口，刘夫人、蕙英齐刷刷地朝他瞪着眼睛。蕙英急着问：“你说什么？那神仙他，他真是虎子？”

刘夫人好不惊讶：“啊？！”

姜泰浒知道自己说漏嘴了，怎么办？说出的话是追不回来的。面对刘夫人、小姐疑惑、惊骇的眼神，纸包不住火，只好实话实说了：“夫人，小姐，我实话告诉你们——”

蕙英抢在前面：“老姜就是虎子？”

姜泰浒点头：“是的”。

刘夫人有点懵了，用惊疑的目光先看姜泰浒，再看蕙英：“这怎么可能？”

“这是千真万确的。至于他怎么会改变相貌，这话我也说不清楚，以后他会说明白的。”

刘夫人还是心有疑虑：“那……当着我们的面，他为什么不说？”

心有灵犀的蕙英早有感觉，“娘，我早就猜到他……他为什么不说……？我想……”

蕙英把下面的话咽下去了，满怀怨愤地顿足道：“娘！虎子是冤枉的，要赶紧救他呀！”又转向姜泰浒：“浒浒哥，我们要想办法救他呀！”

二

监察御史的大轿前有建德县衙役鸣锣喝道，后有严州郡的兵勇护卫，快速行进在通往建德县衙的大道上。道旁两侧挤满围观的百姓，人群在不断地增多。兵勇提着明晃晃的刀枪，驱赶向道路中间挤压过来的百姓，宛若巨大的浪涌在冲击堤岸，不断有浪尖越过警戒。突然间，一处堤岸决口了，众多百姓拥上大道，挡在宪台大人的轿前，其中有男有女，还有须发皆白的老人，他们大呼“冤枉！”，恳求御史大人为姜聂隆伸冤。他们齐刷刷地跪在轿前，任凭兵勇驱赶、鞭打，岿然不动。

这些百姓极大多数是姜家村人，秦耕、秦婆婆也在其中。由于人数众多，御史大人的轿子不得不停在大道上。

快班班头带着一班衙役，骑快马赶到，驱赶百姓。驱赶不成，便捆绑、拘押。

刘夫人、蕙英和姜泰浒也赶到了。刘夫人眼看宪台大人的大轿被百姓围住了，这是个难得的好机会，但左看右看，围观人群像数重高墙挡在跟前，如何进得去?

蕙英自有办法，让娘和姜泰浒闭上眼睛，只听她说了一声“起”，三人越过了人群重围，飘然落在宪台大人的轿前。

刘夫人见班头在抓捕百姓，大声喝道：“住手！”

班头见是刘夫人，嘴上不说，心里在骂：“老东西，识相一点，现在你不是什么县太爷夫人，少管闲事。”但碍于往日的面子，不得不回道：“夫人，小人不敢违命。”其实他根本没有把夫人放在眼里，依旧捕人。

刘夫人见班头如此怠慢，更激起她满腔义愤，下面的话看似向着班头，其实直指端坐在八抬大轿里，面对衙役、吏胥狐假虎威，视民如草芥而无动于衷的宪台大人：“岂有此理！有道是，物不得其平则鸣，草木无声，风挠之鸣；水之无声，风荡之鸣。如今百姓蒙受弥天冤案，岂能不允声张？朝廷应允百姓在衙门口击登闻鼓鸣冤，现在当着宪台大人难道就不许百姓喊冤吗？！”

霸珑大人端坐轿内，当然知道轿外发生的事情。尽管还是新官不久，历练尚浅，但所到之处，无不是拦轿喊冤，似乎已司空见惯。心里只想着要审问大案，让衙役们赶快把挡道的百姓驱散。突然听到轿前一个女人的尖厉言辞，好不惊讶！心想，这是个什么人？如此大胆？竟然还是个女人？他伸手撩开轿帘的一条缝，只看见这妇人的背影，不到五十岁，尽管是半老徐娘，但气度不凡，看上去出自富贵人家。怎么半道上冒出这么个挡道的人来？抑或是挡道百姓的幕后主使？不管她，不为枝蔓所系，当即下令：“起轿！”

众衙役高声喝道：“起轿！”气势甚是威严，有势不可挡之势。姜家村人眼看着宪台大人的大轿即将离去，天大的冤情难以申诉，他们绝望了！那是无助无援的绝望；痛心疾首的绝望！

“姜聂隆一案的人证，大人都不想见一见吗？”刘夫人跪地启禀。

“我也是人证！”蕙英跪地。

“我也是！”姜泰浒跪地。

严州府大道

霸珑想，怎么一下子冒出几个人证来了？！都是些什么人？

“启禀大人，在下是建德县前任县令刘宇的发妻，亲历刘宇受害的全过程，为含冤而死的刘宇鸣冤！”刘夫人跟随丈夫在任上多年，言辞得体。

霸珑听说轿前喊冤的竟是前任刘宇的夫人，大出意外，再次拨开轿帘一角，脑袋立刻“嗡”的一声，好像当头重重地挨了一棒——怎么在此时此地就见到……

“夫人，您……有何冤情？”

“宪台大人，你可知道建德县任上有两个刘宇？”

“怎么有两个刘宇？”

“一个是真刘宇，一个是假刘宇，”

“竟有这样的事？”

“大人如真假刘宇都不曾明察，如何查明这桩惊动朝廷的命案？”

霸珑怔怔地看着刘夫人，心里宛若一团打结的渔网，临时做决定：“请夫人随我去建德县衙，如何？”

“好！谢过大人。”

“这两位是……？”

“这是我的女儿蕙英；这位叫姜泰浒，他们都是证人”。

“好，那就一同前往。”

“且慢！恳请大人把拘押的村民都放了吧！”

霸珑下令：“释放在押乡民。起轿！”

三

建德县大堂，三班六房肃立就位，大堂衙役打起十二分的精神。严州郡台、建德县令早早地守候在堂下，时不时地让人出去探望。遽然回报，宪台大人驾到，两人赶快前往恭迎。

监察御史霸珑与陶文彦一番推让后，坐上了主审的位置。

严州郡台悄悄问霸珑：“堂下那妇人是什么人？”

霸珑道：“前任建德县令的夫人，给赐座。小女子是夫人的女儿。男的是姜家村人。”

“上官廷钰”见霸大人还带着几个人同来，往堂下一看，啊呀呀！那是自己的娘啊！已经好久没有见到娘了，看上去已老去了许多。现在他变人了，娘根本不认识他。奇了怪了！娘怎么会认识这位刚到的宪台大人？他还把娘带到审讯姜聂隆的大堂上来，有什么用意？难道说，在这一眨眼的功夫里，宪台已经捕捉到那些不为人知的事？甚至关于他的身世？他不相信这个年纪轻轻的霸大人有如此能耐，但是，心里就像下过雨后的路面，车马行过，尽是泥巴疙瘩。他忐忑不安地命人给刘夫人赐座；蕙英、姜泰浒随同一旁站立。

霸珑威严地注视大堂，下令带罪犯姜聂隆。

一阵铁链子着地的响声，刘夫人站了起来；蕙英的眼眶里满是泪水；姜泰浒像受惊的鹭鸶鸟，伸着脖子，瞪着一双充满恐惧的眼睛，等待着虎子的到来。

虎子在两个衙役的押送下，走进了大堂。猛见刘夫人、蕙英、姜泰浒，心里涌起一阵暖意。建德县令硬是不听他的陈述，死死咬住他是杀害前任县令刘宇的凶犯，动用大刑，逼迫他招供。好在自己有师傅传授的真功护身，尚无大碍。好，现在有他们三个人在，自可辨明真相。又见堂上端坐着另外两位未曾见过的官员，但求这两位不会是建德县令那样的昏官。虎子缓缓地跪下身来。

霸珑问道：“下跪何人？”

“草民姜聂隆。”

霸珑好半天不敢相信自己的眼睛，这怎么是姜聂隆？一派仙风道骨的出世高人。想质疑，却又开不了口，暗自叹息：此案真是奇之又奇了！

“你知罪吗？”

“小民无罪。”

霸珑加重语气："朝廷命官建德县令刘宇，竟然在光天化日之下被杀害，此乃惊天大案。本大人奉皇命，查处此案。据查，你是杀害刘宇的要犯，你必须从实交代自己所犯的罪行，不许有半点隐瞒。"

虎子略略抬头，见正中端坐着的年轻官员竟然是皇上差遣的大官，心头暗喜，这么大的官总不会蛮不讲理、自说自话的吧？立刻回禀道："大人，小民确实杀过假县令'刘宇'。大人，我是为民除害呀！"

"胡说！"严州郡台喝道，"县令刘宇乃皇上钦命，与我相知多年，何来真假？"

"上官廷钰"呵斥道："姜聂隆，你杀害了朝廷命官，又诬陷朝廷命官，你是罪上加罪，罪不容诛！"

"你有何证据证明你所杀的刘宇是假的？"霸珑问。

"列位大人，请容小人详禀。"虎子从七郎庙潭得到龙蛋说起，陈说孽龙的种种罪孽。为了除此大害，远行西天，历经艰难，取得屠龙剑，将杀害前任县令刘宇、又化身刘宇的的假县令——孽龙斩杀。孽龙尚有九小龙，留在人间。

"上官廷钰"一听说孽龙，尤其是听虎子说到尚有九龙留在人间，心里就虚悬起来。现在他要像猫咬住鱼那样，决不松口，于是大声喝道："胡说八道！世上哪里有人变成龙，龙又变成官的稀奇古怪事？分明是在胡编，半夜里聊天——瞎说。"

"矮子鬼"一肚子的鬼主意：先通过指责龙变人、人变龙的荒谬，为自己洗白，打消宪台或许有所耳闻的疑虑。其次，以其县令的身份，给案情定调，企求严州郡台的支持，有两级衙门联手，事情就牢靠了。谅他宪台也不可轻易回拨两级衙门的判定。

果然，不出"矮子鬼"所料，陶文彦立即响应："宪台大人，罪犯姜聂隆杀害刘宇事实确凿，本人也供认不讳，这已经是板上钉钉的事。至于那些龙人变化的事，完全是子虚乌有，欲盖弥彰。"

这时霸珑在想什么？龙人变化；小九龙还在人间，这些先不去管他。现在最值得关注的是——刘夫人再三声明识别真假刘宇，知道刘宇被害的全过程，到底在她手里握有什么证据？见刘夫人一脸愠色，霸珑不知道为什么，心跳骤然加快。

"刘夫人确信有真假刘宇吗？"霸珑问道。

"方才姜聂隆所说句句属实。"刘夫人回禀。

蕙英接着说："我是人证，我是孽龙的第九子，小九龙。"

姜泰浒说："我也是人证，我们姜家村全村百姓都可作证。"

"上官廷钰"急了，怎么冒出个小九龙来了！还是个女的？娘也认她是女儿，那是不会假的。只怪当时为了逃命，来不及细看，总以为九龙个个是兄弟。不知道这个九妹会拿出什么样的证据来？倘若真有什么把柄在她手里，岂不坏了大事！

"越说越荒唐，竟然跑出这么多的无稽之谈的证人，普天之下，有哪一桩公案与神魔相关，岂不让人笑掉大牙！”陶文彦厉声呵斥。这看似是对夫人、蕙英和姜泰浒的指责，其用心是在提醒霸珑，弄来这几个所谓的证人，与装神弄鬼的巫觋有什么两样？

“上官廷钰”暗自叫好！府郡大人真够朋友，这句话太有力道了，看来把宪台给镇住了。如今我俩可是一根藤上的蚂蚱，小弟绝不会忘记你。

霸珑当然洞悉严州郡台的言外之音，实在是碍于监察御史的身份，又意外地遇上了这位夫人，这正是他受命此案的最大忌讳。想不到今天一上手，就遇上这个大难题。更为恼怒的是，身边这两位不知深浅的宵小，带棒夹枪，一唱一和！正当年少气盛的霸珑欲示以威严，岂料刘夫人竟说出这样的话来——

“列位大人，且容妾进一言：方才说到龙人变化，乃无稽之谈，说的也是。但自从亲身经受了这场灾难，在惊吓、恐惧、蹂躏、痛苦中度过了多少个日日夜夜，直到今天，此时此刻，身在这大堂之上，我终于悟出了其中的道理：在我看来，人世上、官场上，多多少少都有几重身份，各具几张脸面：对上、对下，对亲、对友，对圣贤的教导，对前程的欲望追求，对声色犬马，对良心道德，哪一个不是在真真假假、明明暗暗、黑白颠倒、龙人变化之中？指鹿为马不就是一个很好的例证吗？假作真时真亦假，真作假时假亦真，这不是官场上常有的事吗！只有我家的刘宇，死心塌地，忠君爱民，最后落到这般下场，含冤死去，直到今天，还凌受无妄评说，太冤了！太冤了！”说到此处，刘夫人不禁潸然泪下，“列位大人，无须多言，开棺一看，是龙还是人，不就大白于天下了吗？”

霸珑一时语噎。陶文彦、“上官廷钰”面面相觑，无言以对。但此时此刻他们两人的心是相通的：开不开棺，他们不说话，让端坐主位的监察御史大人定夺。

霸珑环顾左右二人，沉思良久：开棺，这是事先没有想过的。见刘夫人沉着、坚定的神色，难道说棺里藏着什么不为人知的东西？又见一唱一和的两个人在眉来眼去，不妨打开一看。于是下令：“明日午时三刻开棺。”

四

虎子重新被带进大牢，两个衙役用力一推，虎子一个趔趄，“咔嚓”一声，大铁门锁上了。

虎子盘腿趺坐在乱草堆上，闭目、调息、凝神，抛开所有杂念，让自己进入空灵状态。渐渐净空大师的话、青云大师的话，又在耳边响起，内心烦躁、愤恨、郁闷、无奈的情绪，终于平静下来。他深深地敬畏刘夫人，在大堂上提出开棺，可以让刘宇大人的被害的真相昭然若揭；可以让孽龙在光天化日之下现出原形。总以为孽龙的尸骨早已化为灰烬。刘夫人有远见，考虑周详，还留下了今天的铁证，为他洗去不白之冤。

然而担心的事接踵而来，尸骨埋在地下久了，倘若打开来已面目全非，能说明什么呢？如果有九龙站出来指证，倒也能洗去冤情。他首先想到了小九龙蕙英和大龙秦耕，他们会大胆地说事情的真相。此外六龙姜济仁也有这个勇气，遗憾的是远水救不了近火。余下的呢？就很难说了！他马上想起隆裕山庄的隆阿伊，窃取官银的分明是他，曾经被衙门抓捕，现在怎么把罪名落到我的头上，我成了替罪羊？师父曾经对他说起过，县衙的一个轿夫，外号叫“矮子鬼”，是四龙的化身。师父还说，这个人本性奸猾，加上胆大，日后必会做出逆天之事。这个“矮子鬼”现在在哪里？

这样的牢房，囚得住虎子吗？他想，一定要守在这里，守在这里就是守住自己的清白；守住为刘宇大人、为姜家村死去的一百多号冤魂鸣冤昭雪，揭露枉法、昏庸官吏的机抒。同时也可借以关注九龙的心迹、品性，会有仗义执言的吗？抑或借机伸张仇恨？原以为本着一颗善良的心，用真情去安抚、感悟九龙，只要坚持不懈，铁杵可以磨成针，终能把他们从虚幻的追求中引渡。谁知道风云突变，竟落得身陷冤狱！看来，自己想得太天真了，行善也要付出代价的。但是他不后悔，他相信——善性就是真心，也就是觉心，真心是不变的。现在唯一放心不下的是老娘，爹走在她的前面，如果知道她唯一的儿子现在进了大牢，她……虎子一时泪如泉涌。

墙上有一扇高高的小窗，一缕夕阳的余晖从小窗里钻了进来，投射在杂乱的干草上，留下了一柱光束。黑黢黢的牢房里，唯有这一点明亮。不久，阳光渐渐地化成一团色彩斑斓的烟雾，升腾起来，耀眼起来，烟雾里出现了一个姑娘的背影，一个端庄、秀丽、美貌的背影。

“这是谁呀？”虎子好不惊讶。

姑娘慢慢地转过身来。

“这，这不是蕙，蕙……”虎子想说蕙兰，又想说蕙英，结果一个都没能说出来。

“你不要再‘蕙’下去了，我是蕙英。”

“你是怎么进来的？”虎子想请她坐，但遍地是乱草。

“你能坐，我为什么就不能坐？”蕙英一屁股坐在虎子的身边。

虎子显得有些局促不安：“你进来时，他们有没有为难你？”

蕙英好像没有听见虎子的话，顾自己说：“我娘说了，等过了九九，第一只报春鸟唱歌的时候，带着我去姜家村，看望你娘。”

虎子高兴极了：“诶呀！我现在日子都记不得了，今天是什么日子啊？”咦！怎么人不见了……？！

虎子抬头看窗户，依然是一缕光辉，仍旧是杂草上一束阳光。他揉揉眼睛，拍了拍脑袋，“刚才是做梦吗？”

虎子重新趺坐，默默对自己说：从今以后，不要再分什么蕙兰、蕙英，就一个人。有这一个人，老娘就不用忧虑了！

五

刘夫人带着蕙英和姜泰浒走出建德县衙。天色向晚，到哪里去投宿？住客栈要花银子，身边的纹银是救命钱，怎么舍得花？姜泰浒坚持去姜家村，蕙英连声说好，携着她娘就走。刘夫人觉得不妥，天色已晚，怎么可以去叨扰他老人家？再说，虎子犯案的事怎么对她老人家说？

“要不回县衙，仍旧住原来的那间房。”蕙英说。

刘夫人看着蕙英，心里在责怪：真是个不懂事的傻丫头，事情到了今天这步田地，人家赶你还来不及呢！

蕙英仍不以为然：“娘是前任县令的夫人。县令被人杀害，朝廷派大官来查案，他们就不管你了？”

姜泰浒也认为去县衙求人不妥，有点热脸孔贴人家冷屁股。

“你们不说，我去说。”蕙英说罢转身往回走。

“站住！”刘夫人喝道，“我想好了，我带你们去个地方。”

蕙英呆呆地看着娘，不知道娘要带她去哪里。

“走！”夫人向蕙英，姜泰浒招手，“我们去徽州会馆。”

大凡州府都建有诸多同乡会馆（颇如当下驻某地办事处。不同的是，办事处是官办的；会馆乃是维护在异地经商、谋生的同乡人利益的民间组织，故称之为××同乡会馆）。建德县城是州郡所在，一条新安江号称上达安徽、下贯苏杭，有雄踞三江、浪下三吴之势。徽州会馆建在东门大街，徽州人善于经商，财主多，会馆建得最有气派，设施比之于其他会馆尤显优渥。凡是同乡会馆都有这样的规矩：只要是本籍人遇到困难，食宿一概免费。刘夫人想，刘宇是徽州人，尽管今非昔比，但暂时投宿总不至于有问题吧。

刘夫人带着蕙英和姜泰浒来到了徽州会馆。主事热情接待。

姜泰浒要回姜家村，他担心家里人挂念，因为家里不知道他的去向；更让他放心不下的是虎子他娘，虎子遭难的事千万不能让他老人家知道。

刘夫人完全赞同姜泰浒赶快回姜家村，并请转告虎子他娘，低头想了想，说了一句颇为含蓄的话：“请你告诉她老人家，九九天就要过完了，等到报春鸟唱歌的时候，我带着蕙英去看望她老人家。”

姜泰浒听懂了刘夫人的话，笑了。正好晚餐送上来了，姜泰浒吃过饭后便匆匆赶回姜家村。

蕙英一直低着头不说话，心里却很想与姜泰浒一起去姜家村，看望虎子他娘。她知道娘不会答应，特别是娘最后交代姜泰浒的话，断了她这个念头。但是“等到报春鸟唱歌……”这句话她一直记在心里。

会馆安排她母女俩住在二楼朝南的一间卧室，一张大床，朝南的窗下摆放着马鞍桌；另外梳妆台、衣柜、座椅一应俱全，很舒适。

刘夫人看得出来，蕙英心里不乐意，便催促她早点休息。

“你睡得着啊？我可睡不着。”蕙英的注意力已转移到明天开棺的事情上。

“你在想什么？”

“娘，我很不放心那个什么‘上官’和陶大人这两个官，他们硬是要把虎子往死路上逼，我恨死他们了！”蕙英一屁股坐到床上。

刘夫人斜靠在床上：“京里来的霸大人呢，会主持公道吗？”

“娘，我想……”蕙英想好了一个主意。

“你有什么主意？”

“我想这两个不怀好意的官，他俩晚上一定会商量明天开棺的事。我偷偷地去，听听他们在说些什么，再回来告诉娘，好识破他们的诡计。”蕙英边说边演示，完全是一个不谙世事的孩子。

刘夫人一骨碌坐了起来：“事情已经够糟了！你可不要再来添乱！”

蕙英仍不以为然。“我来去一阵风，有谁知道？添什么乱？”

“睡觉，等着明天跟他们打口官司。”刘夫人催促蕙英睡下。

“哦！”蕙音很不情愿地钻进了被窝。

正是数九隆冬，尽管寒意很浓，但是春气已经涌动，房檐上猫开始走动了，早晚可以听见它们兴奋的呼叫。

房间里的灯灭了，刘夫人毫无睡意，瞪着一双眼睛向着黑暗，她想起佛经上说的：“今于末世，浊恶弥深，众根愈劣，垢重障深，恶浪滔天，毒焰遍地。”果真是这样吗？先夫从来是畏天命，畏大人，畏圣人言，行止无愧于人，为什么将他投入黑暗的地狱？！为了祛恶扬善，昭示正义，明天开棺，为什么郡、县两级父母官却无动于衷？真是上天错勘贤愚，分不清盗跖、颜回？

感觉真的就像沉浮于无边的苦海之中。她不停地呼喊，奋力挣扎。遽然霞光万道，看见了七宝莲台上端坐着大慈大悲的观世音菩萨。她高兴极了，快步奔向菩萨，跪倒在尘埃……

蕙英终于听见了娘的鼾声。她多少次偷偷地仰起头来看，见娘的眼睛乌溜溜的，睁得老大，只好又缩了回去，一动不动地装睡。这回可好了，娘睡着了！她像松鼠一样，“吱溜”一下便钻出了被窝，蹑手蹑脚地出了房间，没忘记把房门带上，然后一阵风上了房顶。她的目标是县衙，只一会儿便到了县衙上空。突然，县衙大门洞开，四盏长柄灯笼高高提起在前头开路，紧随其后的是县太爷的大轿。

“他要去哪里？”灯笼引着大轿朝郡台衙门而去。蕙英神不知鬼不觉地跟随在后。

第二十五章　伙夫——八龙当官

一

“上官廷钰”回到家里，夫人已经准备好晚餐，几样菜都在冒着热气，碗盏也已摆放整齐，大概酒瓶子没有盖严，满屋子都可以闻到酒香。“上官廷钰”看也不看一眼就走进卧室，一头栽倒在床上，两眼瞪着蚊帐顶，不管夫人怎么问，他都一言不发。上官夫人自然不买账，性子也就上来了：

“谁借你多还你少了？摆着一副猪肝脸，给谁看？”

“上官廷钰”仍置之不理。

“我告诉你，在外面受气带回家里来，就不是个男子汉！”

“上官廷钰”从床上一跃而起，冲出卧室，随手“呯”的一声关上房门，震得门框上勾缝的石灰老粉纷纷跌落下来。他毫无意识地朝外走，走着，走着，走到通往后院的道上站住了。黑黢黢的后院，月亮还没有爬上来，天空挂着几颗疏朗的星星，是因为天冷之故吧，瑟缩而乏力。可是在他的眼前恰是奇特明亮——一双如同闪电一样照耀、宛若火焰一般炽热的眼睛正看着他，这双眼睛是在今天的大堂上出现的，一直到现在，都在看着他，他走到哪里，这眼睛就看到哪里，他无法回避，无处躲藏，即便是闭上眼睛，依然光芒闪烁。更可怕的是，这双眼睛有穿透力，直透他的内心，他心里藏着的那些阴暗的东西，瞒天过海的龌龊勾当，一概逃不过，统统被照亮了，让他害怕极了！

何来如此犀利的眼睛？是娘，是娘的眼睛呀！记得那一次九个兄弟围着娘，听娘说爹的罪孽，娘特别告诫孩子们：“你们的爹罪孽深重，你们决不可步他的后尘，要不然，你们将身陷万劫不复的苦难深渊。”

今天宪台把娘、九妹，还有个姜家村的人一起带到大堂上来，必定是事先设下的圈套。娘在大堂上说的那些话 ，分明是说给他听的。他没有遵从娘的教诲，原封原样地走爹的老路，所以娘才会用这样的眼光来看着他。还有小九妹和姜家村的那个人，不知道还有什么可怕的证据捏在他们手里，想起自己当轿夫的时候，一天在衙门口被一个看相的老头看出门道来，认定他不是人，这是个大漏厄啊！有道是：猪的嘴巴好捆，人的嘴巴是捆不住的。这个看相的老头是个什么人？难道也是什么神灵、妖异变化的？那天尽管走得匆忙，也曾几次回过头来，看见姜聂隆与那看相老头甚是亲密，他们暗中有什么交往？说不定虎子与那老头是同一个路数的。都怪自己大意了，高兴过头了，没把这桩事放在心上，到现在后悔已来不及了！明天开棺，会不会打开了他走向地狱的大门！？

走！赶快走！还是走掉好，想起做轿夫的日子，出点力气，晚上好吃好睡。不做轿夫也可以，寻个别的什么行当过太平日子。

因为脑子里很乱，思想不集中，路上已经结起浓霜，一不小心脚下打滑，一个趔趄倒在路边的冬青树上。起来时，"嗞啦"一声，棉袍的前胸拉破了。寒风中，一片拉开的布条，忽闪忽闪的。

突然想起窃银现场的那件破衣裳，也是前胸撕破的，好像在哪里见到过这件衣裳？嗨！想起来了：在清溪镇码头上的那场遭遇，这件衣裳是姜聂隆的吧？该马上去看看那撕破的地方，如果在前胸上有条补缝，那真是铁板上钉钉，铁证啊！再加上那把削铁如泥的屠龙剑，这官银就是你姜聂隆盗，刘县令就是你姜聂隆杀。你姜聂隆就是浑身都长嘴，也说不清楚了！哎呀！连连拍脑袋，我怎么弄成了黑脸照镜子，自己来吓唬自己呀！有这两件东西在手，我怕你什么京里来的前台（宪台）后台的。

"老爷！老爷！"

"老爷你在哪里呀！"

听到喊声，"上官廷钰"立刻回过头来，只见黑暗处有好些人提着灯笼在焦急地寻找，其中夹杂着带着哭腔的尖细的女人声音，不是别人，那是他的"老婆"。看着这些，想想刚才自己一心想走的念头，就像一滴浓墨滴在清水盆子里，不多久，清水不知道被挤到哪里去了！真要是抛别这身衣冠，不当这个老爷，哪来那么多人的关心？当轿夫啊，就是累死了，也没人来问一句。那个女人，虽说脾气大一点，还是晓得疼人的，尤其是她那细腻润滑的身体，每回都让他灵魂儿飘荡；一双儿女，成天爹长爹短的叫着，当个野爹也有滋味的。

"上官廷钰"急着去看那件衣裳，一色不差，正是他姜聂隆的。不由心头暗喜：老天爷不绝我啊！

突然，严州郡守陶文彦从脑子里钻了出来，这个人不得不防。这位吃着碗里看盘里，见银子称兄道弟，没有银子便打官腔的顶头上司，好在二哥那里财源茂盛，要不早就被他弄得灰头土脸了，哪里还有现在这两下！

如今是烧着了板凳脚，眠床也寒心的时候，他这个府郡大人能脱得了干系？能无事一身轻吗？得防着他调头转舵，把一畚斗垃圾全往自己头上扣，让人家捏住七寸了还蒙在鼓里。找他去！学一学墙头上的鸽子，左顾右盼，看看他的动静。

二

陶文彦也没有闲着，他同样感受到巨大的压力，尤其是明天的开棺。他也有同样的预感，这是霸珑设下的圈套。如何破解，心中无数，时间又是如此紧迫，明天午时。如果知道那墓葬的所在，不妨连夜找人，下去探个究竟。现在是心中无数，有道是“预则立，不预则废”，倘若明天被人耍了，当丈二和尚，如何是好？立刻想到“上官廷钰”，难道这个书呆子已捕捉到什么内情，学着诸葛亮吊孝——装模作样？更让他百思不解的是，“上官”一改往日的狂傲、狷介，变得也会见风扬帆。难道说他已凭借人脉，与霸珑暗中有默契？

不行！得找他去。一想不对，自己是什么品秩，四品之衔！他是个芝麻官，夤夜找上门去，这不太掉价了！得让他找上门来才是啊。正待差人前往召见，长随篾片急急忙忙前来通报，建德县令求见。陶文彦心下暗喜，还算识时务。传话签押房待见。

签押房外是一片竹林。蕙英就藏身在竹林中。“上官廷钰”与陶文彦的谈话，她可以听得一清二楚。

“上官廷钰”被请到签押房，外面很冷，一进房内，火炉、热茶一起送到，暖烘烘的。在路上想好的主意，进了这暖房，头脑里似乎又模糊起来，坐了一阵，还不见大人的动静，他知道，陶文彦好那口阿芙蓉，躺在烟榻上不过瘾是不肯动的。正好利用这个机会，把在路上想好的主意再理一遍。

足足过了小半个时辰，才听到脚步声，“上官廷钰”赶快打起精神，上前拜见。

这正是刘夫人所说的，为官人的多副面孔：分明是内心焦急无奈，要装作淡定从容；分明是无计可施，要摆出成竹在胸的架势；分明是有求于人，还要摆谱，压他一头——你在求救于我，心里要放明白一点。

陶文彦慢条斯理地撩开皮袍的后摆坐下，呷了一口茶，问道：“冷飕飕的夜晚到这里来，有什么急事啊？”

“矮子鬼”肚子里在说：明天要开棺，一根蚊香两头都点着了，很快就成灰，到了这个份上，一起担着点，别拿腔拿调了。

“大人，明天要开棺，这是我从来都没碰上过的，问刑名、仵作，他们各说一套。下官担心明天临阵乱套，在宪台面前丢脸，只好连夜来求教大人。”“上官廷钰”——“矮子鬼”可不是省油的灯，他要摸陶文彦的底。

陶文彦当然知道上官的心思，想不到的是这个书呆子也学乖了，真如俗话说的，缺牙啃西瓜，这个“上官” 的肚子里道道多了！好！也来它个天字不出头：“你别听刑名师爷的，他们之乎者也的一大套，照件作说的就没错。”把皮球踢回给“上官廷钰”。

“上官”还想把皮球给踢回去，但耐下性子来想，人家是郡守，官大一级压死人，只好瞎子摸墙，慢慢地向前靠近：“大人，明天这个……开棺，会开出什么结果来？”

陶文彦依然一脸淡定：“你说呢？”

“我想……大概……”“上官廷钰”边想边说，不想把路上想好的主意和盘托出，又不敢拿舌头去磨剃刀，自讨苦吃，活像老人吃热汤团，吞吞吐吐。

“上官，有什么话就说呗，还藏着掖着干啥？”

“我还没有想明白，怎么突然弄出个开棺来？究竟是啥意思？”“上官廷钰”故作不解。

“啥意思？明天开了，你就明白啥意思了。弄不好啊，哼！就套进去了！”陶文彦露出了忧伤。

“怎么个套进去？”“上官廷钰”口里这么说，心里却是乐滋滋的。刚才陶文彦的表情告诉他，对于开棺的事，他陶文彦也一筹莫展，更没有什么谋划，尽可以放下心来。

陶文彦看了“上官廷钰”一眼，肚子里在骂：“你是猪脑髓，这还看不出来？”但说出来的却是：“你是明摆着攥聪明装糊涂啊！”

“大人的意思是——人家要借开棺来翻这个案子？”“上官廷钰”与陶文彦原来是隔着文案而坐的，这时他快步移坐到陶文彦的身边。

陶文彦斜过脸来看“上官廷钰”：“你想过没有，案子翻了，是什么后果？”

“灰炉倒翻！”“上官廷钰”低下头来说。

“要知道，你翻了灰炉，弄得我也一鼻子灰！”陶彦文拉长了脸。

“上官廷钰”紧挨着陶文彦，“大人，你说怎么办？”

“怎么办？！还有九个时辰，能怎么办？你自己去想好来吧！”陶文彦是活肩胛，把担子全卸到上官廷钰的肩上。

“上官廷钰”这个“矮子鬼”早料到陶文彦这个顶头上司是靠不住的，但他也拿不出什么应对的高招。既然如此，我赤脚的不怕你穿鞋的，无论如何也要把你拖进水里来。

“陶大人，我想啊，明天那棺材一打开，不出三种情形。”

“哪三种情形？”

“第一，一具已经腐烂的尸体，面目全非，说他是张三李四王二都可以；第二，真是一条龙身，这又能说明什么呢？与本案有什么关系？第三，这是最麻烦，也是最费口舌的——半个刘宇半条龙，这该怎么办？”这是“上官廷钰”在来的路上仔细想过的，现在他拿出来，不是要难倒陶文彦，而是要把他往水里拖。

陶文彦不说话了。他想：这个书呆子分析得有道理。这第三种情形万一真的出现了……这倒是要好好想想……“欸，你说，人体腐烂了，龙身必也腐烂了，难道人龙合体的妖异之物反倒能栩栩如生？”

“吃不准，就怕万一，不知道人家手里还拿捏着什么，那我们可就惨了！”“矮子鬼”绝不让陶文彦脱肩胛。

“你打算怎么办？”陶文彦无法逆预料明天棺木打开后到底会发生什么意外，又是在现场，一点回旋的余地都没有，就像船行在浩瀚江面上，遇上大雾锁江，心里空荡荡的，不知道前面将会出现什么险情。

“陶大人，我想起来了，失窃银子的现场，有一件衣裳丢弃在那里。”

“有这事。”

“当时我判定，只要找到这件衣裳的人主，窃贼就是秃头头上的虱子，明摆着的了。”

陶文彦目不转睛地看着“上官廷钰”，“你有什么发现了？”

“不知大人注意到没有？今天在大堂上，我注视着姜聂隆，看着看着，忽然想起那件现场的衣裳，与他身上穿着的，就是颜色不一样，款式完全一个样啊！”

陶文彦立刻兴奋起来：“着哇！”说着猛站起来。

“这件衣裳是姜聂隆的。”“上官廷钰”肯定地说。

“你有什么依据？”陶文彦不无疑虑，却又心头暗喜：这个书呆子不呆呀！活像掘土的鼹鼠，藏得可深了！

“上官廷钰”显得成竹在胸：“大人，明天姜聂隆一定会认下——这件衣裳是他的。”

“好，那明天就看你的了。还有，姜聂隆的那把锋利无比的屠龙剑在哪里？”

“上官廷钰”最忌讳、害怕的是屠龙剑，一提到它，浑身的寒毛就会竖起来。“这东西，我把它藏起来了。”

“藏起来干什么？明天带到现场去，有这两件东西，铁案难翻！”陶文彦眉飞色舞起来。

“郡台大人啊！明天是两军交锋，我，是大人的马前卒，自当冲锋在前。但是，在下人微言轻，掌舵的全仗着郡台——您啊！”“矮子鬼”敲了钉不算，还要兼夹。

“这个么……呃……自然，自然。”陶文彦说得有点含糊其辞。

三

心事沉重的人，睡眠不会好。刘夫人睡了没有多久，突然惊醒，感觉身边空荡荡的，伸手一摸，人没了！连连骂道：“坏了，坏了！野姑娘一定是去做她想做的事了。”赶紧下床，双脚一落地，感觉冰凉的。如此寒冬深夜，外面黑咕隆咚的，到哪里去找她？菩萨保佑，千万不要再惹出什么事来呀！忧虑把睡意全赶跑了，她穿好衣服，和衣坐在被窝里，竖起耳朵听外面的动静。远处传来了打更人敲击的梆子声，一听正是三更。

不久响起了脚步声，先是一个人，接着是三两个人，后来是杂沓的脚步声。刘夫人紧张起来，担心是不是官兵来了！随后听见了海螺号声（古代交通船出发前吹海螺鸣号，等于现在的汽笛），刘夫人这才想起来，这里离江边不远，这是一帮赶早班船的人，冬天是枯水季节，上行的船开船特别早。

一阵紧张过后，人会困乏起来，刘夫人感觉有点倦意，渐渐地迷糊起来。“吱呀”一声响，房门开了，吹进来一阵冷风。刘夫人猛睁开眼睛，一个黑影钻了进来。

刘夫人大惊！

“娘，是我。”蕙英缓缓地向床边走来。

“站住！”刘夫人喝道。

“娘，你怎么还不睡？”蕙英嗫嚅着。

“你要急死我还是吓死我？啊？”

“娘，你听我说。”蕙英三下五除二就脱去身上的衣服，纵身一跳，活像田鼠钻洞，“刷拉”一下就进了被窝，紧紧抱住她娘，以示认错。开始刘夫人不让，但缠不过她。蕙英猫在娘的耳边，把今天晚上探听到的事，详详细细地说了一遍。

“果然，两个混官上下勾结在一起。”刘夫人气愤地说。

“娘，他们为什么要这样？”蕙英焦急地问。

“这些事你要慢慢才会懂。现在他们拿姜聂隆来做替罪羊，是为护住自己的前程。”

“娘，那件衣裳怎么办？千万不能认啊！”蕙英很为虎子急。

刘夫人深知，出现在现场的这件衣裳是十分重要的物证，但是并没有证据证明这衣裳一定是虎子的，除非他本人承认。虎子会这样傻吗？

“娘，明天我要对虎子哥说，这件衣裳不是你的。”

刘夫人连忙伸手蒙住蕙英的嘴：“我不许你再乱说乱动，明天你一举一动必须听娘的。”

“是……”蕙英伸了伸舌头。

四

霸珑谢绝县、郡的盛情，坚持住在驿站。这有他的考量，身为监察御史，奉命来查办要案，俗话说得好，案子没有告破之前，凡是鼻子朝下的都可以怀疑。为了厘清官场的复杂关系，避免横生枝节，有碍查清案情的真相，做这样的选择还是必要的。

严州府的驿站设在离城三里的东门外，已经是郊外了。周围没有什么房舍，近处有一文昌庙，就这么个邻居。这里靠近富春江，地势平坦，古木参天，显得有些荒凉。临到傍晚，鹊鸟归巢，群鸟啁啾、聒噪，尤以乌鸦的叫声最为凄凉，恍若远离红尘，置身世外。

下午审案完毕，回到驿站已近黄昏。霸珑用过晚餐后，带着随从信步走出驿站，没走多远就来到建德县颇具名气的一处胜景——老虎桥。此桥东西走向，五孔石拱桥，长一百五十余丈，宽一丈五，每隔六尺有方形石柱，约半人高，拼联青石板面，筑成桥栏。此桥是建德县通往南乡一十二都的唯一通道。南望，凭栏可见滚滚东流的大江，清丽如黛的巽峰，峰顶耸立着著名的南峰塔。每当夕阳西下，水波平静时，江上隐现半座青山；倒垂的宝塔在水中晃晃悠悠，给人无穷遐想——会不会从宝塔里走出美貌的白娘娘来！回身北望，眼前展开了连绵百里、气势雄伟、巍峨壮丽的乌龙山。沿着山脚下是广阔、起伏的林立山丘。如果说，南望让人想起了白娘娘，那么北眺会把你带到陕南沔水一侧，汉军师诸葛亮设下的、可敌十万雄兵的八阵图前。

霸珑向着乌龙山，时已黄昏，山色朦胧，但他从朦胧中依然感觉到身后有寒气逼人，一踏上老虎桥，锋芒直透心胸的屠龙剑似乎就在身后。

从炁岚庙潭逃出来，九个兄弟苦战不敌。为逃避追杀，商量下凡做人，突然虎子追到，八龙最早开始逃逸，窜到乌龙山下，见老九危险，回身相救，如何敌得了虎子！返身急窜，正当走投无路、命悬一线时，老虎桥下"哗哗"的流水声提醒了他，一头钻进了桥下，窜入富春江，连回头看一眼的勇气都没有，顺着江流飞遄而去。不知道来到了什么地界，显然是进入其他水族的家园，立即遇到阻拦、盘诘，得知是炁岚庙三江王的后代，立即唾弃、驱赶，不容暂短停留。途中几次遇到这样的情况，三江王被视作狡诈、造孽的害群之蛟，水族的败类，八龙无奈只得一路逃窜。

不知道通过多少江河，一天八龙来到一处联通湖海的大江，该往何处去？正当犹豫，忽然听到有人在说话，但听不清他们说些什么。他慢慢地抬起头来，说话的声音越来越清楚了，看见濒临大江建有一幢很大的庭院，白墙黛瓦，墙院里文旦与石榴树相间，在斜阳的余晖里，金黄色的文旦像挂在树上的灯笼，一盏盏高低错落：红艳艳的石榴宛若自天而坠的火流星，落在墨绿色的石榴枝上。两个说话的人，一个坐在文旦树杈上，一个坐在石榴树杈上，都是年轻人，手里拿着书卷，在谈论治国平天下的道理。

八龙连日来只顾逃命，还没有想过下凡到人间做什么。听刚才两人的议论，不妨做个读书人如何？可以懂得为人、治世之道。他反复观察两个待在树上的年轻人的模样，一闪身，一阵清风从江上升起，进了这座大院。

大院是江南道苏州学馆，是江南道的著名学馆。大院三进两厢，回廊相连。前厅、中厅、后庭皆为教学区。后披临江，相伴一个小院，栽有花木果树，是学子休憩的园地。楼上设有藏书楼，学馆的管理人员和学子都居住在楼上。

八龙来到后披，一阵阵热气从那里飘散出来，他闻到了米饭的香味。本来就已经饿了，一闻到这香味，口舌立刻生涎，肚子里"咕噜噜"地响了起来。循着这股香味，他走进了一道边门，一间偌大的炊事房，很大的灶台，一连展开烧水、煮饭、蒸馍的大灶头；还有比八仙桌略窄，用作切菜和面的大案板；一个五十多岁、头发花白、一只左眼球暴凸出来的老汉正在灶头上操着大锅铲炒菜。八龙见锅灶孔里的火势很小，眼看就要熄灭，便坐下来往里添上些柴火，火很快就旺了起来。

老汉是眼睛不便还是赶开饭的时间，似乎对灶下的八龙毫不在意。一大盆菜烧好，接着第二盆菜又下锅，"刷拉"一声响，冒起了一阵烟雾，他赶快揉眼睛，想到要往灶孔里添柴火。侧身一看，有人在烧火，便赶快挥起锅铲翻炒，接连炒了三大盆菜，他才拿下挂在脖子上的手巾擦把汗；从案板下拖出一张条凳，坐到锅台边，拔出插在围裙腰带上的烟筒来吸烟。

八龙好奇怪，怎么把我当熟人了？

吸烟要火，老汉在烟锅里装满烟草后，附身到灶孔里拿根柴棒子来点烟，边拨弄着柴棒边问："你娘生了没？"

八龙这才明白老汉认错人了，愣怔着没说话。

老汉缓缓地吐出口里的烟，似乎要把整个下午，一个人洗菜、切菜、炒菜的全部劳累，都吐出来。

"你爹身体欠好，你娘坐月子，你要多帮着点。"

八龙怎么回答？

老汉这才低下头来，朝八龙仔细看，心头一跳，啊呀！认错人了！"你，你是……"

八龙一脸惶惑："老伯，我是，我是想来这里读书的。"

"诶呀！都怪我眼神不好，我可把你当做帮我打下手的，庚庚娘的儿子小庚子了！"老汉撩起围裙布来洇了洇眼睛，"你是哪里来的？听你口音不像是我们这里人啊！"

八龙坐在灶下已经想过这个一定要回答的问题："我是浙江人，家里兄弟多，吃口重，爹妈要我出来学手艺，自己找活路。我……我想读书，一路过来，帮人做零工，终于打听到这里有一所学馆，所以就……"

"哦！你倒是个有志气的后生。"老汉眼看手里的柴棒快要灭了，八龙这回懂了，立刻换上一根红火的，又接过老汉手里的那一根，丢进了灶孔。

老汉嘴里吐着烟雾，说："这个学馆名气很大。不过……进来不容易啊！"

"哦！"八龙一脸凝重地看着老汉。

“不过……”老汉抽罢了烟，把一尺长的竹竿烟筒连同烟荷包缠绕好，插进围裙腰带里，“这要看你有没有天资，还要运气。”

“运气？”八龙感到不太好理解。

“这个学馆八十多号人，管事的只有一个苏州府派来的严教授（不是当今的大学教授，是当时官方委派到官办学馆主管教学的官员，相当于校长）。这个老头可厉害了！他满肚子的学问，成天绷着脸，对谁都严。那些读书人，没有一个不怕他，老远看见他就赶快躲。要这个‘严老头’答应，你才能进来。”

“哦！”八龙陷于沉思。

“这样吧，我这里正少个打下手的，原来的庚庚他娘坐月子了，一时还没个合适的人。我看你蛮机灵的，先帮帮我，你看怎么样？”老汉看着八龙问道。

八龙想，也好，有个吃饭的地方，先站住脚再说。“好的，老伯，我听你的，你叫我做啥，我就做啥。”

“那就这么说定了。”突然想起，“欸，你的大名叫——？”

八龙赶忙应道：“我姓霸，单名珑。”为何给自己起了这么个名字？“霸珑”即八龙也。

老汉读书不多，听着觉得奇怪！“啊？怎么还有姓霸的？”连连摇头，“这个姓听起来有点吓人兮兮的，我就叫你‘小笼’好吗？”

“‘小龙’！”霸珑听着心头一颤。

老汉拔出烟杆，敲打案板上高高叠起的蒸包子的笼屉。“小笼包子”，他特别加重“小笼”二字的语气，“多少好叫！大家都欢喜！”

“好，就叫小笼吧！”霸珑乐意接受了。“老伯，我该怎么称呼您老人家？”

“这个嘛……”老汉笑了，“这里的这些小子们都叫我——”伸手指自己的左眼，“叫我暴眼伯！”

霸珑看着老汉的眼睛笑了：“他们是笑你……”

“我姓鲍，鱼包鲍。被臭小子们戏弄成‘暴’。”老汉无奈地摇头。

“你这眼睛是，是……”

老汉把眼睛眉毛拧成一个疙瘩，挥了挥手：“不说它了。小笼，你就叫我鲍伯吧！”

“好，鲍伯伯！”霸珑响亮地叫了一声。

五

到了傍晚，鲍伯伯把案板翻了个面，又去找来被褥，帮着霸珑铺好床，交代完早上起来要做的事，就回家了。

霸珑躺在黑黢黢的灶间里，厨房里特有的，那股油腥混合泔水的怪异味儿，充满整个空间。他双眼看着黑暗，久久难以入睡，首先虎子的追杀从脑子里跳了出来，太可怕了！尤其是那柄锋利无比的屠龙剑，一想起来就心惊胆颤。总算逃过了一劫，弟兄们不知怎么样？但愿都能活下来，以后总有见面的日子。说好学着做人，人到底该怎么做？心里还真没有底。现在他最想要的是读书，那么多年龄与他相仿的后生都在用功读书，这不就是做人的样子么！

被窝里开始冷冰冰，渐渐地热乎起来了。他看见自己手里捧着书本，又看见自己爬上了后院里的文旦树，过一会儿，年轻人都来了，大家一起大声读书。手里的书本渐渐地大起来，一直大到像床一样，他爬进了书本里……

忽然听得院子里鸟儿的叫声，霸珑猛睁开眼睛，天已经亮了。赶快起来，卷起铺盖，翻过案板，先要挑水。大灶并排有三只大锅，第一口最大，煮粥用的；第二口蒸馍，略小一点；第三口更小，作为备用。挑水的地方倒不远，开门便临江，他从来都没有挑过水，面对两只水桶，一根两头挂着铁钩的扁担，感觉挂钩摇来晃去的，还不如手提好，他毫不费力地提来两桶水，倒进大锅里，还只是没了锅底。这锅真大，站在锅台上看，简直是一口小水塘。他生怕耽误开早饭的时间，就拿出看家本领，到江边见左右无人，低头入水，猛吸一口，立即返回灶头，㖷水入锅，大锅里顿时泛起波涛，一会儿就加满了，接着又加满了蒸馍锅里的水。

鲍伯交代的第二件事是煮粥。昨天晚饭，霸珑生平第一次吃到粥和馍，感觉很好，尤其是粥，稠稠的，有股香味，很快就滑进肚子里。粥是怎么做出来的呢？他不知道。但他天性聪明，粥是稠的，一定要有水，看看鲍伯量好的一畚斗米，现在这一大锅水，是多了还是正好？先不管它，烧了再说，他也不知道淘米，就把那一畚斗米倒进锅里。

接下来要生火，他拿着鲍伯给他的打火石左看右看，不知道该怎么用？想想既然叫打火石，那总该打吧，“啪啪啪”连续地敲打，果然有火星冒出来。但单凭这点火星怎么能把柴棒点着呢？他看见灶门口放着不少干草，这大概是用来引火的，他抓了一把干草，让打出来的火星落到干草上，很灵！干草点着了，放进灶孔，不一会儿柴棒也点着了！谁知道意想不到的事发生了！刚才他只想着要把灶膛里的柴棒点着，没注意还有燃着的干草落在灶门口的草堆上，干草遇烈火，“轰”的一声，大火燃起！霸珑一时慌了手脚，火焰立刻蹿起一人多高。霸珑眼看大事不好！幸好刚才给大锅里注水，立刻张嘴朝火焰喷出水柱，火势渐渐熄灭了。但满屋子飞灰扬起，宛若下了一场灰雨，所有的家什、地面都披上了一层灰霜。他赶紧又是揩，又是抹的，湿的时候好像揩干净了，风一吹，干了，便是一张大花脸。好在这个三眼大灶，火道相通，不久，两口锅里都冒起了热气。

鲍伯伯还特意交代了一件事，严教授好一口热茶，不能忘记在灶门口的小碳炉上煮一壶茶水。这回他可仔细了，小心翼翼地从灶膛里引出炭火，把小铜茶壶置于炭炉子上。茶壶上也积满了灰尘，他一遍又一遍地擦抹，直到看不见一点痕迹。

按照鲍伯伯的吩咐，早上起来该做的事情都已做好，就等鲍伯伯来和面蒸馍了。

很快，炭炉上的水烧开了。听鲍伯伯说，教授有个书童会来取水的，但左等右等都不见人来。霸珑想，何不借送开水的机会，去见见这位严教授？说干就干，提起水壶就走。教授在第三大厅后有一间书房。他走过大厅，见早起的读书人已经在大声地读书了，看着真让他羡慕，不仅是羡慕他们有读书的机会，就连他们的衣着、神态，每人还有一张书桌，看着也眼馋。

走过了第三厅，果然看见一间厢房，他不敢再往前走，里面静悄悄的。一声老人的咳嗽，他吓了一跳。停了一会儿，他壮起胆子朝里看了一眼，见窗下有张书桌，一个穿着黑色长袍、戴着披风帽、瘦筋筋的老人正在伏案看书。他想，大概这就是严教授吧！正想要抬脚走进去，但迈不开步，进去了怎么说？要先想好呀！称呼他教授先生？不，教授大人？或者就叫他爷爷，可以吗？若是他问：你是什么人？哪里来的？怎么没见过你？该怎么回答？正在他犹豫不定时，里面走出一个男小孩，看上去只有十四五岁。

小男孩看着他，好像要问“你是哪里来的？”而后把目光落到他熟悉的那把铜茶壶上，伸手接了过去，转身就走；进了房间，随手关上了房门。

霸珑呆呆地站着，怅然若失，最后失望地离开。

鲍伯伯叼着烟袋来上班了，他要看一看这个新来的下手，交代的几件事情做得怎么样？一走进厨房，愣了！怎么弄的？这灶间还浸泡在早上的雾气里？灰蒙蒙的？鼻孔里马上钻进了尘土，连连咳嗽，大呼：“坏了坏了！厨房掉进灰堆里了！这人呢？”连喊两声“小笼”，没人答应。推开后门，院子里也没有人，怎么回事？人去哪里了？赶紧回来掀开大锅盖，稀饭倒是烧起来了，但水加得太多，清水寡汤的，一瓢舀起来，看不见几粒米，这怎么行？看来这小子不会干这活儿。再看第二口锅，水是烧开了，得赶快和面蒸馍，要不然今天的早餐只能喝米汤！学馆的经费很有限，处处都得精打细算，今天没法子了，只能多耗点面粉。鲍伯赶紧取出面粉来和面。

霸珑来了。

“你去哪里了？”鲍伯使劲地揉着面粉。

“给严教授送开水。”霸珑说。

“不是对你说过，书童会来拿的。”鲍伯见霸珑呆呆地站着，“来，帮我一起揉。”说着，让出了一边的位置。

霸珑立刻动手。

“唉，洗手啊！”

霸珑洗完了手，与鲍伯一齐揉面。这是他第一次干揉面的活，好在鲍伯就在一旁，看样学样地跟着干起来。

“做吃食的，手一定要干净。”鲍伯告诫，“早上你挑了多少担水？”

“没有数过。”霸珑说。

“你是怎么了？做起炉灰老板来了（专门收购居家灶前炉灰的人，住处无处不是灰）？你看，整个灶间到处都是灰。”

霸珑低下头来，轻声说：“我，我……不小心，点火的时候把灶门口的茅草点着了……”

“啊！”鲍伯睁大了眼睛，“着火了！？是吗？”

“是的。”霸珑答应得更轻。

“你浇水救火？”

霸珑点了点头。

鲍伯不说话了，拿过笼屉，快速把揉好的面切成一个个馍，放进笼屉里，看了一眼霸珑，“烧大火！”

霸珑赶紧往灶膛里添柴火，锅里的水是开的，加上灶膛里火大，笼屉很快就上气。鲍伯抽出腰里的烟筒来。霸珑赶紧从灶膛里退出一根有半截红炭的柴棒递过去。

鲍伯把烟抽得滋滋响，轻轻地咳了一声：“小笼，你给人家做过些什么活儿？”

“我……都是些挑挑背背的力气活。”霸珑想，只有这样说，才能掩盖今天早上的种种差错。

“噢！”鲍伯轻轻地点了点头，“难怪是！”见笼屉的气直往上冒，“火可以小一点了。以后这些事你得学着点，都是手上的活儿，看在眼里就知道了。”

“是！”霸珑应道。

六

前后三个厅里的学子，一日三餐，闻梆子声用餐。没有专门的餐厅，书桌一合并，便是餐桌，八个人围坐在一起。每次用餐前都要诵读“二李”即李绅和李商隐的著名诗句：“谁知盘中餐，粒粒皆辛苦”；“历览前贤国与家，成由勤俭败由奢”。诵读完毕，霸珑给每人的盘子里上菜。饭已备好在大木桶里，自己盛取。

菜通常都是素的，只有重大节日，才可见到荤腥。

霸珑的菜瓢成了联络感情的信使；加上年龄又与学子们相仿，他交上了好几个朋友。

霸龙渴望读书，有了朋友就有书本。每到严教授；府郡的吏房（当时府郡这级行政机构，为了适应中枢的吏、户、礼、兵、刑、工六部也对应建立了六房，兴学、科举属吏房管辖）讲课；此外，经常还有级别更高的官员路过苏州，也会请到学馆来讲课，每到这一天，他求鲍伯允许他把该做的事情先做好，然后拿张小马扎，坐在门外听课。有时实在脱不开身，就站着听个头，或者听个尾，甚至斩头去尾，就听个中间。

读书也像他学和面、烧饭、煮粥一样，该加多少水，火候怎么把握，他已有些头绪了。以往晚上早早地就睡了，现在也用于看书。看书必须要有灯，到哪里去弄盏灯来？一天他无意间发现，在灶台的灶司菩萨神位下放着一盏油灯，这可是惊喜的发现！可惜那盏灯里的油不多，连续几晚下来，眼看就要灯尽油枯了！怎么办？烧菜的油，厨房里有，但那是菜油，价钱贵。点灯用的是桐油，便宜，但也要花钱买，他哪有钱？无奈之下，他倒了点菜油在灯里，嚄！那天晚上可亮堂了，真如书上说的“如同白昼”。为了省着用，原本是三根灯草（灯芯草草茎中间的白色部分，浸在油里，点燃后可以照明），改作一根，也感觉亮堂。

一天晚上，严教授巡视学馆，手里提着个灯笼，四处查看。看完了，正要回房间，忽然发现厨房里有亮光，他觉得奇怪，都申时了，怎么厨房里还亮着？厨房门虚掩着，严教授轻轻地推开，见灯下有个年轻人，背向着他，正在看着什么，他知道鲍师傅另外找了个打下手的，是个年轻人，也打过几次照面，名字叫什么“小笼”，真是个怪名。这么晚了，他在看什么？

严教授把手里的灯笼高高地提起来，这才看清楚，“小笼”在读《二十四诗品》（唐代诗人司空图探讨诗歌美学风格的经典名著），这可是他最近讲过的课文，想不到这孩子也在研读，不由大为惊叹！

霸珑突然感觉眼前灯光骤亮，误以为三根灯草齐亮了，急忙看油灯，没有啊，依然是一根灯草。这才感觉到亮光在头上，抬头观看，吓了一跳，怎么头上有一盏灯笼？回过身来，发现严教授站在身后，吓得急忙站立起来，嗫嚅着：“严大人！”觉得不妥，又改称“严教授！严……”

“就叫我严老师吧。”严教授把手里的灯笼搁在案板上，“你……”他没有把“你也懂得《二十四诗品》”这句话说出来，而是问：“你喜欢诗？”

“我……我听过老师讲课。”霸珑小声说。

“啊哦！”严教授越发惊讶，“你听过我讲《二十四诗品》的课？”

“老师在课堂里讲，我，我……”霸珑低下头来轻声说，“我在外面听着。”

“是这样！”严教授再一次用惊疑的眼神看着霸珑。

霸珑赶快给严教授搬来凳子：“老师，您请坐”。

严教授慢慢地坐下：“你知道《二十四诗品》是一本什么样的书啊？”

霸珑眨巴着眼睛，然后抬起头来边想边说：“二十四诗品不是教人如何作诗、如何对句，是评价诗歌的风格、特点，解说各种艺术风格是怎样形成的，求得诗人人格上的提升，陶冶人的胸襟……”

严教授睁大了眼睛：“你能再概括说明吗？”

霸珑越说胆子越大：“俱似大道，妙契同尘，离形得似，庶几斯人。忽逢斯人，如见道心，无不渗透淡泊旷远。”

严教授接着问：“一共归纳了多少种风格？”

霸珑感觉有些为难了！“我，我且试着说。”他不敢看严教授，把目光投向灯火，“一共归纳为二十四种风格：雄浑、冲淡、纤秾、沉着、高古、典雅、洗练、劲健、绮丽、自然、含蓄、豪放、精神……还有，还有……缜密、疏野、清奇、委曲、实境……还，还……有……”

严教授提示：“悲慨、形容……”

霸珑突然想起来了：“还有超诣、飘逸、旷达、流动。”

严教授久久地看着这个烧火做饭的后生，竟然自学到如此程度，大为感佩！连连夸奖：“好，很好！以后凡是讲课，不管是什么人讲，你都可以来听课。”说罢要转身离去，又回过身来，“记住一句话——有志者事竟成！”

“老师！我记住了。”霸珑看着严教授提着灯笼缓缓离去，心里却是乐不可支，终于悟出来什么是运气——碰巧啊！

七

第二天早上，霸珑与鲍伯又一起揉面。案板面对着一扇窗户，鲍伯无意间看见窗台上放着一盏油灯。奇怪了！这灯是在灶司爷跟前的，怎么跑到这里来了？随手拿过来看，见灯里面添的是菜油，桐油怎么变成菜油了？眼光马上落到小笼的身上。

“小笼，这灯是怎么回事？”

霸珑马上意识到事情瞒不过去了，只好低声说：“我，我晚上读书时用过，忘记放回去了。”

“放不放回去倒是不要紧，你怎么用菜油来点灯啊？”鲍伯语气加重了。

霸珑慌神了：“里面的桐油用完了！”

鲍伯叹了口气！“你要读书是好事。可我对你说过，这里的开销很紧，粮米、油盐都算得很精，你天天晚上都熬到半夜，这灯油不得了啊！你叫我再到哪里去弄油来填你这个窟窿？厨房里是不配油灯的，每年的腊月二十三，为了送灶爷上天，在灶爷面前点一次灯，怎么舍得用菜油？这点桐油，还是好说歹说才给的。”

霸珑无话可说了……

“你真要读书，那就早上起早一点么！”

严教授的书童突然走进了厨房，看着霸珑说：“严教授让你过去。”

“欸！”霸珑慌忙在围裙上来回擦手，“鲍伯，我去去就来。”

“你去吧。”鲍伯头也没抬，抓紧揉面。

霸珑跟着书童走了。

鲍伯把馍上笼屉后，坐下来吸烟。心想：严教授叫他去做啥？是不是他也知道晚上耗油灯的事了？看来要让他走人了。如果真走了，倒是有点舍不得！庚庚他娘得了产后虚症，一时来不了。寅时卯刻的到哪里去找人？这孩子做生活还是不错的，手脚也勤快。怎么办？去给他说说好话？一想到要去见严教授，心跳就加快，这个老头可厉害了：满肚子的学问，满嘴的道理，满眼眶的黑珠子，见了就让人害怕，谁敢回拨他的话？说了也是白搭。

霸珑手里拿着好几本书，满脸笑容地回来了。

鲍伯见他这般模样，手里还捧着书："你……这是……欸，严教授他……"

霸珑喜形于色地翻弄着手里的书："严教授要我好好地读这些书。"

鲍伯识不了几个字，对于书，他毫无兴趣。但让他纳闷的是，严教授怎么知道这孩子爱读书？"严教授他怎么知道你……"

"昨天晚上他来过这里。"

"昨天晚上他到这里来过？"鲍伯很意外。

"他手里提着个灯笼走进来。"

鲍伯点了点头，"那是查夜，"忽然想到，"他看见你在灯下读书？"

"看见了，还问了许多书上的事。"

"他没说你……"下面的话，鲍伯咽下了，改说，"那你，那你……啊哦，哦，好！"

霸珑如获至宝，得到了严教授赠与他的《诗三百》(即《诗经》)，司马相如的《子虚赋》和阮籍的《咏怀八十二首》。当天晚上，他仍旧是用一根灯草点灯，但发现灯盏里的油加满了，显然，这是鲍伯添加的。

他先打开了《诗三百》，但看着看着，脑子里老是想到别的事。今天晚上是怎么了？脑子集中不起来？他在想什么？他在想：鲍伯怎么就同意他用菜油点灯了？而且还主动给加满了？清楚不过，完全是严教授的态度改变了他。严教授是这里的主宰啊！马上又联想到自己手里的菜瓢，仅凭手腕的微妙转动，即能赢得朋友，其实是利益所致。世上的人都是为权与利所驱动的吗？九个兄弟为了逃命，决定到世上做人，人该怎么做？开始好像在寒冬的大雾天里，四顾茫茫，朦朦胧胧。太阳出来了，雾气渐渐地收起，终于见到了山水、田野、房舍……雾气是虚幻的、暂时的、空濛的。它消失以后的所见所闻才是真实的。圣人孟子在《梁惠王上》里说："苟为后义而先利，不夺不餍。未有仁而遗其亲者也，未有义而后其君者也。王亦曰仁义而已矣，何必曰利？"

到底仁义是雾霾还是权与利是雾霾？我一个打下手的厨子，应该选取什么？学馆里的这些读书人，他们日常说的、做的，就是为了求取功名。功名有什么用？不就是为了做官。只要做了官，权与利都到手里了。这个学馆里谁不害怕严教授？谁敢不听他？霸珑拿起三册书来，压在自己的胸口上，微微闭上眼睛，默默地对自己说：霸珑，你要加倍，加倍地努力，一定要求取功名，决不能一辈子给人打下手。

将近午时，他要把蒸熟的饭，分别装进三个饭堂的大木桶里。第一、第二两个饭堂都装好了，来到最后一个饭堂时，严教授正在给学子们讲律诗的格律。这时候他是不能进去装饭的，就站在门外听。

吃饭的时间就要到了，严教授出了一联，求对。如果对得不好，今天的午饭要延迟。学子们激动了：有忐忑不安的，有紧张焦虑的，也有跃跃欲试的。

严教授拿姑苏城里著名的瑞光塔出上联：瑞光塔塔顶尖尖如笔笔写春秋大义；

真是一石激起千层浪，几十个人霎时间七嘴八舌地议论开了。严教授一声咳嗽，宛若一群活蹦乱跳的猴子，一听到鞭子响，立刻睁着眼睛，全体肃立。过了一会儿，有人起来应对了，但不合格。一直到人过大半，有三个人得到严教授的首肯，笑着、跳着地走出课堂。以后又陆续出来六个人。严教授总的评价是，无上乘之作。

霸珑也在默默地思考，他想，严教授用瑞光塔出上联，何不用学馆外的普济桥来对？

几个走出课堂等着吃饭的学子缠着霸珑给开饭。霸珑说出他对的下联。大家一听啧啧称奇，都说是上佳之作。有个腿快的学子一转身就把霸珑的下联禀告了严教授。

严教授让所有人重回课堂，请霸珑当众吟诵他的下联。

霸珑的下联是：普济桥桥洞圆圆如月月照五湖四海。

严教授对霸珑下联的句式、词性、结构相应、平仄相对、内容关联作了详尽分析，判定为压卷之作。

八

当时的科举考试，不同于人们熟知的明清时期的应试程式，无论内容、形式都有很大的不同。考试分为两大类，一为常科，即随机的例行考试；一为制科，是皇帝下诏临时举行的考试。

常科考试的科目分为秀才、明经、进士、俊士、明法、明字、明算等五十多种。明经与进士两科为主考科目。

常科考生的来源为生徒与乡贡两大类。由京师、州县学馆出身，送尚书省受试者叫生徒。由州县学馆举行的考试称之为解试，合格者，送尚书省应试，名为乡贡。由乡贡入京应试者，获得举人身份。

尚书省考试称为省试，也叫部试，时间都在每年的春季，因而名为春闱。

省试以“明经”“进士”两科最难。明经又叫墨义：取经书的一页，左右蒙上，留中间一行，用纸贴上三个字，应试者要准确无误的默写出这三个字（相当于填充），并予以解释和阐述。

“进士”科要考诗赋，诗赋最是不易，难度很大。当时有“三十老明经，五十少进士”的论说。

常科登第后还要到吏部接受选试，合格者方能为官。落第则只能到节度使那里去当幕僚。

当时还有这样的风气：考生除了接受国家的正规考试之外，还要有社会名流推荐，称之为“干谒”。考生纷纷走门子，献出自己的代表作，称之为“投卷”，区别于在吏部考试时的“公卷”。“投卷”的作用可大了，甚至一举便崭露头角。

霸珑经严教授推荐，参加了本州学馆的解试，获得了乡贡身份。又顺利通过了省试和吏部的选试，被授扬州大都督府法曹参军之职，霸珑终于当上官了。

法曹参军是个什么官职？参军一职相当于如今党政机关的秘书、部队里的参谋。参谋有各自分管的工作，法曹参军分管司法。品秩在七品到九品之间。当时的初入仕途者，大多都被派往州、郡任参军。初唐名相狄仁杰，初仕后就任并州（太原）都督府法曹参军，经过十年历练，积累了丰富的办案经验，此后的巨大成就盖发端于此。

霸珑任法曹参军的时间不长，不久便调任现在的职务——监察御史（五品衔）。他原以为当上了官，理想实现了，总该把人世看清楚了，可以从迷雾里走出来了。哪里知道，进入官场以后，便不由自主地坠入更浓、更深、更为广阔的迷雾之中。当年当小厨子，接触的就那么几个人，弄不明白的就那么几件小事。现在不同了，如今的所见所闻是天下事、芸芸众生。迷雾不仅无处不在，自己也参与制造迷雾，因为每个官员都需要迷雾，正如娘说的，变化多重脸面，以迎合各种需要，又让人摸不准、看不透。多少前程似锦、无限风光的履新者，卓荦英才，无不是藏身于色彩斑斓的迷雾之中，迷雾成了护身符。要想摆脱迷雾，需要极大的勇气，看破红尘，断绝尘缘。谁愿意抛弃前程、既得的俸禄？都嫌官职小，何时得升迁？

这次奉命到建德也是夹着迷雾而来，面临的是桩棘手的大案，牵涉到自己的爹娘。办案牵涉亲人，是为大忌，按律当回避。但是这一层父母关系，天下少有，怎么拿得出来说，见得了人？一旦败露，势必被参革，渴望的美好未来，从此湮灭。只有给自己妆起一身如云霓、彩霞般的迷雾，方能日后求得“正果”。

天已经完全暗了，夜幕笼罩着大地，回过身来，只有驿站里还闪烁着灯光。不能再逗留于荒野，返回。

霸珑带着随从往回走，快走近驿站时，突然感觉有什么东西落在头上，不像是下雨呀？伸手一摸，黏糊糊的，一股臭味；抬头看，空中传来了乌鸦归巢的叫声。是鸟粪呀！俗话说，鸟粪落到头上是很不吉利的！霸珑心头立时垒起一个疙瘩。

第二十六章　开棺又见孽龙

一

翌日午时，县令、郡守、宪台，三顶大轿鱼贯启行，众多兵勇列队护卫，前往开棺现场。

老鼠山离城不到三里，山不高，一座低矮的山丘，植被倒是茂密。在一处向阳的山坡上临时开辟出一块不大的平地，地面上尽是碎石和泥巴，踩上去感觉软绵绵的。坐北朝南，一字摆开三张马鞍桌和座椅，中间的一张略大，下首的那张最小。坡下不远处，有一座坟墓，已经不是新坟了，因无人管理，杂草丛生；也许是排水不畅，右侧面的砖石砌块已松动，要不了多久将会倾塌。

今天官府要在这里开棺验尸的消息不胫而走，很快在全城传开。但消息一经传播，必然走样。

有说：前任县令刘宇是妖魔化身，为防妖异作怪，开棺焚尸；

有说：老鼠山上有座坟里的尸体已变成僵尸，很快就要开眼出来吃人，官府今天午时三刻开棺焚烧，为民除害。

还有说得更离奇的：老鼠山上的一座坟正在龙脉上，不久将要出新皇帝。京城里的千里镜已经照到这里，派大官赶来，毁掉这龙脉。

说得千奇百怪，百姓倾城而出，被兵勇阻挡在隔离区外。

刘夫人、蕙英和姜泰浒随同县衙一班人同行。到了山脚下，三位官员弃轿登山，山不高，没多久便到达现场。自然是霸珑居中，陶文彦上首，“上官廷钰”坐在最小的那张马鞍桌后。

蕙英、姜泰浒围着刘夫人坐在一棵离现场不远的大松树下，他们受命在此等候。

是日天气晴朗，万里无云，阳光明媚。午时三刻已到，突然十多把火铳一起对天空射，一万响的炮仗点燃，震耳欲聋，轰鸣声在山谷中久久回响。这是为了辟邪，不然棺木打开，邪气会冲撞生人。

县衙、郡衙的仵作联手作业，取出纸马香烛之类的冥物在刘夫人指认的“刘宇”坟前焚化；朝拜周围山神，口中念念有词，意为今日惊动山神、土地，谨求诸神护佑。然后拿出事先备好的烧酒（白酒）猛喝一口，喷向对方，两人头面上都是酒，如是三次，随后便动土开棺。

不久一具红色的棺椁出现了，令仵作惊讶的是，棺盖已经离开了棺体。通常惯例：尸体装殓完毕后，盖上棺盖，要敲打十根长长的钉子，俗话叫“棺材落命钉”。仵作开棺最费劲的是撬开这十根长长的“落命钉”。但今天毫不费力就可以开棺见尸了，两人见状，一时不敢下手！

陶大人发话：“你们这是怎么了？叫你们开棺啊！”

仵作如实禀报了疑虑。

“怕什么？开棺就是，”陶大人大声说。

仵作们再次相互喷酒，把余下的整坛酒都泼向了棺木，慢慢地把棺盖移开。所有围观人都凝神屏气，等待着那让人恐怖时刻的到来。

刘夫人为了还姜聂隆一个清白，才下此决心，提议开棺。只有这样才能有目共睹孽龙的真面；昭示姜聂隆为民除害的英雄壮举；洗去加害于他的不实之词。她暗自庆幸，当时留下这具残骸，如果考虑不周，轻易决定火化，那就失去了今天的有力证据。然而这又是再次让她心碎的时刻：杀害她丈夫，蹂躏她的恶魔，又要出现在眼前；辞去的伤痛又向心头袭来；惨死的夫君，抛尸露骨，在九泉之下不得安宁；内心的创伤尚未抚平，今又雪上加霜，禁不住悲咽起来。

蕙英听娘详细述说过孽龙的种种罪恶行径，马上就要见到他的尸骨了，娘怎么哭了？

姜泰浒在想，真要感谢刘夫人开棺的主张，让真相大白于天下。还有他们姜家村的乱石滩，那里埋下的尸骨正等待着官府去查看，也足以佐证虎子为民除害的事实。

“上官廷钰”曾经想过开棺后会出现三种情形，他估计，今天见到的会是第三种。此时此刻真有点像在赌博，等待着扔骰子，看点子，如果真是第三种，已经想好对策一定不会输。

想不到的是，仵作停下手来了。又有什么意外情况？“上官廷钰”心跳开始加快，当仵作第二次喷酒，移动棺盖时，不知怎么回事，身上的寒毛全竖了起来，从头到脚的一阵阵地发麻，耳旁有个人在对他说话：“你这个混小子，那里面躺着的是你的爹，你的亲生父亲，你就这样眼睁睁地看着他抛尸露骨？你简直畜生不如啊！”

“上官廷钰”额头沁出一大片冷汗。对面不远处的一棵大树下，一排兵丁押着候审的姜聂隆，他真有接过士兵手里的大刀，劈头一刀，结果姜聂隆性命的冲动。

霸珑时不时地把目光投向娘。山风吹乱了她的发髻，两鬓间忽然飘起了几丝白发，娘老了！命运让她成为一个受害者，与杀害她丈夫的仇人生活在一起，还为他生了一大帮孩子。此种精神和肉体上的伤害是何等残酷和悲惋！今后老娘何以为生？谁来照料她？把她带在身边吧，让他来侍奉老娘一辈子。然而必然会牵涉到父亲，我爹是谁？这是个讳莫如深的隐讳，万万不可触及的呀！再说，目前案子还未了，到底是个什么样的结果还说不定。不过，其中有一层他一直想不明白——娘，还有他的这位小九妹，为什么要拼尽全力护住姜聂隆？尤其是九妹。这个姜聂隆毕竟有杀父之仇啊！这其中到底有什么关联？难道说小九妹与姜聂隆有儿女之事？想想又觉得不太可能，九妹可以毫不夸张地说，貌比王嫱，活脱脱的一位天界仙女，看来八个兄弟没有一个比得上她。

对于异性的关注，霸珑在学馆时一门心思苦读诗书，未曾丝毫懈怠；求取功名后，初入仕途，脚跟还没有站稳，也不敢驰心旁骛。随着年岁的增长，自然要关注起来。《礼记·礼运》中说：“饮食男女，人之大欲焉。”这是人的天性所致啊！但是，这件事情落到他的头上就大难不易了！婚姻大事必须奉父母之命，媒妁之言，《孟子·滕文公下》有言：“不待父母之命，媒妁之言，钻穴隙相窥，逾墙相从，则父母国人皆贱之。”他的家庭见得了人世吗？一想到这一层，便情绪低落，灰心丧气起来。

山风起来了，小九妹赶紧把娘的披肩拢紧，处处小心护着娘。霸珑看在眼里，这也好，娘身边有九妹照应着，就不会显得孤单了。

二

“哗啦”一声响，棺材盖终于挪开了！仵作吓得惊倒在地。所有在场的人同时惊叫起来！胆小的人用双手蒙住眼睛，不敢再看；也有人转身逃逸。

一条活生生的龙，好像身上还有水珠在滚动；龙身高高地堆起，粗大的躯体塞满了棺材的空间，棺材钉早早被顶飞了！

现在所见的还仅仅是龙尾部分，必须全身都移出来方能窥其全貌。仵作战战兢兢的不敢下手。“上官廷钰”刚才还是神色自若，一见活生生的龙，骤然间黯然失色。气宇轩昂的霸珑，也惊慌失措起来。

“上官廷钰”感觉那龙还是活的，那是爹！一腾身就可以直上云端，卷起狂风骤雨，大呼：“孩子们，跟爹走，报仇雪恨的时候到了！”

霸珑的感觉不一样，龙怎么进了棺材？尽管那是爹，但他觉得是自己，虽说现在他是朝廷命官，能保得住自己这身假面不被戳穿？日后面临的将会是怎样的结果？禁不住打起了寒噤。

最为可怜的是刘夫人，她原先打定主意决不再见那个恶魔。但那棺盖一打开，昔日杀害夫君、伤害她、蹂躏她的恶魔暴尸在眼前。她惊骇得一声惨叫，往后便倒。幸好蕙英就在身边，抱着她，不停地呼喊；姜泰浒也帮着救助；“上官廷钰”、霸珑也想赶上前去安抚，但他们迈不开脚步。

惊诧、恐惧浸润了整个现场。陶文彦也吓出一身冷汗。见霸珑和上官廷钰都脸无人色，这怎么行？得拿主意呀！“宪台大人，上官大人，冷场了吔！”

就这一声“大人，”霸珑、“上官廷钰”这两个梦游中人，如遭当头棒喝，终于清醒过来。

“上官廷钰”重新抖擞精神，“大人”象征着权势。看看身上的穿戴——朝服，何等威严！暗暗告诉自己：千万不可露出马脚。他大声呵斥仵作：“怎么都愣着了，吓倒了？还不快把那尸体挪出来！”

霸珑警觉，断不可让陶文彦看笑话，当即发话：“再挑选几个胆大的兵勇来协助。”

“上官廷钰”立即吩咐下去，不一会儿就来了六个兵勇，大家一起动手。这条孽龙身躯巨大，层层叠叠地堆压在棺材里，伸展开来真是吓人啊！终于见到棺材底了，总以为还有一个巨大的龙头，谁知道，抬出来的是，龙脖子上的一个人头！

开棺的结果是这样。

陶文彦目视“上官廷钰”：“ 预料之中”。

“上官廷钰”眨了一下眼睛：“按计划行事吧” 。

霸珑仔细端详连着人头的巨大龙身；又见郡、县之间在眉来眼去；再看老娘，尽管面色苍白，但是双目投射出来的却是不屈不挠、决意抗争的眼神。身为朝廷指派，专门督查此案的官员，抛开诸多隐情暂且不说 ，就案论案，一条龙长着一个人头，已经是闻所未闻的天下奇闻，又何从确证，已经面目全非、显露白骨的人头，是前任知县刘宇？更无从佐证姜聂隆斩杀孽龙，是为民除害。难道老娘还有什么有力的证据未曾出示？

“宪台大人，上官大人，这棺也开了，尸骨也见了，酷如海外奇闻。但仅凭这些，好像与本案联系不起来呀！更别说什么为民除害的英雄壮举了。”陶文彦首先发话。

“上官廷钰”紧跟其后，“这是个野坟啊！怎么墓碑上光秃秃的？”

显然，刚才两位大人的话是冲着她来的。刘夫人清了清嗓子，“列位大人，这孽龙身上的头，就是刘宇的头。有什么证据？他嘴里的上排牙，左边数过来第七颗掉了，请仵作验证。”

陶彦文示意“上官廷钰”，“验啊！”

“是！”“上官廷钰”命仵作查验。

仵作察看后禀报：“尸体口腔上排第七颗牙——无。”

刘夫人接着说：“事发当时，建德县衙上空突然一声凄厉惨叫，紧随着后院一声巨响，醉月亭上空坠落假刘宇，当时后胸还在冒着鲜血。请仵作查验他后胸的伤痕。”

“上官廷钰”授意仵作查验。

仵作查验后回禀：“龙身后胸一条肋骨断裂，为利剑所击中，直刺心脏。”

陶文彦很是意外，想不到这个老媪，看上去温文贤淑，竟有如此记忆和利嘴！

“甫才上官大人问，此墓为何无碑？怀疑是什么无主之墓。当时我也想过，要不要立碑？给亡去的县令立碑吗？他是个假刘宇；给刘宇立碑吗？其实是妖异——孽龙；因此我决定立个无字碑，便于确认这个妖异之墓。”刘夫人振振有词。

“上官廷钰”、陶文彦被刘夫人三言两语反戗得无言以对。

陶文彦注目“上官廷钰”，虽然没出声，意思十分明确：“上官，你今天是怎么了？像换了个人似的？你也着什么魔了？”

“上官廷钰”低眉诺诺，他是着了魔。打开棺材，看见了爹的龙身，一阵激动过后，身上好像结了一层霜，冷飕飕的，他想到自己，他也是假货，心里发虚呀！面对娘的证词，句句都在敲打他的良心。怎么办？已经没有退路了，现在往后退，恐怕死得比爹还难堪。只有学野猪偷番芋，一头往前拱了。于是拉长着脸问：“刘夫人，你提议开棺，我们也同意开棺。为的是查清姜聂隆杀害前任县令刘宇和窃取官银一案。现在棺材打开了：一条龙顶着一个面目全非的人头，是张家人的头还是李家人的头？龙身是什么吓人的妖怪？还是为非作歹的孽龙？你信，他不信，应该信谁的？这怎么拽得上我们要查的大案？”

刘夫人看见 “上官廷钰”与陶文彦在眉目交往，想不到印象当中仁厚、明理、富于同情心的上官大人，怎么突然变成如此眉目——趋炎附势！于是正色道：“孽龙坠落之前那一刻， 天空中乌云翻滚、风啸雷鸣，可见许多条龙在云中翻滚，有一个人挥剑与群龙混战。不久风云散去，龙不见了；人也不见了。事后才知道，群龙就是孽龙的九个儿子；挥剑斩杀孽龙，又混战九龙、为民除害的人，就是你们一定要给他强加罪名的姜聂隆。如此惊天动地的大事，衙门里大多数人都在现场围观，以致事后在全城百姓中风传日久。请郡台、县衙查阅文案，必定有所记载。”

县衙仵作老梗头突然站了出来，跪地禀告：“列位大人，刘宇大人当时的尸体我看过，坠落醉月亭时，是完整的刘大人。两天以后身体变了，下肢呈龙爪样，尾椎见龙尾。这不是我一人所见，多少人有目共睹。”

刘夫人惊喜！想不到在这关键时刻，老梗头站出来说实话。

“上官廷钰”恨得咬牙切齿，这个老东西真是活得不耐烦了，拿出个狗屎来当麻花，香臭都分不出来。三天后，就让他卷铺盖走人了。

陶文彦见霸珑对老梗头的话毫无反应，心想，不能再这样拖下去了，弄不好还会钻出什么阿狗、阿猫来。“宪台大人，开棺的事是不是就到此为止了？”

霸珑正要开口说话，突然蕙英大声说道：“我就是孽龙第九子，我来作证：我亲眼目睹姜聂隆斩杀了孽龙；我与八位龙兄长，为了给爹报仇，大战姜聂隆，最后落荒而逃。为了逃避追杀，我们商定下凡学做人。姜聂隆他不知疲倦，不怕艰难，爬山涉水，苦苦寻找九龙，劝说九龙忘记仇恨，一心向善，做一个好人。我敬佩他，学他的样子做人。你们这些官老爷，是聋子还是瞎子？为什么一定要把杀人、窃银子的罪名，加到一个好人的头上！？”

陶文彦正待发作，忽然间，一阵风来，卷起一个大漏斗，风停了，漏斗变成了一个人，秦耕站在诸位大人的跟前，恭恭敬敬地行了一个礼，说：“各位大人，我也来作证：我名秦耕，是九龙中的大龙，现在居住在姜家村。村里有一个乱石滩，下面埋葬着一百零七个姜家村人，是孽龙残害生灵的铁证。是姜聂隆让我明白，做人一定要他人在先，自己在后，想自己的事，千万不要忘记别人的事。姜家村被孽龙毁了，他带头帮大家盖草房，安下家。他在外面苦苦寻找九龙，教他们忘掉仇恨，做一个好人。他家里有个瞎眼的娘，村里人轮着去照看。我听从他的教诲学做人，村里人都待我很好。我总算明白了点做人的道理。可我弄不明白——官府为什么分不清好人与坏人？为什么一定要给好人姜聂隆加上那么大的罪名？”

秦耕的突然出现，这是霸珑、陶文彦、“上官廷钰”万万想不到的，一时间有点不知所措。

就在现场几乎凝固的时候，再来一阵风，又现出一个大漏斗，风住了，一个头戴纶巾、身着青衫的人，站在各位大人跟前拱手行礼，“在下六龙姜济仁，拜见列位大人。我也来作证：正如甫才我的大哥、小妹所言，九龙下凡做人，我选择了从教。为什么做这样的选择？为师者，所以传道授业解惑也。我想从中悟出做人的道理。有一天，我正在授课，来了一位不速之客，听罢我的课后，与我交谈。他告诉我，做人不能仅仅只爱惜自身的羽毛，要关心、爱护别人的羽毛，要像关爱‘三春鸟’一样关心他人，我深受教诲。后来他亮明身份，竟然是姜聂隆！我既惊讶又兴奋，他并没有追杀孽龙的后代，而是授我为人之道，解我身为孽龙之子之大惑，我认他为师。春秋管仲说得好，‘道德当身，故不以物惑’。像姜聂隆这样一个有道德修养的人，他怎么会被钱财所惑？怎么会谋杀他人？现在有我们三兄妹作证，不久还有其他兄弟都会来作证。”

三兄妹齐声道：“姜聂隆是为民除害的英雄，绝不是罪人！”说罢，三人一齐跪在娘跟前，“娘！孩儿不孝，让娘受苦了！”

突然，大龙站起来拉着娘的手，说：“这是我们的娘。”又指着孽龙：“那是我们罪恶累累的爹，还要什么证据？”

姜泰浒接过话头：“佐证的还有：姜家村乱石滩旁站满了拿着锄头、铁耙的姜家村村民，等着各位大人去踏勘那里的白骨，人证、物证全在，都证明姜聂隆是大好人！他是冤枉的！”

大龙大声说：“各位大人如果还不相信，我们立刻现形龙身！”

大龙声如洪钟，整个山谷久久回响。

大龙怎么会突然现身现场？原来昨天傍晚姜泰浒赶回村里，一走进村就被村里人围住了。每个人都成了打铁匠，个个心头都生起火炉，熊熊的火焰越烧越旺。姜泰浒把他所知道的情况原原本本地对大家说了。简直是烈火喷油！有人高声吼道："明天开棺，姜家村的乱石滩也掀开来，让那些闭着眼睛胡说八道的昏官来看看！"

怒吼声得到了大家的附和，立刻公推姜泰浒为首领。姜泰浒不负众望，把人分成两拨：年轻力壮的带好工具，明早守在乱石滩，等待掀翻乱石。其余人由他带领，明天赶赴现场，为虎子请命。秦耕是村里有名的大力士，照理他应留在村里掀乱石。但是他坚持要去现场，他已想好了主意：他要用自己的亲身经历，昭示孽龙残害生灵的罪恶、姜聂隆教人行善的件件事实。如果还不能改变官府的胡判，不惜现出原形。

姜家村人在姜泰浒的带领下来到老鼠山，谁知被官兵隔离在远离现场东侧的一座小山头上，那里已经站满了各处赶来的围观百姓。

六龙则是巧遇。学童的课本《幼学琼林》已经刻印完工。严州府郡衙的后圃，名为青柯院，院里有一亭，名为青柯亭。青柯院有饱学之士，有刻木制版的能工巧匠，刻印书本的工艺、校订、正误、纠讹俱佳。相当于如今负有盛名的出版社。因有青柯亭，概称之为"青柯亭本"。六龙授课的课本，全是"青柯亭本"。今天进城来为提取课本，顺便还要采购一些学童书写用的纸张。他早早地就往城里赶，还

青柯亭

没进城，在城外的亭子里就听到今天官府在老鼠山开棺的传闻。他加快脚步往城里赶，一进城，感觉整个城里的人好像都疯了一样，无处不是、无人不谈今天官府开棺的事。尽管说得五花八门，甚至骇人听闻，但核心内容还是赞赏姜聂隆为民除害的英雄壮举；不相信姜聂隆会是窃取官银、杀害前任知县刘大人的凶手，埋怨官府不分青红皂白，冤枉好人。

姜聂隆现在所面临的是天大的冤情、必死的罪名，决不能袖手旁观。他匆匆忙忙从青柯亭取回课本，买好一应纸张，裹成一个行囊，在背上捆扎停当，原本还想吃点点心，见大批人群已陆续向西门拥去，哪里还有心思用餐，也快步加入人群之中。出了西门不久，官兵就上来阻拦，最后被挡在距离现场很远的小山头上，大家都说看不清，太远了。但六龙无所谓。

棺盖打开了，六龙终于见到了生身之父。但是让他无地自容的是，那龙身顶着的是刘知县的头颅，毫无疑问，它是杀害刘知县的真凶，是一条罪孽深重的孽龙。

接下来是娘的慷慨陈词，如诉如泣，当说到孽龙残害无辜百姓时，他感觉自己好像也曾作恶；当娘声泪俱下，诉说遭受的苦难，他泪如雨下，自责是不肖之子；见娘白发双鬓，依然在苦苦思念她的九龙儿，指望着告诫他们如何为人，断不可重蹈覆辙，他简直肝肠寸断，恨不能立即跪倒在娘跟前深深忏悔自己的不孝。

令人痛心疾首的是，娘的诉说为什么官府无动于衷，视若罔闻？正当他义愤填膺、焦躁不安时，大哥出现了，好个大哥！您来得正是时候啊！

紧随大龙之后，他挺身而出。

三

正待大龙、六龙和九龙要现龙身时，霸珑、“上官廷钰”几乎同时厉声喝道：“免了！”

霸珑惊出了一身冷汗！大龙说要现形，他顿时浑身发麻，骨节酸胀，如果不及时制止，也许会随之现出原形，这如何了得？！再看老娘，这时大龙、六龙和小九妹正围着她，好一番母子亲情。难道说，这一切都是娘事先安排好的？感觉好像学做伙夫当下手，做什么心里都没有底，这趟差事如同梦里遇上了好事，相反的！

“上官廷钰”也一样，好像一个冷灶头，冒不出一丝儿热气来了！怎么也想不到这老大、老六会突然冒出来！老大呀，你种你的田；老六，你教你的书，这盘里没你们的份，碗里也没你们的份，关你们什么屁事？凑什么热闹？还要现原形，这不是让哈巴狗咬狮子，逼人往绝路上走啊！

这回轮到陶文彦犯蒙了，看着一条又一条飞来的龙，口里都振振有词，难道刘夫人所说的并不是什么奇异、怪诞的妄说，而是确有其事？如此一来，这案子怎么办？当着皇上指派的宪台，怎么收拾？案子已上报天庭，若是翻案，莫说什么前程，就等着下地狱吧！想到这里他只觉得阵阵眩晕，抬头见远天红日已经西去，一个寒噤袭来，不祥之兆啊！

霸珑一直在仔细听取、观察双方你来我往的唇枪舌剑，他还没有拿定主意，忧心却是越来越沉重。孽龙作恶，虎子除害，他当然知道，唯是库银失盗还没有一点线索，更为意外的是娘怎么会卷进来的？而且卷得这么深，这是他始料不及的，也是最为棘手的。他担心这次弄不好会把事情搞砸，原本想借这次查案，风风光光地回京向皇上交差，是个十分难得的机遇，有望成为晋升之阶。现在想都不敢想，能图得个平安就谢天谢地了！开棺是他决定的，现在开出这样的结果来，如何收场？身边两个几番眉来眼去的郡、县长官，显然在看笑话了！自尊心迫使他不得不尽快作出决断。

奸刁的"上官廷钰"善于随机应变，他看准了火候，好像赌场上看清了庄家的牌势已倒，该轮到他行势了。经过这几天的较量，他发现，京里来的什么宪台大人，开始真把他吓倒了，现在看来高不过一张纸。他大着胆子喝道："这里是御史大人，郡、县两级衙门升堂问案的现场，一切与本案无关的人，立刻离开！。"

"上官廷钰"的断喝，把陶文彦委靡、颓丧的情绪赶走了；让已经不知所措的霸珑一阵惊悚。陶文彦事后说："就你那句话，原本宛若下了锅的面条，硬不起来了，你这一声吼，三个鼻孔，多出一口气，活了！"

秦耕与姜济仁互示眼色，离开了现场。两人感觉肩上落下了一副重担，或者说，接受了一宗无可推却的使命：不能再闲适于宁静的小山村，要赶快寻找，联手其他兄弟，合力拯救曾经望而生畏，恰是为人楷模的姜聂隆。

四

"上官廷钰"请示两位大人，接下来是否该审问姜聂隆了。

陶文彦大声说："是！"

霸珑颔首。

"带罪犯姜聂隆！""上官廷钰"下令。

衙役带上姜聂隆。

"上官廷钰"目视属下，出示那一件青布衣裳。"姜聂隆，这件衣裳是你的吗？"

一说到衣裳，刘夫人、蕙英立刻紧张起来，他们不知道虎子会怎么说？又不能给他提示。蕙英急得想说话，刘夫人拉住她的衣袖，不准她动。

姜泰浒见一件半截子撕去的衣裳，看上去虎子倒是有这么一件一样颜色的衣裳。

虎子看那件衣裳，下半截都没了，好像是撕破的。自己有这么一件衣裳，他想说，这衣裳是他的。但一想，一样颜色的衣裳多的是，不一定是自己丢失的那件。再说，自己的那件衣裳前襟补过，现在补过的地方已撕开，这会是自己的那件吗？更引起他警惕的是，这衣裳怎么会落到官府手里？拿出这半截子来让他认？想起来了，他们不是一定要他招认盗取官银吗，难道说，有人是穿着这件衣裳去盗银子的？不，不能把脏水往自己头上倒。

“这么破碎的半件衣裳，谁认得出来？！”虎子说。

“上官廷钰”等的就是这句话。果然没有猜错，虎子这个人不会说假话，是他的，一定认账。如果他一口回绝，接下来就没有戏了！现在他“上官廷钰”就像“得窖”（挖掘地下藏银）的人，埋在地下的坛子已经挖到，接下来就等着捧出坛子来，数白花花的银子了！

“你再看看。”“上官廷钰”把撕烂的下半截衣裳拿在手里，特意把补过的前襟展示在虎子面前。

虎子一眼就看见前襟上缝补过的地方，像一条蚯蚓，歪歪斜斜的。那是他在清溪镇的一条小巷上，看见一位老妈妈坐在门口做针线，向老妈妈讨来针线，自己缝补的。老妈妈还说，大男人怎么干起女人的活来？这原是虎子心中的悲凉！爹死了，娘的眼睛哭瞎了，缝缝补补的事谁做？从那时开始，他晚上偷偷地学着做针线活，但毕竟粗手笨脚的，只能对付一些简单的活儿。

“让我仔细看看！”虎子伸手去拿那半截子破衣裳。是无意还是有意？说不清楚，虎子触摸了“上官廷钰”的手，“上官廷钰”立即把手缩回，一脸惊慌！虎子明显地感觉到，触到了龙爪，这个县令大人——上官廷钰也是龙？哦！想起来了，师傅交代过，衙门里抬轿的矮个儿是孽龙之子——四龙，难道说他接他爹的班，走他爹的路啦？也好，都凑到一起来了。不错，这件衣裳是他的。虎子看着这件破衣裳沉思，认下来的后果他也知道，认还是不认？

“这不是姜聂隆的衣裳！”蕙英突然挣脱了夫人，大声说。

“胡说！你怎么知道？”“上官廷钰”呵斥。

“我怎么不知道？他的衣裳都是我洗、我补的，烧成灰我都认得！”蕙英理直气壮地说。

“你是他什么人？你凭什么知道得这么清楚？”陶文彦颇具嘲讽地问道。

蕙英直言直语：“我爱他的品格，爱他的善良，爱他的为人，我随着他。”

刘夫人一脸尴尬：“姑娘家的，怎么能这样说话？”

“上官廷钰”暗暗骂道：“老九，你是姑娘啊！怎么这么不要脸？自己贴上去！”

陶文彦厉声喝问：“姜聂隆，你回答，这件衣裳是你的吗？”

刘夫人惊恐万状。

蕙英不顾一切地抢上前去对姜聂隆说：“这不是你的衣裳。有人要拿它来害死你呀！”

“将她拿下！”陶文彦厉声喝令。

几个衙役冲上前来，将蕙英拿住。

情急之下，姜聂隆大声说：“这衣裳是我的。与她无关，你们拿她是何道理？”

“上官廷钰”与陶文彦交换眼色。陶文彦轻轻别了一下头。“上官廷钰”会意，下令放人。

衙役放开蕙英。

“上官廷钰”继续审问：“好！总算说实话了。姜聂隆，我再问你，你的这件衣裳为什么会出现在窃银的现场？”

“我不知道。”姜聂隆回答。

“你不知道？”“上官廷钰”哂笑，“今年三月廿八日深夜，窃银现场留下这件衣裳。你原本是想拿这衣裳来包裹银锭的，结果呢，老鼠拖木勺，拖不动，重重的银锭把你的衣裳撑破了，撕成了这个样子。这是你无法抵赖的，怎么能说不知道？”

姜聂隆坦然应道：“衣裳是我的。但是，大人说的这一切，不是我，我根本没有做过这些事。”

“上官廷钰”呵斥：“可笑啊！作案现场就这么一件物证，你的衣裳。就你自个儿说的——‘不是我’脱得了干系吗？”

陶文彦示意“上官廷钰”：“上官大人，把那利剑取来！”

“上官廷钰”略显迟疑：“拿……那把剑来。”

衙役呈上寒光闪烁的屠龙剑。

“上官廷钰”好一阵眩晕。

霸珑同样感到失去平衡，幸好扶住座椅，不然也许会跌倒。

蕙英颤颤巍巍地站立不稳，赶快紧紧抱住他娘。

陶文彦追问姜聂隆：“这把利剑是你的吗？”

衙役手里的屠龙剑，旋即腾空而起，向姜聂隆飞旋而来，他伸手可得。但是他犹豫了，没有取。他想，现在取回，势必成为夺取罪证，有理变成无理，无罪成为有罪。

两个衙役蹦跳、腾踏了好一会儿，费了好大的劲，总算把屠龙剑抓住。

“这是我的屠龙剑。我就是凭这柄利剑，斩杀了孽龙。”姜聂隆坦然回禀。

“不，你是用这把剑杀害了前任县令刘宇，又依仗这把宝剑，盗取了库银。”说到这里，“上官廷钰”放缓了语调，“不过，你今天总算竹竿做笛子，开窍了。就凭这两件物证，本县完全可以判定，姜聂隆是杀害前任县令刘宇、盗窃库银的真凶。”说罢转向霸珑：“宪台大人以为如何？”又朝着陶文彦：“郡台大人以为如何？”

陶文彦当即表示：“姜聂隆所犯罪名成立，可以结案。”

霸珑一直在仔细观察案情审理的进展，凭这两件物证，能给姜聂隆定罪吗？为了向上头交差，可以就此上报，现在还抓不到第二个与本案有如此牵连、瓜葛的嫌疑人。但仔细推敲起来，疑点多多：其一，仅凭持有削铁如泥的利剑就能判定是罪犯？其二，衣裳当然是重要物证，但还是不能就此确定作案人就是衣物的所有人。其三，他查看过有关此案的所有卷帙，未见姜聂隆有一字认罪。严州郡、建德县令只想尽快结案。他这位受皇命而来的监察御史，何尝不想及早回京复命？但是，现在暴露出来的问题，不仅仅是上述三点有关案情本身的疑点，还牵涉到九龙中多位兄长和小九妹，看来，九妹是深深地爱上姜聂隆了，他们必然不会就此罢休，一旦事情闹开来，别说前程不保，老底全部揭开，性命休矣！

更让他无法面对的还有老娘。在娘的面前，他感觉自己是个不孝儿。一见老娘头上的白发，犹如竹节、荆条，从肉体到心灵都在承受着无情的鞭笞。他还能再让老娘背负心头的伤痛吗？几度陷入难以自拔的感情折磨，甚至想到一走了之。但是理智又迫使他不得不冷静下来。突然，面对“上官”的请示，他不能再犹豫了，也无法犹豫了。

就在霸珑进退维谷时，姜聂隆说话了：“启禀列位大人，这件衣裳是我的。但是，我丢失了。丢了的一件衣裳就能成为罪证？有这样的王法吗？”姜聂隆怎么突然想起来这样说？这种三堂会审的场面，他哪里见过？心里慌乱是一定的。有时来不及深思面对的提问，立刻又遇上新的追问，只好连忙应急。随着时间的推移，姜聂隆冷静下来前后仔细思考，他断定，严郡、建德县拿得出来逼他认罪的就是衣裳、屠龙剑这两件东西。心里渐渐踏实了，衣裳是他的，但是丢了；屠龙剑也是他的，但是有利剑就一定是杀人犯、盗窃犯？可以这样定罪的吗？于是大胆提出质疑。

姜聂隆的这一句回话，犹如晴天霹雳，惊得陶文彦、“上官廷钰”昏昏然，久久地回不过神来。

“上官廷钰”缓过来了以后，结结巴巴地问道：“你说，你说，你的这件衣裳丢了？！”

“是的，丢了。”姜聂隆回答。

蕙英乐得拍手叫好！

刘夫人也脸有喜色，她知道，姜聂隆绝不会轻易就范，往别人设下的圈套里钻。

陶文彦接着问：“你的这件衣裳在哪里丢失的？什么时候丢失的？”

“丢失在淳安县清溪镇的一家包子店里。”

“上官廷钰”一听说这家包子店，就像一个大炮仗在他面前“嗞嗞”地烧着引子，直惊得他紧闭双眼。

“三月廿八，这天我记得很清楚，因为三月廿七是我的生日。生日后的这一天，在追寻九龙的途中，清楚地看见一条龙从云中坠落到清溪镇上，时间是早上。我随后赶到，却已不见踪影。肚子饿得慌，看见一家包子店，买包子的人很多，因为急乎乎地奔走，身上一身汗，我脱下衣裳去买包子，包子买到手就站在包子店里吃包子，衣裳随手丢在一张小桌子上，包子吃完了，我拔脚就走。想到这件衣裳已经是傍晚，人已经回到姜家村。后来就一直没有机会再重回那里，但心里老是想到这件衣裳，盼着好心人，等我哪一天再到清溪镇，能把衣裳还给我。怎么也想不到，这件衣裳会成了罪证！”

陶文彦心里“咯噔”一下：照他这么说，案发的三月廿八晚上他不在现场？！马上把目光投向“上官廷钰”。

“上官廷钰”紧闭双唇，嘴角往下挂，一副无赖的样子。

霸珑问：“这家包子店的宝号叫什么？”

“大汉包子店，老板是个又高又大的汉子，”姜聂隆说。

“立即派人去淳安清溪镇查证。”霸珑下令。

整个开棺过程，霸珑都在游弋不定之中，难以把握纷乱、错杂的思绪。突然作出这样的决定，对案情来说十分必要，也完全符合他监察御史的身份。另有一层，霸珑发现，身旁的这两位大人，误以为稳操胜券，铁案难翻，不怎么把他放在眼里。年少气盛的霸珑，怎容得宵小行径！立即采取行动，也是对他们的警示。这是他的良心发现抑或想从迷雾里挣脱出来？他自己也说不清楚。

陶文彦目视“上官廷钰”：你得赶快行动啊！

“上官廷钰”怎敢怠慢：“是！下官立刻派人查证。”

开棺验尸到此结束。暴露的尸体就地焚烧。

第二十七章　八龙巧遇洛神

一

“上官廷钰”在返回途中好像不是坐在轿里，而是置身于一个大火盆上烤炙，心里生起一团火，身下烧着一团火，真所谓内外夹攻，还要装出一副无所谓的脸面来对上、对下，如何受得了啊！伤心、懊恼到了极点！明明看着已经咬钩的鱼儿，竟然能脱钩跑了！这个姜聂隆果然厉害！更可怕的还在后头，这里派人去淳安查证，老二——隆阿伊那一层薄薄的鸡蛋壳，不打便破。这个老二最无能耐，挡不住几声恐吓，他就会竹筒倒豆，一颗不留地倒出来。这一来，拔出萝卜带出泥，事情就落到他的头上，成了火炉里的泥鳅，无处可钻了！

回到县衙已是上灯时候，他毫无食欲，只朝着后衙自家那间已经点灯的房子看了一眼，便化作一阵风，不见了。他这是要去哪里？火烧屁股了，赶快去找老二。

自从那次“假拜堂”的事情闹过以后，隆阿伊开始很紧张，自己的底细让人家知道了，把柄捏在人家的手里，不知道哪一天会祸上门来？日子一天天过去，什么事也没有发生，担惊受怕的心理渐渐消退了。自从见到了那位县太爷，就像卤水点到了豆腐——成了！有县太爷做靠山，还有什么好害怕的？现在他过的真是神仙般的日子：老婆已经娶了三房，还有人在给他物色四房。在廖吉州的教唆下，他也抽起了阿芙蓉，早上不见太阳不起床，用过早餐后，便躺在烟榻上，没有一个时辰不过瘾。用过中餐，小事休息，养足了精神，便上二台：麻将台、押宝台。

按说他也有一些烦心事：隆裕山庄陆续买进一些田产、山泽，日常经营、收租、放贷和管理，也有不少事务要处理，他统统交给廖吉州去办。这个廖吉州可不是省油的灯，能不从中捞油水？连下人都说：我们的东家好，让小猪胖起来，大猪瘦下去。

今天隆阿伊的手气很好，连着几副牌，上手就和，晚饭就在牌桌上解决，继续挑灯夜战。

窗户里忽然刮进来一阵风，风在耳边传来一句话：“阿伊，你快出来！”

隆阿伊突然两眼发直，对牌友拱手道：我有点事情，去去就来，说罢抽身就走。窗外是花圃，隆阿伊来到花圃，不见人影。正当他四下里张望，后背被人拍了一下，猛回头，县太爷站在他的面前。

“是县太爷！吓了我一跳。”隆阿伊愣了，怎么县太爷也有我们的功夫？他！他也不是人吗？

“找个安静的地方说话。”“上官廷钰”显得有些急迫。

“怎么了？出啥事了？”隆阿伊还没有进入角色，依然很轻松地问道。

“说了你就知道。”

隆阿伊把“上官廷钰”带到山庄的后厦，也就是刘夫人与蕙英住过的地方，那里最清静，日常很少有人去那里。隆阿伊想就坐假山旁边的石凳。“上官廷钰”以为不妥，左看右看，最后指着一间房，那正是刘夫人和蕙英住过的房间。

两人进屋坐定。隆阿伊满腹狐疑：“有啥事啊！？”

“我问你，在包子店里做的时候，你有没有穿过别人的，或者借别人的衣服来穿？”

隆阿伊觉得好奇怪，怎么突然问起这个来？

“上官廷钰”见隆阿伊还不理解，便改变方式，压低声音说：“你……弄银子的那天身上穿的是一件什么衣裳？”

“你怎么问这个？”隆阿伊这才有些吃惊起来。

“你要好好想想。”

“这个……”因为时间长了，再说窃银是冒着巨大风险的，身上穿的是什么衣裳，隆阿伊一时想不起来了。

“你一定要想清楚。”“上官廷钰”加重语气。

“哦！这个……我想起来了，开始我想拿几个锭子就走。没有盛的东西，把衣裳脱下来包裹，哪里晓得，一拎衣裳就破了！这时候好像听见有人来了，急得没法子，衣裳不要了，掇起一箱银子就走。”

“告诉你，这件破衣裳现在落在官府的手里。”

“啊！”隆阿伊大惊。

“上官廷钰”明知阿伊胆小，他是有意恐吓。

隆阿伊搜尽枯肠：“哦！那天我穿的是什么衣裳……那衣裳不是我自己的。”

“那是谁的？”

“是老板让我穿的。”

“那是老板的衣裳？”

“不，是一位顾客忘记丢下的。老板嫌我身上的衣服又脏又臭，会赶跑顾客，叫我先穿着。”

“是哪一位顾客丢下的，你知道吗？”

“不知道。”

“上官廷钰”凑到隆阿伊的耳边说：“你的那桩事，现在闹大了！”

“啊！”隆阿伊大惊失色。

“上官廷钰”伸手往上指：“皇上都知道了，指派京里的大官来查办。”

“那怎么办？”隆阿伊吓得浑身哆嗦，“大人呀！我就靠你了，你得救我呀！”

“我这不是来了嘛！”“上官廷钰”眼看恐吓的功夫已经做足，便适时让阿伊往他设下的套里钻：“现在我可真为难了，官职太小，上头有郡台，又来了个京城里的宪台。我是垫底的，没有台，有道是官微言轻啊！我有心救你，可是说话没有分量啊！”

“那怎么办？那怎么办啊！”隆阿伊急得团团转。

“你要知道，现在真正有分量的话，不是从嘴里说出来的。”“上官廷钰”紧盯着隆阿伊看，希望他能理解，但很遗憾，隆阿伊居然一脸茫然。

“不从嘴里说出来的话，那是什么话呀？”

“上官廷钰”一脸无奈，伸出手作上下掂量：“告诉你呀，官场上的话不是说的，是拿在手上的。”心里在埋怨：我这个二哥怎么这么不开窍啊！

“你是说……”隆阿伊有点明白过来，“要给人家好处，是吗？”

“上官廷钰”拍了隆阿伊一把，“总算明白过来了！你要知道，现在衙门里办事，讲的就是这个，”比划银子，“谁出手大方，谁的事情就办妥了。”

隆阿伊眨巴起眼睛来想事儿。

“上官廷钰”继续点拨：“哪一个当官的，不管是郡里的、道里的，还是京里的，眼睛都看着这个。俗话说，两只麻雀打架，为的是一粒米；两个官判案，就看哪家出的银子多。”

“那……”隆阿伊一副很舍不得的表情。“要给他们多少啊？”他对田产、山泽可以马虎，由着廖吉州在哪里闹腾。藏在后山里的银子，那可是他的命根子，谁都不让知道。到现在为止，他自己耗去大约三成；眼前的这位县太爷——自己的靠山，前后从他手里挪去大概有二成；剩下来还有一半光景。他想过，后半身的好日子就靠这“一半光景”的东西了，谁也别想再来动它的脑筋。怎么突然又冒出这档子吓人的事来！这是真的吗？他想从“上官廷钰”的脸上找到准确的答案。

“矮子鬼”多少精明，一眼就看穿他的心思：“你不要三心两意的瞎捉摸了，怀疑我想占你的便宜，是不？”

“不不，你多心了。我提防谁，也不会防大人你呀！”

"上官廷钰"的脸拉长了:"我是到你这里要过点，那都是为了把你这个突然从地下冒出来的豪富在人家的眼里抹掉，让你过安稳日子。这点你都不明白?"

隆阿伊急了:"大人，你说哪里话嘞!你对我好，关照我，大人你是我的靠山!我怎么会那样小鸡肚肠!"

"就是嘛!我想你是个明白人啊!好，现在我把实情告诉你:官府的人已经去清溪镇了，一查便会查出你这个隆阿伊;还有那件老板让你穿的衣裳，那是留在现场的铁证。要不了多久，提着铁链子的衙役，就要到你的隆裕山庄来了。"

隆阿伊眼前立刻出现在包子店里见到过的，穿着红衣衫，后背插着尖头牌，满头粘着草屑子，拖着沉重的镣铐，拉去砍头的杀头鬼到店里来伸出漆黑的爪子抢包子的情景。感觉自己也穿上了那样的红衣衫，下意识地伸手摸了摸胸前，是不是也锁上了镣铐?突然想起来，他曾经把真相告诉过另外一个人，他也会把事情供出来的呀!怎么办?

"上官廷钰"见隆阿伊不说话，急了:"你怎么不说话?都火烧屁股了，你知道吗?"

"大人呀!我，我还想起一件事来，那个……弄官银的事，我还对另外一个人也说起过。"

"什么!你，你对谁说了!?"

隆阿伊低下头来:"就是……身背屠龙剑的那个人。"

"上官廷钰"急得简直要跳起来!"你，你，你怎么对他去说这件事啊!他是虎子啊!我在千方百计地保住你，想不到你自己偏偏去捅破了天!自寻死路!哎，你都对他说了些什么?"

"我，我都认了。"隆阿伊一脸苦相，"逃不过的呀!他一摸我的手，就知道我是龙。"

"上官廷钰"大骇:"他还有这个本领!?你什么时候对他说这个的?"

"就是第一次碰上你差不多的时候。"

"上官廷钰"指着隆阿伊的鼻子吼:"你，你，你糊涂啊!你脑壳里装的是什么!?"

"这个人太厉害了!一摸到你的手就什么都知道了，谁都逃不掉!"

就这一句话，"上官廷钰"愣了!两眼一动不动地撑着，脑子里立刻出现今天在现场出示那件衣裳时，虎子曾触摸过他的手，是无意，还是有意在摸他的底细?不好，如果虎子真有二哥说的那种本领，岂不坏了!这可是他绝对没有想到的，太可怕了!如此说来，姜聂隆已完全知道事情的真相!那他为什么不吭声?甘愿顶着个嫌疑人的身份在牢里吃苦，他在想什么?是不是六弟说的，他宁愿自己吃苦，来教诲咱九龙怎么做人?不，不能听书呆子的那一套，弄不好会像那个真上官，到头来自寻绝路。

“矮子鬼”不像隆阿伊，他沉得住气：你虎子现在是我手里的囚犯，就是被你识破了我的真相，谁会信你说的？严州郡台会信你吗？宪台会信你吗？你拿得出什么证据来？不过这也提醒了他，那柄屠龙剑一定藏好，千万不可再落入他虎子的手里。姜聂隆失去了屠龙剑，威力就损去了大半，到了真要动手，只要联手自家兄弟，绝对不会再像当年那样怂包。

“上官廷钰”虚惊了一场，仍旧回到原来的思路上：看来二哥很可能会被卷进这桩案子里去，虽然对派往淳安清溪的瞿利安有所交代，但也难保能化险为夷。现在能保住自己的唯一选择——只有一条路——把二哥余下的银子全部拿到手；只要有银子在手里，就能保住平安。退一步说，即使到了连银子铺路也行不通时，还是有路可走——那就带着银子远走高飞，换一片天地去过日子。

“上官廷钰”就像晒死的番薯藤，早上的露水又让他活回来了！他又重新提起精神来对隆阿伊说：“现在你总该知道，眼前的危险了吧！我不是站在药铺子里对你招手，把你往苦里引，是你的把柄已经捏在人家的手里了！”

隆阿伊已经吓得脸色像漂白布，没有一点血色，惊恐万状地看着“上官廷钰”，喉咙里好像有颗核桃，说话都连不起来了：“那……你……说，说，怎么，怎……么，办啊……”

“你还有多少银子？”

“还，还，有一些。”隆阿伊应得很轻。

“这样，都藏到我那里去。”

“……”阿伊似答应非答应地发出了一点声响。

“现在只有拿银子来铺路，买你的命。”“上官廷钰”说得很绝，不让有任何回旋余地。

隆阿伊双眼发直地看着“上官廷钰”。

“银子放我那里保险。你这里一旦出事，官府马上派兵来抄家，到时候你叫天不应，入地无门啊！”

隆阿伊僵着脖子像是点了点头。

“万一鸡飞蛋打了，还有退路。”

隆阿伊突然眼睛发亮，他很想知道退路在哪里？他也在想退路，但现在脑子里是一桶糨糊，哪里还想得出什么主意。“大人，你说这退路，退路在哪里？”

“上官廷钰”怀着深情地看着他二哥，既而伸双手扶住他的肩膀。“有银子在手里，换一片天地去过日子，懂我的意思吗？”

一脸苦相的隆阿伊，眉目舒展开了：“好！这个主意好。我听大人的。”话里的意思很明确：“那银子就藏在你那里吧。”

“上官廷钰”的眼睛里透出了像银子一样的闪光。他会带着他的二哥去寻找新天地？甫才嘴上是这样说的，心里真是这样想的吗？以后到底会怎么样？只有天知道。

二

瞿利安奉命，当晚乘夜班船，于第二天午后来到了淳安清溪镇。大街小巷转了一圈，终于找到了那家大汉包子店。果然，老板是个十足的大汉，一进门，大汉正在包馄饨，见有人进来，立刻起身。

瞿利安连忙示意请大汉坐下，然后亮明身份。

大汉好不惊讶！衙门里的人怎么找到他这里来？他招呼来人坐下，自己却站着不动。

瞿利安看着像排门一样立在跟前的大汉，只好站起来请大汉也坐下。大汉这才从案板下拖出一张半高的方凳子来，斜对着瞿利安，只坐下大半个屁股，眼光不停地在瞿利安的脸上游动，想看出个端倪来。

“老板，不好意思，我不知道你的尊姓大名，只好这样称呼你。”

“哦！我哪里好算是什么老板，小本生意人，靠手上做来吃的。鄙姓蒯，小名就叫大汉。”

大汉是淳安西乡人，那里交通闭塞，与外界交往很少，语言很特别，有句话叫：“天不怕，地不怕，只怕西乡人打官话。”瞿利安是钱塘人，大汉刚才说的，他基本没有听懂。怎么办？接下来两人的对话是在一遍又一遍的重复和手势比划中进行的。

“噢！好名字。”瞿利安上下打量着大汉，真是名如其人，“蒯老板，我想打听件事情。”

大汉还是有些紧张：“什么事？”

瞿利安摇了摇手：“你不用紧张，一桩小事情，请你想一想，有没有人丢下一件青布衣裳在你的店里？”

大汉这才明白过来，原来是为了这件事啊！他一下子放宽了心，抬了抬身体，坐正位子。“有，有。”说着他抹了一把嘴巴，“一件还有三成新，前襟还缝补过的青布衣裳。”

“这件衣裳……”瞿利安话没有说完，大汉就急着抢上来问：“这件衣裳是你这位官人拉下的吧？”

瞿利安摇头。

大汉一巴掌拍在腿上：“糟了！这件衣裳让人穿走了！”

“让谁穿走了？”

“唉！”大汉连连摇头，“让一个在我这里打下手的后生穿走了。”

这一句话在瞿利安听来，宛若雷雨前的忽闪，忽闪只是个信号，紧接着便是雷鸣，暴风雨立刻就要到来。他这个长随书吏，已做了多年了，经历过多少大小案子，尤其熟谙刑案的侦破和运作。此番派他前来，“上官”曾暗示于他，让他动动脑子，把姜聂隆丢失衣裳给抹去，带回查无此事的证据。现在冒出个打下手的后生来，衣服被他穿走了。这个后生有极大的嫌疑！这个忽闪的亮度、长度惊人，预示着一场暴风骤雨就在眼前。

凡人一事当前，通常都要考虑利害得失，然后决定取舍予夺。瞿利安是个久经官场历练，见机行事的人。入幕府，当长随，除了谋生，为的是有个好前程，那个时代的文人，通常选择的都是这一条道路。因为，只要有社会名流为你推荐，就可以入仕为官；入幕府，如能赢得长官的赏识，就等同于获得了推荐的机遇，俨然是一条通向仕途的捷径。因此大批白身（未取得功名）都投奔幕府，就是中了进士的，也选择幕府，大名鼎鼎的李白、杜甫，文起八代之衰的韩愈，都入过幕府。

瞿利安对于建德县的这桩大案，看得很清楚：严州郡、建德县观点一致，认准姜聂隆是板上钉钉的元凶，不容置疑。京里来的宪台，还在犹豫、思考之中，未下定论。如果在这个当口，他拿出确切的证据，把原案给翻了，必然会得到宪台大人的刮目相看，这可是千载难逢的良机啊！有道是机不可失，因此，接下来的问话就不是开始那样的路子了。

“那个后生是你雇佣的伙计吗？”

“也不好算雇他做小伙计，我是看他饿得可怜，让他帮我打个下手，做了没有多少天。”

“他干活还好吗？”

大汉顿住了。他在想，难道说这个隆阿伊犯什么事了？官府的人来查问，不会有什么好事。不过在这里还是老老实实的，做人要讲本分，照实说：“这个后生力气蛮好的，还算听话。”

“他是怎么离开的？去哪里了？”

“那天叫他去井上挑水，一担水桶丢在井上，人不见了！谁也不知道他去哪里了？”

“噢！他也没留下什么东西？”

“他有什么东西！光着个身子。”

“他平时对什么感兴趣？你有印象吗？”

“这个……”大汉笑了，“开头啊，挺着个饿瘪了的肚子，两眼只盯着包子。后来嘛……也不好说有什么奇特的地方。”突然想起来，“哦！想起来了，有一次，运官银的车队从门前经过。”

瞿利安一听说运官银的车队，两只眼睛立刻睁得像两个铜铃。

大汉接着说："大概他没有见到过，看得发呆了。我告诉他，这是官银，入官家金库的，装的都是银锭。"大汉又摸了摸嘴巴，"我对他说笑，一个锭子就够他吃一辈子的包子。"

瞿利安这时的心情，好比是看金榜，榜下人头攒动，他突然看见自己的大名在列。他强抑心头的激动，不动声色地继续问道："你的笑话说过后，那后生他怎么说？"

大汉眨巴着眼睛想，想了好一阵才说："他好像是愣了，没再说什么。"

"这是哪一天，你想得起来吗？"

"这是哪一天？"

案板前一条窄窄的、钉在墙上的搁板，上面放着剁椒瓶、胡椒瓶、酱油麻油瓶之类。大汉起身从隔板上取下一张纸，好像是从什么账本上扯下来，有点歪斜；另外还有一个纸包，上面落下不少面粉，大汉张口一吹，飞起一团烟雾。

那纸上写着本月总共做了十五天半，大汉指着最后的那一天说："就是这一天，三月廿八，叫他去挑水，就再也没有回来了！"

瞿利安心想，此后生十之八九是作案嫌疑人。"老板，请你把这张纸片留给我，好吗？"

大汉随手把那张纸递给了瞿利安。

瞿利安把纸片折叠好，放进怀里。"蒯老板，我还想请问，那后生是哪里人？叫什么名字？"

"他说是建德人，家里兄弟多，吃口重，出来找活路的。名字么……"大汉挠挠头，"想起来了，叫郎——沃——野。"（"隆阿伊"在淳安西乡人的方言里成了"郎沃野"）

"请你写出来好吗？"瞿利安实在听不明白。

大汉读过几年书，识得一些字。店里没有笔墨，他就沾口水，在案板上写下了"郎沃野"三个字。

"后生自己也是这样写的吗？"

大汉摇头："我没有见他写过字，也不知道他会不会写字。"

瞿利安感到仅凭这位蒯老板奇怪的发音说出来的名字，有点不靠谱，弄清楚名字是非常要紧的。怎么办？充其量只在这里待了没多久，与周围又没有什么接触，到哪里去查问清楚他的真实身份？"你想得起来他长的模样吗？"

大汉想，这个小子看来是出事了！到底出了什么事？不好问，也不敢问。

瞿利安看出来大汉在犹豫，便语气和缓地说："你不用担心，没什么事，我们只是想通过他了解一点情况，更不会对你有任何影响。"

"哦，你说那后生的模样，是吗？"

瞿利安颔首。

大汉打量着瞿利安："个头么比你还高一点，额头宽，下巴尖，眼睛不大。"

用手在自己的眉毛上划了划，“眉毛拐弯，”说罢笑了起来。

随着大汉的形象描绘，瞿利安的脑子里走出一个人来——隆裕山庄的庄主——隆阿伊。这个人和他的隆裕山庄，一直在他的脑子里是个大问号。小里渡对岸，不知往返过多少次，怎么突然建起这么气派的山庄，得花多少银子？！建德县的富商、财主，他了如指掌，无不是艰难创业或继承祖业所得，唯独这个隆裕山庄，如同春笋一样从地下冒了出来！记得曾经拜访过这位隆庄主，一见到衙门里来人，就显得紧张，不自然，更没有豪富人家的气度，活像遇上了讨债人，一味地哭穷。前后一想，现在明白了：这个大汉包子店里打下手的，很可能就是隆裕山庄的隆阿伊。盗窃官银的真凶，不是姜聂隆，而是这个隆庄主。

瞿利安好一阵心情激动，宛若张天师捉妖，眼看就可以手到擒来。但是，一阵激动过后，如同打铁铺里砧头上火红的铁件，突然插进了水里，冒起了一阵青烟和一串串水泡：这样巨大的逆转，陶大人、“上官大人”他们会接受吗？现在明摆着郡、县两级衙门联手，认定姜聂隆是两桩大案的元凶、不二罪犯，他曾亲手呈文上报刑部。翻了这桩案子，就等于了断了这两位大人的前程，势必拼死相搏。京里来的监察御史太年轻，未经官场历练，看上去处事犹豫，未见魄力。但到清溪查证这件事，立时做出决断，颇见锋芒。但人心难料，最后他会是什么样的态度？谁也不知道。他现在所掌握的新情况，如果能引起这位宪台大人的足够重视，把案子翻了，他这个长随小吏总算遇上了青石板翻身的日子！若是无动于衷，必然不了了之。他深知，衙门里对某大案的最后定性，不仅仅是相关县、郡依据案情来作出决断；也不是处处遵照王法律令定局，其间会受到上下左右多方面因素的牵制，参与的官员既是一场赌博，也是一番游戏。他这个小吏若是卷进这桩大案，将会是什么样的结果？只有老天爷知道。

现在该怎么办？向“上官”如实禀报？必定不满意，会指责他横生枝节。尤其未能按要求做一番手脚，必然迁怒于他。那就直接去找御史霸大人？也难保一定如愿，倘若被“上官”察觉，就惹上大麻烦了！

瞿利安决定见机行事，看流年能否交上好运。于是起身告辞。

大汉见他要走，急着说：“请等一等。”说着打开那纸包，“这里一共是一百四十五文钱，是他这半个月的工钱。说好每天十文工钱，照理应该一百五十文。到了第十五天他只做了半天不到就走了，要扣除五文。我看，你要是见到他，那就请你顺便把这钱交给他，我好了了一桩心事。”

瞿利安开始有点犹豫，后来想，也好，连同那张纸也是证据，带走吧。

三

霸珑到建德已有多日，也无暇出去走走，这里算得上是自己的衣胞之地，想起炁岚庙潭，该去看看。他没有乘轿，只带了个随从，信步而往。时逢风雨春归，又绿江南岸时，夹江两岸，杨柳堆烟，远山如黛；浩瀚新安江奔来眼底，扬帆远影，逶迤而来，如诗如画。

神奇的炁岚庙潭，波光粼粼，好几处打着水旋子，深不见底的水下，藏着神奇的故事，自己的爹曾经在这里建立起属于他的王国。再看大江东去与兰江、富春江会合的三江口，烟波浩渺，大有气吞山河之势。老爹一心想做这个三江王，也算得上有一番男儿气概。如若没有老爹的这一番壮举，何来他的疲于奔命，死里逃生；流落他乡，苦读诗书，才换来如今这一身荣耀！

但是老爹不该伤及无辜，最最令他伤心惨目的是老娘，一个杀害了她丈夫的魔头，又幻化成她夫君来蹂躏她，这是何等的惨痛啊！老爹的死，抛开父子感情，真是死有余辜。

忽然空中飞起了雪花，奇怪！这时候怎么会下雪？！再仔细看，噢！是蒲公英在扬花，堤岸上的绿荫丛中，满是连绵蔓延的蒲公英，飞花在江风的推送下，漫天飞舞，洋洋洒洒，飘落在水面，栖泊于青萍。霸珑循着飞花漫舞，忽然看见潭边的埠头上，有一梳作高耸云髻，身着袒领、石榴红色团花曳地长裙的姑娘在浣衣，背上、肩上都妆点起一朵朵淡黄色的花朵儿，在石榴红的映衬下，越是显得娇艳。

姑娘一直低着头，看不见她的容貌。霸珑悄悄地来到她的身后，想借助清澈如镜的水面，一睹芳容。姑娘似乎已经洞察身后，每当她的面貌渐渐地在水面上映现时，便抛下衣裳，搅起一团涟漪。

霸珑暗暗叫苦：姑娘，你就手下留点情好吗?

姑娘竹篮里的衣物并不多，估计该洗好了，然而她就是不起身，一遍又一遍地重复着洗涤。

霸珑俨然在欣赏一幅优美的工笔画；犹如活生生地再现曹子建的《洛神赋》：“远而望之，皎若太阳升朝霞；迫而察之，灼若芙蓉出渌波。秾纤得衷，修短合度。肩若削成，腰如约素，延颈秀项，皓质呈露。芳泽无加，铅华弗御。”

霸珑久久地期待着，遗憾的是未能如愿。如若继续僵持，感觉不合礼数，也是对姑娘的不尊重，无奈，只好返身离去。走几步即回头张望，希望那姑娘浣洗已毕，纵使不能交谈，也望能相随其后，觅得姑娘的芳踪。

霸珑怅然若失，感觉心头缺失不全了！完全失去来时的游兴。信步走到了黄浦码头，恰逢来自淳安的航船靠岸，与瞿利安迎面相遇。

瞿利安以为霸珑大人已经看见了他，赶快趋步向前行礼：“拜见霸大人！”

霸珑的心已丢在炁岚庙潭的埠头上。瞿利安的突然出现，他心头猛然一惊！但是他一时还想不起来怎么会在这里见到瞿利安。

“大人，我回来了。”瞿利安禀报。

霸珑这才有了清楚的记忆。“哦！回来了。”招了招手，“来，我们边走边说吧。怎么样，人找到了？”

瞿利安回禀：“找到了。”

“怎么说？”

瞿利安的心头开始打鼓了，我该怎么说？兴亡、成败就在此一举了！时间又不允许他迟回，思想上占上风的是照实说。不管它，今番豁出去了，他原原本本地把这次查问的情况如实地作了禀报，还拿出了大汉写的那张工钱清单和一百四十五文钱。

霸珑听罢一语未发。江风迎面吹来，霸珑又闻到了蒲公英飞花的香味，想起了曾经在一卷“传奇”里读到一则故事，说的是一个养花、买花的少年，姓蒲，名公，与一个名为朝云的富家小姐相爱。小姐苦待蒲公十八年，最后终成眷属，如今这飞花似乎时时相伴于他，难道预兆着……

瞿利安见霸大人一语未发，只顾自己往前走，这是什么征兆？暖融融的江风，略带一点鱼腥味，他却从中捕捉到苦味：看来霸大人对他的查问结果毫无兴趣。满腔热忱，化作了泡影，心愿竟然是一厢情愿。霸大人的步子迈得越来越大，他感到跟不上了。

霸珑突然站定，回过身来说：“你马上去请‘上官大人’到驿站来。”

“是！”瞿利安不知道为什么这一声回答得如此响亮。正待转身离去，霸大人又说：“等等，还要请严州郡的陶大人也来。”

瞿利安受命，快步离去。

四

瞿利安心里像钻进了一只松鼠，上蹿下跳。看来霸大人对他刚才的禀报已听进去了，不然为什么要急着约见两位大人？心里的阴霾渐渐散去，宛若江上的航船遇到了顺风，扬起了风帆；也好像走夜路的人，终于看见了东方露出了鱼肚白，就要熬到天亮了！

但是，怎么去对“上官大人”说？这可就难煞了！“上官”是个心眼多、猜忌心很重的人，他最忌恨下属背着他做事。现在自己等于隐匿淳安查询的结果，首先捅给宪台，这还得了！简直是捅破了天！什么途中刚巧碰上；大人有问，小的怎敢不回答，这样的解说毫无用处。怎么办？现在不去见他不行，不通报他去驿站更不行。

宛若姑娘要出嫁了，不管她哭得怎么伤心，父母养育之恩难舍，兄弟姐妹之情难弃，但花轿已经来到门上，不得不上轿。

“上官廷钰”住房的楼下，停着一辆马车，有人正在往车上搬运东西，好像有人要远行。瞿利安小心翼翼地往前走。

“上官廷钰”的夫人带着两个孩子从楼上下来，大人小孩都换上了新衣。“上官廷钰”紧随其后，对夫人说：“几年都没有回家了，这次去就多住几日。”

夫人回头说：“知道了。”

“不要太寒碜，让你那些兄嫂们笑话我们抠门，该花的地方就花一点。”“上官廷钰”交代。

回娘家一趟是夫人早有的想法，至于什么时候走，一直未拿定主意。

有一天，上官夫人在做一些行前的准备，但心事又爬上了眉头，她深知，老爷是个穷县令，外加抠门，身边没有点银子，怎么去见老爹老娘？总是一副穷酸相，在兄嫂、姐妹跟前，还有什么脸面？想到这里，正在整理行装的双手立刻软了下来，一屁股坐到床上叹气！

吱呀一声，“上官”推门进来，手里提着个包裹，往夫人跟前一扔：“打开看看。”

夫人感觉扔过来的包裹有点分量，什么东西这么沉？抬起眼来朝老爷看。

“上官”用嘴巴努，还是叫她看。

夫人打开包裹，忽然双眼被银子的闪光刺眩了，赶快拿手揉眼睛：“哇！这么多银子！”除了惊奇，也感到意外——哪来这么多银子？

“怎么像老太太穿针眼一样，盯着看？不相信了吧？”“上官”说着坐到夫人的身边。

“我真的好吃惊啊！你这个穷老爷，怎么像变戏法一样，一下子弄出这么多银子来！”

“上官”叹了口气！“唉！都怪我这个穷老爷，你几次说要回家一趟，穷老爷都应不出声来。因为没有这个东西，硬（应）不起来。俗话说女婿是半子，孝敬老泰山、老萱堂的孝心还是有的，我闷声不响地想法子，好不容易有了这点意思，才敢在娘子面前开口——请我家娘子，在二老面前多道几声万福。”

这几句话比这一堆银子，更让夫人心情激动。她久久地看着老爷，最后一头钻进老爷的怀里。

这就是“矮子鬼”的手段，他深感危机已经迫近，现在让夫人带着孩子回家，把从隆阿伊那里倒弄来的银子，让夫人带走一部分，这是一条退路。

两个小孩今天穿着一身新衣去姥姥家，高兴得活蹦乱跳。不知怎么回事，小的那个一脚踩空，直往楼下滚。

“上官廷钰”手里提着东西；夫人简直吓呆了！瞿利安一个箭步，飞奔上前，双手接住了即将落地的孩子。孩子这才“哇”的一声哭了出来，右手臂上鲜血淋淋。

夫人心痛得坐倒在地上哭。

“上官廷钰”赶忙上前看孩子的伤势。

“皮外伤，不要紧。”瞿利安放下孩子，放眼看四周，快步来到一扇门背后，掳来不少蟢子窝，立刻敷在孩子的伤口上；撕下身上的一片衣襟，把伤口包扎好。

孩子不会作假，感觉没事了，伸手抹去眼泪，问他娘：“我们还去姥姥家不？”

夫人见孩子没事了，高兴地应道：“去，这就去！”她来到瞿利安跟前，再三表示谢意。

“上官廷钰”站在一旁不住地笑着点头，同样表示感谢。

夫人带着孩子上车了。瞿利安不忘帮着装车，检点、捆扎行李。

驾车人一声鞭响，夫人远行的马车出发了。

“上官廷钰”目送了夫人一阵，才把眼光收回来，看着站在身旁的瞿利安：“回来了？”

“回来了。”瞿利安口里应着，心跳却像兔子遇到狗撵，越跳越快。

“查出个什么来了？”“上官”摆出一副很不在乎的样子。

瞿利安咬了咬牙，心想，怕是没用的，拿出老鼠舔猫鼻梁的勇气来，一五一十地把查问的结果全说了。

“上官廷钰”听得把眼睛慢慢地闭了起来，没说一句话。

瞿利安觉得奇怪：怎么没有一点反应？今天是怎么了？接着说，他在黄浦码头遇见了霸大人。

“上官廷钰”突然睁开眼睛：“你说什么？！”

瞿利安嗫嚅着：“我，我，遇见了霸大人。”

“遇见了霸大人！”“上官廷钰”突然脑门子里“嗡”的一声响！一双眼睛像要从瞿利安的脸上挖下一块肉来，死死地盯着他：“刚才你说的这些，对他说了吗？”

“他问，他问起来，我……我……”

“上官廷钰”似怒非怒、似笑非笑地看着瞿利安，前胸的衣襟起伏了好几次，心里恶狠狠地骂道：“你这个母狗养的东西，是头上顶着枣核儿投胎的吧，那么会钻！树还没倒呢，你这只毛猴就散了！”

瞿利安急了，连连解释说：“大人，真想不到，会在上岸的时候碰上他……”

“上官廷钰”突然淡淡一笑：“碰上就碰上了。”

瞿利安眉毛扭落成了八折，哭诉着：“我……”

“上官廷钰”抢上来说：“我懂。人家大人有问，能不回答吗？”心里却在骂：“已经做了婊子，还想立牌坊？”

瞿利安连说：“是，是。”

“好了，你走吧。” “上官廷钰”转身要走。

“大人……”瞿利安见“上官廷钰”要走，急了。

“你还有什么事？” “上官廷钰”很不耐烦。

“霸大人让你马上就去驿站。”瞿利安硬着头皮向火堆上泼油。

“上官廷钰”突然收住脚步，活像冻住的雪人，一动不动地站着。

瞿利安接着还要说。“上官廷钰”根本不理他，拔脚就走。

瞿利安追上去说：“陶大人也要去。”

“上官廷钰”又站住了，但只站了一会儿，立刻快步离去。

瞿利安呆呆地站着，还去见陶大人吗？

“上官廷钰”化作一阵风，疾速来到隆裕山庄。

隆阿伊正躺在卧榻上吞云吐雾。

“上官廷钰”从窗户里入来，一把提起隆阿伊，越出窗外。

隆阿伊懵懵懂懂，不知道发生了什么事情？

“上官廷钰”推着隆阿伊，“不要问，马上走！”

“大人，总得说个明白呀！”隆阿伊不走。

“上官廷钰”发急了：“没有时候说了，快，快走！”

“我不走！”隆阿伊也急了。

“我问你，你是不是还想蹲牢房！”这句话把隆阿伊给镇住了。

隆阿伊摊开双手：“你这样叫我走，我怎么走？走到哪里去呀！”

“越远越好，没有人的地方更好。再不走就来不及了！”“上官廷钰”急得直跺脚。

隆阿伊环顾自己的大院，依依不舍，又想回去拿点什么。“上官廷钰”挡住他，直逼着他离去。

第二十八章　蕙英狱中示真情

一

刘夫人与蕙英回到徽州会馆。

刘夫人一直放心不下虎子的安危，寄望于赶快找到穿走他那件衣服的人，这样，案情就大白了。

“娘，盗银的人我知道。”

“你说什么？盗银的人你知道！？”刘夫人大为吃惊地看着蕙英。

“是的。”

“是谁？”

“隆裕山庄的庄主——隆阿伊。”

“你是怎么知道的？”

“在隆裕山庄遇上虎子的那一天，阿伊亲口承认自己是二龙。”

刘夫人大骇！“他，他是老二？”

“他说，开始只想拿几个锭子，想不到把衣服撑破了，又听到了脚步声，慌神了，索性摄走了一整箱。”

“原来是这样啊！”刘夫人心情沉痛，“我最最担心的就是这些，我拼了这把老骨头出来寻找九龙，就是为了不想再看到九龙中有走那个恶魔老路的，那是永无宁日的死路，伤天害理、百姓恨之入骨的绝路。想不到应在这老二的身上。”

“看他样子，也后悔了。”

“哦！你为什么不早说？”

“是你不让我说嘛！后来，我见虎子哥他自己也不说，我就……”吐了吐舌头，“就不敢说了。”

刘夫人自言自语："奇怪了！虎子他明明已经知道窃取官银另有其人，他……"突然问蕙英，"你说，他为什么在堂上忍着不说？"

蕙英看着他娘，轻轻地摇头。

"哦！我想起来了，《金光明经》上是这样说的：佛祖释迦牟尼是国王摩柯罗陀的幼子摩柯萨埵。一天在竹林里看见七只小老虎围着一只饥渴羸弱的母虎。那母虎已经没有奶水来喂养它们了。小王子心里大悲，决定舍身以饲虎。"

"啊！那个小王子让小老虎吃掉了？"蕙英大惑不解。

"我想，虎子也是心生大悲。"

蕙英瞪着一双惊疑的大眼睛。

"他宁可自己领受不白之冤，在牢里吃苦，以求感化你的二哥，让他早日觉悟。"

"是这样啊！"蕙英惊叹。

刘夫人看着蕙英，脑子里却在想着别的事："这样，现在我们去姜家村，我放心不下虎子娘，更担心她知道了虎子犯事。"

蕙英一听说去姜家村，乐了！母女俩说走就走。

二

姜家村里静悄悄的，看不见一个行人，与往日的景象完全不一样。按说这是春播春种的日子，田间也没见人耕作。奇怪了！人都到哪里去了？突然，前方山坳里响起了几声清脆的大炮仗声，一阵阵青烟升起，在山林间弥漫。

"那里在干什么？"蕙英好奇地看着。

刘夫人一脸惊惶，她担心虎子他娘，会不会出什么事了？但是这样的担心是不能说出来的，尤其是当着蕙英的面。"去，过去看看。"

两个人循着青烟指路，向山坳里走去。没有多少路便进了一个山坳，远远地看去黑压压的男男女女，云集在一座古庙的道场上，气氛十分严肃。走近了才发现，大家都跪地，庙门大开，正中供奉着一尊十分威武的神像。

是在朝拜这尊神像吗？发现庙门口左侧的墙上挂着一面长幅白布，上书：建德县，第一都，第七里，姜家村全体村民具结：去年三月廿八寅时起始至翌日午时，本村村民姜聂隆在村里主持一年一度的祭拜武圣伍子胥典礼，未曾须臾离开。如此证有误，甘愿承受王法惩处。然后是密密麻麻的村民签名画押。

看罢具结后，刘夫人这才明白村民采取这一举动完全是为了援救虎子。从作案时间上证明，姜聂隆根本不可能出现在案发现场。

这是谁想出来的高招？那天的开棺现场，聚集了不少姜家村村民，但距离太远，既看不清，也听不清，更加心急如焚。三月廿八这个日子，姜泰浒如雷贯耳，他马上想到，那一天是村里祭奠武圣——伍子胥的日子，虎子是头手，从头至尾都在场，根本不可能会有那种事。

相传当年伍子胥逃离家乡楚国，前往吴国，经由江西，来到浙江建德，越过乌龙岭，在岭下的姜家村暂住。他与村民相处甚好，教村民读书识字、习武健身。建德县境内至今还保留胥岭、子胥渡等地名。公元484年，伍子胥被吴王所害，抛尸大江。姜家村民大为震惊，为了纪念这位武圣，把三月廿八伍子胥遇害的这一天，作为他的忌辰；次年又集资为伍子胥建起了这一座庙。

姜家村老祖宗传下来的惯例，每年三月廿八日寅时，全村人不分男女，必须聚集在武圣庙，里正主持祭奠，由德高望重的识字人宣读祭文。前年曾经在外开馆授业的一位姜老先生过世了，大家公推虎子接班。虎子从淳安青溪匆匆赶回家，就是为了不误这一庄严而隆重的祭奠。

姜泰浒把自己的想法与大家合计，想出了这个联名具保的办法。但有人担心，呈上联名具保后，官府不认这个账怎么办？真是人多点子多：请武圣出面做证——扶乩、显灵，把符箓画到村民签名画押的长幅具结上。这在当时是神圣的、最具威严的。

刘夫人与蕙英到来时，庙堂神龛正在扶乩。

三

刘夫人意识到不便在那里久留，带着蕙英赶快离开。在去虎子家的路上，刘夫人问蕙英：“这样的场面，我也没有见过。英英啊，你看了以后，心里怎么想？”

蕙英几次回过头去看那从未见过的隆重场面，说出了自己的感受：“娘，当时我们九条龙为了逃命，相约下凡做人。人该怎么做？我真不知道。看我这些哥：大哥勤勤恳恳，帮别人、做善事，他日子过得最好；二哥如果安心做包子，也好的，可他太贪了，惹祸了；六哥专心教孩子读书，太平无事；我想学大哥那样，也到姜家村来……”说到这里，头低下来了，后面的话没有说出来。

刘夫人心里当然明白姑娘想说什么。其实这也是她所希望的，现在她母女俩去看虎子他娘，不也是为了这件事嘛！但是她们毕竟是书香门第，应该有教养。蕙英还不太懂得人情世故，像一头小牛犊子，没有穿上牛鼻子。夫人没有正面回答蕙英的话，而是转换话题：“做人要讲本分，不能心里只有自己，你大哥就是个本分人。从今以后，你要记住两句话。”

“哪两句话？”

刘夫人一字一句地说：“贪心如火，不遏燎原；欲念似水，不遏滔天。懂了吗？”

蕙英点头：“我记住了。”

“等会儿见到虎子他娘，说话要有分寸，姑娘家的不能胡乱说话。”

“哦！”蕙英看着娘，吐了吐舌头。

说话间，从平路转入高坡。蕙英远远地就看见了虎子家，脚步自然就加快了，几次把她娘扔在后面。

陡坡越来越陡，刘夫人累得喘吁吁的：“你就走慢一点嘛！”

“哦！”蕙英赶紧返身搀扶娘。

刘夫人好一阵长吁短叹，娘俩终于来到虎子家的院门口。见大门紧闭。

“我去看看！”蕙英说着上去推门。

刘夫人急忙制止：“又毛手毛脚起来了。”

蕙英立刻垂手站立。

“嘎啦”一声，门打开了。虎子娘手扶着门框，说：“来的是陌生脚步，哦！让我想想，是不是官家夫人、小姐来了！”说着跨出门槛，颤巍巍地走了出来。

刘夫人急了，连说：“快，快！”

蕙英还愣着，想上去搀扶，又怕是“毛手毛脚”，只能瞪着眼睛看她娘。

刘夫人挥手，让蕙英赶快上前搀扶。

蕙英一个箭步便到虎子娘跟前，扶住老人家。

虎子娘惊喜万分！“我不是在梦里吧，啊？”

刘夫人快步上前：“老人家，这哪里是梦里呀！我早早的就想来看您老人家，实在是分不开身，今天总算见到您了！”

虎子娘笑得合不拢嘴。“我是在想，哪里来的陌生脚步，马上就记起来，是官府的夫人、小姐来了！好，好！你们终于来了！快请屋里坐。”

还是照老样子，虎子娘坐在那张大方桌的右手边，刘夫人坐左手边，蕙英坐在靠门边的小方凳上。虎子娘起身要给客人沏茶，刘夫人一定不让。

蕙英“刷拉”一下站起来，“我来。”说着就进了灶间。

虎子娘还是不让：“怎么能让小姐去沏茶呀！”

刘夫人坚持要虎子娘坐着。“好不容易见面了，我们俩说说话，让她去弄。”

“这怎么好意思呢！”虎子娘心存不安。

“由着她。看上去，您很健旺。”刘夫人很关切地打量着虎子娘。

虎子娘笑了笑：“这把老骨头，还撑得住。”

刘夫人暗自高兴，谢天谢地，老人家还不知道虎子的事。她由衷地感到，姜家村人真好，大家都藏着一颗菩提心，继而不无夸奖地说：“好心人有好报，无灾无难，你看，家里收拾得多干净啊！”

虎子娘连连摇手：“都是村里这些好心人，怜悯我这个瞎眼婆。姜泰浒就不要说了，秦耕带着他的新娘子常到这里来，什么事都做。就你们来的前头，两口子带着鸡蛋来给我做点心呢！”

“是啊！虎子忙不过来，只有靠大家了。”

“我虎子啊，就像只山猫，突然窜进来了，一会儿又走了！叫不应他。”

“老人家，你好福气，生了个好儿子。俗话说得好，一好还要两好，才能和好，这是靠仁心换来的。”

虎子娘笑了，正要说什么，蕙英端着两杯晃晃荡荡的茶水，小心翼翼地边走边说：“茶来了！茶来了！”

刘夫人一见，简直不敢相信，蕙英的脸上涂起好几处锅煤，成了个大花脸。还好虎子娘什么也看不见。看着蕙英这副模样，刘夫人真想笑出来，但她忍住了。

蕙英怎么会弄得这么狼狈？她只喝过茶，还没有沏过茶。刚才自告奋勇的，是想在未来的婆婆跟前表示一点孝心；又想让自己的娘知道，她不再是不懂事的、毛手毛脚的姑娘。但是一进了灶间，心里就乱了。泡茶要烧水，茶壶在哪里？火怎么生起来？前前后后乱找了一阵，总算幸运，找到灶门口的灰堆旁，有只小炉子，上面搁着一只褐色的陶制茶壶，里面灌满了水。好在炉子里尚有余火，她赶紧生火烧水。

她不知道这是炭炉子，边上就放着木炭，却偏偏往炉子里添柴火。柴火尽冒烟，不见火苗，烟熏得她泪水涟涟，锅煤就是这样涂到了脸上。

好一阵子，火苗总算上来了，慢慢的水也烧开了。这才想到茶叶在哪里？茶杯在哪里？又是一阵子找，最后在碗橱里找到了杯子。但茶叶还是找不到；加上心里急，活像一只被追赶的小松鼠，在树枝上乱蹿、乱跳。真是苍天不负有心人，最后茶叶也让她找到了，总算沏上了两杯茶。

其实蕙英找到的不是茶叶，是霉干菜。两杯霉干菜茶，分别端到两位老人的手上。

虎子娘满脸欢笑地接过蕙英端上来的茶，在她看来，这哪里是杯茶，分明是她日盼夜盼的、天上那一颗最亮的星星，捧在手里了！她抿了一口，并没有感觉到霉干菜的齁咸味，只觉得从未有过的一溜儿甘甜直下心头。

俨然，感觉这东西是有倾向性的，俗话说的“一俊遮百丑”，说的就是这个道理，故而感觉不能作为判断的依据，只能是参考。

与此同时，刘夫人也品尝了蕙英的“杰作”，天哪！这哪里是茶，这孩子放什么东西进去了？！再看虎子他娘，正笑得合不拢嘴，刚才进门时还见她脸上属于老人的那种灰暗、阴沉，就这么一会儿，见她满脸红润，连两鬓的白发都润泽有光了！

“夫人啊！我说你好福气！生了这么一个贴心的好姑娘，聪明能干不用说，这么懂得体贴、照顾老人，人家说百里挑一，我说是千里挑一的好姑娘啊！”

两位老人都在赞扬对方的孩子。她们不是在说客套话，两人都有一个共同的心愿——希望促成这桩婚事。但是当两人坐到了一起，又觉得难以把窗户纸点破。

刘夫人是应虎子娘的邀请来看她老人家的。蕙英是个心地淳朴、不谙世事的姑娘，已深深地爱上虎子。她也有意玉成，蕙兰在世的时候已经有这样的考虑。真是世事难料，蕙兰走了，蕙英、蕙兰，合二为一，是为天意。今天借此机会，想把事情挑明了，但是话到嘴边，说不出来。毕竟是书香门第、官宦人家，做事情要讲规矩礼数，尤其是婚姻大事，得有媒妁之言，岂能如此草率？

虎子娘想的不一样，她几次鼓足勇气，又几次都泄气了！迫使她退缩的是，一个久久困扰着她又无法排解的忧虑——两家门第相差太远，官府人家的小姐怎么能下嫁给农家子弟？但蕙兰（她一直把蕙英当做蕙兰）的可爱，夫人的真诚，都已明白无误地告诉她，忧虑大可不必。然而，事到临头，还是被忧虑给挡住了。

蕙英却在经历着另一番感受：她感觉这里以后就是她的家，这里的一切看上去都非常可爱，好多家具可能是虎子哥自己动手做的，上面应该留有他的指纹，因而更感觉亲切；虎子长得十分像他娘，她曾几次有这样的冲动，想钻进她的怀里，叫一声“娘”！告诉她，以后我来照顾您，您眼睛看不见，我就是您的眼睛；您手脚不便，我就是您的手脚。我要学大哥，像他那样为村里人做好事，我也会爱护村里的每一个人。

蕙英沉浸在她未来的、美好的憧憬里……

“蕙兰小姐，你穿耳眼了吗？”虎子娘突然想起来问。

这可把蕙英问住了，她不知道耳眼是什么，也从来没有听说过，只好瞪着一双迷茫的眼睛看着他娘。

刘夫人也感到为难了。那时候，凡是姑娘家长到十二三岁，就要在耳坠上用针打个小洞眼，然后穿过一根红丝线，做成一个线耳环，这就是“耳眼”。等到出嫁了，或者有条件了，便可佩戴贵重的真耳环。许多穷人家的女孩，从小一直到老，都带着线耳环过一辈子。但追求未来、追求希望，人们永远都不会放弃，姑娘的“耳眼”一定要有。

穿耳眼本是娘的责任。然而蕙英的特殊身世，加上所处的环境，哪里想得到给她穿耳眼？现在虎子娘突然问起，作为母亲，刘夫人真难回答了！

虎子娘向蕙英招手：“小姐，过来，到我这里来。”

蕙英原本就这样想着，现在机会来了，便快步来到虎子娘身边。虎子娘张开双臂把她拢进怀里。

“哟！小姐的耳垂是第三道（经石磨磨好的米粉还要筛过，一般只筛一至两道，三道粉是最精细的特等粉）糯米粉捏出来的，这么软、这么细腻啊！姑娘，日后你有好福气哟（通常都说，耳朵软的人福气好）！”说着，虎子娘走进了卧室。

刘夫人不知道老人家进去做什么，只好呆呆地看着。

一会儿老人出来了，手里拿着一个绣花荷包。伸手一摸，蕙兰还在身边，她笑了！拉过蕙兰的手：“我要送你一样东西，这是姜家人祖上传下来的，我也说不上有多少年了！你可千万不可推辞噢！”

刘夫人已经猜到一定是一件什么首饰。在没有确定婚姻关系之前，女家是决不能收取男家任何礼物的。夫人正要上前说明道理，蕙英已经把一对耳环拿在手上，还叫了一声：“娘！”立刻又转过身来看她娘，意思是：我没有毛手毛脚吧！

刘夫人赶紧止步，一脸无奈地看着蕙英。

这一声“娘”把虎子娘脑子里的那些“忧虑”如同风推雾障，一扫而光，度她一步跨过了十万八千里；就这一声“娘”，心头绽放出一朵璀璨、怒放的心花。她把蕙英紧紧地抱在怀里，禁不住热泪盈眶。

刘夫人被虎子娘的真情感动了，想不到，这层窗户纸就这样点破了。既然如此，那就没有什么好犹豫了，走上前去对虎子娘说：“老人家，我们两家的事，就这么定了吧。”

虎子娘喜极而泣，赶快拿衣袖抹去眼泪：“好，好！是苍天有眼，我老婆子有福了！”

蕙英有些担心，不知道自己有没有“不懂规矩”“毛手毛脚”。听见娘刚才说的话，好像吞进了萤火虫，心知肚明，回过身来，紧紧地抱住她娘。

刘夫人在蕙英的耳边说：“时间不早了，该回去了。”

“唉！”蕙英点头。

刘夫人来到虎子娘跟前：“老人家，我们还有事情等着要去办，先告辞了。”

虎子娘站立起来，“不，吃完点心再走。”

“时间不早了！点心留着，以后吃的机会多着呢！”刘夫人说着便往外走。

虎子娘牵着蕙英的手，把她娘俩送到门口。她久久地站着，带着满脸的笑容，倾听她们远去的脚步声。

母女俩很快就出了姜家村。刘夫人看时间还早，心里盘算着另一件事：“英英，你能找到你二哥吗？”

“只一阵风，就能找到他。”

“好，你去对他说，娘在哪。如果他急着想见娘，那就有救了。”

“我这就去。”蕙英听命，化作一阵疾风而去。

刘夫人向着远方，心里念叨着：这个傻姑娘啊，长着一颗白璧无瑕般的心啊！

四

虎子重回黑黢黢的大牢。这样也好，可以静静地思考：首先想到开棺，他敬佩刘夫人有见识、有胆量，义正词严。相比之下，郡守、建德县令理屈词穷，唯一可凭借的就是那件衣裳和屠龙剑。当衣裳的真相被说穿后，单单剩下了屠龙刀，就不足为凭了。

可喜的是，大龙、六龙、九龙都到现场认证。他朝着西方跪地叩拜，感谢师父和青云大师的教诲，善念不可战胜，“发菩提心”——真正彻底觉悟之心，“随意所愿，皆可得度”。他一直在期待着二龙觉悟，早一刻脱离妄念，凡所有相，皆是虚妄，若是还恋栈着非法所得，接下来二龙面临的将会是灾难啊！

这里已经派人到淳安青溪大汉包子店查询，势必会追查到隆裕山庄的隆阿伊——二龙，案情的真相就大白了。但事情恐怕不会这么简单就了结，四龙——这个假上官廷钰绝不会就此罢手；严州郡也不会接受这样的结果。现在他们两家是一根藤上的蚂蚱，案子翻了，他们的前程还保得住吗？想到这里，虎子心头一阵惊颤——二龙处境危险了！他已经成了别人眼里的障碍！怎么办？想起那次在隆裕山庄与二龙的谈话，他不是那种无心悔改、死不认错的人，不能眼睁睁地看着他丢了性命……

“上官廷钰”果然是四龙，这又是意外的发现。由此想到京里来的监察御史霸大人，看他态度暧昧、模棱、难下决断，对刘夫人十分尊重；当屠龙剑出现时，与“上官”一样惊悚惶惶，难道说他也是龙？霸大人——霸珑！啊！他会是八龙吗？真是“不是冤家不聚头”，好！九龙都快要找全了！好一阵心情激动。

咦！娘怎么来了！他揉了揉眼睛，娘还是在跟前。他正担心着，千万不能让她知道自己遭祸了，要不老娘会没命的呀！他相信村里的人，尤其是姜泰浒会有办法守住这个秘密。但是万一走漏风声呢？

虎子一跃而起，不好，娘出事了！娘一定不在人世了，是娘的魂来了吔！“噗通”一声跪倒在地，连连叩头：“娘，不孝儿虎子给您叩头。儿不孝，不能守候在娘跟前，侍奉受尽苦难的老娘，让娘终日为儿牵肠挂肚，儿有罪，娘！你责罚孩儿吧！”说时泪如雨下，双膝跪地趋向娘跟前。

一阵风，娘出现在另一角落。奇怪！听人说过，灵魂是飘忽不定的，只有含冤而死的人，他的灵魂才会在人前显现。虎子陡然怒火填膺：难道他们对老娘下毒手了？！“娘，您有什么冤情对孩儿说，孩儿一定为娘报仇雪恨！”忽然娘又不见了，身后有“嘻嘻”的笑声。

虎子大惊！猛回头，见娘的形象模糊了，仔细辨认，好像是蕙英。他伸手去抓，蕙英躲闪。虎子行动迅疾，蕙英乘势扑向虎子。

果然是蕙英，虎子连忙松开手，生气地说：“好你个蕙英，在这样的时候还来这样胡闹！”

“生气了？”蕙英收起笑容，“人家是来告诉你好事的。”

“什么好事？”

蕙英把今天与娘到姜家村的所见说了一遍。

“这倒是好事，我们村里人会这样做的。但是你知道吗？你的二哥——隆裕山庄的阿伊危险了！”

“是的。娘要我赶快找到二哥，如果他愿意见娘，就有救了。”

“好！我们想到一起了。那你赶快去找他，越快越好！”

“我这不是去找二哥嘛！正路过这里，想把两桩好事告诉你。”

“还有什么好事？”

“我们去看过你娘……了。”蕙英有意把“娘”字拉得很长，还嘟起了嘴，一脸神秘莫测的样子。

“我娘怎么样？他知道我的事了吗？”虎子很激动。

“看把你急得像火烧屁股！没事，她一点都不知道。人也很好，放心吧！”

“没事就好！没事就好！”虎子乐了。

蕙英狡黠地一笑，“还有桩好事，你娘送我一样东西。”

“送你东西了？什么东西？”

“你猜。”蕙英不肯说。

虎子估计一定是家里祖传的那件宝物，是奶奶传给娘的。娘几次说要赠送给蕙兰，这次娘终于遂了心愿。

“我猜到了，也不告诉你。这样，时间紧迫，你赶快去找二哥，告诉他千万不要信那个假县太爷，他也是龙，四龙！”

“啊！”蕙英大惊。

“你赶快去，悄地把他带到你娘那里。”虎子突然想起来，“你们现在住在哪里？”

“我们住在徽州会馆里。”

“好，那里很安全。”虎子再三叮咛，“让你二哥千万不要露面了。你快去把这桩事办完，我会告诉你，猜到了什么。”

“好，那我走了。”蕙英化作一阵疾风，飞出窗外。

虎子看着那扇高高的铁窗，悄悄地对已经远去的蕙英说：“你来得真及时啊！好姑娘。我告诉你吧，娘的心愿也就是我的心愿……”

五

瞿利安住在江对岸，当地人称之为南边。他没有自己的房子，是租人家的。家里有老母亲，已经八十多岁了，父亲已病故多年。妻子很贤惠，带着一双儿女，就凭瞿利安那点微薄的薪水，五口之家的生活让她打理得尚能温饱。

瞿利安怀着一颗忐忑不安的心，熬到梆响（衙门里也有上下班制度，以敲击梆子为号）回家。县衙在城北，平时他都走城中的最繁华的大道，直抵南门码头，上渡船回家。今天有心事，改走比较安静的小巷、弄堂，边走边思考，接下来面临的将会是什么样的局面？决定他命运的时刻即将到来。

因为心情沉重，顾自闷着头走路，瞿利安根本不知道，他一出衙门就有两个黑衣人，悄悄地跟随着他。

大南门码头车水马龙，人多、船多、车轿多。瞿利安随着人流上了渡船，船要等到将近满载才会开，还得再等一会儿。瞿利安无心面对周围的嘈杂场面，找了个角落里坐下。

忽然渡船上的人骚动起来，指指点点地争相观看。瞿利安这才注意到县衙的快班捕头，带着七八名衙役飞奔而来，跳上一只小划子，立刻打起双桨，如离弦之箭，直往江东而去。

瞿利安见此情景，满脸的愁容、心头的郁闷，如同风卷残云而去；也如梦见火烧，好运终于来了（传说梦见火烧，要交好运）。这不是明摆着去抓捕那个隆裕山庄的庄主——隆阿伊了嘛！看来这位宪台大人到底是京里派来的，有见地，有胆略，案子就要翻过来了！跟着虎豹吃肉，眼看就有杯羹可得了！

平时渡船好像很快的，不一会儿就靠上南岸。今天是怎么了？老半天还在江心晃晃悠悠的！他恨不能一步跨过大江，告诉家母、妻儿：我们家的好日子就要来临了。

好不容易等到渡船靠岸，瞿利安急冲冲地跳上码头，迎面是一段较陡的石阶，今天他脚下生风，两级一跨，很快就上了回家的大道。回头看后面没有人了，只有两个穿一身黑衣服的人，慢吞吞地拾级而上。

江南岸人烟稀少，大多是菜农，住的都是草棚，加上每年都要发几次洪水，更显得荒凉、寒素。这一船的人大多是附近的樵夫、菜农，早上担柴，担菜进城，到傍晚用卖得的钱，买些日用品后回家。船一靠岸，他们就沿着江边小道回家了。

瞿利安还要走两里路才能到家，天已经暗下来，看不见一个行人，他迈开大步往家里赶。

突然后面有人喊："瞿官人！"瞿利安回过头来，先前见到的那两个黑衣人已来到跟前，这才看清楚，这两个人约莫三十出头，尽管脸上带笑，但浑身都透出一股杀气。瞿利安在衙门多年，凭他的直觉，来者不善，自己摊上大祸了！求生是人的本能反应，看看离家已经不远，他鼓足勇气，拔腿就跑。但没跑出多远，只觉得后背被一股强力所击中，顿时失去知觉。两个黑衣人将瞿利安抬起，抛入滚滚江水。

黑衣人在江岸站了好一会儿，认定事成了，消失在夜幕里。

可怜的瞿利安，好梦没有做成，便一命呜呼了！

六

隆阿伊被"上官廷钰"逼着出走，往哪里走？去哪里安身？他一步三回头，看自己的隆裕山庄，多好的一方宝地啊！在包子店里见过的那些有钱人，他们享过这样的福吗？好不容易得到的东西，就这样说扔就扔了？实在是心不甘啊！他怀疑“上官廷钰”是在唬他，哪有什么大祸临头呀？逼得我空手离家，扫地出门？银子都被他卷走了，我成了两手空空，恐怕日后山庄也归他这个县太爷了？

二龙沿着江堤走一阵想一阵，实在不想走了，就坐在堤岸上歇着。江里有几条渔舟在捕鱼，鱼鹰谧进水里，不一会儿就冒出水面。鱼人提起鱼鹰，从它鼓鼓囊囊的长脖子里，倒出了一条条的鱼儿。二龙看得出神，猛想起来，这鱼鹰不就是自己吗！他的东西都倒出来了，没有他的份了，同鱼鹰一样，空欢喜一场。

隆阿伊不打算走了，就在这里坐着，看看到底会发生什么事。如果太平无事，那明摆着是“上官廷钰”在诈他，从今以后再也不理他那一套。

天渐渐地暗下来了，远远看去隆裕山庄静悄悄的。过一会儿灯亮了，一扇扇窗户如同一张张嘴巴，不停地向着他呼喊：隆裕山庄是你的，你才是这里的庄主。你走了，这里就成了别人的了！不能走啊！回来吧！快回来吧！

隆阿伊听到了这声声呼唤。他问自己：“你真的就这样走了？舍得把自己辛苦创建起来的山庄让给别人？往后日子怎么过？再回包子店去吃剩包子？”

隆阿伊情不自禁地迈开双脚往回走，而且越走越快……

一队官兵手举火把，风驰电挚，赶往隆裕山庄……

蕙英似同一阵疾风，紧随官兵。

官兵突入庄里。又见那两个黑衣人，迅速来到二龙抽阿芙蓉的房间，不见有人，烟榻的小兀子上放着两杆乌黑铮亮的烟枪。

黑衣人反复观看两杆烟枪，无法判定哪一杆是庄主的，就在两杆烟枪里都倒入了一种黑色的液体，忽然听到脚步声，两人立即隐蔽。

廖吉州醉醺醺地走了进来，倒在烟榻上，自言自语地说：“今晚是怎么了？吵吵闹闹的？”说着就摸烟枪，尽管人醉了，但点烟的动作还是很熟练，不一会儿就冒起烟雾来。但是，这个廖吉州从此以后再也不会抽烟了，他去了枉死城。

黑衣人赶快把廖吉州的尸体挪开，迅速逃离。

蕙英进了山庄以后，四下里找不到她的二哥。最后来到抽烟房，正好发现两个黑衣人已经潜入，刚才发生的一切，她都看在眼里。等黑衣人走了以后，她赶快拿烟枪来看，啥东西放在里面？怎么一会儿就死人了？她害怕染上了什么毒，像丢下火烫的铁件样扔掉烟枪就走。走了几步又站住了，重又回来拿起那根烟枪，她想：虎子哥和娘都说，二哥危险了！果真是啊！是谁这样狠心下毒手？她要拿这烟枪给二哥看。

官兵找不到庄主，撤走了。

蕙英心里很懊丧，没有找到二哥。她在责怪自己，不该在探望虎子哥时耽搁得那么久，如果能早些来，也许能遇上二哥；如果二哥已被官兵抓了，怎么对得起他？都怪自己做事情不牢靠，又毛手毛脚了，没有尽到责任。

蕙英走出庄门，远远地还能看见远去官兵时隐时现的火把。她正打算离去，看见不远处有一个黑影，好像是一个人蹲着。她悄悄地靠近。那个人突然猛地站了起来，蕙英吓了一跳，连连后退。那人继续向她走来，越走越近。

"这不是二哥吗！"蕙英激动得叫出声来。

黑影站住了："你是谁？"

"我是你九妹。"

二龙走近了才看清楚："怎么是你？"

"不认识我了？"

"认识。你刚才说什么？九妹……"二龙很是意外。

"告诉你，我也是龙，老九。"

二龙如梦初醒，"哦！"他想起来了，"难怪是……"

"想起来了吧？黑咕隆咚的，你一个人蹲在路边做啥？"

"你没看见？来了那么多官兵？你黑夜里到这里来……"

"虎子哥和娘都知道你有危险，让我赶来告诉你。"

"唉！"二龙顿足，"来，我们进去说。"二龙带着蕙英回到庄里。下人见他回来了，有的满脸惊恐地看着他；有的赶忙上来诉说。庄上的陈设、桌椅都翻到了，满地狼藉。二龙一语不发，带着蕙英走进他的抽烟房，随手拉过把椅子，想让蕙英坐。那椅子怎么也挪不动，奇怪了！他提起蜡烛台来照看，发现廖吉州躺在地上，双手抓着椅子脚，表情十分痛苦，人已经死了！二龙大惊，手里的蜡烛台掉到了地上。

蕙英赶快把蜡烛台竖起来，重新放好，让惊慌失措的二龙坐下，详细述说了她刚才的亲眼所见，然后拿出手里的那杆烟枪，告诉二哥，里面有毒。

二龙拿过烟枪来看，这正是他日常所用的，拿鼻子嗅了嗅，一股浓烈得刺鼻，让人憋闷的怪味，直往脑门子里钻，随手把烟枪往地上扔去，里面的黑色液体便流了出来。碰巧，一条半大的狗进来，在屋里转了转，见烟枪在地上，便上去嗅。没多一会儿，狗倒地抽搐，一命呜呼！

二龙看着狗死去，想到廖吉州，倒地以后一定痛苦难忍，死死地抓住了椅子脚。如果没有九妹的及时提醒，现在倒在地上抽搐的正是他，不由得一阵痉挛。

"好狠毒啊！"二龙说话的声音有些颤抖。

"你说谁狠毒？"

"还会有谁？"

"谁？"

二龙捶胸顿足："这个假惺惺的县太爷，银子都被他取走了，又逼着我走人。

还不死心，再来这一手！”

蕙英明白了，二哥说的正是四哥，他已经知道上当了。“你还不知道吧，他也是龙，四龙！”

“他，他，他是四龙？”二龙骇怪，“他像爹，难怪这么狠毒！”惊吓得左顾右盼：“他还会再来的呀！我该怎么办？我无路可走了吔！”

蕙英看着哭丧着脸的二哥：“我带你去个地方。”

“去哪里？”

“娘在等着你！”

“娘？娘在哪里？”

“快，跟我走。”

二龙迟疑了，想到自己做了那么多坏事，把娘的教诲忘得一干二净：“娘会认我这个儿子吗？”

“娘怎么会不认你？是娘让我来找你的。”

“告诉我，娘在哪里？”

“城东徽州会馆。”

“我知道了。”二龙说着快速离去。

“你去哪里？”蕙英急了。

“我怕他们再来抓我。”二龙顿时消失在夜幕里。

“咳！”蕙英气得顿足。

第二十九章　一僧一道下山

一

“上官廷钰”、陶文彦先后来到驿站。“上官廷钰”感觉脚下踩着西瓜皮，正在快速向前滑，跌跟斗是逃不过了！

驿站有个小议事室，霸珑、陶文彦、“上官廷钰”三人坐定以后，霸珑说了瞿利安到淳安的查询情况，问两位大人：“有鉴于此，二位对本案作何见解？”

陶文彦没说话，只看了“上官廷钰”一眼。

“上官廷钰”唯唯诺诺，低声道：“容本官想想，想想……”

霸珑认定，隆裕山庄的隆阿伊有重大嫌疑，必须立即缉拿归案。

“上官廷钰”连说：“是！是！”

驿站的小吏匆匆赶来通报：“列位大人，有众多姜家村民到来，求见诸位大人。”

霸珑注目两位大人：“怎么样？那就见一见吧。”

几十个姜家村民，在姜泰浒的带领下，他们找到县衙、郡衙，最后找到这里，进了小院，便拉开那条巨幅具结，几十个人齐刷刷地跪倒在地。

霸珑、陶文彦、“上官廷钰”接见村民，看了具结，一阵沉默。

霸珑看着“上官廷钰”：“上官大人，你是父母官，对村民应该有个交代。”

“上官廷钰”已经眉毛半根烧焦，现在来了这么个具结，等于又给他贴上一道催命符，县太爷的架子已失去了大半，结结巴巴地说道：“这个，……呃，我收下，收下。你们都起来，起来。”

姜泰浒说：“姜聂隆是冤枉的，求列位大人，还公道于百姓。”

“上官廷钰”低眉环顾宪台、郡守，老半天才蹦出一句话：“王法不可欺，自有公断。你们回吧，都回吧。”

姜家村民走了。三位大人重回原处会议。刚刚坐定，京城加急文书送到。霸珑接过文书，原来是吏部发来的朱笔正封的任命文书，升任霸珑为中书侍郎，属正四品（下）。命他尽快处理好手上的事务，克日返京就职。这对霸珑来说简直是碰上了开天门。传说运气最好的人，晚上会遇到开天门，月明星稀的夜空，突然发出如拉开大门的“嘎嘎”响声，一道亮光闪过后，天门开了，可清晰地看见有天仙在饮酒，美女在歌舞。这时候要立刻跪下来向上苍求告，求什么，就能得到什么。但不可迟疑，天门只能开启短暂一瞬，刹那间就恢复原貌，便无所可求了。

霸珑终于得到了梦寐以求的正四品，而且是执掌诏命，从此有更多的机会接触中枢，甚至是皇上，真所谓前途无量了！人生一世，无不在追求欲望，霸珑自然难以掩抑内心的激动。

正深陷泥潭、难以自拔的陶文彦、“上官廷钰”，连连给霸珑道喜，争相举办喜庆宴，这可是攀高枝、结人脉的最好时机，等于信佛的人烧到了第一炷香，第一时间送出自己的心愿。眼下的困境顷刻间随之淡出。

喜悦像一壶烧开的水，水开了以后会慢慢冷却下来，眼前的这桩案子该如何了结？留给霸珑的时间已经不多了！他原本就深陷于矛盾之中，如今情势有变，更促成他尽快结案的念头。郡、县两级衙门认定原判不变。翻案等于扳倒他们。不妨顺风扯篷吧！但如此草草收场，心里有点疙疙瘩瘩，隆裕山庄庄主有明显的嫌疑，怎能弃之不顾？有悖于情理啊！更要命的是背负了老娘，成了心头抹不去的歉疚，怎么办？

二

“上官廷钰”受命缉拿隆裕山庄庄主隆阿伊。在返回县衙的途中，他想好主意：花重金招来杀手——黑衣人，放倒瞿利安以后，立刻赶往隆裕山庄，对付二龙。他担心二龙不肯走，单凭两个黑衣人根本不是他的对手，但下毒可是黑衣人的拿手戏，困难的是往哪里下？绞了好一番脑汁，有了：凡是烟鬼都一样，最难受的是烟瘾发作，爹娘妻儿都可以不要，先要那一口烟。二龙如果真的走脱了，那是他的造化；若是想不通，又折回来，必定先进抽烟房，过了瘾再说。毒液灌进烟枪里，一准成功。他口中念念有词：二哥，不是兄弟不讲情义，是你命中该绝，远走高飞不就没事了么！

霸珑得知瞿利安落水身亡，隆裕山庄的隆阿伊不知去向，大为震惊！觉得事发蹊跷，为什么突然两个关键人物同时出事？分明是有人暗中谋划，蓄意而为。陶文彦、“上官廷钰”俨然脱不了干系。这简直是悖逆王命，无法无天！这样的地方官吏，当着皇上钦差竟敢如此胡作非为，不知道日常还有多少伤天害理，荼毒百姓的恶行？！查！必须彻查！这次决不能再假手于他们。当下招来自己的随从，秘密查究瞿利安的死因；隆阿伊因何失踪？追踪去向。

霸珑心里另有一件事，让他牵肠挂肚，怎么也放不下，宛若天上裂了一条缝，日月都难过。自从那天在炁岚庙码头见到了那个姑娘“朝云”（他给取的名字），时不时的就在脑子里闪现，真有“窈窕淑女，寤寐求之；求之不得，寤寐思服”那样的煎熬和难受。眼看就要离开建德，心情越加迫切，连续几天旧地重游，渴望再次遇见那姑娘。第一天去了，静悄悄的，没见到一个人；第二天又去，看见两个老媪在洗衣服，大为扫兴；第三天再去，竟碰上一个老农在洗粪担，懊丧至极！

霸珑的这一系列不寻常的举动，被“上官廷钰”获悉了，他怎么会放过如此难得的机会！经过他的手，“朝云姑娘”就无处藏身了。霸珑能够如愿吗？

三

六龙离开建德县城匆匆往回赶，他没有回家，而是径直去找七龙。先到他的垂钓处，不见踪影；又去他经常出没的山林，也无踪迹；最后来到他的茅屋，静悄悄的，况若寂静山林中的一颗树，风雨不兴，毫无动静。

茅屋的门是敞开的。六龙悄悄进屋，这才听到轻微的鼾声，循声而往，见草垫子上仰天八叉地躺着个人。好一个七龙，红日偏西，他还在睡大觉。一股酒气氤氲迷漫，越是靠近他，酒气愈浓。哈哈！这个不食人间烟火的世外高人，居然也饮起酒来了。

六龙也嗜酒，一闻到酒香，酒瘾就上来了。好酒人对酒特别敏感，宛若警犬的鼻子，很快就能找到藏酒的地方，就在七龙的床头处，挂着一只黑乎乎的葫芦。

六龙悄悄地取下黑葫芦，摇了摇，里面便晃荡起来。回过身来见七龙依然在均匀地吐纳，悄悄地对七龙说：“你就歇着吧，我去喝两口。”蹑手蹑脚地出来，四下里找不到一张凳子，来到大门口，在石阶上坐下。面对的是满目苍翠的峡谷、茂密的丛林，云烟氤氲，与远天的暮色相连。仅一条弯曲的小径通往山下，循此小径而来，所见不是什么白云深处的人家，而是超凡脱俗的仙家。

六龙喝着葫芦里的酒，品不出什么奇特的味道，感觉酒味淡淡的，却有股从未领略过的清香。是什么酒啊？！反复摇晃，里面好像有东西在相互碰撞；朝里看，黑咕隆咚的，什么也看不见，他猜测，一定是采集山上的什么野果酿成的。尽管没有什么下酒的菜，但就着葫芦，面对丛林把酒，别有风味，有种超凡出世的感觉。

突然，遄出两只猴子，一大一小，就蹲在离他一步远的地方，两只滚圆的眼睛，滴溜溜地转动着，注视着他手里的黑葫芦。

紧接着又钻出鹿、獐，他们对这里好像很熟悉，悠闲地啃着路边的青草。六龙正看得出奇，想象也许这些都是七龙的好友，他并不寂寞，朋友多着呢！正这么想着，稍不留神，手里的葫芦被那只大猴子夺走了，熟练地打开盖子，仰起脖子来喝。

猝不及防的“抢夺”，六龙一声惊叫，把酣睡中的七龙给惊醒了。

“北溟有鱼，其名曰鲲……”

六龙听见有人说话，猛回头见七龙已来到身后，继续吟道：“鲲之大，不知其几千里也，化而为鸟，其名曰鹏。鹏之背，不知其几千里也；怒而飞，其翼若垂天之云。我正随着大鹏，逍遥于云天遨游，是你，又是你，几次三番的上门来吵闹，弗该！弗该也！”

六龙转过身来应道：“哈哈！你这个潜入深山修行的老道，岂不闻你顶礼崇拜的祖师庄生有言：‘游心于淡，合气于漠，顺物自然，而无容私焉，而天下治。’你可曾想过，尔‘容私’何其多也！”

就在六龙与七龙说话间，鹿、獐和两只猴子不见了，那葫芦也带走了。

六龙好不惊讶！“呃！他们怎么说来就来，说走就走了？还有那葫芦也带走了！”

七龙淡淡一笑：“随它去吧！”说着，挨着六龙在石阶上坐下。“你说我‘容私’？”

六龙挪了挪身体，让出石阶的一部分空间。“怎么不是？你心里只有自己天上地下的‘逍遥游’，抛开了人世、人伦，不问仁义礼智，不辨盗跖颜渊，唯有一己，还不觉得自私吗？”

“谬哉！谬哉！你不觉得人住在潮湿阴暗的地方，会犯上腰疾而得病吗？如果是泥鳅呢？它可就乐了；爬上很高的大树，你会惊惧起来，那猿猴呢？他却自由自在。这三者，怎样才是所处正当？再说，人喜欢吃猪肉，麋鹿食草，鹞鹰吃老鼠，蜈蚣爱甘带，你说这四者谁吃得最合适？我告诉你，普天之下，决没有一个可以由此而推之彼的统一标准。人生界也一样，根本没有兴教化、立法度之必要。鸟能高飞，鼠能深穴，各有其天，各有其道也！还有，你听说过这样的事吗？”

“什么事？”六龙不以为意。

“看来你这个崇尚儒术的书呆子，不太想听我说吧！”

“你说呀！今天我登门拜访，就是为洗耳恭听而来。”

七龙理了理飘散在胸前的长须，说：“古时候南海之帝为倏，北海之帝为忽，中央之帝为混沌。一天倏帝与忽帝来到混沌的地界，混沌帝热情招待了他们。倏帝与忽帝商量，要对混沌帝的盛情表示谢意，他们发现混沌帝没有七窍，人皆有七窍的呀！不然如何视、听、饮食呢？于是就动手给混沌帝凿窍……”

六龙接过来说：“他们一天给混沌凿一窍，七天以后，混沌死了！你不就是要说，人间教化是多余的么！仁义礼智信应该摒弃，什么宇宙间的一切物，乃至一切人，谁也不应该支配谁，各有其道，自由自在。”

“说得好，就是这个道理。所以我奉劝你，不要拿你们儒家的那些精于入世、治国平天下的说教一而再、再而三地来纠缠我，骚扰我！”

“大谬，大谬！”六龙站了起来。

七龙仰起头来问："谬在哪里？呃，谬在哪里呀！"

"你们道家不是有个大圣人——李伯阳？"

"这还用你说，世上公认的庄、老，谁个能及，当然是大圣人。"

"天之道，其犹张弓与。高者抑之，下者举之。有余者损之，不足者补之。这是大圣人李耳说的吧？"

"这有什么不当？这就是天道。"七龙反问道。

六龙示意别激动，且往下听："就是有这么个高高在上的天，大小事都爱管，不肯放松。在天所临之下，高不得，低不得，多不得，少不得，高了些，天将把你压下来；多了些，天将会拿你削去。可见，宇宙万物，并非自由自在。这个天道，被你说的那位大圣人窥破了，这个怀有私心的大圣人，转过身来，利用这个天道，得以实现一己之私谋：'将欲翕之，必固张之。将欲弱之，必固强之。将欲废之，必固兴之。将欲夺之，必固与之。'这是大圣人的权谋，也是大圣人的可怕之处，首先在于存心不仁，凭他窥破天道，以行其不仁之心。你所信奉的这个大圣人，自己就是个大大的'容私'者。"

七龙一时无言以对，朝着六龙瞠目良久。

"大圣人的不仁与权谋之可怕，犹不止于此，他唯恐有人同样能窥破天道，同样运用这一套权谋之术，与人争利。为了能独擅其智、独运其谋，圣人又道：'古之善为道者，非以民明，将以愚之。民之难治，以其智之多。''鱼不可以脱于渊。国之利器，不可以示人。'这就是你们所崇拜的大圣人的权谋之心、利己之谋最彻底的表白。"六龙说。

七龙难以回驳六龙的论说，转过话题道："看来今天你是有备而来呀！"

"毫无与你争论的意思。无非是想劝你，不要把自己封闭在这与世隔绝的深山峡谷里，满脑子里装的尽是大圣人不问人间烟火的空泛论理。走出去，看看外面的世界。"

七龙把头别过了一边："让我去红尘之中？玷污我的双眼，浑然蒙尘，落得个灰头土脸？"

"红尘中有你的娘在，她时时刻刻都在思念着你！还有你众多的兄弟、一个小妹。这九个人现在的处境，你知道吗？"

"你问我……？"

"我来告诉你吧，有的人一片仁心，与人为善，生活在和谐融洽、莺歌燕舞的环境里；有的人为一己私力，丧尽天良，置人于死地，正在害人害己；也有的人念念不忘死去的爹，要为伤天害理的爹报仇雪恨，重走爹大逆不道的老路。最小的是九妹，活像一朵馨香馥郁的蓓蕾，她深深地爱上了英勇豪迈、救死扶伤、行侠仗义的姜聂隆，正演绎英雄美人的佳话。想不到姜聂隆竟然被我们的兄弟所害，生命垂危矣……我们儒家的孔圣人有言，‘不杀无辜，无释罪人，则民不惑’。”

七龙简直是闻所未闻，听得不停地眨巴着眼睛。

“说到姜聂隆，我见过，我知道你也见过。我被他的诚意和善良慑服了，今天我上门求见你，是对他的应诺。如今他受难了，难道我们不应该伸出援助之手吗？”

七龙回想起与姜聂隆的几次相遇，意味深长地说：“此公大善也！”

“你还想得起来吗？我们下凡为人的时候，兄弟们相约的是什么？”

“这……”七龙昂首回想，“说的是……好像是怎么做人？是吗？”

“正是。”六龙点头，“几年过去了，我们不该与兄弟们探讨一番做人的道理吗？你这一身所学，不正好亮出来求证、见教吗？孔圣人曾说：‘道之不修也，是吾丑也；道已修而不能用，是有国者之丑也。’”

七龙被说得心动了：“如此说来，是该下山去走走？”

“我没说错吧！大圣人不也说过，‘天得一（一即道）以清，地得一以宁；神得一以灵……’”

七龙紧接道：“‘谷得一以盈；万物得一以生，侯王得一以为天下正。’我们一起下山正‘一’？”七龙摇头晃脑起来，“有点意思！有点意思！”忽然想起，“呃，你说我俩就这副模样下山？”

六龙不明白七龙的意思：“你这话什么意思？难道还要乔装打扮一番？”

七龙连连摇头：“不是那个意思。我说的是要恰如其分。”

六龙还是不明白：“你说，要怎么个恰如其分？”

七龙边说边手舞足蹈起来：“我求道，应该化作一道士。而你呢，是个儒生，这儒生……”

六龙亮了亮身着：“我这一身不就是个教书匠嘛！”

七龙不以为然，指着六龙说：“儒、释两家相通，你应化作一僧为好。”

“我化作和尚？”六龙吃惊。

“好，明天我俩一僧、一道，一同下山。天就要黑了，今晚你就住在我这里吧。”

“不，我的那些孩子得去安排一下，不然怎么向他们的父母交代？”六龙说罢告辞。

“好，明天见。”

第三十章　泰鑫思东归

一

姜泰鑫在沙雅已整整三个年头了。他已完全融入了当地风俗，成了地道的沙雅人；加上他勤劳、厚道，不仅家里和睦，在沙雅这个沙碛上的绿洲，百户人家的村落里，谁都对他竖起大拇指。

沙雅这个地方，人们的饮食习惯主要是牛羊肉，蔬菜绝对缺乏，日常就只菲、葑两样：菲即萝卜，葑就是茭白。葑是长在沼泽地的，这里哪来的大面积沼泽？因而成了稀罕之物、餐桌上的珍肴，一到收获的季节，人们就像过年节一样，兴高采烈。菲因为种植得多，收获以后，一部分藏进地窖，一部分晒干，剩下的腌渍起来。就这一样菲，是沙雅人日常的当家蔬菜。

生长在南方的泰鑫，连做梦都在想家里的菜园子，一年四季水灵灵的鲜活蔬菜，但是光凭想有用吗？

驼铃声给他带来了希望，沙雅这片绿洲是汉代张骞开通丝绸之路的必经之地，经常有从内地过来，往大西北去的驼队从这里经过，在这里驻足、休整。一回生二回熟，泰鑫认识了那些常来的驼客，请他们带些蔬菜的种子过来，试着在自家的地里播种。好多次都失败了，这里的气候异常，寒冷、风沙、缺水，加上土壤盐碱化，很难栽种成活。

真是功夫不负有心人，土豆、番薯和南瓜终于长成了。沙雅人像看珍宝一样地围着泰鑫的菜园子啧啧称奇。泰鑫不以奇货自居，手把手地把自己的经验传授给大家，从此沙雅人再也不用仅凭菲、葑过日子了。

好事传千里，泰鑫成了沙雅家喻户晓的大好人。有道是“母以子贵”，巴沙大爷得了这么个人人称道的好女婿，自然也沾上风光，走到哪里，人们都热情相邀。

巴沙大爷家好事连连，第二年，达拉妮丽产下一儿，一家人乐得在院子里跳起了多郎，手鼓破了，恩帕西尔就拿圆凳子面打出节奏来。达拉妮丽听到了来自院子里的欢乐声，也激情冲动起来，但是她动不了，起不来！无奈把内心的激动转交给躺在身边、还未取名的儿子，只见他闭着小眼睛，张开小嘴，左右摇摆着小脑袋，“啊啊啊”地喊叫起来！

“哦！饿了吧！”达拉妮丽赶快喂奶，小嘴巴立刻一口接一口地吮吸起来，很有节奏，竟然与院子里的节拍相吻合。多郎舞要飞快地旋转，借以表达人们的欢乐，有诗为证：“回裾转袖若飞雪，左转右旋生旋风。”

达拉妮丽感觉自己也在飞快地旋转之中，渐渐地升上了云端，一道道的蓝光自天而垂，光亮越来越强烈，她睁不开眼睛。突然眼前闪过一道强光，原来是天神腾格尔降临了，他满身都闪耀着金光，走近了达拉妮丽，摸了摸她怀里的孩子，一转身，飞向了远天（沙雅人信奉伊斯兰教，腾格尔是天神，主宰一切）。

达拉妮丽被院子里的笑声惊醒了，感觉刚才好像做了一个梦，一个吉祥的梦，冥冥中遇到了天神腾格尔，摸了她孩子的头，这孩子将来一定有大出息。再看孩子，已经睡着了，忽然小嘴动了动，似乎露出一丝笑意。达拉妮丽赶紧把孩子抱在怀里，她要把刚才的这个好梦，告诉泰鑫，告诉阿塔（父亲）。

二

巴沙一家沉浸在欢乐里。几天以后，泰鑫的情绪有了一些变化，发现这个秘密的是恩帕西尔。泰鑫是恩帕西尔的崇拜者，说崇拜也真不假，他跟着泰鑫学，认识了不少字，还学会了算账；在沙雅他算得上是个文化的人。泰鑫的那些种菜的本领他也学到手了，有时候还当起了把式，给上门求教的人传授技艺。日常他总喜欢跟在泰鑫的后面转，阿塔说他是个跟屁虫。

一天，泰鑫带着恩帕西尔在院子里铡草。忽然传来了驼铃声，泰鑫手里的铡把松开了，慢慢地站立起来，愣怔了好一会儿，不说一句话，随后像个梦游人，摇摇晃晃地走出了院门。

恩帕西尔觉得好奇怪！阿卡（哥）今天是怎么了？他悄悄地跟在阿卡的后面。

驼队是往内地去的。恩帕西尔以为阿卡又要他们带什么种子了，意外的是，阿卡并没有与他们交谈，而是站在原地，看着驼队渐行渐远。

恩帕西尔不敢惊动阿卡，悄悄地向他走近，直到站立在他身后，他也没有发现。更让恩帕西尔吃惊是，阿卡竟然拿起衣袖来抹眼泪，阿卡怎么哭了？！

恩帕西尔已经不是当年的孩子了，他长大了，他知道阿卡为什么哭。驼队是往内地去的，那里有他的家，离家那么久了，会不想家吗？看到阿卡的痛苦和悲伤，他也有些心酸起来，轻轻地叫了一声“阿卡”！

泰鑫猛回头：“你，你怎么来了？”

“我来了好一阵了。”恩帕西尔注视泰鑫脸上是否还留有泪痕，“你又要他们带种子了？”这是他搪塞的话。

“哦，没，这次没有。”泰鑫意识到恩帕西尔有意在窥探他内心的秘密，告诫自己，恩帕西尔已经不是孩子了，以后得留神点。“我手臂有点酸，出来走走，”说着两手挥动起来，“走，回家干活去。”一把拉过恩帕西尔，双手搭在他的肩上，推着他往家里走。

泰鑫的情绪变化，同样也引起了巴沙大爷的注意。他首先想到的是自己有没有做错事？有没有不周到的地方引起他不高兴？但想来想去，没有这些事啊！问女儿，立马打消这个念头：她正在坐月子，怎么能去对她说这些？还是找“跟屁虫”吧！这个一天到晚像影子一样跟在他后面的人，他那里一定会有些眉目可寻。

巴沙大爷每天晚饭后都要抱一阵子心爱的小外孙，嘴里不停地哼唱着龟兹舞曲，在堂屋里转圈儿；有时竟然高兴得用脚打节拍，跳起舞来。不过今天有些例外，抱了没多久，就把孩子交给达拉妮丽，坐下来抽烟，看上去好像在想心事。果然，没多久就撂下烟筒，走进了恩帕西尔的卧室。

恩帕西尔在灯下读书。前些日子泰鑫赶巴扎，给他买来一本《幼学琼林》，有许多地方他看不懂，正在伤脑筋。突然阿塔进来了，赶忙站立起来。

“你在做什么？”巴沙大爷眯起老花眼来看恩帕西尔手里的书。“哦！在读书，好啊！”说罢，就在旁边的床上坐下。

恩帕西尔不停地挠头：“看不懂，有许多字都不认识。”

“这怕啥，老师就在家里。”巴沙大爷感觉烟还没抽过瘾，“去把我的烟筒拿来。”

恩帕西尔很快就把烟筒拿来，递给阿塔。

巴沙大爷把一只脚搁到床上，开始抽烟。

恩帕西尔很想把阿卡的反常情绪告诉阿塔。但《三字经》上说：“见未真，勿轻言；知未的，勿轻传。”因此就忍着不说了。

巴沙大爷长长地吐出了一口烟，问道：“呃！你这个‘跟屁虫’最近有没有惹你阿卡不高兴？”

恩帕西尔立刻辩白：“我怎么会惹他不高兴？是他自己……”不好，说漏嘴了，赶快闭口不说。

“他自己怎么了？”巴沙大爷追问。

恩帕西连赶忙摇头：“没，没什么……”

巴沙把烟筒往桌上一放，“嗬！你这小子，怎么说话吞吞吐吐的了？”

恩帕西尔见阿塔有些不高兴了，都怪自己说漏了嘴，没办法，只好把日前看见阿卡落泪的事说了。

巴沙慢慢地把搁在床上的那条腿挪到地上，人渐渐地往前趴，像只低头啃草的老山羊，好一阵不说一句话。

“你没问他怎么哭了？”巴沙大爷终于抬起头来问。

“我没问，不好意思问。”

巴沙大爷拿过扔在桌子上的烟筒，不声不响地走出恩帕西尔的卧室。

三

泰鑫绞尽脑汁，苦思冥想了好几天，总算把儿子的大名取好了，叫——姜沙雅。他先说给达拉妮丽听，她不理解，为什么给儿子取这么个名字？

泰鑫解释说：“姜”是他的姓，与“降”同音，他是从天上降落到沙雅的。这非同寻常的婚姻，结下了爱情的硕果，既是姜家的子孙，又表示孩子的根在沙雅，是个两全其美的好名字。

达拉妮丽听了泰鑫这么一番解释，笑了，连说：“好！”趁着吃完饭的时候，她把儿子的取名对阿塔说了。开始巴沙大爷也愣了一会儿。听了达拉妮丽的说明，泰鑫又做了补充，巴沙大爷笑了，大声地笑了，直笑得髭须要攀上眼角。说孩子的根在沙雅，是最让他心满意足的。他几次把眼光落到泰鑫的脸上，由衷地敬佩他的聪明。更让他觉得自豪的是——自己的好福气，是上天给他送来这么个好女婿。连日来心里的疙瘩，特别是听恩帕西尔说他阿卡流泪了，心情更为沉重，他有种不祥的预感，这个女婿留不牢了，像山鹰一样要远飞了！“姜沙雅”这个名字，等于给巴沙大爷吃了颗定心丸，他更自信没有看错人，泰鑫是个厚道人。回想起自己对泰鑫的诺言，开始盘算，如何来实现自己的承诺。

沙雅人给新生儿取名有专门的仪式。巴沙大爷选好了日子，把沙雅的尊长米哈伊尔请来，摆上一桌丰盛的酒菜。宴请完毕，撤去饭桌，一家人围着米哈伊尔站好，由泰鑫抱来孩子，交到尊长的手里。

米哈伊尔对着孩子的左耳连叫三声“姜沙雅”后，把孩子放到地上翻滚一圈，预示着孩子一生不会遇上灾难。孩子哭闹了，大家齐声欢笑。巴沙大爷赶紧把孩子抱起来，叫他的名字。接着从大到小，轮流抱着叫他的名字，最后传到恩帕西尔的手里，取名仪式就此结束。

达拉妮丽今天很高兴，晚上又喝了点酒，脸红得像熟透的苹果，人显得很兴奋，喂过奶后，孩子不一会儿就睡着了。她半躺着，心跳得很快。

泰鑫悄悄地进来，快步来到床前看姜沙雅，感觉孩子越来越像他，情不自禁地去吻孩子的脸。是泰鑫的胡子戳了小脸蛋，小嘴巴做出了一个痛苦的表情。

“你戳痛他了！”达拉妮丽心痛了。

“啊！”泰鑫做了个鬼脸，表示遗憾。

达拉妮丽伸手拧泰鑫的脸，眼睛像要在泰鑫的身体里挖取什么，直勾勾地看着，好一会儿才温柔地说了声：“好睡了！”

就这一声“好睡了”传递出来的信息，泰鑫心知肚明。年轻的夫妻，因产后苦熬了那么多日子，熔岩一直在身体里涌动，今天已经集聚到顶峰，简直是忍无可忍了。

泰鑫三下五除二，脱掉衣裤，钻进了被窝。但接下来什么动作都没有，双手往脑后一插，两只眼睛一动不动地看着房顶。

达拉妮丽正盼着“巴山夜雨”的降临，怎么一点动静都没有？用肘捅了捅泰鑫：“你怎么了？”

其实泰鑫已经是夜雨凌空，但他强忍着“引而不发”。

达拉妮丽见泰鑫这般模样，奇怪了！今天他怎么了？在想心事？她摇晃着泰鑫：“说话呀！你怎么了？”

泰鑫还是不做声。

“心里有事，连我都不说吗？”达拉妮丽假作嗔怒地转过身去。

“你是我的妻子，你应该知道我在想什么？”泰鑫不动声色地说。

达拉妮丽作为妻子，她当然知道泰鑫经常流露出想家的情绪，但今天全家都沉浸在欢乐之中，不应该在这样的时刻冷落她、扫她的兴，侧着身，淡淡地回应道：“我当然知道。”

“你猜对了，我就告诉你。”泰鑫侧过身来，伸手抚摸达拉妮丽的酥胸。

已经渐渐消退的激情，宛若田野里焚烧的火堆，将要熄灭了，经风一吹，又火红起来了！达拉妮丽宛如霓裳，突然覆盖到泰鑫的身上，对着他的嘴说：“就两个字。”

“哪两个字？”

“想家！”

泰鑫轻轻地把达拉妮丽从身上推开：“我爹妈就我一个儿子，哥嫂都死于那场灾难。我就像一片落叶，突然被风刮走了，整整三年多了，一点音讯都没有，生死未卜啊！我的老爹老娘，已经经受了一次白发反送黑发人的刻骨伤痛，他们如何受得了再一次同样的打击？！他们还活在世上吗？”泰鑫泪如雨下。

达拉妮丽也忍不住抽泣起来，抹掉自己脸上的泪水，又赶紧给泰鑫擦眼泪。

“总算是吉人天相，我活着，还娶了老婆，更可喜的是有儿子了！我梦里都在想回家，让受尽苦难、操劳一世的爹妈看看，看看他们日夜想念的儿子，还有他们的儿媳妇、孙子！”

达拉妮丽紧紧地抱住泰鑫，不停地流泪。“我也在想，我还没见过我的阿塔（公公）、阿娜（婆婆），我也想念他们。这样，我去对我阿塔说……”

泰鑫急止："先别急，一定要找一个适当的时机，不能给他老人家心里添堵。"

"我阿塔说过，可以让你带着我回老家去的。"达拉妮丽坚持说。

"我知道，你阿塔是说过。但是，有一天真要带你走了，老人家会舍得吗？所以我给儿子取名姜沙雅，也是为了让他老人家放心。我不会一走了之，我始终牢记，我有两个家，沙雅也是我的家。"

"好，你真聪明。"达拉妮丽拿手指头点了点泰鑫的额头。

泰鑫就势抱起达拉妮丽，把她压在身下，巴山夜雨涨秋池了。

四

沙雅这个地方是个农牧地区，既放牧又农耕，一年之中以上半年最忙。在冬将尽，春欲来，昼夜时差持平的时候，称为"日生"。"日生"开始的第一个月叫"羊羔月"。这时草木返青，莺飞草长，大地复苏，牲口也往往在这个时候产下新的生命。度过漫长寒冬的牛、羊、马，急切地盼望走出圈门，吃到新鲜的水草，到广阔的草地上去奔驰、欢跳。

这时候就忙开了！放牧要人手；接生更含糊不得，马驹、牛崽、羊崽是一年收成的指望。等到把这些事忙下来，麦子已经发黄，要准备收割了。麦子收下归仓，紧接着就是播种玉米，待到玉米见苗了，才能歇口气，一年的主要农活算是基本拿下了。

在这样的大忙季节，巴沙大爷家里是这样分工的：达拉妮丽背起小雅雅，专门负责挤奶，包括牛奶和羊奶，这两项就够她忙乎了，有时羊奶没有挤完，牛奶又要挤了，背上的雅雅正好又哭喊着，要喂奶，会弄得她手忙脚乱。

放牧要进山，远途跋涉，需要强健的身体，这任务自然就落到泰鑫和恩帕西尔的肩上。

巴沙大爷专管接羔。动物生产也是一个艰难的过程，一定要有经验的人来照看，晚上就住在圈里，有时整晚守着，十分辛苦。

一家人早上出门，一直要到晚上才能见面，中饭就吃干粮——馕（当地人的主食，面粉做成，经过烤制的圆饼，可以存放很长时间），外加奶茶。

正如巴沙大爷说的，自从得了外孙姜沙雅以后，家里什么事都顺溜，牛、羊、马全下崽，还排着队来。忙得他人都瘦了一圈，心里却成天乐着。

最近有点出乎异常：已经快七十的巴沙，已经忙得他眼窝深陷、颧骨耸起，但每到晚上，只要走得开，就跑出去，至于去哪里，没人知道。恩帕西尔不管这些事，晚上顾自读书。泰鑫和达拉妮丽却感到有些不可思议。

达拉妮丽悄悄地问泰鑫："阿塔一天到晚乐乎乎的，晚上又谁也不招呼地经常出去，你说他去哪里了？”

泰鑫摇头：“不知道。”

达拉妮丽窃笑，拿手捂着嘴巴，“会不会……”

泰鑫连说“胡扯！阿塔那么大年纪了，还会有这种事？”

“那他……”达拉妮丽还是将信将疑的。

有一天晚上，巴沙大爷拿了家里的好多牛肉干、葡萄干和馕，又出去了。正好被恩帕西尔撞着，他也觉得奇怪！见阿卡的房里亮着灯，便敲门进去，说他刚才见到的事。

达拉妮丽坐在床前，手里在给雅雅做针线活；泰鑫半躺在床上。

达拉妮丽没等恩帕西尔说完，便拿眼睛瞟泰鑫，意思是：“你看看，都送东西了！”

泰鑫没理达拉妮丽，问恩帕西尔：“《幼学琼林》读完了吗？”

恩帕西尔做出为难的表情，“这本书不太好读！”

“当然，比起《三字经》来要难多了！”泰鑫说。“这些天够辛苦的，早点睡吧！”

“唉！”恩帕西尔没再说什么，回到自己房间里去了。

达拉妮丽放下手里的针线：“呃，你说为什么要送东西？是真的呀！”

“嗳！我累了！”泰鑫一下子溜进了被窝。

有一天巴沙大爷在羊圈里干活，感觉有点累了，腰好像有点直不起来，只好走出羊圈，低哈着走回家里。奇怪，走到家门口，腰又直起来了，就是还有些酸胀。进屋里拿来烟筒，提了把小椅子，在前廊坐下来抽烟。院子里撒满阳光，葡萄、山楂、苹果树都长满了新叶，一派欣欣向荣的景象。他一直有这样的感觉，现在家里所发生的所有变化，都是他的小外甥带来的。喷吐出来的烟雾在眼前弥漫开，透过烟雾，在风中飘拂的苹果树叶，就像他小雅雅的笑脸，真想走上去亲他一口。

一只白色的羊探头探脑地走进了院子。哦！是刚才自己栅门没有关紧，让它溜出来了。就让它出来兜兜风吧！产了三只羔呢！白羊在院子里东嗅嗅、西闻闻，果树下长着鲜嫩的的青草，遗憾的是，果树都在高出地面的花圃上，白羊高度够不上，几次努力都失败了！

老了！已经是第三次产羔的老羊了！巴沙大爷感觉自己的身体也大不如前了，眼前的这点活，按说算不不上有多少吃力，怎么就觉得累了？真是老了！

一个人独坐在前廊，忽然感觉房子变得空旷起来；眼前的院子也变大了！自己却显得矮小了许多！周围的安静越发感觉环境的疏朗，而这种疏朗却在巴沙大爷的心里渐渐生成了凄惶，情不自禁地自言自语说：“不能就这么走，不能。再过几年吧！等雅雅长大一点再走吧！”边说边闭上含着泪花的双眼。

等他眼睛张开了，两只小羊也出来了，小羊围着他们的妈妈亲昵，在妈妈的身下窜来窜去，忽然转到妈妈的身后，一左一右地跪地吮奶。

"唉！"巴沙一声叹息，拿起烟杆打自己的头："我怎么能这样想呢！人家的儿子失散都快四年了呀！生死不详，他的爹妈怎么活啊！现在泰鑫成家了，还有了儿子，该让他尽快回家去见他的阿塔、阿娜才是。羊崽都离不开母羊，何况是人呐！糊涂！糊涂！"

巴沙大爷把羊赶回圈里，抓紧把活干完，晚上还有要紧的事。

晚上吃饭的时候，巴沙大爷说要请一位贵客到家里来，让泰鑫明天去赶巴扎，买些好的酒菜回来。至于是一位什么样的贵客，没说。泰鑫猜不透。达拉妮丽想来想去也想不出，阿塔还有一位称为贵客的朋友。

吃过晚饭后，达拉妮丽一把拽住泰鑫，把他拉进房里，关上房门，满脸堆笑地看着泰鑫："我说得不错吧！看来阿塔真是要请人来讲女人了？"

这回泰鑫也将信将疑起来，想起前些日子阿塔给人送那么多东西，难道阿塔真的有这个意思了？"如果真是这样，那可是好事啊！阿塔年纪大了，身边要有个人照顾。"

开始两人站着说话。达拉妮丽一屁股坐到床上，拉泰鑫也坐下。

"欸，我还不太懂这里的风俗，那贵客是不是就是那个女人？"泰鑫很好奇地问。

"我们这里如果是去姑娘家说亲，那是要请有身份的人上门去的。女家也不会一口答应，要了解一番男家的底细。像这种二婚，找个老伴，就没那么多规矩了。"

泰鑫显得有些激动："好哇！"

达拉妮丽故作不知地问："你说有什么好？"

"多一个人，多一双手。以后像这样的大忙季节，就不会忙得像现在这样屁股不沾板凳了。阿塔年纪大了，身边有个人，我们也好放心些。"

"还有呢？"达拉妮丽盯着泰鑫，就像在辨别刚挤下的牛奶，从颜色上分辨质量好坏。

"还有么……"泰鑫避开达拉妮丽会挖心的眼神，伸右手反复搓自己的后脖子。

达拉妮丽拿手指戳泰鑫的头："你那点心思我会不知道，趁着阿塔高兴，说事的机会来了，是吗？"

泰鑫把达拉妮丽拢进了怀里，有节奏地摇晃着说："我的妮丽是天下最聪明的女人，最懂得丈夫的心思，最体贴……"

达拉妮丽掰开泰鑫的手，故作嗔怪地说："你别尽说好听的。"然后放缓语气，"我现在有点担心。"

"担心什么？"

"我们的雅雅太小了，那么远的路，别说雅雅，我都有点害怕！"达拉妮丽不无忧虑地说。

"哎！不是明天就走呀！我是说把我们的这个想法告诉阿塔，让他老人家知道。

至于什么时候走合适，再看情况嘛！”

“好，我找机会对阿塔说。”

泰鑫立刻把右手放在胸口，行了一个当地人的大礼。“谢谢我的好妮丽！”说罢马上又坐下来，拉住达拉妮丽的手，“阿塔说的好酒菜，我心里还不太有数呢！”

达拉妮丽想，不光是要适合阿塔的口味，还有那位贵客。就按当地的风俗吧，说出了一连串的名称。

泰鑫怕记不牢，拿出纸笔来，一一记下。

两天以后，“贵客”终于要临门了。前一天大家都不干活，把家里仔仔细细地打扫了一遍。

吃过早饭后，阿塔换了一身干净的衣服，出门了。

恩帕西尔最激动，几次跑到院门外去侦察，他要早一点看到这位“贵客”——自己未来的阿娜，来回跑了好几次，终于等到阿塔和一个个儿很高的男人正朝着家里走来。

“来了！来了！”恩帕西尔蹦跳着回来报信。

泰鑫、达拉妮丽赶快迎出来：“你看见了？”达拉妮丽问。

“看见了。是个大男人！”恩帕西尔说。

“男人？”达拉妮丽看着泰鑫，很觉得意外，“噢！女人另外要有人陪着，走在后面的。”

“那我再去看看。”恩帕西尔又要跑了。

泰鑫拦住恩帕西尔：“我说你就别去了，一会儿就看见了。”

“等会儿我该叫她什么？”恩帕西尔仰起头来问。

“这个么……阿塔教你怎么叫，你就怎么叫。”泰鑫示意，大家都回到屋里。

忽然，家里的光线黯淡了下来，阿塔领着一位大汉跨步进大门。

“来，来，请上座。”巴沙大爷把大汉领到主位上坐下，然后招呼站在跟前的家人，“你们都坐下。”

恩帕西尔老是探头注视门外，关注着“走在后面的人”。

“你们听我说，”巴沙大爷说着站了起来，“这位是走波斯驼队的总头领韩大爷，我们家里的贵客。”

泰鑫、达拉妮丽、恩帕西尔应声起立行礼，齐声说：“韩大爷好！”

韩大爷也起立，行汉人礼节，拱手回礼道：“大家好！大家好！”

“请喝茶。”巴沙大爷话音未落，泰鑫、达拉妮丽、恩帕西尔快速端出早就备好的奶茶、馕、方块糖、葡萄干、杏干、果酱和饼干。

韩大爷一进门，泰鑫就关注着，发现“贵客”不是西域人。等到他拱手行礼，足见这位韩大爷是汉人了。泰鑫流落西域已经三年多了，今天突然遇见了这位韩大爷，宛若见到了家乡的来人，人好像一下子长高了一头。

韩大爷很熟练地掰开馕，分成小块的，合着奶茶吃。看来他对西域人的生活习惯已经很熟悉。

巴沙大爷把儿女们一一给韩大爷做了介绍。

韩大爷饶有兴趣地看着泰鑫："这位就是你说的从天上掉下来的女婿？"

巴沙大爷笑着说："就是。"

姜鑫再次起立，对韩大爷行礼。

韩大爷回礼后示意泰鑫坐下："说到风暴，我见得多了。不过像你这样的，很少见。"转向巴沙大爷："您老好福气，天上掉下个好女婿！"说罢呵呵大笑。

巴沙大爷也笑了："可不是么！邻里街坊都是这么说的。"

达拉妮丽偷偷地看了泰鑫一眼，是感情上满足的自然流露。

泰鑫腼腆得脸红了。

看得出来，韩大爷的眼光里流露出对泰鑫的赞赏："小伙子，恭喜你，有这么一位处处为你着想的好岳丈！"说着竖起了大拇子，"他老人家找了我好多趟。我们驼队好几百人，你们不了解，我们驼队不同于一般的马帮，我们是走西域，走波斯的，要走出国境，上万里的行程。我们驼队有严密的组织，层层级级的头领是不让外人知道的，我是总头领，就更是深藏不露。你们的老阿塔，用他的真情，感动了我们整个驼队。我们在你们沙雅休整的这些天，他几乎天天晚上都陪着我们，为我们解决住房；给身体不适的人找大夫；想不到他还是个高明的兽医，治好了我们好几匹骆驼的毛病。要说这也是缘分，当我知道了他的那份心愿以后，我答应了他。这在我们驼队是没有先例的，我们从来都不会途中捎带任何人的。"

泰鑫听得眼泪在眼眶里打转，老人家这一大把年纪了，忙完了家里又去做了那么多事情，难怪累得瘦了一大圈！问问良心，他图个啥？还莫名其妙地弄出那些糊涂想法来，惭愧得不敢抬头看一眼阿塔。

达拉妮丽、恩帕西尔也羞愧得低下了头。

巴沙大爷依旧乐哈哈的，再次起身给韩大爷的碗里倒奶茶："做人呐，应该先想到把人家的碗里添满，不能只管住自己的碗，这就是我们常说的'将心比心''以心换心'，只有这样，才能与人相处，才会有人缘。"

"说得好！"韩大爷抚掌，"我呀，十七岁就拿起鞭子赶驼，整整三十多个年头了。这条道上铺盖着我无数的脚印，最远到过离家国万里的伊斯巴布尔，什么波斯国、大夏国都去过。途中遇到的灾难、风险，各种各样的困难，说都说不清。后来我学会了看天，什么时候该走，什么时候不能走；不能只看到它眼前风和日丽，还要看到它已经显露出来的可怕端倪。赶路要看天，做人要会看人，什么人可交，什么人不可交；什么事能帮，什么事沾不得；满脸堆笑给你送好处的人，很可能是曼陀罗花，让你后悔一辈子。我不敢打包票，但一个人只要经过我的眼，八成的把握还是有的。”

泰鑫从韩大爷的谈吐中发现这位驼队的大头领，五十上下年纪，身材魁梧，浓密的虬髯，是个历经沧桑、明喻事理、气度不凡、值得信赖的长者。

茶点过后，该到吃饭的时候了。巴沙看了达拉妮丽一眼，达拉妮丽马上起身，恩帕西尔也赶快跟着帮忙。先上“玉古儿”，也叫“银丝擀面”，当地人认为吃了这种面，能解乏，适合招待远方来的客人。而后上“抓饭”（羊肉、胡萝卜等多种食材做成的米饭。吃这种饭要用手抓，因此必须先洗手）。恩帕西尔提着一壶水，先让韩大爷洗手，洗罢立刻递上白毛巾；接着来到他阿塔跟前，最后轮到泰鑫，先后都洗了手。

韩大爷称赞“抓饭”很香、好吃。

今天的“抓饭”，达拉妮丽花了好一番心思，原本想在那位女的“贵客”面前展示一下自己才能，教她以后别轻视她这位已经出嫁的姑娘，想不到在另一位贵客面前露了脸。

韩大爷擦了擦沾满油腻和饭粒的手，对泰鑫说：“小伙子，你已经领受过沙暴的厉害，现在还害怕吗？”

“那场沙暴，我是越想越害怕，好几次做噩梦，都惊出一身冷汗。但是现在不害怕了！”泰鑫说。

韩大爷眯起眼睛来笑，“哦！我懂你的意思了。”转向巴沙大爷，“大爷，这次我们的行程不远，只到葱岭南的循鲜城，大约两个半月后就可以回到这里。如果你们想回家，这次机会不错，正好遇上初夏季节，天不太热，也不会有大的沙暴。倘若这次不走，那就要等到明年。明年什么时候？现在还很难说，要听从那头发货雇主的安排。”

巴沙大爷看着泰鑫，等他回话。泰鑫一时说不出口，看着达拉妮丽，想听她的意见。

韩大爷看出这一家子人的心思——还没拿定主意。“这样，你们合计一下，明天一定要告诉我。三天以后，我们就要出发了。”

“好，好，明天我一准告诉你。”巴沙大爷交代达拉妮丽上茶。

喝茶是最后一道程序，起先喝的是奶茶，现在要喝的是纯粹的烧茶。也许是这里的人牛羊肉吃得多，茶喝得很浓，又经过烧煮，更为浓烈。韩大爷是陇西人，也许是因为经常出入西域，这样的浓茶，他喝得很有滋味。等到茶喝到一半时，他慎重其事地对巴沙大爷说：“大爷，你就放心吧，用我们陇西人的话说：‘菜刀切藕，片片有眼。’我会时时处处让人关照你的孩子们。你就把心放在肚子里吧，我保证把他们毫发无损地安全送到。”

巴沙大爷感激万分。

第三十一章　泰鑫落难了

一

巴沙家当晚合计决定：泰鑫带着妻儿，两个半月以后跟随韩大爷的驼队回家。决定一下，每个人的心上好像都压上了一块石头，沉甸甸的。

巴沙大爷抽烟的次数增多了，经常拿把椅子坐到廊前，眼睛盯着远处，嘴里慢慢地吐出烟雾。

恩帕西尔更加用功了，天天晚上让泰鑫教他读书和算账。有一次，他悄悄地问泰鑫："你发现阿塔现在有什么变化？"

"你感觉阿塔有什么变化了？"

"你没看见？他老是到廊前去抽烟，眼珠子像鱼眼一样，一动不动的。"

泰鑫低头沉默良久。"你还记得我教你的那首诗吗？"

"哪一首？"

泰鑫吟道："儿行千里母担忧，数尽几回圆月幽。"

恩帕西尔接着吟道："不恨……不恨悲霜染双鬓，只……只教流水送归舟。"

泰鑫拍着恩帕西尔的肩膀，"好个恩帕西尔！不错，不错！"动情的眼光在他身上上下飘移。"你长大了，是小伙子了。我走了以后，家里的事，你要多担当，照顾好阿塔。"

恩帕西尔默默地点头，拿手抹眼泪。

泰鑫也伤感起来，轻轻地抚摸恩帕西尔的后背。

恩帕西尔抬起头来，满脸泪水地问："何日流水送归舟？"

泰鑫为恩帕西尔抹去泪水："我已经三年多没有回我的老家了，不知道家里到底怎么样？爹妈是不是还活在世上？"一时语噎，涌出泪水。"现在我实在很难说出流水归舟的日期。但是，我可以明确地告诉你，这里也是我的家，这里的马匹、牛羊、院子里的葡萄架，我都感觉亲切；我落难到这里，是这个家收留了我，给了我第二次生命，我永远都不会离开这个家。”

“阿卡！”恩帕西尔扑向泰鑫，两人紧紧相拥在一起。

达拉妮丽要做远行的准备；正是大忙季节，手上的活可不能停下，还要比平时做得更好，不能让阿塔心里添堵；阿塔那双失神的眼睛，走到哪里她都能看见，她不知道该怎样来安慰他，心里就像一团抽乱的线团。

晚上，雅雅睡下了。达拉妮丽赶快坐到灯下做针线活，她要给未曾见面的公公婆婆各做一双靴子，作为见面礼。“呀”的一声，房门推开了，泰鑫回到房里。

泰鑫先看了看熟睡中的雅雅，然后悄悄地在达拉妮丽身旁坐下。

达拉妮丽看了泰鑫一眼，意思是：“怎么了？”

泰鑫说了刚才与恩帕西尔的谈话，赞扬这个可爱的弟弟。

达拉妮丽没有停下手里的活，说：“真是的，这孩子好像一下子长大了，懂事了。”

“这样好，我们离开了也好放心些。呃，我想到一件事，好让阿塔高兴。”

达拉妮丽放下手里的活：“什么事？”

“阿塔最喜欢我们的雅雅，是吗？”

“是啊。”

“我们的雅雅现在只会叫阿塔、阿娜，我们要赶快教会他叫啵瓦（爷爷），还要会说‘我们要回来的’。”

“好主意！”达拉妮丽双手捧住泰鑫吻了一口。

“雅雅说的不就是我们的态度嘛！能从雅雅的嘴里说出来，阿塔的感觉会更好、更高兴！”

“阿塔又会笑得胡子翘得老高！”达拉妮丽自己先笑出了声来。

二

泰鑫终于挈妇携儿，踏上回家的旅程。韩大爷真是个讲义气的人，专门配给匹骆驼，指派一名驼手；所有行旅都架在驼背上；达拉妮丽带着小孩坐骆驼，驼背上还安了一把遮阳扇，可以阻挡风沙和阳光，考虑得很周全。

泰鑫因为受到过一次沙暴的惊吓，虽然这次跟着大部队走，但总还是心有余悸，他经常看天色和远天的云彩，担心老天爷突然变脸。上次是他孤身一人，这次可是一家人的性命啊！

几天下来，太平无事。也遇上过风暴，但都在歇脚的地方，避开了。泰鑫由衷地佩服韩大爷的能耐。达拉妮丽感觉也还好，就是每到晚上整个臀部和双腿都很酸痛，腰里也不太好受。小雅雅倒还好，就是闹着要下地来玩，这怎么可以？！

要不了几天就可以走出沙碛地了，泰鑫心里的惊惧渐渐地消退，但对爹娘的忧虑却日渐沉重起来，最让他害怕的是失去爹娘，如果真是那样，千辛万苦地赶回家还有什么意思？他不相信会是这样的结果，想象父母都还健在，当他带着媳妇、儿子突然走进家门的时候，两老不知道会高兴成什么样？他盼着日子过得更快一些，早一天回到家。

虎子也是他日常思念的，当他被沙暴刮到巴沙家草垛上的时候，以为两人还在一起，后来脑子清醒过来了，才发现自己孤零零的一个人。从此就不知道虎子的下落，也不知道是生是死。屠龙剑有没有得到？残害生灵的孽龙除掉了没有？深受其害的姜家村如今怎么样了？经常萦回在梦中。

这个庞大的驼队，蜿蜒有数里长，宛若一条巨龙游动在大地上，终于毫无阻挡地顺利抵达长安城。韩大爷把泰鑫一家带到他们的驻地，好大的房子，像一座庄园。安排他们住下后，韩大爷因为要忙着同货主交割，专门指定一个人来陪伴，带着他们在长安城里好好玩几天。

泰鑫一家哪里到过皇城长安？被这里市井的繁华、气派，皇城的神圣、庄严吸引了！达拉妮丽感觉来到了另外一个世界。

玩了两天以后，因为返乡心切，泰鑫想回家了。那天韩大爷挤出时间过来，深怀歉疚地对泰鑫说："我本该陪着你们好好玩玩，实在抽不开身。这不，下一趟货又接上来了，这回可要跑远了，德黑兰啊！一万多里！"

泰鑫咂舌："哇！不过这回我真的领教了，哪怕是天边，韩大爷的驼队也是通途。"

韩大爷笑了。"你夸奖了！这样，我知道你急着想回家，我也不再拦你。"说话间，一辆马车来到跟前，他指着马车说："这辆车供你们代步，你们愿意坐到哪里就送你们到哪里，到了，就告诉一声赶车人，你们什么都不用管。"

泰鑫吃惊了！这怎么说得过去？太让韩大爷破费了！做人要有分寸，万不可得寸进尺。"韩大爷，您把我们一家子安全送达长安，我们已经感谢不尽了！接下来就不再劳烦大爷了。"

韩大爷不停地摇头，一语击中要害。"我懂你的意思，不想让我破费，是吗？小伙子，我告诉你，驼队、马车都是道上的活儿，俗话说'我们是一路货'，他们要用我的骆驼进货，我用他的马车载客，互通有无，家常便饭。我们都认对家是何仙姑的舅妈，借点仙气，你千万不要当回事啊！"

人们都有这样的感受，当遇上别人过于热情、周到的招待，担心无以回报，心里会感到压抑。这是因为人体的内分泌发生了改变，不再分泌快乐激素，反而产生压抑激素，形成一系列化学反应和机体反应。泰鑫呆呆地站着，不知道该怎么说好。

达拉妮丽也对泰鑫摇手，做出不可接受的表情。

韩大爷从达拉妮丽的表情里得到了启示："我说你们都没有你家阿塔那样的豪爽，瞻前顾后的。你们就没有为我想想，我在你们阿塔跟前表过态，要毫发无损地把你们送到家，这话你们都听见的吧？我不能说到做不到。过不了几天，我又要出发西行了，又要见到你们的阿塔了，让我怎么对你们的阿塔说？"

泰鑫终于被韩大爷的诚意感动了，对达拉妮丽说："来，我们一起谢过韩大爷。"

韩大爷连连摇手，不让谢。"你们这就对了。"

泰鑫一家子带着行李登上了马车，与韩大爷挥手辞别。韩大爷目送着他们，突然想起忘了对驾车人交代一句话，连忙挥手，示意停车。趋前拉住驾车人的手："你一路辛苦，有劳你代我照顾好这一家子。"

驾车人大声说："得嘞！"扬鞭而去。

三

一路昼行夜宿，一个多月的时间，泰鑫一家到达寿昌县的白沙渡口。新安江水湍急，往返行人用小木船载渡，偌大的马车，小木船载不了。环顾江面，一时找不到别的船只，怎么办？

泰鑫告诉达拉妮丽，渡过这条大江，就进入建德，剩下仅仅还有六十多里路程，现在等于来到了家门口了！

达拉妮丽激动得惊叫起来！漫长的旅途劳累，一路来提心吊胆，眼看就要到家了，真让她喜出望外。

泰鑫问达拉妮丽："马车就到此为止吧！你说呢？"

达拉妮丽被这里的青山绿水吸引了，四下里看个不停，随口应道："听你的，你说咋办就咋办。"

泰鑫来到停在渡口等待的驾车人跟前，说："这里马车难以渡江。离我家仅只六十来里了，是不是我们就到此为止？"

"哦！还有六十多里！"驾车人关切地问，"六十多里路，你们还带着孩子，怎么走？"

"我们这里有种鸡公车，独轮的，推着走。雇一辆就行。"

"好，那我这就返回了？"

"本该请你到我们家乡游玩，那里是个山清水秀的地方，实在是这里过江太难了。你一路辛苦，我们一家人万分感谢你。"他把余下干粮，都送给驾车人，恳请转告韩大爷："我们一路平安，感谢不尽。"

"再见了，后会有期。"驾车人扬鞭而去。

达拉妮丽抱着小雅雅，来到清澈的新安江边，她放下孩子，让他朝水里看，立刻出现了娘俩的身影。雅雅好惊奇，伸出小手拨弄了一下水面，人影马上就不见了。他赶快抱住阿娜的腿，有点害怕。人影渐渐又出现了，雅雅高兴得直蹦跳。达拉妮丽蹲下来拢住雅雅，告诉他，这条江叫新安江，这里的江水要流到你啵瓦、啵妠的家门口，你喜欢吗？

正说着，水里游来两条小鱼。雅雅立刻伸出小手来指着："啊妠，这是什么？"

"小鱼儿。"达拉妮丽指着小鱼说。

雅雅回过头来看着他娘："啵瓦、啵妠家门口的水里，也，也能看见，也能看见，我，我们两个人吗？"

达拉妮丽亲了一口雅雅："能！"

"也，也，也有……"雅雅一时说不出来了。

"也有小鱼？是吗？"

"我要，我要小鱼。"雅雅两条小腿不停地跳着。

达拉妮丽抱起雅雅："叫你阿塔给你抓好多好多。"

泰鑫雇来了一辆鸡公车，朝着达拉妮丽大声呼喊。

达拉妮丽闻声迎上，边走边问："你不是说在这里渡江的吗？"

泰鑫指着江对岸停着不动的渡船："你看那渡船，像沙碛上的废墟，一动都不动。"又指着正午的阳光说："摆渡的人很可能吃饭去了。我们再往前走一阵，那里也可以过江。"

达拉妮丽反正对这里一点都不熟悉，一切都听泰鑫的安排。"你饿了吧？吃些馕？"

泰鑫低下头来问雅雅："小雅雅饿了吗？"

"到啵瓦家，要，要给我抓，小鱼，好多小鱼。"雅雅说着又回头去看江水。

泰鑫抚摸着雅雅的小脸袋："哦！阿塔天天给你抓小鱼，好吗？"

"好的。"雅雅也成了欢乐的小鱼，浑身都摇动起来。

达拉妮丽从行旅里取出馕，给泰鑫，也给推车人。雅雅不要馕，要吃牛肉干。

泰鑫把行旅放在车架的一边，让达拉妮丽抱着雅雅坐在车架的另一边，保持平衡，一家人又开始上路了。

正是江南的初秋时节，昨天下了一场秋雨，把酷暑给送走了。江上送来一阵阵让人舒心、惬意的凉风。泰鑫终于回到了阔别三年的家乡。满眼看去，蜿蜒流动的江水，好像是爹妈的思念；青黛的远山，宛如爹妈倚门盼儿的愁眉。沿山道旁的灌木林，雨后吐露出诱人的清香，这是家乡特有的气息，很想低下头去吻。

雨后的土地，经过雨水的滋润，看上去黑黝黝的，抓一把会挤出油来。一眼望不到头的玉米已长得一人高。玉米地里三五成群的人正抓紧雨后的好时机，给结棒子的玉米最后一次松土和锄草，他们有说有笑。泰鑫很想走上前去，带着满心欢喜和难以压抑的骄矜，告诉家乡父老，他所经历的奇遇；也想对着远近的山头大喊一声：“我回来了！我带着老婆、儿子回来了！”

泰鑫因为心情激动，自然脚下生风。推车人见泰鑫走得快，他也紧随而来，几次错过了过江的机会，他也不便提醒，以为雇主自有安排。达拉妮丽只顾观赏这个到处是青山绿水的陌生世界，她陶醉了！想起赶巴扎时，曾经在卖画的地方，从画上看到过这样美丽的景色。想不到有朝一日会身历其境，更想不到这竟然是自己的家乡。

四

迎面来了两个中年人，不像是农家人，看上去有点像吃空手饭（市井闲人）的，对泰鑫打招呼。

如今泰鑫对家乡人，一概满腔热忱，快步迎上。

“要去哪里？”市井闲人问。

“回家。”泰鑫笑着应道。

“家在哪里？”

泰鑫说了自己的家乡所在。这才发现自己赶得太快了，竟然已经到了马目乡，这里也可以过渡，对岸是黄饶。说话间，推车人也赶上来了。

两个市井闲人来到达拉妮丽身旁左看右看：“这位是您的家里（妻子）？”

“是啊！”

“您好福气，这么漂亮的媳妇！”

“看你说的，夸奖了！”

达拉妮丽被两个闲人看得很不好受。

“好像不是我们这里人，是外国来的吧！”市井闲人还在打量着达拉妮丽。

泰鑫正要对他们说自己的奇遇。达拉妮丽满脸不高兴地喊了一声：“泰鑫！”

泰鑫立刻改口说：“哦，好，我们上渡船。”

市井闲人与泰鑫挥手作别。

上渡船要沿着道旁的小径下到江岸，然后走过一片卵石、沙滩地，方能上渡，小车无法载人了。达拉妮丽只好抱着雅雅下来走路，悄悄地问泰鑫：“刚才这两个是什么人？”

泰鑫不以为然地说：“总是这一带的人吧！”

“我看不是好人。”

“你发现什么了？”

达拉妮丽凭着女性的直觉和防范意识，认定这两个人不怀好意：“这两个人不

黄饶渡口

是正经人，他们看人眼睛不对，不是看，是在挖！”

泰鑫眼看就要到家了，因为心里高兴，管他是“看”也好，“挖”也罢，反正也不会与他们交往。渡过江以后，达拉妮丽和雅雅重上鸡公车。泰鑫对达拉妮丽伸出一个指头。

达拉妮丽一时弄不明白。

泰鑫拿手指在达拉妮丽的眼前画了一个圈：“还有一个时辰就要到家了！”

达拉妮丽高兴得把雅雅紧紧地拢在怀里，问他：“怎么叫啵瓦、啵呐，你会了吗？”

雅雅讲的是沙雅方言。最近在强化学习建德方言。爷爷、奶奶已经会叫了，不知道怎么的，一下子噎住了。

泰鑫鼓励道：“我家雅雅是最聪明的小孩，他想一想就知道了。”

“yaya（建德方言爷爷）！”雅雅很响地叫了一声。

泰鑫高兴得把雅雅高高地举了起来。

雅雅突然问：“怎么是我的名字？”

这一问可把泰鑫和达拉妮丽都难倒了，不知道该怎么对孩子说。泰鑫忍不住大声笑了起来；达拉妮丽也接着笑；小雅雅看着爹妈都笑了，也跟着笑了，一家人沉浸在欢乐中。

果然， 达拉妮丽有眼力，刚才遇到的那两个人不是正经人，他们是隆佐人手下的帮闲。

隆佐人现在与以前大不一样了，渡船早已不撑，凭着他能呼风唤雨的本领，当地百姓把它当做神灵一样供奉起来。他也就当起了救世主的角色，要当地百姓向他提供名目繁多的赀财，过着奢靡淫乱的生活。黄饶一带的女人他已没有兴趣，把目光投向更远的地方。他收罗了一批走卒、帮闲，到各处去走访，尤其是交通要道上，只要发现有出色的女子，立即告诉他，如能令他满意，必有重赏。当地百姓苦不堪言，说他比当年的水牛怪还要可恶、可恨！然而，凡是遇上水、旱、风暴，只要求他，便立竿见影，这又离不开他。当地百姓无可奈何地忍受着他的欺凌折磨。刚才这两人是建德县城里的无赖，应招来到他的麾下，还没有任何作为，经常受到隆佐人的白眼，日子并不好过。今天让他们碰巧，遇上了乌云里钻出来的满月，天下少有的“奇货”，如获至宝，即刻匆匆赶回。

如今隆佐人的住房也大不一样了，把原先村里给他建造的房屋推倒，重新扩建，建成了三进两廊的大房子，客厅尤其显得气派，村里人叫作“隆家殿”，也是他隆佐人的别称。

这时隆佐人正在“隆家殿”里训斥他的手下。什么事惹他生气了？一是该收的费用没有全部收上来。其二，最近找来的都是一些歪瓜裂枣之类的女人，他恼羞成怒:“你们都不长眼睛的？都是聋子、瞎子？我养你们这一帮东西有啥用？”说着猛拍桌子，“滚！都给我滚！”

那两个帮闲正好走了进来。

隆佐人不待见地瞟了两人一眼。

两个帮闲快步来到五龙跟前，如是这般地把刚才的“奇遇”如实禀告。

隆佐人似信非信：“真的？”

“我们敢对主人说假话吗？”

“现在哪里？”

“估计离开黄饶三四里的地方。”

“好！”隆佐人的眼睛里闪出两道奇特的光焰。

五

黄饶这一带的道路全是沙土路，见不到一粒石子，好像是细面铺成的，脚踩在上面软软的，非常舒服。小车因为道路平坦，原先“咯吱咯吱”的声音听不见了，一点都不颠。热得有一点灼人的阳光已经向西走去，迎面吹来一阵阵带有凉意的江风;道旁的玉米叶子，好像一把把扇子，给过往的行人打扇，让人舒心、惬意。达拉妮丽轻轻地哼起家乡的《刀郎马儿歌》。

忽然天暗了下来，紧接着狂风大作，江里卷起了巨浪，拍打江堤后飞溅而来的水珠、水雾，劈头盖脑，让人喘不过气来，转眼间伸手不见五指。泰鑫只觉得天旋地转，一阵阵眩晕，眼看就要倒地。但是他放心不下妻儿，只听见达拉妮丽一声惊叫！他朝着达拉妮丽大声呼喊，摸索向前，然而再也听不见她的声息了！他一头栽倒在地，失去了知觉。

过不了多久，风暴停息了，天慢慢地放亮，江河、大地又恢复了原貌，只是一望无际的玉米，已成片倒地卧伏，偶尔有几株像沙碛上的红柳，东一株，西一根地站着，叶片都已打落，宛若插在新坟上的哭丧棒。更可怕的是，在玉米地里锄草的人，横七竖八地都倒在地里。

泰鑫渐渐地清醒过来，慢慢睁开了眼睛，一骨碌翻身坐起，发现达拉妮丽和雅雅不见了！他大声呼喊，沿着江岸上下奔走，嚎叫，听不到一点回应，唯有江流拍击堤岸的“哗！哗”声响，宛若一个伤心至极的人在叹息！

昏倒在玉米地里的锄草人也都醒来了，他们看着成片倒地的玉米，心如刀绞，半年的辛苦劳累，一家人下半年的口粮，全泡了汤！他们与正在癫狂中的泰鑫一样，绝望了！所不同的是，他们知道害在谁的手里，而泰鑫却是蒙在鼓里。他们从心底里同情泰鑫，刚才一家人有说有笑的，还唱起了歌儿，看起来是从外地回家乡来的，女人不是本地人，长得很漂亮。只是一阵风的功夫，便妻离子散了，多么悲惨啊！这个“弄鬼人”（五龙——隆佐人，当地人已对他恨得咬牙切齿，背后这样称呼他）多少可恶！那个漂亮女人恐怕已经落入他的魔掌了。但是谁也不敢把真情告诉泰鑫；除了同情，没有任何别的办法。

泰鑫来到锄草人跟前，问这些叔叔、伯伯、大嫂们，有没有看见他的妻儿，告诉他该到哪里去寻找。

这些人面面相觑，没有一个人敢对他说话。他感到奇怪，难道他们知道内情，不愿意告诉他？于是“噗通”一声跪倒在地，向他们一个个跪拜、叩头，请求他们说出他妻儿的去向。到后来他把腰间一只放银子的小袋，“刷拉”一下扯下来，献上他仅有的一点银子，求他们说出真相。

一个年长的老农看着一身泥水、眼看就要发疯的泰鑫，实在于心不忍，开口道：“年轻人，把银子放好，你还要过日子的。听我一句劝，你遇上了无可抗拒的灾难了，你再也找不到你的妻儿了！我们也一样，你看。”指着倒伏的玉米，“我们半年的辛苦也全完了。认命吧！天不早，回家去吧！”

老人痛苦地摇摇头，扛起锄头来走了。其他人也走了。

泰鑫感到老人话中有话，追赶老人，拉住他的衣袖，又不停地叩头。老人扶起泰鑫，满脸愁容地说：“请你原谅我，我不能说，说了我就没命了！后生啊！你以后的日

姜鑫投江处

子长着呢！赶快回家去吧！”

泰鑫不再追问老人了，呆呆地看着锄草人越走越远……感觉身体空泛轻飘，随时都会被江风吹走。老人的话已经说得很明白，是恶魔或者妖孽在作怪，人力是无可抗拒的。他怎么也想不到，自己被沙暴刮走，不幸中的万幸，三年后带着妻儿回来了，到了家门口，妻儿竟然被恶魔夺走了！剩下他孤零零一个人。他还能回家吗？还见得了父母吗？家就在前面，但是他回不去了，天地不容他呀！

难道是孽龙未除，寻仇来了！虎子也遭难了？忽然看见江水里有人影，仔细看，啊！那不就是达拉妮丽和雅雅！他们在向他招手呢！“我来了！”泰鑫大喊一声，纵身向江里跳去。

推车人与泰鑫一家子相处了老半天，听他们一路上的说话，大体知道这一家人不同寻常的经历，现在苦尽甘来，重返家园，暗暗地为他们高兴。他很感谢这一家子，车脚费没有杀他的价，一口答应；途中还给他吃从未吃到过的、叫什么“馕”的东西，不仅味道奇特，还省下了他午饭的钱。想不到会碰上这里的“弄鬼人”抢走了他的妻儿。他虽然不是本地人，是离开这里有几十里的白沙人，但“弄鬼人”的厉害早就听说过，想不到今天真的碰上了，吓得他好像死了一回。他想赶快回家，但是车脚费还没拿到，眼看他的雇主都快要疯了，怎么开得出口向他要钱啊！只好默默地陪伴着他。

泰鑫突然投江了，这怎么得了啊！推车人大喊一声，猛扑上去抓。谁知道泰鑫用力过猛，把抓住他的推车人一起带向江涛。推车人眼看着碧绿的、打着漩涡的江水就在脚下，感觉今天死定了，想不到今生就这样完了！他闭上了眼睛。

六

六龙、七龙化作一僧，一道下山了。两人商量先去建德县城找娘，接下来如何行事，先听听娘的高见。七龙在山里待惯了，没有见过外面的世界，一路走来，处处都感觉新鲜。但不怎么说话，遇事一看便罢。

六龙担心七龙依然是那副逍遥、超脱的范儿，下山等于没有下山；相助等于无助，如何是好？问道："七弟，下得山来，你怎么一语不发？还在眷恋你的山中茅舍？"

七龙哂道："我在担心。"

"你担心？"六龙暗自好笑，他也有心可担？

"在你们佛家人的眼里，什么十方世界，万物皆有缘。要人发磐若波罗蜜多心，普度众生。这不要烦死人了！如果你也是这样，我有言在先，立马回山。"

原来他在想这些，六龙总算明白了七龙的心思。好，先不与他论理，拖牢他再说。

一僧一道也来到马目渡口，上渡船，往黄饶而来。下了渡船，没有走多少路，突然天昏地暗起来，接着飞沙走石，狂风扑面。

两人退至道旁站定，待风暴停息后，六龙也故意不吱声，继续赶路。

七龙开口了："喂，你说突然来这么一下子，是何道理？"

六龙反问："你不是叫我不要管得太多吗！"

"我的意思是——你是否觉得甫才这点路数，好像很熟悉？"

这正是六龙关心的问题："你也觉得？"

七龙把头一别，又嫌六龙烦了："你这不是明知故问吗！"

"这显然是我们兄弟使出的手段啊！为什么在光天化日之下使这一招？而且就在不远处。"六龙觉得情况不妙，"快，过去看看！"

只一阵风，一僧一道便来到出事地点。恰逢泰鑫和推车人坠江，就在两人接近水面前的那一霎，六龙伸手，一把将两人提上岸来。

"年纪轻轻的，好好的两个人，为何要寻短见？"六龙问道。

泰鑫未等六龙把话说完，转身又要往江里跳。

这时七龙眼快手快，抓住了泰鑫。"你……为何一定要赴死？如果你真的要死，我也不拦你，生即死，死即生也！"

果然，泰鑫再次往江里跳。六龙大喊一声："你回来！"再次挽救了泰鑫。

推车人见一僧一道救了他俩的命，千恩万谢地连连叩头，把他所知道的一切，全告诉了两位救命恩人。

"'弄鬼人'在什么地方？"六龙问。

推车人指着往回走的路："我没去过，但我知道，就在渡口附近，那里的一幢大院就是。"

六龙对七龙说："去会会他？"又安抚泰鑫："我们一起去救你的妻儿，好吗？"

泰鑫一听说要去救他的妻儿，眼睛立刻放亮，紧随着一僧一道急切前往；推车人也紧跟着。

七

隆佐人摄取达拉妮丽和雅雅，置于一间整洁、舒适的房间里。因为达拉妮丽和雅雅还在昏迷中，隆佐人就在一旁仔细欣赏达拉妮丽的姿色：哇！这么高的鼻子，还有这身打扮，真是外国来的！奇货！奇货！体态也匀称，尤其是这皮肤，说它是白玉吧，犹透出淡淡的红晕。哟！高高隆起的这一对，蕴着多少会折磨得人死去活来的惬意呀！他慢慢地附下身去想吻一吻，一丝儿要让人沉醉的淡淡的幽香扑鼻而来……隆佐人如何按捺得住，正待要下手时，达拉妮丽睁开了眼睛。

她开始以为到家了，这是自己的房间。忽然发现面前站着一个陌生的男子，这是谁？这是什么地方？立刻翻身坐起，喝问："你是什么人？"

隆佐人示意达拉妮丽不要紧张，满脸堆笑地说："是我把你从刚才的风暴中救出来的。"

达拉妮丽想起刚才那场惊人魂魄的风暴，太可怕了！"我丈夫呢？你看见了吗？"

"你丈夫？他恐怕遇难了！我没有能力救你们一家人啊！"隆佐人假作慈悲。

这时候，雅雅也醒了。达拉妮丽抱起雅雅："快，我们找你阿塔去。"说着就要往外走。

隆佐人挡住了达拉妮丽："你刚刚苏醒过来，还不能走路，要不还会晕倒的。"

"不！"达拉妮丽推开隆佐人，急着往外走。

隆佐人有些不高兴了："你这个人一点都不讲情义，人家救了你的命，怎么说走就走了？"

达拉妮丽立刻止步，回过身来道："哦！谢谢你的救命之恩。我实在是寻夫心切，请恩人原谅。"

"就这么一句'谢谢'了事？！两条人命啊！"隆佐人摆出一副无赖的架势来。

达拉妮丽感到遇上不怀好意的人了，怎么办？只好哀求道："请你好事做到底，你的大恩大德我一定会报。现在我一定要马上去寻找我的丈夫。"

隆佐人一脸狞笑："告诉你吧，你的丈夫已经不在人世了，要找，只有去阎王殿找了。你就待在这里吧！"说着双手一推，把达拉妮丽推倒在床上。

"不！"达拉妮丽跳起来，躲开隆佐人。

雅雅见状，惊吓得哭喊起来。

隆佐人威胁道："你要知道，现在你是坛子里的螃蟹，哪里都去不了啦！"

达拉妮丽紧紧地抱住雅雅，退到房间的一个角落里，惊恐万状地面对着隆佐人："原来你是个不怀好意的人。主看在眼里的，你会受到惩罚的。"

隆佐人大笑！"'主'，什么主？我就是这里的主，我说你从今以后就是我的，我的婆娘，谁敢说一个不字？"

达拉妮丽震怒了："你休想！王法会整治你；上天也会收拾你，你会遭天打雷劈！"

"我告诉你吧，王法治不了我，老天也管不了我，你就乖乖地顺从吧！你看我那么大的家产，丫鬟、侍女一大群，都由你使唤，你就享福吧！"隆佐人说着走近达拉妮丽。

"你别过来，你再靠近一步，我马上一头撞死。"说着，达拉妮丽猛向墙壁撞去。

隆佐人上前急止，趁机将雅雅夺到手里。

雅雅挣扎，哭喊着叫"啊妠"。

"我只等你一句话，如果你再不答应，你的儿子就……"说着将雅雅高高举起，眼看就要被摔落。

达拉妮丽不顾一切地猛扑上去抢夺。

突然急促的敲门声，并大声喊叫："老爷！不好了，一个和尚和一个道士带着两个人闯进来了！"

隆佐人怒喝："赶他们出去！"

外面人回话："那和尚和道士可厉害了！谁也拦不住。"

"蠢货！把他们打出去！"

门外人绝望地回禀："他们打进来了，就在房门口！"

隆佐人大出意外，打开房门，果然一僧、一道正面对着他。达拉妮丽趁机把雅雅抢回，抱在怀里。

僧上前稽首，合掌道："阿弥陀佛，施主，贫僧想求施主放了她母儿俩。"

面对坏了他好事的一僧一道，隆佐人怒从心底起："哪里来的臭和尚、妖道士，这里没有你们的事。"指着门外，"滚！给我滚出去！"

"我们在行来的路上，远远地就看见此处浊恶弥深，如今一见，果然如是，罪孽，罪孽啊！"僧再次稽首。

"你们走是不走？再不走人，我可要赶了！"隆佐人一步跨出房间，随手将房门关上。攘臂嗔目，虎视眈眈地挡在一僧一道跟前。

"谁愿意待在你这个污浊之地。快点，把里面的人放了，人家丈夫在外头都快急疯了！"道士有点不耐烦了。

"要是我不放呢？"隆佐人满脸横肉，咬牙切齿地说。

"那你可就在劫难逃了！"僧奉劝。

隆佐人突然发威，欲擒拿一僧、一道。谁知僧道二人一起加力于他，使他动弹不得，瘫倒在地。

隆佐人连连哀求道："两位仙人饶命。"

僧道："起来说话。"

隆佐人重新审视一僧、一道，心想，这是从哪里来的两个出家人？功夫怎么同自己一个门道？"请问两位仙人，何方宝刹？"

"你先不要盘问我们的底细，我来问你：你来到黄饶以后，积下了多少业障？"

"两位仙人，我为当地百姓做了许多好事呀！"隆佐人为自己辩白。

"做了些什么好事？"僧问。

隆佐人如数家珍："杀死了水牛怪，守护一方平安；每逢水、旱年份，为百姓攘害消灾。"

"为何当地百姓背后都称呼你'弄鬼人'？"僧反问。

隆佐人无言以对："这个么……"

"你行善是个幌子；为百姓做好事成了招牌，比起赤裸裸害人的水牛怪还要可怕、可恶！你知道吗？"僧说。

道指着隆佐人："欸，我说你傻不傻！原来撑个摆渡船，蓝天之下，碧水行舟；闲来渚上执壶，把酒临风，自由自在，何等逍遥！你偏偏要去趟浑水，咎由自取啊！咎由自取啊！"

"你要知道，善有善果，恶有恶报，你如此恶行是要下地狱的！"僧道。

"不瞒两位仙人说，我也知道做错了事，心生后悔过。但是，一见到喜欢的女人，心就动了。每次我都暗自告诫：'这是最后一个了！'可……事后就忘记了！"

僧双手合十："阿弥陀佛！你心存妄念，为色欲所蛊，如再不觉悟，万劫不复啊！世间万事万物即是色，凡色皆因缘暂时聚合，缘尽，色尽。因之，色不异空，空不异色，色即是空，空即是色。"

道手指上天："天无心，以万物之心为心。故圣人亦无心，以百姓之心为心。你说的'水牛怪'百姓是何等的恐惧、痛恨！而你，如今成了'弄鬼人'，与'水牛怪'有什么两样？你想想，百姓容得了你吗？"

隆佐人哀告："两位仙人，我只求……"手指房间，"我只求她一人，从今以后再也不生妄念。"

房里传出达拉妮丽的厉声怒喝："我死也不从！"达拉妮丽一直在听着门外的对话，当时她被逼绝望时，听说有"无法阻挡的一僧、一道"闯进来，心里顿时萌生希望——也许是救命人来了！她仔细倾听门外的对话，果然不出所料，越听胆子越大，于是大声呼喊，发出强烈抗拒。

僧道："你听听，你听听，这就是百姓之声，民心不可欺呀！你已经坏了做人的规矩，你要受到惩罚的，要遭报应的。”

“我改，我，我愿意悔改。”

道士见隆佐人已有悔意，事已可了，转身欲走。

僧挡住，示意还不能走。

道很不以为然，执意要走。

僧问：“道长，你林子里的猕猴桃，尚未成熟，能食用吗？”

道目视于僧，一时无语。

僧转身问隆佐人，“隆佐人，你悔悟了，善哉！如何悔改？”

隆佐人茫茫然，“我，我不知道从何做起才是？”

“且听贫僧一言：从今以后，一向专念弥陀圣号，忍人所不能忍，行人所不能行，代人之劳，成人之美，静坐常思己过。看一切人皆是佛菩萨，唯我一人实是凡夫俗子。现在你就该马上把房里的女菩萨请出来，让他们夫妻团圆。”

“唉，唉。”隆佐人打开房门，“请女菩萨出来吧！”

达拉妮丽抱着雅雅，冲出房门，跪倒在一僧一道跟前叩拜，千恩万谢。

隆佐人跪倒在达拉妮丽的身后，不停地叩头。“我有罪！我有罪！”达拉妮丽回过身来，一时不知如何是好。

僧问达拉妮丽：“你能原谅他吗？”

“我丈夫在哪里？”达拉妮丽急着问。

隆佐人实在说不上来。

道言：“他在外面。”

“我去请！我去请！”隆佐人快步离去。旋即，引着泰鑫还有推车人来。姜鑫一眼就看见达拉妮丽，夫妻双双相拥在一起。达拉妮丽痛哭。泰鑫也泪如雨下，恍若隔世重逢。

雅雅指着隆佐人：“阿塔，这是个坏人，不要对他好！”

僧问隆佐人：“现在你看见什么？听见什么了？”

隆佐人低下头来：“他们夫妻相见。我是个坏人。”

僧道：“这是他们夫妻的姻缘，让他们团圆是行善。你拆了人家的因缘是作恶，是你的业障、罪孽！你说，你作了多少孽？你该怎么办？”

“我……有……”隆佐人一时说不上来。

“贫道授你一法。”

隆佐人连忙作揖：“请仙人指点。”

道士言道：“老子有言：‘居善地，心善渊，与善仁，言善信，正善治，事善能，动善时。夫唯不争，故无尤。’你想扫除结下的冤孽，你得一家一家上门去认罪，把榨取的钱财统统还给他们。”

隆佐人面露愁容：“上门去认罪可以。这钱财都花了……恐怕还不出来了！”

道士言道：“把房子卖了。再不够，给人家当牛做马去！”

隆佐人环顾大院，心有不忍。

僧问：“你到黄饶几年了？”

“有，有三年多了”。

僧问：“你从哪里来？”

“我从……”隆佐人语塞。

僧问：“你的令尊是——”注视着隆佐人的表情。

“我……我……”

道士笑了！“哈哈……不敢说了，是吗？”

“我再问你。”僧道，“你下凡学做人，知道了多少做人的道理？”

隆佐人大惊！暗暗自问：“这两位真是神仙吗？”

“你不要在那里妄猜。”道言，“有道是，轩冕在身，非性命也；物之傥来，寄也！这幢房子是你的吗？美女喜欢吗？”

隆佐人看着道士，一时说不上来。

“哈哈……我看这房屋是风送来的，雨传来的，都不是你的。”道士环顾四周，“荣华富贵从来都不是什么人的，不是一个人性命里的东西。只有做人的道德，才是你一生追求，才是做人的真谛。看来你还没有懂得做人的规矩。”

“你是老几？”僧问。

隆佐人再次跪地叩拜：“我，我是老五。”

“你知道姜聂隆——虎子吗？”僧问。

“啊！虎子！”隆佐人立时面如土色，“你，你们是……”

“是虎子让我俩来找你的，”僧道。

“虎子他，他在哪里？”隆佐人警视四周。

“虎子知道你身在迷津，如今龙家兄弟都一心向善，让我俩来告诫你早日回头是岸。”僧道。

“哦！”隆佐人犹如惊梦。

道士言：“虎子的屠龙剑只斩孽龙，与仁者友善。”

“叩谢两位仙人教诲，我、我要从头做起，一心悔改。”

僧道：“阿弥陀佛！你真的修善了没有？还得问当地的百姓。我佛有言：‘天上地下，唯我独尊。’每个人都是自己的主宰，决定自己的命运。放下屠刀，立地成佛。”指着泰鑫一家和推车人，“天色已晚，你得安排他们的食宿。”

隆佐人应道：“我马上安排。”

“有缘还会相见。”一僧一道化作一阵清风而去。

泰鑫夫妇、推车人、隆佐人跪地叩拜。

八

泰鑫终于带着妻儿回到了姜家村。他的爹妈还活着，不过去年他爹摔了一跤，行动有些不便了。泰鑫的回家，轰动了整个姜家村，全村像办大喜事一样，群情激奋，人们川流不息地前来探望，说不尽的思念、问候；都说泰鑫的奇遇比“说大书”（评话）还要传奇、动听，泰鑫的老婆是全村第一美人。

泰鑫得知虎子已经取得屠龙剑，斩杀了孽龙。但如今蒙冤，身陷囹圄，命危旦夕。一定要想办法救他，想到在黄饶遇到的一僧、一道，如果能得到他们的相助，虎子一定有救。但是到哪里去找他们呢?

第三十二章　真假姜聂隆

一

姜聂隆身缠的大案，好像秤砣落到了井底，无声无息了；又听说京里来的大官不久就要回京，显然，案子该到了结的时候了，怎么会不见动静呢？刘夫人与蕙英商量，不见动静正是山雨欲来的征兆。刘夫人认定，建德县令尽管官职最小，但他谋划最多，主意都是他出的。捕捉到他的行踪，便可大体知道他们的计谋。交代蕙英，悄悄跟踪。

前些日子，“上官廷钰”几次到老鹰岩下去拜访一位老先生。这位先生是个怪人，他在上下无村舍、靠近炁岚庙潭的荒山野地，筑了一间草庐，柴荆围起的院子里载上一片竹子，蓬蓬勃勃，远远看去只见竹林，不见庐舍。老先生原本是徽州人，他十分崇拜汉代隐居在严州的高士严光（字子陵），循着新安江，来到建德，酷爱这一方山水，结庐于此。

老先生姓余，单名浦，字篁园。一生苦读诗书，满腹学问。常人苦读盖为求取功名，但余老先生终身不考、不仕，与山水为伴，孤高恬淡。已届耳顺之年，三年前妻丧，膝下唯一女，长得如花似月，在父亲的传授下，琴棋书画皆通。

因地处荒僻，余先生又不与外界往来，当地很少有人知道离群索居的父女俩。

“上官廷钰”探知霸珑醉心于这位老先生的女儿，开始指派手下人去拜访，哪里知道，连门都不让进。无奈，“上官廷钰”亲自登门。心想，一个荒郊野地人家，父母官亲自登门，为即将升任四品京官的宪台大人作伐，能不给面子？天下有这么傻的人？他下了坐轿，踏上一条弯弯曲曲，长着青草，野花的幽径，终于看见了一片茂密的竹林，林下才见缠绕着青藤的柴门，感觉好像当轿夫时听说大书经常说到的神仙屋。

柴门紧闭，他透过篱笆往里瞧，堂屋的门也是关闭的，担心屋里恐怕没有人在。如果没人，岂不空跑一趟！正要举手敲门，“吱呀”一声，堂屋门开了，但只开了小半扇，先见到半个身影，分明是个女子，当整个人都出现时，“上官廷钰”感觉好像浑身都麻酥了，暗暗问自己，现在在哪里呀？怎么眼前出现了一个仙女？只见那仙女轻轻地挽起衣袖，露出如葱白样细嫩的小手，提起水壶，灌浇前廊上满栽着的紫色矢车菊、淡雅的建兰、红艳艳的海棠、午时花，还有一些说不出名目来的花草。是自己的眼睛看花了还是姑娘太艳丽了，他已经分不出哪是花，哪是人，就这样呆呆地站立在柴扉外，不敲门，更不敢举步入内。他怕什么？自己也说不上来，感觉这里的书卷气，特别是美女冰清玉洁的高雅气势把他给镇住了，第一次，他就这样在门外干站了一阵子。回来的路上，他一直在想：难怪霸大人为这姑娘寝食难安，这样的美女谁见了不动心！即便是给她端尿盆、洗脚也乐意。

大事可不能因为自己胆怯就放弃了，俗话说得好，“不入虎穴，焉得虎子”。“上官廷钰”二次再访余宅，这次他拿出死皮活赖的看家本领来，门总算进了。余老先生没有让他入室，只是站在院子里交谈了几句。当闻说这位谈吐粗俗的人是当地县令，要为京里来的宪台说合他女儿的婚事，当即拂袖而别。

“上官廷钰”讨了个没趣。但还是不甘心，他认准了，只要能把这个美女奉献到霸大人跟前，别说当前的这桩大案，日后的前程都在此一举。他不相信住在这么个草屋里的人能挡住他的路。找来几个人商量办法，一定要想法子让不识好歹的余老头坐下来好好说话。

二

刘夫人眼见已到上灯的时候了，还不见蕙英回来，据说“上官廷钰”最近里里外外忙个不停。牵肠挂肚的刘夫人几次到会馆的大门外张望，整条东门街上，一眼望到头，不见一个人影。

刘夫人忐忑不安地回房坐着，耳朵却留心着门外。

“娘，娘！”门外有人喊。

“不是蕙英，是个男人的声音。谁来了？”刘夫人赶快打开房门，因为外面黑，看不清，只看见门外站着一个高大的男人。

“这是？”夫人正想要开口问话，突然那高大男人“扑通”跪倒在地。

“进来，快进屋里来！”

二龙跪行到刘夫人跟前，泪如雨下，哽咽道：“娘，孩儿错了，错了也！”

“起来，起来说话。”刘夫人拉他不动。

“娘！”二龙抬起头来，满脸泪水地看着他娘，“我来迟了！”二龙细述自己的经历，如今过着东躲西藏、终日提心吊胆的日子，吃尽苦头。时时想到娘，又怕娘不认他这个罪孽深重的儿子：“今天我下决心到娘这里来，哪怕明天要杀头，今晚也要见娘一面。”说罢泪如雨下。

刘夫人为二龙抹去泪水。“娘怎么会不认自己的孩儿？只要你认错、改过，就是娘的好儿子。”

“娘！四龙毫无兄弟情义，对我这个二哥下毒手，要害死我啊！”

“来，先喝口水。”夫人递给二龙一杯茶水。“先不说四龙。娘想听听你说，错在哪里？”

“唉！”二龙长叹一声，“孩儿没有听从娘的教诲，做了伤天害理的事啊……”说着又哽咽起来。

“娘再问你，倘若你一直老老实实地做包子到现在，会铸成恁大的错吗？”

“这个……”二龙低下头来，“后悔已经晚了！”

“世间万事万物都有因缘，人得病也从因缘，俗话说：‘病从根上起。’你听说过这一句话吗？”

“我……”二龙摇了摇头，说不上来。“娘，我想是不是心里痒痒之故？”

“心里痒痒？”刘夫人不明白二龙说的意思？

二龙继续说：“我落脚到清溪镇，饿得眼睛发黑，第一次吃到包子，那个好味道呀以后就再也没有啦！包子天天吃，吃到后来就腻了，我讨饶了！看见包子就想吐。街面上人来人往，看有钱人是怎么过日子的：他们吃得好，穿得好，玩得好；身边还有漂亮的女人，我心里痒痒的。后来看见了运官银的大车，我老板说，一锭银子够我吃一辈子包子，心里就越发痒痒了！”

“噢！你说对了！”刘夫人说，“有一句名言，叫作‘忍痛易，忍痒难’。凡是人都有各种各样的欲望，这些欲望会成为各自的痒处。不同的人会做出不同的追求和选择。因此就有了君子与小人、正直与刁蛮、善良与邪恶，各种各样不同品格的人。你的爹他伤天害理，最后得到的是什么结果？而你呢，大逆不道……”

二龙颓然坐倒在地上，“娘！我该怎么办？我后悔呀！”

“娘再问你，看见官银过街的人有多多少少，为什么就你一个人忍不住心里痒痒？”

二龙一脸茫然……

“你再看看姜聂隆，他明明知道盗取官银的人是你呀！却依然在为你坐牢；而你呢，逍遥法外，心安理得地在隆裕山庄，躺在烟榻上喷云吐雾。他几次被动用大刑，伤筋动骨啊！你想到过别人忍受的苦难吗？你为什么就没有心里痒痒？”

“娘，孩儿不能再昧着良心，我去认罪吧！”

刘夫人扶起二龙。“你说你去认罪？！”

“是的，我去认罪！”

“让娘想想，”刘夫人沉思：二龙现在出现，等于羊入虎口，不行。“老二，如果你真有认罪的决心，不妨去牢里把姜聂隆换出来。”

“我成姜聂隆？”

“这样你倒是最安全的，”刘夫人说。

二龙脑子里又闪现在包子店见到过的杀头鬼的形象，不由一阵寒颤：“娘，我会被杀头吗？”

“不，从好处想不至于，这要看你的造化了！”

“噢！”二龙点头。

三

天黑了，牢房又陷入黑暗。已经有些日子没有过堂，虎子不知道他们又在谋划着什么，接下来面对的会是什么情况？他想到蕙英，现在只有她能经常带来一些消息；娘那里她也会关注，让他放心不少。忽然高高的窗户有风钻进来，虎子立刻起身观看，是蕙英来了吗？

一个黑影飘忽入来，不是蕙英啊！什么人？虎子立刻警惕起来！

“我是隆裕山庄的隆阿伊。”

“你是隆阿伊？二龙！”虎子大出意外，“你怎么想到来这里？”

二龙“扑通”一声双脚跪地：“我对不住你呀！”说罢痛哭起来。

虎子喝制：“不能哭！狱卒看管很严。来，坐下来说话。”

二龙立刻禁声，但依然抽泣不停。“这都是我的罪孽呀！害你吃了这么多的苦。”既而咬牙切齿地说：“我不配做人，我不是个人！我真后悔！那天你劝我，做包子不是很好嘛！当时我听不进，嘴里没说，心里在埋怨你——做包子能享到我这样的福吗？现在我才明白，还真是在包子店里好。”

“今天你来这里是为了对我说这些？”

“今天来，一来是向你追悔，认罪；二来呀……”二龙伤心得泣不成声。

“你不说，我也能猜到八九分。”

“我的四弟，这个建德的县太爷，他居然要灭我的口，对我起杀心！还好九妹救了我，要不我见不到你了！”二龙连连捶地，痛心疾首。

“他不单单是为了灭你的口——”

“那他还为了啥？”

“为了杀我。”

“哦？”二龙不太明白。

“他们去包子店里查过了，知道你才是真正的嫌疑人。不把你灭掉，怎么能杀我？”

二龙恍然大悟。“原来是这样啊！”越发激动起来，“你说这个四龙，他的心有多少歹毒！他把我摄取的银子全部拿走了，说什么放在他那里保险。你看看，他是吃肉不吐骨头的呀！”

“我想知道你今天的‘三来’……”

“‘三来’是来赎罪。”四龙回答得很坚定。

“赎罪？”

“你为我受了那么多的罪，我才是真正的罪人。我在娘那里也说了，你出去，我进来。”

这真有点出乎虎子的意料，想不到二龙的思想有这么大的转变？很可能是夫人的教诲之故。能出去当然好，如今大事未了，有许多事情在等着他。然而二龙留在这里怎么斗得过那个诡计多端的四龙？看上去二龙确有诚意：“你真的愿意留在这里？”

“我是吃了秤砣铁了心。”

“如今你也知道了，你的那个四弟一肚子的祸水，黑芝麻糊的脑瓜子——黑点子多，你对付得了他？”

“在来的路上我已经想好，俗话说的，‘三句不开口，神仙难下手’。他再说得胡天海地，我就是‘蚂蟥叮脚不开口’，让他那只黄鼠狼趴在鸡窝上，进不了窝，看他还有什么招？”

虎子还是有些担心：“只怕你守不住自己的窝，他是无孔不入的。”

二龙显得胸有成竹。“过去我上当，是因为没有看透他的心思，他像迎神赛会上的俳优，带着一个笑脸面具，我才上当。现在我已经彻底看清他的面目了，他再满嘴吐出莲花来，我也一准当他是毒药。”

“如果你真能做到这样，我就放心了。倘若你还是挺不住，我再来。”

“我会挺住的，你放心去吧。”

“相信事情总有水落石出的那一天。”

二龙拱手作揖。

虎子回礼，飞出窗外。

四

“姜聂隆”在黑暗中坐着，想睡觉，但毫无睡意。这里是死囚牢房，与他曾经待过的普通牢房大不一样，尽管都是又脏又臭，满地乱草，但普通牢房里手脚是放开的，可以自由走动。这里上了脚镣手铐，行动很困难。人没有比失去行动自由更痛苦了。人到了这步田地，正如人们常说的“鸟之将死其鸣亦哀，人之将亡其言亦善”，假“姜聂隆”到了此时此刻，才真正感悟到：所有的人都一样，长得有鼻子有眼的，但做人的品格是大不一样的。他姜聂隆是代我在这里受死罪，凭他的本领，一纵身就可以出去，他为什么不走，甘愿在这里受这样的苦？而那个四弟，不知道他是怎么当上县太爷的？满肚子的祸水呀！想尽办法坑害别人，还不得不听他。再想到自己，偷了官家的钱，挥霍享受，也当起了大老爷，过上了好日子，也够威风的了！做包子学手艺的人多多少少，为什么偏偏他摊上这么大的事？他悟出了这样一个道理：人在饿得两眼快翻白的时候，最想要的是能填饱肚子的吃食；到包子吃腻的时候就想别的好吃的东西；肚子饱了眼红穿的；吃饱穿暖了想女人，一直有想不完的东西……这一切都因为心里有一个贪虫在作怪，让你心里痒痒的，教你去做各种各样的坏事。老四的心里必定藏着一条大贪虫。由此得出这样一个结论：好人与坏人最大的区别，就看他心里有没有贪虫。做人可以重新来一遍吗？如果是现在，九兄妹下凡学做人，老二我一定要大喊一声：“兄弟们，做人千万不可心里长贪虫！”

遗憾的是，现在后悔已无用了！忽然黑暗中出现了一个人影，在包子店门口见到过的，穿着红衣红裤，头发长得老长，背上插着招旆的杀头鬼。再看那人的面目，怎么与自己很像，啊！简直是一模一样，正一步一步地向他走来，啊！这不是自己吗！？我成杀头鬼了！

猛然一惊，牵动了手镣，发出了“哗啦”一声响，惊出了一身冷汗！他从未想到过死，想不到死正一步一步地向他走来。如果真是就这样死了，也怪不了别人，是自己肚子里的贪虫作的怪。但是有一件事他愤愤不平：那个县太爷肚子里的贪虫比他大得多呀！姜聂隆代我受罪，我却在代县太爷受死呢，这不公平呀！那个县太爷他仍旧威风凛凛地在害人，我死也不甘心。要到阎王爷那里去告状，告他这条大贪虫。

“哐啷”一声，大铁门打开了，两个衙役手提两盏灯笼走进来。

“姜聂隆”心头猛然一跳！怎么？要动手了！连夜开刀啊！

“啪”的一声，又一个衙役放下一张座椅。

“姜聂隆”想：“恐怕那红衣裤就要放在那张椅子上让我换了！”眼睛紧盯着门外看。脑袋“嗡”的一声响，好像有什么东西从头顶遄出去了，听说灵魂会出窍，是从头顶出去的吗？果然，手脚都不听使唤了，人立刻就要倒下来。

走进来的不是拿着红衣裤的衙役，而是县太爷，他的四弟。这可是太出意外了，他来干什么？难道说他已经发觉他是假的姜聂隆，找他算账来了？你来吧，我已不是当年的二龙，尽受你的诈骗，大不了来个鱼死网破，决不让你再占半点便宜。感觉魂灵还没有出窍，对付得了他。

“上官廷钰”撩起衣袍在椅子上坐下，对身边的衙役说：“到外面去等着。”

“是，老爷。”两个衙役走出牢房。

“你……人怎么样？”“上官廷钰”关切地看着“姜聂隆”，“嘿！这些狱卒都是懒虫，应该换干净的草垫子来呀！”顿了顿脚，“我要叫他们拿这些去当被子盖！”

“姜聂隆”想：开始耍手段了。

“上官廷钰”发现“姜聂隆”毫无反应，长长地叹了口气，眼睛朝着房顶上看，好一阵才收回眼光。“我知道你心里在恨我。”摇了摇头，“也难怪，将心比心，是该恨我。”随后眉毛打折，嘴角往下挂，一脸苦相，“你要知道，我心里也有恨啊，我恨谁去？我谁都不能得罪，我是夹在板壁缝里做人啊！”

“嚄！他也难？他难什么？”“姜聂隆”眼睛睁得大大的。

另有一个人也觉得好奇怪：四龙怎么说这样的话？这个人是谁？九龙——蕙英。牢房的窗户很高，人在窗上的房顶处，便可倾听里面的说话。

见风使舵的“上官廷钰”眼见霸大人不久就要走人了，但是到现在为止，案子如何了结，他还没有一个明确的态度。派人去淳安包子店查证的结果就捏在他的手里，从迹象上看，明显有翻案的意思。二龙不知去向，像杀猪佬挂在铁钩上的肚里货，提心吊胆着，让他日夜不得安宁。姜聂隆本来就是个死对头，案子翻过来，这个嫉恶如仇、本领非凡的人，一旦出了牢房，必定要与他死磕到底，那麻烦就大了！他前前后后地思考了一番，首先要把那柄令他胆寒的屠龙剑藏好，他已经重新把它藏在一个无人知晓、十分隐秘的地方。现在最要紧的是设法解开姜聂隆心里的那个死结，把结下的仇恨化解掉，像冬天堆的雪人，把他从头到脚都给化了。

“上官廷钰”有这个能耐吗？

且看“矮子鬼”的能耐。

“上官廷钰”长叹一声！“俗话说得好，黑鸡生白蛋，家家有长短。我们官场也一样啊，长短多着呢！就说你身上的这桩案子，严州郡台，京里来的宪台，他们的判定，就像两块大石头压在我的头上。我这个七品小县令翻得动他们吗？我的心是新安江的水，一眼可以看到底，清楚得很，你是冤枉的呀！真正的凶手，是包子店里的那个阿伊，也就是隆裕山庄的那个庄主。”

二龙暗暗地骂道：“这个嚼烂舌头的东西，一副能骗得水鬼上岸的嘴脸，真会教人上当啊！”

蕙英在暗暗地骂：这个“害人精”也是个“鬼话精”！

“上官廷钰”又是一脸苦相：“你真不知道，为了查清楚这桩大案，我是跑断了腿，累弯了腰，案牍摞起来有一尺多高。可他们就是不当回事，不作数。我官儿小，如同风箱板修的锅盖，受尽了冷气，又受热气！”

“姜聂隆”双目怒睁：“你！……”立刻意识到不能开口说话，赶快咬住自己的舌头。但心里还是觉得“矮子鬼”的话让人听得下去。要不是早有提防，还会上当。

“上官廷钰”提了提衣袖，振振有词地说：“那个隆裕山庄的阿伊，无根无底的，突然从地皮地下冒出来个大富贵，他哪里来的那么多的钱财？不该查一查他的底细？他们就是不信，硬是咬住你姜聂隆！”伸出两个手指来晃动，“第一，说你有非凡武功，还有一柄削铁如泥的宝剑；第二，现场有你的衣裳，人证物证俱全。”

“姜聂隆”心里恶狠狠地骂道：“你这是阎王爷的告示，全都是鬼话！”

“上官廷钰”见“姜聂隆”十分激动的神情，以为他的话见效了。继续往下说：“外人真不知道官场上的事：卖力的不如逍遥的；说真话的不如说闲话的；做实事的不如跟风看脸色的；官小的死也扛不住官大的。”“上官廷钰”就这样把自己投进了新安江，满身的污秽都洗去了，一身清白地坐在“姜聂隆”的面前。

蕙英真想说：“假话，假话，虎子哥，你不能听他！”

“姜聂隆”心里在流血！他非常后悔，求雨进了火神庙，找错了菩萨。抬起眼睛来看了“上官廷钰”一眼，自怨自艾：眼前的这个人是一母所生的亲兄弟呀！他怎么会使这么厉害的手段来骗我、害我？我为什么还由着他？信着他？有句话叫“臭猪头碰到烂鼻头”，臭味相投呀！怨不来别人，都怪自己贪。咳！现在他又来讨好姜聂隆了，他到底在盘算什么？回想当年，为了逃命，才来做人，谁也不知道人该怎么做，直到现在才知道做人真不容易！有句话叫‘鬼迷心窍’，到底是鬼在迷人还是人在迷鬼呀？”

“上官廷钰”见“姜聂隆”低头无语，估计已经打动了他的心，便趁热打铁：“今天我来，就是想告诉你，我要尽我分内的这点权力，凭我做人的良心，说我该说的话，做我该做的事，为蒙冤受害的人，讨回公道。你自己可要保重啊！”说罢起身离去。

牢房重又陷入黑暗。黑暗给人带来寂寞、孤独乃至恐惧。但也让人享有静谧、安宁，把人从日常的繁琐、焦躁、杂乱的生活际遇中解脱出来，得以冷静思考，正如诸葛亮所说的“宁静致远”。

“姜聂隆”把与“上官廷钰”接触的前后经过细想了一遍，最让他想不通的是：为什么骗人的谎言说起来总比真话好听？为什么总有人会买他的账？为什么说真话的总是败在说假话的手里？

“上官廷钰”走了以后，蕙英立刻进了牢房。她心里感觉不痛快，虎子哥今天究竟是怎么了？面对四龙恁多胡说八道，一句话都不说，看上去好像还有点信着他，简直变了个人！她悄悄地来到虎子哥身边，爱恋之心油然而起，很想靠近他、依偎着他，问他今天是怎么了？

“姜聂隆”突然发现有个黑影正一步步地向他走来，心里陡然紧张起来：这是人嘛？这里哪来另外一个人？

黑影不停地向他靠近，“姜聂隆”连连后退。突然，那黑影倒向了他，正要出手推开，一声羞答答、娇滴滴的“虎子哥”把他给惊住了！这是谁呀？二龙来不及辨认，说时迟，那时快，一个软绵绵的躯体，氤氲着少女特有的芳香，拥进他的怀里，紧接着便是一连串的责问：“你今天是怎么了？吃了什么迷魂药了？刚才那个害人精满嘴胡话，你都听得下去？你信他了，是吗？他是豆芽和藕一起下锅——尽钻空子的，他又在拨弄祸水了，你看不出来？”

“姜聂隆”终于看清楚：这不是九妹吗？心头为之一怔——原来他们在这里也有来往！突然肩头上连续挨打。

“问你话呢！你哑巴了？”蕙英又用力摇晃着“虎子”的双肩。

“姜聂隆”怎么回答？他无话可说。

“气死我了！”蕙英猛站了起来。

此时此刻，“姜聂隆”如果说上几句安慰的话，至少说点让蕙英的情绪能平静下来的话也好。单单遇上了这个嘴巴木讷的“姜聂隆”，他什么都没说。他没有忘记对姜聂隆表过的态度，“蚂蟥叮脚不开口”。

蕙英看着虎子，心想，也许虎子哥在牢里待了这么久，苦头也吃尽了，他不想再这么耗下去。人家是官府，胳膊拗不过大腿，是不是另有什么打算了？想到这里，蕙英脑子里突然闪过一个念头，重新坐到虎子哥身边：“虎子哥，你看这样好吗？这些大小昏官压在我们头上，不会有指望的；九龙兄弟也各有各的活路，像徽州会馆里摆着的丁香花，头多着呢！我们管不了他们。你看这样好不好？”蕙英双眼盯着“姜聂隆”，期待着他会心的表示。

“姜聂隆”倒是很想听蕙英说她新奇的想法。

尽管在黑暗中，但人是有高度灵性的，蕙英已经感觉到虎子有意倾听她的想法。于是像献宝一样，满心欢喜地把刚才在脑子里闪过的那个念头娓娓道来，说话声变得低沉而缓慢，每一句话都是用爱包裹起来的——

“我们带着两个妈妈，到一个很远很远的地方去，那里要有青山、小溪、果树；我会饲养鸡、鸭，还要学着纺线织布。你呢，开垦出一片地来，栽种粮食、蔬菜，我们有吃有穿的，过上无忧无虑、和和美美的日子……”

“姜聂隆”被蕙英的这一番话吸引了：与心爱的人在一起，自食其力，过着无忧无虑的日子，既没有担惊受怕，也没有烦恼，那是神仙过的日子啊！真后悔！如果还在包子店，老早出师了。设法盘一间店面下来，自己做小老板，攒些钱，娶个老婆，不也能安安稳稳地过好日子！是什么妖孽钻进了自己的脑袋，一心只想做有钱人，过富贵人的日子，天下哪有这么便宜的事？这真叫“买猪心还讨个胆，自讨苦吃”！“姜聂隆”陷于后悔与自责，哪里会想到回答蕙英的话。

蕙英听不到“姜聂隆”一句回话。她已经把自己的心思，对虎子哥满腔热忱的爱，全部坦露在心爱的人面前，想不到虎子用这样的态度对待她，她难受极了！痛苦到双脚失去了支撑她站起来的力量，摇摇晃晃地才站立起来。看着眼前这个曾经让她朝思暮想、认作终身托付的人，竟然如此冷落她、厌弃她，已经远远地离她而去了，好像江上远去的风帆，即将看不见他的影子了！她慢慢地向后退去，每退一步，她都在等待着、热望着、企盼着虎子哥突然的呼唤，让那远去的帆船驶回到他的身边，再次登上风帆，双双驶向幸福的彼岸。然而她依然什么都没有等到，面对的是悄无声息的一片黑暗。

泪水就像断线的珠儿，“扑簌簌”地滴落在枯草上。她不知道自己是怎么越出牢房里那扇高高的窗户，她不知道该往哪里去，不由自主地在井巷里胡乱地走着。

打更的老人背后插着一盏歪柄的灯笼，手里有节奏地敲着梆子，迎面而来。蕙英似乎什么都没有看见，顾自己低头走路。突然面前站着两个人，挡住她的去路。抬起头来，是一僧一道，蕙英愣怔着。

“请问这位女菩萨，徽州会馆在哪条街巷？”僧人上前一步，双手合十问讯。一僧一道进城后四处打听，得知前任县令刘宇的遗孀目前暂住在徽州会馆。因路径不熟，天色已晚，东转西转，直到二更初了还没有找到徽州会馆。

蕙英俨如脑子里一片空白的醉汉，低着头，不辨东西，见路就走。猛见一僧一道挡在跟前，没好气地应道：“不知道。”说罢顾自己走了。

僧人感觉这姑娘好眼熟，好像是在开棺现场见到过的九妹！但凭借已经走远的打更老人照明灯的那点余晖，无法断定，立即快步追了上去。

道士一把抓住他：“还去问她？人家不愿理你！”然后指着打更老人，“去问他呀！”

两人快步追赶打更老人。

五

虎子出了牢房，直奔徽州会馆。刘夫人吃好晚饭后，拿出做手工的笸箩，她瞒着蕙英，更不让任何人看见，她在绣一件鸳鸯戏水的织锦。蕙英深深地爱着虎子，连晚上做梦都会喊虎子哥。尽管大案未了，虎子到底能不能昭雪，现在还无法断定。但是心里总是向往着天道无私，自矜者不长，好人应该有好报。待到虎子走出牢房，应该把这一对非凡的姻缘完美地缔结起来，了结心头的夙愿。绣一床鸳鸯被，这是早就有的想法，前一阵子四下里奔走，居无定处，难以着手，现在悄悄地动手了。

有人敲门。刘夫人赶快收拾，以为是蕙英回来了：“英英！”

“是我。”门外人说。

“好像是虎子？！”刘夫人惊喜，赶快打开房门。

果然是虎子站立在门外。

“快进来。”刘夫人招呼虎子。

虎子很关切地看着夫人，找了一张小方凳，在离开床较远的茶几旁坐下。“夫人，您好吗？”

“还好。是……”夫人想说，“是老二进去顶你了吧？”但话还没有出口，虎子已接过话茬——“是夫人的教诲，让老二感悟了。开始我还有些疑惑，见他态度很诚恳、很坚定，也就放心了。提醒他不要再上老四的当，万不可懈怠。另外，最近老四那边没有什么动静，不知道他们又在谋划着什么，心里很不踏实，正好乘机出来打探一番。”

“是啊！我也一样，心里急着呢！越是不见动静，越叫人担心。”夫人见虎子说话间眼睛时而旁顾，显然想问蕙英去哪里了。

“蕙英最近一直在关注着老四的动静。今天晚饭也没有回来吃，不知道她又去哪里了。”

“她……有什么发现没有？”

刘夫人探头看看窗外，然后悄悄地对虎子说：“前些日子听说，京里来的霸大人过不了多久就要回京了。”

“嘎！”虎子很意外。

“最近啊！欸，炁岚庙那边的老鹰岩下有一处独门独户的人家，你知道吗？”

“知道。那是一位很有学问的高人，姓余，好像单名浦。他不与外人交往的。”

刘夫人连连点头，“他膝下有个如花似月的姑娘。”

虎子听得很认真：“是呀，怎么了？”

刘夫人沉下脸来：“这个建德县太爷——‘上官廷钰’，亲自出马，几次上门做说客，为霸大人求婚呢！”

虎子瞠目：“有这种事？”

“你说，其中有什么奥妙？”

虎子低下头来思考，“总逃不出为了巴结这个京里来的大官吧！”

“我也是这样想啊！不过我还没有把事情想圆，你想，那个霸大人见到过姑娘吗？如果他没有见到过人，完全是老四自作主张，弄不好要碰一鼻子灰的，岂不是自讨没趣？”

“老四狡诈成性，他绝不会做这种无厘头的事。我看，他一定是捕捉到什么蛛丝马迹，有利可图才会下手。看来……”

刘夫人忽然想起来：“欸，还听说那个霸大人升官了，不久回京是履新。”

虎子怔了怔。“如此说来……不知道夫人有没有这样的感觉，几次过堂，特别是那次开棺，我发现这个霸大人对这桩案子有自己的主见，在有些节点上，他的想法与郡、县两位大人的判定相左。尤其是他坚持要去淳安大汉包子店查问，这一查不就一清二楚了嘛！”

夫人显得焦虑：“不知道查出什么样的结果？”

“我一直在想，如果是‘上官廷钰’他们要的结果，决不会是现在这样的冷灶头，老早就添加柴火，烧旺了。也不会等到京官要走人了，还想主意去找美女。”

刘夫人颌首。“那你的意思是，包子店里查来的结果不合他们的意？我也没见过那美女，真想不明白，怎么会找到那么个老鸦不生蛋的地方去？美女果真有恁大的用场？”

“不管怎么说，‘上官廷钰’放下身段，屈尊上门，可以断定，这个美女一定是霸大人喜欢的。‘上官廷钰’除了巴结之外，还不是为了让京里来督办此案的霸大人临走前按照他们的意愿，把案子做个了断。”

“你看这位霸大人也是个贪财好色的人吗？”

虎子轻轻地摇了摇头：“现在还不好说。”

刘夫人又警惕地关注窗外，原来她坐在床头靠案桌的地方，这会儿悄悄地朝虎子身边挪了挪。“我第一次拦他的轿喊冤，一见面，心里好像被什么东西牵动了，就像见到蕙英、老大、老六一样！”

刘夫人的话，佐证了虎子的判断：“一样啊！我也有这样的感觉。特别是那次开棺，看得出来，他对你怀有一种很别的神情。更让我吃惊的是，屠龙剑一出现，他也立刻受到震慑，难道说他也是龙……？”

“你说他该是老几？”夫人急不可耐地问。

虎子掐指算来，“如果真是，那应该是老八。”

“也好……很好！俗话说得好，干涸的池塘底，泥鳅、黄鳝都钻到一起。我倒要看看，哪个是人，哪个是妖；哪个是善，哪个是恶；哪个真正学会了做人。”

虎子突然想起：“不好！”

“怎么了？”刘夫人骇然。

“我担心蕙英会去牢房里探望，遇到的可是老二啊！”虎子急着说。

刘夫人也焦急起来：“她经常来吗？”

虎子羞涩地低下头，答：“是的。”

夫人也很着急：“那怎么办？”

虎子起身，说：“我马上去找她。”

“你可要小心。”

“好，夫人，那我走了。”虎子快速离去。

第三十三章　蕙英怨怼虎子

一

虎子进牢房。二龙已经睡了，见虎子进来，急忙坐起。虎子问：“你九妹有没有来过？”二龙一五一十地把见到四龙、九妹的情况说了一遍，并再三提醒虎子：“九妹对你一片真情，她是哭着走的呀！”

虎子心头一阵阵怅惘，幸好是晚上，没人看得见他满眶的泪水在涌动，赶快仰起脖子来，把泪水咽下。控制住情绪后，对二龙说：“好，我知道了。千万记牢，我对你说过的话。”说罢，越窗而去。

一轮明月在云朵里穿行，几颗星星疏朗，懒散地挂在天空，显得疲惫而乏力。月亮钻出了云层，星星立刻闪烁、耀眼。但仅仅一会儿，月亮又钻进了云朵，星星立时黯淡下来，它们渴望着月光的到来。

虎子在昏暗的月色下徘徊，一阵阵带有寒意的晚风，让他连打寒噤，该到哪里去寻找蕙英？她只有几个地方可去，现在是晚上，她会去哪里呢？噢！虎子突然来了灵感，会不会去娘那里了？对！很有可能去娘那里倾诉，诉说心头的伤痛。

虎子拔脚就走，直奔姜家村，不一会儿就出了西门，踏上回家的小路。山谷挡住了月光，加上沿路都是茂密的山林，格外显得朦胧昏暗，走着走着，虎子感觉身后有人！回头一看，不远处有两个人影，这么晚了，这两个是什么人？是不是“上官廷钰”发觉了他的行踪，派人盯上来了？一闪身，进了路边的丛林。他没有急着就走，要看一看这两个到底是什么人。

脚步声越来越近，可以听见他们的说话声了：

“咦！前面那个人怎么一会儿就没了？”一个男人说。

“诶哟！你别吓我，我怕！”女人惊恐地说。

虎子大为震惊！“这不是泰鑫嘛！”

“我明明看他在前面走的，怎么一下子就没了？”

“果然是泰鑫！”虎子大喊一声，“泰鑫！”

泰鑫也听出来是虎子的叫唤，四下里观望：“是虎子！”

“泰鑫！”虎子冲出丛林，把泰鑫紧紧抱住。这时月亮正好钻出云朵，投下一片光明。

泰鑫反复问虎子：“这不是在梦里吧？”

虎子把泰鑫抱得更紧了：“你说是梦里吗？”

泰鑫激动得流下泪来，“想不到会在这个时候，在这里见到你！”招呼达拉妮丽，“快来见过我最好的兄弟——虎子哥！”

“这就是虎子哥呀！”达拉妮丽赶快上前行礼。“泰鑫他天天都在念叨着你！”

虎子对泰鑫说这不是梦，然而他自己却感觉仿佛就在梦中。自从在西域遇上了那一场巨大的沙暴，泰鑫就失去了音讯，虎子曾多次安慰他父母和乡亲，心里却十分惶恐。随着时间的推移，一年又一年的，简直有些绝望了！面对他年迈的父母，尤其是他老爹跌倒受伤，行动、生活困难，虎子心痛难忍，跪倒在他爹的床前，说：“叔，你安心养着，我就是你的儿子。只要我虎子有一口吃的，就不会让你们两老饿着，您老放心吧！”

通情达理的泰鑫爹反而安慰起虎子来：“你们啊，是给村里做好事，是为大家。”说着昂起头来一字一句地说：“你心里不要多想，更不要责怪自己”。

虎子说到做到，泰鑫家里的农事他件件都放在心上，从春播到秋收，紧接秋来的点豆（收割稻子后，立即在稻茬下豆种子）、种麦子，一直到收获归仓，都是他想法子和耕耕等几个伙伴一手包。

“想不到，真想不到啊！你居然带着老婆突然出现在我面前，果真是俗话说的，好人有好报啊！告诉我，你是怎么活下来的？”虎子拉住泰鑫的手，“我们一边走一边说”。

虎子直听得心惊胆颤，而后喜笑颜开。这才发现达拉妮丽手里提着个篮子：“夫妻俩这么晚了，从哪里来？”

泰鑫长叹一声！“你看，这篮子里有她亲手做的手抓羊肉、馕，还有几样水果。我们吃过午饭进城，县衙门我们进去过一次，那是请我们去的。今天想进去比登天还难。还算好，在衙门口遇见了一个过路的老人，他指点我，牢监在乌龙山下，去那里打听才是。我们立刻赶到那里，但是兵丁把守很严，怎么说都没用。后来听说是来看你的，那些兵丁立刻连推带拉地把我俩轰走。”

“是这样啊！真难为你们了！”

“总不能见不到你呀！”达拉妮丽说，“后来我们想起了救命恩人，他俩的本领……不，是两个神仙！”

“嘎！神仙？！”

“一个是和尚，一个是道士。”达拉妮丽说。

虎子停下脚步，惊奇地看着泰鑫。

泰鑫把在黄饶的遭遇前前后后地说了一遍。他感觉这两个人像是到人间来救苦救难的活菩萨，只要能找到这两个人，就能主持公道，平反这场冤案。“当时我们知道他俩连夜赶进城，急着办什么事的。遗憾的是没问一声他们住在哪里。我俩就这么大街小巷地四下里打探，瞎碰，哪里找得到他们？没有办法，只好回来了！想不到会在这里碰到了你！”

虎子想，这一僧一道极不寻常，会不会是……

泰鑫急着问虎子：“欸，你还没说，你是怎么出来的？”

虎子四下里看了看，悄悄地对泰鑫说：“我们回家去说。”

虎子带着泰鑫夫妻俩回到了家里。娘已经睡了，听到虎儿回来了，连忙起来。

娘的第一句话是：“你们饿不饿？饭篮里有发糕，是耕耕老婆今天拿来的。”

达拉妮丽接过话说：“娘，这里有现成的。”说着就去了灶间。

虎子见达拉妮丽对这里的环境、灶间的炊具都很熟悉，看得出来，她是常来照看老娘的。

“娘，您好吗？”虎子问道。

“你看看还好吗？”虎子娘长叹了一声，“我现在是白吃白喝，这么多的人情啊！我是还不了啦，你说怎么办？”

虎子发现娘果然毫无觉察，真要感谢姜家村人啊！一颗时时悬着的心，可以放下来了。赶忙回应娘的话：“娘！孩儿都记在心上，孩儿会还他们的。”

“那就看你的了，你这一辈子还不了，下一辈子也得还。”

“老姆，我们欠虎子、欠您老人家的多着呢，下一辈子都还不了哇！”泰鑫说。

说话间，达拉妮丽将她亲手烹制的手抓羊肉重新加工了一番，热气腾腾地端上来了，香馥馥的，让人垂涎欲滴。

二

大家一起品尝达拉妮丽的手抓羊肉和馕，赞不绝口。吃过后，达拉妮丽收拾好碗盏，泰鑫夫妻向虎子他娘告辞回家。

虎子送泰鑫夫妻出门，在出院门的下坡道上，虎子把调包出狱的事对他俩说了。

泰鑫生性机灵，知道事关重大：“你放心，守口如瓶，绝对不会走漏半点风声”。

虎子紧紧地握住泰鑫的手，依依作别。

虎子返回时，娘还坐在堂屋里等他回来。

“娘，该睡了。”说着扶娘进卧室，伺候她睡下，在娘的床前坐下，对娘说：“娘，我在办着一件大事，溜着回来看您的。您可千万不能对别人说，虎子回家来过。泰鑫他俩我也交代了。”

“哦！知道了。哎！蕙兰见到了吗？”

虎子笑了：“娘，我知道了！”

“等你把大事办了，接着就该办你的大事啊！”

“好，好，好！天不早了，娘，睡吧。”

“你也睡吧。”

虎子好久没有在自己的床上睡觉了，倍觉舒坦。然而蕙英不知去向，一僧一道突然出现，又让他无法入睡，他猜测，那一僧一道很可能是六龙和七龙，如此说来，九龙要齐集了，好！该到水落石出的时候了！明天晚上去夫人那里，便可知分晓。蕙英究竟是怎么回事呢？明天白天决不能待在村里，这里离城太近，“上官廷钰”很快就会得到消息，他反复提醒自己，只睡一会儿，马上就走，想着想着，进入了梦乡。

虎子一觉醒来，天已亮了。不好！立即翻身下床，喊了声“娘”，娘在灶间里应声。虎子快步来到灶间，“娘，我走了。”

“吃点再走！”娘喊住虎子。

虎子见笼屉里有热气腾腾的发糕，抓了几块在手里，说了声“来不及了！”，打开大门便走。

山谷里大雾弥漫，这倒好，可以遮人耳目。但还是小心为好，早起做生活的人有的是，决定不走大路，直上后山。

山上树木葱茏，藤蔓如虬，遍地荆棘，行走起来比较困难，翻过一座山岭后，感觉后背已经湿透。他找了个地方坐下来歇脚，吃发糕。心里还是在想蕙英，看来是在赌气，她无法忍受虎子哥如此无情无义！她这一肚子的怨气到哪里去倾诉？虎子心跳加快了，担心蕙英一时想不开，加上性情急躁，做出什么极端事来！但愿她能三思而行，冷静下来啊！

三

蕙英在哪里？她不辨东西地信马由缰，远远地看见黑暗中有一团火，再看哪里是火，是一盏灯。这是什么地方？奇怪的是，那盏灯还会摇，正当她疑惑不解时，身后响起了脚步声，回过身来看，后面也有一盏灯，怎么前后都亮起了灯？看清楚后，那倒真是一团火，举着火把的是一个老人，身旁一个姑娘相扶着他，两人匆匆忙忙地往前赶，像是去追赶什么。

蕙英连忙闪过一旁。远处的那盏灯，渐渐地靠近了，还听到了摇桨的声音，蕙英这才明白过来，原来这里是码头，那两人是急着要上船。

老人显得很慌张，犹恐后面有人追来，压着声音喊道：“快点靠过来！”

姑娘如同惊弓之鸟，依着他爹：“爹，我害怕！”

老人安抚女儿：“孩子，别怕，我们上了船就好了。”

蕙英终于看清楚，这不是老鹰岩下住在草庐里的父女俩吗？他们如此惊慌，要去哪里？

一条小船靠岸了，父女俩慌慌张张地上了船。小船立马打起双桨，那盏灯渐行渐远，最后被黑暗吞没了。

蕙英看着茫茫江面，自言自语地说：“原来他们逃走了！走掉好，要不，那个‘上官大人’还会来纠缠的。”她又替他们担心起来，他们要去哪里呢？还会遇到“上官”这种人吗？世上哪里才安宁？

蕙英顿时心里起了个念头，想一头钻进水里，跟在小船的后面，护送他父女俩到他们想去的地方，让他们过上没有烦恼的安宁日子；然后痛痛快快地在江里翻腾一会，抑或到大海里去遨游一回，江水能带走她心里的烦恼吗？

蕙英突发奇想，老鹰岩下的草庐没人住了，那里倒真是个无忧无虑的好地方。如果是这样，那姑娘的模样还活龙活现地在眼前，不妨化作那姑娘，看那“上官廷钰”如何来折腾？想办法出出他的丑，岂不大快人心！也叫虎子明白，不是你姜聂隆一个人怀有一腔正气，我老九也会除暴安良。这么一想，蕙英心里的烦恼没了。腾身而起，御风而行，一会儿就来到老鹰岩下的草庐。

虎子继续在山林中行走，远远地看见了浩荡的新安江，估计从这里下山就是炁岚庙潭，于是想起了师父，不知如今的炁岚庙潭是什么样了？不妨借此机会下潭去看一看师父的碧玄洞。实在是太忙乱了，师父圆寂以后，再也没有来看过，真不应该，一点孝心都没有。想到这里，脚步自然就加快了，感觉腰腹里被什么东西挡住，低头一看，原来是一根葛藤，他顺手拉了拉，藤很长，一时还拉不尽。忽然听见“咔嚓”一声！好像有什么东西倒下来；脚下还有“哗哗”的流水。不好，把人家的接水笕拉倒了！山里人都这样，住在离开水源较远的地方，利用剖开的竹子作为水管，设法到山上去引山泉，有的延绵数里，一直把水引到家门口。这看似简单，但做起来实属不易，要根据山势的走向、落差，沿途要驾起许多支架，整个水流通道要有一个合理的倾斜度，沿途的支架除了牢固，还要顺应这个倾斜度，不然水流就不畅，甚至中途断流。

虎子拉葛藤时，一连拉倒了好几个支架，水往地上流了，下面的人家必定断水。这不是害人了吗？不行，一定要尽快给接上去。

顺着流水，一直往山上爬，虎子找到了倒下来的水笕，一看那场面，虎子呆了！两根很长的水笕，倒塌在山岩上，一路十多个支架，像大风刮过的麦地，只见稀稀拉拉的几根麦秆子，可怜巴巴地还站立着。真不巧啊！这里是一片光秃秃的岩石，当地人叫“石塔皮”，葛藤蜿蜒穿过立在“石塔皮”上的支架，虎子拉动葛藤，带动了支架，造成了这一段水笕的倒塌。

虎子想先把支架立起来，发现很难！“石塔皮”上怎么立得牢？忙乎了一阵，结果还是东倒西歪。原来是怎么弄的？经仔细观察，终于发现有几条石缝，有五根支架是立在石缝里的，其余都是辅助支撑，得想办法把这五根支架先立起来。虎子没有工具，全凭力气，总算把承重的支架都立好，试着把水笕架上去。

问题又来了，两根水笕的衔接处不合辙口，等于无用。虎子正在无计可施时，听到了脚步声。不好，有人来了！来的是什么人？会是熟人吗？得躲一躲。他迅速往上爬，居高临下，躲到“石塔皮”的后面。

虎子看见下方的灌木丛林在不停地晃动，忽然走出一个人来，一个姑娘！简直是民间传说《田螺姑娘》《天仙配》里的仙女！怎么有这样漂亮的人啊！传说山中有山魅，会迷人的，真有其事吗？再看那姑娘，走到倒塌的水笕旁，自言自语地说：“原来坏在这里！”

虎子听她说话的口气，分明是这水笕的主人家。

姑娘想把水笕接上去，但几次努力都没有成功，颓然坐倒在地上。

虎子这才放心，这绝不是什么山魅，分明是人。另外，刚才他躲在一旁看，姑娘在接水笕时，犯了与他同样的错误，他刚才在岩石后面看了整个水笕的走向，都是由下往上接，才把山泉引过来。他正好相反；姑娘也接反了。

虎子毫不犹豫地走出来了，对姑娘说：“对不起，是我把这水笕弄倒的，我正在修搭着呢！”

姑娘大吃一惊！但仅仅是暂短的骇然，马上冷静下来：“你，你是什么人？”

虎子回道：“我是这里人。”

“你怎么把我们家的水笕给弄坏了？”姑娘很生气。

“我路过这里，有藤蔓挡路，便牵拉那根藤，想不到把这水笕给拉塌了，实在对不起了！”虎子坦诚认错。

姑娘审视着虎子：“咦！你说是本地人，山下有大路不走，怎么爬到这山岭上来，还把我们家的水笕给弄塌了！”

虎子感觉奇怪，这姑娘看上去文雅秀丽，是个仙女，怎么说起话来如此咄咄逼人，好厉害呀！

“我想去炁岚庙，抄个近路。”虎子解释说。

“去炁岚庙也不该走这里！”姑娘诘问。

虎子笑着说：“哦！头一回，头一回走这条道。”

“把我们家的水笕弄成这样！家里没水了，你说怎么办？”姑娘沉下脸来。虎子赶紧说：“我想好办法了，你别急，马上就成。”

姑娘见虎子一个人手忙脚乱的，也想出手相帮，但犹豫了一会，还是站着不动。

虎子把第一根水笕接上去了，水流很快就通过来，因为承重，水笕中段往下坠。虎子赶紧把辅助支架按上，水流平稳地通过竹笕。

姑娘一直站在一旁看着，看得很认真。在“石塔皮”上行走很不容易，加上坡度大，很容易滑倒。虎子几次脚下打滑，姑娘几次流露出惊吓的表情，却又佯装视若无睹。

这些虎子都看在眼里。

第二根水笕也接上了，清冽的山泉，一路高歌，顺着竹笕向山下走去。

虎子对姑娘说：“修好了。”

姑娘点点头：“唔，还不错。”

虎子拍了拍手上的污秽和尘土：“耽搁你们用水了，对不起！”说罢往下山路走去。

姑娘眼尖，早就发现虎子手上有血，原本想当作没看见，由他去。但不知为什么，还是惊叫起来：“你手上有血！”

虎子抬起手来看，果然，手指在冒血，不知道被什么东西划破了，没当回事，还是打算走。

“出血了，怎么能不管它？来，我给你包起来。”姑娘说着就要撕自己的衣襟。

虎子即止：“欸，等等。”再看手指，划得比较深，血不停地往外冒。他随手捋了一把身边的檵柴叶子放进嘴里咬。

姑娘好奇地问：“你这是干啥？”

虎子说：“这种事，见得多了。这檵柴叶子包在伤口上，很快就止血，明后天就好了。”说罢把已经咬碎的檵柴叶子敷到伤口上。

姑娘已拿着撕下的衣襟站在虎子的跟前，不管虎子答应不答应，把虎子的伤口包扎起来。“我家就在山下，去我们家喝杯茶。”

四

“你家就在山下？”虎子问。

“是的。”姑娘说着就往山下走，回过身来见虎子站着不动，便睁大着眼睛，“走啊！”

“欸，好！”虎子说。

这里丛林茂密，哪里有路可走？加上半人高的荆棘，如同带刺的渔网，行走起来很困难。虎子见姑娘被荆棘左扯右拉的，很不忍心，便快步走到前面去开路，边走边问：“你家在老鹰岩下，是吗？”

“是的。”

虎子想，这姑娘想必就是余老先生的女儿。但是她的一举一动却很像另外一个人啊！

不错，姑娘正是蕙英。昨天晚上，她悄悄地进了柴庐，主人就是把随身的衣物带走，连被褥都还留着。蕙英没有吃过晚饭，肚子里饿得慌，找到一坛子小米，煮起小米饭吃。吃完了，就在姑娘的房里睡下。一觉醒来天已大亮，到院子里一个砖砌的接水池里取水梳洗，发现没有水了！昨天晚上还有“哗啦啦”的流水，怎么过了一夜就没有水了？原来这个砖砌的水池漏水的，水笕里有水来，水池里就有积水，一旦水笕断流，水池很快就干涸了。

没有水怎么可以？蕙英就顺着水笕往山上爬，爬了一阵听见上面有动静，这上头也有人吗？会不会是什么野兽？不管了，上去看看。她继续往山上爬。

走到“石塔皮”一看，心凉了！石塔上在哗哗地流水，竹笕却倒塌在石塔上。怎么会弄成这样？看样子好像有人在修整。但这人呢？

突然虎子出现了！蕙英好不惊讶！他怎么会到这里来？！就是眼前这个人伤透了她的心，她才躲到这个没有人烟的地方来。他怎么会找到这里来的？！是来找她的吗？看来又不像。见他冒着一头汗，爬上爬下，那说话的神态，待人的好心肠，还是原来的虎子哥。原本一肚子的怨气，就像那漏水的池子，泄了。好几次想出手相助，她硬是憋住，因为余怒还未消；昨天晚上，他那种态度，与寒夜雪地上的雪人有什么两样？冰冷冰冷的，把她的心都凉透了！当时实在找不出理由，虎子哥一下子会变得这么无情！今天好像有点悟出来：他是不是逃出来的？不走大路走小路，分明是昨天晚上就逃回家了。为了不走漏风声，行动保密，故意不开口说话？再一想，不对，你对人家是要保密，难道对自己心爱的人也这样？

刚刚回暖过来的那点热情，又被在水笕里汩汩流动的山泉水浇凉了。然而当看见虎子的手指出血了，再次硬起来的心肠，宛若蜡烛遇上了火，立刻就软了！不过她还是有界限的，试探着邀请他去家里喝杯茶，如果虎子拒绝，她抱定宗旨——这一辈子都不理他。

虎子跟着姑娘进了柴庐，尽管房舍看上去简陋，但给人以超凡脱俗的感觉。小院里的花草名目繁多，氤氲芬芳的不仅仅是花木的香艳，几方选自后山的乱石，经过别出心裁的摆设，便显出清奇、高洁的品位来。堂屋里的三面墙上挂着不少字画，看来大都出自余老先生的手笔，有一些虎子还看不太懂，其中有一副对联，虎子很感兴趣：“静听夜半钟声声声唤醒主人梦；试看庭前月色色色全彰古佛心。”虎子想，这一定是余老先生于夜深人静时，听炁岚庙的钟声有感而发，这位老先生果真是不染尘世的出世高人。相形之下，自己就显得粗鄙俗气了！他很想有朝一日能拜见这位老先生。

姑娘端上一杯热茶："来，请喝茶。"

"嘆！谢谢！"虎子双手接过。看那茶杯是褐色的紫砂，很文气，"请问姑娘，余老先生在吗？"

姑娘停顿了一会儿，支吾道："他，我爹他……出门访友去了。"为掩饰窘态，改问道："有小米粥，要喝吗？"

虎子一大早起来，爬山越岭，修水笕，折腾了大半天，肚子确是饿了，听说有小米粥，眼睛放亮："好，好啊！"

一会儿，姑娘端上了一盆热气腾腾的小米粥；又拿来一碟取自酸菜坛子里的腌萝卜、腌青椒，小米粥配上这两样东西，那真是最佳搭配。两人就着堂前的桌子，坐下来喝粥。

姑娘看虎子喝得津津有味，满脸生辉，感觉自己朝思暮想的心上人——虎子哥，又回到了身边。她想说，你别再姑娘姑娘地叫，告诉你，我不是余家姑娘，我是——但还是按下没说。

虎子边吃边偷偷地看姑娘，真所谓貌合神离，不管如何乔装打扮，在虎子眼里，这位余家姑娘分明就是蕙英。不过他还没有弄清楚，你这个假姑娘是怎么走进余老先生家的？他们父女俩到哪里去了？仅仅一个晚上啊，你怎么就成了这一家子的主人了？虎子正打算捅破这层窗户纸，突然有人在院门外大声说话："这里是余老先生家吗？"

虎子警觉，丢下碗筷："外面什么人？"

"我去看看。"姑娘走到院子里张望，见院门外站着衙门里的人。赶快回来，急着对虎子说："衙门里来人了！"

虎子惊起！急忙寻找退路。

蕙英对他挥手，教他从后门走。

蕙英来到院门，透过柴扉见门外有好些人，问道："你们是什么人？"

一个胥吏模样的人上前作揖，说："我们是建德县衙的，奉县令大人之命，前来拜见余老先生和他的女公子。"

姑娘回礼："找我爹有什么事？"

"请姑娘打开院门，我们进来说话，好吗？"胥吏笑容可掬地说。

姑娘迟疑："你们衙门里来找我爹，什么事情啊？"

胥吏连忙摇手，说："没什么事。没什么事。"接着踮起脚来说："呃，好事，好事啊！"

"什么好事？"

胥吏找到柴扉下最大的一处空隙，蹲下身来，露出大半张脸："府台大人今天宴请京里来的宪台大人。令尊余老先生是严州首屈一指的贤达。敬请老先生并女公子赏脸，枉驾作陪！”

“我爹不在家。”姑娘说罢转身返回。

胥吏急得跳脚。“欸，女公子且慢！女公子且慢！敢问余老先生去哪里了？”

“外出访友了。”

胥吏蹲得久了，双腿发麻，站起来另找了一处空隙，接着说：“如此说来，那就请女公子权代令尊赴宴。你看，这是府台大人的名刺并特邀函。”说着从空隙里递入，又指着身后的坐轿，“这是县令大人的坐轿，专此候着。”

姑娘想：去参加他们的宴会？借此机会，看他们究竟在耍弄什么花招？但担心这种场面从来都没有见过，举止、礼数、规矩都不懂，弄不好又让老娘指责“毛手毛脚”，不像是通文墨的余家姑娘。

“这合适吗？”姑娘推辞。

“这有什么不合适的？女公子家学渊源，国色天香，早已名声远播，如能代父赴宴，庶几满座生辉。”

姑娘神色忸怩：“那……请你们稍待。”

胥吏大喜过望：“好，好，我们等着。”

姑娘返身入内。

胥吏得意地一拍掌！“成了！”想不到这么顺当就办成了，准备好的几样招术，一样都没有使。为啥县令大人说这是千难万难的呀！摇了摇头，不去管他，等着领赏就是。

五

姑娘急急返回。

虎子找到后门，一看，不到一箭之地即可上老鹰岩，随后直上山峦，即使衙门来人进了院子，他也来得及逸去。于是又悄悄潜回，姑娘与院门外来人的对话，他听得一清二楚。显然，这个“上官大人”要拿余家姑娘当赌注使了。

虎子想该与姑娘交代几句。正好，她急急忙忙地回来了，虎子赶快迎上。

姑娘嗔怪：“你怎么还不走！”

虎子说：“你们刚才的说话，我都听见了。”

“你说我该怎么办？”

“这是个好机会呀！”虎子很兴奋。

“我……心里有点害怕！”

“别怕。有道是不入虎穴，焉得虎子，再说……”虎子双目注视着姑娘，“我会想办法……护着你。”

姑娘以同样的目光回敬虎子："你是……虎——子——哥！"

"你是蕙——英！"

蕙英扑向虎子，不停地捶打他。"你为什么那样对我？我恨死你了！"

"傻姑娘，那不是我。"

"不是你？那是谁？"

"你二哥。"

蕙英恍然大悟，"原来是这样！"

"那你是怎么……"虎子一想不对，现在没有功夫来说这些了。

"你知道吗？京里来的那个大官在打什么主意？"说着含情脉脉地看着虎子。

"怎么会不知道？"虎子说。

"你不担心？"蕙英逼视着虎子。

虎子哂道："我担心，担心有些人再生气，不理我！"

"啐！"蕙英故作恼怒。"欸，别的我都不怕，就怕他们说那些书上的、官家的话，我说不来，也应不上。你要知道，余家姑娘是个……"蕙英转动着眼珠子，终于想出来，"喝了一肚子墨水的人啊！"

虎子说："好啊！正因为余家姑娘喝了一肚子墨水，他们也担心在姑娘面前出糗。你就……"虎子模仿起来，"你就这么淡淡的一笑；或者，干脆不说话。他们以为你是炁岚庙潭，水深着呢！"

蕙英笑了，感觉这样很有趣。"唉，好，好，那我去了。"看着虎子，缓缓离去。

"站住！"虎子示意她的衣襟被撕过。蕙英这才注意到自己的衣着，立刻进房里换了一件，又略略打扮了一番，更让人感觉——"人间哪得美如此？"

虎子向他挥手，做了个勇往直前的手势。

蕙英走了。

虎子忽然觉得四周空寂、謐静。放眼看去，这里的竹篱、花木、石径、字画，无不体现主人的意趣、修养、学识和情怀。为什么这样一个与世无争、一心做学问的人，脚下只不过方寸之地，都不能留给他？脑子里又想起了那副对联："静听夜半钟声声声唤醒主人梦"，难道说，余老先生此前已经有所觉察？"试看庭前月色色色全彰古佛心"。老先生把这一切都看成是无法回避的业障，怎么对待这无边的业海？唯有全彰古佛心。

虎子恋恋不舍地走出草庐，不一会儿就来到炁岚庙潭。长久不到这里来了，如今的炁岚庙潭里静悄悄，整个儿水族各行其道，相安无事。鳗、鳖二将终日闭关修炼，待享天年。师父的碧玄洞，四壁长满着长长的、深绿色的苔藓，宛若仙人长长的须发。这里静谧得可以听见自己的心跳。此情此景，又想起余老先生的对联——"全彰古佛心"。

虎子离开炁岚庙潭时，天色已经向晚，借助夜幕，立即赶往徽州会馆。

第三十四章　九龙李代桃僵

一

霸珑行期在即，心情愈加沉重，身负皇命而来，大案仍然疑点重重，淳安大汉包子店的查证，显然推翻了姜聂隆作为嫌疑犯的证据。加之姜家村民联名作保的具结也可佐证姜聂隆并不在案发现场。如此草率定案，怎么站得住脚？他派人查究的两件与案子有关联的事件，至今没有大的进展。瞿利安的死果然蹊跷，但背后是否有黑手，很难查究，即便有黑手，必然藏得很深。至于追究隆阿伊的不明去向，短时间很难有结果。

霸珑算得上是少年得志，曾负有“陈平宰社”的宏愿。相传汉初的功臣陈平，年轻时曾经主宰过乡里的祭神之事，他把肉分得很公平，父老啧啧称赞。陈平大言不惭：“如果叫我主宰天下，我也会像分肉一样公平。”

这次负着皇命到建德来，称得上是主宰一方，他把肉分公平了吗？拿到了大汉包子店的取证后，他曾打算推到重来，撇开郡、县衙门，立即行动，缉拿嫌疑犯，重新审理此案，还公正于民，为皇上立清明于世，为老母亲鸣冤雪恨，做到忠孝两全。

然而他犹豫了，撇开郡、县两家，他就成了孤家寡人，与两家的利益直接发生冲突。两家从中作梗、掣肘自不必说，还会动用他们的重重关系出难题、施加压力，这些完全是预料中事。

紫气东来，时来运转，升迁履新，克日回京，况如苏耽鹤骤降门前。相传古时候有个苏仙公，桂阳人，有一次，几十只白鹤飞落他家门前，遂驾鹤升仙而去。迎来如此大好前程，怎能蹚眼前的浑水？这个念头一起，就完全打消了他推到重来的决心。

一走了之，必留下后患。何不将案子的疑点都端出来，令他们重新审理，把球踢还给郡、县两家。这样一来，他走得轻松，对娘也是个交代。

霸珑拿定主意，立即找来郡、县两家，明示案子存在诸多疑点：隆裕山庄庄主嫌疑最大；去大汉包子店查案人瞿利安离奇死亡；隆裕山庄庄主不知去向，务必立即查究。

陶文彦、“上官廷钰”面面相觑，无言以对。

“姜家村村民的联名具结，你们都看见的。”霸珑严峻的目光在两位大人的脸上来回逡巡。

两位大人犹如滚烫灌顶，如坐针毡。

“这也佐证了姜聂隆不在事发现场。至于刘宇大人的死，你们的结论缺乏依据，不能成立。请两位大人切记，民心不可欺啊！”

陶文彦、“上官廷钰”被责问得哑口无言。更教两人心惊胆颤的是，包子店里查证的结果，一直捏在他的手里，这等于点住了他俩的命门，无处遁迹。两人被问得后背冷汗涔涔，颤颤惊惊地出了驿站。

俨然，这位霸大人在生迷雾了！浓雾罩住了陶文彦、“上官廷钰”，致使两人身陷其中，茫茫然，终不得脱。

甫才霸珑情绪激动，等到两人都走了，心情便沉郁起来：眼看行程在即，“落英姽婳”(霸珑第一次见到余家姑娘是在蒲公英落英缤纷时)宛如飞升而去，渺无音讯。他何止求之不得、寤寐思服，简直茶饭不思，惶惶不可终日。都道是天涯何处无芳草，然而在霸珑的心目中，天涯唯有“落英姽婳”属芳草。

这是他不为人知的心中秘密，他不愿意借助任何关系、外力来促成。姑娘乃无瑕的白璧，借助他人之手，便有灭虢取虞之嫌，玷污了姑娘的圣洁。他要凤求凰，自己当面向姑娘求爱。然而苦于寻访不到姑娘的芳踪，他想再做一次努力，再去烝岚庙潭，也许天从人愿，这已经是第八次了。

二

郡、县衙门的两顶轿子，一前一后，两位大人宛若两只落水的鸡，夹紧了浑身滴水的羽毛，悄无声息地各自回衙。

“上官廷钰”满以为宪台马上就要走人了，案子势必又回到他们的手里，生米总算做成了熟饭，就连姜聂隆那里也留好了退路，他姜聂隆死也怨不得他。想不到忙活了这么多天，结果是炮信子插进了烂泥地，落得个有气不会响，眼看着如若断线的风筝，一切就这么随风而去了？

不甘心，绝不甘心！四龙命轿夫追上前头郡台的坐轿。

陶文彦毕竟岁数大，官场上的事，“翻手作云，覆手为雨”见得多了，再说这桩案子他毕竟隔了一层，尽管今天自己的老脸上也挂不住，但吃重的还是建德县令。他料定“上官”不会就此善罢甘休，加上他是猕猴桃肚子，满肚子的鬼点子，会谋划出什么起死回生之策也未可知，说不定晚上就会找上门来。

嘿！果不其然，建德县衙的座轿已赶上前来。

陶文彦即命停轿，屏退所有人，招呼上官进他的轿里来。陶文彦挪了挪身体，让出身边的空位，侧过半边脸来看着气咻咻的“上官廷钰”说：“怎么？沉不住气了？”

“他人都要走了，怎么一下子就变脸了？他从来都是黏黏糊糊的，没有说过一句囫囵儿的话，原来是丝瓜筋打老婆，在装腔作势？”“上官廷钰”一肚子的怨气。

陶文彦摇了摇头：“官场啊！都说是五月的天，说变就变，历来如此。”

“你说，照他的路子走，那不就完了？”“上官廷钰”说罢，低下身来，双手捧住头。

陶文彦知道“上官廷钰”不会轻易就范，一定又在想什么新点子。“不照他的路数走，另外还有什么路子可走？”

“上官廷钰”还是低着头，说：“假如……”没有下文了。

“你假什么如？”

“上官廷钰”猛抬起头来，“大人，你知不知道，”说着用手指着后头，“他有心病！”

陶文彦很觉得意外，也伸手指后面，“他？”立即压低声音，“你知道他有什么心病？”

“上官廷钰”附耳陶文彦，悄悄地诉说霸珑在炁岚庙潭的奇遇，以及求之无门，活像黄鼠狼对着刺猬，无从下手！

陶文彦嘴巴涨得老大，愣了！“你这是怎么知道的？”

“上官廷钰”挺了一下上身：“这才叫父母官。”

陶文彦眼底的白色全退光了，一对黑珠子盯着上官廷钰，“你想拿这姑娘来做文章？”

“我想……哎，我说了，成与不成，主意还得大人您拿。”“矮子鬼”无论如何都要想法子拖牢陶文彦。

陶文彦闭上了眼睛：“你说吧。”心里在骂：这小子就像一张膏药，想出法子来沾上你。

“以您大人的名义为宪台大人饯行。我呢，想法子把那姑娘请来赴宴。只要他两人一见面……”“上官廷钰”再次与陶文彦耳语，然后翻动手掌，“我看呐，这就像江上的航船，抛下了千斤大锚，再大的风浪也动不了啦！”

陶文彦感觉遇上个陌生人，反复打量“上官廷钰”，这个小子真会出鬼点子，以后得防着他才是。

“饯行？可以。原本我也有这个打算。至于这姑娘的事，那就看你的本事了。

那个余老先生是个出世的高人啊！怕你请他不动”。

陶文彦说到“看你的本事”，“上官廷钰”心头立即为之一颤！他已经上门碰过好几次壁，这个喝了一肚子墨水的余老头真不好对付！真是往石狮子嘴里倒水，滴水不进！不过到了眉毛着火、眼睛发红的时候，什么手段都得使出来，他横下心来，说：“我就不信，请不动他。”

“你说，定在什么时候？”陶文彦问道。

“我看事不宜迟，就明天晚上，如何？”

“你得保证把他父女二人请到。”

“一定。请不到，我送到；送不到，我抬到。”

三

霸珑还是落了空，面对炁岚庙潭，他仰天长叹：“难道说我是邯郸卢生吗？只知青紫三公贵，不觉黄粱一梦游？”空阔、悠远的深潭，水波不兴，在浓荫的掩映下，似乎此中潜藏着深沉的难解之谜？危立江岸的崖壁，也感觉无助，把霸珑哀叹的回声，清晰地返回给他……

眼看红日西去，无奈的霸珑只好再次败兴而归。

严州郡的执事吏在轿中远远地就看见宪台大人孤身一人，正迎面倜傥独步，喜出望外，想不到会在这里碰上他，立即跳下坐轿，直奔宪台。

“拜见宪台大人！”

霸珑久久地沉浸在伤感情绪中，突然有人拜见，这才镇定下来，“你是……”一时想不起来跟前这个人，“哦！想起来了，在严州郡府见过。”

“正是在下。大人真好记性。”执事吏赶快从胸前掏出严州郡台陶文彦的名刺，双手呈上。

霸珑接过名刺，里面有陶大人亲笔书写的，明晚为他饯行的请柬。霸珑手握请柬，闭目无语。此刻他的心情已坏到了极点，哪里还有赴宴应酬的兴趣？随即想到因为交代重新查案，他们谋划出什么对策来规避、搪塞了？抑或设下“鸿门宴”？如此说来，更不能赴这个宴。

执事吏见霸大人闭目无语，急了！想起陶大人再三交代：事关重大，务必要把大人请到。于是他上前一步，再次行礼，“大人！陶大人恳望霸大人赏光枉驾。刚才小人赶到驿站，见不到大人。四处寻找，想不到在这里遇见了大人……”

霸珑这才应了一声“知道了”，抬脚便走。

执事吏怎敢再追上去？看着他背影越走越远……惊觉此事体大，得赶紧回禀陶大人。

再说“上官廷钰”他已经尝到过那个倔老头的厉害，这次他改变策略，借用府台大人的名刺，为宪台大人饯行的名义相邀；找了一个最能讨巧卖乖的胥吏，抬着他县令大人的坐轿前往。告诉胥吏：“抬回余家父女，大功一件，重重有赏。如若办不成功，就不用再进衙门了。至于使什么手段，除了抢，蒙也可以，骗也可行，就看你的本事了。”

胥吏满怀信心地上路了。他有点不相信，手里握着府台的名刺，抬着县令大人的坐轿，请不动一个荒村野老？哪有这样的怪事！

“上官廷钰”看着这一伙人熙熙攘攘地出发了，心一下子悬得老高，感觉就凭这一伙人，很可能瘪塌塌地回来。事情到了这步田地，只有死马当活马医了。如若还是请不动，剩下来还有一个法子，送银子。尽管他当的是冒充县令，但知闻也不少，官场上有一个普世的公理：银子能通神，神能消灾得福，若得有求必应，就看你敬神的手法灵不灵。俗话说，人的眼珠子是黑的，银子可是白的，谁见了都眼馋，没人不想要。所谓月想衣裳，花想容，当你“朝神拜佛”时，就看你能否确保在不知不觉中、无影无踪处、不落丝毫瓜葛的条件下完成银子的授受，这可是要言妙道。

无所不用其极的“上官廷钰”早有谋划：他哪里懂诗词，但可以找到懂得的人，让青柯亭刻印了初唐四杰之一王勃的《王子安集》，大诗人贺知章的《咏柳》《回乡偶书》分别装在大小不同的木盒子里，盒子底部藏的全是银锭，然后装进一只大书箱。这件事他没有假手任何人，都是在人不知鬼不觉的情况下自己一手操作。

什么时候送出？他还拿不定主意，一定要选一个十分恰当的时机，趁着霸珑心情愉悦的时候才出手，这样才会有好的效果，而且绝对不能让陶文彦知道。

胥吏一走，“上官廷钰”，脑袋瓜子里乱使得像一锅粥，人活像一盏走马灯，在后堂里转个不停。几次眼前出现胥吏摊开双手、哭丧着脸进来禀报，定睛一看，人又没了！

情急之中，忽然想起，倘若人接来了，得有女眷陪伴才是。老婆还在娘家，寅时卯刻到哪里去找人？埋怨自己，这桩要紧事怎么事先就没有想到？没有办法，只好病笃乱投医，让人去把丈夫在衙门做事，家住城里的女眷，最好是姑娘都请来。不一会儿叽叽喳喳地来了好几个，都是些半老徐娘，没有一个姑娘。“上官廷钰”也只好认了。交代她们，过一会儿请他们接待一位贵客，是位小姐，务必热情周到，不可有半点差池。

“上官廷钰”心挂两头，嘴里对几位女眷交代接待中的注意事项，心里却关注着外头的动静。忽听得人声嘈杂，好像是他们回来了！他正要步出后堂，那个胥吏满面春风地急着赶来禀报：“大人，大事办成了！”

“办成了？”“上官廷钰”有点不相信自己的耳朵。

“不过只请到了一位！”胥吏感觉有点遗憾。

“一位！”“上官廷钰”猜测一定是把那个倔老头请来了，大失所望！这不是把到手的肥肉换成了骨头！就这个老家伙到场，不仅计划落空，弄不好还要坏事。他暗暗自责，当时忘记了交代，连连顿足：“你，你请来个老头？”

“不！老先生访友去了，姑娘请来了。”胥吏说。

“姑娘请来了！？”“上官廷钰”大喜过望，满脸愁云霎时消退，连眉毛、鼻子都笑了起来，很想抱起那个胥吏来亲一口。“人在哪里？”

“在大厅，还没落轿。”

“上官廷钰”连蹦带跳出了后堂，连说：“办得好！有赏！有赏！”

胥吏抢先来到坐轿前，拱手道：“女公子，县太爷来看您了！”

“余家姑娘”轻轻地掀开轿帘，先移步，一双灵巧、秀气的小脚，马上让人联想起一个端庄、秀丽的姑娘即将出现；接着看见了半个身子，那匀称、轻柔的体态，好像明月上东山前的那道霞光，整个大厅忽然明亮起来！接着一个踏着祥云的仙女出现在众人面前！

“上官廷钰”简直如梦如痴，心里很想上前搀扶姑娘，甚至想把姑娘抱在怀里，紧紧地抱在怀里。脑瓜子上立刻挨了一棒，你疯了！想找死啊！这是天鹅肉，能碰吗！

赶紧上前拱手拜见，但说话竟结巴起来：“请，请，姑娘到后……堂，后堂喝茶，喝茶！”说罢，在前头引路，把姑娘领到后堂。

等候着的那帮女眷，见县令大人带着一位像天仙一样的姑娘进来，分明这就是贵客，立刻迎上去，忙着献茶。

“上官廷钰”死死地盯着姑娘看，像根木头桩子立在那里，一动不动。

郡衙的执事吏急冲冲地闯了进来，接连喊了两声：“上官大人！”

“上官廷钰”突然从梦中惊醒！“哦，哦，”

郡衙执事吏快步来到“上官廷钰”跟前，低声道：“请大人随我来。”

“上官廷钰”这才感觉到情况有些不妙，两人步出后堂，来到大厅上。正好这里空空如也，没有闲杂人。执事吏把诚邀宪台大人的经过细说了一遍。

“你有没有说请来余家父女作陪？”

“他不说来也没说不来，抬脚就走。我……”执事吏一脸苦相，“我不敢再追上去问啊！”

“上官廷钰”善于笼络人心，当即表示同情，“这倒也是的。”

执事吏十分焦急地说：“现在已经是午后了！我们悄悄地派人去那边打探，那头一点动静也没有啊！酒宴已经准备好，陶大人急得团团转，让我来……”

“莫急！莫急！”“上官廷钰”这时活像癞蛤蟆上了葡萄树，粗人吃上了细粮，心里乐得慌了。

四

“上官廷钰”感觉胜券已经在握，这次他一定要在呆板、不知变通的郡台跟前展示一番自己的能耐，为自己的日后积点本钱。他胸有成竹地说：“这样，我马上去请宪台。你赶紧去告诉你家老爷，”向后努了努嘴，“对他说人已请到，让他放心就是。”

“好，我这就回去禀报。”郡衙执事吏拱手道别。

“上官廷钰”回到后堂，一个人都没有了，心里一阵猛跳！快步走出后堂，远远地听见在通往后院的小径上，有女眷们的说话声，原来是那帮老娘们带着姑娘去后院游玩了，这才放下心来。

“上官廷钰”见他的坐轿还搁在大厅上，趁此机会，运起神力，把藏在家里的那一箱子新刻的诗书摄取，藏进轿厢。然后找来轿夫，前往驿站。

途中，几个轿夫都感觉今天大人怎么这么沉啊！原来的那几个轿夫已走人了，这四个人新用不久，都是江淮一带流落南下的灾民，根本不敢有任何表示，只是轻轻地嘀咕几句。

几里路，很快就进了驿站的大院。“上官廷钰”掀开轿帘观察，坐下的东西该怎么送出？已经是上灯的时候了，驿站并不大，一幢五开间的两层楼房，两侧还有披间，大院子像围住磨心的大磨盘。楼上供职位较高的官员居住，“上官廷钰”已来过多次，他一眼就看见西首第三间，那就是霸珑的住处。里面亮着灯，人在，如果就他一人，倒是个好机会。“上官廷钰”见四个轿夫呆呆地站着，他们还不太懂规矩：抬轿人每到一处便有饭吃。

“你们去找点吃的：”“上官廷钰”对轿夫说。

“唉！谢大人！”轿夫们朝着披间而去。

“手脚快一点，马上就走。”

“上官廷钰”举步上楼，迎面遇上了一个人，因光线昏暗，仔细一看，正是宪台大人，赶忙迎上，“拜见宪台大人！”

霸珑因为心情不好，整个下午就躺在床上。对于严州郡的邀请，他很犹豫，但考虑到官场人际关系，回避确也不妥，一时拿不定主意；加上心绪不宁，总感觉心上缺失了什么，“梅花点额芙蓉髻，妆成照影清波里”，只有思想那里，心情才会平静下来。后来想，如果再有来人相邀，就勉为阙难，随之赴宴；如若无声无息了，也就作罢。眼看天色不早，不见郡衙那边有什么动静，便不再等候，下楼来随便弄点吃的，饭后再去老虎桥走走。想不到突然遇上了“上官廷钰”。

“咦！这不是‘上官’大人么！”霸珑很是意外。

“霸大人，陶大人一直在久候大人呐！我看他实在是等急了，就代他效劳，请大人一定枉驾。"

"噢！"霸珑一脸歉意，"人有点不舒服，睡了一个下午，才刚刚起来，真不好意思。你得在陶大人面前为我美言，请他恕罪才是。"

"上官廷钰"见霸珑还有推脱之意，立刻上前一步，言辞恳切地说："陶大人为了表示对大人的敬意，特地请来了严州郡的名宿贤达。我呢……哦……"微微闭上眼睛，嘴巴做成一个向外吹气的"o"形，好一副勉为其难的表情，"特邀了炁岚庙潭老鹰岩下的余老先生和他的女公子！"

霸珑顿时愣怔："你说的余老先生是……"

"这位老先生在荒凉的老鹰岩下造了一间茅屋，上无村，下无舍的，从不与外人搭界，是一位仙家人。他只有一个女儿，长得像仙女一样，也是满肚子的学问啊！"

霸珑突然感觉整个下午沉重乏力的身体，一下子轻松起来，飘飘然有乘风归去的快意："你把他父女都请来了？"

"上官廷钰"故弄玄虚："不巧啊！"

霸珑骇然："怎么了？！"

"上官廷钰"一脸无奈！"余老先生访友去了！"

霸珑又一次大失所望："啊……"

上官廷钰感觉拿捏得恰到好处了："只请到了他的女公子！"

已是上灯时候了。霸珑忽然感觉眼前一阵闪光，如同打了一个忽闪，推开了昏暗的夜幕，多日来郁结、凄怆、惨怛的心扉顿觉敞亮！他暗暗自问：这果然是——吉人天相，苦尽甘来吗？

"啊哦，好！"霸珑转身打算上楼，也许临行前还要做些什么准备。

"大人！""上官廷钰"急忙跨上一步，"我们建德的青柯亭，制版刻印很有名气。知道大人很喜欢诗词，我……为大人刻印了几册书，请大人哂纳。"

如果是在平时，霸珑也许会拒绝，或者婉转推辞，总之不会轻易收下。但是今天不一样，这时的"上官廷钰"在霸珑的眼里，看上去无处不可爱，事事皆称心，就连他说话的声音都格外悦耳动听，真所谓爱屋及乌。就在这时"上官廷钰"已从轿厢里搬出一只大书箱，看他一个人扛着有点吃力，其实，"上官廷钰"有意在装腔作势。

霸珑于心不忍地说："真难为你了！"

"上官廷钰""噌噌噌"地登上楼梯。

霸珑紧随其后："上官大人，放下来，我俩抬吧。"

"没事，一会儿就到了。""上官廷钰"喘着粗气，依然坚持着。

霸珑快步抢到前面，打开房门，想帮"上官廷钰"卸下肩上的书箱。

"上官廷钰"打开书箱，随手揭开一只盒子呈上："大人，你看。"

霸珑接过盒子来看，连说："好！好！"马上合上盒子，"怎么样？那我们走吧。"

"上官廷钰"立刻应道："好，走。大人，那余家女公子我已接到县衙，我现在……"讨乖卖俏的"矮子鬼"想要说：我陪大人走，还是先去把余家女公子接过来？

心情激荡的霸珑立刻道："我这就去郡衙。你去迎接余家女公子。"

"好嘞！""上官廷钰"快步离去。

五

"余姑娘"在一帮老娘们的引领下，来到了后院。这里本是蕙英熟悉的地方。今天她可不是来游玩的，她在想，虎子哥的屠龙剑现在落在"上官廷钰"的手里，这对虎子哥来说威慑力失去了大半，不知道如今这把神剑藏在哪里？总不会藏到县衙的外头去吧！衙门就那么几间屋，各有用处，日常人来人往，会藏在哪里呢？经过一番仔细感受，没有异样的感觉。

她想到了后院，有花草树木，平时很少有人涉足，是藏剑的好地方啊！去后院看看。正巧，这帮老娘们要带她去后院玩，她边游玩边观察，漫步在宁静的院子里。

醉月亭，听娘说起过是蕙兰姑娘最爱游玩的地方。"余姑娘"踏进醉月亭的那一刻，就悉心体会，很想获得蕙兰留下的任何一点蛛丝马迹。但是她什么也没有感觉到，兴许是间隔时间太久了吧！遗憾地步出醉月亭，沿着湖边的幽径散步。沿途都是茂密的芦苇，婆娘们担心她的安全，不敢怠慢，前呼后拥地围着她。

在一处芦苇十分茂密的地方，人不能站着走，要哈着腰穿过去。婆娘们劝说到此为止吧！她犹豫了一阵后，还是想走过去。突然感觉临湖的半边身体，尤其是手臂一阵阵地麻木起来。赶紧转身，面向湖水，立刻全身都麻木起来，心跳也明显加快。

难道屠龙剑就藏在这湖水下？为了确证，她坚持要穿过那芦苇掩蔽的险道。婆娘们没办法，两个身体强壮的在前面开路，后面几个人护着她，但通过险道以后，身体麻木和心跳的感觉，渐渐缓和下来，直至消退。显然，剑就藏在险道的入口处正对着的湖水下。

终于找到了屠龙剑的藏匿之处，这太让"余姑娘"兴奋和激动了！果真是"毛手毛脚"的姑娘，做事不计后果，仅凭一时兴起，看着水波不兴的湖面，只要潜入水里，循着身体的感觉，很快就能找到藏剑的地方，屠龙剑立刻就可得到。他要让虎子哥看看：你能取到屠龙剑，我能为你找回屠龙剑。

想着想着……眼前的湖水掀开了一条道，一柄闪闪发光的屠龙剑深埋在水底的淤泥里。"余姑娘"激动万分：我何不把剑取来，趁着这个什么酒宴，把"上官廷钰"拿下，让他现出原形；再去把虎子哥、娘请来，不就完事了！好！说干就干，"余姑娘"正待飞身取剑……

“上官廷钰”急急忙忙地赶来了，不停地呼喊着：“余家女公子！余家女公子……”

“余姑娘”站住了，呆呆地站立在芦苇深处。

“上官廷钰”连连跺脚，责怪那些婆娘们：“你们怎么带余家女公子到这样的地方来？这里多危险啊！你们这些婆娘真不懂事！”

“是我自己要来这里游玩，请大人不要责怪这些阿姨。”“余姑娘”说。

“好好好，我们快走，那里都等急了！”“上官廷钰”让婆娘们赶快搀扶“余家女公子”出来。

“上官廷钰”很想与“余家女公子”同乘一顶轿，这样可以零距离接触，即便不敢碰触，多看两眼，闻闻她身上的体香，也是很销魂的！

谁知道，临到上轿时，“余家女公子”不愿意与“上官廷钰”同乘一轿，她要自己走着去，这是蕙英脾性的自然流露。幸好，“上官廷钰”再狡诈也想不到这一层。

“上官廷钰”怎敢怠慢？请“余家女公子”乘坐他的轿：自己改用日常很少使用的备轿。

第三十五章　七龙重衍蝴蝶梦

一

徽州会馆，刘夫人的房里，案桌上点起一支半斤烛（古代家用蜡烛的照明效果是用重量来区别的，最小的是一两；通常使用的是四两；半斤烛超亮），把整间房照耀得如同白昼。

刘夫人坐在一张木椅子上，六龙、七龙围夫人坐着。

刘夫人显得有点焦急，按说虎子这时候应该来了，也不知道他找到蕙英没有?

“不要急，再等等吧。”六龙说。

七龙还是那副无所谓的样子，“要来的一定来，不来的等也无用，急什么。”

刘夫人看了七龙一眼：“都像你呀，什么事情都不放在心上。”

有人轻轻地叩门。

六龙反应快：“来了！”快速把门打开。

虎子带着室外的一身凉意步进门，先拜见夫人，然后分别与六龙、七龙拱手行礼。

六龙递过方凳，请虎子坐，然后端上热茶。

虎子抿了一口：“终于把你俩盼来了！”

“他们在急着等你来商量事。欸，蕙英找到了吗？”刘夫人说。

“找到了。”虎子说。

刘夫人满脸的愁云立时消退：“她在哪里呀？”

虎子把前后情况说了一遍。

刘夫人好不惊喜！“这个丫头！我说她毛手毛脚的，想不到她竟然去赴他们的酒宴了！这不是琵琶精进了姜子牙的算命馆，可以弄清楚他们的把戏了么！”

“是个好机会。”虎子说。“但是我又担心，这样的官场聚会，酒宴场面，弄不好还要吟诗作画，余姑娘是才女，蕙英她……”

“这怎么成啊？”刘夫人急了，看着六龙、七龙，“你们的九妹她怎么对付得了这种场面？弄不好要穿帮的呀！”

六龙急得手足无措，一时也拿不出主意来。

虎子见七龙若无其事的样子：“七龙，你说怎么办？”

“要我说……”七龙环顾众人，“我去吧！”

刘夫人大吃惊！“又胡说了，你怎么去？”

七龙坦然道：“甫才不是说九妹成才女了，怕什么？有我呀！”

六龙大不以为然：“你！？”

七龙的目光先落在六龙的身上，随后又转向娘：“怎么了？你们都不信我？”

六龙连忙解释：“哎！怎么会不信你呢！我和娘担心，九妹没有文采呀！”

“不是说了，有我呀！”七龙有点不耐烦了。

“你去代她写诗？”

“是啊！”

“你去代她作画？”

“是啊！”

六龙连连摇头：“这怎么可能？”

七龙指着六龙，说：“六哥呀，你别抱着你们儒家的那一套名分、伦序不放。我行的是道家的‘万物一体’，岂不闻：‘七龙梦为九龙，栩栩然九龙也，自喻适志与！不知七龙也。俄然觉，则遽遽然七龙也。不知七龙之梦为九龙与，九龙之梦为七龙与？’此之谓物化，万物一体也！”

虎子原来也有些担心，七龙贸然前往，显然是不适合的，岂不坏了大事！但看他甫才的态度，气定神怡，特别是最后说的这段话，俨然成竹在胸，于是果断表态：“说得好！我相信七龙一定能助九妹大获成功。”

虎子表了态，刘夫人、六龙还是将信将疑。

七龙当即起身，“去也！”化作一阵清风，不知去向。

二

严州郡衙要比建德县衙阔气得多了，大厅里雕梁画栋、灯火辉煌，一张巨大的紫檀木圆桌，团团围起十多把同样的紫檀木雕花座椅。满满的一桌衣着显贵、身份显赫的贵宾。

今天为宪台大人饯行，当然要请霸大人高居首位，陶大人作陪，坐在他的下首。“上官廷钰”乘备轿，来得快，挨着陶大人就坐。唯独上首的位置虚位以待，不明

严州府

情况的来宾悄悄议论：上首空位是留给什么人的？有人说是道府的要员；也有人猜是今科科场新贵，众说纷纭，一时成了大家心中的不解之谜。

霸大人分别与诸位来宾招呼、寒暄，但时不时地关注厅外的动静，显得有点局促。

“余家女公子到！”大厅外高声传报。

霸珑第一个站立起来。

其他人也赶紧起立。人大凡都有好奇心，越是稀罕之物，越是要争相一睹。大家齐刷刷地注目这位非同寻常的贵客，更让人意想不到的居然是一位“女公子”！

先进来一位中年妇人，看上去也经过一番精心打扮，欠着身对门外说：“请女公子这里就坐。”

紧随其后，在两个美貌姑娘的搀扶下，教人争相一睹的“余家女公子”出场了——宛若一场秋雨后的早晨，打开面临花圃的窗棂，清风徐来，弥漫开融合丹桂、海棠、金菊的阵阵馨香。

世人都说月中的嫦娥是最为美貌的天仙，遗憾的是没人见到过。曹植在《洛神赋》中描述的美神——宓妃，那是写在书上的，天下果真有这样美貌的人吗？有，现在活灵活现的大美人就站在眼前。

陶大人赶紧上前，请她在霸大人上首就坐。

霸大人早已站在一旁恭候。

“余家女公子”见宴席很丰盛，异香扑鼻而来，急着想大快朵颐一番，正要一屁股坐下，耳朵里突然听到说话声：“记住，你是余家女公子，有满腹诗文，怎可这等粗俗！赶快向众人行礼呀！”

“余家女公子”心头骤悚，这才低眉敛衽，向众人施礼。

在座的都是男性，早已被“余家女公子”的美貌所折服，甫才见她扭动素腰一拜，犹如搅动了春潮，爆出一阵欢呼！

“上官廷钰”死死地盯住“余家女公子”那如白玉羊脂一般细腻的颈项，由此而联想她的丰乳，直至下体……心里如若老本全让庄家一口吞进的那种感觉，实在是有求于人，要不然，这样的尤物会让给别人去享乐？！

陶大人当年也是风月场中人，如今已年届耳顺，精血不济，已经淡出。听“上官廷钰”说有这么位奇女子，霸大人为之倾倒，以致茶饭不思，当时不以为意——真有其事吗？真所谓，书上读来终觉浅，今日一见，正如《庄子·秋水》中所说：“野语之有曰‘闻道百，以为莫己若’者，我之谓也。且夫我尝闻少仲尼之闻而轻伯夷之义者，始吾弗信；今吾睹子之难穷也，吾非至于子之门则殆矣，吾长见笑于大方之家。”果真是闻所未闻、见所未见的奇女子也！从美貌中透出灵性，举止中隐约才华，完美到极致，无一处可挑剔，如同和氏之璧——岂一个“美”字了得！他不得不佩服“上官廷钰”的多谋与狡黠，这个藏在眼皮底下，口口声声“唯陶大人之命所从”的建德县令，得加倍小心了。

正当霸珑无可奈何时，听“上官廷钰”说请到了“余家女公子”，恍若风中的残烛，眼看即将熄灭，骤然间风住了，灯火又重新燃起；如同司马懿兵陷五丈原，在诸葛亮大军的重重围困下，大呼：“天丧予！”突然天降大雨，救了他的命，率军冲出重围。

然而在前往严州府郡的途中，霸珑心里还是有些不安，宛如范进，因为落第的次数实在太多了，真所谓“机尽心猿伏，神闲意马行”。为就坐首席，与陶文彦好一番谦让，发现紧挨着他的上首坐位虚待，这时霸珑的心头不仅仅是波澜起伏，而是心潮逐浪高了！

破天荒的时刻终于到来，“余家女公子”踩着祥云步入大厅，落座在他的身旁。千呼万唤，一朝相逢，相形之下，“余家女公子”的高洁雅致、非凡气度，霸珑真有点“珠玉在侧，觉我形秽”的感觉。

尽管有些局促不安，但是这位圣洁的神女已经坐在自己的身边，那浮动、飘逸而来的馨香，已让他沉醉……这真是踏破铁鞋无觅处，得来全靠——“上官”。原先这个“上官廷钰”在霸珑的眼里，一个其貌不扬的矬子，言语粗俗，不知道是怎么让他混上这个县令的？但此时此刻，正朝着他满脸堆笑的“上官”怎么看都觉得舒心、可爱。管子说：“少而习焉，其心安焉，不见异物而迁焉。”此所谓见异思迁，对于霸珑来说实乃见情而思迁了。

陶文彦作为东道主，即席作了一番赞颂、褒扬和谨谢霸珑的讲话，看来是做了些准备，说得还算得体。

霸珑自当致答词。今天的这番应对，非同寻常，因为身旁坐着一位仰慕已久的女神，正是展示才华的最佳时机，借以赢得芳心。是过于执着，还是刻意追求之故，说得不是很顺畅，其间还有点磕磕巴巴。

霸珑说罢，众人齐声喝彩，这样的捧场自然是必不可少的。

接下来，大家轮番向霸珑敬酒。酒过三巡，“上官廷钰”在思考如何点题，正好陶文彦转过脸来朝他眨眼睛，也是这个意思。他缓缓地站起身来，朝着大家拱了拱手，然后拿右手摸了下嘴巴，这是他的习惯动作。“今天我们为宪台大人饯行，借此机会我来说个笑话，为霸大人助兴。”酒精的刺激，个个都兴奋异常，听说“上官大人”要说笑话，众人齐声喝彩！

“上官廷钰”不紧不慢地说道开了：“不知道是哪一个朝代，有一个读书人天资很高，加上他用功苦读，诗文写得十分了得，他写的诗，已到处流传，是个出了名的才子。不久他考中了，当上了官，从此一心扑在家国大事上，把自己的婚姻大事给耽搁了。再说另有一个读书人家，只有父女二人，父亲是一方贤良；女儿不仅长得水灵，受他父亲的传教，也是满肚子的文章，人称女才子。她尤其喜欢画画，她画的鱼，落到水里会游；她画的鸟，抛到空中会飞。有一天，这姑娘画了一只金丝鸟，不知道什么时候，那鸟儿从她闺房的窗户里飞出去了。你们知道那金丝鸟飞到哪里去了？”

大家正听得津津有味，突如其来的提问，没人回答，一个个都睁大着眼睛，等着听他的下文。

“上官廷钰”见大家被他的故事完全吸引了，好！就大着胆子继续往下说：“那金丝鸟好像波斯猫闻到了鱼香味，飞进了那才子的家里，落在他读书作文的案桌上。才子实在是太用功了，读书读到瞌睡。突然惊醒，看见书桌有一幅画，拿起来一看，惊呆了！天下哪来这么好的画！是谁画的？他左看右看，没有人来过这里呀！这画是从哪里来的呢？难道说是风刮进来的？先不管它，就放在案头，时不时地拿起来看。看得多了，就看出门道来了，从画画人的运笔可以猜度那人的心思；而后又分辨出是男人还是女人的手笔。最后认定，这一定是一位女才子，一位待字闺中的美貌姑娘作的画。这位才子，把想象中的姑娘的面貌写成了诗文，许下诺言，这一辈子，非这位姑娘不娶。嘿！怪事接着又来了，他写下的这篇诗文不见了！桌子上翻了个遍，书架上、地板上，所有的角落里都找了，无影无踪，就像鹞子断了线，也飞走了！”

听众中有人插了一句：“让金丝鸟给叼走了。”

“你真聪明！”“上官廷钰”撸了撸袖子，“金丝鸟把诗文叼到哪里去了？”

另一个听众说：“叼到那女才子的案头了。”

“哇！你更聪明！”“上官廷钰”拍了一巴掌，接着往下说：“女秀才得到了那诗文以后，从头读到尾，一遍又一遍，写得太好了！她认定这一定是一个年轻公子写的，写的就是她呀！想着想着，那年轻公子的身材、模样活灵活现地出来了，随手拿过纸笔，为他画了一幅画，张挂在她的闺房里，许下诺言，从今以后非这位公子莫嫁。从那以后，那位年轻的官爷，到处寻访那位作画的姑娘。那位女才子苦苦等待那位作诗的郎君……”

有个性急的人问：“最后怎么样了？”

这个什么“笑话”是“上官廷钰”临时现编的，说到接不上了，他就停下来提问，最后总算把故事编圆，“矮子鬼”还真有一手。若问“笑话” 的最后结果，他几次把目光落到画龙点睛的人身上。

画龙点睛的人当然是陶文彦，他佩服上官廷钰胡编瞎诌弄出这么个“笑话”来，还算说到点子上。留下个未出头的“天”字，当着这一大帮人，方方面面的人都有，现在让他来“破题”实属不易啊！虽说是件好事，成人之美，但不知道这位霸大人心里到底是怎么想的？心里没有底，弄不好会把膏药贴到好肉上，不讨彩。再说，这位少年得志的霸大人，心志高远；手上的这桩大案正冀望着他朝着既定的路子走，如果在这样的当口，把马屁拍到马脚骨上，这可就倒了大霉了！

正当陶文彦拿不定主意的时候，有人在窃窃私语，他们从今天宴会的排座，尤其是县太爷甫才说的“笑话”，开始被蒙住了，后来越听越像回事，这不是独眼龙看告示，一目了然嘛！几个人忍俊不禁，偷偷地笑了！但是不敢笑出声来，面对的可是京里来的大官啊！

霸珑却十分赞赏“上官廷钰”说的笑话，现在他正需要有人出来“破题”。他时不时地观看“余家女公子”在听“笑话”时的情绪反应，最教他害怕的是——愤然离去！那可就全完了！可喜的是她把故事从头听到尾；可忧的是不露声色，脸无任何表情，让人感觉好像在读一本无字天书！

霸珑不想失去今天的天赐良机，又想起刚才自己在席上的讲话难以令人满意，根本未能展示自己的才智，如是在别处也就罢了，今天则不然，怎么可以在自己梦寐以求的神女面前丢失颜面？给她留下一个什么印象？嗟乎！

见陶大人正想要说话，霸珑迫不及待地抢先说：“陶大人、上官大人、各位贤达，承蒙两位大人和诸位贤达的厚爱，宾主尽新安之美，胜友如云。真所谓‘千里逢迎，高朋满座’。腾蛟起凤，紫电青霜。躬逢胜饯，愧恧于怀。我想作一幅画，为今日之聚；为这处令人难忘的大厅补壁。”

霸珑的话音一落，陶文彦带头喝彩鼓掌，人家已帮他渡过难关了！立刻让人取来文房四宝，抬来一张专门用于书画的长方桌，前后点起四盏明灯。

众人也无心再坐在席上，都围着看霸大人作画。

霸珑躬身来到“余家女公子”跟前，拱手道：“女公子，请一旁雅正。”

蕙英心里已经憋得好久，让那么多人像要挖身上的肉一样地挖着看，有多少难受！身旁的这位霸大人，老是侧过身来，眯着眼睛看她，从上看到下，从下看到上，心里不知道在想什么坏主意。满肚子坏水的老四，编出那么个恶心的笑话，分明是拿她来当庙里敬神的三牲。加上要装作满腹诗书的“余家女公子”端端正正地坐着，浑身骨头都已酸胀起来，全身上下好像有数不清的蚂蚁在爬，如何受得了啊！刚巧，这个霸大人酸不拉几地要请她观看作画。她再也不想陪着这些无聊的人这么干坐下去，很想猛站起来，按着自己的性子说话。突然，一股强力把她按在座位上，耳边又响起了说话声：“九妹，别胡闹！你现在是‘余家女公子’，不是你蕙英，快，照我说的回话。”

蕙英没法子了，只好起身施礼，愁愁而立，回禀道：“小女子何德何能？请大人恕罪才是！”

霸珑心中暗喜，见她并无推诿之意，于是豪情勃发，对“落英婗婳”益发恭敬有加：“姑娘言重了！下官今日班门弄斧啊！”

“上官廷钰”早已命人在靠近画案最显要的上首，给女公子摆下座椅，拱手道：“女公子请坐。”

“余家女公子”施礼，入座。

霸珑握笔在手，沉思。

围观人凝神屏气，等待着奇观胜景的出现。

霸珑握笔，泼墨挥毫，不久便见如黛的远山，奔涌而来的江流气势磅礴，飞临江畔的危崖高拔挺立，丛林葱茏苍翠。

大家正看得啧啧称奇，忽然有人低声说：“这不是炁岚庙的老鹰岩！”

霸珑立刻抬头朝着这个人惊讶一瞥！既而继续挥毫。

经过这人的提醒，大家越看越像。老鹰岩的出现，众人的目光自然投向了“余家女公子”，但是没有人说破，仅仅意会而已。

哇！一个美女在岩下临水的埠头上浣纱！岩上的腊梅花随风飘落在水里，有几朵花瓣，不偏不倚，落在美女的发髻上、衣衫上。印证了“梅花妆额”的典故，传说南朝宋武帝的寿阳公主，人日（古时以农历正月初七日为人日）卧于章殿檐下，有梅花落在她的额上，拂之不去。宫女们见了都仿效把梅花贴在额上，从此成了妇女的一种时尚装饰。大诗人李商隐的《对雪》诗之二，就这样写道：“侵夜可能争桂魄，忍寒应欲试梅妆。”

众人看了无不啧啧称奇，但心里都清楚不过，霸大人把余家女公子搬到了画上，除了描绘、称颂姑娘的美貌，示爱显然是画中之义了！

除此之外，尚有为常人所不知的深层含义：两人首次见面是在蒲公英扬花时节，现在改为梅花，除了印证“梅花妆额”的典故，更在表白霸珑一见钟情、终生不忘的眷眷之情，不乏用心良苦。

接下来，在姑娘的侧面，一方临水的巨石上，出现了一位年轻公子，神态飘逸地在抚琴，因为画得逼真，隐隐约约似乎可以听到志在高山流水之音。

众人抚掌叫好。“上官廷钰”哪里懂画？但是叫好他是会的，在众多人的叫好声中，他叫得最早也最响亮。

中国的文人画，历来是书画一体，画中有诗，诗中有画。陶文彦见整幅画右边很重，左边留出一大片空白，俨然是作者有意为之，留出这一片天地来给他意中的“珠联璧合人”。

陶文彦正这么想着，霸珑已在画上款处题写了上联：司马抚琴凤求凰千古绝唱。写罢搁笔，额头上已沁出汗珠。

“上官廷钰”早已看在眼里，热手巾早已备好，适时递了上去。世人都厌恶拍马屁的人，拍马屁的手段名目繁多，让人惬意、受用，乃第一要义。别看小小的一方热手巾，此时此刻正合霸珑的心意。

霸珑洇去额上的汗水，又擦了擦手，再看一眼自己的力作，感觉意、情、景俱佳。回敬了“上官廷钰”一眼，传递的意思很明确：“你的心意我领了。”

陶文彦自然懂得霸珑这幅画的寓意：借司马相如这位汉赋巨擘一曲“凤求凰”的典故，抒发胸意，宛如抛出一个绣球，执意投给“余家女公子”，看她如何应接？

这样的场面决不可冷却，正如俗话说的，要“趁热打铁”才是。一阵喝彩之后，陶文彦起身致意诸公，“霸大人的这幅画是大家手笔，在下此生从未见过如此佳作，堪比吴道子再世。但是霸大人有意留出半边画面，正如大人只题了上联，欲求下联。下官已老眼昏花，难当此大任，只有恳请诸公了！”陶文彦恰到好处，推波助澜。

众人面面相觑，且不说有没有这样的能耐，这明摆着的是凤求凰，意在端坐一旁的神女呀！哪能再冒出个愣头青来说要接这档子活？大家都满脸敬畏地退缩一旁，齐刷刷地把目光落到“余家女公子”身上。

三

蕙英再也坐不住了，这如何使得？别说是画，她连笔也不会拿呀！怎么办？她真想站起来活动一下筋骨，但人就像粘在凳子上，动弹不了。耳旁又说话了：“你怕什么，有我呢！我就是你手里的笔。”

陶文彦来到“余家女公子”跟前，拱手道：“看来只有请女公子出马了。你看。”指着退缩一旁的那一大群人，“他们都指望着你呢！”

霸珑接着说：“‘余家女公子’，您不可辜负众望呀！”

蕙英还是被这样的场面惊呆了！加上长时间特殊要求的坐姿，无异于被捆绑在囚笼，她难受极了！情不自禁地“啊！”了一声。

这一声“啊！”简直是平地一声雷！所有在场的人都惊得目瞪口呆！

陶文彦噤若寒蝉，担心霸珑的画一定惹恼了“余家女公子”，即将是可怕场面出现——拂袖而去！

“上官廷钰”瞪起一双眼睛看霸珑，看他是什么反应；又看“余家女公子”，他实在摸不准这位“女公子”接下来要干什么？眼看着榫对卯就要合上了，“女公子”、“女菩萨”，你千万不可把事儿给搅黄了啊！

霸珑好比范进，失败的次数实在太多了！再次失败的阴影像爬墙虎一样，很快布满了心头。他反复看自己的画，一定哪里出错了，抑或败笔太多，难入“余家女公子”的慧眼，但一切都晚了！

蕙英的耳朵里灌进了严厉的指责：“你怎么能这样！？快按我说的回话。”

“余家女公子”缓缓起身行礼，低声细语道：“勉为我难也！”

众人一阵惊呼！

霸珑这才清醒过来，立刻起身，让出位置，一旁恭迎。

原先退居一旁的“观众”，又围了上来。

“余家公子”沉思，慢慢伸出纤纤玉指去拿笔。

“上官廷钰”能效劳的是磨墨，左手累了换右手，磨得飞快。

“余家公子”手里的笔已经不是霸珑甫才使用过的那枝，是七龙——七龙已经化作一枝笔。

蕙英拿起笔来，看着铺展在面前的巨幅半边空白，不知道该如何下手。她从来也没有拿过画笔，更没有见过人作画，她担心手里沾着乌黑浓墨的笔，落到白色的宣纸上，将会是什么结果？弄不好成了大笑话！

就在蕙英无从下手时，那支笔开始在纸上行走起来，俨然蕙英也成了个“观画人”。

漫天星空，残月如钩，天际隐约显出一抹鱼肚白；与老鹰岩隔江相错、附植鲜草的临江崖岸上，昂首俊立一匹白色的麋鹿，目光望着远天即将喷薄而出的晨曦。在霸珑上款的题联处，笔走龙蛇写出下联，众人随之诵读：呦呦鸣鹿冀分野寰宇升平。

读罢，鸦雀无声。同一幅画，各居其半，俗话说“不怕不识货，只怕货比货”，这两相一比，一侧如同观看天上的星宿，神秘而富于幻想，藏美于清新淡雅之中；另一侧则已坠落红尘，步入世俗境地。一个是天上，一个是地下，泾渭分明，高下立判。

再说下联也完全是另一种境界，宛若一位出世高人，在向天祈祷，为四海黎民祈求安康。上下联对仗工整，但意境却是天壤之别。

这样的相形、评价，有谁敢张口说出来？

“上官廷钰”对于绘画看得不甚明白，但高低心里还是有点数目。他在担心，这女人高过男人一头，男人又是官家，这不是先穿鞋子后穿袜，乱套了，霸大人受得了吗？他暗暗地在求菩萨保佑，千万别把事儿给搅黄了！赶快也给“余家女公子”送上热乎乎的手巾。

“余家女公子”对“上官廷钰”起身致谢，接过手巾，只轻轻地抹了抹手指便放下。然后向着诸位大人以及来宾行礼，“小女子今日斗胆，狗尾续貂，请霸大人、陶大人、‘上官’大人和诸位师长恕罪！”说罢再次施礼致意。

陶大人心里正在犯难，在这样的大众场合，霸大人面对“余家女公子”如此神奇的逾越，“呦呦鸣鹿”分明取意于《诗经・小雅》，其中的“视民不恌，君子是则是效”，有君子贤人不轻浮，不仿效的含意。不知他心里会怎么想？原先霸珑作画的本意是求爱，凤求凰的心理昭然，大家都看在眼里。但是，如今这只凰不栖于梧桐，而是翱翔云端，落得个可望而不可即，会不会因而大失所望？如真是这样，岂非与初衷相悖，于事无补啊！看霸珑的脸色红一阵、青一阵，显然心里头在翻江倒海！

此时此刻，所有来宾已无心再重回宴席，都有告退的意思。“余家女公子”也急于想回家，筋骨做得实在太久，真的受不了啦！她不顾老是在她耳边说话那个人的管控，抢着说：“天色已晚，列位大人、师长，小女子该告退了！”

“余家女公子”的话一出口，霸珑如梦中惊醒！他一直在等待想象中的奇迹：“有美人兮，见之不忘。一日不见兮，见之如狂。凤飞翱翔兮，四海求凰。……将琴代语兮，聊写衷肠。何日见许兮，慰我彷徨。……”

人在追求某种愿望，尤其是男女情爱时，往往会排除以致否定许多不利因素，总是往好的方面想，这就是俗话说的——一厢情愿。霸珑认定：“余家女公子”欣然接受续写他留下的半幅画作，俨然这是一种许诺、吻合的表示，因而激情洋溢；期待着印证古时候“凤凰衔诏”的典故：凤凰衔诏与何人，喜政才多宠寇恂。万万想不到，画中出现的简直是高居云端、救恤苍生的女娲。他的那一番矫情，堪比虫豸、草芥。但是他并未因此而沮丧，相反看见了此生最大的希望：如此非凡才情、美貌的女子，乃天降于斯也，下定决心，此生非此女不娶。

“落英嫓婳”的一声告辞，惊得他有点手忙脚乱。

“上官廷钰”看在眼里，暗自窃喜：这不是红头绳穿铜钱，心都连上了！急着说：“嘎！老鹰岩十分荒僻，已是申时，夜已很深，女公子孤身一人，如何去得？这样，是我接你来，还是由我送女公子回家。”

霸珑正爱意浓浓，如何舍得？他原本想单独送她回家，这是亲近交谈的美妙时机。不料“上官”抢先表态，由他相送，只好顺势而为了，“陶大人，我们一起走一趟吧，如何？”

陶文彦当然明白霸珑的心思，谁都看得出来，霸珑对“余家女公子”已坠入爱河，他曾经有过的“犯难”可以一笔勾销了。他不怪“上官廷钰”此时的僭越，反而恰是个讨口风的良机——为他霸珑访到了如此绝色的佳人，难道不该有所表示吗？

陶文彦兴致勃勃地接应道：“好，好！我们一起送。”

好大的威风！三个官儿送一个民女回家。“余家女公子”还是乘坐原先“上官廷钰”的那顶轿。好个蕙英，坐在晃晃悠悠的轿子里，有三个官儿陪伴，前呼后拥，恰是惬意。这时耳边又说话了：“你别抖得欢，记住，不要让他们进屋。”

蕙英说：“知道了。”

又问道：“如果那个霸大人提出来日造访，你怎么说？”

蕙英急着说：“这怎么可以？不行！”

“错了，记住要这样说：如能恭候大驾，柴庐当蓬荜生辉。”

蕙英急了！“不！你这不是让他进屋了吗！”

“来不及对你细说。记住，你就这样说。”

蕙英不甚了了：“哦！”

没过多久，就到了余家的柴庐。“余家女公子”在家院门口向三位大人施礼：“谨谢三位大人夤夜相送。”说罢长长一揖。

霸珑道：“今日夜深，多有不便，改日当登门拜访。”

“余家女公子”回道：“如能恭候大驾，柴庐当蓬荜生辉。小女子暂且拜别三位大人。”说罢秋波一瞥，轻移莲步，真所谓百媚千娇。

霸珑看着“余家女公子”缓缓离去，“怦怦”跳动的心已经随之而去。暗自长叹：原来她家住在这里，如果早知道，也不至于等到今天！

陶文彦、“上官廷钰”一直站立在霸珑身后。

霸珑情不自禁地默默念叨：“仙境桃花出水，宫中红叶传沟。三生簿上注风流，何用冰人开口。”

“上官廷钰”拉了拉陶文彦的衣袖。陶文彦向他努努嘴，要他说话。“上官廷钰”淡淡一笑，仍旧站着不动。

霸珑转过身来，“谢谢两位大人的美意，下官自当铭记在心。”

陶文彦满脸嬉笑地说：“大人言重了，此乃地主之谊也！只望早日玉成，讨杯喜酒喔！”

“上官廷钰”赶紧插话：“接下来的事就交给我吧！”

霸珑连连拱手道：“少不了二位帮忙。”

“上官廷钰”朝陶文彦瞟了一眼，意思是：成了！随即上前躬身道：“霸大人，身为建德的父母官，我说句这里的土话，叫毛豆子烧豆腐，一块土上的人。大人的事，在下当尽全力效命。”

“毛豆子烧豆腐，一块土上的人。”霸珑重复了一遍，“好，说得好！”说罢笑了起来。

陶文彦、“上官廷钰”也跟着笑了，三个人笑在了一起。

第三十六章　水落石出

一

蕙英一回到屋里，立刻放开手脚，自言自语道:“这个做筋骨的活儿真不好受啊！”

“不好受也得受，有不好才会有好啊！”一道长突然出现。

蕙英惊异！“你，你是……”

“不认识我了？陪了你大半天了。”

“是你在教我？”

“教得不好吗？”

“教得好，要不我怎么下得了台。你是……”

“还没有看出来？”

“你还认不出来呀！”虎子与僧人一齐到来。

蕙英惊喜：“你们，你们什么时候来的？”

“我们想看看你表演得怎么样，到了严州郡，你们已经快散场了，于是一路相随而来。”虎子说。

蕙英终于想起来，“哦！”指着僧人，“你是六哥。”再指道士，“你是……一定是那个钓鱼的七哥。你们怎么想出来打扮成这样？”

七龙问：“有什么不好吗？”

“好！让人蒙在鼓里，又逼着人做筋骨。”

虎子与六龙紧随而来是有安排的，而且必须马上行动。虎子说：“这样，今天晚上我们得给水碓放水——连轴转。七龙，你觉得霸珑这个人会明白过来吗？能悟吗？”

七龙道：“此人善念未泯，就看度他的人如何下功夫了。”

“说得好！甫才我们已经商量了，想让你我俩——一僧一道再度出马，你看如何？”六龙道。

“如此说来，事不宜迟，不然就错失良机了！”七龙道。

“那说走就走，告辞了！”六龙与七龙飘然而去。

蕙英突然想起来：“虎子哥，我知道屠龙剑藏在哪里！”

虎子惊喜万分！“你知道？在哪里？”

“县衙后院的湖底，我记下了一处暗号。”

“好极了！”虎子拉住蕙英的手，“那我们也立马就走。”

二

霸珑回到住处，便倒在床上，两只眼睛瞪着天花板，酒宴上的情境，又重现在眼前：如果说那半幅像河图洛书，充分展现她的才智，那么临别时的回眸一瞥则是她的情意，如此才貌双全的奇女子，举世无双！真得感谢郡、县两家的美意呀！

现在是三家两方，大家心知肚明，各有所求。

霸珑就像一只在风浪中的小划船，每到要下决断时，就摇晃起来，绞尽脑汁，想方设法找平衡点：在不妄杀无辜与两级衙门的利益之间找平衡；在不负皇命与错勘贤愚之间找平衡；在问心无愧与求得前程之间找平衡。

突然脑子里亮起一道闪光，大有茅塞顿开的感觉，连连责骂自己蠢材！尚未悟得为官之道其中三昧，应该不表态、不做判断、不下结论为是，只强调皇命、大局为要义，让属下去捉摸、去体会、去操持、去践行。这样方得确保进退自如，安然无虞。

初入官场，只觉得迷雾重重，不识雾从何来。如今，不仅已识庐山真面，且播弄白云出岫，自己分明已是迷雾的播弄人。

有道是，君子有成人之美。如今人家竭尽全力成我之美，我非但没有投桃报李，反而置人于绝地，实为大不义也！不妨就乘一次顺风船吧！美好的前程、幸福的未来，正在向自己招手了！

事情就这样了结？姜聂隆秋后即成刀下鬼？这可是一个有胆有识、敢作敢为、嫉恶如仇的汉子啊！监察御史、身负皇命的霸珑是个“修其身者”吗？孟子有言：“生，亦我所欲也，义亦我所欲也，二者不可皆得，舍生而取义者也。”又想起严教授曾经对自己的再三告诫：为人者务必牢记“见利不亏其义，见死不更其守”。霸珑突然翻身坐起。有道是：自古忠孝不能两全，清廉与偶尔徇私能皆顾吗？以清廉为本，在盛情难却、无可奈何时，勉为其事，安得愧哉？

离回京的日子只有三天了！怎么办？不可蹉跎，机不可失！明天就去拜访余老先生。不知道老先生回来了没有？总不能空着手去吧？该带点什么呢？目光落到了“上官廷钰”送来的那只箱子上，听他说有一幅颜真卿的真迹，这非同小可，人世瑰宝，余老一定会喜欢。

立刻打开箱子，果然有一幅颜体字，但晚上的灯光太暗，难辨真伪。再看其他，打开书盒子，确是刻印公正、版式大气的《王子安集》和贺知章的《咏柳》《回乡偶记》。令人奇异的是，每只盒子都十分沉重，几册书怎么会这么重？仔细一查看，这才发现，每只盒子里都藏有银锭。霸珑大为吃惊！赶快把门闩上，颓然坐倒。

摊上大事了！第一反应是责怪“上官廷钰”：这小子怎么有这么大的胆子？这不是要拉我下水吗？立刻让他来把东西拿走。

霸珑从椅子上站立起来，没迈开步，立刻又重新坐下。颜真卿的墨宝挡住了他，让他迈不开步。明天去拜访余老先生，只有这件礼物才是最最合适的，除此绝无旁贷。接下来向余家求婚的事，用得着他“上官廷钰”的地方多着呢，怎么拉得下脸来——“忽作青白眼”！

霸珑的心头就像鱼汛时池塘水面上不断涌动、翻滚的大泡小泡。自入官场以来，两袖清风，信守：君子虽穷，不处亡国之势；虽贫，不受乱军之禄。至于贪墨之事，官场中时有发生，他向来鄙视，指责他们是禄蠹，不配受君禄。怎么一下子这些往日不屑的丑陋、污秽，都落到自己的身上来了！

心里还是想还回去，却又下不了决心，简直没有说“拿回去”的勇气，就像推磨的牲口，嘴巴上有一个套，张不开口！

就这一次，以后绝不再干。

突然耳边响起一个声音：“这么多东西，怎么带走呢？”

霸珑迅速回过身来，咦！身边没有人啊！这是怎么回事？是自己在这样想吧！这的确是个问题：怎么带走？如此沉重的箱子，几千里路，车船轿马，半个来月还到不了，途中万一有闪失，如何是好？一世清明，日后前程一概付诸东流！余家的奇女子终成“水中月”“镜中花”，岂非落花流水春去也！

霸珑又想：对余家总该有定亲之礼呀，银子是断不可少的。耳旁又响起了说话声：“余老先生乃出世高人，他会收此重礼吗？岂非也是禄蠹？”

霸珑突然睁大眼睛，四下里观看，这是哪里来的说话声！？话又说得如此在理！他怀疑自己心里过于紧张，是发自于内心的思考吧！

有了！把它交给娘。老娘历经磨难，如今孤苦伶仃，衣食何来？曾经想过带她去京城，也不知道北方的水土，老娘过得惯吗？现在把这些银子给她，老人家下半辈子就衣食无虞了。好，这个主意好！

“如果娘问你：‘孩子，你做了几年官？怎么有恁多的银子？’她老人家是知道行情的，她会收这些来路不明的东西吗？”

霸珑大惊失色！“啊！这，这，这不是我说的吧？”他不停地摇头晃脑，继而双手抱头，陷于极大的恐惧之中。又四下里张望，“没别人呀！这是谁说的呀？”

“你无须过于紧张，不过你已经来到了悬崖上，只要再跨前一步，那就万劫不复了！”霸珑的耳边又响起了说话声。

霸珑惊怖得精神有些错乱！好像是问自己，又像在问他人：“我该怎么办！我该怎么办！”

三

敲门声。

霸珑大惊失色！“有人敲门？！什么人？”慌乱中，从门背后取来一件袍服，披盖在书箱上。

门外人言道：“孟子云：‘欲见贤而不以其道，犹欲其入而闭之门也。’”

“你是什么人？竟夤夜叩门？”霸珑壮起胆子来喝问。

门外人道：“我是什么人无关紧要，我只想说‘顺天者逸，逆天者劳’。你不要再遮遮盖盖了！”

“这是什么人？他，他怎么知道，他怎么知道有这些东西？！难道他一直在跟踪我？”霸珑惊慌失措，看着在自己袍服掩盖下的书箱，如同可怖的怪物，惊吓得连连后退。“这，这东西如果被人察觉，那可就大祸临头了！当时周围没见一个人啊！这，怎么会被人所窥呢！”

敲门声又响了。

霸珑由惊而怒：“你究竟是什么人？几次三番的骚扰本大人，你不惧我拿你问罪吗？”

门外人哂笑道：“君不闻：数之所在，理不得而夺之；命之所在，人不得而强之乎！在下怀一片赤诚之心，庶乎有助于解大人之为难也！”

“来者不善啊！看来定有什么阙如落到此人手里？这东西决不能放在这里，得找个地方……”霸珑四下里观看，找不到一个理想的隐蔽之处，唯有床下尚能掩人耳目。举起双手来抱箱子，很沉！于是运足力气，抱起箱子正要往床下塞……

“床下污秽不堪，书箱里除却银子还有宝贵的典籍，大人甘愿让斯文蒙尘吗？”门外人又说话了。

“啊！”霸珑颓然倒地。既而用双腿把书箱推进床下。站立起来，整理好衣冠，一把拉开房门，厉色道：“我倒要看看，来者何人？”

一僧人站立在霸珑的跟前。

霸珑大出意外，怎么是一个和尚？“你，你这出家人，不在寺庙中静心修行，值此夜静更深时竟敢骚扰本官，你知罪吗？”

“罪过！罪过！南无阿弥陀佛，我佛慈悲，普度众生。贫僧适才夜行路过，是因缘之故，贫僧冒昧前来与大人说缘，恳望大人不弃不离。”

霸珑很不耐烦：“我与你出家人有什么因缘可说的？走，走！”

“大人且慢，容贫僧道来。人活世上，言行既出，必成业果，凡成恶业，果报难逃。《十宿缘》中第五缘——‘佛患背痛缘’说的是佛在阿耨大泉，与五百比丘在一起（即五百罗汉），俱有六道神足（佛道的等级），仅一位叫阿南的比丘不是。佛对舍利弗说：遥远的古代，在罗阅衹的一次节日聚会，有两个大力士相遇，一个叫刹帝利种，一个叫婆罗门种，两人比赛相扑。婆罗门种对刹帝利种说：我俩只摆摆样子，别使劲，我给你一笔钱。如是一番操弄，两人都受到国王的奖赏。事后，婆罗门种食言了，并未给钱。节日过后，两人再次相遇，婆罗门种重复上次的许诺：放过我，给你一笔钱。前后三次，都未报所许，刹帝利种大怒：我不要你的许诺，你已经骗了我三次。说罢用右手掐住婆罗门种的脖子；左手提腰，将人举起，空转三次，让所有在场的人都看见，然后扔之于地，断脊而死。国王赏了刹帝利种金钱十万。

“接着佛问：你知道刹帝利种是谁吗？就是今天的我呀！婆罗门种呢，即地婆达兜弗。我因为贪财，最后扑杀婆罗门种，因此果报难逃，在地狱里经历几千年的焚烧、煎煮、榜示和整治。直到今天，我修成了阿维三佛，总算所有烦恼已尽，但是那份残余的因缘果报还在，还在遭受报应，永受背痛之苦。霸大人，世上之事皆由因缘而起，因是事物生起之缘，有因有缘，必然成果，有果必然要报。因与身、心相连，如由心妄生男女‘渴爱’之情，身得非分之物，从此就结下‘恶业’，结下了宿缘，必遭果报。然而……得了‘恶业’也并非无可挽回……”

霸珑睁大眼睛看着和尚。

僧人道：“世尊有一偈，你且听着：若人遭重罪，作己深自责。忏悔更不造，能拔根本业。霸大人，且听贫僧一言，现在忏悔还来得及。”

霸珑双眼滴溜溜地转，心想：这和尚是怎么回事？说了一大堆因果报应，到底是什么来头？难道说他已窥破了我的行藏？是个走游江湖、欺诈行奸的行脚僧？不能任他胡说八道，上他的当。当即大喝一声：“何方所来不受戒律的行脚，竟敢在本大人面前胡言乱语，欺世盗名，看我怎么发落你，来人呀！”

“来哦！来哦！”道士边说边走，来到霸珑跟前，稽首道，“贫道拜见霸大人！”

霸珑惊惶后退：难缠和尚没走，怎么又来了个道士？今天是怎么了？

道士稽首：“霸大人，你千万别这样想：这怎么回事？来了个和尚，接着又来了个道士，这堂堂馆驿岂不成了庙堂、道观了？”说着对和尚拂袖，“我不认识你这个和尚。我是甫才听大人的呼唤才冒昧而来的。不知大人令贫道前来，有何见教？”

霸珑既惊且怒，喝道：“谁要你来了？呃！你们都给我滚！滚出去！”

道士再度稽首，“大人且慢。今日奉召，得遇大人，实乃有缘。既然大人无意续缘，贫道这里尚有一则小小的故事想说与大人，说罢便走。”

霸珑不置可否地“哼”了一声！

道士说开他的故事：不知何年何月，不知哪朝哪代，有个求道人向尊者求法。尊者道：你要学法，很好。不过学法人必须守规矩。

学法人当即表示：“我一定守规矩，只要能学到法，什么规矩我都能守。”

尊者颔首。“我说的话你都能照着去做吗？”

求法人慨然应道：“在下既然来向您求法，当然悉听您的教诲。”

“说得好！”尊者道。随即幻化出奔腾的大江，江边有悬崖巉岩，岩上有参天大树。

“你看见什么了？”尊者问。

求法人惊讶地回道：“眼前是一条大江，那，那江水可急了！岸边凸向江里有一座危崖，看上去让人心惊胆颤；崖上还有一颗大树，那树可高了，好像要碰到了天！”

“你说得对。现在你就爬到那棵树上去。”尊者吩咐。

求法人大吃一惊！“啊！爬到那树上去？”

“你不愿意？”尊者问。

求法人连忙说：“不，不……”他想，自己刚才许诺过，悉听教诲，怎么一会儿就反悔了？这哪像是个一心求道的人？爬，一定要爬！

求法人战战兢兢地爬上危崖，在树下又转悠了一阵子，他害怕极了！担心爬上大树后手脚没劲了，掉下来便会落到江里。听听惊涛拍岸的江水，简直已魂飞魄散！

尊者发话，“你怎么不上树？”

求法人应道：“我这就爬，这就爬。”咬咬牙，手心啐了口唾沫，慢慢地往上爬。距离地面越来越高，偷偷地往下看了一眼，哇！波涛汹涌的江水，像蛟龙、怪兽在翻腾，只要他稍稍松开手，马上就坠落大江，成为蛟龙的口中之食。

尊者命令他：“现在你把双脚松开。”

“啊！”求法人惊恐万状，但又不得不从，双手紧紧地抱住树干，哆哆嗦嗦地松开了脚。立刻感到很难支持，眼看就要坠落江中。

“松开你的左手。”尊者说。

求法人已经吓得魂飞魄散，无奈，左手略微松了松，身体立刻往下滑。

“松开你的右手。”尊者接着说。

求法人忍无可忍地抗议了：“不！松开双手我必死无疑了！”

道士把故事说完，问道：“大人，你说这个求法人他学到法了吗？他会是个什么样的结果？”

霸珑边听故事边想，这一僧一道，必定是江湖术士，凭借什么隐秘的招术，探得别人的隐情，然后进行讹诈、牟利。如此说来，床下的那箱秘密，他们已经清清楚楚。

讲什么故事？不就是要我放手吗！他几次想发作，又都忍了下来。人最怕的是让别人捏住自己的短处，俗话说的：“得了瘟病，鬼才上门”，都怪自己贪心，后悔已经来不及了！当下怎么办？教他们开个价，分点银子，让他们赶快走人？嗟乎！堂堂朝廷命官，岂不是与“三教九流”者同流？万万不可。

霸珑双眼茫茫然，颓坐在椅子上。

僧人道：“阿弥陀佛！贫僧为结善缘而来，并非什么游走江湖、欺蒙拐骗的的行脚。甫才这位道友的故事说得好，只有放得下才能真正开悟，佛说：‘放下才能得到解脱。’放下是坦然，也是智慧，不是无奈。人生在世，重要的是生命，希求的是幸福，偏偏人都生活在痛苦之中。人之所以痛苦，在于迷恋错误的东西；放不下错误的东西；执着追求错误的东西。佛说：‘人生的幸福就是放得下，所谓放得下，就是除去你的分别心、是非心、得失和执着心。拿得起是勇气，放得下是肚量。’岂不闻——大肚能容容天下难容之事吗！这是超脱的无尚境界。霸大人啊！拿得起自然可贵，须知，放得下才是生活的真谛。你知道吗？若能一切随它去，便是世间自在人，为此，我送大人四个字：即／心／是／佛。”

道士抚掌，不禁手舞足蹈起来：“说得好！我的故事说的也就是这个意思。有人啊就是放不下，名也要，利也收，还自欺欺人——就这一回，以后绝不再干！啊呀呀！这叫小狗对茅坑发愿，有一便有二，有二便有三，三生万物。哈哈哈……有这么一位官员，要拿贪墨来的钱财去换取心仪女人的百媚千娇；又想供奉老娘以尽孝道；身为朝廷命官，为一己私利，他错勘贤愚，把王法纲纪抛；他貌似正人君子，两袖清风，却又遮遮掩掩、东挪西藏，不知如何是好！”

霸珑“啊！”的一声，满脸惊怖地看着一僧一道。

道士走近霸珑。

霸珑连连后退。

“大人，贫道意欲再进一言，不知大人有意与闻否？”

霸珑这才感到，这一僧一道大有来头，怎么连自己的内心皆能洞察？！一时言语支吾：“呃……这……说，请说。”

“我们道家的始祖老子李伯阳有言：‘为学日益，为道时损，损之又损，以至无为，无为而无不为。’”

霸珑强制自己，勉强回应道：“这是老子说的，为学，要天天长知识。为道要时时减少私欲，以至彻底无私，方能达到无为，直至无所不为。”

“看来霸大人读书不少。贫道也送你四个字：无／心／是／道。”

“说得好！”僧人首肯。“霸大人，建德县有个古刹炁岚庙，你知道吗？”

霸珑再也不敢轻慢，立刻回应道：“知道，知道。”

“炁岚庙濒临一个深潭，深不见底。当年有两个少年在潭中戏水，一个叫虎子的少年得到一个龙蛋，被另一个叫水娃的少年取来吞服。你知道结果怎么样？”

霸珑肃然惊起：“我……我不知道。”

“水娃成龙了，是一条孽龙，他残害了无数生灵，吞服了上任的县令，妄图把三江滚成汪洋大海！”

霸珑神色大变：“啊！”

“虎子下决心为民除害，历尽艰难，去西天取来屠龙剑，斩杀了孽龙。就在这时，孽龙的九子降生了。大人，你猜，这九条小龙是为父报仇，还是背离其父，与民相安？”

霸珑惊悚得连连摇头。

“霸大人，你想知道吗？”

霸珑忐忑不安：“呃，想，想听听。”

一僧一道就地跏趺，双目微闭，僧人口中念念有词：“九小龙曾想为父报仇，然而不敌虎子。为了躲避追杀，九龙合计，下凡做人。人怎么做？孽龙九子，各有活法。先说大龙：从云端坠入田畴，落在一个死去了亲人、孤苦无援的老妇人的垄亩上。从此他相助老人，勉力耕作，极尽孝道，成为远近闻名的仁人。那二龙呢……”

“且慢。那大龙是如何学得为人真谛？”道士问。

“他呀，他的厚德是从虎子的身上学到的；是从姜家村民淳朴善良的民风浸润中得来的。有道是‘君子以厚德载物’，大龙心存善念，时时处处想着别人，把别人的事情放在心上，想尽办法解除别人的痛苦。《淮南子·缪称》有言：‘不因恶小而为之，不因善小而不为。君子不谓小善不足为也而舍之，小善积而为大善；不谓小不善为无伤也而为之，小不善积而为大不善。’大龙就是从点点滴滴中，积小善而成大善。”

霸珑完全想不到他的大哥竟成为这样一个人，他简直是一个完人！相比之下，自以为饱读诗书，身为朝廷命官，大好前程如期可待。殊不知一个人的厚道与才能、学识并无关系，它是关乎人性的美德。身为钦命查办建德大案的官员，恁多时日，一直为一己私利，藏暧昧于心，根本没有顾及姜家村死去一百余条生命的惨痛、刘宇大人蒙冤；置为民除害、无私奉献的姜聂隆于缧绁之中。他偷偷地看了一眼床下，竟然还将赃物藏于床下！我霸珑岂不成了太史公笔下的奸佞之辈！悲夫！

“再说那二龙，他落在淳安县的一个小镇上，学做包子。这也很好，自食其力。然而他并不安分，艳羡富贵，不仅不放手，还把手伸得很长，竟敢胆大妄为，盗窃库银，建起奢华的隆裕山庄，过起骄奢淫逸的日子，沦为国贼！”

“你可知道？二龙盗得的银子，最后落到了何人之手？”

“尽数落入四龙的囊中。”

“嚄！有这回事？”道士很觉意外。

“且听贫僧道来：四龙开始在建德县衙里抬轿，是个仅能填饱肚子的行当。心思活络的四龙像干涸水塘里的鳝鱼，四下里乱钻，总想钻出一条活路来。建德县令上官廷钰倒是个清官，为前任县令被杀害、库银失盗两桩大案缠身，搅得焦头烂额。但又不愿昧着良心栽赃诬陷，迫于形势和上层的逼迫、倾轧，最后含冤自尽。正好四龙在侧，横下心来，走他爹的老路，一口吞下上官廷钰，摇身一变，取而代之，他成了‘上官大人’。好一个四龙，他认准隆裕山庄是地下冒出来的巨富，钱财来路不明，在他的威逼、利诱之下，二龙据实交代了自己的盗银经过。就此，四龙捏住了二龙的软肋，所窃的银子，全数落入他私囊。利用手中这笔丰厚而通神的钱财，上下打点，栽赃、诬陷姜聂隆是杀害建德前任县令刘宇的凶手、盗取库银的罪犯，置姜聂隆于死地，借此，欲谋取更大的前程。”

“呃，人心难测啊！这么个恶贯满盈之徒，竟然有人认他为知己，成人之美的孽孽！”道士惊呼。

霸珑如坐针毡，他真想拿悬挂在壁上的佩剑来剁自己的手。万万想不到，床下书香里的银子，竟然就是失盗的库银；他这位奉着皇命的京官，竟然是个‘监守自盗’者，感觉自己已身陷泥淖，满身污秽，何其鄙也！

“三龙怎么样？你知道吗？”道士问。

“三龙啊！在乌龙山的澄溪道院里出家修道。他嗜杀成性，不问青红皂白，一心只想为父报仇。在姜聂隆的再三劝导下，似乎有所悟，但还难保他旧性能改。”

“关于五龙，我倒知道一点。”道士说。“这个五龙啊！我真为他扼腕。开始他在建德的黄饶渡口摆渡，又仗义灭杀了伤害生灵的水牛怪。这很好啊！与人舟楫之便，又为民除害，深得百姓的爱戴。但好景不长，他仗着有恩于民，志得意满，私心膨胀，忘却初心，竟然向百姓索取回报，以后变本加利，以致欺男霸女，成为黄饶一大害。好好的五龙，为什么变坏了？变成被人人唾骂的——‘弄死鬼’？他好也勃也，坏也疾也！这就是《道经》所说的：人心之危，道心之微。危微之几，惟明君子而后能之。”

“道兄所言极是。然而儒学大咖，东晋梅赜的《古文尚书》采用《道经》的‘人心惟危，道心惟微’两语，增之曰：惟精惟一，允执厥中。惟其‘危’与‘微’务必精于一，称之为‘尧舜传心十六字诀’。要做到精于‘一’，必须……”

霸珑默默念道：《中庸》有训：莫见乎隐，莫显乎微，故君子慎其独也。陆九渊说得好：“慎独即不自欺。”袁采还说：“慎独即‘处世当无愧于心’；正其心是慎独；诚其意是慎独；表里如一，毋自欺也是慎独。”这些我都知道，为什么事到临头，昏昏然，统统都抛到了脑后……

“践行‘尧舜十六字诀’的大敌，便是荀子所说的‘辟耳目之欲，远蚊虻之声’，即是对欲壑的填满。人不能没有理想，但理想不同于妄想，更不同于贪欲。理想是有根之木，孕育于现实之土壤。妄想则是天边的云彩，倾其一生也无法触摸它。贪欲是躁动的灵魂拉开的一张大网，力图将所有鱼虾一网打尽，功名利禄悉数据为己有。到了这步田地，‘十六字诀’早已抛到爪哇国去了。”僧人道。

“哈哈，你说的十六字诀，有人偏偏另有其解。”

“嗬！另有其解！怎么个解法？”

“道是自古忠孝难全，谋私偶尔为之，尚属难免；只要藏得深，遮掩得好，不为人知，依然堂而皇之，自当添列于慎独。”道士说罢，注目于床下。

霸珑无地自容。

“谬哉！”僧正色道：“真正的言行如一、心口如一、始终如一的‘慎独’者有啊！东汉时昌邑县令王密，为感谢杨震的提挈之恩，一天晚上，悄悄地来到杨震的府上，从怀里拿出十金来表示谢意。杨震当即拒绝。王密见四下无人，满怀好意地说：杨大人，如此夜静更深，哪有人知道啊！杨震大义凛然道：‘天知，地知，我知，子知，何谓无知？’；大学者许衡一次外出，时逢战乱，又是个大暑天，口渴难忍。道旁有一个梨园，行人都在摘梨解渴。许衡不为所动。有人问：你为什么不吃梨呀！许衡说：这不是我的东西，怎么能乱摘？众人一阵哄笑，说他迂腐：‘乱世梨无主啊！’许衡正色回应道：梨无主，我心有主。”

霸珑悔恨连连，痛心疾首：“原来是我心无主，招致今日之困顿，咎由自取。”

“你可知道六龙如何？道士问。

“六龙？”僧人摇头，“未有所闻。”

“且听我道来：六龙，‘神人’也！正如庄子所言，‘神人’就是无心旁骛之人。你知道吗？酒喝醉的人从车上掉下来为何不会死？因为醉酒人他不知道自己在乘车；也不知道自己坠地，这些危险的境遇、可怕的后果，对于醉酒人毫无影响，他依然呼呼入睡抑或驰骋于天马行空的好梦之中，所以他不死。那……六龙就是个心无旁骛之人，他身在小山村，苦读圣贤书，与蒙童相为伴，做个传道、解惑、授业人。说到这里，我想起了姜聂隆。原以为他是个嫉恶如仇的豪杰，务必要将孽龙所生的九子，全部斩杀，斩草除根，以绝后患。其实不然，他正如老子所言：‘圣人无长心，以百姓之心为心。善者吾善之，不善者吾亦善之，德善。信者吾信之，不信者吾亦信之，德信。’他不辞辛劳，追寻九龙的踪迹，以‘德善’与‘德信’感化九龙；如牛负重，牵引九龙，迷途知返，踏上为人正道。就这样，六龙在他的感召下出山了，如今成了姜聂隆的代言人，正苦口婆心于他的龙家弟兄呢。”

“欸，道友啊！你说的六龙如此，那七龙不也一样。原本他远离红尘，不食人间烟火，放浪形骸于山水之间。也是在姜聂隆的劝说、引导之下，踏出青山、云岫；也在循循善诱，拯救依然执迷不悟的龙家弟兄呀！”

霸珑听罢一僧一道的对答，如醍醐灌顶。想不到，姜聂隆不单只嫉恶如仇，更是至德、至善者也！相比之下，自己枉然于这身衣冠，真如老夫子所言“仁义在生而色不伐，思虞通明而辞不专”，我还有何面目再与他相见！回想与姜聂隆的几次接触，并未见他如何陈说冤情，如同一个公允的旁观者。而今恍然大悟，原来他在等待，在期盼我的感悟啊！迷途知返啊！猛然抬头，再度端详眼前的一僧、一道，突然冒出来的“不速之客”，果真是僧、道吗？接下来要说我八龙了吗？

“那八龙如何？”道士问。

“好，我说八龙。”

霸珑双腿直颤，伏拜于地：“两位大师，你们别说了，我，我，就是那八——龙！”

僧人与道士互递眼色。

僧人道：“我俩早就知道你是八龙。”

霸珑骇然：“啊！”

道士：“你早该如此，不过今也不晚。”

霸珑反观一僧一道：“敢问二位……”

道士哂笑：“还看不出来吗？那你再仔细看看。”

僧人也来到霸珑跟前。

霸珑壮着胆子：“莫非二位正是我的六哥、七哥？”

一僧一道扬声大笑！

道士对着僧人戏谑：“好一个六哥！”

僧人回敬：“好一个七弟啊！”

霸珑朝着两位哥哥连连作揖：“恳求两位哥哥指点迷津才是。”

七龙朝六龙扬眉抛袖：“要你指点迷津。”

六龙回道：“这可是我们两人的事啊！”

“好！”七龙拉住六龙的手，“来来来，两个人的事。”二人对着八龙齐声问道：“这桩惊天大案的案情，你都清楚了吗？”

霸珑应道：“完全清楚了。”

“你是奉命查案的御史，本朝的律令、律条，你都熟记于胸吗？”

霸珑应道：“烂熟于胸。”

“王子犯法与庶民同罪，在法律面前无亲、无情，绝无例外，你能做到吗？”

霸珑应道：“责无旁贷！”

“好！要的就是这个责无旁贷！”

四

月色朦胧，半轮明月在几片像败絮一样的云朵里穿行。新安江在沉睡，时不时有疲惫的浪涌走近堤岸，只轻轻地摸了摸岸边的砂石就往回走了。忽然几声野鸭的鸣叫，会让人想起这里是福运门码头，也称小南门，因为这里已经是城郊了。

梆子敲响了，一个老人的低声呼喊："关好门户，火烛小心。"由远而近，老人从东门而来，到码头上转了一圈，然后向西门渐行渐远而去。

福运门重归寂静，静得可以听见江上野鸭嬉戏时的低声哼吟。

一条小船划破水面，从上游悄悄而来，停泊在码头上。船里走出一个人，站在前舱板上，四下里观望，好像在寻找事先相约的人。

县衙快班班头一身黑衣，快步走向码头。

船上人问："好走了吗？"

"这就走。"又伸手指向下游，"那里还有点货要装。"

船上人不乐意了："你怎么不早说，那边没有码头的，水又急，船很难靠岸啊！"

班头怒道："你怎么那么多废话，啊？走！"说罢，满身火气地跳上了船。

小船晃晃悠悠地往下游驶去，很快消失在夜幕里。

六龙、七龙出现在码头上。

六龙望着已经不见踪影的小船，摇头道："老四陷得太深了！"

七龙道："还正谋划金蝉脱壳呢！"

第三十七章　姜家村的龙灯

一

建德县衙大堂，依然是霸珑居中，严州郡陶文彦右侧，建德县令“上官廷钰”左侧，呈三堂会审之势。堂下有姜家村部分村民，姜泰浒，姜泰鑫，秦耕等都在其列。大堂外有大量围观百姓。

霸珑气势威严，喝令：“升——堂！”

今天的皂隶也特别卖力，“威——武——矣！”喊得震天响。

霸珑振振有词：“建德县前任县令被杀害；库银失盗，两桩惊天大案，经多方查证，罪犯擒获，赃证俱全，罪恶昭彰，为天理所不容。带罪犯！”

“上官廷钰”喜形于色，自是得意。对陶文彦瞟了一眼，又努努嘴，意为：“你看如何？好事终于来了！”

陶文彦似赞似褒地报以一笑。

“姜聂隆”被带上大堂。

霸珑问：“堂下所跪何人？”

“姜聂隆” 一阵迟疑：“在下，呃，我，我是姜聂隆。”

霸珑问：“姜聂隆，你知罪吗？”

“姜聂隆”低着头说：“我，我，姜聂隆没，没有罪，没有罪。”

霸珑问：“你凭什么说自己没有罪？”

“姜聂隆”慢慢抬起头来：“大人，准我说真话吗？”

霸珑道：“大堂之上，明镜高悬，王法条条，何人敢欺？你只管从实招来。”

“姜聂隆”想：到了今天这步田地，大火已经上房顶，怕已没用，就是死也要死出个范儿来，俗话说得好：“上阵相杀——怕不得！”好！我老二今天豁出去了！

“大人，那我可实说了。”

霸珑：“从实招来。”

“姜聂隆”坦陈：“大人！那库银是我盗的。”

“上官廷钰”大喜！“好！你总算招认了！”

姜泰浒、姜泰鑫、秦耕等姜家村的村民一阵骚动，他们怎么也不相信姜聂隆真的会盗窃库银？是被屈打成招，还是长期关押，人变糊涂了？！

姜泰鑫大声说：“大人，他是不是在说胡话？”

姜泰浒喊道：“大人，给他浇盆凉水，让他清醒过来再问啊！”

“姜聂隆”等人声安静了接着说：“大人，库银我只用去了三成，还有七成……”

霸珑问：“余下的七成如今在哪里？”

“上官廷钰”立时惊起，欠身注视“姜聂隆”接下来的回话。

“都在你们官家人手中。”“姜聂隆”回禀。

“上官廷钰”喝道：“你胡说！既然已招认，就该把自己的罪责原原本本说清楚，怎么又无端牵涉官府，你罪该万死！”

霸珑继续问：“姜聂隆，你还有什么话说？”

“姜聂隆”清了清嗓门：“我说你们这些大人，平时出行，鸣锣喝道，让百姓跪地，好大的威风！我想问：你们办理的桩桩件件公案，果真都是秉公执法、王法无私的吗？”“姜聂隆”越说越激动，声音也越来越响亮。

“上官廷钰”怒不可遏，见霸珑依然气定神闲，又不便发作，自是如坐针毡。

霸珑问：“这里是郡、县两级大堂，法不容情，焉能信口雌黄？你刚才所说，依据何在？”

“好，我说。大人，姜聂隆是为民除害的英雄好汉，你们为什么一定给他强加罪名，一定要他死？那个受贿贪墨，杀人害命，手里只想罗进银子，不管老百姓死活的赃官，到现在还坐在大堂上。这可是千真万确的，没有半点儿虚假。如果大人查无实据，我伸着脖子让你砍。”

姜家村民又一次骚动，继而姜泰浒带头高呼：“说得好！”

大堂外的围观百姓也齐声呼应。

陶文彦时时关注着霸珑的态度和情绪变化，他感到今天宪台大人的神态与往日有些不一样，颇觉不祥。他强制自己沉住气，看一看再说。

“上官廷钰”已忍无可忍，起身朝霸珑拱手道：“霸大人，姜聂隆诬陷朝廷命官，咆哮公堂，罪不容诛啊！”

霸珑不置可否。“上官大人，那件作案现场的衣服何在？”

“上官廷钰”连说：“在，在！”说着把那件衣服经由书吏迅速交到霸珑的公案上。心头终于漾开了一阵喜悦：霸珑总归还是要沿着他的路子走。

“带证人！”霸珑喝令。

陶文彦、“上官廷钰”不由延颈观望，心里都在打鼓——怎么还弄出个什么证人来了?

皂隶带着包子店的胖汉上堂。胖汉从未见过这样威严的场面，平时他就怕官府，昨天把他从淳安弄到严郡来，人一直像筛糠一样，吓得瑟缩发抖。上了大堂，正不知所措，皂隶一声“跪下！”他立刻“扑通”一声跪倒在大堂上。

霸珑问道：“堂下所跪何人？”

胖汉因为紧张，说话有点语无伦次：“我是，呃，包子，呃不，是淳安青溪包子……”

“你不必紧张，慢慢说。”霸珑道。

“是，是，我，我是淳安青溪那个胖，呃，胖汉包子店的……”

“尊姓大名？”霸珑问。

“我，我姓包，就是那个包，包子的包。”说着叹了一口气！“我爹妈死得早，没给我取一个大名。因为我长得高大，这个……街坊邻里都叫我胖汉，这，这也就算是大名了！”

“上官廷钰”大惊失色，深感大事不妙！看来自己的估计完全错了。想不到霸珑还有这么厉害的一手，这么多天来像捉迷藏一样，迷迷糊糊，深藏不露，今天突然出手，真是“夜猫进了宅子，来者不善啊”！怎么办？看一看再说，老子退路早就有了，不会束手就擒的。

霸珑接着问：“包胖汉……”

“小人在，小人在。”胖汉像捣蒜一样不停地磕头。

“本大人传你到这里来，是有几件事要问你，你必须从实说来，一是一，二是二，不许有半点虚言。”

胖汉不停地点头：“是，是，我一定一是一，二是二，照实说。”

“好。我问你，你认识身旁跪着的这个人吗？”

胖汉仔细端详“姜聂隆”。就在胖汉捉摸不透时，“姜聂隆”渐渐地显出隆阿伊面貌。

“上官廷钰”见“姜聂隆”成了隆阿伊，简直魂不附体，左顾右盼，想借故脱身。

霸珑突然问：“上官大人，你认识这个人吗？”

“上官廷钰”顾左右而言它：“咦！这姜聂隆去哪里了？”

胖汉突然想起来了，“这，这不是阿，阿伊吗？”

霸珑问：“你认识他？”

胖汉显得很激动，指着隆阿伊说：“他，他是我店里打下手的吔！”

霸珑拿起那件衣裳，问隆阿伊：“你认识这件衣裳吗？”

隆阿伊细看后说：“我，我穿过。”

胖汉急着回禀：“大人，这件衣裳是一位客人丢在我店里的。我见这个阿伊成天穿着一件脏兮兮的衣裳，臭烘烘的，会赶跑我的客人。是我让他换上的，等有人来找再还给本人。”

霸珑问：“隆阿伊，是这样吗？”

隆阿伊回禀：“是的。”

“我再问你。”霸珑展开衣裳，“这衣裳怎么破成这样？是原来就破的吗？”

胖汉连忙说：“不，不，不！”转过身来对隆阿伊说：“欸，当时我对你说过，这件衣裳还有三成新呢！”

隆阿伊点头：“是的，你说过。”

霸珑问：“隆阿伊，你说，这件衣裳怎么会撕裂成这样？”

隆阿伊不停地磕头：“大人，我……事情是这样的：我一心只想富贵，跟着押银车来到郊外的驿站，那里已经是建德地界了。趁着夜深人静，从窗门进入藏库银的屋里。好多箱银子，我不知道该怎么下手，心里又害怕惊动了官兵，就胡乱撬开一箱，满是银锭子。怎么拿呀？忙乱中，我脱下身上的衣裳来包裹。谁知道一提，衣裳就撕破了！我没法子了，又听见有脚步声来，我吓坏了，就摄提那一箱银子，越窗逃跑。”

胖汉大惊！“啊呀呀！就是那天你见到了押银车队后，就跑去干这事了！这是杀头的事啊！还把我的一担水桶也丢在水井边，连招呼都不打一声就走了！”

“上官廷钰”见大势已去，危险就迫在眼前，正想要寻机脱身。陶文彦投来惊骇、无奈的目光，好像是说：事情怎么弄成这样？得赶快想法子呀！

霸珑追问道：“一箱银锭，常人无法搬动，你怎么轻而易举地摄提而去？”

“回大人的话，我、我……其实不是人，是……”

“你大胆说。”

“是！我，我本是孽龙之子。”隆阿伊说。

“孽龙有九子，你排行第几？”

“我，我是老二。”

“本大人再问你，那一箱银锭你说只用去了三成，其余的藏在哪里？”

隆阿伊朝堂上的“上官廷钰”看了一眼又看一眼，还是没敢说。

霸珑厉声追问：“本大人再问你，余下的银锭藏在哪里？”

“在，在……”隆阿伊伸出抖动的手，指着“上官廷钰”，“全给他了！”

全场骇然，没有人喘息，所有人都屏住了。

陶文彦大惊失色。

“上官廷钰”怒拍惊堂木，大喝一声：“你胡说！好一个死囚犯，你死期到了，还敢诬陷本大人，证据何在？你说不出证据，我让你死无葬身之地！”

“上官廷钰”的这些话分明是说给霸珑听的。先前他曾想借故逃离，现在他已改变主意："老子不走了！"他要与这位乳臭未干的京官，来个钉头碰铁头，看看谁硬过谁。到时候奈何不了我，看你如何下场。

霸珑当然知道"上官廷钰"向他发横了，于是迎头痛击："上官大人说得好，不可空口无凭，来呀！带证人。"

班头被带上堂，拜伏于地，"拜见宪台大人！列位达人！"

"你是建德县衙的快班班头？"霸龙问。

班头回禀："是的。"

"你深夜驾舟前往何处？"

"回大人的话，小的奉上官大人之命，去殿溪头接他的夫人回来。"

"船上装载什么？"

"除了一些日常用品，还有一只箱子。"

"把箱子抬上来！"

"上官廷钰"这时活像刚从水里捞上来，额头上的汗水从脸面上滴落下来。

四个皂隶东倒西歪地抬上一只箱子，落地以后，四个人一齐倒地，大口喘气。

"打开箱子！"霸珑喝令。

原来箱子里面还有箱子，里层箱子藏的才是库银原物，尚有摆放整齐的大半箱子银锭。

陶文彦面对着眼前所见，由羞愧而惊惧，由惊惧而低下已成土灰色的脸。

"哇！"大堂上的人群一阵惊呼！

"班头，这箱子是你装到船上的？"

班头回禀："是的，是上官大人让我装的，说是趁接夫人回来，顺便把一些用不着的东西送回老家去。"

霸珑问："你知道这箱子里藏的东西吗？"

班头回禀："不知道。上官大人没有交代。"

霸珑怒向"上官廷钰"："上官大人，这样的证据摆在面前，你还有何话可说？！"

山穷水尽了！"上官廷钰"好像没有在考虑宪台的问话，一直以来充满自信的"矮子鬼"自以为没有对付不了的难题，就是守住公鸡也能让它下个蛋。难道就眼看着栽倒在这个愣小子手里？满以为，大功眼看告成；去娘家待得太久的夫人急着要回来，好机会，把宝贝疙瘩送回她娘家去，下半辈子的好福气，应有尽有了！想不到这个愣小子的鼻子伸得这么长！是怎么让他嗅出味儿来的？！

"上官廷钰"未作回答，只看了霸珑一眼，闭上了眼睛。

霸珑厉声喝道："上官廷钰！你罗织冤狱、枉法徇私，残害无辜；为一己私利，杀害胥吏瞿利安，隆裕山庄廖吉州，又几次图谋杀害隆阿伊；你巧取豪夺，监守自盗，吞没库银，罪大恶极！来呀！将他拿下！"

两个衙役快步上来，将“上官廷钰”捆绑。

霸珑断喝：“陶文彦！”

陶文彦应声而立：“下官在。”

“陶文彦，你身为严州郡守，治下首县非但不能率先垂范、励精图治，反而相与狼狈为奸，罗织冤狱，残害无辜；为谋取前程，官官相护，收受贿赂，罪不可赦！本官当上报吏部，待候查办。”

“上官廷钰”这时就像一棵即将枯死的黄芽菜，所有的叶瓣都已枯焦，唯有那菜心还挺着，还有一点点生气。如果立刻浇水，它还会活过来。

“上官廷钰”哪来的“一点点生气”？善良的人们是想不到的，可他却正在谋划着呢：霸珑——你这个愣小子，威风耍够了吗？别忘了，你也拖着一条长长的尾巴，捏在我的手里，那也是整整一箱啊！你不也收下了吗？你不也贪墨库银、监守自盗了吗？这事你敢说吗？好有一比：那是明火对着炮仗捻子，你敢碰吗？你不说，我当然不会讲，俗话说得好：“十限留一限，日后好相见。”哈哈！还有那余家姑娘呢，你抛得下吗？

“矮子鬼”就鬼在这些地方，好像服下过“九死还魂丹”。

霸珑大喝一声：“带罪犯！”

大堂上所有的人都翘首张望：“再冒出来的是个什么样的罪犯？”

霸珑离开座椅，走下堂来，朝堂下众人拱手行礼；一个转身，面向大堂，“扑通”跪倒在地。

霸珑自报：“在下罪犯霸珑！”

大堂内外鸦雀无声，所有的人都像腊月封冻时节悬挂在房檐的冰棱，全都冻住了。

“在下奉皇命到建德查办大案，未能秉公执法，枉法徇私，致使好人蒙冤，真凶逍遥法外，实乃助纣为虐，辜负皇恩。更有甚者，收受‘上官廷钰’的贿赂，同为监守自盗，罪莫大也！取罪证来！”

两个皂隶抬上木箱。

“打开箱子，展示罪证。”霸珑道。

两皂隶将名画、书籍、银锭一一展示。

“霸珑原本清廉，更有忠君爱民之志，如今为何落得如此下场？有人说，‘忍痛易，忍痒难’，这话千真万确。凡是人都有自己的喜好、欲望，这些喜好和欲望就成了身上的‘痒处’。有人来为你挠到‘痒处’是何等的惬意啊！‘挠痒’人于是就成了你的莫逆、知己、心腹，有求必应。我敬佩死于孽龙之手的建德前任县令刘宇大人，他也有自己的‘痒处’——喜欢吃鱼，有人给他送鱼来，他把那条名贵的鱼，挂在厅门口，让它发臭，从此再也没有人敢来送鱼了！”

“上官廷钰”直到此时此刻，他的那棵黄芽菜心才彻底枯死了。

霸珑继续说："挠痒人绝不会只挠你一次。享受到挠痒惬意的人也绝不会只满足于一次快活。前朝先贤说得好，'安有初乐为而复禁者？'如今我霸珑已跌落泥淖之中，有何颜面回京对皇上复命？有何颜面面对姜家村民、建德县的父老乡亲！"说罢掩面而泣，除下冠戴。

突然有人惊呼："上官大人没了！"

这时大家才发现，"上官廷钰"的坐处只留有一根绳索，人不知去向。

霸珑大喝一声："火速缉拿归案！"

二

"上官廷钰"飞奔来到后院，正要潜入湖中取屠龙剑。

虎子、蕙英突然出现在湖畔芦苇丛中，虎子执着屠龙剑迎上："四龙，我们在这里等候你多时了！"

四龙大惊！腾身而去。

虎子、蕙英紧追。

四龙不敢恋战，夺命逃逸。蕙英奋起直追。虎子制止。

蕙英面有愠色："怎么不追？"

虎子含笑道："莫急，莫急！"

四龙驾云逃逸，一时走投无路，不知该往何处落脚。正好来到乌龙山顶，突然想起三哥，听说他在乌龙山澄溪道院修道，一直在苦练功夫，不忘为父报仇。何不前往澄溪道院寻找三哥，计议对策。

四龙按下云头，落到了澄溪道院道场。道场周边原先那些肢体伤残的树木已重新焕发生机，像一个个武士，昂然挺立。"嘎啦"一声响，山门打开，走出一个道士。

四龙见有人出来，立刻闪过一旁，躲进树丛中。

道士手里拿着一把扫帚，他这扫帚却与众不同，扫柄特别粗，分量可不轻啊！那扫把也不是通常的竹丝，全是细藤条捆扎，猛看上去像扫帚，其实不是扫帚。

道士提着"扫帚"来到道场当中，微闭双目，凝神屏气一阵后，突然大喝一声，挥舞起手中的"扫帚"，呼呼生风，直搅得场边的树叶纷纷飘落。更奇的是，捆扎成"扫帚"的那些细藤条，一根根都倒竖起来，如同无数根棍子在飞舞，势不可挡。

四龙这才看清楚，这"扫帚"原来是兵器。

道士就是三龙，他为何选用这样一件稀奇古怪的兵器？原本想打一柄利剑，但铸剑一定要下山，姜家村又是必经之路。因为他以往的横蛮，伤害过许多姜家村的村民，如果下山被村民发现，势必会有麻烦；再说那虎子就是姜家村人，一旦惊动了他，那还得了！这事就搁了下来。

有一天，道院的水笕不见水了。他进山去查看，一直往山上走去，来到了一处怪石嶙峋的山岩上，忽然发现有一段水笕与众不同，像是湘妃竹，斑斑点点的；走近了才见有水，但水全都溢出，溅落在山岩上。

突然，那段水笕晃动起来，奇怪了！三龙仔细观看，这才发现，哪里是什么湘妃竹，是一条花斑大蟒，卧在水笕上享受清凉呢！

三龙大怒，降服了大蟒。他正要提起蛇尾来用力一抖，因为蛇最怕这一招，它的脊椎骨会因之断裂。就在三龙要抬手发力时，忽然，手里的大蟒变成了一根檀木棒；蛇尾巴成了细藤般的枝条。三龙提起木棒，耍了一会，感觉很好使，就这样，他得到了一件称心的兵器。这花斑蟒是有来历的，它在乌龙山修炼多年，孽龙首次登临乌龙山造势出山，花斑蟒借势，龙蛇共下，从此功力大增。它不忘孽龙的恩遇，后来获息孽龙已死，无以回报，今天乃有意而为。

四龙捉摸：这道士莫非就是三哥？不妨试探一下。

四龙纵身来到道士跟前。道士见眼前跳出一个人来，手中的兵器便使唤起来，上下左右直取来人要害。四龙腾挪躲闪，一次次避开道士的险招，但几个回合下来，渐渐不支。四龙想，不能再这样争斗下去，料定眼前这个凶狠的道士必是三哥无疑，得让他知道才是。于是一会儿在抵挡中显出左龙爪，一会儿在招架时摆出右龙爪。

道士立刻收住招式，瞪起一双大眼，上下打量来人：“来者何人？”

四龙反问：“你看我是什么人？”

道士眨巴着眼睛，脸有愧色地说：“莫非你是……自家兄弟？”

“三哥！”四龙一声痛彻肺腑的呼喊，随即泪如雨下。

三龙扔掉手里的兵器，兄弟紧紧相拥在一起。“你怎么不早说。来，进道院。”

“形势紧迫，危在旦夕，就在这里说。哎，这里有外人吗？”四龙环顾四周。

“荒僻山中，寥无人烟，哪有什么外人。院里还有一位老道，耳聋眼花，已经行动不得。你说，什么事如此紧迫？”

“你知道，我们的爹是怎么死的吗？”

“被虎子刺杀的。”

四龙已脱除了那一身官服，加上一番造作，更显得形容猥琐、凄凉。“你知道吗？那个该死的虎子在追杀我！他发誓，一定要斩草除根，把我们九兄妹斩尽杀绝！”

三龙一脸惊惶！他回想起那个身藏屠龙剑，已拜他为师的人来道院的情景，规劝他向善；从此他的一腔怨恨已渐渐地熄灭了。怎么的？虎子还要追杀兄弟？

四龙见三龙未能引起共鸣，很是意外，这个苦练武功、发誓为父报仇的人，怎么像个局外人，一点感觉都没有？

三龙是个直率、耿介的人，肚子里藏不住东西，他告诉四龙：“有一个人来过这里呀……”

“什么人？”四龙惊觉。

“他有屠龙剑。”

四龙大惊！

“那人不像是虎子啊！”

“留起了胡须了是吗？”

“有啊！像个半老头。“

“那就是虎子啊！他什么时候来这里？”

“那是好久了！他还给我起了个名。”

“给你起了个名？”

“山德是我的大名。”

“他为什么给你起这样一个名？”

“我也不懂，他说我在山里修行，要我牢记做人的道德，劝说我一心向善。”

“你觉得这个名好吗？”

“没什么好不好，人在深山里，碰鼻子的只有山头，大名、小名都用不着。”

四龙长长地吁了口气，原来如此！勇武、憨厚的老三，曾经燃起过复仇的烈焰，一定是被虎子用这里冰凉的山泉水给浇灭了！这个虎子真厉害啊！如今我孤零零的一个人，作困兽犹斗。决不能失去老三，一定要把他心中的复仇火焰重新点燃起来！

“我们的爹是害过许多人，他是有罪过。但是他虎子心也太狠了！你知道爹是怎么死的吗？”四龙满含泪水地说。

“怎么死的？”

四龙抹着满脸的泪水，“这次京里来了一个大官，追查前任县令刘宇的死因，开棺验尸。爹的龙身再现了，是虎子的屠龙剑，直透爹的心肺啊！”

三龙惊愕：“啊！”

“这真是利剑穿心啊！我几天几夜都闭不上眼。”双手捂住胸口痛哭，好一阵抽噎，“再说，我们兄弟没有做过错事呀！他也不放过，处处追杀。”说罢仰天长叹：“天啊！为什么一定要把我们斩尽杀绝啊！”

三龙终于忍不住了：“怎么，他还不肯放过？”

四龙委实凄惨！“你看看，我被他追杀得无路可走了！都说杀父之仇是血海深仇，难道我们就眼睁睁地看着虎子把我们兄弟像斩犬羊一样一个个地斩杀？”

三龙大喝一声：“不！我先要问问他，他红口白牙说的那些话是蒙人的吗？他说不出个子丑寅卯来，我就教他尝尝我这独门兵器的厉害！让他晓得，方今的老三，已经不是那个见他就逃的龙仔！”

四龙大加吹捧：“好，好一个英雄气概的三哥！”

三龙越发趾高气扬：“你说，我们去哪里会他？”

四龙已经想好，单凭他们俩，难以与虎子抗衡，还得要有人。看来现在能够联络的就只有老五了，如果有三人联手，老三的功夫已经领教过了，够厉害的，的确大不一样了！可以与虎子较量一番。赢了，那就声势大张，再来收拾那可恶的老八、老二。如果还是拿不下他，就逃，大不了再做一回人。不过这回可要接受上次的教训，千万不可急急忙忙地坠落凡尘，吃尽苦头！

“这样，我们先去找五弟。”

“五弟他在哪里？”

“这里去不远，黄饶渡口。”

“好，这就走！”

三

黄饶渡口，人来人往。隆佐人热情接待过渡人，对于老人、病人必上前搀扶，给他们安排座位；有担重物的人，立刻上前相帮。大家有说有笑的，一派亲和景象。

三龙、四龙在一旁观看。

三龙问道：“那个摆渡的是五弟？”

四龙点头。

三龙性急：“那还愣着干什么！找他去。”

“矮子鬼”又在想主意了。他已感觉到，就老五现在这副样子，找上门去很可能会碰壁，要另外想法子才是。

三龙已急不可耐，涨红着脸：“你不说，我去说。”跳上船去，对着隆佐人就喊：“五弟！”

隆佐人惊住了！一时反应不过来，仔细打量三龙；又见远处站着一个人，正朝着他看。三龙一把将他拉下船，来到四龙跟前，言简意赅地说明来意，让五龙赶快跟着一起走。

四龙法子还没有想出来，三龙就“噼噼啪啪”地把窗户纸全撕了，到了这个时候，也只好硬着头皮上了。

“五弟呀，你……你怎么想？”四龙问。

五龙看着两位兄长，一别多年，好不容易相见，手指江对岸的茅屋，说：“两位兄长，你们看，那就是我的家，不妨随船过去，我们到屋里小聚，如何？”

三龙是个急性子。“不不不，五弟，你听我说，今天我俩不是来喝酒闲谈的。现在情况紧急，你得立马跟我们走。”

五龙想了想，说：“两位大哥，我说，我们的爹的的确确做了许多坏事，害死了上百人命，罪大恶极啊！到了今天，我们还要去报父仇，你们想过没有，我们成了什么人？”

四龙意识到五龙已经是吃下秤砣铁了心，不会跟他们走的。转弯子问道：“虎子到过你这里吗？”

“来过。还有化作一僧、一道的两个人，我怀疑也是自家兄弟。”五龙说。

“什么时候来的？”三龙问。

五龙回想：“哦！有些日子了！”

“他们对你说些什么？”三龙问。

“他们是一番好心，开导我，劝说我，要我做个好人。并没有要伤害我的意图啊！都是我自己不好……”

四龙再次受到震慑，想不到，曾经追杀他们的虎子改变主张了，这一招够厉害的，让兄弟们的心都向着他，拢到他那边去，为他在出头。想想还有几个兄弟会听我老四的？不过听老五刚才说的“都是他自己不好”，他怎么了？ 犯什么事了？其中有没有可乘之机？于是急着问：“你怎么了？”

五龙述说了自己的过错、以后的悔悟、如今的感觉，最后很认真地说：“现在前后想想，虎子说的、做的是对的；要说错，都错在我们自己。”

三龙陷入沉思：“哦！”

四龙感觉找老五这一步是错的，再待下去连老三也要丢了，得赶快走。

“你知道虎子现在在哪里？我要找他。”三龙说。

“我听来这里过渡的人说，他在坐牢啊！大家都说他是冤枉的，是让建德县令害的，那是个奸臣！”

“啊！”三龙错愕。

“开船了！开船了！”渡船上的乘客朝着隆佐人喊。

“唉！来了！”五龙回应道。又转过身来看着三哥、四哥，“两位兄长，我要开渡去了。一起过去吧，到我的屋里坐坐。”

“你先去忙吧，下回再来。”四龙朝五龙挥手。

三龙心里有些不舍得，感觉老五说的与他的所见有些像，很想听他再说下去。“唉，怎么就这样让他走了？”

“你看他正忙着呢！”四龙搪塞。

三龙心里有点乱，有点拿不准。“你说虎子在追杀我们兄弟，那是以前的事吧！你看现在，老五好好的；我那里也没事啊！”

四龙回驳道：“你躲在那个深山里，蒙在鼓里，像个聋子、瞎子。我们有九个兄妹呀，你知道他们是怎么过日子的？”

三龙点头：“这倒也是。”既而突发奇想：“哎，我说，这个虎子坐牢监是什么时候的事？我倒有个主意：不妨先去收拾那个奸臣县令，也为老百姓做点好事。

这样虎子恐怕就能找到，问问他，与我们兄弟的事怎么了断？能像老五说的那样，我看就算了！如果他还是不依不饶，那就动手。你说呢？”

四龙哪里听得进三龙说的这些话，他在想接下来该怎么办？正好三龙等着他回话，便应道：“我说啊！天色不早了，得先找个地方落脚才是。”

三龙左看右看：“这里到哪里去找落脚的地方？要不，还是回到我的道院去吧！”

四龙想不到找五龙会是这样的结果。现在已经是走投无路了，只有暂且去道院。接下来还有兄弟可以找吗？江边的风很大，身上感觉有几分凉意；远处的江天已经暮色苍茫；江对岸渡船已经靠岸，老五正搀扶着一个老人下船，乘客纷纷向他挥手告别。一阵江风扑面而来，四龙打了一个寒噤，难以排遣的孤独、无奈、潦倒，像水缸底下沉积的污秽，一搅动后，都泛了上来。

四

三龙、四龙向着西去的夕阳，上路了。三龙甩开大步。四龙低头想心事。三龙走几步便停下来等。“呃，我说你怎么像个女人，扭扭捏捏的，不能走快一点吗？”

“欸，好！”四龙快步跟上。

两人紧走了一阵，太阳已经落山了。暮霭随即升起。这是一条山脚下的小道，远山的背后还有一点金黄色的光影，那是落日的余晖，就是这点余晖，让山体的轮廓显得特别清晰，活脱脱的逆光照。感觉山背后似乎是另外一个世界，那里依旧是阳光普照的天地。

“子根！子根！”柔弱而凄婉的呼喊声。

“哪里来的叫声？”三龙侧耳倾听。

四龙好像没有什么感觉，催促三龙：“走啊！怎么站住了！”

三龙提醒四龙：“你听，有人在喊！”

“你这个人怎么爱管闲事？”

三龙指着前面路边上，“那好像是个人！”说着快步走上前去。

果然，一个瞎眼的婆婆，是她在不停地呼喊，但声音已经越来越微弱了……

“你在喊什么？”三龙问道。

瞎眼婆婆坐在地上，手里拄着一根竹竿，大概是呼喊得久了，气力已经衰竭，喘了好一会儿才说：“我的子根儿吃过饭去山上砍柴，到现在都没有回来！”边说边摇头，“我就这么个儿子，他爹死得早，留下我娘儿俩，相依为命啊！”

三龙四下瞭望：“他上哪一块山头啊？”

“我眼瞎，说不上来。都说这里有狼出没，天呐！要是我的儿……”老人不停地捶胸。

“要不趁现在还有一点亮光，我帮你上去找找？”

瞎眼婆连连叩头，口里不停地念叨：“阿弥陀佛，救苦救难，阿弥陀佛……”

四龙一直站在一旁观看，实在是忍不住了，拉起三龙就走。“这么大片的山头，你到哪里去找啊？”

三龙挣脱四龙：“你不看看，这个瞎眼婆婆有多可怜！”

“你不看看自己有多可怜！天都快黑了，肚子已经前胸贴后背，快走吧！”说着又来拖三龙。

“那，那，我帮她喊喊。”三龙双手夹在嘴上，向着山头大声呼喊：“子根，子根……”

四龙看着三龙，心想：这个三哥不是自己一路人，看来只有远走高飞一条路了，再换一种活法。不过，官可不能再当了，当官烦心事太多，伤脑筋；苦日子也不能过，富贵、享福最好。

三龙、四龙继续上路，但一路走还可以听见三龙的呼喊声：“子根！子根！”一直到转过眼前的弯道，还隐约可以听见。

瞎眼婆婆站起来了，其实他是六龙，看着两人离去，长长地叹了口气：“老四无可救药！”

五

三龙、四龙紧趱了一程，来到了严州西城外，那里有小道可直上乌龙山澄溪道院。但天已傍黑，肚子实在饿得慌，见城门里外静悄悄，没有兵丁把守，不远处有一盏油灯闪烁，那是城门口的面条、馄饨摊儿，两人便壮起胆子来到摊儿前。这种面条摊子很奇特，看似像一座拱桥，有一人多高，“桥体”上有一个个抽屉，便于放置食材、佐料和碗筷；“桥堍”——一头是锅台，另一头是一个大框，框里装的是劈得长短一样、码放整齐的干柴。横亘的“桥体”下是一根贯通两端的扁担。整座“桥”都是竹子打造的，一人担起就可以穿街走巷。跟随一个小徒，游走街巷时，小徒敲打一个小竹筒，不停地吆喝，招揽顾客。

三龙、四龙早已饥肠辘辘，四龙懒得说话，手指面条，伸出四个指头。

“四碗？”小徒问道。

四龙点头。

三龙急得扯拉四龙，贴着他耳朵说：“没有铜钱，怎么弄？”

四龙摆脱三龙：“你师傅呢？”

小徒手指蹲在地上抽烟的师傅：“在这里。”

因天色昏暗，四龙这才看见一个瘦小、驼背的老头儿，缓缓地从地上站立起来。

老头儿把烟袋往脖子上一挂，轻轻地咳了一声："两位客官，小本生意，我要见到铜钱才下面条。"他蹲在地上已经听见三龙的悄悄话。

四龙已闻到竹摊面条那种特有的香味，越发感到饥饿难忍，于是拉长着脸说："怎么？你还怕爷没银子，白吃你的？"

老头连连摇手，"我不是那个意思。我是说我这小本生意……"边说边蹲下身，好不容易把竹摊儿担了起来，然后手指着远处，满脸堆笑地对四龙说："客官，你再往前走几步，那里有好些摊儿。这城门口风太大，我走了！"

四龙大怒，挡住老头："你敢戏弄我？再问你一句，你这摊儿还想不想要？"

老头忍气吞声地歇下了担子，长叹一声，"好，好，我下！"说着掀开锅盖，锅里的水是滚汤。老头踮起双脚，从那一排抽屉里拿出了面条、佐料，动作麻利地下起面条来。不一会儿，两碗面条分别端给三龙、四龙。

四龙拿起筷子，直插碗底，半碗面条已捞在筷子上，张口便进了肚子。

三龙迟疑了一会儿，摇了摇脑袋，也大口地吃了起来。

两碗面条很快就见碗底。老头接着把第三、第四碗也送上。见两人吃得津津有味，对四龙说："一碗五文，一共四碗，二十文。"

四龙没理睬，仰起头来把碗里剩下的那点汤也"咕噜噜"地喝个精光。摸了摸嘴："不瞒你说，今天我没带银子。这样，你记个账，下回我一起付。"

老头不让了："哎，你怎么说话不算数！我一家五口，还有个徒弟，就全靠这个摊儿，你不能白吃白喝呀！"

四龙横下脸来说："我不是说了么！记个账，下回一起付。"说罢对三龙使了个眼色，"走！"

老头和小徒弟挡住了去路。老头指着四龙："你这个人还讲不讲做人的道德良心呐！"

四龙推开老头："本大爷饿了，谁来给大爷我讲道德良心？让开！"一把推开老头，大步离去。

倒在地上的老头一跃而起，快步追了上去；小徒弟跑得更快，两人前后挡住了三龙、四龙。老头喝道："站住！你们走不了啦！"伸手一指，从四龙的嘴里拉出了长长的铁链。

小徒弟也伸手一指，从三龙的嘴里拉出了铁链。旋即老头化作一僧，小徒弟化作一道。

一队官兵及时赶到，将三龙、四龙押走。

六

建德县衙大堂，左侧是姜家村的村民，姜聂隆、姜泰浒、姜泰鑫夫妇、秦耕夫妇都在其中；右侧，九龙兄妹站立。

刘夫人坐于大堂上手，蕙英伺候一旁。

霸珑脱除冠带，身着便服，立于大堂下：“犯官‘上官廷钰’已经缉拿归案。本人戴罪在身，无权审问。今日国法暂且不理，但家法不可不问，请老娘坐堂！”

刘夫人起身，说：“堂上是官府之位，我一个老妇人，怎么能就坐？我就坐在这里。”

蕙英把座椅挪到正中，夫人面朝大家，开言道：“历经艰难，好不容易，今天九龙终于聚会了。当年你们相约，下凡做人。人怎么做？怎样才能做一个好人？我真为你们担心，四处寻找你们的踪迹，彻夜难眠，害怕你们误入歧途，重走你们父亲的不归路！”一时语噎，泪下！

蕙英拿手绢给娘涸去泪水。

“今天你们首先要感谢一个人，是他怀着一颗积善之心——‘佛门不舍弃一个人’的坚定意志，抛下双眼失明、无人照顾的老娘，不辞辛劳，四处奔波寻找你们；循循善诱，苦口婆心，让你们忘记仇恨；教导你们一心向善，真正懂得做人的道理。现在这个人就站在你们的面前，你们不该对他叩首谢恩吗？”

九龙齐刷刷地跪倒在虎子跟前，行大礼。

虎子连连回礼，把他们一个个搀扶起来。

刘夫人指着大龙：“大龙，你是老大，我问你，做人的道理是什么？”

大龙涨红着脸，有点结巴地说：“我，我说，就，就一句话——对别人，要像对自己一个样。”

大龙的这句话，似是平淡，但在九龙兄妹听来却是声震屋脊、瓦垄雷鸣。

刘夫人大声说：“说得对，说得好！接下来你们挨个儿回答。”

二龙：“我错了，我错在心里只有自己，没有别人。”

三龙：“我也错了，我只知道自己心里有恨，不管别人的痛。”

四龙“扑通”跪倒：“娘！我罪孽深重，我从来不管顾这个世上还有别人。”

五龙：“我因为放纵自己受到了惩罚，也尝到了善待他人的快活。”

六龙：“我以大哥为榜样。”

七龙：“我没大哥做得好。”

八龙：“我枉读诗书，患得患失，只求我能得，何管他人失。”

九龙：“我跟着虎子哥学，照娘说的做，比大哥差远了！”说罢又吐了吐舌头。

“好，接下来为娘当以家法行事。”

九龙齐声道：“遵命！”

姜家村的龙灯

“大龙、六龙、七龙，还有八龙——你虽然有错，但是你知罪了，知耻而后勇，与三位大哥一起守卫我神州辽阔的海疆，确保年年风调雨顺，岁岁国泰民安。”

大龙、六龙、七龙、八龙受命：“是！”

——万里长空，四条龙耕云播雨，江河碧水徜徉，大地普降甘霖，百姓欢呼雀跃！

“五龙何在？”

五龙应声道：“五龙在。”

“五龙，你知错能改，深受村民称道。你喜好驾舟，凡是江河湖泊，皆可舟楫通航，造福于民。”

五龙受命：“是！”

——严州府大码头，桅樯林立；七里泷七里扬帆；浩渺的湖面上，龙舟竞渡，笑语欢歌。

“三龙何在？”

三龙应声道：“三龙在。”

“三龙，你生性好斗，不分善恶。可喜慧根未泯，从此改恶从善，依身龙泉宝剑，守护疆场，威震来犯之敌。”

三龙受命：“是！”

——沙场上，中国将士铁马金戈，龙泉出鞘，守护疆场。

“二龙何在？”

二龙应声道：“二龙在。”

“二龙，你贪得无厌，铸就大错。应立于房首，为民看门守护，以赎罪愆。”

二龙受命，“是！”

——寂静的夜晚，风雨潇潇，村舍的房脊上横卧着龙身。窗棂里透出柔和的灯光，洞箫悠扬。

“四龙何在？”

四龙应声跪地，“四龙在。”

刘夫人怒斥道：“四龙，你罪孽深重，不思悔改，应锁镇在乌龙山下乌龙庙的水井里，以儆效尤。”

——乌龙庙的水井里，至今还锁着四龙。

“九龙何在？”

九龙应声道：“九龙在。”

“九龙，你善恶分明，不避艰险，与姜聂隆心心相印，情投意合，如今水到渠成，为娘做主，喜结良缘。”

众人欢呼！

姜家村舞龙灯庆贺。中国民间舞龙抑或滥觞于此。

责任编辑：章腊梅
装帧设计：谢先良
责任校对：杨轩飞
责任印制：张荣胜

图书在版编目（CIP）数据

孽龙九子 / 邵国栋，邵频宇著．-- 杭州：中国美术学院出版社，2020.10
ISBN 978-7-5503-2361-2

Ⅰ．①孽… Ⅱ．①邵… ②邵… Ⅲ．①长篇小说—中国—当代 Ⅳ．①I247.5

中国版本图书馆CIP数据核字（2020）第160815号

孽龙九子

邵国栋　邵频宇　著

出 品 人：祝平凡
出版发行：中国美术学院出版社
地　　址：中国·杭州市南山路218号 / 邮政编码：310002
网　　址：http://www.caapress.com
经　　销：全国新华书店
印　　刷：杭州捷派印务有限公司
版　　次：2020年10月第1版
印　　次：2020年10月第1次印刷
印　　张：26.25
开　　本：787mm×1092mm　1 / 16
字　　数：400千
图　　数：17幅
印　　数：0001—1000
书　　号：ISBN 978-7-5503-2361-2
定　　价：78.00元